Lynn Raven

Blutbraut

cbt

Bei diesem Buch wurden die durch das verwendete Material und die Produktion entstandenen CO_2-Emissionen ausgeglichen, indem der cbj-Verlag ein Projekt zur Aufforstung in Brasilien unterstützt.
Weitere Informationen zu dem Projekt unter:
www.ClimatePartner.com/14044-1912-1001

MIX
Papier aus verantwortungsvollen Quellen
FSC
www.fsc.org
FSC® C014496

Verlagsgruppe Random House
FSC® N001967

Wir produzieren
Klimaneutral
ClimatePartner.com/14044-1912-1001
Druckprodukt

für Dusty

4. Auflage
Erstmals als cbt Taschenbuch Dezember 2013

Umschlaggestaltung: Geviert Grafik & Typografie unter Verwendung des Originalumschlags © Hanna Hörl, Designbüro, München, unter Verwendung eines Motivs von © Istockphoto/Olena Chernenko
kk · Herstellung: kw
Satz: Buch-Werkstatt GmbH, Bad Aibling
Druck: GGP Media GmbH, Pößneck
ISBN 978-3-570-30887-5
Printed in Germany

www.cbj-verlag.de
Dieses Buch ist auch als E-Book erhältlich.

Lynn Raven • Blutbraut

DIE AUTORIN

Lynn Raven lebte in Neuengland, USA, ehe es sie trotz ihrer Liebe zur wildromantischen Felsenküste Maines nach Deutschland verschlug. Nachdem sie zwischenzeitlich in die USA zurückgekehrt war, springt sie derzeit nicht nur zwischen der High- und der Dark-Fantasy hin und her, sondern auch zwischen den Kontinenten, und ist unter den Namen Lynn Raven und Alex Morrin erfolgreich.

Von Lynn Raven ist bei cbt bereits erschienen:

Werwolf (30657)
Das Herz des Dämons (30690)
Der Kuss des Dämons (30554)
Das Blut des Dämons (30765)
Der Spiegel von Feuer und Eis (30778)
Der Kuss des Kjer (30489)
Seelenkuss (16295)
Windfire (31179)

1

Boston, Massachusetts, USA

Die Kondome knisterten in meiner Gesäßtasche. Eines hatte ich haben wollen. EINES! Josh hatte mir gleich mehrere in die Hand gedrückt und grinsend ein »Nur zur Sicherheit!« nachgeschoben. Mein reizender Kollege Josh, der die genialsten Cocktails der Ostküste mixte, das heißeste Lächeln des ganzen Kontinents hatte und gewöhnlich nichts anbrennen ließ. Was hatte mich geritten, ausgerechnet ihn zu fragen? Ach ja. Der Umstand, dass er so gnadenlos schwul war, dass sich vermutlich schon ganze Legionen weiblicher Wesen die Augen wegen so viel Verschwendung ausgeheult hatten – und ich deshalb angenommen hatte, er würde mir keinen dummen Spruch drücken. Hatte er genau betrachtet auch nicht, aber irgendwie hatte ich wohl erwartet, er wäre bei der Übergabe etwas … diskreter. Nun – falsch gedacht, Lucinda.

Ich starrte in den fleckigen Spiegel über den Waschbecken. Beinah erwartete ich, dass fremde, glitzernde Augen zurückstarren würden …

Warum hatte auch ausgerechnet heute der Kondomautomat vor den Toiletten leer sein müssen? – Warum war ich ausgerechnet heute zu dem Entschluss gekommen, dass ich nicht Nein sagen würde, sollte Cris mich heute Nacht fragen, ob ich mit ihm schlafen wollte? – Vielleicht weil Bratt mich zu Beginn meiner Schicht in sein Büro gerufen hatte, um mir nicht nur meinen Lohn für den letzten Monat zu geben, sondern auch um mir zu sagen, dass ich ihm noch mal meine Papiere vorbeibringen sollte, da mit den Daten in seinen Unterlagen etwas nicht stimmte? Vielleicht weil mir in dem Moment klar geworden war, dass meine Zeit mal wieder abgelaufen war? Wobei: Genau genommen war sie das schon eine ganze Weile. Tick-tack-tick-tack-tick. Ich hatte nur den Wecker nicht gehört. – Nein, ich hatte ihn nicht hören *wollen.*

Jetzt hatte ich jedenfalls eindeutig ein Problem: Meine Papiere waren so falsch wie der Name, unter dem mich alle im *Forty-two* kannten. Wenn Bratt – oder irgendjemand anders – sie genauer unter die Lupe nahm, war ich geliefert. Wenigstens hatte er mir meinen Lohn trotzdem vollständig ausbezahlt. Zum Glück. Das Bündel Geldscheine war ein beruhigender Druck in meiner Hosentasche. Ich würde also einmal mehr einfach verschwinden. Ohne ein Wort zu sagen, schlicht nicht mehr zur Arbeit erscheinen. Meine Sachen packen und weiterziehen. Wie immer. Nur dass ich dieses Mal nicht weiterziehen *wollte.* Noch nicht. Wegen Cris. Cris, mit seinen blonden Locken, deren Ansatz mir verraten hatte, dass sie von Natur aus deutlich dunkler waren, und den sanften, hellbraunen Augen. Cris, dessen Anblick mein Herz schneller schlagen ließ und der mich behandelte, als sei ich etwas unendlich Kostbares. Er war das Beste, was mir in meinem ganzen Leben passiert war. Ich war selbstsüchtig genug, ihn nicht aufgeben zu wollen. Manchmal brauchte auch ich einen Traum, an dem ich mich festhalten konnte. Und wenn es nur für kurze Zeit war.

Vielleicht konnte ich ja doch noch in der Stadt bleiben und mir einfach nur einen anderen Job suchen? Boston war groß – und anonym genug. Ich könnte weiter im Boston Animal Shelter helfen, jeden Tag Jasper sehen, seine Wuschelohren kraulen, mein Gesicht in seinem Fell vergraben – zumindest bis er eine nette Familie gefunden hatte …

Ich war es Leid davonzulaufen. Nie irgendwo länger bleiben zu können als ein paar Wochen oder höchstens Monate, wenn ich Glück hatte; kein wirkliches Zuhause, keine richtigen Freunde zu haben … Aber letztlich hatte ich keine andere Wahl. Weil ich war, was ich war: eine Blutbraut. *Sie werden dich jagen, solange du lebst, Lucinda. Du darfst niemals zu lang an einem Ort bleiben, sonst werden dich die Hexer der Hermandad finden.* Wieder und wieder hatte Tante María es mir eingehämmert. Und dann hatte einer von ihnen sie umgebracht. *Es ist nicht fair!* Beinah hätte ich aufgelacht. Nichts in meinem Leben war fair. Und das alles hatte ich *ihm* zu verdanken. Joaquín de Alvaro. Der mein Blut zum Überleben brauchte. Egal ob ich wollte oder nicht. *Monster!*

»Ach, hier bist …«

Mit einem hohen Laut schreckte ich zu der Stimme herum. Meine Tasche schlug gegen meine Hüfte.

In der Tür des Waschraumes hob Pam abwehrend die Hände. »Shit, bist du heute schreckhaft, Mia.«

»Tut mir leid …« Ich zwang mich, die Hand von dem Springmesser in meiner Hosentasche zu lösen und sie möglichst unauffällig zurückzuziehen. »Ich …«

»He, vor mir musst du dich nicht rechtfertigen, Prinzessin.« Pam zuckte in geheuchelter Unschuld die Schultern. »Ich wäre vermutlich auch nervös, wenn ich dasselbe vorhätte wie du.«

Herr im Himmel, wem hatte Josh noch von der Sache mit den Kondomen erzählt? Ich drehte mich wieder um, zerrte Papierhandtücher aus dem Spender, trocknete mir scheinbar gelassen die Hände ab. »Ich meine … zum ersten Mal einen Typen flachzulegen, ist schon ein Höhepunkt im Leben einer Frau …« Zack! Mein Blick zuckte hoch, begegnete ihrem im Spiegel. Nur weil ich mich nicht jedem Kerl im *Forty-two* an den Hals warf, bedeutete das nicht, dass ich noch nie … Auch wenn Cris der Erste war, bei dem ich mir wünschte, ich könnte mehr haben als nur eine oder vielleicht zwei Nächte in seinen Armen. Ich quetschte die Papiertücher zu einem feuchten Ball zusammen. Jetzt konnte sie sich ein Grinsen offenbar doch nicht mehr verbeißen. »Dein Freund ist ja auch Zucker. Ich an deiner Stelle hätte ihn gleich beim ersten Mal rangelassen.« Ich wandte mich erneut zu ihr um. Es war kein Geheimnis, dass Pam nach ihrer Schicht eigentlich nie allein ins Bett ging. Und dass sie einen Typen gewöhnlich auch nie zwei Mal mit nach Hause nahm. Ihr Grinsen wurde noch breiter. »Er steht übrigens an der Bar und wartet auf dich.«

Cris war da! Mit einem Schlag war alles andere vergessen. Plötzlich hatte ich Herzklopfen wie ein kleines Kind zu Weihnachten. Nicht, dass es für Tante María und mich so etwas wie ein Weihnachtsfest gegeben hätte. Bäume kosteten Geld und wo hätten wir auch nur das kleinste Bisschen Schmuck unterbringen sollen, wenn wir eigentlich nur aus dem Koffer lebten? Und trotzdem: Da war eine Erinnerung – eine, die aus meinem irgendwie nicht existenten Leben *vor* meiner Zeit mit Tante María stammen musste: eine riesige Tanne; unzählige Lichter tanzten in ihrem Grün; Eiskristalle glitzerten neben in allen Regenbogenfarben schimmernden Kugeln; die Spitzen ihrer Zweige waren mit kaltem Schnee bestäubt. Da waren Strohsterne. Und ein Hund. Groß; dunkles, seidig langes Fell; eine weiße Halskrause wie eine Löwenmähne; eine schmale, lange Schnauze, die heimlich Wurststückchen aus meinen Händen nahm. *Quichotte.* Der Name war manchmal wie ein Flüstern in meinen Gedanken.

Direkt vor meinem Gesicht schnippten Finger. Ich fuhr zurück, blinzelte. »Erde an Mia!« Pam. »Hallo? Jemand zu Hause? – Oder möchtest du meine Schicht übernehmen und ich verbringe den Abend mit deinem Freund?« Anscheinend hatte sie mir diese Frage schon einmal gestellt.

»Danke, nicht nötig!« Ich erwiderte ihr Grinsen mit einem möglichst lockeren Schulterzucken, beförderte den Papierhandtuchball in den gefährlich überquellenden Mülleimer unter den Waschbecken und schob mich an ihr vorbei in den schmalen Gang, der den Club mit den Waschräumen verband. »Wir sehen uns morgen.« Nur dass es für mich im *Forty-two* kein ›morgen‹ mehr gab.

»Viel Spaß, Prinzessin!«

Ohne mich noch einmal umzudrehen, winkte ich ihr über die Schulter zu und zog die schwere Feuerschutztür auf – und musste zwei jungen Frauen ausweichen, die mir auf Absätzen entgegenstöckelten, auf denen ich mir spätestens beim zweiten Schritt den Hals gebrochen hätte, bevor ich selbst hindurchgehen konnte.

Obwohl es gerade erst auf zehn Uhr zuging, war das *Forty-two* schon gut besucht. In den Nischen hatte es sich die übliche Klientel bequem gemacht: junge Männer und Frauen zwischen zwanzig und dreißig, allerhöchstens fünfunddreißig – die vor allem im hinteren Bereich mehr Mommys und Daddys Geld ausgaben als ihr eigenes. Die Tanzfläche war eine lose Masse dunkler Schatten, über die immer wieder dünne Spotlichtfinger und Stroboskopblitze zuckten. Eine halbe Stunde mehr und es gab nur noch Stehplätze. An der Bar war das jetzt schon der Fall. Heute Nacht durfte es mir ausnahmsweise egal sein, wie viel Arbeit ins Haus stand. Eigentlich hätte meine Schicht auch bis halb drei Uhr gedauert, aber Bratt hatte mir erlaubt, dieses Mal früher zu gehen und meine Überstunden abzubummeln.

Verglichen mit dem Licht draußen im Gang, das die Glühbirne in ihrem Drahtkäfig unter der Decke verbreitet hatte, war es auf dieser Seite der Feuerschutztür mehr als dämmrig. Trotzdem sah ich Cris sofort. Er lehnte an der Ecke der Bar, direkt neben den Schwingtüren, die in den für Gäste verbotenen Bereich dahinter führten, und unterhielt sich mit Josh – na klasse! –, der in genau diesem Moment an ihm vorbei in meine Richtung nickte. Cris wandte sich um. Ein Lächeln erschien auf seinem Gesicht, das mir das Gefühl gab, außer ihm das einzige lebende Wesen auf diesem Planeten zu sein. Er ließ Josh stehen und kam mir entgegen. Sein Haaransatz war wieder blond nachgefärbt. Im Nacken reichten die Spitzen bis auf das dunkle Sweatshirt mit Kapuze, das er um die Schultern gelegt hatte. Wahrscheinlich würde er sie demnächst wieder auf eine ›gepflegtere‹ Länge stutzen lassen. Schade. Eine langbeinige Schönheit unterbrach ihren Weg zu den Nischen im hinteren Bereich und drehte sich nach ihm um. Ihr Begleiter wäre beinah gegen sie geprallt. Cris schien es gar nicht zu bemerken.

»Wow!« Er ergriff meine Hände und hob sie von meinem Körper weg, um mich besser betrachten zu können.

Mein Gesicht wurde heiß. Die Ärmel der schwarzen Spitzenbluse rutschten ein Stück in die Höhe. Ich hatte sie nicht zugeknöpft. Darunter trug ich nur noch ein sandfarbenes Spaghettiträger-Top. Auffällig hell verglichen mit den dunklen Grautönen, die sonst mein Stil waren. Hoffentlich sah man auch bei anderen Lichtverhältnissen nicht, dass die beiden Oberteile secondhand waren. Cris zuliebe hatte ich zugunsten einer ausgeblichenen Jeans auf meine schwarze Lederhose verzichtet. Dass sie ihre besten Tage schon hinter sich hatte, ließ sich nicht mehr verbergen. Dabei gehörte sie eindeutig zu den guten Sachen in meinem Kleiderschrank. – *Welcher Kleiderschrank, Lucinda?*

Ich befreite meine Hände aus seinem Griff und zog die Ärmel hastig an ihren Platz zurück, um die Narbe an meinem Handgelenk zu verbergen. – Warum hatte ich das Lederband nur abgelegt, das ich normalerweise mehrfach darumgeschlungen trug?

Mein Lächeln war alles andere als sicher. »Selber ›wow‹.« Wie immer. In seinen schwarzen Hosen, die ganz aus aufgesetzten Taschen zu bestehen schien, und dem einfachen weißen Hemd, das lässig über den Bund hing, hätte er mühelos bei jedem Vergleich mit den Von-Beruf-Sohn-Jungs unter den Gästen mithalten können. Dabei finanzierte er sich sein Studium selbst.

»Nicht neben dir.« Er bedachte mich mit diesem Lächeln, das mir jedes Mal das Herz schneller schlagen ließ. Was hatte ich getan, dass sich das Schicksal endlich meiner erinnerte und mir ein kleines bisschen Glück gönnte? Nein. Ich konnte Boston nicht verlassen. Egal was passierte. Ich wollte nicht mehr ohne Cris sein. Nie wieder.

»Wie war die Uni?« Er studierte etwas, das sich International Management nannte. Vielleicht hörte mein Gesicht auf zu brennen, wenn ich mich fürs Erste unverfänglicheren Themen zuwandte. Solche, bei denen er mir keine Komplimente machen konnte.

»Frag nicht.« Er stieß ein Stöhnen aus. »Die Hälfte meiner Dozenten muss heute Zahnschmerzen gehabt haben.« Sein Blick strich noch einmal über mich. Eine blonde Strähne war ihm in die Stirn gefallen. Warum zum Teufel färbte er sich die Haare hell? Wenn sie von demselben dunklen Braun wie seine Brauen waren, musste es in Kombination mit seinen hellbraunen Augen noch umwerfender aussehen. Er hätte ebenso gut auf einem Laufsteg sein Geld verdienen können, statt in einer Werbeagentur zu jobben. Der Hauch eines Zögerns, dann beugte Cris sich zu mir und küsste mich ganz leicht auf die Wange. Und zog sich hastig wieder zurück. Beinah wie jemand, der fürchtet, bei etwas Verbotenem ertappt zu werden. So war es von Anfang an gewesen. »Was möchtest du heute Abend machen?«

»Ich weiß nicht.« *Aber du könntest mich im Laufe des Abends fragen, ob ich mit dir schlafen will, und mich mit zu dir nehmen.* Nicht, dass ich seine Wohnung schon einmal gesehen hatte. Ich wusste nur, dass es kein Zimmer in einem Studentenwohnheim oder einem Verbindungshaus war, wo ab einer gewissen Uhrzeit kein Besuch mehr erlaubt war. Ich schloss die Finger um den Riemen meiner Tasche. Meine Handfläche fühlte sich klamm an. Cris nahm meine freie Hand in seine.

»In der Tremont Street hat ein neues arabisches Restaurant aufgemacht. Hast du Lust, es auszuprobieren? – Ich zahle.« Hundeblick. Etwas anderes traf es nicht, um den Ausdruck zu beschreiben, mit dem er mich ansah. Cris aß für sein Leben gern. Wobei ich mich fragte, wo er die ganzen Kalorien hinsteckte. Vor allem arabisch – und spanisch. Und er zahlte eigentlich immer. Was mir schon mehrfach ein schlechtes Gewissen beschert hatte. Allerdings war die Tremont Street nicht mal nur eben so zwei Blocks entfernt. Dass sich meine Begeisterung über seinen Vorschlag in Grenzen hielt, entging ihm nicht. »Oder sollen wir lieber zum Fish Pier und dort etwas essen?« Er wusste, dass ich das Wasser – und vor allem das Meer – liebte. Wenn sich die Wellen vor mir bis zum Horizont erstreckten, hatte das für mich etwas von schierer Unendlichkeit. Und Freiheit. Damit hatte er mich am Haken – weitestgehend zumindest.

»Das ist aber auch nicht gerade um die Ecke.« Zum Fish Pier war es zu Fuß eine knappe halbe Stunde. Normalerweise machte mir die Entfernung nichts aus, aber es hatte heute den ganzen Tag geregnet und die Jacke, die ich an den Riemen meiner Tasche geknotet hatte, war eigentlich zu dünn für diese Jahreszeit. Vor allem in Kombination mit einer Spitzenbluse. Obendrein war Bratt auf die grandiose Idee verfallen, dass hochhackige Schuhe seinen Mädels zu längeren Beinen verhalfen, was für ihn potenziell mehr Umsatz bedeutete. Ich hatte die ungewohnten Riemchensandalen mit einem kleinen Absatz zwar längst wieder gegen meine bequemen Docs getauscht, trotzdem taten mir die Füße weh.

»Mein Wagen steht nur ein paar Straßen weiter.« Er streckte mir auffordernd die Hand hin. Als hätte er einkalkuliert, dass es für mich wieder der Pier sein würde, wenn er mir die Wahl ließ. Ich ergriff sie. Warm und fest schlossen sich seine Finger um meine, drückten sie kurz. Fühlte sich so Geborgenheit an? Cris bedachte mich noch einmal mit jenem ganz bestimmten Lächeln, dann drehte er sich um und bahnte uns einen Weg durch das Gedränge um die Bar herum. Josh zwinkerte mir grinsend zu, als wir auf seiner Höhe waren, und ich musste mich zusammenreißen, um ihm nicht den Mittelfinger zu zeigen. Cris zog mich unbeirrt weiter Richtung Ausgang. Meine Hand fest in seiner.

Sobald wir die Bar und die Tanzfläche hinter uns gelassen hatten und aus den ›Katakomben‹ des *Forty-two* heraus waren, löste das sanfte Licht stylish-moderner Wandlampen das dämmrige Halbdunkel ab. Mit jedem Schritt, den wir die breite Treppe ins Erdgeschoss und damit in den Eingangsbereich hinaufstiegen, blieb die Musik weiter hinter uns zurück. Dafür wurde das Stimmengewirr vor uns lauter. Wie jeden Abend konnte die Security sich nicht über Arbeitsmangel beklagen. Marcus und Glen schenkten uns nur flüchtig ihre Aufmerksamkeit. Sie interessierte mehr, was in den Club hineinwollte als was ihn verließ – solange Letzteres weder betrunken war noch randalierte. Lisa, neben den beiden Hünen die heutige Quotenfrau für potenzielle Leibesvisitationen bei weiblichen Gästen, winkte mir zu und fächelte sich mit einem vielsagenden Blick auf Cris theatralisch Luft zu, bevor sie eine zierliche Blondine und ihren Begleiter durchnickte. So harmlos sie wirkte: Mochte Gott dem gnaden, der sich mit ihr anlegte.

Cris grinste und hob meine Finger in einem kurzen Kuss an seine Lippen, während wir an ihr vorbeigingen; woraufhin Lisa eine Schnute zog und dramatisch den Handrücken gegen die Stirn legte. Ich zwang mich zu einem Lächeln und winkte ihr meinerseits – schon fast an der Tür – zu. Sie gehörte zu denen, die ich besonders vermissen würde.

Draußen begrüßte uns kühle, feuchte Nachtluft. Der Asphalt glänzte. Pfützen schimmerten im Licht der Straßenlaternen. Es musste auch während meiner Schicht geregnet haben.

»Da lang.« Cris legte mir den Arm um die Schultern und wandte sich mit mir nach rechts, weg von der Menschentraube, die noch darauf wartete, ins *Forty-two* gelassen zu werden. Ich wagte es, mich in seine Berührung zu schmiegen. Und wünschte mir einmal mehr, das hier für immer haben zu können. Nur dass meine Wünsche sich gewöhnlich nie erfüllten. Auf der anderen Straßenseite stand ein silbergrauer Sedan. Ich stockte für den Bruchteil einer Sekunde. Mein Herz klopfte plötzlich schneller. Zwei Männer saßen darin. Der auf der Beifahrerseite sah von seinem Handy auf, über die Straße. Sein Blick fiel auf Cris und mich, wanderte weiter, kehrte zu seinem Handy zurück. Bestimmt warteten sie nur auf jemanden. Vielleicht die Bodyguards irgendeines Gastes im *Forty-two*. Wahrscheinlich.

»Alles in Ordnung?« Cris' Frage ließ mich zusammenzucken.

Ich nickte schnell, lächelte ihn an. »Ja. Alles bestens.« Wie gut ich doch im Lügen war. Aber ich würde nicht zulassen, dass mein Leben mir das mit Cris zerstörte. Niemals. Nicht, wenn ich es irgendwie verhindern konnte.

Er neigte den Kopf ein wenig, musterte mich prüfend.

»Vielleicht ein bisschen müde.«

»Armes.« Sein Arm zog mich enger an seine Seite. »War die Schicht so schlimm?« Als sei ihm plötzlich ein Gedanke gekommen, blieb er stehen. »Soll ich dich vielleicht lieber nach Hause bringen und wir …«

»Nein!« Viel zu laut und viel zu hart. Verblüfft rückte er ein Stückchen von mir ab. »Ich …« Das hier war Cris. Ich konnte ihn mit zu mir nach Hause nehmen. Ich konnte ihm vertrauen. Er würde mich nicht verraten. Er würde auch nicht die Nase rümpfen, wenn er sah, *wie* ich wohnte. Und trotzdem … Ich rang mir ein Lächeln ab. »Nein. Ich habe mich so auf den Abend mit dir gefreut. Ein bisschen frische Luft und bis wir am Auto sind, bin ich wieder fit. Versprochen.« *Lügnerin!*

»Bist du sicher?«

»Ganz sicher.« Ich schob mich unter seinen Arm zurück und lehnte meinen Kopf gegen seine Schulter. Ein kurzes, irgendwie noch immer zweifelndes Zögern, dann zog Cris mich wieder dicht an sich und wir gingen weiter. Schweigend. Ich genoss es.

An der nächsten Ecke bogen wir in eine Seitenstraße. Anscheinend hatten die Häuser bisher den Wind von uns abgehalten, denn nun schlugen uns die kalten Böen ungemindert entgegen, schüttelten Nässe von den Straßenlaternen. Ihr gelbes Licht glänzte in den Pfützen. Fröstelnd zog ich die Schultern hoch, löste im Gehen meine Jacke von meiner Tasche und schlüpfte in die Ärmel. Viel würde sie vermutlich nicht bringen, aber sie war immer noch besser als nichts. Cris' Arm war von meinen Schultern gerutscht. Er sah auf mich hinab. Beim Anblick meiner Jacke huschte etwas über sein Gesicht, das ich nicht deuten konnte.

»Hier!« Er blieb stehen, zog sein Sweatshirt von den Schultern und legte es mir um. »Lass uns zusehen, dass wir dich ins Auto und dann ins Warme bringen. Es ist nicht mehr weit. Nur noch zwei Blocks.« Seine Hand streifte meine Wange, dann beugte er sich zu mir, um mich erneut zu küssen. Ich reckte mich ein wenig, kam ihm auf halbem Weg entgegen. Ein Auto fuhr an uns vorbei, wurde langsamer – für einen Moment versteifte ich mich – und beschleunigte wieder. Cris' Zunge stahl sich in meinen Mund. Seine Arme hielten mich. Ich verbannte die Welt aus meinen Gedanken, schmiegte mich an ihn. Es war mir egal, wer uns sah. Meinetwegen konnten wir die ganze Nacht so zubringen.

Ich spürte ihn in der Sekunde, in der Cris seine Lippen von meinen löste. Schnell machte ich einen Schritt zurück.

»Was …?«, setzte Cris verblüfft an, verstummte dann aber, als ich seine Hand ergriff und ihn hastig vorwärtszog.

Er war auf der anderen Seite. Noch ein Stück weit von uns entfernt. Ein schlanker, mittelgroßer Mann. Dunkelblond. Abgesehen davon, dass er verwirrend gut aussah, wirkte er nicht anders als ein normaler Mensch. Anscheinend knapp um die vierzig. Das bedeutete, er war alt. Und entsprechend mächtig. *Warum jetzt? Warum heute Nacht? Sie haben mich so lang nicht gefunden … Hast du tatsächlich gedacht, das Schicksal würde es einmal gut mit dir meinen, Lucinda?* Er war nicht allein. Drei weitere Männer. Sie waren nicht wie er. Zwei hinter uns, aus der Richtung des *Forty-two.* Einer bei ihm auf der anderen Seite der Straße – die sie eben überquerten. Direkt auf uns zu. Ansonsten war keine Seele zu sehen. Boston hätte von einer Sekunde zur anderen eine Geisterstadt sein können. Natürlich. Sie wollten keine Zeugen. Mehrere Blocks weiter leuchteten die Rücklichter eines Wagens rot auf.

Ich beschleunigte meine Schritte. Zog Cris hinter mir her. Wobei … Eigentlich musste ich das gar nicht. Er ging ebenso schnell wie ich. Hatte er die Männer auch bemerkt? Ahnte er, was sie wollten? Nein, wie hätte er. Das hier war eine Welt jenseits dei der ›normalen‹ Menschen. Trotzdem stellte er keine Fragen. Aber er würde es tun. Früher oder später.

Nur ein paar Meter weiter war eine kleine Seitengasse; wenn wir sie erreichen konnten …

Ein dunkles Schimmern kräuselte plötzlich den Asphalt. Kroch auf uns zu. Der Boden unter unseren Füßen war mit einem Mal klebrig, erschwerte jeden Schritt. Wie in einem Albtraum, in dem man rannte und doch nicht von der Stelle kam. Die Männer hinter uns hatten uns beinah eingeholt. Die vor uns waren stehen geblieben, erwarteten uns – mich. Ich blieb ebenfalls stehen. Cris hielt genauso abrupt an, drehte sich zu mir, sah zwischen mir und den Männern hin und her. Wachsam, angespannt. Versuchte mich weiter zu ziehen. Ich rührte mich nicht. Sie wollten mich. Nicht ihn. Nur mich. Der Eingang zur Gasse verschwamm, wurde unscharf, als sei er da und irgendwie doch nicht. Cris stöhnte. Ich befreite meine Hand aus seiner. Er bemerkte zu spät, was ich tat, schüttelte den Kopf. Der *eine* vor uns schnalzte mit der Zunge, schaute Cris an.

»Was wohl der gute Joaquín dazu sagen wird?« Wozu auch immer *er* etwas sagen sollte, *er* sollte daran ersticken. Seine Augen wanderten weiter zu mir. »Weglaufen ist vollkommen zwecklos, meine Liebe.« Er lächelte. Ich konnte seine Eckzähne sehen. Vampir! In meiner Brust zogen sich meine Lungen zusammen. Jetzt nicht! Bitte, lieber Gott, jetzt nicht! Atmen, Lucinda! Atmen! Einer meiner Anfälle war das Letzte, was ich jetzt gebrauchen konnte!

Die Männer hinter uns hatten in ein paar Metern Distanz Stellung bezogen. Vor mir ballte Cris die Fäuste. Wollte er etwa mit ihnen kämpfen? Er hatte keine Chance. Selbst das Messer in meiner Hosentasche kam mir auf einmal wie ein schlechter Scherz vor. Sie würden ihn umbringen. Er war für sie ohne Bedeutung. Sie würden ihn umbringen, nur weil er bei mir war. Bei mir. Einer Blutbraut.

»Lauf!« Erst als Cris mir einen hastigen Blick über die Schulter zuwarf, war ich sicher, dass das Wort über meine Lippen gekommen war. »Lauf!« Seine Augen weiteten sich. Ich zwang meine Beine, sich zu bewegen, schob mich an ihm vorbei. Seine Hand schloss sich um meinen Arm. Versuchte, mich zurückzuhalten. Das Lächeln des einen wurde verächtlich.

»Wie rührend –«

Der Wagen hielt keinen Meter neben uns. Ein zweiter knapp dahinter. Türen wurden aufgerissen. Eine Stimme zischte: »Einsteigen!«, während ich zugleich um die Mitte gepackt, rückwärts herumgerissen wurde. Ich konnte nur erschrocken aufkeuchen. Cris stolperte von mir weg, wurde auf den anderen Wagen zugezerrt. Jemand heulte wutentbrannt: »Rafael!«. Etwas raste auf uns zu – etwas, von dem ich wusste, dass es wehtun würde – und zerfaserte knapp vor mir zu nichts. Ein Lachen dicht neben meinem Ohr, zugleich ein Stoß, ich landete verdreht auf dem Rücksitz des Autos, schlug mir das Knie an, ein Mann direkt hinter mir, die Tür schlug zu. Ich versuchte hochzukommen. Reifen quietschten, ich fiel auf das Polster.

»Zum Flughafen, Felipe!« Dieselbe Stimme, die eben noch ›Einsteigen‹ gezischt hatte. »Wir haben, was wir wollten.« Oh mein Gott. Sie gehörten zu *ihm.* »Komm hoch, Kleines!« Eine Hand an meinem Arm. Ich riss mich los. Flüchtete in die andere Ecke des Rücksitzes, drückte mich gegen die Tür. Nur kurz glaubte ich, Cris auf dem Beifahrersitz des Wagens hinter uns zu sehen. Sie nahmen ihn mit. Nein! Schlagartig zitterte ich.

»Er hat nichts damit zu tun …« Die Worte waren mehr ein Stöhnen. Meine Lungen weigerten sich, etwas anderes als kurze, japsende Atemzüge zuzulassen. Panisch tastete ich hinter mich. Der Mann neben mir runzelte verständnislos die Stirn. Seine Haut war hell, blass, nur mit einem Hauch Gold überzogen. Augen wie fahles blaues Eis. Mit einer nachlässigen Bewegung strich er sich sein weißblondes Haar zurück. Kinnlang. Schön wie ein Engel. Und nicht viel älter als Cris; ungefähr in *seinem* Alter.

Er war nicht wie sie. Kein Hexer der Hermandad. Und auch

kein Nosferatu. Er fühlte sich zumindest nicht so an. Und trotzdem war er … anders.

Endlich fand ich den Türgriff hinter meinem Rücken. Ich zerrte daran. Nichts rührte sich. Beinah hätte ich geschluchzt. Sie gehörten zu *IHM*. »Ihr müsst ihn gehen lassen …«

Das Stirnrunzeln wurde unwillig. »Ihn gehen lassen wie ›ihn in Boston zurücklassen‹? – Ja, natürlich.« Er lachte spöttisch. Ich sah seine Eckzähne. Keine Reißzähne. Und doch … fast. »Ezra würde ihn Stück für Stück auseinandernehmen, als Vergeltung dafür, dass ich seinem Schoßhund Abner gerade Joaquín de Alvaros Blutbraut direkt vor der Nase weggeschnappt habe – im wahrsten Sinne des Wortes. Und das auch noch in Boston, seiner Hochburg. Als Patron der Cohen-Familie könnte er so etwas gar nicht ungesühnt lassen.« Ein kurzer Blick durch das Heckfenster zu dem Wagen hinter uns, dann sah er mich wieder an. »Ganz nebenbei wird Joaquín selbst ein klitzekleines Hühnchen in der Größenordnung eines Truthahns mit dem lieben Cris rupfen wollen.«

»Nein. Er hat doch mit alldem gar nichts tun.« Woher kannte er Cris' Namen? Wie lange beobachteten sie mich schon? Oh Gott, Cris, es tut mir so leid! Ich wollte nicht, dass das passiert, dass du da mit hineingezogen wirst …

Der Wagen bog um eine Kurve, Gebäude huschten vorbei. Noch zwei Ampeln und wir waren auf der Massachusetts Turnpike – und dann war es zu spät. Ich presste mich fester gegen die Tür. Vor uns die erste Ampel. Sie sprang auf Gelb, dann auf Rot. Der Wagen wurde langsamer.

Der Mann schüttelte den Kopf. »Nichts zu tun?«, brummte er abfällig.

Ich stieß mich von der Tür ab, versuchte, zwischen und über

die Vordersitze hinwegzuklettern. Der Fahrer jaulte, als ich ihm unabsichtlich das Knie in den Nacken rammte, der andere erwischte mich am Bund meiner Jeans, riss mich zurück. Ich schrie, klammerte mich an den Lehnen fest, trat um mich. Er fluchte, wich mir aus, löste meine Finger mit Gewalt.

»Hör auf! Ich will dir nicht wehtun müssen. – Fahr, Felipe! Keine Stopps mehr. Scheiß auf die Ampeln!«

Der Wagen setzte sich wieder in Bewegung. Ein Ruck, ich heulte auf, landete halb neben, halb auf ihm auf dem Sitz. Er packte mich bei der Jacke, versuchte, mich von sich herunter- und wieder neben sich zu zerren. Ich fuhr mit der Hand in meine Hosentasche, zog sie mit dem Messer wieder hervor, ließ die Klinge herausspringen, rammte sie ihm in den Oberschenkel. Er brüllte. Ich warf mich auf die Tür auf seiner Seite zu. Der Fahrer trat auf die Bremse, versuchte, nach mir zu greifen. Hinter uns kreischte eine zweite Bremse. *Lauf, Cris!* Plötzlich war etwas zwischen meinen Beinen, riss sie mir weg. Die Seitenscheibe. Direkt vor mir! Ich schlug mit der Stirn dagegen, war unvermittelt auf dem Boden zwischen den Vorder- und Rücksitzen, ohne zu wissen wie, warum. Eine seltsam klebrige Wärme war an meiner Stirn, meinem Arm. Eine Stimme über mir. Grollend. Benommen wollte ich mich aufsetzen. Mein Kopf pochte. Der Wagen bewegte sich nicht mehr. Vor mir wurde die Tür geöffnet. Kalte Nachtluft wehte herein. Jemand stand davor. Schwarze Hosen. Mit vielen Taschen. Ich wollte daraufzukriechen. Eine Hand in meinem Nacken hielt mich nieder.

»Rafael, was zum Teufel …«

»Cris!« Ich wimmerte, schluchzte.

»Halt die Klappe, Cristóbal.« Wieder die Stimme. Dann war sie ganz dicht an meinem Ohr. »Ich hatte gehofft, wir könnten das nett und freundlich über die Bühne bringen, aber ich werde keine weiteren blauen Flecken an dir vor Joaquín verantworten, Kleines. Ganz zu schweigen von noch mehr Blut.« Ich sah das Glänzen nur aus dem Augenwinkel. Die Nadel einer Spritze. Etwas in mir wusste, ich musste mich bewegen, es wenigstens versuchen … Ein Stich in der Schulter. Ein Brennen. Trübe, die sich wie ein Sack über mich stülpte … Jemand jammerte, leise und hell. Mehrere Hände. Hievten mich in die Höhe. Der Sitz. Ich sank gegen die Rückenlehne, rutschte halb zur Seite. Ein Griff an der Schulter. Zurück in die Senkrechte. Zumindest ein Stück. Berührung an meinem Gesicht, meinen Lidern. Grelles Licht in meinen Augen. Schmerzhaft. Das Jammern war einem schwachen Klagen gewichen.

»In Ordnung. Sie ist nicht ganz weg, aber sie wird uns keine Schwierigkeiten mehr machen, bis wir in der Luft sind. – ¡Que duermas bien, tigresa!« Die Berührung verschwand. Unter meiner Wange war das Polster. »Sehen wir zu, dass wir von hier wegkommen, bevor Ezra ein paar Fäden in seiner Domäne zieht und den Flughafen dichtmacht. – Das alles wird deinem Bruder gar nicht gefallen. Hoffentlich hast du eine verdammt gute Erklärung dafür.« Murmeln. »Mach das mit Joaquín aus, nicht mit mir.« Die Tür schlug zu. Der Wagen setzte sich in Bewegung, beschleunigte. Lichter huschten draußen vorbei. Huschten. Huschten.

Cristóbal … deinem Bruder … Nein! Oh nein! Cris … Die Lichter huschten weiter. Huschten …

Kälte strich über mein Gesicht. Die Lichter standen still.

»… dann nimm du sie. Besser, als dass ich sie am Ende fallen lasse …«

Arme, die mich hochhoben. Mein Kopf fiel gegen eine Schulter. Vertrauter Geruch. Cris. Ich lehnte mich an ihn. Aber da war etwas … etwas, das mit Cris zu tun hatte. Cris, der … was?

Rauer Wind. Ich schmiegte mich fester an Cris. Stufen, aufwärts.

»… können jederzeit starten, Rafael …«

Die Arme setzten mich ab. Ein anderes Polster unter meiner Wange. Kühler. Glatter. Ein hohes Pfeifen erwachte irgendwo.

»… sieh an. Abner und seine Freunde. Schicker Ferrari. Aber kanariengelb? Autsch. Bisher dachte ich, nur Nosferatu hätten ein Problem mit Farben … Bring uns in die Luft, Lope, bevor sie uns den Weg abgeschnitten haben … Schnall sie an.«

Ein Schatten beugte sich über mich, legte etwas über meine Mitte, zog es an, murmelte.

»… auch jemand wie Ezra, Patron hin oder her, kann es sich nicht erlauben, seine Leute auf dem Logan Airport herumballern zu lassen. …«

Wieder Bewegung, wieder Lichter, die huschten, weiße Streifen vor Schwärze zuckten vorbei, wurden zu einem, ein Ruck …

›Flugzeug‹ war das Erste, was in meinen Gedanken aufflammte, als mein Verstand zurückkehrte. Vor dem Fenster herrschte schwarze Dunkelheit. Sterne hingen darauf. Ich saß einfach nur da. Benommen. Irgendwie orientierungslos. Ich wusste nicht wie lange. Mein Kopf war zu schwer, um ihn zu heben. Gelegentlich trieb der fahle Schleier einer Wolke draußen vorbei. Gefangen. In Tausenden Fuß Höhe. Keine Möglichkeit zur Flucht. Unter meiner Wange war kühles Leder. Natürlich. Was sonst. Das hier war wahrscheinlich *sein* Privatjet. Das Beste vom Besten war für Joaquín de Alvaro gerade gut genug. *Monster.* Ich schloss die Augen, öffnete sie aber sofort wieder, als das leise Schaben von Stoff auf Leder ganz in meiner Nähe erklang. Langsam wandte ich den Kopf. Auf der anderen Seite der Kabine hockte Cris in einem weiteren Sessel. Die Ellbogen auf die Oberschenkel gestützt. Die Finger ineinandergeschlungen – nein, ineinander*gekrallt.* Der Kerl, der mir die Spritze verpasst hatte, dieser Rafael, saß mir schräg gegenüber. Eben schob er sein Handy in die Hosentasche. Hatte er *ihm* unser Kommen angekündigt? Was sonst – auch wenn ich mich nicht erinnern konnte, seine Stimme gehört zu haben. Seine hellblauen Augen musterten mich. Ich biss die Zähne zusammen, gab seinen Blick möglichst kalt zurück und richtete mich zugleich aus meiner beinah halb und quer über den Sitz hingegossenen Position auf. Er drehte sich bei der Bewegung ein kleines bisschen. Seine Lippen verzogen sich zu einem feinen, spöttischen Lächeln.

»Wieder wach, tigresa?« Die oberen Knöpfe seines dunkelgrauen Hemdes standen offen. Die Ärmel waren fast bis zu den Ellbogen hochgekrempelt. Ein breites Lederarmband mit irgendeinem Tribal-Muster lag um sein rechtes Handgelenk. Die Uhr auf der anderen Seite sah ziemlich teuer aus. Hatte er im Auto nicht einen dünnen Rollkragenpullover und ein Sportsakko getragen? »Wie fühlst du dich? Du hast mehr als die Hälfte des Fluges verschlafen.« Auf seinen Jeans war keine Spur von Blut. Er bemerkte meinen Blick. »Das mit dem Messer war kein feiner Zug. – Ich bin Rafael.«

Erwartete er jetzt ein schlechtes Gewissen von mir? »Ich hoffe, du hast nichts dagegen, wenn ich ›Mistkerl‹ zu dir sage. Oder lieber ›Bastard‹?« Vielleicht war der Umstand, dass ich die Worte nur hervorzischte, dafür verantwortlich, dass meine Stimme nicht zitterte. Und warum sollte ich nett zu ihm sein? Auf wessen Seite er stand, war klar. Daran würde garantiert nichts etwas ändern.

Sein Lächeln wurde schief und vertiefte sich gleichzeitig. »Autsch, tigresa, autsch. Ich bin gespannt, was Joaquín sagt, wenn du deine Krallen bei ihm auch so ausfährst. Aber sei vorsichtig, nicht dass du damit irgendwo hängen bleibst und sie dir selbst ausreißt. Er mag es zwar, wenn ihm jemand Kontra gibt, trotzdem solltest du es nicht übertreiben. – Nun, wie ist es? Hungrig? Durstig? Kann ich dir etwas bringen?«

»Ich will zurück nach Boston!« Scharf und fest. Noch immer keine Spur von Unsicherheit. Obwohl mir viel eher nach Betteln und Flehen zumute war. Und das mit jeder Minute mehr. Ich war auf direktem Weg zu *ihm.* Dem Typen, der mein Blut wollte, der der Grund war, dass ich mein ganzes Leben davongelaufen war.

»Dein Platz ist auf Santa Reyada. Und genau dorthin werde ich dich bringen.« Mit einem Schlag war jede Spur von Belustigung aus seinem Gesicht verschwunden. Wenn ich gekonnt hätte, wäre ich zurückgewichen.

Santa Reyada. An der Westküste. Irgendwo zig Meilen östlich von Los Angeles. »Ich will ...«

Abrupt stand er auf. Seine Augen waren von einer Sekunde zur nächsten eiskalt. Was auch immer ich ›gewollt‹ hatte: Es blieb mir im Hals stecken. »Im Moment hast du nichts zu wollen.«

»Lass sie in Frieden, Rafael.«

Er warf Cris einen harten Blick zu, wandte sich dann wieder mir zu. »Wenn ich nichts für dich tun kann, entschuldigst du mich besser.« Ebenso jäh, wie er aufgestanden war, drehte er sich um und marschierte Richtung Cockpit, jeder Schritt ein unübersehbares Hinken. Gleich darauf klackte eine Tür.

Ich starrte ihm nach. Er würde mich zu *ihm* bringen und ich konnte nichts dagegen tun. In meinem Magen saß ein Zittern, das nackte Angst war. *Er* würde seine Zähne in meinen Hals schlagen. *Er* würde mein Blut trinken. Wie damals! Es würde sein wie damals! Allein die Erinnerung zog meine Lungen zusammen, machte mir das Atmen schwer. Damals als … Tante María hatte gebettelt, geschrien … Das Blut war in Strömen aus dem Loch an ihrer Kehle geflossen. Er hatte immer wieder zugebissen … Dieser andere Nosferatu … *Atme, Lucinda, atme!* Ich presste die Lider so fest zusammen, wie ich konnte.

»Lucinda …« Cris. Ich grub die Fingernägel in das Leder meiner Armlehnen, öffnete die Augen. Jetzt beugte er sich ein Stück weiter zu mir. Hatte er meinen richtigen Namen von Anfang an gekannt, oder hatte dieser Rafael ihn ihm erst heute gesagt? Ersteres, Lucinda, wetten? Der Gedanke hinterließ ein Gefühl der Bitterkeit.

»Warum hast du mich belogen?«

Cris sah mich an. Hundeblick. So sanft. Es tat weh.

»Lucinda, ich …«

»Warum hast du mir nicht gesagt, wie du wirklich heißt? Dass du *sein* Bruder bist?« Ich konnte nicht mehr länger verhindern, dass meine Stimme zitterte, sogar ein Stück weit brach. Das war Cris! Mein Cris. Ich hatte ihm vertraut! Ich hatte mit ihm schlafen wollen! Wie hatte ich auch nur eine Sekunde annehmen können, das Schicksal würde es ein einziges Mal gut mit mir meinen? Ich könnte zumindest für eine kleine Weile aus dem Albtraum aussteigen, der mein Leben war?

»Lucinda, bitte …«

»Warum, Cris? Du hast die ganze Zeit gewusst, wer ich bin. Warum hast du mit mir gespielt? Hat dein Bruder dich geschickt?« Wieso war er nicht wie *er?* Wieso hatte ich bei ihm nicht das geringste Anzeichen von ›Vampir‹ spüren können?

»Nein …« Hastig, beinah überstürzt sprang er auf, durchquerte die Kabine, wechselte auf den Sitz mir gegenüber; schüttelte den Kopf. »Nein! Bitte! Glaub das nicht.« Er streckte die Hände nach mir aus, zog sie zurück, schlang sie erneut ineinander. »Ich … Das darfst du nicht denken. Joaquín hatte keine Ahnung. Die ganze Zeit nicht. Er wusste nichts! Und ich habe nicht mit dir gespielt! Ich wollte dir nicht wehtun. Niemals. Bitte, ich …« Er verkrallte die Finger noch härter. »Ich wollte das alles nicht. Nicht so. Das musst du mir glauben!«

»Dann sag mir, warum.« Meine Kehle war eng. *Ich habe dir vertraut! Ich habe gewagt, zu träumen. Davon, dass mein Leben endlich einmal besser werden würde, dass ich vielleicht nicht mehr davonlaufen müsste oder zumindest für kurze Zeit jemanden hätte, auf den ich mich verlassen könnte. Der für mich da wäre, dass mein Leben vielleicht endlich normal sein könnte. Und jetzt?*

Cris starrte auf seine Hände. »Weil ich Angst hatte, dass du genau *so* reagieren würdest, wenn du es erfährst. Dass du mich hasst, weil ich Cristóbal de Alvaro bin. Weil Joaquín mein Bruder ist«, sagte er schließlich leise, sah mich dann doch wieder an. »Ich würde alles dafür geben, wenn es nicht so wäre. Das musst du mir glauben. Bitte!« Sein Blick huschte zur Seite, kehrte zurück. »Aber als ich dich vor vier Wochen im *Forty-two* zum ersten Mal gesehen habe, da … Ich konnte nicht anders. Ich wollte nicht, dass das zwischen uns steht. Dass Joaquín zwischen uns steht.«

Wie gern hätte ich die Beine auf den Sitz gezogen und die

Arme darumgeschlungen, den Kopf darauf gepresst, mich in mich selbst verkrochen. »Warum bist du nach Boston gekommen? Das war doch kein Zufall. Wie hast du mich gefunden?« Hörte er, wie sehr meine Stimme zitterte? Hörte er, welche Angst ich vor seiner Antwort hatte? Und doch musste ich es wissen. »Warum warst du in Boston?«

»Ich …« Cris zögerte, fuhr sich mit der Zunge über die Lippen. »Ich konnte dich spüren. Plötzlich. Ich wusste, dass du da warst, dass du am Leben warst, nicht tot, wie alle dachten.« Wieder leckte er sich die Lippen. »Als ich nach Boston kam, da … ich wollte dich zu Joaquín bringen. Aber dann … dann habe ich dich gesehen und … ich konnte es nicht mehr. Weil ich mich in dich verliebt habe, Lucinda.«

Es tat so weh. »Du hast mich belogen.«

Er senkte den Kopf. »Ich wünschte, ich könnte es rückgängig machen.«

»Ich habe dir vertraut.« Meine Augen brannten.

»Verzeih mir.«

Ich wandte das Gesicht ab. Draußen huschte ein Wolkenschleier vorbei. ›*Verzeih mir.*‹ Es klang so einfach …

»Lucinda, bitte! Ich schwöre, ich wollte das alles nicht.« Ich konnte hören, wie er auf seinem Sitz vorrutschte. Näher kam. Ich sah weiter in die Dunkelheit. »Ich bin nicht wie er. Ich werde nie so sein. Ich … ich hoffe es zumindest. Ich meine … bei mir reicht es gerade mal dazu, eine Kerze anzuzünden. Wenn überhaupt. Und Joaquín … das ganze Konsortium hat Angst vor ihm – die Männer, die eigentlich seine Berater sein sollen.« Cris lachte gepresst. »Wahrscheinlich gibt es sogar in der gesamten Hermandad keinen, der es wagt, sich offen gegen ihn zu stellen.« Die Hermandad … die Bruderschaft jener Hexer, deren Vorfahren vor Hunderten von Jahren einen Pakt mit dem Teufel geschlossen hatten. Die Gesamtheit all derer, die waren wie *er.* Bei Tag zumindest äußerlich normale Menschen, aber bei Nacht … Vampire. – Camorra, Cosa Nostra, Mafia; wie auch immer sie hießen: Verglichen mit der Hermandad waren sie … harmlos. Tante María hatte mir so viel erzählt. Weil sie wollte, dass ich wusste, wer mich jagte. Und Joaquín de Alvaro war einer von denen, die an ihrer Spitze standen. Zusammen mit Männern, von denen jeder einzelne Jahrzehnte älter war als er; mächtiger hätte sein müssen. Und es nicht war. Cris' Stimme sank zu einem Flüstern herab. »Ich werde nicht zulassen, dass Joaquín irgendetwas tut, was du nicht willst. Ich meine, ich … habe ihm zwar nichts entgegenzusetzen, aber … ich schaffe es. Irgendwie, Lucinda. Ich verspreche es!«

Ich hielt den Blick starr aus dem Fenster gerichtet. *›Ich verspreche es.‹* Ich hätte ihm so gern geglaubt. Aber wie konnte ich das noch? Er brachte mich zu *ihm.* Dem *Monster,* vor dem ich mein ganzes Leben davongelaufen war. Er war *sein* Bruder. *›Ich verspreche es.‹ – Oh Gott, Cris.*

»Ich werde dich beschützen. Irgendwie. Niemand darf dir wehtun. Auch Joaquín nicht«, wiederholte er nach einigen weiteren Sekunden noch einmal und stand auf. »Ich verspreche es dir.« Ich rührte mich nicht. Schwieg. Irgendwann kehrte er auf seinen Platz auf der anderen Seite der Kabine zurück. Jenseits der Scheibe blitzten die Sterne auf dem Nachthimmel. Ich saß einfach nur da. *›Ich verspreche es dir.‹* Ebenso einfach zu sagen wie *›Verzeih mir‹*. Aber unmöglich zu halten. *›… das ganze Konsortium hat Angst vor ihm.‹* Die mächtigsten Hexer der Familie. Die seit Hunderten von Jahren immer den Männern der de-Alvaro-Linie Rechenschaft schuldig gewesen waren. Die jetzt *ihm*

Rechenschaft schuldeten. Obwohl er jünger war als sie. Und Cris …? Ob *er* seinem Bruder etwas antun würde, wenn der es wagte, sich gegen ihn und vor mich zu stellen? Wahrscheinlich hatte er nach den Gesetzen der Hermandad sogar das Recht dazu. Immerhin war ich ja *seine* Blutbraut. Und wenn … wenn ich es einfach hinnahm? Es geschehen ließ? Allein bei dem Gedanken war der Krampf in meiner Brust mit einem Schlag da. Nein! Nein, das … ich konnte nicht. Niemals. Tante María hatte geschrien und gebettelt. Ihr Blut war überall gewesen. Er hatte immer wieder zugebissen. Ich zwang mich, weiterzuatmen. Ein und aus. Nur ein und aus. Er brauchte mich, wenn er nicht zum Nosferatu werden wollte. Er konnte mich nicht töten. Er brauchte mich lebend. Es gab noch andere wie mich. Auch wenn ich die Einzige war, die für *ihn* ›passte‹. Sie ertrugen es doch auch … Meine Lungen zogen sich noch ein Stück weiter zusammen. Nein! Nein, ich … Nein! Der Schmerz, als er damals die Zähne auch in meinen Hals geschlagen hatte … *Atme, Lucinda!* Ich umklammerte die Armlehne, so fest ich konnte. Aber vielleicht schaffte ich es, so zu tun, als hätte ich mich mit meinem Schicksal abgefunden? Vielleicht ließ er mich dann noch ein oder zwei Tage in Ruhe? Gab mir Zeit, mich an ihn zu gewöhnen? Dann hatte ich vielleicht eine Chance, doch noch einmal zu entkommen. Wenn ich ihn täuschen konnte … nur ein oder zwei Tage … Irgendeine Gelegenheit würde sich ergeben. Bestimmt. Vielleicht würde Cris mir ja helfen. Solange *er* nur nicht sofort über mich herfiel … Wenn ich ihn täuschen konnte … nur ein oder zwei Tage …

Als ich aufsah, wurde mir klar, warum ich es nie schaffen würde, *ihm* etwas vorzumachen: Rafael. Er stand im Gang, die Hand locker auf die Lehne des Sessels neben ihm gelegt. Ich hatte nicht gehört, dass er zurückgekommen war. Reglos schaute er mich an. Vielleicht würde ich jeden anderen täuschen können, aber ihn nicht. Und er würde nicht zulassen, dass ich *ihn* täuschte. Aber musste ich es nicht wenigstens versuchen? Seine Augen waren im Licht der Kabine beinah ebenso glitzernd und farblos wie die eines Nosferatu, nur ein Hauch von fahlem Blau in den Tiefen. Ich konnte seinen Blick kaum erwidern. Für eine Sekunde hob er wie fragend eine Braue, doch als ich schwieg, nahm er die Hand von der Lehne, ging ein Stück weiter den Gang entlang Richtung Heck, wo er sich auf einer ausladenden Sitzbank niederließ und sein Handy aus der Hosentasche zog.

Einer der beiden Männer hinten in der Kabine ließ die Zeitung sinken, in der er anscheinend die ganze Zeit gelesen hatte, und sagte etwas. Der andere lehnte mit vor der Brust verschränkten Armen in einer Ecke und rührte sich nicht, schlief vermutlich. Ich hatte sie bisher nur am Rande wahrgenommen. Rafaels Antwort war ein Murmeln, zu leise, als dass ich ihn hätte verstehen können. Der Mann nickte und widmete sich weiter seiner Zeitung.

Ich sah wieder aus dem Fenster. Ich musste es zumindest versuchen. Immerhin hatte ich nichts zu verlieren. Und trotzdem war ein Teil von mir vor Angst wie benommen.

Unter uns war nichts als Dunkelheit, als sich die Nase des Jets irgendwann sacht dem Boden entgegen zu senken begann. Nur als er sich einmal in eine weite Kurve legte, erhaschte ich einen kurzen Blick auf ein breites Band funkelnder Lichter, die der Linie einer Küste zu folgen schienen. Doch kurz darauf waren auch sie schon wieder in der Schwärze verschwunden.

Und dann hatte Rafael unvermittelt vor mir gestanden, wortlos den Gurt um meine Mitte geschlossen und sich erneut in den Sessel mir gegenüber niedergelassen. Seitdem lag sein Blick wieder unverwandt auf mir. Ich konnte ihn spüren, obwohl ich die Augen starr aus dem Fenster gerichtet hielt.

Als die Landebahn vor uns auftauchte, bewegte Cris sich auf seinem Platz auf der anderen Seite des Ganges unruhig. Ich saß einfach nur da. Lichter blitzten entlang der fahlen Linie aus Asphalt, die sich in der Nacht verlor. Ein kleiner Tower. Ein Hangar. Ein Schuppen. Die Schatten von ein paar Autos huschten unter uns vorbei … Der Umriss eines schlanken Flugzeugs mit schmalen, verwirrend langen Tragflächen … Ein Ruck und das Geräusch der Bremsen, das Pfeifen der Triebwerke …

Selbst als der Jet schließlich stand, rührte ich mich nicht. Durch das Fenster konnte ich in der Ferne ein paar einzelne Lichtpunkte ausmachen. Häuser? Wie weit war es bis zur nächsten Stadt? Kühle Nachtluft drang von draußen herein. Jemand musste die Tür geöffnet haben. Ich löste die Augen aus der Dunkelheit, als Rafael sich über mich beugte und meinen Gurt löste. Sie brachten mich zu *ihm.* Rafael ergriff mich am Arm, zog mich von meinem Sitz hoch. Nicht grob. Oder unfreundlich. Er tat es einfach. Außer uns war niemand mehr in der Maschine. Er sagte etwas, aber ich verstand ihn nicht. Er brachte mich zu *ihm.* Die Hand immer noch an meinem Ellbogen, hielt er auf die Tür zu. Ich ging neben ihm her. Sein Blick glitt immer wieder zu mir. Prüfend. Misstrauisch. Auf der Treppe verfehlte ich einen Tritt. Oder wollten meine Beine mich einfach nur nicht mehr weiter tragen? Sein Griff verhinderte, dass ich mehr tat, als die letzten beiden Stufen schneller zurückzulegen als die vorherigen. Wieder ein Blick.

»Alles okay?«

Ich hätte nichts lieber getan, als meinen Ellbogen aus seiner Hand zu reißen und um mein Leben zu rennen. Er brachte mich zu *ihm.* Und fragte allen Ernstes, ob alles in Ordnung war?

»Da lang.« Hatte es ihm mit meiner Antwort zu lange gedauert? Hatte er überhaupt eine erwartet? Er dirigierte mich auf eine dunkle Limousine zu. Sah sich dabei immer wieder um.

Hinter uns verloschen die Lichter der Landebahn. Nur über dem Tor des Hangars brannte noch eine Lampe. Der Lack des Wagens schimmerte wie graue Perlen. Ein Stück weiter rechts schlugen Türen, grollte ein Motor, Scheinwerfer flammten auf, entfernten sich. Verwirrt sah ich ihnen nach. Rafael ging wortlos weiter. Seine Finger umschlossen immer noch meinen Arm. Ich stolperte neben ihm her. Cris wartete an der Beifahrertür. An der hinteren ein Mann mittleren Alters. Das Haar schon schütter und beinah weiß im Licht der Scheinwerfer.

»Sanguaíera.« Mit etwas wie einer Verbeugung öffnete er die Tür, sah mich dabei aufmerksam an. Ich blieb stehen. *›Sanguaíera.‹ Blutbraut.* Sie brachten mich zu *ihm.* Ich drehte mich um und rannte. Oder wollte es. Rafaels Hand war noch immer an meinem Arm. Hielt mich fest, riss mich zurück. Ich strauchelte, schürfte mir die Handfläche auf dem Asphalt auf, den Arm verdreht, noch immer in seinem Griff, schrie, zerrte daran, schlug nach seinem verletzten Bein. Er wich aus, fluchte. Für eine Sekunde war ich frei. Ich taumelte hoch und vorwärts, knickte um, fing mich. Meine eigenen Haare waren in meinem Mund. Im nächsten Moment packte er mich um die Mitte, nahm mir den Boden unter den Füßen, drückte mich gegen seine Brust, schleifte mich zum Wagen zurück. Aus! Ich erschlaffte in seinem Griff, schluchzte nur noch. ›*Sanguaíera.*‹ *Sie brachten mich zu ihm.*

»Worauf wartest du? Steig ein.« Die Worte waren nur ein Grollen, galten Cris. »Abner hatte in Boston viel zu viel Zeit, sich daran zu erinnern, dass sein Patron gerade hier ganz in der Nähe ist. Vielleicht ist er längst auf die Idee gekommen, Ezra zu stecken, wo er uns eventuell finden kann. Ich will sie so schnell wie möglich auf Santa Reyada und in Sicherheit haben.« Rafael schob mich in den Fond der Limousine. Der andere Mann starrte mich erschrocken an. Ich stolperte über den Schweller, landete auf Händen und Knien zwischen der Sitzbank und der Trennwand, riss Rafael halb mit. Sandfarbenes Leder, helles Holz, samtiger Teppich.

»Nach Santa Reyada, Hernan!« Er zog mich vom Boden hoch auf den Rücksitz.

»Sí, Rafael.« Die Tür schlug hinter uns zu. Ich krümmte mich zusammen. Gleich darauf eine zweite, dann noch eine. Der Motor schnurrte kaum hörbar auf, der Wagen setzte sich in Bewegung. Das Einrasten einer Türverriegelung. Rafaels Arm lockerte sich um meine Mitte, gab mich schließlich endgültig frei. Beinah lautlos senkte sich die Trennscheibe. Cris hatte sich auf dem Beifahrersitz umgedreht.

»Bist du in Ordnung, Lucinda?«

Ich sah ihn an. Was dachte er? Sie brachten mich zu *ihm.* Ich kroch in die Ecke, fort von Cris, fort von Rafael, begegnete den Augen des Fahrers im Rückspiegel.

»Lucinda?« Cris hatte sich noch weiter umgewandt.

»Lass sie in Ruhe, Cris.« Mit einer entschiedenen Geste ließ Rafael die Trennscheibe wieder hochfahren, blickte zu mir her, schüttelte den Kopf. »Komm schon, tigresa, niemand wird dir etwas tun. Es gibt keinen Ort, an dem du sicherer wärst als auf Santa Reyada. Joaquín wird den Boden unter deinen Füßen anbeten, nachdem wir dich endlich gefunden haben.«

Ich drückte mich noch tiefer in die Ecke. Er stieß ein Seufzen aus, sagte aber nichts mehr. Ich saß da und starrte aus der dunkel getönten Scheibe, blind, ohne etwas zu sehen, selbst wenn es etwas zu sehen gegeben hätte. Es war vorbei. Ich hatte meine letzte Chance verspielt. Ich konnte niemanden täuschen. Ich konnte es einfach nicht ertragen. *Er* würde seine Zähne in meinen Hals schlagen, wann immer *er* mein Blut brauchte. Ich würde den Rest meines Lebens eingesperrt verbringen. Vielleicht wäre es besser gewesen, wenn ich damals nicht entkommen, sondern gestorben wäre, wie Tante María.

Santa Reyada war dunkel, als wir es erreichten. Ein massiger, zusammengekauerter Schatten, in dessen hohen Fenstern sich der Nachthimmel mit seinen Sternen spiegelte. Scheinbar verlassen. Würde nicht irgendwo Licht brennen, wenn *er* da wäre? War er fort? Auf der Jagd, sich irgendwo ein anderes Opfer suchen? Hatte ich doch noch eine kleine Gnadenfrist? Mein Herz hing in meinem Hals.

Die Hand wie zuvor an meinem Ellbogen, dirigierte Rafael mich aus der Limousine und die Stufen der ausladenden Treppe hinauf. Cris war hinter uns. Zu beiden Seiten wuchsen Büsche. In einem raschelte es. Gleich darauf flatterte ein Vogel davon. Rafael stieß die schwere Eingangstür auf. Nicht verschlossen. Würde sie es später sein? Jetzt, da ich hier war? Ein Ornament aus buntem Glas schimmerte auf, als sie aufschwang, klirrte leise. Dahinter: Schwärze. Rafael brummte, schob mich weiter, das Klacken eines Schalters, dann flammte sanft gedämpfte Helligkeit auf. Weiß verputzte Wände, helle Steinfliesen auf dem Fußboden; dicke, bunte Teppiche; weit offen stehende Türen und Durchgänge, die in den hinteren Teil des Hauses und in dunkle Räume rechts und links führten. Gegenüber der Eingangstür die Treppe in den ersten Stock. Auf dem Absatz, dort, wo sie im rechten Winkel die Richtung wechselte, stand eine riesige Bodenvase mit Blumen. In ihrem Schatten glänzte der schwarze Lack eines Flügels. Rafael ging mit mir weiter, die Stufen hinauf. Der Duft von Lavendel strich mir entgegen.

»Warte!« Plötzlich war Cris' Hand an meinem anderen Arm, zwang mich stehen zu bleiben.

Rafael drehte sich unwillig um. »Was ist?«

»Hältst du das wirklich für eine gute Idee?« Cris trat näher an mich heran, zog mich in der gleichen Bewegung weiter zu sich. »Es ist mitten in der Nacht. Sie hat den ganzen Tag gearbeitet; der Flug … Sie ist müde. Reicht es nicht, wenn sie Joaquín morgen früh sieht? – Auch oben ist alles dunkel, wahrscheinlich ist er selbst schon zu Bett …«

»Dein Bruder? Zu Bett?« Der Laut, den Rafael von sich gab, war irgendwo zwischen Schnauben und Lachen. »Wie lange warst du nicht mehr hier, Niño? – Lass es mich so sagen: Du wirst feststellen, dass sich in den letzten Wochen hier einiges verändert hat.«

»Was soll das heißen?« Cris' Finger schlossen sich fester um meinen Arm.

»Lass dich überraschen.« Rafael nickte mir zu. »Komm, tigresa, es würde mich sehr wundern, wenn Joaquín nichts von unserer Ankunft mitbekommen hat. Du wirst vermutlich schon erwartet.«

Cris ließ mich noch immer nicht los. »Verdammt, Rafael, gib ihr wenigstens die Chance, sich frisch zu machen. Sie hat ja immer noch Blut–«

»¡Dios mío!« Rau. Kehlig. Mehr Knurren als Worte aus der Dunkelheit am Ende der Treppe. Eine Bewegung. Rafael und Cris drehten sich gleichzeitig um. Ich wich zwischen ihnen zurück, soweit ihr Griff es erlaubte. *Er!*

»Joaquín. Ich habe den ganzen Flug versucht, dich zu errei...«

»¿Que hace ella aquí? ¿Por que la has traído aquí?« Er kam die Stufen herunter. Im ersten Moment nicht mehr als ein Schatten.

»¿No entiendo ...?« Eine scharfe Falte erschien auf Rafaels Stirn. Ich versuchte, weiter zurückzuweichen. Plötzlich war ein Brennen in meiner Brust.

»¡Estúpido!« Immer näher. Farblose Augen. Glitzernd. Unverwandt auf mich gerichtet. Nosferatu. Meine Lungen verkrampften sich.

»Heilige Muttergottes ...« Cris zuckte zurück, ließ mich los, schob sich vor mich.

»¿Cómo?« Rafael starrte *ihn* an, gab mich endlich auch frei. Ich prallte gegen die Wand. Wimmerte.

Er packte seinen Bruder am Hemd, stieß ihn einfach aus dem Weg. Meine Brust zog sich mit jedem Atemzug mehr zusammen. Glitzernde Augen. Farblos. Nicht ganz. Ein letzter Rest fahlgelb. Cris stolperte gegen das Treppengeländer. Keuchte. »Joaquín ...«

Fauchen. Direkt vor mir blieb *er* stehen. Lehnte sich vor, stützte die Hände zu beiden Seiten neben meinem Kopf an die Wand. Nah! Entsetzlich zu nah! Sein Körper drückte gegen meinen. Luft! Ich konnte mich nicht bewegen. *Er* beugte sich noch näher. Fänge. Weiß, spitz und scharf. Sein Atem fuhr über meinen Hals, wurde wieder eingesogen; lange, tief. Ich drehte den Kopf weg, begriff zu spät, dass ich meine Kehle entblößte. Wieder sein Atem an meiner Haut. Heiß. Meine Lungen verkrampften sich noch stärker. Ich bekam noch immer keine Luft! Seine Wange streifte meine. War das sein Mund auf meinem Hals? Nein, nein! Bitte! Luft!

»Sie hätten dich niemals finden sollen, mi corazón«, sagte *er* direkt neben meinem Ohr.

Dunkelheit schlug in meinem Verstand zusammen.

2

Lucinda Moreira war also wieder aufgetaucht. Zum zweiten Mal – wenn man ihr erstes großes Auftauchen vor einigen Jahren nicht mitrechnete. Damals war er bedauerlicherweise nicht schnell genug gewesen. Und dann war sie wieder so gründlich verschwunden wie zuvor. Vor einigen Wochen hatte er sie dann abermals kurz gespürt. Zu kurz, um sie finden zu können. Aber offenbar doch lang genug, dass der Junge sie hatte aufstöbern können. Und diesmal hatten auch die anderen sie spüren können. Lästig. Aber nicht wirklich ein Problem.

Was allerdings ein Problem darstellte, war der Umstand, dass sie erneut nach Santa Reyada gebracht worden war. Nun ja, solange Joaquín davon ausging, dass er sie nur vor den gierigen Händen der Hermandad beschützen musste …

Schon Estéban hatte sich gegen ihn gestellt. Und Joaquín war keinen Deut besser als sein Vater. Im Gegenteil. Er hasste die Nosferatu wie kein Zweiter in der Hermandad. Spöttisch verzog er den Mund. Und jetzt wurde er offenbar inzwischen unaufhaltsam selbst zu einem. Wie be-dau-er-lich. Aber nein. Joaquín würde eher sterben, als Nosferatu zu werden. Und das wiederum konnte er nicht zulassen. Eine solche Macht durfte nicht auf diese Weise verschwendet werden. Im Gegenteil. Er hatte Pläne mit dem lieben Joaquín. Und in denen spielte die süße Lucinda eine ganz entscheidende Rolle.

Die Kleine auf dem Tisch wimmerte, als er die Zähne tiefer in ihr Handgelenk grub. Sie erinnerte ihn an Juana. Dasselbe blasse, glatte Fleisch, dieselben schlanken, weichen Flanken, schwarzes Haar … Nur die Augen waren anders. Nicht die Augen einer Sanguaíera. Nur ein Mensch. – ›Du sollst nicht begehren deines Nächsten Weib.‹ Auch dann nicht, wenn es das deines Sohnes ist. Wenn die Kleine noch ein wenig mehr zerrte, hatte sie das Messer zwischen ihren Fingern herausgerissen, das sie auf den Tisch nagelte. Ihre Brust drängte sich in seine Hand, als sie sich ein weiteres Mal aufbäumte. Sein Ärmel streifte ihre Schulter, tauchte in Blut. Er zischte. Bisher hatte er es erfolgreich vermieden, seinen Anzug damit zu besudeln, und nun das. Mit einer eleganten Bewegung schob er den Stuhl zurück, beugte sich über sie. Ihre Augen weiteten sich noch ein Stück mehr. Bedächtig schlitzte er mit dem Fingernagel auch ihre andere Schulter vom Hals bis zum Brustansatz auf. Ein Gurgeln kam aus ihrer Kehle. Blut quoll aus dem Schnitt. Lächelnd leckte er es ab, langsam, genoss sein Bouquet. Für einen Menschen schmeckte sie exquisit. Dazu der Hauch von Alkohol in ihrem Blut … Benedicto hatte ganze Arbeit geleistet. Vielleicht sollte er ihn dafür mit ein wenig mehr als nur totem Fleisch belohnen. Ihre Augen wurden allmählich glasig. Viel hatte er schon jetzt nicht von ihr übrig gelassen. Aber sie hatte so entzückend gekämpft, als er ihr das Messer durch die Hand gestoßen hatte.

Nein! Er ließ ihren Arm fallen, machte entschieden einen Schritt zurück. Man sollte aufhören, wenn es am schönsten war.

Sofort war Benedicto bei ihm und reichte ihm ein feuchtes Tuch, damit er sich säubern konnte.

»Sorg dafür, dass sie und die anderen ordentlich hergerichtet sind, wenn ihr sie in Los Angeles abladet. Und dieses Mal findet die Presse sie besser auch wirklich zuerst.«

»Sí, Patron.« Benedicto nahm ihm das Tuch wieder ab und verneigte sich. Er wusste nur zu gut, dass er sich keinen weiteren Fehler erlauben durfte.

Er zog das Jackett glatt. Es war Zeit, sich auf den Weg zu seiner Verabredung zu machen. Nicht, dass ihm der Junge noch davonlief.

3

Ein kühler Lufthauch auf meinem Gesicht, meinen Armen. Lavendelduft.

Leises Rascheln …

Das Gefühl, dass jemand direkt neben mir war … Von einer Sekunde zur nächsten war ich wach, riss die Augen auf.

Ich lag in einem fremden Bett. Zusammengerollt auf der Seite. Ein hauchfeiner Vorhang bauschte sich in einem Luftzug vor einer weit offen stehenden Glastür. Fahles Vor-Sonnenaufgang-Dämmerlicht glitt darunter in den Raum hinein. Mit einem leisen Rascheln rieb der Stoff gegeneinander. Ansonsten war noch immer kein Laut zu hören. Für eine Sekunde verstärkte sich der Lavendelduft, dann war er vergangen.

»Sie hätten dich niemals finden sollen, mi corazón.« Worte, direkt neben meinem Ohr …

Das Grauen kam mit der Erinnerung. Keuchend fuhr ich auf. Meine Lungen verkrampften sich. Wie von selbst zuckte meine Hand zu meiner Kehle, tastete ich über meinen Hals, zerrte die Ärmel von meinen Handgelenken zurück: nichts! Keine Bissmale! Noch nicht mal ein Kratzer. Wieso? Wollte *er,* dass ich wach und bei Sinnen war, wenn er über mich herfiel? Großer Gott.

Irgendwie gelang es mir, ein wenig tiefer zu atmen. Dann fiel mein Blick auf die andere Seite des Zimmers. Panisch schleuderte ich die Decke von mir, stolperte hastig vom Bett herunter, stürzte quer durch den Raum zu der mit geschnitzten Kassetten verzierten Tür. Drehte hektisch den Schlüssel im Schloss, bis der Bart auf Widerstand stieß, und rammte den Stuhl, der bis eben vor einem kleinen Sekretär an der Wand rechts davon gestanden hatte, unter die Klinke. Mein Herz raste. Meine Knie zitterten – wie der Rest von mir. Ein Stück links, zwei weitere Türen. Ich riss sie auf. Hinter der einen ein begehbarer Kleiderschrank, vollgestopft mit irgendwelchen Klamotten; hinter der anderen ein Badezimmer. Keine Verbindungstüren zu einem Nachbarraum. Allein! Ich sank mit der Schulter gegen den Rahmen der Badtür, schloss die Augen. Meine Brust brannte. Das Letzte, was ich jetzt brauchte, war ein weiterer Anfall. Ich musste ruhig atmen, ruhig und tief. Und ich musste von hier verschwinden, ehe *er* merkte, dass ich nicht mehr die schlafende Schöne gab. Hier: Santa Reyada. *Er:* Joaquín de Alvaro. Das Monster. *Nosferatu.*

Die Zähne zusammengebissen stieß ich mich vom Türrahmen ab. Gestern war ich vor Angst wie gelähmt gewesen, war bereit gewesen aufzugeben und jetzt? Gab es für mich wieder nur einen Gedanken: Flucht! Aus welchem Grund auch immer *er* mich noch nicht gebissen hatte: Ein zweites Mal würde ich garantiert nicht davonkommen. Ich musste weg. Sofort. Alles andere zählte für den Moment nicht.

Möglichst leise ging ich zum Bett zurück. Was nicht schwer war. Der Teppich auf dem Boden war so dick, dass er jeden meiner Schritte schluckte.

Ich trug noch die Sachen vom vergangenen Abend. Der Knopf meiner Jeans stand offen. Ich schloss ihn. Anscheinend hatte irgendwer versucht, es mir ein bisschen bequemer zu machen. Wer? Cris? Dieser Rafael? *Er?* – Ganz egal! Das Bündel Geldscheine steckte nach wie vor in der hinteren Tasche. Dem Himmel sei Dank.

Meine Schuhe standen am Fußende. Irgendwie höhnisch. Ich zog sie an, ohne mich zu setzen. Auf einem Sessel gegenüber dem Bett lagen meine Tasche und Jacke. Hastig schnappte ich mir beides.

Als ich auf die Glastür zutrat, war der Lavendelduft plötzlich wieder in der Luft. Der Vorhang wirbelte mir entgegen. Ich schlüpfte an ihm vorbei und durch die Tür auf einen Balkon hinaus. Nein, kein Balkon. Offenbar war der erste Stock – zumindest auf dieser Seite – mehrere Meter vom Rand des Erdgeschosses zurückgesetzt gebaut, sodass eine Art Terrasse entstand. Weiß, rot und rosa blühender Oleander wechselte sich an ihrem Rand entlang in wuchtigen Terrakotta-Kübeln mit irgendwelchen Büschen ab, die ich nicht kannte. Dahinter ragte eine steinerne Balustrade aus gedrehten Säulen ungefähr hüfthoch. Ich warf einen kurzen Blick zum zweiten Stock empor. In den hohen Fenstern hinter mir spiegelte sich der erste Streifen feuriges Rot, der sich gerade am Horizont zeigte und den Sonnenaufgang ankündigte. An den Steinplatten hing noch die Kühle der letzten Nacht.

Wachsam trat ich zwischen zwei der Kübel an das steinerne Geländer. Etwas, das man nur als Park bezeichnen konnte, streckte sich vor mir aus: Rasenflächen, eingefasst von niedrigen Hecken, immer wieder durchbrochen von blühenden Büschen, in einiger Entfernung scheinbar dicht an dicht stehende Bäume. Und das hier, in dieser Gegend. Ich mochte mir gar nicht vorstellen, was es kostete, das alles zu bewässern. Aber natürlich mussten sich die de Alvaros um Geld keine Gedanken machen.

Ich legte die Hände auf den glatten Stein und spähte in die Tiefe auf der Suche nach irgendetwas, das für mich einen Weg nach unten bedeutete – und erstarrte. Am Fuß der Mauer befand sich eine weitere Terrasse, die nach ein paar Metern an einer flachen, lang gestreckten Treppe endete, die zu einem großen, von sandfarbenen Fliesen eingefassten Pool führte. Auf der einen Längsseite stieg ein Halbrund aus Stufen in das azurblaue Wasser hinein. Es war kristallklar. Eine einsame Gestalt zog darin ihre Bahnen – oder hatte es wohl zumindest bis eben getan, denn in genau diesem Moment hielt der Schwimmer auf die zweite Längsseite zu, stemmte sich aus dem Wasser und klaubte in derselben Bewegung, mit der er sich endgültig aufrichtete, ein Handtuch von den Fliesen. Wahrscheinlich mindestens einen halben Kopf größer als ich selbst, schlank und geschmeidig. Schwarzes Haar, glatt, nass und schwer, hing auf seine Schultern und noch ein Stückchen tiefer. Wie beiläufig fasste er es mit einer Hand im Nacken zusammen und drückte das Wasser heraus. Ich glaubte, das Klatschen der Tropfen auf dem Boden zu hören. Er ließ das Handtuch über seine Brust gleiten, seine Arme, sah dabei dem Sonnenaufgang entgegen, hatte mir den Rücken zugewandt. Etwas Dunkles war darauf … Ich blinzelte, bis ich erkannte: Schwingen! Er hatte mächtige Schwingen auf den Rücken tätowiert, die direkt aus seinen Schulterblättern zu wachsen schienen. Ihre oberen Bögen schmiegten sich bis zum Kamm seiner Schultern hinauf, während ihre krallenbewehrten Spitzen sich bis auf die Seiten seiner Oberschenkel hinabstreckten. Sie bedeckten seinen ganzen Rücken, bewegten sich mit seinen Bewegungen, als seien sie mehr als nur in die Haut gestochene Farbe; wirkten im Spiel von Muskeln, Licht und Schatten beinah lebendig; als würden grau und ockerfarbene Schwingen tatsächlich durchscheinend über seinen Schultern liegen; Schwingen, die sich jeden Moment öffnen konnten, um das Wasser abzuschütteln, das über sie perlte.

Dann drehte er sich um – schwarze Brauen zogen sich zusammen – und sah zu mir auf, als hätte er meinen Blick unvermittelt gespürt. Ich zuckte zurück. *Er!* Joaquín de Alvaro! Das Monster! Hatte ich tatsächlich jemand anderen erwartet? Seine Augen waren jetzt dunkel. Über seinen Schultern ragte links und rechts eine Schwingenkralle nach vorne, reichte bis auf seine Schlüsselbeine. Auf seiner Brust hing ein schwarzes Kreuz. Daneben ein ebenfalls schwarzer, schmaler, länglicher Kristall. Und plötzlich war mir klar, warum ich die Schwingen auf seinem Rücken *ganz* hatte sehen können ... Im gleichen Moment ließ er das Handtuch vor sich sinken und machte einen Schritt aufs Haus zu – die Augen noch immer zu mir gehoben. Ich stolperte hastig von der Balustrade weg, drehte mich um und in das Zimmer zurück. Die Glastür klirrte gefährlich, als ich sie hinter mir zuschlug und mit zitternden Händen verriegelte. Beinah hätte ich mich im Vorhang verfangen. Hatte er gerade meinen Namen gerufen?

»Sie hätten dich niemals finden sollen, mi corazón.«

Mein Herz schlug wie wahnsinnig. Ich wich von der Tür zurück, bis ich den Bettrand in den Kniekehlen hatte. Jeder Atemzug war ein Pfeifen. Was würde ihn daran hindern, einfach das Glas einzuschlagen? Nichts. – Eine Waffe! Ich brauchte eine Waffe! Irgendetwas! Der Lavendelduft war plötzlich wieder da. Mein Blick huschte durch den Raum, blieb an einer Glaskaraffe auf dem Nachttisch hängen. Zitronenscheiben schwammen auf der leicht trüben Flüssigkeit, die eigentlich nur Limonade sein konnte. Ich goss sie auf den Teppich, schmetterte das Gefäß gegen die Wand. Der Vorhang peitschte auf, obwohl die Glastür fest geschlossen war. Hexerei! Ich packte die größte der Scherben, brachte das Bett zwischen mich und die Terrassentür, meine erbärmliche Waffe in den eiskalten Fingern … und wartete. Die Zeit schien stillzustehen … Ich stieß einen Schrei aus, als es irgendwann unvermittelt an die Zimmertür klopfte.

»Wir müssen miteinander reden, Lucinda.« Seine Stimme war nicht mehr das raue Knurren von letzter Nacht, sondern ein weicher Bariton. Schmeichelnd. Verführerisch. Mit einem Hauch von Akzent.

Ich drückte mich mit dem Rücken gegen die Wand neben dem Bett, streckte die Scherbe vor mich. »Verschwinde!«

»Bitte, Lucinda, mir ist bewusst, dass unser erstes Zusammentreffen alles andere als … als glücklich war …« Alles andere als ›glücklich‹? Sollte das ein Witz sein? »Mein Benehmen war unverzeihlich.« Unverzeihlich? Aber ansonsten war noch alles gesund? Lieber Gott, er war mir an die Kehle gegangen. »Ich war … Dich so plötzlich hier zu haben … Ich habe die Kontrolle verloren. Ich entschuldige mich dafür.« Glaubte er tatsächlich, dass ich ihm dieses Gesäusel abkaufte? Für wie dumm hielt er mich? »Nur reden, Lucinda. Ich werde dir nichts tun.« Die Klinke der Zimmertür bewegte sich. »Ich verspreche es. Mach die Tür auf.« Das konnte nicht sein Ernst sein.

»Niemals! Geh weg!« Obwohl er es nicht sehen konnte, schüttelte ich heftig den Kopf.

»Gib mir eine Chance, Lucinda. Ich will nur mit dir reden.« Abermals senkte sich die Klinke. Nachdrücklicher diesmal.

»Mach auf. Ich komme dir nicht zu nah. Mein Ehrenwort darauf. Aber ich will dir nicht durch die Tür sagen, was ich zu sagen habe.«

»Nein! Geh weg!« Die Glasscherbe zitterte immer stärker in meinen Händen. Was würde eigentlich passieren, wenn ich mich daran schnitt? Jeder Atemzug fiel mir schwerer als der vorherige. »Lass mich zufrieden! Hau ab!«

»¡Maldita sea!, Luz, das ist kindisch. Mach die verdammte Tür auf!« Das Schmeichelnde war aus seinem Ton gewichen. Ein harter Schlag gegen das Holz.

»Nein! Verpiss dich endlich, du Scheißkerl!« Meine eigene Stimme klang viel zu schrill.

Stille!

Meine Kehle war zugeschnürt. Was trieb er da draußen? Suchte er etwas, womit er die Tür aufbrechen konnte? Warum tat er es nicht einfach mit Magie? Immerhin war er ja einer von *ihnen.*

»Also gut.« Ich zuckte zusammen, als er unvermittelt wieder sprach. »Dann machen wir es eben auf deine Art. – Ich muss in etwa einer halben Stunde zu einem Termin, den ich leider weder absagen noch verschieben kann. So lange warte ich im Wohnzimmer auf dich. Wenn du in der Halle mit dem Rücken zur Treppe stehst, ist es der Durchgang auf der linken Seite. Ich lasse die Tür offen. – Ich will nur mit dir reden.« Glaubte er ernsthaft, mich mit dieser Harmlos-Nummer zum Narren halten zu können? »Kommst du?«

»Vergiss es!« Für wie blöd hielt er mich eigentlich? »Du kannst meinetwegen warten, bis du schwarz bist.«

»Du kannst nicht ewig da drin bleiben.«

Dummerweise hatte er damit recht. »Verzieh dich endlich!«

»Ich warte die nächste halbe Stunde im Wohnzimmer. Ich hoffe, du kommst. Falls nicht, werden wir reden, wenn ich zurück bin. – Und, Lucinda: Reden werden wir!«

»Niemals!« Der Lavendelduft kitzelte mich in der Nase. Beinah hätte ich geniest.

Ich glaubte, ein Seufzen zu hören. »Solltest du tatsächlich erst rauskommen, wenn ich fort bin …«

Worauf du wetten kannst.

»… zur Küche geht es rechts neben der Treppe. Der Kühlschrank ist voll mit allem, was du magst.«

Woher wollte er wissen, was ich mochte?

»Falls dir der Sinn nach Gesellschaft steht, wirst du dich noch drei oder vier Stunden gedulden müssen. Cris schläft gerne lang. – Ach ja. Wenn du dich mit dem Gedanken trägst davonzulaufen: Lass es! Ich kann außerhalb der Grenzen von Santa Reyada nicht für deine Sicherheit garantieren.« *Heuchler!* »Ich würde dich ungern zurückholen müssen. Und ich würde dich finden. Glaub mir.«

Ja, klar. Ich verkniff mir die Frage, was er tun würde, falls er es doch musste. Stattdessen lauschte ich auf die Stille, die plötzlich wieder jenseits der Tür herrschte – auch noch nach Minuten. War er tatsächlich gegangen? Oder lauerte er lautlos draußen im Korridor. Endlich wagte ich es, mich auf das Bett sinken zu lassen und den Griff um die Scherbe zu lockern. Ich warf einen Blick auf die Uhr. Eine halbe Stunde, hatte er gesagt, dann war ich mit Cris allein – Cris, der mich belogen und getäuscht hatte. Es hätte so vieles leichter gemacht, wenn ich zu ihm gehen und ihn um Hilfe bei meiner Flucht bitten könnte. Aber nach dem, was ich inzwischen wusste … Nein. Ich musste hier fort und ich konnte ihm dabei nicht vertrauen. Die Vorstellung, ihn aufzugeben, tat weh. Aber eine andere Wahl hatte ich nicht. Oder? Ich starrte auf die Scherbe in meiner Hand. Vielleicht konnte ich mich ja wieder bei ihm melden, wenn ich ein neues Versteck gefunden hatte? Und sicher sein konnte, dass er mich nicht doch an seinen Bruder verriet.

Ich schloss für eine Sekunde die Augen. Verdrängte die Gedanken. Zuallererst musste ich hier weg. Eine halbe Stunde, hatte *er* gesagt. So lange konnte ich mich gedulden. Und dann würde ich wieder verschwinden. Wenn ich Glück hatte, dachte Cris, sein Bruder hätte mich mitgenommen, und es würde erst auffallen, dass ich nicht mehr da war und brav darauf wartete, wie ein Lamm zur Schlachtbank geführt zu werden, wenn das Monster zurückkam.

Die Stille vor der Tür hielt an. Irgendwann konnte ich mich dazu durchringen, die Scherbe auf den Nachttisch zu legen. Mit einem gewissen Bedauern sah ich auf den Limonadenfleck auf dem Boden. Hätte ich es wirklich gewagt, davon zu trinken? Wäre ich tatsächlich das Risiko eingegangen, dass da vielleicht doch irgendetwas beigemischt war, das mich gefügig machen sollte? Sich jetzt noch darüber Gedanken zu machen, war müßig. Allerdings änderte es nichts daran, dass mein Mund wie ausgedörrt war. Aber gewöhnliches Leitungswasser konnte selbst *er* wohl kaum manipulieren, oder? Ich schaute noch einmal schnell zur Zimmertür, dann ließ ich meine Tasche zu Boden gleiten, stand vom Bett auf und ging ins Bad. Zuvor hatte ich seinem Inneren keinen zweiten Blick gegönnt. Doch diesmal sah ich mich um, während ich auf das Waschbecken zuhielt. Hell und freundlich; zweckmäßig, ohne besonders protzig zu sein. Sandfarbene Fliesen, die den Boden und – als eine Art unregelmäßiges Mosaik – die untere Hälfte der Wand bedeckten. Dicke Flauschvorleger vor der gemauerten Dusche und einer Badewanne, die auf geschwungenen Füßen frei vor der Schmalseite des Raumes stand. Selbst als Tante María noch gelebt hatte, hatten wir uns nie eine Wohnung mit Badewanne leisten können. Der Anblick dahinter jedoch war pure Dekadenz: drei schmale Fenster, die vom Boden bis zur Decke reichten und sich auf eine scheinbar unendliche Sierra öffneten, über der die seltsam grell aufgehende Sonne die Luft bereits erbarmungslos zum Flimmern brachte. Rau, wild – und wunderschön.

Einen Moment stand ich einfach nur da und sah hinaus in die Weite, dann riss ich meinen Blick davon los, lauschte wieder zur Tür hin – noch immer Stille –, trat ans Waschbecken und drehte den Hahn auf. Das Wasser war kühl und köstlich. In großen Schlucken trank ich aus der hohlen Hand. Bis ich meinem Spiegelbild zum ersten Mal etwas mehr Aufmerksamkeit schenkte. Erschrocken beugte ich mich vor, berührte meine Stirn mit den Fingerspitzen … Direkt am Haaransatz klebten zwei dieser Schmetterlingspflaster und hielten einen rot verschorften Riss zusammen. Unwillkürlich wanderten meine Augen weiter. Blutflecken zierten mein Top. Was …? ›*Ich werde keine weiteren blauen Flecken an dir vor Joaquín verantworten, Kleines. Ganz zu schweigen von noch mehr Blut*‹, hatte Rafael gesagt, bevor er mir die Spritze in die Schulter gejagt hatte. Hatte ich mir den Kopf so hart angeschlagen, dass ich nicht nur kurz benommen gewesen war, sondern mir auch eine Platzwunde geholt hatte? Ich hatte nichts gespürt. Aber wann sonst hätte es passiert sein sollen?

Irgendjemand hatte mich vom Blut gesäubert und die Wunde ziemlich fachmännisch versorgt. Ich hatte nichts davon mitbekommen. Der Gedanke, so vollkommen weggetreten gewesen zu sein, machte mir Angst. Was war in dieser Zeit noch mit mir passiert? Hatte *er* vielleicht doch ... Meine Hand zitterte ein wenig, als ich die Kragen von Jacke und Bluse von meinem Hals wegzog. Nein. Nichts. Ich hatte mich vorhin nicht getäuscht. Offenbar hatte *er* tatsächlich noch nicht von meinem Blut getrunken. Mit einem Schaudern lehnte ich mich wieder zurück, drehte das Wasser ab, das immer noch ins Waschbecken rauschte. Und ich hatte garantiert nicht vor, darauf zu warten, dass er es tat. Allerdings wäre es vielleicht keine schlechte Idee, das blutige Shirt gegen eines zu tauschen, das nicht aussah, als sei ich an irgendeinem Verbrechen beteiligt gewesen. Ich wollte verschwinden. Zusätzliche Aufmerksamkeit zu erregen, war dabei nicht wirklich geschickt.

Eine Sekunde zögerte ich noch, dann verließ ich das Bad und ging zu dem Kleiderschrank hinüber. Wem auch immer die Sachen hier gehörten: Mit etwas Glück passte ich hinein.

Ich lauschte noch einmal zur Zimmertür. Nach wie vor nichts als Stille.

Wie zuvor flammte das Licht im Inneren auf, sobald ich die Schranktür öffnete. Offenbar war der eigentliche Eigentümer dieses Zimmers und dieses Schrankes weiblich. Ich schob die Frage, wer diese Sie wohl sein mochte, beiseite und machte mich stattdessen auf die Suche nach einem passenden Oberteil. Nachdem die Luft über der Sierra jetzt schon zu flirren begann, sollte es wohl am besten möglichst hell sein. Wer auch immer sie war: Sollte sie glücklich mit ihm werden, wenn sie *ihn* tatsächlich in ihrer Nähe ertragen konnte.

Überraschenderweise war der Geschmack dieser Sie, was Farben anging, meinem anscheinend ziemlich ähnlich. Alles weitestgehend dunkel und gedeckt. Außerdem besaß sie wie ich offenbar keine Röcke. Verrückt. Hastig stöberte ich durch die aufeinandergestapelten Shirts. Jedes einzelne absolut nagelneu. Zumindest, soweit ich das sagen konnte. Nun ja, wer mit *ihm* zusammen war, konnte es sich leisten, Sachen nur einmal zu tragen. Trotzdem … wenn man bedachte, dass ich meine Sachen normalerweise secondhand aus Thriftshops hatte, fühlte es sich irgendwie … seltsam an.

Schließlich zog ich ein dünnes, graublaues Shirt mit Kapuze aus einem Stapel – und hielt inne, als ich den schwarzen Gitarrenprint mit den Glitzersteinen sah. Dasselbe Shirt hatte ich vor zwei Wochen schweren Herzens in den Müll geworfen, weil es endgültig nicht mehr zu flicken gewesen war … Ich griff erneut in den Stapel, zerrte ein graues Shirt mit gehäkelten Einsätzen an den Schultern hervor. Mein Magen krampfte sich zusammen. Sein Zwilling lag mit einem Fleck, von dem ich nicht wusste, wie ich ihn wieder herausbekommen sollte, neben meinem Bett in Boston. Blindlings ließ ich es auf den Boden fallen, griff mir das nächste. Dunkles, beinah schwarzes Grün, mit einem Aufdruck im Ed-Hardy-Style. Mein Lieblingsteil. Nur war bei *meinem* eine Stelle an der Schulternaht schon gefährlich dünn. Meine Hand bebte, als ich das nächste hervorzerrte. Und das nächste. Und das übernächste … Bis ich zurücktaumelte und gegen die Wand stieß. Der ganze Schrank war vollgestopft mit meinen Sachen. Oder genauer: Duplikaten davon. Manche der Teile hatte ich schon vor Ewigkeiten weggeworfen. Oder verloren. Oder zurücklassen müssen. Ich starrte auf den Berg Kleidungsstücke zu meinen Füßen. Schüttelte den Kopf. Krank! Das war … krank! – Und … Der nächste Gedanke erschreckte mich beinah noch mehr: Es bedeutete, dass *er* die ganze Zeit gewusst haben musste, wo ich war. Aber das … ergab keinen Sinn. Wenn er gewusst hatte, wo ich war, warum hatte er mich dann nicht schon viel früher hierherschaffen lassen? Bevor er begonnen hatte, Nosferatu zu werden. Warum hatte er so lange gewartet, dass er schon …? Nein! Nein, ich wollte es nicht wissen. Er musste komplett wahnsinnig sein. Ich wollte nur eins: weg hier! Sofort! Jede Sekunde, die ich länger hier war, war eine Sekunde zu viel.

Entschieden stieß ich mich von der Wand ab, schnappte mir wahllos eines der helleren Shirts und tauschte es rasch gegen mein Spitzenoberteil und das blutfleckige Spaghettiträger-Top, während ich schon aus dem Kleiderschrank flüchtete. Ich musste hier weg!

Den Stuhl bereits halb unter der Türklinke hervorgezogen, hielt ich inne, warf einen hastigen Blick auf meine Uhr. Die halbe Stunde war noch nicht um. Irgendwie hilflos sah ich zu der Glastür auf die Terrasse hinaus. Solange er noch im Haus war, konnte ich eine Flucht nicht riskieren. Weder auf dem einen noch auf dem anderen Weg. Ich schob den Stuhl an seinen Platz zurück und trat zurück, schlang die Arme um mich. Als ein Zittern in mir aufstieg, kämpfte ich es nieder. Ich hatte nur noch diese eine Chance. Ich würde sie nicht aufs Spiel setzen. Nicht, weil ich plötzlich in Panik ausbrach und glaubte, es keine Sekunde länger aushalten zu können. Die nächste Stadt zu erreichen, war vermutlich schwer genug. Denn ganz abgesehen davon, dass ich keine Ahnung hatte, wo genau ich war, stand wahrscheinlich jeder im Umkreis von Meilen in irgendeiner Form in *seinen* Diensten. Wenn darunter mehr Typen wie Rafael waren, gingen meine Chancen, von hier wegzukommen ohnehin ziemlich gegen null. Ich umfasste meine Ellbogen fester. Hoffentlich wohnte *der* nicht auch auf Santa Reyada. Oder war zumindest mit *ihm* zu diesem Termin gefahren und schlich nicht gerade irgendwo auf dem Gelände herum. Irgendwie nun doch zittrig ging ich zum Bett hinüber und setzte mich steif auf die Kante. Eigentlich war Flucht wirklich der blanke Wahnsinn. Aber eine andere Wahl hatte ich nicht.

Ich wartete. Starrte vor mich hin. Sah immer wieder auf die Uhr. Erwischte mich dabei, wie ich an meinem Fingerknöchel nagte; wie meine Gedanken immer wieder zu Cris wanderten; wie ich mich fragte, ob ich ihn vielleicht doch um Hilfe bitten konnte – und den Gedanken jedes Mal wieder verwarf.

Einmal glaubte ich Stimmen zu hören. Dann einen Automotor. Jedoch viel zu schwach, als dass ich mir hätte sicher sein können. Dieses Haus war einfach zu groß. Und ich kannte seine Geräusche nicht. Also blieb ich auf dem Bettrand sitzen und wartete weiter, bis die halbe Stunde um war. Und noch fünf Minuten länger.

Erst dann hob ich meine Tasche auf, ging zur Tür und öffnete sie. Nur um eine weitere geschlagene Minute im Rahmen zu stehen und in den dämmrigen Korridor davor zu lauschen. Nichts als Stille. Und dieser scheinbar allgegenwärtige Lavendelduft.

4

»Wie geht es deinem Bein?«

Das Handy zwischen Schulter und Ohr geklemmt, schob Joaquín die beiden Berichte und die Fotos in die Mappe zurück. Drei weitere Tote. Den Bildern nach zu urteilen, hatten die Nosferatu ein Schlachtfest veranstaltet. Zum zweiten Mal binnen zwei Wochen. Gerüchten zufolge war César einer von denen, die in L. A. ihr Unwesen trieben. Er konnte es noch immer kaum glauben. Der gutmütige César, der ohne seine Brille nahezu blind gewesen war, eines dieser Monster, die sich an den Qualen ihrer Opfer weideten. – Und das Entsetzliche war, *er* konnte mit jeder Nacht diese … Gier, diese … Lust, Schmerz zu bereiten, mehr nachvollziehen. Nein! Mit einem tiefen Atemzug schob er den Gedanken beiseite. Egal was geschah: Er würde nicht Nosferatu werden. Niemals!

Sie war nicht aus ihrem Zimmer gekommen. Hatte er wirklich damit gerechnet? Eigentlich nicht. Aber wie sagte man doch: ›Die Hoffnung stirbt zuletzt.‹ Nun, vielleicht sollte er sich allmählich mit dem Gedanken anfreunden, seine endgültig zu begraben.

Während er auf Luz wartete, hatte er am Fenster gestanden und der Sonne dabei zugesehen, wie sie am Himmel allmählich immer höher stieg. Rosa war dabei mit einer Ruhelosigkeit um ihn herumgestrichen, die ihn schier rasend gemacht hatte. Beinah hätte er alle guten Vorsätze über Bord geworfen und wäre nach oben gestürmt, um diese verdammte Tür auch gegen Luz' Willen zu öffnen. Dass Hernan schließlich vorgefahren war, um ihn zu dem Treffen in San Diego zu bringen, war geradezu eine Erlösung gewesen. Dass er sich während der Fahrt bisher kaum auf das hatte konzentrieren können, was ihn dort erwartete, war etwas anderes. Und dabei widerstrebte es ihm zutiefst, unvorbereitet zu sein. Nicht jetzt. Nicht wenn die Nosferatu – auch in seiner Domäne – seit Kurzem geradezu Amok liefen und dabei immer wieder regelrechte Blutbäder anrichteten. Irgendetwas stimmte nicht. Sie waren ... viel zu organisiert. So als hätten sie ihre Revierkämpfe untereinander und gegen ihn aufgegeben und sich entschlossen ... ja, was? Sich zusammenzuschließen und so viel Aufmerksamkeit wie möglich auf die Hexer der Hermandad und ihren Vampirfluch zu lenken ... um ihnen die Menschen auf den Hals zu hetzen? Um die Hexer des Ordre des Sorciers auf den Plan zu rufen, die ja immer noch der Meinung waren, ihre vom Teufel versuchten – ehemaligen – Brüder, die sich vor all den Jahrhunderten von ihnen abgewandt und in der Hermandad zusammengeschlossen hatten, würden nur der schwarzen Magie frönen und ihrem Tun müsste Einhalt geboten werden? Warum? Um Hermandad und Ordre gegeneinander auszuspielen? Eine neue Hexenjagd des Ordre auf die Mitglieder der Hermandad anzuzetteln? Die Menschen wieder zu einem fackelschwingenden Lynchmob aufzustacheln? – So arbeiteten Nosferatu nicht. Zumindest hatten sie es bisher nicht getan. Aber irgendetwas lief gerade falsch. Und das nicht nur in seiner Domäne. Im Gegenteil. In anderen sollte es noch schlimmer sein. Und im Augenblick konnte er diese Probleme nicht auch noch zusätzlich zu seinen eigenen gebrauchen.

Ärgerlich warf er die Mappe auf den Boden der Limousine. Eines der Bilder rutschte heraus. Mit einem leisen Fluch bückte er sich, klaubte es auf und steckte es ins Innere zurück. Warum musste dieses verdammte Treffen auch ausgerechnet jetzt sein? Und Absagen war nicht möglich. Sie waren extra seinetwegen an die Westküste gekommen. Das Risiko war zu groß, dass sie auf Santa Reyada auftauchten, wenn er nicht nach San Diego kam. Und das Letzte, was er wollte, war, sie in seinem Haus zu haben. – Nein, das Letzte, was er wollte, war, dass sie in Luz' Nähe kamen.

»Wo warst du gestern den ganzen Abend? Ich habe den gesamten Flug von Boston hierher versucht, dich zu erreichen.« Offenbar hielt Rafael es nicht für nötig, seine Frage zu beantworten.

»Jagen. Und … unterwegs. – Ich musste … raus.« Nachdem Luis und die anderen ihn den ganzen Tag über mit ihren Forderungen und unnötigen Diskussionen zuvor immer weiter an den Rand des Wahnsinns getrieben hatten, war von seiner Selbstbeherrschung am späten Nachmittag nicht mehr viel übrig gewesen. Mit jeder Minute war er gereizter geworden, war die Wahrscheinlichkeit größer geworden, dass er die Beherrschung verlor. Es war gerade erst auf den frühen Abend zugegangen, als er darauf bestanden hatte, das Treffen für diesen Tag zu beenden. Er drückte Mittel- und Ringfinger gegen die Schläfe. Er konnte es nicht riskieren, dass einer der anderen Hexer in seiner Nähe war, wenn die Sonne unterging. Nicht mehr. Seine Macht war … instabil. Schon seit einigen Wochen; seit er angefangen hatte, sich immer mehr zu … verändern, Nosferatu zu werden. Zuerst kaum merklich, doch dann immer … heftiger, unberechenbarer. Inzwischen war das Ganze manchmal ein regelrechtes Vabanque-Spiel. Vor allem bei Sonnenuntergang. Und wenn sein Illusionszauber dann brach und einer der anderen dabei war … Nein. Die Gefahr war zu groß, dass sie sein Geheimnis entdeckten, sobald es Nacht wurde.

»Aha. Und was war es letzte Nacht? Piste oder Käfig?«

War das eben ein Gähnen gewesen? »Die Piste. Ich wusste, dass Max da sein würde. Und nachdem er bei seinem letzten Rennen Stew geschnitten hat, war er gestern genau der Richtige für mich, um mich abzureagieren. – Also? Was ist mit deinem Bein?«

Rafael stieß ein hochtheatralisches Seufzen aus. »Fernán sagt, ich werde es überleben. – Frag lieber, wie es meinem Stolz geht. Deine Kleine hat mich eiskalt erwischt. Und die Leute, die das von sich behaupten können, kannst du an drei Fingern abzählen. Inklusive dir und Estéban.«

»In Ordnung, wem von euch beiden soll ich den Kopf tätscheln? Dir, um dich zu bedauern, oder ihr, um sie für ihre Heldentat zu beglückwünschen?«

Diesmal ließ Rafael ein Schnauben hören. »Wenn du nichts Besseres mit deiner Sanguaíera zu tun weißt, als ihr den Kopf zu tätscheln, dann, mein Freund, hast du meiner Meinung nach ein ziemlich massives Problem. – *Ich* weiß allerdings immer noch nicht, womit ich letzte Nacht das ›Rindvieh‹ verdient hatte.«

Einen Augenblick presste Joaquín die Lippen zu einem schmalen Strich zusammen. Luz' unvermittelte Nähe, der Geruch ihres Blutes, hatte ihn komplett um seine Selbstbeherrschung gebracht. »Das sag ich dir ein andermal …«

»Du sagst mir in letzter Zeit ziemlich viel ›ein andermal‹, Bruder. Muss mir das zu denken geben?«

»Nicht mehr als gewöhnlich.«

»Sicher? Joaquín …« Der leicht spöttische Ton war endgültig aus Rafaels Stimme verschwunden. Joaquín rieb sich über die Stirn. Dass Rafael und er sich beängstigend oft ohne Worte verstanden, konnte jetzt zu einem Problem werden.

»Es ist alles in Ordnung. – Sag du mir lieber, was zwischen Lucinda und Cris ist.« Auch wenn er es bereits ahnte: Etwas in ihm musste es hören.

»Was meinst du?«

»Tu nicht so. Ich werde vielleicht Nosferatu; das bedeutet aber noch lange nicht, dass mein Verstand auf der Strecke bleibt. Er hat sich heute Nacht vor sie gestellt …«

»Das hast du noch mitbekommen?«

»Ja, das habe ich noch *mitbekommen*. Ebenso wie die Tatsache, dass das zwischen mir und meiner Blutbraut mein kleiner Bruder war.«

»Er ist zu Tode erschrocken, als er dich gesehen hat. Immerhin hatte er keine Ahnung, dass du schon so weit …«

»Die erste Regel, die man jedem von uns einhämmert, ist: Stell dich nie zwischen eine Sanguaíera und ihren Hexer. Cris hat sie ebenso gelernt wie du und ich. Er kann von Glück sagen, dass ich offenbar doch noch nicht ganz *›so weit‹* bin, sonst wäre er möglicherweise nicht mehr am Leben. – Also?«

»Hör mal …«

»Was ist da?«

Rafael räusperte sich. »Sie haben sich geküsst?«

»Aha. – Wie?« War er tatsächlich so masochistisch veranlagt, dass er auch hier Gewissheit wollte?

Schweigen.

»Rafael.«

Noch immer Schweigen.

»Rafael.« Diesmal war sein Ton eine kleine Terz höher. »*Wie* haben sie sich geküsst?«

Seufzen. »Richtig.«

»Wie ›richtig‹?« Was hatte er erwartet? Bloßes Händchenhalten mit Anstandsdame? – Es fühlte sich trotzdem wie ein Schlag in den Magen an.

»Heilige Muttergottes, willst du wissen, wie tief seine Zunge in ihrem Hals war? Entschuldige, dass ich nicht nachgemessen habe.« Es klang, als würde Rafael irgendetwas mit ziemlicher Wucht gegen irgendeine Fläche knallen.

Joaquín drückte abermals Mittel- und Ringfinger gegen die Schläfe. »Du hast es gesehen?«

»Ja.«

Er schloss die Augen. »Hat es ihr …«

»… gefallen?«

»Ja.« Er hatte das Wort einfach nicht über die Lippen gebracht. Warum eigentlich?

Rafael holte deutlich hörbar Atem und stieß ihn ebenso wieder aus. »Ich denke, ja.«

»Okay.« ›Schlag in den Magen‹ traf es mit jeder Sekunde weniger.

»Es tut mir leid.«

»Warum? Es ist ja nicht deine Schuld.« Er war schon immer ein Meister darin gewesen, Gleichgültigkeit zu heucheln.

»Du weißt, wie ich es meine. – Schmeiß ihn raus!«

»Was?«

»Schmeiß Cris raus! Er soll in das Penthouse in L. A. ziehen.«

»Rafael ...«

»Was? Er ist dein Bruder und macht sich an das Mädchen ran, von dem er weiß, dass sie dir gehört ...«

»Eben. Er ist mein Bruder.«

»Jetzt komm mir nicht mit dieser ›Blut ist dicker als Wasser‹-Nummer.«

»Nein, ich komm dir mit der ›Er ist mein Bruder, und so wie sich erstens diese Sache mit den Nosferatu gerade zuspitzt und zweitens auch der Ordre wieder hinter der Hermandad her ist, will ich ihn auf Santa Reyada und damit in Sicherheit haben‹ -, und mit der ›Ich will ihn aus der Schusslinie halten, damit niemand auf die Idee kommt, ihn als Druckmittel gegen mich zu benutzen‹-Nummer.«

»Er ist alt genug, um auf sich selbst aufzupassen.«

»Alt genug vielleicht, aber auch mächtig genug?«

»Du kannst seinen Hintern nicht ewig retten.«

»Er ist mein Bruder.«

»Familie ist nicht alles.«

»Wenn du das sagst.«

Rafael stieß ein Grollen aus. »Ja, in Ordnung. Schon kapiert. Mit dir darüber zu diskutieren, ist zwecklos. – Dann sieh zu, dass du deiner Tigerin klarmachst, dass du die bessere Partie von euch beiden bist.«

Leichter gesagt als getan. »Tigerin?«

»Ja, Tigerin. – Immerhin hat sie sich gewehrt wie eine. Du erinnerst dich? Sie hat mir ein verdammtes Springmesser in den Oberschenkel gerammt!« Schaben und Klappern über dem Blubbern einer Kaffeemaschine. Als Rafael nach einem Moment weitersprach, war sein Ton ernst. »Joaquín, sie hat mehrfach versucht davonzulaufen.« Das konnte er sich denken. »Meiner Meinung nach hatte sie Todesangst.« Was ihn nicht überraschte. »Was in drei Teufels Namen hat die Alte ihr erzählt?« Zu viel. »Als du die Treppe runterkamst … Sie sah aus, als stünde sie dem Leibhaftigen gegenüber. – Ich meine: Du warst auch zum Fürchten. Aber was hat sie gedacht, was du tun würdest?« Ihr die Zähne in den Hals schlagen, ihr Blut trinken und ihr dann Stück für Stück die Kehle herausreißen. So wie Malakai es damals bei María getan hatte. Vor ihren Augen. Bevor er begonnen hatte, auch mit *ihr* zu spielen. »Als sie da lag … Ich dachte tatsächlich für eine Sekunde, sie sei vor Angst gestorben.« Er konnte Rafael geradezu den Kopf schütteln hören. Joaquín rieb sich übers Gesicht. Ja, gestorben. Aus Angst vor ihm. Viel hatte möglicherweise nicht gefehlt. »Wie geht es ihr heute Morgen?«

»Gut genug, um mich zum Teufel zu wünschen.«

»Oha. Was genau hat sie gesagt?«

»Ich glaube, der entscheidende Satz war: *›Verpiss dich endlich, du Scheißkerl!‹*«

»Autsch. – Und was gedenkst du zu tun, um sie dir etwas gewogener zu stimmen? Ich würde ja ein nettes kleines Frühstück zu zweit vorschlagen, auf der hinteren Terrasse. Dazu dein göttliches Rührei mit frischen Kräutern … Nachdem ihr einander heute Morgen schon über den Weg gelaufen seid, ist es ja schon zu spät, um ihr das Frühstück ans Bett zu bringen …«

»Ich habe ihr gesagt, wir reden, wenn ich wieder zurück bin –«

»Zurück? Wieso …? – Warte mal. Du bist nicht auf Santa Reyada?«

»Nein …«

»Wo zum Teufel steckst du dann?«

»Auf dem Weg nach San Diego. – Du erinnerst dich? Das

Treffen mit den anderen Patrones? Wie schon gestern und vorgestern?«

»Du … Was? – Das ist nicht dein …? – HERNAN!!«

Mit einem Fluch riss Joaquín sich das Handy vom Ohr. »Verdammt, Rafael, das war mein Trommelfell«, zischte er, als er es wagte, es wieder ans Ohr zu halten.

Rafael ignorierte seine Worte. »Sag Hernan, er soll umdrehen!«, verlangte er heftig.

»Das geht nicht. Sie erwarten mich.« Joaquíns Ton war nicht minder scharf.

»Sollen sie. Du und deine Tigerin, ihr seid jetzt wichtig. Herr im Himmel, Joaquín, du stehst am Abgrund, das Mädchen, das der Schlüssel zu deinem Leben ist, ist bei dir zu Hause – und du lässt sie allein, um dich mit diesen Hyänen zu treffen? – Hast du sie noch alle?«

»Du weißt, dass das nicht so einfach ist.«

»Verdammt, Joaquín, und du weißt, dass in den oberen Rängen der Familie schon Gerüchte umgehen, dass du ihnen irgendetwas verschweigst. Du bist der Letzte, dem ich sagen muss, was es bedeutet, wenn die Geier aus deinem Konsortium feststellen, dass ihr Verdacht tatsächlich der Wahrheit entspricht. Und wenn sie es wissen, was glaubst du, wie lange es dauert, bis sie es auch den anderen Patrones der Hermandad gesteckt haben. Eine Stunde? Eine halbe?«

»Noch kann ich sie …«

»Was? Täuschen? Wie lange? Hast du vergessen, dass ich die zweite Hälfte eines ganz bestimmten Siegels trage? Ich habe gemerkt, dass du gestern Abend in die Knie gegangen bist, als ich Abners Zauber abgelenkt habe. Irgendwann wird deine Illusion zusammenbrechen. – Großer Gott, deine Sanguaíera ist auf Santa Reyada. Alles, was du brauchst, sind ein oder zwei Tage. Dann ist die Sache geklärt und sie können dir gar nichts mehr.« Was hätte er nicht darum gegeben, wenn es tatsächlich so einfach gewesen wäre. »Scheiß auf deine Pflicht der Hermandad gegenüber. Seit Jahren hältst du für sie immer wieder den Kopf hin. Holst für sie die Kohlen aus dem Feuer. Schon als dein Vater noch da war. Müssen sie eben diesmal ohne dich klarkommen. – Und jetzt sag Hernan, er soll dich nach Hause schaffen, verdammt noch mal!«

»Rafael …«

»Tu es einfach, Bruder. Sie sind es nicht wert, ihretwegen auch nur einen Tag mehr zu verlieren.« Rafaels Stimme war plötzlich sehr sanft.

Erneut massierte Joaquín sich die Schläfe. Wie man es drehte und wendete: Rafael hatte recht. Zudem war ihm alles andere als wohl dabei, Lucinda einfach sich selbst zu überlassen. Auch auf Santa Reyada. Auch mit Cris im Haus. Vielleicht sollte er das Risiko eingehen und hoffen, dass den anderen Patrones die Fahrt bis hinaus nach Santa Reyada schlicht zu weit war. »Also gut. Ich komme zurück.«

»Sehr gut. Ich werde jetzt meinen Kaffee zu Ende trinken, anschließend gehe ich zum Haus hinüber und gebe der lieben Lucinda eine weitere Kostprobe meines unwiderstehlichen Charmes, damit sie dich umso mehr zu schätzen weiß. Wir sehen uns dann, Bruder.« Ein Klicken. Aufgelegt. Typisch Rafael.

Joaquín ließ das Handy sinken. Vor den getönten Scheiben huschten Geröllboden und Felsen vorbei, lösten sich ab mit kleinen Wäldchen aus Joshua Trees und Büschen. Das Gras war so trocken, dass es den Namen nicht mehr verdiente. Sie brauchten Regen. Unbedingt. Erbarmungslos stach die Sonne grell vom

Himmel herab. Der Nacht-Kristall brannte wie Eis auf seiner Haut. Er griff neben sich und ließ die Trennscheibe herunter.

»Hernan.«

»Sí, Patron?« Der Fahrer sah ihn im Rückspiegel an.

»Dreh um. Bring mich nach Hause.«

»Sí, Patron. Sehr gerne.« In den Augenwinkeln des älteren Mannes erschienen unzählige Fältchen – die gleich darauf wieder verschwanden. »Patron?«

Auf halbem Weg nach oben hielt er die Trennscheibe an, senkte sie wieder ein Stück. »Sí, Hernan?«

»Ich hoffe, María schmort in der tiefsten Hölle für das, was sie getan hat.«

»Ich auch, Hernan.« Allerdings traf ihn daran auch ein gerütteltes Maß an Schuld – wie man es drehte: Er hatte damals bei dem Mädchen versagt, das alles für ihn bedeutete. »Bring mich nach Hause«, wiederholte er müde.

»Sí, Patron.«

Er ließ die Trennscheibe endgültig zugleiten. Dass Luz auf Santa Reyada war, änderte nichts an seinen Plänen. Zumindest nicht, wenn kein Wunder geschah. Und an Wunder hatte er nie geglaubt. Teufelspakt hin oder her.

Entschieden klickte er sich durch die Kontakte seines Handys und rief Luis de las Parras' Nummer auf.

Schon nach dem dritten Klingeln erklang ein unwilliges »Ja?«.

»Luis? – Joaquín hier.«

»Joaquín? Was kann ich für dich tun?« Schlagartig hatte sich Luis' Tonfall geändert. Jetzt klang der Patron der las-Parras-Familie schmeichelnd.

»Ich wollte dich nur darüber informieren, dass ich heute nicht zu unserem Treffen erscheinen werde. Und auch morgen werdet ihr auf mich verzichten müssen. Ich muss mich um einige persönliche Dinge kümmern. – Richte auch den anderen mein Bedauern aus.«

»Persönliche Dinge? Du hast die Berichte vorliegen … Was könnte wichtiger sein als deine Pflicht der Hermandad gegenüber? Wir haben dieses Treffen nur deinetwegen hier an der Westküste einberufen.« Die Missbilligung war in Luis' Stimme nicht zu überhören. Niemand, auch nicht Joaquín de Alvaro, sagte ein Treffen der mächtigsten fünf Patrones ab. Außer vielleicht der Teufel persönlich.

»Das ist meine Sache, Luis. Ihr werdet das Treffen ohne mich zu Ende bringen müssen. Ich bin im Augenblick auf Santa Reyada nicht abkömmlich.«

»Joaquín, das kannst du nicht …«

»Doch, ich kann. Wie du siehst.« Er bemühte sich nicht mehr darum, auch nur ansatzweise höflich zu klingen.

»Joaquín, was auch immer so wichtig ist, es kann wohl kaum wichtiger sein, als die Nosferatu in ihre Schranken zu weisen. Du weißt, dass wir es ohne dich nicht schaffen können, für Ruhe und Ordnung zu sorgen. Ihre Übergriffe werden immer brutaler. Wir müssen die Unseren beschützen. Und wer könnte uns dabei besser helfen als du? Deine Domäne hat die wenigsten Toten zu beklagen. Und das, obwohl sie mit San Francisco, Los Angeles, San Diego und dem gesamten Umland bis zu dir hinaus nach Santa Reyada eine der größten ist.« Luis' Tonfall war erneut schmeichelnd geworden. »Wenn es darum geht, dass du eine Entschädigung für deine Unterstützung verlangst … Es lässt sich sicherlich über alles reden.«

Eine ›Entschädigung‹. Joaquín verzog abfällig den Mund. Ja, natürlich, in der Hermandad hatte alles einen Preis. Dummerweise konnten sie seinen nicht bezahlen. Keiner von ihnen konnte die Zeit zurückdrehen. Oder verhindern, dass er mit jeder Nacht mehr zu einer Bestie wurde. Das konnte nur Luz.

»Ich bedaure, Luis, aber es bleibt dabei: Ihr werdet das Treffen ohne mich zu Ende bringen müssen.«

Einen Augenblick herrschte Stille, dann: »Die anderen werden nicht erfreut sein. Das wird Konsequenzen haben ...«

»Wenn du meinst. Aber ich hoffe, dir ist bewusst, wem du gerade drohst.«

Luis holte scharf Atem. »Du verstehst das falsch. Das war keine Drohung, Joaquín ...«

»Dann ist es gut. – Ich melde mich, sobald es mir meine Zeit erlaubt, Luis. Bis dann.« Er drückte den anderen weg, bevor der noch irgendetwas erwidern konnte. Was auch immer Luis gesagt hatte: Natürlich waren seine Worte eine Drohung gewesen. Er hatte sich nur darauf besonnen, dass es vielleicht tatsächlich besser war, so etwas nicht offen gegen ihn auszusprechen. Aber Konsequenzen würde es haben, dass er nicht mehr zu diesem Treffen erscheinen würde.

Als sein Handy keine halbe Minute später mit Luis' Nummer im Display aufsummte, schaltete er es endgültig aus. Einen Moment starrte er blind auf die draußen vorbeihuschende Landschaft, dann zog er sich eine weitere Mappe von dem Stapel neben sich auf der Rückbank heran und versuchte sich darauf zu konzentrieren, was da in der verschnörkelten Handschrift seines Sicherheitschefs stand. Seine Gedanken schweiften immer wieder ab.

Etwas in ihm zog sich bei dem Anblick zusammen, der sich ihm bot, als sie Santa Reyada einige Zeit später erreichten. Die Haustür stand sperrangelweit offen. Joaquín hatte den Schlag aufgerissen und stieg aus, noch bevor der Wagen richtig hielt. Rafael erschien im Eingang, kam ihm die Treppe herunter entgegen.

»Was ist passiert?«

»Sie ist weg!«

Das Etwas in ihm wurde eiskalt. »Weg? Was …«

»Ich kann sie auch im Garten …« Cris bog um die Hecken, die die Stufen flankierten, und prallte abrupt zurück, als er seinen Bruder sah.

»Weg?« Gefährlich langsam ging Joaquín auf ihn zu. An Cris' Kehle zuckte es, als er hart schluckte. Er machte einen Schritt rückwärts, stieß mit der Schulter gegen die Hecke.

»Joaquín …«, setzte er an.

»Weg?«, wiederholte Joaquín drohend. Er widerstand nur schwer dem Drang, seinem Bruder die Nägel in den Hals zu graben und zuzudrücken. »Du hast keine Skrupel, mit dem Mädchen ins Bett zu steigen, das mir gehört, aber du bist nicht dazu in der Lage, dafür zu sorgen, dass sie an einem Ort bleibt, an dem sie sicher ist …«

»Ich bin nicht …«

»Ach? Und Rafael hatte Halluzinationen? Er hat gesehen, wie du ihr die Zunge in den Hals gesteckt hast.« Angewidert versetzte er Cris einen Stoß vor die Brust, der den weiter zurück- und in die Hecke taumeln ließ. »Ich will mich endlich auch mal auf dich verlassen können, Cristóbal, und nicht immer nur deinen Arsch retten müssen. Du kotzt mich an!« Sein Bruder biss die Zähne zusammen, sagte aber nichts. Brüsk wandte er sich von ihm ab, Rafael zu. »Wie lange ist sie schon weg?«

Der zuckte die Schultern. »Als ich herüberkam, war sie schon nicht mehr in ihrem Zimmer. Das war vor einer guten halben

Stunde. Ich habe versucht, dich zu erreichen, aber dein Handy war aus ... Wir haben Santa Reyada komplett auf den Kopf gestellt. Nichts. Sie muss zu Fuß unterwegs sein. Es fehlt zumindest keiner der Wagen.«

Joaquín warf einen schnellen Blick zur Sonne hinauf, nur um ihn mit einem Zischen sofort wieder abzuwenden und die Lider zusammenzupressen. Er unterdrückte einen Fluch. Sie mussten Luz finden. Und zwar schnell.

Hinter ihm räusperte sich Hernan. »Kann ich irgendetwas tun, Patron?«

Mit erzwungener Ruhe drehte er sich zu seinem Fahrer um. Hernan war so vertrauenswürdig wie jeder andere seiner Leute, aber bei dem, was er gleich tun würde, wollte er ihn nicht dabeihaben. »No, gracias, Hernan. – Ich wäre dir dankbar, wenn du die Papiere vom Rücksitz auf den Schreibtisch im Arbeitszimmer legen würdest, aber danach brauche ich dich für heute nicht mehr.«

»Sicher, Patron? Egal, was es ...«

»Sicher, Hernan. Danke.« Er nickte dem Mann noch einmal zu, dann machte er kehrt und stieg die Treppe hinauf. »Ihr kommt mit!«, knurrte er Rafael und Cris zu. Widerspruchslos folgten sie ihm quer durchs Haus, bis in die Küche.

»Was hast du vor?« Rafael runzelte die Stirn, als er ein Paket Salz aus dem Schrank nahm und eines der Messer aus dem Block zog.

»Cris bleibt hier, falls sie wider Erwarten zurückkommt; wir beide ...«

Cris schüttelte den Kopf. »Sie wird nicht zurückkommen. Es wäre besser, ich würde die Bell nehmen und Lucinda aus der Luft suchen, anstatt nur hier herumzusitzen.«

»No. Du bleibst hier.« Ohne seinen Bruder eines Blickes zu würdigen, drängte er sich an ihm vorbei und stieß die Hintertür auf. Was er jetzt noch brauchte, war Erde. »Rafael und ich werden sie am Boden suchen.«

»Sie kann überall sein«, wandte Rafael vorsichtig ein und folgte ihm zusammen mit Cris weiter nach draußen.

Vor einem Busch kniete er sich hin, legte das Messer neben sich, strich den harten, staubigen Boden mit der Hand glatt, kippte das Salz darauf und glättete es ebenfalls. »Deshalb verschaffe ich uns auch etwas Hilfe.«

Cris schnappte nach Luft, als er das erste Siegel in Salz und Erde schrieb. »Du willst … Man kann die Hunde nicht kontrollieren.«

Joaquín sah nicht auf. »Ich kann es. – Bring mir ihr Kissen oder irgendeinen anderen Teil ihres Bettzeugs aus ihrem Zimmer und dann sieh zu, dass du mir aus dem Weg gehst.«

»Das ist … Das ist Blutmagie. Das ist verboten.«

Rafael stieß ein Zischen aus.

»Lauf meinetwegen zu Tomás; oder noch besser gleich zu Luis und den anderen und erzähl es ihnen. Verpfeif mich, wenn es sein muss. Es ist mir egal. Ich will Lucinda finden.« Das zweite und dritte Siegel. Das vierte. Er griff nach dem Messer, zog es sich über die Hand, schrieb das fünfte Siegel mit seinem Blut. Hinter ihm entfernten sich hastig Schritte Richtung Haus. Der Boden bekam Risse, warf Blasen. Ein weiteres Siegel, ebenfalls mit Blut geschrieben. Konturen schälten sich aus der Erde, nahmen Gestalt an. Immer mehr. Das siebte Siegel. Ein schwarzer Hund hob den Kopf, zeigte seine Fänge. Ein zweiter, dritter, vierter. Wie Kohle glühende Augen. Hunde? Nicht wirklich. Hunde hatten keine Hörner am Schädel und keinen

Echsenkamm den Rücken entlang. Die Schritte kamen zurück. Joaquín stand auf, hielt den Bestien die blutende Hand hin, fletschte seinerseits die Zähne, streckte zugleich die andere hinter sich, bis ihm jemand – Cris – etwas Weiches hineindrückte, zeigte es den Kreaturen, ließ sie daran schnüffeln.

»Findet sie!« Alles andere war bedeutungslos.

Die Tiere jaulten auf und machten sich auf die Jagd.

Als er ihnen folgte, schickte er ein stummes Stoßgebet zum Himmel, dass ihr nichts zustieß, bevor sie sie aufgestöbert hatten. Allerdings waren seine Gebete noch nie erhört worden.

5

Sie rissen an meinen Haaren, kreischten und heulten. Ein Stoß. Ich stolperte, fing mich in letzter Sekunde. Meine Handflächen waren blutig geschürft, meine Hose zerfetzt. Ein Schlag in den Rücken. Ich taumelte erneut, knickte um, fiel auf Hände und Knie. Etwas fuhr mit unsichtbaren Krallen über meine Arme, mein Gesicht. Ich schrie auf. Rollte mich zusammen, schlang die Arme um den Kopf. Sie zerrten weiter an mir. Kratzten, zwickten, stießen, schlugen. Unsichtbar. Peitschten mir Sand und Dreck ins Gesicht. Ich wusste nicht wie lange schon. Ich wusste noch nicht einmal, was ›sie‹ waren. Nur dass sie plötzlich da gewesen und über mich hergefallen waren. Wie ein Schwarm bösartiger Kinder, die sich einen Spaß daraus machten, mich herumzuschubsen und zu quälen. Selbst mein Shirt war zerrissen und die Haut darunter zerkratzt. Haut, die bereits von der Sonne feuerrot war. Ich wimmerte, schluchzte. Mein Gesicht war nass. Schrie unter einem neuerlichen, grausamen Stoß in die Rippen. Sie kreischten und lachten nur noch lauter. Ich schlug blind nach ihnen. Wie schon unzählige Male zuvor wischte mein Arm nutzlos durch die leere Luft. Jaulen und Knurren waren plötzlich zwischen dem Heulen und Kreischen. Schatten überall. Schnüffeln und Hecheln. Stinkender Atem. Fänge direkt vor meinem Gesicht, als ich es wagte, den

Kopf ein winziges Stück zu heben. Lefzen zogen sich noch weiter zurück. Speichel triefte auf den Boden, auf mich. Hunde. Riesige, schwarze Hunde. Vier Stück. Denen nach hinten gebogene Hörner aus dem Schädel wuchsen … Mit einem neuerlichen Schrei fuhr ich zurück, kroch davon. Versuchte es zumindest. Beine in einer silbergrauen Anzughose waren unvermittelt vor mir. Ich prallte dagegen. Hände packten mich, holten mich auf die Füße. Eine lose gezerrte Krawatte über einem offen stehenden schwarzen Hemdkragen. Unter einem silbergrauen Jackett. Die Ärmel halb in die Höhe geschoben. Eine Stimme bellte einen Befehl, ein Arm legte sich um meine Mitte, drückte mich gegen eine Brust. Das Heulen und Zerren endete. Das Jaulen und Knurren blieb. Rot verschmierte Fänge schnappten nach meinem Bein. Der Arm um meine Mitte riss mich zurück und herum.

»Schaff sie in den Wagen. Ich muss die Hunde loswerden.« *Er.* Ein Stoß beförderte mich gegen eine andere Brust. Ich stolperte, knickte abermals um, ging halb in die Knie.

»Komm, tigresa. Ganz langsam«, gurrte Rafael und zog mich gleichzeitig in die Höhe und weiter in seine Richtung. Ich warf den Kopf herum. Hörte mich selbst schluchzen. Eine der Kreaturen sah zu uns her, fletschte die Fänge. Rafaels Griff wurde fester. *Er* breitete die Arme vor uns aus, zischte etwas, scharf und hart. Die Bestie belferte und hob die Lefzen ein Stück mehr. Abermals stieß *er* die gleichen Worte hervor, schärfer diesmal, härter, bleckte seinerseits die Zähne, knurrte tief in der Kehle. Die Bestie duckte sich. Rafael schleifte mich weiter, schob mich über einen verwirrend hohen Schweller auf einen Rücksitz, schloss lautlos die Tür, wechselte auf die Fahrerseite. Zwischen den Ungeheuern beugte *er* sich ein wenig vor, hielt ihnen die Arme entgegen. Blut sickerte darüber, tropfte auf den Boden. Sie drängelten sich um ihn, leckten es ab, schnappten nacheinander. Immer wieder bleckte er die Zähne, scheuchte sie zurück, bis er sich unvermittelt bückte und irgendetwas auf den Boden kritzelte. Die Bestien jaulten auf, Risse fraßen sich von einer Sekunde zur nächsten durch ihre Körper wie durch vertrocknete Erde. Eine stürzte sich auf ihn, zerfiel noch im Sprung zu Staub. Von den anderen blieb nicht viel mehr zurück. Und selbst das ließ er vom Wind davontreiben.

Schließlich drehte er sich um, kam auf den Wagen zu. Ich wich auf die andere Seite zurück, als er die Hand nach dem hinteren Türgriff ausstreckte. Einen Moment sah er mich durch die getönte Scheibe an. Und stieg vorne ein.

Rafael glitt auf den Fahrersitz. »Zumindest hatte sie genug Verstand, Wasser mitzunehmen.« Er warf die leere Flasche achtlos in den Fußraum der Beifahrerseite und startete den Motor. Wann hatte er sie aufgehoben? Ich hatte noch nicht einmal mehr sagen können, wo genau ich sie fallen gelassen hatte, als diese ›Dinger‹ zum ersten Mal über mich hergefallen waren. Selbst wo meine Tasche abgeblieben war, wusste ich nicht. Die Klimaanlage erwachte zum Leben und verbannte die Hitze endgültig nach draußen. Die plötzliche Kühle ließ mich frösteln.

Ein abfälliges Knurren von *ihm.* »Welcher Verstand?« Er drehte sich zu mir um, musterte mich mit zusammengekniffenen Augen. Sie waren dunkel. Fast schwarz. Nur um die Pupille herum: ein heller Ring, nahezu farblos. Unwillkürlich drückte ich mich tiefer in die Ecke, tastete nach dem Türgriff. Er zischte. »Denk nicht mal dran. Noch einmal pfeife ich sie nicht zurück.« Hastig nahm ich die Hand weg. »Wenn sie Verstand hätte, wäre sie auf Santa Reyada geblieben. – Auf dem Boden neben dir ist Wasser. Trink!« Noch immer maß er mich auf diese scharf prüfende Art. Auch dann noch, als ich die Plastikflasche aufhob, öffnete und tat, was er mir befohlen hatte. Der Wagen setzte sich in Bewegung, beschrieb einen weiten Bogen.

»Sie waren nicht gerade begeistert, als du sie zurückgeschickt hast.« Rafael sah kurz zu *ihm* hin.

»Das war mir von Anfang an klar.« *Seine* Augen hingen noch immer auf mir. Ich schob das Kinn vor, gab seinen Blick kalt und wütend zurück, versuchte, nicht gänzlich eingeschüchtert zu wirken. Für eine Sekunde schienen sich seine Lippen in mildem Spott zu kräuseln. Seine Eckzähne waren zu lang. Er hob eine Braue.

»Werden die Biester noch Probleme machen?« Mit einem leisen Fluch wich Rafael einem besonders tiefen Schlagloch aus.

»No.« *Er* sah mich weiter an, streifte das Jackett ab, reichte es mir nach hinten. »Hier!« An seiner Hand blitzte ein Siegelring mit einem tiefroten Stein. Ein seltsam anmutender Vogel erhob sich darauf aus etwas, das wie stilisierte Flammen aussah. Sollte das ein Phönix sein? Seine Unterarme waren blutverschmiert.

Widerstrebend legte ich es um meine Schultern. So zerrissen war mein Shirt nun auch wieder nicht. In die Ärmel zu schlüpfen, sparte ich mir. In dem weichen und vermutlich unglaublich teuren Stoff hing ein frischer und zugleich irgendwie warmer Geruch – Orange, Zimt und … Nelken –, ebenso wie die Wärme seines Körpers.

Abermals ein kurzer Blick Rafaels von der Seite zu *ihm* hin. »Alles in Ordnung bei dir?«

Endlich wandte *er* sich nach vorne. »Sehen wir einfach nur zu, dass wir nach Hause kommen.«

Zurück in mein Gefängnis. Ich zog das Jackett enger um mich. In meinem Knöchel saß ein Pochen. Offenbar war ich einmal zu oft umgeknickt. Vielleicht sollte ich dankbar sein, dass ich den Schmerz erst jetzt spürte. Verstohlen beugte ich mich vor und schob das Hosenbein ein wenig in die Höhe. Zu sehen war nichts, aber das musste bei mir nichts heißen. Ein weiteres Schlagloch schüttelte den Wagen und stieß mich gegen die Tür. Auf dem Beifahrersitz stützte *er* sich mit einer Hand am Armaturenbrett ab, schaute zu mir zurück, runzelte die Stirn.

»Ist etwas mit deinem Bein?«

Ich strich meine Hose glatt, richtete mich wieder auf, lehnte mich in meine Ecke und sah demonstrativ aus dem Fenster. Ohne zu antworten. Mit einem Grollen wandte *er* sich erneut ab. Rafael warf mir einen Blick im Rückspiegel zu, schüttelte den Kopf. Ich ignorierte beide.

Wir erreichten Santa Reyada nicht über die große Zufahrt, die vor der Eingangstür endete, sondern über einen vergleichsweise schmalen, mit feinem Schotter bedeckten Weg, der zur hinteren Seite des Hauses führte. Denselben Weg, dem ich zu Anfang gefolgt war, als ich mich davongestohlen hatte.

Er hielt mir die Tür auf. Ich übersah die Hand, die er mir anbot, um mir beim Aussteigen zu helfen. Während der Fahrt hatte er versucht, sich das Blut abzuwischen. Mit mäßigem Erfolg.

Die Hitze traf mich wie ein Schlag. Heute Morgen war mir nicht klar gewesen, was mich dort draußen erwartete, aber jetzt … Jetzt wusste ich, wie grausam die Sierra war. Ein kleiner Teil von mir war froh, dass sie mich gefunden und zurückgebracht hatten. Allerdings nur ein sehr kleiner.

Mein Knöchel trug mich gut genug, dass ich, ohne zu humpeln, laufen konnte. Rafael erwartete mich bereits an der Hintertür, stieß sie auf und ließ mich an sich vorbei. Dahinter herrschte angenehme Kühle. Lavendelduft wirbelte mir entgegen, schien beinah über mich hinwegzustreichen.

In der Mitte der Küche blieb ich unschlüssig stehen. Die Anspannung kehrte zurück. Von einer Sekunde zur nächsten war die Enge wieder in meiner Brust. Was würde *er* tun, jetzt, da er mich wieder hier hatte?

Für den Moment schenkte *er* mir nicht mehr als einen flüchtigen Blick, während er zum Spülstein unter dem Fenster ging, wo er das Wasser aufdrehte und sich daranmachte, sich das Blut endgültig von der Haut zu schrubben.

Rafael hatte die Tür hinter ihm geschlossen, war ihm quer durch den Raum gefolgt und trat nun direkt neben ihn.

»Jod?«, fragte er und öffnete bereits eine der Schranktüren aus hellem Holz über der Arbeitsplatte.

»Nicht für mich.« Das Wasser, das in den Spülstein rann, war rot. »Aber für sie.« Ein Nicken in meine Richtung. Er murmelte etwas, das wie »¡Gracias, Rosa!« klang, als er nach einem Handtuch griff, von dem ich mich nicht erinnern konnte, dass es zuvor schon dort gelegen hatte, und sich vorsichtig abtrocknete. Schaudernd zog ich die Schultern hoch. Auf den Innenseiten seiner Unterarme waren Tätowierungen zum Vorschein gekommen, die ich zuvor unter dem Blut nicht bemerkt hatte und die sich von knapp oberhalb der Handgelenke bis etwa handbreit unter die Ellenbeugen erstreckten. Einzelne verschlungene Symbole, die einander nicht berührten. Soweit ich erkennen konnte, nicht nur in Schwarz; allerdings waren auch die anderen Farben so dunkel, dass ich nicht hätte sagen können, was rot, blau oder grün war. Dazwischen sah die Haut aus, als hätte etwas mit fünf sehr scharfen Krallen tiefe, blutende Furchen hineingerissen. War es Zufall, dass die Tätowierungen selbst unversehrt geblieben waren? Neben ihm spielte Rafael mit einem Fläschchen aus braunem Glas herum, sah erwartungsvoll zu mir.

Ich öffnete den Mund, um ihnen zu sagen, dass ich niemanden brauchte, der sich um mich kümmerte …

»Lucinda, dem Himmel sei Dank …« Cris war plötzlich da, schloss mich in die Arme und drückte mich an sich. Ganz kurz glaubte ich, seine Lippen auf meinem Haar zu spüren. Doch dann ließ er mich hastig wieder los, trat sogar einen halben Schritt zurück. Seine Augen huschten über mich hinweg. Ich drehte mich um. *Er* sah zu uns her. Sein Blick war mörderisch.

Ohne darüber nachzudenken, reckte ich das Kinn und schob mich vor Cris.

Sein Mund verzog sich zu etwas wie einem Lächeln; hart, böse, spöttisch und zugleich seltsam bitter. Im nächsten Moment stieß er ein Schnauben aus, warf das Handtuch neben den Spülstein und stürmte aus der Küche.

»Was ist passiert?« Cris trat wieder näher an mich heran. Offenbar wagte er es nicht, den Arm um mich zu legen. Dabei wünschte ich mir im Moment nichts sehnlicher.

Rafael neigte den Kopf und studierte mich, als sähe er mich gerade zum ersten Mal. »Sie ist in die östlichen Wardings hineingelaufen«, meinte er nach einem Augenblick, während er zugleich das Fläschchen hinter sich auf die Arbeitsplatte aus Granit stellte.

Mit einem Keuchen sog Cris die Luft ein.

»Was sind das … Wardings?« Unsicher sah ich vom einen zum anderen.

Die Antwort kam von Rafael. »Bannkreise. Sie umgeben Santa Reyada beinah vollständig. Eigentlich sind sie dazu gedacht, ungebetene Besucher und aufdringliche Touristen von hier fernzuhalten …« Er hob die Schultern. »Wie es scheint, funktionieren sie auch sehr gut in der anderen Richtung.«

Ein Knoten aus Übelkeit saß plötzlich in meiner Kehle. Auch wenn wir uns nicht mitten im Nirgendwo befunden hätten: Ich hatte nie eine echte Chance gehabt, von hier zu entkommen.

Die großen gelben Blumen in der Vase auf dem Tresen aus Holz, Metall und Granit, der die Küche von dem sonnendurchfluteten Essbereich zwei Stufen tiefer trennte, wirkten mit einem Mal seltsam surreal.

Rafael räusperte sich. »So wie du aussiehst, tigresa, würde ich vorschlagen, du gehst nach oben, nimmst eine Dusche oder vielleicht sogar ein heißes Bad und wir sehen uns deine Schrammen an, wenn du wieder ganz sauber bist. Es bringt nicht viel, wenn wir dich mit Jod malträtieren und du es danach gleich wieder abwäschst.«

Ich stand einfach nur da und sah ihn an. Ich hatte nie eine echte Chance gehabt, von hier zu entkommen … Ich wollte nur eins: mich in irgendeine Ecke verkriechen – und hasste mich selbst dafür.

»Tigresa?«

Erschrocken blinzelte ich. Was hatte er gesagt? Ach ja.

»Ich brauche keinen Babysitter.« Entschlossen streckte ich die Hand aus. Eine wortlose Aufforderung, mir das Fläschchen zu geben. Die Bewegung wirkte selbst auf mich hölzern.

»Du musst hier niemandem irgendetwas beweisen, Tigresa …«

Er griff hinter sich, hielt es mir hin, ohne sich ansonsten zu rühren. Ich presste die Lippen aufeinander, ging zu ihm hinüber, um es ihm abzunehmen …

»Lucinda! Ins Wohnzimmer!«

Erschrocken fuhr ich herum, prallte zurück. *Er* stand in der Tür.

»Joaquín …«, protestierte Cris halbherzig.

Plötzlich war kalter Stein an meinem Rücken. Ich biss die Zähne zusammen. Wenn ich nicht von hier fortkam, was hatte ich dann zu verlieren? »Wie wäre es mit dem Zauberwort?« Mit beiden Händen umklammerte ich den Rand der Arbeitsplatte hinter mir.

Er durchquerte die Küche, als seien nur er und ich im Raum, blieb ganz dicht vor mir stehen, lehnte sich zu mir. Ihm auch nur einen Inch weit auszuweichen, war unmöglich. »Ich habe kein Zauber*wort* für dich, dafür einen ganzen Zauber*satz*«, schnurrte er mir ins Ohr.

Meine Lungen zogen sich zusammen. »Und der wäre?« Es war meiner Stimme anzuhören, dass mir die Luft fehlte. Abrupt zog er sich ein Stück zurück, trat beiseite.

»Schaff deinen Hintern ins Wohnzimmer, ehe *ich* das für dich übernehme, mi flor.« An seinem Tonfall hatte sich nichts geändert.

Cris keuchte. »So kannst du nicht …«

Er drehte sich zu ihm um. Sein Blick genügte, um seinen Bruder zum Schweigen zu bringen – auch wenn der die Fäuste an den Seiten ballte. Gleich darauf hatte ich wieder seine ungeteilte Aufmerksamkeit. »Das Wohnzimmer ist auf der linken Seite der Halle. Du erinnerst dich? Die Tür steht offen.« Seine Stimme war wieder zu dem Schnurren zurückgekehrt. »Also?«

Ich drückte das Kreuz durch und hob das Kinn. Die Genugtuung, mich – wie auch immer – ins Wohnzimmer schleifen zu können, würde ich ihm nicht gönnen. Trotzdem schaffte ich es nicht, ihn auch nur eine Sekunde aus den Augen zu lassen, während ich mich betont langsam an ihm vorbeischob. Doch ich hatte nicht geglaubt, dass es mir so schwerfallen würde, ihm dann tatsächlich den Rücken zuzuwenden, als ich die Tür erreichte. Der Ausdruck in Cris' Gesicht sagte nur zu deutlich, was er von alldem hielt.

Das Wohnzimmer war … schlicht. Zugegeben, um das Gemälde einer Wildpferdeherde vor einer Wüstenlandschaft an der einen Wand hätten sich vermutlich diverse Museen gerissen, und der aus grauem, rauem Stein gemauerte Kamin gegenüber der Tür war auch nicht zu übersehen, aber beides wirkte weder protzig noch fehl am Platz. Ebenso wenig wie die dicken, anscheinend handgewebten Teppiche auf dem wie dunkler Honig glänzenden Holzboden und die Sessel und die beiden Sofas, die um einen Tisch herum gruppiert standen, der aussah, als sei er aus einem einzigen Baumstamm geschnitten. Deckenhohe Fenster ließen das Sonnenlicht herein. Eigentlich. Im Moment waren Vorhänge davorgezogen.

»Hinsetzen!«

Er war direkt hinter mir; war es den ganzen Weg von der Küche bis hierher gewesen.

Ich ließ mich auf den nächstbesten Sessel fallen, legte die Hände auf die Armlehnen aus hellem Holz, schaute zu ihm auf und bemühte mich, seinen Blick kalt zurückzugeben. Rafael lehnte mit der Schulter am Türrahmen. Cris stand neben ihm. Einen Moment sah *er* auf mich hinab, dann zog er sich einen Hocker heran, der mit demselben Stoff wie Sessel und Sofas bespannt war, und setzte sich mir gegenüber.

»Als Erstes …« Ich fuhr vor ihm zurück, als er sich unvermittelt vorbeugte und nach meinem Bein griff. »Lass mich nach deinem Knöchel sehen.«

»Meinem Knöchel geht es gut.« Brüsk entzog ich ihm mein Bein wieder, drückte mich tiefer in den Sessel. Sekundenlang maß er mich auf diese prüfend-abschätzende Art, ehe er die Schultern hob.

»Wie du meinst. Dann wird Fernán ihn sich ansehen, wenn er heute Abend kommt.«

»Wer auch immer das ist: Er soll sich zum Teufel scheren.«

Einen winzigen Augenblick biss er die Zähne so fest zusammen, dass es an seiner Wange zuckte. »Fernán ist Arzt. Wir haben ihn in der vergangenen Nacht gerufen, nachdem du zusammengebrochen bist.« Noch etwas, von dem ich nichts mitbekommen hatte. »Er hat versprochen, heute Abend noch einmal vorbeizukommen, um sich davon zu überzeugen, dass tatsächlich wieder alles mit dir in Ordnung ist.«

Wie sollte alles in Ordnung sein? Ich war eine Gefangene! – Vielleicht … Nein. *Er* würde niemanden in meine Nähe lassen, den ich um Hilfe bitten könnte.

»Er soll bleiben, wo der Pfeffer wächst.« Ich schloss die Hände um die Armlehnen.

»Wie du meinst. Ich werde ihn später anrufen und ihm genau das wortwörtlich von dir bestellen. Ich bin gespannt, was er sagt.«

Hinter ihm ließ Rafael ein belustigtes Schnauben hören. Er ignorierte ihn, lehnte sich ein Stück weiter vor. »Dann zum zweiten Punkt.« Wenn ich gekonnt hätte, hätte ich mich noch tiefer in meinem Sessel verkrochen. »Ich habe dir versprochen, wir beide werden reden, wenn ich zurück bin.«

»Es gibt nichts zu reden. Ich will nicht hier sein. Lass mich gehen!« So hart und entschieden ich die ersten beiden Sätze noch herausgebracht hatte: Der letzte klang für mich zu sehr wie ein Flehen.

Er sah mich an. Sekundenlang. Wortlos. »Lasst uns bitte allein.« Seine Stimme war plötzlich verblüffend sanft.

Rafael stellte das Jod-Fläschchen auf den Baumstamm-Tisch, bedachte mich mit einem schiefen Grinsen und einem »Habt Spaß damit« und ging zur Tür.

Cris rührte sich nicht. Mit den Augen bettelte ich ihn an, mich nicht mit seinem Bruder allein zu lassen. Er brauchte mich zwar lebend, aber nur der Himmel wusste, was er mit mir anstellen würde, wenn niemand sonst mehr im Raum war. *Er* senkte den Kopf ein kleines Stück. »Das gilt auch für dich. Lass uns allein.«

»Joaquín ...« Anstatt zu gehen, machte Cris einen Schritt auf uns zu.

Mit einem Knurren fuhr *er* auf dem Hocker zu ihm herum. »Was war an ›Lass uns allein‹ nicht zu verstehen? – Raus!«

Cris hob die Fäuste. Oh mein Gott, er hatte doch niemals eine Chance gegen *ihn.* »Du kannst sie nicht so behandeln. Ich werde nicht zulassen ...«

»Was?« Geradezu betont langsam stand *er* auf. »Wenn du nicht nach Boston gegangen und ihr nachgestiegen wärst, würde vieles jetzt anders laufen. Aber du warst nun mal in Boston und bist ihr nachgestiegen. Also laufen die Dinge jetzt so, wie sie laufen. Egal ob es uns gefällt oder nicht.« In mildem Spott hob er eine Braue. »Du willst dich nicht mit mir anlegen, Cristóbal. Glaub mir. Weil ich diesmal nämlich vergessen werde, dass du mein kleiner Bruder bist, wenn ich zuschlage. –«

»Nein …« Keiner von beiden schien meinen Protest zu hören.

»– Ich sage es nur noch dieses eine Mal: raus!«

Ängstlich sah ich zwischen ihnen hin und her. Für etwas, das sich anfühlte wie eine kleine Ewigkeit, rührte Cris sich nicht, die Fäuste nach wie vor geballt und halb gehoben. Bis er sich nach einem letzten Blick zu mir umdrehte und das Wohnzimmer mit wütenden Schritten verließ. In der Stille klangen meine keuchenden Atemzüge viel zu laut.

Einen Moment lang stand *er* ähnlich regungslos wie sein Bruder gerade noch, bevor er die Fingerspitzen gegen seine Schläfen presste. Seine Schultern schienen für eine Sekunde ein wenig nach vorne zu sinken, doch dann war er so rasch zur Wohnzimmertür gegangen, um sie hinter Cris zu schließen, dass ich mir nicht sicher war, ob ich es tatsächlich gesehen hatte. Eben drehte er sich wieder zu mir um.

»In Ordnung, Lucinda. Nur noch du und ich.« Gefährlich langsam kam er auf mich zu. Ich schrak auf meinen Sessel zurück. Er blieb abrupt stehen. Wie zuvor zuckte es an seiner Wange. »Lass mich eins klarstellen …« Seine Stimme klang, als würde er zwischen zusammengebissenen Zähnen hindurchsprechen. »Ich werde dir nichts tun.«

Ja, natürlich.

»Ich will nur mit dir reden. Dir die Dinge erklären, wie sie sind.«

Was gab es da zu erklären? Er wollte mein Blut; brauchte es, um nicht noch weiter Nosferatu zu werden. Punkt. Alles erklärt, was es zu erklären gab.

»Aber vielleicht hättest du die Güte, mir vorher zu sagen, was bei allen Heiligen dich geritten hat, davonzulaufen? In den Mittag hinein? – ¡Dios mío, nur ein Stück nordöstlich von hier liegt die Mojave!« Sein Ton war mit jedem Wort heftiger geworden.

Ich drückte mich noch fester in meinen Sessel, als er die Distanz zwischen uns erschreckend schnell überbrückte und über mir stand. »Ich will dich beschützen. Wie soll ich das tun, wenn du davonläufst?«

Die Mojave … Den zweiten Teil des Namens, die ›Wüste‹, hatte er weggelassen. Mitten im kalifornischen Nirgendwo. Der ideale Ort, um jemanden gegen seinen Willen festzuhalten. Nun, zumindest wusste ich jetzt ungefähr, wo ich war.

»Ich brauche keinen Schutz! Von niemandem. Ich bin die ganzen Jahre sehr gut allein klargekommen …« Er stieß ein verächtliches Schnauben aus. »… Ich will nicht von dir *beschützt* werden. Der Preis ist mir zu hoch. Ich will hier weg!«

»Der Preis?« Er beugte sich vor.

Die Enge in meiner Brust war schlagartig da. »Mein Blut. Du willst … brauchst … Ich …« Plötzlich war mir heiß und kalt zugleich.

Er lehnte sich weiter vor, sog langsam und tief die Luft ein. Etwas in seinen Augen veränderte sich. »Mhm …« Zu Nah! »Würdest du mich denn dein Blut trinken lassen?« Selbst seine Stimme klang jetzt anders. Rau, kehlig; wie heute Nacht.

Alles, was ich zustande brachte, war ein Kopfschütteln. Meine Lungen hatten sich zu schmerzhaften Knoten in meiner Brust zusammengezogen. Ich keuchte, rang nach Atem.

Mit einem gezischten Fluch richtete er sich unvermittelt wieder auf und wich hastig auf die andere Seite des Tisches zurück.

Ohne den Blick auch nur eine Sekunde von mir zu nehmen – zumindest so lange, bis ich wieder in der Lage war, ein wenig tiefer Luft zu holen.

»Ich will nicht mit dir reden. Ich will einfach nur, dass du mich gehen lässt!«

»Das kann ich nicht, Lucinda. Ob es dir gefällt oder nicht.« Die Worte klangen hart und bitter. »Nicht, nachdem du …« Er unterbrach sich selbst, als draußen das Geräusch eines Automotors laut wurde und Reifen mit dem Knirschen von Kies zum Stehen kamen, trat ans Fenster, schob den Vorhang einen Spaltbreit beiseite. Nur um ihn mit einem Knurren direkt wieder zurückfallen zu lassen. Gleich darauf stürmte Rafael, ohne anzuklopfen, herein.

»Du bekommst Besuch. Rogier und Nestore«, verkündete er grimmig.

Er nickte in meine Richtung. »Bring sie in ihr Zimmer. Ich will nicht, dass die beiden sie sehen. Beeil dich!«

»In Ordnung.« Rafael streckte mir die Hand hin. »Komm, tigresa, du hast es gehört.«

Wenn er nicht wollte, dass die Besucher mich sahen, bedeutete das, er hatte Angst, sie würden mir helfen, von hier wegzukommen?

»Ich will …«

Ein weiteres Knurren schnitt mir den Satz ab. »¡Madre de Dios, was du willst, interessiert mich im Moment nicht! Tu einfach, was ich gesagt habe! – Rafael!«

Als ich noch immer nicht reagierte, ergriff der mich am Arm, zog mich vom Sessel hoch und zur Tür. *Sein* Jackett blieb auf dem Sitz zurück. Ich stolperte halb neben, halb hinter Rafael her, wie ein widerspenstiger Hund an der Leine. Der Treppenabsatz, weiter die zweite Hälfte der Treppe in den ersten Stock hinauf. Die Haustür ging, Stimmen drangen von der Halle herauf, wurden wieder leiser und verklangen endgültig.

Neben mir stieß Rafael ein Grollen aus. »Ärgerst du Joaquín eigentlich auch auf Bestellung?«

Verständnislos sah ich ihn an. Er hob die Schultern. »Wenn er dank dir schon so richtig schön angepisst ist, sagt er diesen Aasgeiern aus dem Konsortium beim nächsten Treffen vielleicht endlich mal, wo sie sich ihre ewigen Forderungen hinstecken können.« Erst als wir mein Zimmer erreichten, blieb er stehen. »Du hast gehört, was Joaquín gesagt hat!« Er stieß meine Tür auf und nickte ins Innere. Jemand hatte die hellen Holzläden vor den Fenstern und zur Terrasse zugezogen. Es war dämmrig und kühl. »Du bleibst hier, bis einer von uns dich wieder holt.«

Ich sagte nichts, ging einfach an ihm vorbei, blieb stehen, als das Schloss hinter mir wieder zuschnappte, als sich der Schlüssel darin drehte. Eingesperrt. Hatte ich auch nur einen Moment angenommen, *er* würde irgendein Risiko eingehen? Und Rafael wusste natürlich, was von ihm erwartet wurde: dafür zu sorgen, dass ich blieb, wo ich war. Allerdings hatte ich nicht vor, ihm diesen Gefallen zu tun und mir so vielleicht die einzige Möglichkeit entgehen zu lassen, von hier wegzukommen. Die Tür zum Korridor mochte verschlossen sein, wenn ich Glück hatte, war es die zur Terrasse nicht. Ich hatte Glück. Hitze schlug mir erbarmungslos entgegen.

6

Rechts! Rechts! Links! Rechts! Haken! Rechts! Gerade! Kick! Links!

›*Wir wissen aus sicherer Quelle, dass Lucinda Moreira gefunden und nach Santa Reyada gebracht wurde.*‹

›Aus sicherer Quelle …‹ *Für wie dämlich haltet ihr mich?* – Haken. Rechts. – *Eure Quelle heißt Ezra und der hat es von seinem Handlanger Abner.*

Kick.

Der Sandsack pendelte zurück. Schweiß rann Joaquín in die Augen. Er wischte ihn weg.

Dass die Hunde ihre Spur immer wieder verloren hatten, hatte sie zu viel Zeit gekostet. Und ihn selbst verblüfft. Offenbar wirkte der Zauber doch noch. Sporadisch zumindest.

Rechts. Linkslinks. Rechts.

›*Wir wollen sie sehen!*‹

Ja, natürlich. Sie ist eine Zuchtstute, die ich euch vorführe. Ver- – rechts –*gesst* – links – *es!* – Kick.

›*Unseren Informationen zufolge soll sie Boston nicht freiwillig mit Rafael verlassen haben. Das Ganze war anscheinend vielmehr eine Entführung.*‹

›*Euren Informationen zufolge …*‹ *Klar doch. Als ob Abner nicht genauestens Bericht erstattet hätte. Verlogene Brut.* – Links.

Rechts. Gerade. – *Ich hätte ihnen keinen Wein anbieten sollen, sondern Gift. Verdammtes Pack!*

Kick. Kick. Rechtsrechts. Zwischen seinen Rippen meldete sich ein Stechen.

Rosa war in dem Augenblick verschwunden, als Nestore und Rogier das Haus betreten hatten. Wie jedes Mal, wenn andere Hexer der Hermandad nach Santa Reyada kamen. Und wohin auch immer sie sich zurückgezogen hatte: Sie würde sich erst beim nächsten Sonnenaufgang wieder bemerkbar machen.

›Es gibt Stimmen, die behaupten, sie hätte etwas mit deinem Bruder.‹

Stimmen! Pah! Die Stimme heißt Abner. – Gerade. – *Scheiße, Cris, wenn du mir schon mein Leben stiehlst, hättest du dann nicht wenigstens diskreter sein können?* – Haken. Haken. Rechts. – *Du kennst die Gesetze. Wenn sie Beweise auftreiben können, kommst du aus der Nummer nicht mehr raus. Keiner von uns.*

Links. Kick. Gerade.

›Sie muss der Hermandad überstellt werden.‹

Nur über meine Leiche! – Rechtsrechts. Rechts. Rechts. – *Wenn er die Papiere hätte sehen wollen, mit denen sie meiner Familie übereignet wurde, hätte ich ihn umgebracht.*

›Wie konnten die Bilder von diesen Massakern der Nosferatu in die Presse gelangen?!‹

Kick. Kick. – *Vollidioten!* – Rechts. Rechts. Gerade!

›Es ist deine Domäne. So etwas darf nicht passieren!‹

Und seit wann teilen die Nosferatu mir vorab mit, wo sie das nächste Blutbad anzurichten gedenken? In die Zukunft sehen kann ich noch nicht. – Rechtsrechts. Links. Kick. – *Wer hatte denn in den letzten Monaten die wenigsten Toten zu beklagen? Wen wollt ihr deshalb so dringend bei eurem bescheuerten Kreuzzug dabeihaben?*

›Tomás de Silva macht sich Sorgen um dich.‹

Sorgen, ja. Darüber, wie lange er mir wohl noch Rechenschaft schuldig ist. – Er hat es schon unter Estéban gehasst, nicht an der Spitze dieses Konsortiums zu stehen. Unter mir hasst er es noch viel mehr. Verflucht soll er sein! – Kick, Gerade. – *Heuchlerischer Bastard!* – Kick.

Ihre wütenden Blicke, als Rafael hinter seinen Sessel trat und nachlässig die Arme auf der Rückenlehne verschränkte. Die Diskussionen darüber, ob Rafael bei Unterredungen des Konsortiums – oder der Patrones – hier auf Santa Reyada anwesend sein durfte oder nicht, waren schon vor sehr langer Zeit geführt worden. Sie erstickten heute noch daran, dass er sich durchgesetzt hatte.

›Es geht das Gerücht, dass du dich in letzter Zeit mehr und mehr zurückziehst ...‹

Gerücht! Pah! Heimtückische Bande. Nennt das Kind beim Namen: Das Konsortium meiner Familie hat mich im Verdacht, dass meine Zeit abgelaufen ist. – Okay, ich werde Nosferatu. Jede Nacht ein bisschen mehr. Aber solange ich es vor euch verbergen kann, seid ihr die Letzten, die es erfahren. – Ich bestimme, wann mein Leben zu Ende ist. Nicht ihr. Und bis dahin habe ich noch das ein oder andere zu erledigen. – Wahrscheinlich kann ich froh sein, dass sie ihre Blutbräute noch nicht auf mich angesetzt haben.

Wie oft hatte er selbst neben Estéban gestanden, einen Arm entspannt auf der Rückenlehne des Sessels seines Erzeugers. Die beiden mächtigsten Hexer der de-Alvaro-Familie. Jeder für sich eine Macht, die man nicht unterschätzen durfte, zusammen … unüberwindlich. Dass das Ganze ab einem gewissen Zeitpunkt nur noch Schau für das Konsortium und die übrige Hermandad gewesen war, wusste niemand außerhalb der Mauern von Santa Reyada. Er hatte alles darangesetzt, Estéban nicht zu begegnen, wenn er nicht unbedingt musste, und Estéban hatte ihn nur dann belästigt, wenn es sich absolut nicht vermeiden ließ – oder er wieder einmal die Dienste seines ›Vollstreckers‹ benötigte.

›Vollstrecker‹. Mit siebzehn. Danke auch, Estéban. Herz- – Haken – *-lichen* – Haken – *Dank* – Haken.

Cris hätte hinter ihm stehen sollen, wie er seinerzeit hinter Estéban gestanden hatte. Nicht Rafael. Cris. Aber Cris war … Cris.

Keuchend hielt Joaquín den Sandsack mit beiden Händen fest, lehnte die Stirn gegen das Leder, schloss die Augen.

›Unseren Informationen zufolge soll sie Boston nicht freiwillig mit Rafael verlassen haben. Das Ganze war anscheinend eher eine Entführung.‹ – ›Es gibt Stimmen, die behaupten, sie hätte etwas mit deinem Bruder.‹ – ›Sie muss der Hermandad überstellt werden.‹

Verflucht noch mal! Noch vor zwei Tagen war er der Meinung gewesen, alles sei in bester Ordnung. Und jetzt lief das Ganze einfach nur noch aus dem Ruder. *Herzlichen Dank auch, Cris. Und danke, Rafael.* Er versetzte dem Sandsack blindlings einen weiteren Schlag. Wie lange prügelte er auf das Ding eigentlich schon ein, um sich wenigstens ein Stück weit abzuregen? Zumindest so weit, dass er sich selbst wieder über den Weg traute, dass er es wagte, endlich mit Luz zu reden? Bisher hatte er nicht besonders viel Erfolg gehabt. *›Sie muss der Hermandad überstellt werden.‹* Niemals! Nicht, solange er lebte! Noch ein Schlag. Seine Muskeln brannten. Das T-Shirt klebte auf seiner Haut.

Mit einem Ruck öffnete er die Augen, trat vom Sandsack zurück und zerrte sich die Bandagen von den Händen. Er konnte die Unterredung mit Luz nicht noch weiter hinausschieben. Er musste ihr alles erklären. *Bevor* die Sonne unterging und er für die Nacht wieder zu dem wurde, was sie so sehr in Angst und Schrecken versetzte. Auch wenn die Läden vor den Fenstern geschlossen waren und das meiste Licht aussperrten: Es war bereits später Nachmittag, ging schon gefährlich auf den Abend zu. Allzu lange sollte er nicht mehr warten. Er wollte mit ihr in Ruhe reden.

Aber nicht so, vollkommen verschwitzt. Er knüllte die Bandagen zusammen und warf sie auf den Tisch. Er brauchte eine Dusche. Und vielleicht würde eine ausreichende Menge kaltes Wasser ihm helfen, noch ein Stück weiter runterzukommen.

Das schweißdurchtränkte T-Shirt schon halb über den Kopf gezogen, hielt er inne. Hatte sie heute überhaupt schon etwas gegessen? Nicht soweit er wusste. Und er bezweifelte, dass Cris daran gedacht hatte. Oder Rafael. Der hätte es ihm zumindest gesagt, wenn er ihr etwas gebracht hätte, bevor er Rogier und Nestore gefolgt war, um sicherzustellen, dass die beiden tatsächlich *direkt* nach San Diego zurückkehrten. Luz musste halb verhungert sein. Und dann erwartete er, dass sie sich nicht wie eine Gefangene fühlte? Verdammt.

Sie mochte Sandwiches mit Hühnchen, Rucola und Gurke. Dazu extra viel Mayonnaise. Das sollte kein Problem sein.

Also gut: schnelle Dusche und anschließend Sandwiches für Luz. Er zerrte sich das T-Shirt endgültig über den Kopf und ging ins Bad. Danach musste er Fernán anrufen und ihn vorwarnen, dass er nachher auch nach Luz' Knöchel schauen sollte – und damit rechnen musste, dass seine Patientin ihn lieber dort sehen wollte, wo der Pfeffer wuchs … Die Unterlagen, die sie brauchte, um ihren Highschoolabschluss nachzumachen; um die musste er sich auch noch kümmern … und herausfinden, wo sie diese Prüfungen in Los Angeles oder San Diego dann machen konnte und wann –

Die Hand schon erhoben, um anzuklopfen, erstarrte Joaquín. Seine Haare waren noch nass, klebten ihm im Nacken. Der Schlüssel zu Lucindas Zimmer steckte außen. Sein Magen zog sich zusammen. Das Tablett mit Sandwiches, Eistee und Mangoscheiben auf dem Mahagonitischchen zwei Meter weiter den Gang entlang war schlagartig vergessen.

»Das hast du nicht getan, Rafael«, flüsterte er ungläubig. »Du hast sie nicht eingeschlossen.« Er verschob das Klopfen auf später und drückte vorsichtig die Klinke. Und stöhnte kaum hörbar auf. Doch, Rafael hatte.

Und er hoffte tatsächlich, dass sie sich nicht wie eine Gefangene vorkam? Schwachkopf! Dass er ihr etwas zu essen auf ihr Zimmer brachte, machte ihn in ihren Augen wahrscheinlich erst recht zu ihrem Kerkermeister.

Die Zähne zusammengebissen, drehte er den Schlüssel im Schloss, klopfte an und wartete.

Schweigen.

Natürlich.

Er klopfte noch einmal.

Wieder nichts als Schweigen.

»Bitte, Lucinda, das hier ist kindisch.« Er konnte verstehen, dass sie ihn auflaufen ließ – vermutlich hätte er an ihrer Stelle genausso gehandelt –, aber er musste endlich mit ihr reden. Ein letzter tiefer Atemzug, dann drückte er langsam die Tür auf.

»Ich muss mich dafür entschuldigen, dass Rafael …« Er brach ab. »Das ist jetzt nicht wahr.« Hitze hing im Raum. Die Tür zur Terrasse stand offen. Von Luz keine Spur. Joaquíns Fassungslosigkeit wich etwas anderem: Zorn.

7

Der Wagen hielt. Türen schlugen. Ich schreckte aus meinem Dahindämmern. Um mich herum war nichts als Dunkelheit.

Heiß.

Stickig.

Klebrig.

Hatte ich etwas anderes erwartet? Doch nicht im Kofferraum einer schwarzen Limousine. In Kalifornien. Irgendwo in der Nähe der Mojave-Wüste. Nach einer Fahrt, die nach meinem Gefühl mehrere Stunden gedauert hatte.

Mir war schwindlig vor Durst. Vielleicht auch, weil die Luft hier drin inzwischen schal und verbraucht war. Alles tat mir weh. Meine Beine waren taub, mein Arm eingeschlafen. Kein Wunder, so zusammengekrümmt, wie ich dalag.

Ich lauschte in die Stille. Kein gelegentliches Murmeln mehr jenseits der Rückenlehnen, die mich vom Inneren des Wagens trennten. Keine Satzfetzen mehr, bei denen ich höchstens mal den ein oder anderen Namen verstehen konnte: Joaquín, Cristobál, Abner und Tomás. Langsam zählte ich bis zehn. Tastete nach dem Griff, der den Kofferraum von innen öffnete, drückte den Deckel einen winzigen Spalt auf.

Luft, frisch, klar und kühl, drang zu mir herein – zumindest verglichen mit dem, was ich bis eben geatmet hatte. Ich lugte durch den Spalt. Niemand zu sehen. Nach wie vor nichts zu hören.

Die Sonne war bereits untergegangen. Meine Kehle zog sich zusammen, als mir klar wurde, was das bedeutete. Nur dass *sie* nicht wussten, dass ich hier war. Und so sollte es bleiben.

Vorsichtig schob ich den Kofferraumdeckel weiter in die Höhe, gerade genug, um mich darunter hindurchzwängen zu können, schloss ihn von draußen behutsam wieder. Noch immer in der Hocke, schaute ich mich um. Der Wagen stand in der Auffahrt einer ziemlich modern wirkenden Villa, die mehr aus Glas als aus Stein zu bestehen schien. Rechts von mir ein Springbrunnen aus Metall. Links eine sauber gestutzte Hecke. Alles war eingefasst von blühenden Büschen und Sträuchern. Dazwischen ragten Palmen in den Nachthimmel. Hinter jedem der hohen Fenster brannte Licht.

»Ich rede noch einmal mit Tomás.« Die Stimme kam vom Haus her. So schnell und leise ich konnte, flüchtete ich zu den Büschen hinüber, zwängte mich am Stamm einer Palme vorbei, duckte mich in den nächstbesten Schatten. Die beiden Männer, die auf Santa Reyada gewesen waren, kamen gerade die halbrunde Eingangstreppe herunter, auf den Wagen zu. Schlagartig fiel mir das Atmen schwer. Vampire. Beide. – Als ob ich es nicht sofort gespürt hatte, kaum dass sie in den Wagen gestiegen waren … Konnten sie mich wittern? Mich spüren, so wie ich sie spüren konnte? Bitte, lieber Gott, nein! »Uns mag er vor die Tür setzen können, aber seinem eigenen Konsortium muss auch er Rede und Antwort stehen.« An der Seite des einen schritt eine Frau. Schlank, mittelgroß. Ihr Haar war hochgesteckt, ließ den Nacken frei. Das Licht hinter den

Fenstern fing sich in langen, blitzenden Ohrringen. Von der Schnauze der Limousine eilte der Fahrer heran, öffnete die Tür. Erschrocken kauerte ich mich weiter zusammen. Ich hatte ihn nicht gesehen.

»Ärgerlicherweise gibt es niemanden, der ihn offen herausfordern könnte, geschweige denn, dass wir es uns in der jetzigen Situation erlauben könnten, ihn zu verlieren.«

»Auch ein Joaquín de Alvaro ist nicht unersetzlich, Rogier. Vor allem muss man ihm endlich klarmachen, dass er sich nicht alles erlauben kann. – Steig ein, meine Liebe.«

»Wie der Vater, so der Sohn. Ich bin gespannt, wie weit Tomás zu gehen wagt. – Wir sehen uns morgen, Nestore. Auch ohne de Alvaro müssen wir eine Lösung für das Nosferatu-Problem finden. Ich möchte darüber hinaus nicht noch zusätzlich den Ordre in meiner Domäne haben. – Einen schönen Abend, Elaine.«

Autotüren schlugen. Ein Motor sprang an, Scheinwerfer flammten auf, beschrieben einen Bogen, entfernten sich die Auffahrt hinunter. Ich drückte mich gegen die Palme in meinem Rücken.

Erst als das Geräusch des Motors nicht mehr zu hören war und sich auch die Haustür endgültig geschlossen hatte, wagte ich es, wieder etwas tiefer zu atmen. Vorsichtig löste ich mich von der Palme, lauschte noch einmal sekundenlang angestrengt auf jedes noch so kleine Geräusch, ehe ich mich weiter aufrichtete. Und losrannte. Geduckt. Immer im Schutz der Büsche, die die Auffahrt säumten; immer darauf bedacht, nur nicht gesehen zu werden. Das Gras raschelte leise unter meinen Schritten. Sobald ich auf der Straße war, war ich gerettet. Ich würde wieder untertauchen, einmal mehr von vorne anfangen. Meine Schritte wurden langsamer, als das Tor in Sicht kam: Über mannshoch mit gedrehten eisernen Stäben, zwischen denen sich ebensolche Blätter rankten, und flankiert von einer ebenso hohen Mauer, an die sich eine sauber gestutzte Hecke schmiegte, ragte es vor mir auf. Geschlossen.

»Du da! Stehen bleiben!« Mit einem erschrockenen Laut fuhr ich herum. Ein Mann kam vom Haus her auf mich zu. Nur ein paar Meter trennten ihn noch von mir. Ich hatte ihn nicht bemerkt.

Ohne nachzudenken, drehte ich mich um, stürzte auf das Tor zu und zog mich an den Gitterstäben in die Höhe, benutzte die Blätterranken als Tritt. Nur auf die andere Seite! Ich musste nur auf die andere Seite und verschwunden sein, bis der Kerl auch drüben war. Eine Hand an meinem Bein; ein Ruck, beinah wäre ich abgerutscht. Das Tor klirrte. Verzweifelt klammerte ich mich fest. Wieder ein Ruck, diesmal am Bund meiner Hose. Ich schrie auf, als ich den Halt verlor. Seine Hand schloss sich um mein Handgelenk, zerquetschte es schier. Er zerrte mich herum. Dass ich mich freizuwinden versuchte, schien er gar nicht zu bemerken.

»Was hast du hier verloren?«, herrschte er mich an. »Wer zum Teufel bist du? Wie kommst du auf das Grundstück?«

Anstelle einer Antwort biss ich ihm in die Hand. Mit einem Fluch riss er sie zurück, schlug zu. Seine Faust traf mich im Gesicht. Schmerz flammte durch meine Wange, mein Kopf flog zur Seite. Ich stürzte auf Hände und Knie, sekundenlang zu benommen, um mich zu bewegen. Das Gras war kühl.

»Na warte!« Im nächsten Moment hatte er mich bei den Haaren gepackt und zerrte mich auf die Füße. Tränen schossen mir in die Augen. Ich jaulte, tastete nach seiner Hand, versuchte, seine Finger aufzubiegen. Er griff nur noch fester zu, schleifte mich vorwärts. Keuchend vor Schmerz taumelte ich neben ihm her. Die Einfahrt entlang zurück auf das Haus zu. Das Blut rauschte in meinen Ohren. Ein zweiter Mann tauchte aus den Schatten auf. Folgte uns. Um die Villa herum. Ein paar Stufen, eine Tür; die Küche. Er zog einen Stuhl vom Tisch zurück, zwang mich darauf. Seine Hand in meinen Haaren verhinderte, dass ich aufstand, davonzulaufen versuchte. Sie wechselten ein paar Sätze in einer Sprache, die ich nicht verstand, der zweite verschwand, nur um gleich darauf mit dem Mann zurückzukehren, der mit dem anderen zusammen auf Santa Reyada gewesen war. Vampir! Plötzlich war mir eiskalt, war ich wie gelähmt.

»Was bringst du mir da, Gaspard?« Er musterte mich von der Tür her.

Der Mann hinter mir gab meine Haare frei. Ich merkte kaum, wie meine Hände sich zu den Armlehnen stahlen, sie umklammerten. »Sie hat einen der Bewegungsmelder bei der Mauer ausgelöst, als sie versucht hat, sich vom Grundstück zu stehlen, Messire«, erklärte er. Es klang, als würde er ein Stück zurücktreten. »Ich kann mir nicht vorstellen, wie sie überhaupt auf das Gelände gekommen ist, es sei denn, sie war irgendwo in dem Wagen, mit dem Sie und Messire Nestore zurückgekommen sind.«

»Ach!« Überrascht hob er die Brauen. Gleich darauf erschienen zwei tiefe Furchen auf seiner Stirn, während sein Blick erneut über mich glitt. »Vermutlich im Wagen, sagst du?« Seine Nasenflügel blähten sich, als er die Luft einsog. Für einen Moment vertieften sich die Furchen, musterte er mich genauer, dann verzogen seine Lippen sich zu einem Lächeln. »Ja, das macht Sinn.« Ohne Hast durchquerte er die Küche. Ich bemühte mich, ruhig weiterzuatmen, obwohl meine Brust mit jedem seiner Schritte enger wurde. »Sieh an, sieh an.« Langsam ging er um mich herum, betrachtete mich abermals eingehend von oben bis unten, blieb hinter mir stehen. »Das ist also Lucinda Moreira. Die Moreira-Blutbraut, die bis vor ein paar Stunden so gründlich verschwunden war, dass man hätte glauben können, jemand habe eine Escondera, eine Verborgene, aus ihr gemacht.« Ich zwang mich dazu, geradeaus zu schauen, irgendwie das Zittern zu beherrschen. *Vampir!* Die beiden anderen Männer murmelten überrascht. »Was bisher allerdings nur einmal ein Hexer der Hermandad geschafft hat. Und damals war schwarze Magie im Spiel.« Er beugte sich über meine Schulter. Kam ganz nah. Alles in mir verkrampfte sich. Atmen! »Wir hätten dich spüren müssen, da hinten im Kofferraum. – Da warst du doch, nicht wahr? Die ganze Strecke von Santa Reyada bis hierher. – Aber ... nichts. Selbst jetzt ... bist du nicht mehr als eine Ahnung. Und das, obwohl ich weiß, dass du da bist. – Irgendjemand hält die Hand über dich, petite chérie. Ich kann die Siegel spüren. Sehr geschickt. Fein gewebt. Exzellente Arbeit. – Die nicht verrät, von wem sie stammt. Er verbirgt seine Handschrift äußerst gekonnt. Auf den ersten Moment hätte ich gedacht ... Aber das ist unmöglich. Dieser Mann ist schon etliche Jahre tot. – An wen hast du dich verkauft, petite chérie? Wer ist dein Gönner? Er muss zur Hermandad gehören. Einer aus dem Ordre könnte diese Art Siegel nicht schreiben. Willst du zu ihm zurück? Bist du deshalb vor Joaquín davongelaufen? Das bist du doch? Warum hättest du dich sonst in unserem Kofferraum versteckt. Sag mir seinen Namen!«

Ich starrte ihn an, umklammerte die Armlehnen fester. Die Hand über mich gehalten? Siegel? Gönner? Ich schüttelte den Kopf.

»Nein? Du sagst mir seinen Namen nicht?« Er lachte. »Wie entzückend loyal von dir. – Nun gut. Meinetwegen behalte dein kleines Geheimnis für den Moment. Aber vielleicht beantwortest du mir ein paar Fragen zu Joaquín? Ihm gegenüber wirst du wohl kaum so loyal sein, wenn du vor ihm davonläufst.« Langsam kam er um mich herum, stützte sich zu beiden Seiten auf den Armlehnen ab. In letzter Sekunde riss ich die Hände zurück, drückte sie in meinen Schoß. Er lächelte. Seine Reißzähne ganz dicht vor meinem Gesicht. *Vampir!* Meine Lungen zogen sich zusammen. Nein! Bitte, nein! »Weißt du, ich kaufe ihm nicht ab, dass alles in bester Ordnung ist, wie er uns glauben machen will. Und vor einer Blutbraut kann keiner von uns sein ›wahres‹ Äußeres bei Nacht verbergen. So mächtig einer auch sein mag. Diese Art der Zauber wirkt bei euch nun einmal nicht.« Er neigte sich dichter zu mir. Ich presste mich fester gegen die Lehne, versuchte zu atmen. Ohne Erfolg. »Du hast ihn doch schon bei Nacht gesehen, petite chérie.« Seine Stimme sank zu einem Murmeln herab. »Sind seine Augen dann farblos? Wie Diamanten? Und seine Fingernägel? Sind sie schon schwarz? Und scharf wie Rasierklingen? Hat er nach Sonnenuntergang schon ihre teuflische Schönheit? Oder trägt er diese Zeichen am Ende schon, bevor die Sonne untergeht? – Nein, das kann nicht sein, nicht wahr? Sonst wäre er nicht mehr in der Lage, sich so mühelos im Tageslicht zu bewegen.« Er nahm eine Hand von der Lehne, schob mir das Haar hinters Ohr. Ich zuckte zur Seite, versuchte, seiner Berührung auszuweichen. »Nun?« Seine Hand folgte meiner Bewegung, glitt an meinem Hals abwärts, legte sich um meine Kehle. Ich keuchte hilflos. Erneut ein Lächeln, ganz nah. Reißzähne hinter seinen Lippen. Meine Lungen zogen sich noch mehr zusammen. Nein! Nein!

»Seine … seine Augen sind … sind farblos … fast. Und … und bei Tag … ein heller Rand. Um die Pupille. Und … und seine Eckzähne sind … zu lang. Bitte! Ich habe Ihnen gesagt, was Sie wissen wollten. Mehr weiß ich nicht. Nur seine Augen … und die Zähne … Lassen Sie mich gehen.« Die Worte brachen aus mir heraus, waren kaum mehr als ein Schluchzen.

Sein Daumen strich über meine Halsschlagader. Ich wimmerte, presste mich härter gegen den Stuhl, versuchte zu atmen, irgendwie.

»Dich gehen lassen? Aber nicht doch. Hat dir niemand gesagt, wie wertvoll du bist? Eine Blutbraut … Obendrein eine Moreira …« Wie nachdenklich fuhr er mit den Fingerspitzen auf meiner Haut auf und ab. »In meiner Familie gibt es einen jungen Hexer … mein Neffe … hochbegabt … sehr vielversprechend … er kann einmal ganz groß werden. Aber wir haben noch keine Blutbraut gefunden, die für ihn passt. Dabei nimmt seine Blutgier immer mehr zu. Und nachdem du den ach so mächtigen Joaquín offenbar nicht willst … Vielleicht solltest du ihn kennenlernen. Was meinst du?«

»Nein! Bitte! Ich will nicht! Lassen Sie mich gehen! Bitte …« Ich schrie auf, als er sich abrupt aufrichtete und zurücktrat.

»Du glaubst doch nicht ernsthaft, dass ich dich so mir nichts, dir nichts der Hermandad übergeben werde? Oder sogar einfach laufen lasse, damit du zu deinem geheimnisvollen Gönner zurückgehst und wie zuvor spurlos verschwindest?« Übergangslos war nichts Schmeichelndes mehr in seiner Stimme. Jetzt klang sie nur noch hart. »Selbst wenn du nicht die Richtige für Maximilien bist, sind da noch mindestens zwei andere, für die du ja möglicherweise passt. Erst wenn ich weiß, dass du für meine Familie nutzlos bist, lasse ich dich gehen. Zu dem, der am meisten für dich bezahlt. – Aber vielleicht lasse ich dich auch ganz einfach verschwinden.« Ich starrte ihn an. Er zuckte die Schultern. »Ein Hexer aus einer der anderen Familien, der dank deines ›Verlustes‹ der Hermandad nicht erhalten bleibt, ist ein Hexer weniger, mit dem ich mich vielleicht irgendwann einmal herumschlagen muss.« Abermals beugte er sich vor, hob mir das Haar hinters Ohr. »Du weißt ja, was ich von dir erwarte, nicht wahr?« Ich konnte mich nicht rühren, nicht atmen. Alles in mir schrie. Er hob eine Braue. »Nein?« Hatte ich eben den Kopf geschüttelt? Diesmal tat ich es. Auch die zweite Braue hob sich. »Tatsächlich nicht?« Er kam noch näher. Ich presste mich gegen die Lehne. »Nun, dann lass es mich dir noch einmal sagen: Ich erwarte, dass du Maximilien freiwillig von dir trinken lässt.«

»Freiwillig?« Das Wort war auch jetzt nur ein Schluchzen.

Plötzlich waren scharfe Falten auf seiner Stirn. »Natürlich. Wirst du nicht freiwillig Maximiliens Blutbraut, verhindert dein Blut auch nicht, dass er Nosferatu wird. Dann ist es vollkommen wirkungslos.« Sein Daumen glitt über meine Lippen. »Und du vollkommen wertlos. – Und das wäre nicht gut für dich, petite chérie.«

»Freiwillig? Sie … Sie brauchen mein Blut … freiwillig?« Tante María hatte davon nie etwas gesagt. Warum? Warum nicht? Er würde mich töten!

Etwas in seinem Blick veränderte sich, wurde spöttisch.

»Vielleicht hättest du doch bei Joaquín bleiben sollen. Die de Alvaros sind zwar dafür bekannt, dass sie ihre Blutbräute höchst eifersüchtig bewachen; dafür tragen sie sie aber auch auf Händen und erfüllen ihnen jeden Wunsch, noch bevor sie selbst ihn überhaupt kennen.« Seine Fingerspitzen glitten über meine ohnehin pochende Wange. »Für die meisten von uns ist das Ganze nur ein Geschäft, das nichts mit Zuneigung zu tun hat. Unser Geld gegen euer Blut. Ein einfacher Handel. Hat dir das dein Gönner nicht gesagt? – Nun ja, Pech für dich, Glück für mich.« Er nickte den zwei Männern zu, die die ganze Zeit hinter mir gestanden hatten. »Sie wartet am besten unten, bis alles für das Treffen mit Maximilien vorbereitet ist. Bringt sie in den linken Keller.«

Freiwillig. Warum hatte Tante María nie etwas davon gesagt. Ich starrte ihn einfach nur weiter an. Bis einer der beiden mich am Arm ergriff und vom Stuhl hochzog. Es war, als hätte jemand in meinem Hirn einen Schalter umgelegt. Ich schluchzte, schlug um mich, kratzte. Einer bekam meine Arme zu fassen, verdrehte sie, zwang meine Hände hinter meinen Rücken. Ich schrie auf, versuchte, nach ihm zu treten. Ihr Herr zischte. »Bringt sie zum Schweigen! Ich will nicht, dass Lillian ihr Geschrei hört und sich aufregt.«

Etwas legte sich von hinten über meinen Mund, wurde angezogen, schnitt mir in die Mundwinkel. Mein Heulen wurde zu einem erstickten Ächzen. Irgendwie bekam ich eine Hand frei, schlug nach dem Nächstbesten. Sie fingen sie wieder ein. Ein Ratschen. Meine Hände wurden zusammengebunden. Schluchzend zerrte ich an ihrem Griff, meinen Fesseln. Sie schleiften mich aus der Küche, durch die Halle, eine Treppe hinunter, sosehr ich mich auch wehrte und in meinen Knebel brüllte. Ein dunkler Kellerraum, ein Stoß, ich taumelte, prallte mit der Schulter gegen eine Mauer, fiel auf die Knie. Direkt vor mir eine Ecke, ich kroch weg von ihnen, drückte mich hinein. Einer beugte sich über mich, ignorierte meinen neuerlichen Versuch, nach ihm zu treten, fesselte stattdessen meine Füße mit etwas, das in dem schwachen Licht aussah wie eine Gardinenkordel. Gleich darauf schloss sich die Tür hinter ihnen. Für einen Moment drang durch den Spalt unter ihr noch Licht, dann war endgültig Finsternis um mich. Ich saß zitternd da, rang durch den Knebel und den Rotz nach Atem. Ein Vampir. Ein junger Hexer, der Nosferatu wurde. Wie *er*. Sie holten ihn her. Würden mich ihm überlassen. Mich mit ihm allein lassen. Er würde seine Zähne in meinen Hals schlagen, mein Blut … er würde mein Blut … Ich wimmerte hilflos, kauerte mich noch tiefer in die Ecke, zerrte und riss an meinen Fesseln wie eine Besessene. Ohne Erfolg. Sie zogen sich nur noch fester zusammen, gruben sich tiefer in meine Haut. Ich schluchzte, kämpfte weiter mit ihnen. Und erstarrte, als die Tür irgendwann erneut geöffnet wurde – und sich gleich darauf wieder schloss. Ein schmaler Streifen Licht blieb übrig. Ein Mann kam auf mich zu. Vampir! Ich konnte es spüren. Von einer Sekunde zur anderen war mein Atem nur noch ein hohes Keuchen. Er kauerte sich vor mich, hob beschwichtigend die Hände.

»Ich tue dir nichts. Du musst keine Angst haben.«

Ich schüttelte den Kopf, drückte mich fester gegen die Mauer, ächzte hilflos.

»Ich tue dir nichts.«

Mein Ächzen wurde zu einem Wimmern, als er näher rutschte, eine Hand nach mir ausstreckte, mein Haar berührte, eine Strähne zwischen den Fingern rieb.

»Schwarz«, flüsterte er. »Ich wette, deine Augen sind grün und dunkel. Du bist hübsch. Ich habe dich gesehen, als sie dich ins Haus gebracht haben. Ich bin Paul.« Mit den Fingerknöcheln strich er meine Wange abwärts. Alles in mir verkrampfte sich. »Rogier sagt, du bist für Maximilien. Wenn du für ihn passt. Aber meine Zeit läuft ebenso ab wie Maximiliens. Und es ist die Blutbraut, die wählt. Du bist zwar de Alvaro versprochen, aber nachdem du vor ihm davongelaufen bist … Wenn du sagst, dass du mich willst, kann Rogier nichts dagegen tun. Dann müssen sie mein Blut zuerst gegen deines prüfen. Ich bin zwar nicht der Neffe des Messire und ich bin sicher nicht so reich wie de Alvaro, aber ich würde gut zu dir sein. Ich verspreche es. Verstehst du? Ich will nicht Nosferatu werden. Aber ich kann fühlen, wie es beginnt.« Seine Berührung verharrte an meiner Kehle. Ich keuchte auf. »Du kannst dir diese Gier gar nicht vorstellen. Selbst jetzt …« Genießerisch sog er die Luft ein. »Du riechst gut. Süß.« Plötzlich war seine Stimme ein heiseres Flüstern. »Dein Blut muss köstlich sein …«

Meine Atemzüge wurden zu einem verzweifelten Pfeifen. Ich stemmte mich mit aller Kraft gegen die Wand in meinem Rücken. Wollte ihm ausweichen.

Er beugte sich weiter vor. »Es tut nicht weh.« Sein Atem an meinem Hals.

Ich schnappte nach Luft. Hysterisch. Oder kurz davor. Bitte. Bitte, bitte. Nein. Bitte. Nein, nein! Nein, bitte!

Er kam näher. Näher. Ich wand mich, heulte und schrie gegen meinen Knebel. Seine Lippen auf meiner Haut. Meine Lungen zogen sich zusammen. Nein! Bitte! Die Welt blieb stehen; zersplitterte.

Eine Tür schlug krachend gegen eine Wand.

Ein Knurren.

Das zu einem Brüllen wurde.

Plötzlich war er fort.

Schreie. Gurgeln.

Füße traten dicht neben mir in die Luft.

Schwer schlug etwas auf den Boden.

Eine Hand fiel schlaff ins Licht. Eine Lache kroch darunter hervor. Kroch. Kroch …

Die Welt wurde trüb.

Jemand beugte sich über mich.

Ein Mann. Schwarzes Haar. Glitzernde Augen. Farblos. Beinah. Fänge. Spitz und scharf.

Ich sah ihn an, sah ihn an …

Alles war seltsam fern.

Der Knebel verschwand aus meinem Mund.

Irgendjemand keuchte, hustete, wimmerte, schluchzte.

»Sch, mi corazón. Todo está bien.« Rau. Grollend. »Todo está bien.«

Meine Hände rutschten nach vorne, plötzlich frei.

»Todo está bien. No llores. Nicht weinen. Alles ist gut.«

Die Fesseln verschwanden von meinen Knöcheln.

Ich saß einfach nur da. Sah ihm dabei zu, wie er meine Arme um seinen Hals legte, mich hochhob. Ließ es geschehen. Apathisch. Stumpf.

Eine Treppe.

Nach oben.

Ein anderer Mann. Fahlblaue Augen. Etwas glänzte dunkel in seiner Hand.

Eine Frau auf einer anderen Treppe. Ihre Zehennägel blutrot lackiert. Sie starrte mich an. Über mich hinweg; auf den Mann, der mich trug. Ihr Mund formte etwas, ein Wort. Ein Knurren unter meiner Schulter.

Eine Halle.

Noch eine Treppe.

Kühle Nachtluft.

Eine Tür schlug. Eine zweite.

Das Brummen eines Motors.

Hände massierten meine Handgelenke. Sanft. Behutsam.

Eine Stimme, die murmelte. Tröstend.

Der Geruch von Orange. Und Zimt. Und Nelken.

Eine Hand strich über meinen Rücken; auf und ab, auf und ab, auf-ab; auf-ab. Beruhigend. Einschläfernd.

Er wiegte sich mit mir hin und her. Wischte mir die Tränen und den Rotz aus dem Gesicht. Murmelte weiter. Leise, besänftigend. Ich saß einfach da.

Saß einfach da …

Saß einfach da …

Ich wurde hochgehoben, getragen.

Durch eine Tür.

Eine Treppe hinauf.

Lavendelduft.

Noch eine Tür.

»Großer Gott …« Die Stimme war vertraut.

»Fernán muss gleich da sein, Cris. Er soll sofort heraufkommen.«

Ein Bett. Ich wurde darauf abgesetzt. Hörte mich keuchen. Eine Hand strich über mein Haar.

»Ganz ruhig, mi corazón. Du bist auf Santa Reyada. Alles ist gut. Du bist in Sicherheit. Niemand wird dir wehtun.« *Er.*

Ich wimmerte. Schob mich weg von ihm. Kroch ans Kopfende. Presste die Fäuste vor den Mund. Wiegte mich vor und zurück. Vor und zurück. Vor und zurück.

Knurren. Ich kauerte mich zusammen. Stimmen. Bei der Tür.

»Wo willst du hin?«

»Ich muss … Wenn ich nicht gehe … bringe ich noch jemanden um.« Kehlig. Rau. Vor und zurück.

»Lillian hat dich gesehen.« Weit entfernt.

»Ich weiß.«

»Dir ist klar, was das bedeutet?«

»Sí. – Nimm die Hand weg, Rafael!« Weit, weit entfernt.

Vor und zurück. Vor und zurück …

Eine Hand an meiner Schulter. Ich zuckte zusammen. Riss die Augen auf.

»Ganz ruhig, Liebes. Niemand tut dir etwas.« Ein Fremder saß neben mir auf der Bettkante. Jung. Seine Stimme war weich. Freundlich. Dunkles Haar. Dunkle Augen. Nicht *er*. »Ich bin Fernán. Dein Arzt. Ich will dich nur ganz kurz untersuchen, wenn ich darf. – Komm, was hältst du davon, wenn du ein Stückchen tiefer rutschst und dich richtig hinlegst. Die Kissen sind doch viel bequemer als das harte Kopfbrett.« Eine zweite Hand kam zu der ersten. Schoben, behutsam. Ich rutschte tiefer. »Ja, so ist es gut. Entspann dich. Lass mich sehen, ob du verletzt bist.« Die Hände zogen sacht meine Arme herab. »Gut machst du das.« Tasteten. »Magst du dich nicht ein bisschen ausstrecken? – Ja, sehr schön.« Alles um mich her war seltsam trüb, dumpf. Ich schloss die Augen. »Soweit ich feststellen kann, nur Kratzer und Hämatome. Das Schlimmste sind ihre Handgelenke. Alles andere ist oberflächlich. Die Haut an ihrer Kehle wurde nicht durchbrochen. – Aber sie steht unter Schock.« Die Worte schienen nicht mir zu gelten. Ich lag einfach nur da. »Ich will sie im Moment nicht öfter anfassen, als ich muss, sie ist verstört genug: Habt ihr den Verdacht, dass man ihr Gewalt angetan hat, Rafael?«

Schnauben. »Nein. Sonst stünde das Haus wohl nicht mehr.«

»Gut. Dann lassen wir sie jetzt am besten einfach schlafen. – Rutschst du noch ein kleines bisschen tiefer, Liebes? Dann läufst du nicht Gefahr, dir den Kopf anzuschlagen, wenn du dich im Schlaf umdrehst. – Wo ist er? – Ja, gut machst du das.«

»Ich schätze, im nächsten Käfig, den er finden konnte.«

»Ich verstehe. Hat er mir etwas dagelassen?«

»Ja.«

…

Plötzlich war ein Schatten über mir. Ich schrie, kauerte mich zusammen.

»Sch, Liebes. Das bin nur ich, Fernán. Ich wollte dich nicht erschrecken.« Zitternd rang ich nach Atem, die Augen weit aufgerissen. »Doch so schlimm? Na gut. Vielleicht ist es dann am besten, wenn ich dir etwas gebe, das dir ein wenig beim Schlafen hilft. Aber tust du mir den Gefallen und trinkst zuvor hiervon noch etwas?« Eine Hand schob sich ganz langsam unter meinen Kopf, ein Glas wurde an meinen Mund gesetzt. Eine kühle Flüssigkeit berührte meine Lippen. »Nur ein, zwei Schlucke, das genügt schon.« Ich trank. Es schmeckte süß und sauer zugleich. »Ja, sehr schön. Mehr brauchen wir nicht.« Das Glas verschwand. Ich schloss die Augen wieder. Ein Klappern und Rascheln. Hände an meinem Arm, schoben meinen Ärmel in die Höhe. Zischen, Kälte auf meiner Haut. «So, das pikt jetzt ein bisschen, aber danach lasse ich dich endgültig in Ruhe, Liebes. Versprochen.« Ein kurzer, stechender Schmerz in meinem Arm. Ich zuckte zusammen, riss erneut die Augen auf. Fernán lächelte auf mich hinab. »So, schon vorbei.« Meine Lider wurden plötzlich mit jedem Atemzug schwerer. »Und morgen früh sieht die Welt gleich wieder ganz anders aus …«

8

Deine einzige Aufgabe besteht darin, dafür zu sorgen, dass sie auf Santa Reyada bleibt und Joaquín sie nicht zu seiner Blutbraut macht. Und was muss ich hören? Zwei Mal gelingt es ihr zu fliehen und beide Male muss er sie zurückholen. Wir haben eine Abmachung.« Jeden seiner anderen Diener hätte er schon zur Rechenschaft gezogen. Unglücklicherweise brauchte er den Bengel noch.

»Ich weiß. Und ich tue ja, was ich kann, aber …« Ein Zögern, ein Atemzug. »Wenn Joaquín misstrauisch wird …«

Kleiner Stümper. Mit einer unwilligen Bewegung stellte er den Cognacschwenker auf den Schreibtisch zurück. »Du sollst dich um die *Kleine* kümmern. Joaquín überlass mir.« Er bemühte sich, die Verachtung aus seinem Ton herauszuhalten. Trotzdem war seine Stimme noch immer scharf. »Umgarne sie. Mach ihr Geschenke. Gib ihr das Gefühl, die begehrenswerteste Frau der Welt zu sein. So schwer kann das nicht sein. Das Mädchen hat seit Jahren das Leben einer halben Bettlerin geführt, mehr oder weniger von der Hand in den Mund gelebt. Da braucht es nicht viel …« Wieder ein Atemzug, als würde der Bengel es wagen wollen, ihn zu unterbrechen. Mit einem Zischen verhinderte er es, es fiel ihm schwer, seine nächsten Worte fürsorglich und gütig klingen zu lassen. »Sorge einfach nur dafür, dass sie nicht wieder davonläuft und Joaquín weiterhin nicht an sich heranlässt. – Du weißt, was auf dem Spiel steht. Und wie wichtig das Mädchen für« – meine – »unsere Pläne ist. Aber wir brauchen noch etwas Zeit. Noch ist Joaquín nicht so weit, den letzten Schritt zu tun.«

Erneut ein Zögern, dann: »Ich sorge dafür, dass sie mir vertraut. Und auch nicht noch einmal davonläuft.«

»Sehr gut. Ich verlasse mich auf dich.« Er beendete das Gespräch, griff wieder nach seinem Glas, betrachtete einen Moment die goldene Flüssigkeit darin, bevor er es mit einem Zug leerte und aufstand. Seine anderen Geschäfte warteten. Er hatte schon genug Zeit vergeudet. Der Bengel tat gut daran, sein Versprechen zu halten.

9

Die Sonne weckte mich. Hart und grell schien sie in mein Zimmer. Obwohl die Läden vor den Fenstern geschlossen waren.

Mein Zimmer.

Santa Reyada.

Ich lag da und sah einfach nur ins Leere.

Minutenlang.

In meinem Kopf hing noch immer ein irgendwie zähes Grau. Dazwischen waren Bilder. Eine Frau auf einer Treppe, die uns anstarrte. – Rafael mit einer Pistole in den Händen, der mehrere Männer in Schach hielt. – Reglose Körper auf dem Boden der Halle jenes anderen Hauses. – Der junge Vampir, der … der … Ich krallte die Finger in die Bettdecke, drückte sie mir vor den Mund. *Er* hatte ihn umgebracht. Mich aus dem Haus getragen. Die ganze Fahrt hatte er mich in den Armen gehalten. Auf seinem Schoß. Die ganze Fahrt zurück hierher, nach Santa Reyada. Ich zog die Beine an den Leib, rollte mich zusammen, schloss die Augen. Ich war zurück. Auf Santa Reyada. Alles war umsonst gewesen. Alles. Eine weitere Chance zur Flucht würde es für mich nicht geben. Dafür würde *er* schon sorgen. Und selbst wenn … Das Gefühl, dass es auf der ganzen Welt keinen Platz mehr gab, an dem ich vor ihnen sicher war, schnürte meine Kehle zu. Was sollte jetzt werden? Hatte ich noch eine andere Wahl, als mich *ihm* zu fügen? Er hatte mich aus diesem Haus gerettet. Verhindert, dass dieser junge Vampir ... Rogier ... Aber ... Stöhnend presste ich die Lider fester aufeinander. Allein bei dem Gedanken, dass *er* seine Zähne in meinen Hals schlagen könnte, verkrampften sich meine Lungen. Ich würde es nicht ertragen. Ich konnte einfach nicht. – Und ich konnte mich auch nicht für den Rest meines Lebens in diesem Zimmer verstecken. Irgendwann musste ich ihm gegenübertreten. Und vielleicht ... Hoffte ich wirklich, dass *er* möglicherweise doch Mitleid mit mir hatte und mich gehen ließ? Eher schneite es in der Hölle. Mit einem hilflosen Laut rollte ich mich auf den Rücken und legte den Arm über meine Augen. Nur um ihn sofort wieder herunterzunehmen, als sein Gewicht einen vagen Schmerz in meiner Wange weckte. Nach dem Schlag, den der Kerl mir an diesem Tor verpasst hatte, musste sie grün und blau sein. Gut möglich, dass ich sogar ein Veilchen hatte. Ich sah auf meine Handgelenke. Sie waren mit getrocknetem Blut verschmiert und wurden obendrein von einem Band aus rotem Schorf verunziert. Meine Uhr war verschwunden. Hatte ich sie verloren, oder hatte sie mir jemand abgenommen? Dieser Fernán, als er mich untersucht hatte? Ein bisschen umständlich setzte ich mich auf. Erstaunlicherweise war ich nicht mal halb so steif, wie ich erwartet hatte. Mein Blick ging zur Tür des Badezimmers. Wollte ich tatsächlich wissen, was die Faust des Typen noch in meinem Gesicht angerichtet hatte? Wie der Rest von mir aussah? Nein. Aber ich wollte etwas anderes: mich waschen. Aus den verdreckten Sachen heraus, die ich noch immer trug – und die ihre Spuren am Bettzeug hinterlassen hatten. Ich schlug die Decke zurück. Der

Gedanke an eine Dusche wurde mit jeder Sekunde verlockender. Oder gleich ein Bad … Nein. Nackt unter der Dusche zu stehen, war etwas anderes, als nackt in der Badewanne zu liegen. Weniger … hilflos.

Die Beine schon über der Bettkante, hielt ich inne, schaute zur Zimmertür. Ob sie mich wie gestern auch wieder eingeschlossen hatten? – Der Schlüssel steckte von dieser Seite. Ich presste die Lippen zusammen. Offenbar war *er* sich seiner Sache sehr sicher. Aber ich würde es nicht riskieren, dass plötzlich einer von ihnen im Raum stand. Oder am Ende im Bad.

Das Klicken des Schlüssels, als ich ihn im Schloss drehte, hatte etwas Beruhigendes. Auch wenn eine zugesperrte Tür *ihn* vermutlich nicht davon abhalten würde, dieses Zimmer zu betreten, sollte er es tatsächlich wollen. Als ich mich umwandte, entdeckte ich meine Uhr auf dem Sekretär. Die Zeiger standen auf halb acht. Rührten sich nicht. Das Glas war zerbrochen. Ich hatte keine Ahnung, wann und wie das passiert war. Mit leisem Bedauern legte ich sie auf den Sekretär zurück. Sie war nicht teuer gewesen, aber ich hatte ziemlich lange dafür sparen müssen.

Im Bad waren die Läden vor den Fenstern nur zur Hälfte geschlossen. Ich legte die Hand gegen das Glas, sah minutenlang reglos hinaus. Über der Wüste gleißte der Himmel in beinah weißem Licht. Die Sonne stand fast senkrecht, malte harte Schatten unter das wenige, das dort draußen wuchs.

Irgendwann riss ich den Blick von der glühenden Unendlichkeit jenseits der Scheibe los und trat vor den Spiegel, knipste nach einem kurzen Zögern das Deckenlicht an und betrachtete mich darin. Die Stirn gerunzelt strich ich mit den Fingerspitzen über meine Wange. Sie hätte geschwollen sein müssen. Grünblauviolett verfärbt. Der Kerl hatte so fest zugeschlagen, dass er mich von den Beinen geholt hatte, dass ich sogar einen Augenblick lang benommen gewesen war … Nur die Andeutung eines fahlen Gelbgrüns war zu sehen. Selbst in diesem Licht. Wie bei einem Bluterguss, der schon mehrere Tage alt war. Und auch von dem Sonnenbrand, den ich mir gestern geholt hatte: keine Spur. Ich beugte mich ein Stück näher zum Spiegel, zupfte das erste der beiden Schmetterlingspflaster über dem Riss direkt an meinem Haaransatz ab. Ein Teil des Schorfes löste sich dabei ebenfalls. Blassrosa Haut kam darunter zum Vorschein. Meine Finger zitterten, als ich auch das zweite abzog, den Schorfrest abpulte. Derselbe Anblick wie zuvor: verheilt! Ich drehte das Wasser auf, wusch mir hastig das Blut von den Handgelenken … Der Schorf fiel beinah von selbst ab. Meine Fesseln mussten sich tief in meine Gelenke geschnitten haben, woher sollte sonst das Blut stammen. Aber alles, was zu sehen war, war ein schmaler Streifen abgeschabte Haut.

Das … konnte nicht sein! Was hatten sie mit mir gemacht? Alles, woran ich mich erinnerte, war, dass dieser Fernán mir eine Spritze gegeben hatte. Damit ich besser schlafen konnte. Davor hatte er mir etwas zu trinken gegeben. Es hatte süß und sauer zugleich geschmeckt. Limonade. Oder doch nicht? Was dann? Mit beiden Händen umklammerte ich den Rand des Waschbeckens. Was dann? Ich starrte in den Spiegel. Mein Herz raste. Was? – Ich zwang mich, tief Luft zu holen. War das nicht egal? Ich konnte es nicht mehr ungeschehen machen. Und … es hatte dafür gesorgt, dass all meine Schrammen und blauen Flecken heilten. Ich schaffte es irgendwie, meinen Klammergriff zu lösen, presste die Handflächen auf den hellen Marmor. – Sollte ich so etwas wie Dankbarkeit empfinden? An jedem anderen

Ort hätte ich es sicherlich getan und irgendwo in mir beharrte eine Stimme, dass ich es auch hier tun musste … weil er mich aus diesem Haus geholt hatte, verhindert hatte, dass dieser junge Vampir … Aber zugleich war da noch etwas anderes: jenes nur zu vertraute Zittern in meinem Inneren, das meine Hände schweißnass machte und meine Kehle zusammenzog und nur einen Gedanken zuließ: Ich will hier weg! Ich drückte die Hände fester auf den Stein. Und schüttelte den Kopf. Ich war die Gefangene eines Hexers. Nur an Flucht zu denken, war absurd. Ich hatte es zwei Mal versucht und wohin hatte es mich gebracht? – Aber ich *wollte* auch nicht mehr daran denken. Ich war mein Leben lang davongelaufen, hatte immer wieder alles zurückgelassen. Erneut holte ich tief Luft. Ich wollte dieses Leben nicht mehr. Ich hatte es nie gewollt. Und jetzt war ich hier. Ich hatte keine andere Möglichkeit, als mich *ihm* zu stellen. Nach dem, was dieser Rogier gesagt hatte, musste ich ihm offenbar mein Blut freiwillig geben; ansonsten war ich nutzlos für ihn. Wenn ich ihm klarmachen konnte, dass das nie, niemals der Fall sein würde, konnte ich ihn ja vielleicht doch dazu bringen, mich gehen zu lassen.

Mein Spiegelbild verzog den Mund zu einem freudlosen Lächeln.

Glaubte ich das tatsächlich? Ich biss die Zähne zusammen. Nein. Aber vielleicht konnte ich ihn ja tatsächlich hinhalten: Vielleicht schaffte ich es ja doch, seine Nähe wenigstens so weit zu ertragen, dass ich scheinbar gute Miene zum bösen Spiel machen konnte. Bis sich mir irgendeine Möglichkeit bot, von hier wegzukommen. Also doch wieder davonlaufen? Es fühlte sich an, als würde ich mich im Kreis drehen.

Ich trat vom Waschbecken zurück. Er wollte mein Blut und

mein Leben. Meinetwegen. Aber ich würde mich nicht freiwillig in mein Schicksal fügen, wenn ich auch nur den Hauch einer Chance hatte, ihm zu entgehen. Egal wie.

Entschieden zog ich mich aus und stieg unter die Dusche.

Mein Anfall von Entschlossenheit verabschiedete sich, als ich die Treppe ins Erdgeschoss hinunterstieg. Mit jeder Stufe fühlte mein Inneres sich mehr an wie ein Handtuch, dass man so oft zusammengedreht hatte, dass es sich schon um sich selbst wand. Das Haus war still, wie ausgestorben. Die geschlossenen Fensterläden sorgten für dämmrige Kühle. Auf dem letzten Tritt blieb ich stehen, lauschte. Aus dem hinteren Teil, aus Richtung der Küche, kam ein gedämpftes Scharren und Klappern. – Zusammen mit dem Duft von frischem Kaffee. Mein Magen meldete sich mit einem leisen Rumoren.

Bitte, lass es Cris sein!, flehte ich lautlos, während ich den Geräuschen nach einem letzten Zögern folgte.

Mein Gebet wurde nicht erhört.

Obwohl *er* mit dem Rücken zu mir stand, hob er im selben Moment den Kopf, in dem ich die Küche betrat. So als hätte er mich … gespürt. Oder gewittert. Bei seiner Bewegung war ich erstarrt. Ohne Hast drehte er sich um, musterte mich eingehend. Unter seinem Blick schrie alles in mir ›Lauf!‹. Dennoch blieb ich stehen, auch wenn ich nicht anders konnte, als die Arme um meine Mitte zu legen. Und ich schaffte es sogar, ihn meinerseits anzusehen.

Ein weißes, nur nachlässig zugeknöpftes Hemd, dessen Ärmel aufgekrempelt waren, hing über einer ausgeblichenen Jeans. Die Tätowierungen an seinen Unterarmen waren nicht zu übersehen. Ebenso wie die Spuren dieser seltsamen Kratzer.

Hatte er sich am Kleiderschrank seines Bruders bedient, um an etwas anderes als Anzug und Krawatte zu kommen? Seine Augen schienen heller zu sein als noch am Vortag; oder war der fahle Ring um seine Pupille breiter geworden? Ich konnte es auf die Entfernung nicht genau sagen. Ein verschorfter Riss spaltete seine rechte Braue. Auf seinem Wangenknochen und an der Seite des Kiefers schillerten zwei dunkelblaue Blutergüsse. Seine Unterlippe war aufgeplatzt. Unwillkürlich runzelte ich die Stirn. War das am Ende meinetwegen passiert, heute Nacht, als er mich zurückgeholt hatte? Himmel. Zu meinem eigenen Erstaunen regte sich etwas wie ein schlechtes Gewissen in mir. Vor allem die geschwollene Lippe sah aus, als müsse sie wehtun.

»Buenos días, Lucinda.« Seine Stimme war wieder jener weiche Bariton. Sie jagte mir einen Schauer den Rücken hinab.

Ich räusperte mich. »Kann ich …«

»Alles in Ordnung?« Er wies auf seine Wange und neigte dabei den Kopf in meine Richtung. Unbewusst hob ich selbst die Hand und berührte meine eigene. Als ich merkte, was ich tat, ließ ich sie wieder sinken.

»Ja. – Guten Morgen.« Ich fühlte mich seltsam befangen, während ich nickte. »Kann ich …«

»Und deine Handgelenke?« Seine Augen waren von meinem Gesicht abwärtsgeglitten.

Zögernd löste ich auch meinen zweiten Arm und hielt ihm beide entgegen, drehte sogar die Hände, damit er meine Gelenke sehen konnte. Die Frage, wie es sein konnte, dass alles schon so gut verheilt war, brannte mir auf der Zunge. Ich schluckte sie runter. Cris hätte ich sie gestellt, vielleicht sogar Rafael, aber *ihm* … nein.

»Gut.« Diesmal war er es, der nickte.

Ich räusperte mich erneut, versuchte zu ignorieren, dass sein Blick eine Sekunde zu lang auf der Narbe an meinem Handgelenk hängen geblieben war. »Kann ich vielleicht auch einen Kaffee bekommen?«

»Natürlich.« Ganz kurz glaubte ich ein Lächeln über seine Lippen huschen zu sehen, dann hatte er sich schon umgedreht und wollte offenbar die Tür eines der Hängeschränke neben dem Spülstein öffnen. – Noch im Ansatz der Bewegung hielt er inne und stieß ein Zischen aus, während er mit der anderen Hand seine Schulter umfasste und den Arm vorsichtig im Gelenk bewegte, so als hätte er Schmerzen. Erst nach einem weiteren Augenblick nahm er die Hand wieder von der Schulter und holte mir eine Tasse aus dem Schrank. Ich biss mir auf die Lippe. War das auch von heute Nacht? – Herr im Himmel, Lucinda, hör auf damit! Hätte Rafael dich nicht hierhergebracht, wäre das sicher nicht passiert. Er ist selbst schuld!

Ich zuckte zusammen, als er die Tasse auf den Küchentresen stellte. Dampf kräuselte sich darüber. Der Duft von Kaffee wehte zu mir. Ein Löffel, Zuckerdose und die Milchtüte folgten.

»Willst du dich nicht setzen?« Er wies auf einen der modernen Hocker aus Metall und Holz, die auf meiner Seite des Tresens standen.

Steif kletterte ich auf den, der mir am nächsten war, und zog die Tasse zu mir heran. Sie war heiß.

»Sind Rührei und Toast als Auftakt für ein verspätetes Frühstück in Ordnung?«

Ich starrte ihn an, die Hand bereits nach der Zuckerdose ausgestreckt in der Luft.

Er hatte sich schon wieder halb nach Arbeitsplatte und Herd umgedreht, hielt jetzt jedoch inne. »Oder magst du neuerdings kein Rührei mehr?« Eine feine Falte erschien zwischen seinen Brauen. »Du kannst auch Speck oder Würstchen bekommen. Oder Cornflakes …«

Ich erwachte aus meiner Verblüffung. »Nein, Rührei und Toast sind in Ordnung.« Hastig schüttelte ich den Kopf. Woher wusste er, dass ich gerne Rührei aß? »Aber ich …«

»Was? Bist nicht hungrig?« Er stieß ein spöttisches Schnauben aus. »Soweit ich weiß, hast du gestern den ganzen Tag nichts gegessen. Was vorgestern war, kann ich nicht sagen, aber heute haben wir auch schon wieder Mittag … Du bist vielleicht noch nicht am *ver*hungern, aber hungrig musst du sein, mi flor.«

Mit zusammengebissenen Zähnen schob ich das Kinn vor. »Ich frühstücke normalerweise nie.« Das war gelogen.

»Ich auch nicht. Aber das hier fällt schon unter ›Mittagessen‹«, hielt er noch immer irgendwie spöttisch dagegen und wandte mir endgültig den Rücken zu. Der Geruch nach Lavendel war wieder in der Luft. Ich schaufelte Zucker in meinen Kaffee.

Die nächsten Minuten saß ich da, umklammerte meine Tasse mit beiden Händen, nippte ab und an daran und beobachtete ihn dabei, wie er mir Frühstück machte. *Er!*

Als er Toast, Butter, Marmelade und Erdnussbutter vor mich stellte, knurrte mein Magen – was mir einen belustigten Blick einbrachte. Der Berg an Rührei mit frischen Kräutern, der sich auf dem Teller türmte, den er mir gleich darauf hinschob, schien dann auch für jemanden gedacht zu sein, der kurz vor dem Verhungern war. Den krönenden Abschluss bildete ein großes Glas Orangensaft.

Die Arme vor der Brust verschränkt, lehnte er sich dann an die Arbeitsplatte neben dem Herd und beobachtete, wie ich misstrauisch die Gabel in den Eierflocken versenkte und mir einige davon in den Mund schob. Ich kaute, schluckte – und hätte um ein Haar aufgestöhnt. Sie waren … köstlich. Weich und fluffig; genau nach meinem Geschmack gewürzt. Ich grub die Gabel erneut hinein und vertilgte schamlos Bissen um Bissen, strich mir zwischendurch Butter und Marmelade – Ananas, meine Lieblingssorte – auf die warmen Toastscheiben und spülte alles immer wieder mit Orangensaft und Kaffee hinunter. Auch wenn ich es niemals zugegeben hätte: Ich *war* hungrig gewesen.

Ich erwachte ziemlich abrupt aus meinem Frühstücksrausch, als *er* unvermittelt auf der anderen Seite des Tresens stand. Meine Gabel klapperte misstönend gegen den Teller. Von einem Herzschlag zum nächsten saß ich stocksteif. Schlagartig fiel mir das Atmen schwer. So weit ich konnte, wich ich auf meinem Hocker zurück. Eine Sekunde schien es, als würde er die Zähne zusammenbeißen, dann hob er die Kaffeekanne in einer fragenden Geste.

»Noch eine Tasse?«

Wie benommen starrte ich ihn an, blinzelte, nickte schließlich. Großer Gott, er hatte es für kurze Zeit tatsächlich geschafft, mich einzulullen; mich vergessen zu lassen, was er war; was er von mir wollte, indem er einen auf sanft und lieb und fürsorglich machte. Dabei hatte Tante María mich wieder und wieder gewarnt. Dieser miese Bastard.

Meine Hand zitterte, als ich die Tasse schließlich wieder zu mir heranzog.

»No, Rosa, das kann sie allein. Du musst sie nicht mehr bemuttern.«

Ich erstarrte. Seine Hand lag auf dem Deckel der Zuckerdose. Ich sah ihn an. Schluckte. Außer ihm und mir war niemand sonst im Raum. ›Rosa‹, er hatte ›Rosa‹ gesagt. Ich hatte es genau gehört. Ich schluckte erneut … – Lieber Himmel. Er war nicht nur gemeingefährlich, sondern auch noch vollkommen irre. Wie sonst ließ sich erklären, dass er mit Leuten redete, die gar nicht existierten. Hinter ihm bauschten sich die Spitzenvorhänge vor der unteren Hälfte des Küchenfensters.

Einen Moment lang hatte er mich ähnlich sprachlos angesehen wie ich ihn, jetzt schüttelte er mit einem leisen Lachen den Kopf. Verrückt! Er war verrückt. Den Bruchteil einer Sekunde konnte ich die Spitzen seiner Eckzähne erkennen. Mein Magen ballte sich zusammen.

»Ich bin nicht verrückt«, versicherte er mir noch immer mit einem Grinsen im Ton.

Ich hielt den Atem an, nickte pflichtschuldig. Wahnsinnigen sollte man nicht widersprechen, hatte ich mal irgendwo gelesen.

»Wirklich nicht.« Er stellte die Kaffeekanne auf die Platte der Maschine zurück.

Ich schluckte ein weiteres Mal. »Das habe ich auch nicht gesagt.«

»Aber gedacht.« Mit einer Handbewegung verhinderte er meinen Protest. »Dein Gesichtsausdruck war nicht misszuverstehen.«

War eine Gabel eine brauchbare Waffe, falls er auf mich losging? Oder eine Tasse heißer Kaffee?

»Ich bin nicht verrückt, glaub mir.«

»Mhm.«

Mit einem geradezu theatralischen Seufzen schüttelte er abermals den Kopf. »Würdest du Lucinda bitte beweisen, dass ich nicht verrückt bin, Rosa?«

Ich tastete verstohlen nach der Gabel.

Nichts geschah.

Er runzelte die Stirn. »Sehr witzig, Rosa. – Bitte.«

Der Lavendelduft schien um mich herumzustreichen. Ein Wasserfall aus Zucker ergoss sich aus dem Nichts heraus in meinen Kaffee.

»Ah …« Ich stieß die Tasse mit einem Schrei von mir, stolperte von meinem Hocker herunter, wich zurück. Der Kaffee spritzte über den Tresen und … war plötzlich … weg. Beinah wäre ich die beiden Stufen zum Essbereich rücklings hinuntergefallen. Etwas hielt mich fest, verschwand, als ich mich wieder gefangen hatte.

»Darf ich vorstellen: Rosa. – Glaubst du mir jetzt?«

Ungläubig starrte ich auf die spiegelblanke Granitplatte des Tresens. »Wer …« Mein Herz raste. »Wer sagt mir, dass du das nicht warst. Du bist …«

»… ein Hexer. – Ich hätte das hier genommen.« Er griff nach der Rolle Küchenkrepp, die neben dem Herd gestanden hatte, und warf sie mir zu. Ich brauchte beide Hände, um sie aufzufangen. »Aber … – Ich … – Warum …?«

Nachlässig hob er in einer Andeutung der Bewegung die Schultern, zuckte zusammen, umfasste wie zuvor die eine mit der Hand, rieb sie. »Auch Magie hat ihren Preis. Für manche von uns ist er sogar ziemlich hoch …« Er brach ab, schüttelte kaum sichtbar den Kopf, bevor er weitersprach. »Ich ziehe es vor, den normalen ›Alltag‹ ohne sie zu bewältigen, wenn ich kann. – Aber ich gebe zu, dass ich es war, der gerade verhindert hat, dass du dich auf den Boden des Frühstückszimmers gesetzt hast. Also?«

»Also was?« Ich beäugte misstrauisch die Zuckerdose, während ich mich langsam wieder näher wagte. Sie und der Zucker benahmen sich, wie sie sich benehmen sollten: Beides rührte sich nicht.

»Glaubst du mir?« Verrückterweise schien ihm das wichtig zu sein.

»Auf Santa Reyada gibt es also einen … Geist?«, vergewisserte ich mich vorsichtig.

»Sí.«

»Und woher weißt du, dass sie es war?«

»Lavendel.«

Verständnislos sah ich ihn an.

»Wenn Rosa im Raum ist, riecht es nach Lavendel.«

Der Lavendelduft in meinem Zimmer, als ich gestern zu mir gekommen war!

Meine Kaffeetasse stand wieder senkrecht. *Er* hatte sie nicht wieder aufgestellt. Ich rieb die Handfläche an meinen Jeans.

»Und sie kann überall … spuken?«

Die Spitzenvorhänge flogen auf. Beinah hätte ich einen Schritt zurück gemacht.

Er ließ ein tadelndes Schnalzen hören. »Sie mag es nicht, wenn man sie als Gespenst oder Spuk bezeichnet. Entsprechend ist sie auch nicht begeistert, wenn man sagt, dass sie ›spukt‹. – Frag mich nicht warum.«

»Aha.« Nun ja, warum sollte nicht auch ein Geist Dinge nicht mögen dürfen. »Und als was will sie dann bezeichnet werden?«

»Rosa. Einfach nur Rosa.« Wie zuvor lehnte er sich rücklings gegen die Arbeitsplatte neben dem Herd. »Es gibt ein paar Räume, in denen ich sie noch nie getroffen habe … Und sie verlässt das Haus selbst offenbar nie.«

Hatte er eben tatsächlich kurz gezögert? »Und du kannst mit ihr reden?«

»No.«

Ich blinzelte. »Nein? Aber … wie …«

»Dass sie nicht reden kann wie du und ich, bedeutet nicht, dass sie sich nicht verständlich machen kann.« Mit dem Kopf wies er zum Fenster. »Mal mehr, mal weniger heftig auffliegende Vorhänge; Schubladen und Schranktüren, die zuknallen … Ich habe zu deuten gelernt, was sie wie tut. Immerhin leben wir lange genug zusammen. – Aber sie tut es nicht oft. Meistens ist sie einfach nur ›da‹.«

»Und warum nicht?« Er hatte tatsächlich ›leben‹ gesagt.

»Was?«

»Warum macht sie sich nicht oft bemerkbar?«

»Ich vermute mal, dass es sie auf eine gewisse Weise Kraft kostet.«

Klang logisch. »Das heißt dann vermutlich auch, dass sie sich nicht zeigt, oder? Also so, dass man sie sehen kann?«

»No. Zumindest nicht, dass ich davon wüsste. – Aber wenn du wissen willst, wie sie ausgesehen hat …«

Auch wenn es mich selbst überraschte: Ich wollte es wirklich.

»Jetzt gleich?« Er warf einen beredten Blick auf meinen Teller, als ich nickte. Ein paar Flocken Ei und ein halber, angebissener Toast waren noch übrig. So schade es auch war: Ich hätte keinen einzigen Happen mehr hinuntergebracht.

»Jetzt gleich«, bestätigte ich und nickte erneut.

»Dann nach dir!« Mit einer kleinen Verbeugung wies er auf den Durchgang zur Halle.

Schlagartig war mein Mund trocken. Er erwartete, dass ich vorging, ihm den Rücken zudrehte …

Ganz offensichtlich deutete er mein Zögern richtig. Seine Augen wurden schmal. Ein harter Zug legte sich um seine Lippen. Also doch. Ich machte einen Schritt zurück. Und fuhr zusammen, als er sich brüsk von der Arbeitsplatte abstieß und zur Tür marschierte. »Lass alles stehen, Rosa. Ich mache das später. – Komm.« Daran, dass das letzte Wort mir gegolten hatte, gab es keinen Zweifel.

Er führte mich Treppen hinauf und Korridore entlang in den zweiten Stock. Orientalisch wirkende Teppiche verbargen hier das Muster aus gold- und beinah schon kupferfarbenen Dielen des Fußbodens beinah vollständig. An beiden Seiten eines Flurs reihten sich Gemälde aneinander. Darunter waren die Wände nur mit hellem Rauputz überzogen.

Den ganzen Weg von der Küche bis hierherauf war er steif und schweigend vor mir hergegangen. Einzig auf meine Frage angesichts der Totenstille im Haus, ob es denn kein Personal auf Santa Reyada gab, hatte er mir knapp erklärt: »Früher schon. Jetzt nicht mehr. Einmal die Woche kommen zwei Frauen aus San Isandro für das Gröbste. Das reicht.«

Vor einem Gemälde ganz am Ende des Ganges, etwas abseits von den anderen, blieb er stehen. »Das ist sie: Rosaria de Alvaro y Moreira.«

»Moreira?« In einer Mischung aus Schreck und Verblüffung sah ich ihn an.

Er nickte. »Ihr seid entfernt miteinander verwandt. Eine ihrer beiden Schwestern war deine Urururgroßmutter.«

Ich fragte ihn nicht, woher er das wusste, stattdessen wandte ich mich dem Porträt zu. Es zeigte eine junge Frau, die ungefähr ebenso alt gewesen sein musste wie ich jetzt, als das Bild gemalt worden war. Ihr Kleid ließ die Schultern frei. Der

Stoff schmiegte sich an sie wie eine zweite Haut. Ein edelsteinverzierter Kamm ragte aus dem Knoten, zu dem sie das tiefschwarze Haar an ihrem Hinterkopf zusammengedreht hatte. Nur eine einzelne Strähne ringelte sich an ihrem schlanken Hals hinunter bis in ihr Dekolleté. Daneben glitzerte ein schwarzes, an den Rändern mit verschlungenen Fleur-de-Lis-Ornamenten verziertes Kreuz. Ein Schal aus ebenso schwarzer Spitze lag um ihre Schultern. Ihre Haut darunter schimmerte weiß wie Porzellan. Um ihre Lippen spielte ein kleines, versonnenes und zugleich irgendwie verschmitzt-liebevolles Lächeln, so als würden sie und der Maler ein Geheimnis teilen. Ihre Augen waren dunkelgrün. Tiefgrün und von einem hauchfeinen, kaum sichtbaren Ring aus Bernstein und Gold umgeben. Genau wie meine. Ein Spitzenfächer lag geschlossen auf ihrem Schoß.

»Wann ist sie gestorben?«

»Sie wurde 1808 hingerichtet.«

»Hingerichtet?« Erschrocken schaute ich über die Schulter zu ihm zurück.

»Hingerichtet.« Die Hände in die Jeans vergraben, stand er keinen Meter hinter mir und betrachtete seinerseits Rosas Porträt. »Man beschuldigte sie, ihren Hexer mithilfe seines Zwillingsbruders, der kurz zuvor Nosferatu geworden war, in der Hochzeitsnacht ermordet zu haben. Zur Strafe wurde sie hier im Haus lebendig eingemauert.«

Bei lebendigem Leibe eingemauert? Wie entsetzlich! Wenn sie nicht erstickt war, war sie elendig verhungert. Und das vermutlich in totaler Finsternis … Hier im Haus. Ich schauderte. »Hat sie es denn getan?«

Ein Schulterzucken. »Ich weiß es nicht. Nach den Aufzeichnungen, die ich kenne, hat sie es bis zuletzt geleugnet. Sie hat sogar den jüngeren Bruder der Zwillinge beschuldigt. Er hat wohl auch auf das Todesurteil gedrungen. Sie war eine Moreira. Die Hermandad hätte es sich selbst damals eigentlich nicht erlauben können, sie zu verlieren. – Es muss entsetzlich für sie gewesen sein. Da folgt sie dem Mann, den sie liebt, von Spanien nach Alta California, nur um dann zu erfahren, dass sie zu spät kommt, um ihn zu retten, und obendrein an seinen Zwillingsbruder verheiratet wird. Und dann beschuldigt man sie auch noch des Mordes.«

Verblüfft drehte ich mich um. »Dann ist das also wirklich möglich?«

»Was?«

»Dass eine … eine Blutbraut für mehr als einen von eu… als einen Hexer passt?«

»Manchmal. Sí. Je näher sich zwei in der Blutlinie sind, umso eher besteht zumindest eine winzige Chance. – Eine Blutbraut kann theoretisch für mehrere von uns die ›Richtige‹ sein. Aber für einen Hexer gibt es in der Regel immer nur eine, die ihn wirklich davor bewahrt, Nosferatu zu werden.«

Also hätte dieser Rogier mich vielleicht sogar tatsächlich für einen Hexer aus seiner Familie benutzen können. Oder einfach weiterreichen können. Ich zog die Schultern hoch, wandte mich wieder Rosas Porträt zu. »Und, glaubst du, sie hat es getan?«

»Was ich glaube, ist unerheblich. Gleichgültig, ob sie zu Recht oder Unrecht hingerichtet wurde: Sie ist tot. Niemand kann die Toten wiedererwecken. Auch ich nicht. – Aber ich weiß, dass sie, solange ich denken kann, niemals einer Seele etwas zuleide getan hat. Im Gegenteil. Und glaub mir: Es hat im Laufe der Jahre hier genug Männer gegeben, die es verdient hätten.«

»Weiß man denn, wo sie …« Etwas in mir sträubte sich, das Wort auszusprechen. Arme Rosa.

»… eingemauert wurde? – No. Die Originalpläne von Santa Reyada – so es sie jemals gegeben hat – wurden anscheinend bei einem Brand während des mexikanisch-amerikanischen Krieges vernichtet. Als es im letzten Jahrhundert renoviert wurde, hat man es zwar neu vermessen, aber auf den Plänen sind natürlich die aktuellen Mauern verzeichnet. Und aus irgendwelchen Gründen weigerte sie sich, mir die Stelle zu zeigen. Vielleicht kann sie es aber auch nicht. – Ich habe die Suche zumindest vor ungefähr drei Jahren aufgegeben.«

Behutsam fuhr ich mit den Fingerspitzen den Rand des Rahmens entlang. »Sie ist … wunderschön.« Irgendwie traf es das nicht annähernd.

»Sí.« Joaquíns Stimme war mit einem Mal dunkel und seltsam samtig. »Das ist der Fluch von euch Moreira-Frauen. Ihr seid alle wunderschön.«

Ich musste mich nicht umdrehen, um zu wissen, dass er nicht das Bild ansah. Meine Wangen wurden heiß. Mit einem scharfen Atemzug trat er einen Schritt zurück. Beinah gleichzeitig fuhr ich herum, drückte mich an die Wand. Seine Augen hingen auf mir. Seine Oberlippe war ein winziges Stück gehoben, die Spitzen seiner Fänge waren nicht zu übersehen … Er hatte es erneut geschafft: mich eingelullt, in Sicherheit gewiegt. Das Atmen fühlte sich an, als sei plötzlich kein Sauerstoff mehr in der Luft.

»Wo … wo ist eigentlich Cris?« Etwas in seinen Augen veränderte sich und ich begriff, dass meine Frage ein Fehler gewesen war.

»Ich habe ihn heute noch nicht gesehen. Er meldet sich nicht bei mir ab, wenn er Santa Reyada verlässt.« Die Worte kamen gefährlich kalt über seine Lippen.

»Und … und Rafael?«

»Du willst doch gar nicht wirklich wissen, wo Rafael ist, Lucinda. – Rafael ist geschäftlich unterwegs. Seit heute kurz nach Sonnenaufgang.«

Ich war allein mit ihm. »Aber … ich dachte, er arbeitet für dich.«

Er schnaubte. »Selbst ich könnte mir Rafaels Dienste nicht auf Dauer leisten. – Er ist mein Freund. Beinah so etwas wie ein Bruder. Estéban hat ihn irgendwann einmal von einer seiner Reisen mitgebracht, da waren wir noch Kinder. Das ist alles.«

»Und wer ist Estéban?« Irgendwie schaffte ich es, meine verkrampften Fäuste wieder zu lösen.

»Nicht ›ist‹ – ›war‹. Mein Vater. – Wenn es dir recht ist, würde ich jetzt gerne endlich mit dir über alles reden.«

Seinem Tonfall nach zu urteilen, waren er und sein Vater nicht gerade Freunde gewesen. »Und was, wenn ich nicht reden will? Über was auch immer.«

Er kam auf mich zu, bis ich zwischen ihm und der Wand unter Rosas Porträt gefangen war. Der Rahmen stach mir in die Schultern. »Dann reden wir jetzt trotzdem.« Schlagartig hatten meine Atemzüge sich in ein Japsen verwandelt. Er trat zurück, wies den Korridor hinunter, in die Richtung, aus der wir gekommen waren. »Ich schlage vor, wir gehen ins Wohnzimmer.« Das ›Nach dir!‹ hing unausgesprochen in der Luft. Es war wie zuvor in der Küche: Ich stand da und mein Mund war wie ausgedörrt.

Einen Augenblick rührte sich keiner von uns. Dann stieß

er unvermittelt ein Knurren aus, packte mich am Arm, ehe ich auch nur die Chance hatte, zurückzuweichen, und zerrte mich neben sich her. Mein erschrockener Schrei wurde zu einem Keuchen. Dass ich mich mit aller Kraft gegen seinen Griff stemmte, ignorierte er.

Erst im Wohnzimmer ließ er mich wieder los. Sofort brachte ich den Sessel zwischen uns, während er noch dabei war, die Schiebetüren zu schließen. Über die Länge des Raums hinweg standen wir einander erneut wortlos gegenüber. Schließlich schüttelte er den Kopf und presste mit einem Seufzen die Spitzen von Mittel- und Ringfinger gegen die Schläfe.

»Ich werde dir nichts tun, Lucinda«, sagte er nach einem weiteren Moment seltsam müde und sah mich wieder an.

»Und das soll ich glauben, nachdem du mich eben quer durchs Haus geschleift hast?«, fauchte ich aus der relativen Sicherheit meiner Sesseldeckung heraus. War ich eigentlich noch bei Verstand? Ich konnte geradezu sehen, wie der Ärger in seine Augen zurückkehrte.

»¡Maldita sea! Ich hatte nun mal keine Lust, da oben zu verschimmeln«, zischte er und kam auf mich zu. Hastig wechselte ich hinter das Sofa. Abrupt blieb er wieder stehen, musterte mich, die Zähne scheinbar zusammengebissen. An seiner Wange zuckte es. Unvermittelt ließ er den Kopf in den Nacken fallen, schaute zur Decke; seine Lippen bewegten sich lautlos. Wäre es nicht vollkommen absurd gewesen, hätte man meinen können, er zähle bis zehn. Nach einem weiteren Moment holte er einmal tief Luft und stieß sie wieder aus. »Also gut. Alles noch mal auf Anfang.« Er streckte mir die Hand hin. »Hi. Ich bin Joaquín de Alvaro. Schön dich endlich kennenzulernen, Lucinda Moreira.«

Ich sah auf seine ausgestreckte Hand, sah ihn an, rührte mich nicht.

Es fühlte sich an, als sei eine kleine Ewigkeit vergangen, doch schließlich ließ er die Hand wieder fallen. »Ich will nur mit dir reden.«

Abwehrend schüttelte ich den Kopf. »Es gibt nichts zu reden. Ich will hier nicht sein. Punkt.«

»Verdammt noch mal, gib mir wenigstens die Chance ...« Die Worte waren erneut zu einem Zischen geworden.

»Nein!«

Der Geruch von Lavendel wehte zu mir her. Einer der Vorhänge bewegte sich in einem nicht vorhandenen Luftzug.

»Nicht jetzt, Rosa«, knurrte er gereizt, ohne dabei den Blick von mir zu nehmen.

Für den Bruchteil einer Sekunde beschlug die spiegelnde Oberfläche des Baumstammtisches zwischen uns.

»Keine Angst, ich tue ihr nichts.«

Ich starrte ihn an. Schluckte. Dasselbe hatte er mir wieder und wieder versichert und ich hatte ihm kein Wort geglaubt. Aber in diesem Augenblick glaubte ich es; glaubte ich, dass er mir nichts tun würde. Weil er es Rosa versprochen hatte. Einer Blutbraut, die schon zweihundert Jahre tot war. Es war ... verrückt.

Kurz schien der Lavendelduft ganz nah zu sein. Dann war er vergangen und ich war offenbar wieder allein. – Mit *ihm.*

Er sah mich unverwandt an.

Einen Moment gab ich seinen Blick zurück, dann holte ich tief Luft. Und ging um das Sofa herum – ohne ihn aus den Augen zu lassen. Obwohl meine Kehle sich mit jedem Schritt mehr zusammenzog.

Betont langsam setzte ich mich.

»Also gut, reden wir.«

Wäre das Haus über uns zusammengestürzt, hätte seine Verblüffung nicht größer sein können. Einen sehr langen Augenblick zögerte er, dann ließ er sich so behutsam, als rechne er damit, dass ich es mir bei der kleinsten hastigen Bewegung seinerseits doch wieder anders überlegen und davonlaufen würde, mir gegenüber auf der Kante des Sessels nieder. Die Ellbogen auf die Knie gestützt und die Finger ineinander verschränkt, sah er mich noch einmal mehrere Sekunden an, bevor er endlich sprach.

»Zuallererst: Du bist nicht meine Gefangene! Und ich bedaure sehr, dass du dich offenbar im Moment als solche fühlst.«

»Du hast mich entführen lassen, aber ich bin nicht deine Gefangene?« Ich konnte mir das beißende Schnauben nicht verkneifen.

»Dass Rafael dich hierhergebracht hat, war nicht meine Idee.«

»Ja, natürlich. Welchen Vorteil hat er wohl davon, dass ich hier bin?« Er konnte den Spott in meiner Stimme gar nicht überhören. Ich wischte abfällig mit der Hand durch die Luft. »Okay. Meinetwegen. Schwamm drüber. Aber wenn ich nicht deine Gefangene bin, warum lässt du mich nicht einfach gehen, sondern hältst mich gegen meinen Willen hier fest? Obwohl ich dir schon mehrfach gesagt habe, dass ich nicht hier sein will?«

»Weil du nur hier auf Santa Reyada sicher bist. – So leid es mir tut, aber es ist besser, wenn du dich damit abfindest.«

»Sicher vor wem? Ich bin bisher sehr gut allein klargekommen. Genau genommen eigentlich bis zu dem Zeitpunkt, als Rafael in mein Leben geplatzt ist und mich hierhergezerrt hat.«

»Bis zu diesem Zeitpunkt wussten die anderen auch nicht, dass es dich noch gibt.«

»Welche anderen? Was soll das heißen, ›*wussten sie nicht, dass es dich noch gibt*‹?«

»Die anderen Hexer der Hermandad. – Und vermutlich auch die des Ordre des Sorciers.« Er rieb über die Tätowierungen an seinen Unterarmen. »Jeder von uns kann eine Blutbraut fühlen. Sie sind wie Leuchtfeuer. Manche nur klein, andere … größer. Du aber, mi flor, warst bis zu jenem Tag, als Rafael dich in Boston aufgespürt hat, für keinen von ihnen existent. – Seitdem kommst du allerdings einem Waldbrand gleich.«

Das hatte Rogier also damit gemeint, dass ich so ›gründlich verschwunden‹ gewesen wäre, als hätte jemand eine ›Verborgene‹ aus mir gemacht: Irgendjemand hatte offenbar tatsächlich bis jetzt verhindert, dass die anderen mich finden konnten.

»Ob es dir gefällt oder nicht, Lucinda: Du bist eine Moreira. Die letzte. Solange du dich nicht an einen von uns gebunden hast, werden sie hinter dir her sein wie der Teufel hinter einer verlorenen Seele.«

Plötzlich war mir alles andere als wohl in meiner Haut. »Und was ist an mir so besonders?«

»Ich dachte, María hätte dir all die schrecklichen Dinge über uns haarklein erzählt?«

»Und wenn. – Ich will es noch mal von dir wissen.« Warum eigentlich? Er würde mir doch garantiert nicht die Wahrheit sagen.

»Kein Hexer, der mit einer Blutbraut deiner Familie verbunden war, ist jemals Nosferatu geworden. Ganz egal wie mächtig er war und ganz egal wie alt er wurde.«

»Du meinst … bei anderen … ist das doch vorgekommen?«

»Sehr, sehr selten zwar nur, aber … manchmal. Sí.«

»Und ich bin die letzte Moreira?« Ich zog die Schultern hoch.

»Soweit wir wissen.«

Oh, mein Gott. »Und warum … Rogier hat gesagt … Er hat gesagt, er würde mich töten, wenn ich nicht …«

»Er hat … was?« Seine Augen hatten sich jäh zu Schlitzen verengt. »Er hat wörtlich gedroht, er würde dich töten?«

Warum wurde ich das Gefühl nicht los, dass ich mit einem Ja ein Todesurteil aussprechen würde? »Nein!« Ich schüttelte den Kopf. »Nein, er sagte, wenn ich für seine Familie nutzlos wäre, würde er mich vielleicht an den verkaufen, der am meisten für mich zahlt – oder mich ganz einfach verschwinden lassen.«

»›Verschwinden lassen‹, ›töten‹ – es läuft auf dasselbe hinaus.« Die Worte waren eigentlich nur ein Knurren tief in seiner Kehle. Sie ließen mich schaudern.

»Aber wenn ich so … so wertvoll bin, warum … Hätte er es wirklich getan?« Ich hatte Angst vor der Antwort.

»In der Hermandad heißt es ›jeder gegen jeden‹. Loyalität gibt es unter den einzelnen Hexer schon lange nicht mehr – noch nicht einmal innerhalb der Familien –, nur Angst vor denen, die mächtiger sind. Dass wir jetzt darüber nachdenken, zumindest kurzfristig zusammenzuarbeiten, ist nur aus der Not heraus geboren. Und wo kann man uns leichter treffen als an unserer größten Schwäche: unseren Blutbräuten.« Er beugte sich ein Stück weiter vor, sah mich eindringlich an. »Eins muss dir klar sein, Lucinda: Wer dich tötet, besiegelt auch mein Todesurteil. Es ist allgemein bekannt, dass für mich nur eine Einzige als Blutbraut infrage kommt: du. – Theoretisch hätte es genügt, dich einfach nur wegzusperren und abzuwarten. Ohne dich sind meine Tage gezählt. Aber dann wäre er das Risiko eingegangen, dass die Hermandad Anspruch auf dich erhebt und es vielleicht sogar einen anderen jungen Hexer gibt, für den du ›passt‹ – und der möglicherweise mit dir an seiner Seite mächtig genug werden könnte, um ihm Schwierigkeiten zu bereiten.«

»Können sie das denn? Anspruch auf mich erheben?«

»Du bist eine Blutbraut. Per definitionem ›gehören‹ die Bluträute normalerweise der Hermandad. – Solange ihr tut, was sie wollen, seid ihr das Kostbarste, was es für die Hexer der Hermandad gibt.«

»Er sagte, dass alles sei für die meisten nur ein Geschäft.«

»Das ist es auch. Ein wenig Blut in regelmäßigen Abständen gegen Geld, Gesundheit und ein sehr langes Leben. Für die meisten Blutbräute ist das durchaus auch ohne Liebe in Ordnung.«

Nur dass er vergessen hatte, all die anderen Nebenwirkungen aufzuzählen: dass man die Sonne nicht mehr ertragen konnte; wie ein elender Junkie abhängig vom Blut ›seines‹ Hexers war – mal abgesehen davon, dass eine Blutbraut ohnehin für den Rest ihres Lebens an ihren Hexer ›gebunden‹ war.

Und dass der Biss eines Hexers ›seine‹ Blutbraut ganz nebenbei zu einem hirnlosen Etwas machte.

Ich schlang die Arme um meine Mitte. »Ich kann das nicht.« Starr hielt ich den Blick auf die Tischplatte gerichtet. »Ich kann nicht deine Blutbraut werden. Ich meine … ich ertrage es nicht. Allein der Gedanke …. Ich kann nicht.«

Er sagte nichts. Sehr lange. Irgendwann schaute ich auf. Seine Augen forschten in meinem Gesicht; so als wollten sie ›Und du könntest es noch nicht einmal versuchen?‹ fragen. Ich biss mir auf die Lippe.

»Ich weiß«, nickte er schließlich.

Unwillkürlich hielt ich für einen Sekundenbruchteil den Atem an. Als hätte er es nicht bemerkt, sprach er weiter: »Ich weiß und ich versuche, es zu akzeptieren. Aber ich werde dich nicht gehen lassen.« Seine Worte klangen so endgültig, dass es mir die Kehle zuzog.

»Warum?« Hatte Rosa sich damals ebenso gefühlt?

»Weil du nur hier sicher bist.«

»Das heißt, du tust dasselbe wie Rogier. Du sperrst mich ein.«

Einen Moment lang schloss er die Augen, wandte das Gesicht ab. Schließlich drückte er die Handflächen gegeneinander. »Ich wünschte, du würdest das nicht so sehen.« Sein Blick kehrte zu mir zurück. »Und ich denke, es ist ein Unterschied zwischen einem Kellerloch in einem Bannkreis und Santa Reyada mit seinen Tausenden Morgen, auf denen du dich offen bewegen kannst, weil ich dich nicht vor der Hermandad verstecken muss.«

»Trotzdem hast du mich gestern von Rafael in mein Zimmer sperren lassen, damit sie ...«

»Das hatte andere Gründe.« Bei meinen Worten war er zusammengezuckt. »Und Rafael hätte dich nie einschließen sollen.«

»Rafael tut viel, was er nicht soll, was? – Welche Gründe?«

»Das ist nicht wichtig.«

»Warum nicht? Sie betreffen mich ...«

»Ich werde mich nicht vor dir rechtfertigen, Lucinda.« Er hielt inne, als die Haustür ins Schloss fiel, runzelte die Stirn. Doch noch bevor er etwas sagen konnte, wurden die Türen auseinandergeschoben ...

»Cris!« Ich war aufgestanden, ehe mir richtig bewusst war, was ich tat. Mein Herz klopfte.

Sein Bruder erhob sich ebenfalls. Seine Miene war eisig.

Einen Moment lang wirkte Cris wie … ertappt, dann lächelte er mir zu.

»Ach, ihr seid hier. Schön, dass es dir wieder gut geht, Lucinda. Als die beiden dich heute Nacht heimgebracht haben … ich habe mir Sorgen gemacht. – Hast du das Konsortium hierher beordert, Joaquín?«

»Wo warst du?«, wollte *er* wissen.

Cris erwiderte seinen Blick kalt und abweisend. »Spazieren!«

»Spazieren? Seit wann gehst du … Ach, vergiss es. – Wie kommst du darauf, dass ich das Konsortium hierher bestellt habe?«

»Weil ich Tomás' Limousine auf der Zufahrt gesehen habe. Sie müssten eigentlich jeden Moment hier sein.«

Joaquín zischte.

»Geht es um letzte Nacht?« Cris kam weiter in den Raum.

»Vermutlich. Sie haben sich wirklich nicht viel Zeit gelassen.« Er zögerte, sah von Cris zu mir und zurück. Der Zug um seine Lippen wurde hart und bitter. »Kümmre dich um Lucinda. Ich will nicht, dass Tomás und wer auch immer bei ihm ist, sie sehen«, befahl er seinem Bruder, dann wandte er sich mir zu: »Ich hoffe, du glaubst mir genug, um nicht wieder davonzulaufen, wenn ich dich in Cris' Obhut lasse, mi flor.«

»Warum dürfen mich die anderen nicht …« Das Pochen des Türklopfers unterbrach mich.

»… nicht sehen? – Das erkläre ich dir später.« Er nickte seinem Bruder zu. »Ich verlasse mich auf dich, Cris.« Seine Stimme klang mit einem Mal angespannt.

Cris wandte sich mir zu, als wäre sein Bruder von einem Wimpernschlag zum nächsten nicht mehr im Raum, und streckte mir die Hand hin. »Komm, ich zeige dir Santa Reyada bei Tag. Du wirst staunen …«

Unsicher schaute ich zu *ihm.* Ein neuerliches Pochen.

»Geht schon!«

Seltsam zögernd durchquerte ich das Wohnzimmer – ich konnte selbst nicht verstehen warum – und ergriff Cris' Hand, ließ mich von ihm in die Halle und zur Küche ziehen. Als ich mich noch einmal umdrehte, hatte *er* beinah die Haustür erreicht. Eben sah er zu uns zurück, legte die Hand auf die Türklinke. Wieder ein Pochen. Nachdrücklicher dieses Mal. Er öffnete noch immer nicht. Stattdessen nickte er in einem wortlosen »Geh!« in Richtung der Küche. Im nächsten Moment hatte Cris mich außer Sicht gezogen.

10

Joaquín, hörst du überhaupt zu?«

Nicht wirklich. Das Einzige, was ihn interessierte, war das Mädchen, das da draußen bei seinem Bruder war. Nicht bei ihm; bei seinem BRUDER!

»Was wollt ihr eigentlich in Wahrheit hier? Kommt zum Punkt!« Joaquín stieß sich von der Schreibtischkante ab, an der er die ganze Zeit rücklings gelehnt hatte, ging quer durch das Arbeitszimmer zu dem kleinen Tischchen, auf dem Karaffen und Gläser standen.

Schweigen.

Natürlich. Eine Sekunde zuckte bitterer Spott um seinen Mund, während er sich einen Scotch eingoss. Sie waren nicht gekommen, um ihm mitzuteilen, dass die kleine Sophia trotz aller Bemühungen bisher nicht gefunden worden war. Kaum älter als sieben oder acht war sie gewesen. Wie all die anderen Mädchen vor ihr, die in den letzten zehn, fünfzehn Jahren verschwunden waren. Ebenso spurlos.

Sie waren nicht hier herausgefahren, um ihm zu berichten, dass man eine weitere Leiche in seiner Domäne gefunden hatte, eine junge Frau, die eindeutig auf das Konto der Nosferatu ging. Und dass es reines Glück gewesen war, dass seine Leute sie vor allen anderen entdeckt hatten – weil es offenbar jemanden gab, der neuerdings bei solchen Gelegenheiten sowohl die Aasgeier von der Presse als auch die Cops mit einem Tipp versorgte. In dieser Reihenfolge.

Oder um ihn wissen zu lassen, wie ungehalten die anderen Patrones darüber waren, dass er gestern nicht zu dem Treffen erschienen war – und keinen Hehl daraus machte, dass er auch an den folgenden Tagen nicht zu erscheinen beabsichtigte.

Das Glas nachlässig zwischen drei Fingern, schlenderte er zu einem der Sessel auf der anderen Seite des Raumes, ließ sich auf das weiße Leder sinken und hob eine Braue, während er dann von einem zum anderen sah. »Also?« Er nahm einen Schluck. Der Scotch brannte seine Kehle hinunter. Zumindest Ruiz hatte den Anstand, betreten dreinzuschauen. Wie hatte ein Mann wie er es eigentlich geschafft, inmitten all dieser Hyänen so lange zu überleben? Zugegeben, Ruiz Moraga war mächtig, so wie die meisten Hexer aus seiner Familie es gewesen waren. Aber ihm fehlte die Bereitschaft, über Leichen zu gehen, die die übrigen Mitglieder dieses Konsortiums auszeichnete. Nein, die genau genommen eigentlich die gesamte Hermandad auszeichnete.

»Man beschuldigt dich des Mordes an einem Mitglied der Hermandad.« Tomás. Wer sonst.

In höhnisch geheuchelter Verblüffung legte er den Kopf schief, ließ den Rest des Scotchs im Glas kreisen. »An nur einem?«

»Das ist nicht witzig, Joaquín.« Bartolomé Ferrado setzte sich ihm gegenüber auf einen Sessel.

Heuchler! »Lache ich?«

»Joaquín …«

»Was, *Tomás?* – Komm zum Punkt. Du stiehlst mir meine Zeit.« Gott, er war diese Spielchen so leid.

»Die Sache ist ernst. Rogier fordert, dass du zur Verantwortung gezogen wirst.« Tomás kam ebenfalls herüber, trat hinter Bartolomés Sessel, schüttelte geradezu angewidert den Kopf. »Herr im Himmel, du hast ein Blutbad angerichtet; einem vielversprechenden jungen Hexer grundlos regelrecht die Kehle herausgerissen …«

Er beugte sich vor. »Grundlos?« Das Wort war nur ein Zischen. Der Ärger war in seiner Stimme nicht zu überhören. Bartolomé versteifte sich in seinem Sessel, schob sich sogar ein Stück weit darauf zurück. Tomás sprach ungerührt weiter.

»… auch wenn Paul mit Rogier nicht blutsverwandt war, hat er doch zu seiner Familie gehört. Er stand ebenso unter dem Schutz des Gastrechts …«

»Er hatte die Zähne am Hals meiner Blutbraut.« Sein Ärger wurde zu dumpfer Wut. Unter der noch etwas anderes lag. Etwas, das sich ähnlich anfühlte, wie die Bösartigkeit und der Wahnsinn, die er inzwischen Nacht für Nacht am Rand seines Verstandes spürte. Gefährlich ähnlich. Das Glas mit dem restlichen Scotch knackte in seiner Hand. Er musste sich dazu zwingen, den Griff zu lockern, bevor es brechen konnte.

»Du hattest dennoch kein Recht …«

»Wie war das?« Joaquín fletschte die Zähne. »Ich hatte kein Recht?« *Elender Hurensohn!* »Ich hatte kein Recht?« Sein Säuseln war zugleich ein Knurren. »Niemand legt Hand an Lucinda Moreira und kommt ungeschoren davon. Niemand.« Er lehnte sich ein wenig weiter vor, fixierte Tomás mit schmalen Augen. »Sie war an Händen und Füßen gefesselt. Geknebelt. Sie haben sie geschlagen. Im Keller eingesperrt. Im Dunkeln. Sie hat geschrien vor Angst. Dieser kleine Bastard wollte ihr die Zähne in den Hals schlagen.« Die goldbraune Flüssigkeit schwappte in seinem Glas. »Und du erzählst mir, ich hatte kein Recht?« *Mistkerl.* »Ich hatte jedes Recht!« Eine Sekunde hielt er Tomás' Blick noch mit seinem fest, dann kippte er den Rest Scotch in einem Schluck hinunter, drückte sich aus dem Sessel hoch und ging zu dem Tischchen hinüber, goss sich erneut ein. Deutlich mehr als einen Doppelten. »Und nur fürs Protokoll …« Er drehte sich nicht um. »Auch Rogier selbst ist einzig deshalb noch am Leben, weil Lillian schwanger ist.«

»Das Mädchen ist vor dir davongelaufen, Joaquín. Sie hatte sich im Kofferraum von Nestores Wagen versteckt, als er und Rogier gestern hier waren.« Bartolomé schien zwischen zusammengebissenen Zähnen hindurchzusprechen.

»Das behauptet Rogier.«

»Sie wurde im Garten der Villa aufgegriffen, die Rogier für die Zeit des Reunión in San Diego gemietet hat.« Tomás schnaubte. »Wenn sie dich nicht will, musst du sie uns übergeben.«

Träum weiter! »Rogier wusste, zu wem sie gehört. Er hätte sie zu mir zurückbringen müssen.« Er nahm einen weiteren Schluck Scotch. Das Brennen war mit jedem weniger ausgeprägt. »Solange sie sich nicht offen gegen mich ausspricht und sich von mir lossagt, hat niemand außer mir ein Anrecht auf sie.« Allerdings vertrug sich das Alprazolam nicht mit Alkohol. Schade. Noch nicht einmal bis zur Bewusstlosigkeit betrinken konnte er sich. Zumindest nicht, wenn er nicht der Bestie freien Lauf lassen wollte. Er starrte in die schimmernde Flüssigkeit. Niemals! Zumindest nicht vor Luz! Wäre er allein gewesen, hätte er das Glas gegen die Wand geworfen. Schlimm genug, dass sie ihn in der ersten Nacht so gesehen hatte. Seine Finger schlossen sich für eine Sekunde fester um das Glas. »Und selbst wenn sie sich gegen mich ausspricht, hat die Hermandad keine Rechte an ihr.«

Bartolomé zischte. »Die Hermandad hat …«

»Schau dir die Papiere genau an. Sie wurde ausdrücklich meiner Familie übereignet. Die Hermandad war nie Teil dieses Handels. – Cris oder ich. Wenn sie keinen von uns will, ist sie frei.«

Zorniges Schweigen. Wenn es um Verträge ging, hatte Estéban dem Teufel das Wasser reichen können. In einem stummen Salut an seinen Erzeuger hob er sein Glas.

Ruiz räusperte sich. »Und wann gedenkst du, sie zu deiner Blutbraut zu machen?«

»Wenn sie so weit ist.« *Also nie.*

Wieder Schweigen. Doch diesmal war etwas daran anders. Lauernd. Als würden sie hinter seinem Rücken Blicke tauschen.

»Lillian hat dich vergangene Nacht gesehen, Joaquín.«

Er sah weiter gegen die Wand. *Jetzt* kam Tomás zum eigentlichen Punkt. Hatte er mit etwas anderem gerechnet? Nein. Wenn er ehrlich war, hatte er irgendwie sogar darauf gewartet. Verdammte Bastarde. Dass Lillian Rogier – und damit dem Rest der Hermandad, allen voran seinem eigenen Konsortium – mitteilen würde, wie weit er schon war, war so sicher gewesen, wie jeden Tag die Sonne unterging.

»Ihre Beschreibung war eindeutig: farblos glitzernde Augen, Fänge, schwarze Krallen anstelle der Fingernägel, schön wie der Teufel selbst.« Er konnte hören, wie Tomás sich auf den Sessel niederließ, in dem er selbst bis eben gesessen hatte. »Wie hat sie gesagt? Ach ja: *›Näher dran, endgültig Nosferatu zu werden, kann ein Hexer der Hermandad gar nicht sein.‹«* Und in solchen Fällen galt eine Blutbraut als unfehlbar.

»Wie lange hältst du uns schon zum Narren, Joaquín? Lass den Illusionszauber fallen. Zeig uns, wie weit du auch bei Tag schon bist.«

Weiter, als er jemals hatte sein wollen. Vorsichtig strich er mit der Zungenspitze über seine Eckzähne. Viel zu lang und spitz dafür, dass die Sonne noch immer am Himmel stand. Für eine Sekunde spielte er mit dem Gedanken, Tomás und den anderen beiden zu sagen, dass sie ihn kreuzweise konnten; sie einfach zur Hölle zu jagen. Sich darauf zu berufen, dass er noch immer der Patron dieser Familie und ihnen keinerlei Rechenschaft schuldig war. Kindische Machtspielchen, die ihm nicht mehr als ein paar Stunden Galgenfrist einbringen würden, im besten Fall einen Tag.

Er leerte das Glas auf einen Zug bis fast zur Hälfte, spürte, wie sich die Bestie regte, hieß sie willkommen. Luz war bei Cris. Das Glas wie zuvor nur zwischen drei Fingern, drehte er sich um, ließ zugleich die Illusion fallen.

Ruiz bekreuzigte sich, während Bartolomé scharf Atem holte.

»Also stimmen die Gerüchte.« In Tomás' Ton war die Befriedigung nicht zu überhören, obwohl er offensichtlich versuchte, Bestürzung zu heucheln. *Fahr zur Hölle!* »Du weißt, was das bedeutet.« *Natürlich. Ihr erwartet von mir, brav den Kopf auf den Block zu legen.* »Es tut mir leid, Joaquín.« *Den Teufel tut es.* »Wir werden alles vorbereiten.« Tomás stand aus dem Sessel auf, strich seinen Anzug glatt, nickte den beiden anderen zu und wandte sich zur Tür. »Halte dich bereit.« Doch auf halbem Wege blieb er wieder stehen. »Andererseits sollten wir dich vielleicht besser an einem anderen Ort … unterbringen.«

»Unterbringen?« Langsam stellte Joaquín das Glas hinter sich auf das Tischchen. Sie wollten ihn tatsächlich in irgendein Loch sperren. Ihm das an Zeit nehmen, was ihm mit Lucinda noch blieb. »Ich werde Santa Reyada nicht verlassen. Und ich verlange einen Aufschub.«

»Aufschub?« Tomás schnaubte. »Erwartest du tatsächlich, dass wir dieses Risiko eingehen? Schau dich an. Jede Nacht kannst du endgültig Nosferatu werden.«

»›Kann.‹ – Aber ich bin es noch nicht.« Die Worte kamen schärfer als beabsichtigt, verrieten zu viel. »Und so lange bin ich noch immer der Patron dieser Familie.« *Erstick daran!* Tomás' Gesichtsausdruck nach fehlte nicht viel dazu.

»Wir können es nicht zulassen, dass ausgerechnet du plötzlich als wahnsinnige Bestie durch die Nacht streifst und mordest.«

Er ignorierte Bartolomé. »Ich will vier Wochen.«

»Vier ...« Tomás stieß ein bellendes Lachen aus. »So viel Zeit hast du nicht mehr, Joaquín.« Er schüttelte den Kopf. »Meinetwegen kannst du zwei Tage haben, um deine Angelegenheiten zu regeln ...«

»Vier Wochen!« Hart und kalt, obwohl es ihm kaum gelang, jene dunkle Wut in Schach zu halten, die in seinem Inneren immer höher kochte.

Abermals ein Kopfschütteln. »Vergiss es!«

Die Vorstellung, Tomás die Kehle herauszureißen, wurde mit jeder Sekunde verlockender. War er tatsächlich schon so weit, dass er mit diesen Hyänen um die Tage feilschte, die er noch am Leben sein durfte? Er schob die Hände in die Hosentaschen, bedachte die drei mit einem feinen Lächeln. »Ihr wollt, dass ich freiwillig in den letzten Kreis gehe, oder etwa nicht ...«

Bartolomé erbleichte. Tomás biss die Zähne zusammen. Oh ja, sie wussten, welche Konsequenzen es haben würde, wenn er bei seiner Hinrichtung nicht freiwillig mitspielte. Noch immer lächelnd nahm er das Glas wieder vom Tisch, trank einen weiteren Schluck.

»Eine Woche.« Tomás würgte die Worte regelrecht hervor.

»Vier.« Oder sie würden ihre reine Freude an ihm haben. Abermals Schweigen. Wütend. Er ging zu seinem Sessel zurück, ließ sich hineinfallen. Beinah hätte er ein Bein über die Lehne hängen lassen.

Ruiz räusperte sich. »Unsere Gesetze verlangen zwar, dass Joaquín einer Hinrichtung zustimmt, aber ebenso muss jedem von uns auch eine gewisse Zeit zugestanden werden, um seine Sanguaíera zu freien. Und in Anbetracht der Tatsache, dass Señorita Moreira bis vor Kurzem spurlos verschwunden war, fände ich die Zeit bis zum nächsten Mondwechsel mehr als angemessen.« Der Blick, mit dem Tomás Ruiz bedachte, war mörderisch. Fahrig zerrte der an seinem Hemdkragen. »Und zudem: Eine Hinrichtung zu diesem Zeitpunkt ist angesichts von Joaquíns … ah … Macht einfacher und … hm … gnädiger.«

»Zwei Wochen. 14 Tage. Einverstanden.« Es würde genügen, seine Pläne in die Tat umzusetzen. Gerade so.

Auch Bartolomé nickte seine Zustimmung.

Sekundenlang presste Tomás die Lippen zu einem harten Strich zusammen, ehe er knapp und nach wie vor unübersehbar widerwillig ebenfalls nickte. »Es sei denn, Joaquín wird vor Ablauf dieser Frist endgültig zum Nosferatu.«

Joaquín neigte den Kopf. »Zwei Dinge noch: Santa Reyada bleibt im Besitz der de Alvaros. Auch nach meinem Tod wird die Hermandad keinen Anspruch auf Lucinda Moreira erheben. Sie ist frei, zu tun und zu lassen, was sie will, und zu gehen, wohin sie will. Niemand wird ihr zu nahe kommen. Niemand! Darauf will ich euer Wort. Von jedem von euch.«

»Santa Reyada geht an den nächsten Patron, und was Lucinda Moreira betrifft: Sie ist eine Blutbraut und gehört der Hermandad.«

Wann hatte er das Glas mit dem restlichen Scotch neben dem Sessel auf den Boden gestellt? »Santa Reyada geht an Cris und Lucinda ist frei.«

Tomás lachte spöttisch.

Joaquín war schneller auf den Beinen, als er reagieren konnte, hatte ihn an der Kehle gepackt und gegen die Wand befördert, bevor der andere mehr als einen überraschten Laut hervorbringen konnte.

»Sie ist frei!« Die Worte waren nur noch ein Knurren. Seine Fingernägel gruben sich in Tomás' Haut. Millimeter für Millimeter. Der keuchte und würgte.

»Joaquín ...« Ruiz.

»Um Gottes willen ...« Bartolomé war aus dem Sessel aufgesprungen. Keiner von beiden wagte sich heran.

Er nahm es nur am Rande war. Drückte fester zu. Mistkerl.

Tomás röchelte, zerrte mit der einen Hand an Joaquíns Griff. Die andere hatte er halb erhoben. Magie knisterte in der Luft. Joaquín verzog den Mund zu einem bösen Lächeln. Er schloss die Finger ein bisschen mehr, trat ein kleines Stück weiter zu Tomás. Noch war er der Patron dieser Familie; noch war er Teil der Hermandad; noch würde Tomás dafür mit dem Leben bezahlen, wenn er es wagte ... »Komm schon. Tu es!«, zischte er verächtlich, »tu mir den Gefallen.«

Tomás' Adamsapfel zuckte unter seiner Hand. Er zerrte heftiger an seinem Arm, rang krampfhaft nach Atem. Joaquín sah ihm einfach nur weiter höhnisch in die Augen. Dann war die Magie unvermittelt verebbt.

Mit einem harten Laut lockerte er seinen Griff, ohne ihn gänzlich zu lösen. »Wenn ich nicht mehr bin, bleibt Santa Reyada im Besitz der de Alvaros! Und die Hermandad wird Lucinda Moreira in keinster Weise mehr behelligen! Sie ist frei!« Er sprach sanft, schmeichelnd, gerade laut genug, dass auch die anderen ihn verstehen konnten. »Ansonsten werdet ihr mich mit Gewalt in den letzten Kreis schleifen müssen. Und ich schwöre euch: Dann werde ich euch mitnehmen!«

»Du bist nicht in der Position ...«

Joaquín fletschte die Zähne. Noch ein Wort und er würde Tomás das Herz herausreißen. Hier. Jetzt. Ohne Rücksicht auf die Konsequenzen.

»Du hast unser Wort.« Bartolomé verhinderte mit einem Blick und einem Kopfschütteln Tomás' Widerspruch. Ruiz murmelte seine Zustimmung. Verlogene Brut. Sie hatten nicht vor, dieses Wort zu halten. Auch jetzt nicht. Zumindest nicht Tomás und Bartolomé.

Trotzdem nickte er knapp. Nur eine Bewegung zu viel und er würde die Kontrolle verlieren. Abrupt nahm er die Hand von Tomás' Kehle, ging zur Tür, schob die eine Hälfte so hart zurück, dass sie gegen den Anschlag krachte. »Und jetzt raus! Ich will euch auf meinem Grund und Boden nicht mehr sehen, bis es so weit ist.« Er würde dafür sorgen, dass sie ihr Wort hielten!

11

Wo gehört das hin?«

»Lass doch, das kann Rosa machen.«

Ich wandte mich zu Cris um, Marmelade und Erdnussbutter schon in den Händen. Die Reste meines Frühstücks standen noch auf dem Tresen in der Küche. Abgesehen von der Butter. Irgendwie war ich mir sicher, dass ich sie im Kühlschrank finden würde, sollte ich danach suchen. Da ich nicht gesehen hatte, dass *er* sie hineingeräumt hatte, konnte es nur Rosa gewesen sein, um zu verhindern, dass sie sich endgültig in weiche, gelbe Schmiere verwandelte.

»Das sind doch nur ein paar Handgriffe.« Ich rang mir ein Lächeln ab. »Und es ist ja nicht so, dass ich irgendwelche dringenden Termine hätte. – Also sag schon: Wo gehört das hin?«

Kopfschüttelnd zeigte er es mir: Erdnussbutter und Marmelade in den Hängeschrank neben dem Kühlschrank, das benutzte Besteck in die Spülmaschine – wohin sonst –, jedoch nicht, bevor ich die letzten Eierflocken hatte verschwinden lassen. Der angebissene, inzwischen labbrige Toast wanderte in den Müll, der Teller zum Besteck.

Cris stand schon an der Tür, als schließlich auch die Rolle Küchenkrepp wieder an ihren Platz neben dem Herd zurückgefunden hatte. »Dann auf zu deiner Führung.« Schwungvoll stieß er sie für mich auf und ließ mich vorbeigehen. Die Hitze außerhalb des Hauses fühlte sich an, als sei ich unvermittelt in einen Backofen geraten. Sofort brach mir der Schweiß aus.

»Wie kannst du das nur aushalten?« Ich drehte die Haare im Nacken zusammen und schlang sie zu einem Knoten – der natürlich nur ungefähr fünf Sekunden hielt, während ich dem Pfad aus hellem Schotter folgte, der hinter das Haus führte. Und ich hatte gestern tatsächlich in diesen Glutofen hinein davonlaufen wollen? Ich musste wahnsinnig gewesen sein. Mit zwei Schritten hatte Cris zu mir aufgeschlossen.

»Wahrscheinlich gewöhnt man sich dran. Aber normalerweise wohne ich die meiste Zeit auch in Los Angeles. Das hier«, mit einer weit ausholenden Handbewegung wies er in das grelle Sonnenlicht vor uns, »ist nichts für mich. Es ist Joaquíns Welt. Hitze, vertrocknete Erde und Kakteen. Von dem ganzen Viehzeug, das hier herumkriecht, will ich gar nicht reden. – Er ist besessen von Santa Reyada.«

»Und warum bist du ausgerechnet jetzt hier?« Die Worte sollten eigentlich leichthin gesagt klingen.

Seine Hand an meinem Arm stoppte mich. Ich drehte mich zu ihm um. Sein Griff war sanft, nicht hart und ungeduldig wie der seines Bruders. Mit einem Lächeln sah er mir in die Augen. »Deinetwegen. Ich würde dich nie mit Joaquín allein lassen. Jetzt schon gar nicht mehr. Nicht, wenn ich es vermeiden kann.« Mit den Fingerspitzen strich er mir über die Stirn. »Du weißt, was ich für dich empfinde, Lucinda. Daran hat sich nichts geändert.« Er beugte sich vor, ganz offensichtlich, um mich zu küssen.

Abrupt machte ich einen Schritt zurück. »Ich ...«

»Entschuldige.« Cris ließ mich hastig los. »Ich ... habe dich enttäuscht und dir wehgetan. Ich kann verstehen, dass du … Zeit brauchst.« Er rieb sich über den Mund. »Das ist okay. Glaub mir. Nimm dir alle Zeit der Welt.« Er zögerte. »Ich will nicht sagen, dass es mir gefällt, aber … es ist okay. Ich kann damit leben.« Sein Hundeblick hätte Steine erweichen können. »Solange du nur hierbleibst und mir eine Chance gibst.«

Eine Chance? Gab es so etwas denn? Nicht nur für ihn, für uns beide? »Und was ist mit … deinem Bruder?«

Sein Blick ging zum Haus. »Ich arbeite dran.« Ganz kurz glaubte ich einen verblüffend harten Zug um seinen Mund zu sehen, dann schaute er mich schon wieder an. »Ich verspreche dir, Lucinda, wenn du es willst, dann haben wir beide eine Chance.« Eine Sekunde musterte er mich, dass ich fast den Eindruck hatte, er wartete auf eine Reaktion, doch dann schüttelte er in einer kleinen Bewegung den Kopf. »Ich schaffe es tatsächlich noch, dir den Tag zu verderben. – Komm, lass dir die Sehenswürdigkeiten von Santa Reyada zeigen. Nicht, dass es besonders viele wären oder sie tatsächlich besonders sehenswert sind.« Er nahm meine Hand und zog mich weiter, in einen schmalen Fußweg hinein, der zu beiden Seiten von Hecken eingefasst war. Doch schon nach ein paar Schritten blieb ich wieder stehen. Fragend den Kopf geneigt, wandte Cris sich zu mir um.

»Wie ist er so …« Es fiel mir seltsam schwer, *seinen* Namen auszusprechen. Aber wen sollte ich sonst nach *ihm* fragen? *Er* schien so viel über mich zu wissen und ich … nichts. »… dein Bruder.«

Cris bedachte mich mit einem Blick unter einer gehobenen Braue heraus. »Na klasse, du bist bei mir und fragst nach Joaquín. Nicht sehr schmeichelhaft für mich.«

Ich spürte, wie mir das Blut in die Wangen schoss. Bevor ich noch eine Entschuldigung stammeln konnte, legte er mir schon sacht die Fingerspitzen auf die Lippen. »Wie süß du bist, wenn du rot wirst. Und du hast recht. Je mehr man über seinen Feind weiß, umso besser.« Behutsam strich er mir eine Strähne hinters Ohr. »Also, lass mich überlegen. Wie ist er so, der geniale Joaquín de Alvaro, mein herzallerliebster großer Bruder?« Für eine Sekunde war wieder dieser harte Zug um seinen Mund. »Selbstgerecht, arrogant, berechnend, anmaßend, tyrannisch, jähzornig, perfektionistisch, rücksichtslos, mächtig … Habe ich schon ›selbstgerecht‹ erwähnt?« Er vergrub die Hände in den Hosentaschen. »Reicht das oder soll ich weitermachen?«

»Das klingt, als würdest du ihn … nicht sonderlich mögen.«

Ein Schulterzucken. »Er ist mein Bruder. Aber die meiste Zeit führt er sich auf, als sei er mein Vater.«

»Hat er denn gar keine … ›positiven‹ Eigenschaften?«

Cris senkte den Kopf, schien nachzudenken. »Er steht immer zu seinem Wort«, meinte er schließlich. »Egal wem, wann und warum er etwas versprochen hat: Er hält es. Auch bei den banalsten Dingen. – Und dabei hat er ein Gedächtnis wie ein Elefant. Manchmal erinnern sich die Betroffenen selbst gar nicht mehr daran: Er weiß es noch.«

Ich schlang die Arme um mich. Er hatte gesagt, dass er mir nichts tun würde; hatte es mir mehrfach gesagt; es mir am ersten Morgen sogar versprochen … Aber er brauchte mein Blut, um nicht noch mehr Nosferatu zu werden. Konnte ich ihm da tatsächlich trauen? Wohl kaum.

»He!« Erneut glitten seine Fingerspitzen federleicht über meine Stirn. »Ich habe dir gesagt, ich lasse nicht zu, dass er dir irgendetwas tut. Das war auch ein Versprechen. Du kannst mir vertrauen.«

Irgendwie brachte ich ein Lächeln zustande, während ich zugleich möglichst unauffällig ein Stück zurücktrat. Wie gern würde ich das: Cris wieder vertrauen. So wie vor dem Augenblick, in dem ich erfahren hatte, wer er wirklich war: Joaquín de Alvaros jüngerer Bruder. Er hatte gesagt, er würde mir Zeit geben. Warum fühlte ich mich dann so seltsam schuldig? Ich schaute zu Boden, überallhin, nur nicht Cris an.

»Mach dir keine Sorgen. Warum genießt du nicht einfach für den Moment den Luxus, den mein Bruder dir bietet, und überlässt alles andere mir?« Er strich meinen Arm entlang, bis er meine Hand erreichte, umfasste sie, drückte sie. »Komm weiter. – Nicht, dass Joaquín sich irgendwann fragt, wo wir so lange bleiben, und am Ende noch nach uns sucht. Oder du dir einen Sonnenbrand holst.« Sacht zog er mich voran. Ich folgte ihm stumm.

Von Zeit zu Zeit fuhr der Wind in kurzen Böen heiß zwischen den Hecken hindurch. Immer wieder ging es zwei oder drei flache Treppenstufen auf- oder abwärts, und zuweilen gaben sauber gestutzte Durchgänge in den Blättern und Zweigen den Blick auf sattgrünen Rasen frei, der sich bis zum Haus zurück erstreckte.

»Wie kann es eigentlich sein, dass alles um das Haus grün ist und blüht?«

Cris hob die Schultern, ohne stehen zu bleiben. Meine Hand lag immer noch in seiner. »Der Wahnsinnige unter meinen Vorfahren, der Santa Reyada ausgerechnet hier hat bauen lassen, hatte anscheinend zumindest noch so viel Verstand, um inmitten dieser Gluthölle wenigstens einen der wenigen Flecken auszusuchen, an denen es Wasser gab. Ein klein wenig Magie und: Abrakadabra – Blumen in der Wüste.«

Wir bogen um eine Ecke. Vor uns öffnete sich die Hecke zu einem asphaltierten Platz, über dem die Luft flimmerte.

»Und hier hätten wir Joaquíns Rennstall.« Er nickte zu einem flachen, lang gestreckten Bau, dessen Längsseite aus drei großen Rolltoren bestand. Ein ebenfalls asphaltierter Weg verschwand uns gegenüber zwischen weiteren halbhohen Hecken.

»Rennstall?« Ich erwartete das Wiehern von Pferden zu hören, allerdings sah das Gebäude eher aus wie eine …

»Die Garage.« Grinsend zog Cris mich weiter. »Joaquíns zweite große Leidenschaft.« Er stieß eine Tür an der Schmalseite auf und schob mich hindurch. »Autos mit sehr, sehr vielen PS.« Sie schloss sich hinter uns wieder mit einem dumpfen Klacken. Im Vergleich zu draußen war es erstaunlich kühl. Ganz schwach hing der Geruch nach Öl in der Luft. Ein schmales Oberlicht sorgte für Helligkeit.

Lack und Chrom schimmerten um die Wette. Ich hatte eigentlich keine Ahnung von Autos, aber eine Viper, einen Lamborghini, einen Maserati oder einen Jaguar erkannte selbst ich. Und sei es nur an dem Logo auf der Motorhaube.

»Nichts von dem, was du hier siehst, hat weniger als 400 PS.« Cris ging vor mir her, tiefer in die Garage hinein.

Ich zählte auf den ersten Blick acht dieser Wahnsinns-PS-Schleudern. Dazu einen viertürigen Pick-up und einen Geländewagen – den, mit dem *er* und Rafael mich gestern hierher zurückgebracht hatten – und zwei gediegen wirkende Limousinen in edlem Grau. Auf der Schnauze der einen prangte die Jaguar-Raubkatze. Die andere hatte uns vor zwei Nächten an der kleinen Landebahn im Nirgendwo erwartet.

»Von dem Ferrari hier wurden nur 400 Stück gebaut ...« Cris deutete auf einen dunkelorange-metallic-farbenen Wagen, mit dessen Türen irgendetwas nicht zu stimmen schien. »660 PS, 217 Meilen die Stunde maximale Geschwindigkeit. – Von dem Lamborghini gibt es nur 350 Stück.« Seine Finger glitten über eine weiße Schnauze, während er weiterging. »Und von diesem Maserati sogar nur 50«, er tippte auf eine feuerrote Motorhaube. »Und der Bugatti dahinten ...«, der Wagen, auf den er diesmal wies, stand fast am Ende der Reihe und war von einem blassen Metallicblau, »... kostet nur schlappe 1,3 Millionen.«

1,3 ... Mir blieb die Luft weg.

»Dafür hat er auch 1001 PS und schafft 253 Meilen die Stunde. Allerdings nur 12 Minuten, dann ist der Tank leer.«

Das waren keine Autos, das waren Mordinstrumente.

Vor einem Wagen, dessen Metallic-Lack sich nicht entscheiden konnte, ob er jetzt ein fahles Gelbgrün, eher ein Grüngelb oder doch lieber ein Kupferton war, blieb Cris stehen. »Hier hätten wir das Baby, mit dem Joaquín aktuell seine Rennen fährt. Ein Nissan Skyline. Das Ding ist so gnadenlos getunt, dass es auf 300 Metern sogar den Bugatti stehen lässt.«

»Er fährt Autorennen?« Irgendwie passte das nicht zu dem Bild, das ich von *ihm* hatte.

Cris schnaubte. »Keine legalen auf einer Rennstrecke. Illegale. Du weißt schon, diese Straßenrennen, bei denen sich die Geschwindigkeitsfreaks treffen und wo um Autopapiere und bündelweise Geld gewettet wird. In den Filmen tauchen dabei jedes Mal die Cops auf und es gibt wilde Verfolgungsjagden.« Er stemmte den Fuß auf die Stoßstange, versetzte dem Wagen einen Schubs, der ihn vor- und zurückfedern ließ. »Soweit ich weiß, hat er bisher noch nie verloren. Was er mit den Autos und dem Geld macht, das er gewinnt – keine Ahnung. Nicht, dass er auch nur eins von beidem nötig hätte.« Ein Schulterzucken, dann ging er weiter, vorbei an einem zweiten Maserati und einer mitternachtsblau-metallicfarbenen Viper. Erst jetzt sah ich den Porsche, der von dem Geländewagen halb verborgen am Ende der Reihe stand. Weiß. Doch anders als bei den übrigen Autos war sein Lack matt und staubbedeckt. »Das ist meiner. Im Gegensatz zu Joaquín genügt mir *ein* fahrbarer Untersatz. Okay, zugegeben, er hat auch einiges an PS unter der Haube, aber ich bin dann doch nicht ganz so irre wie mein Bruder.« Er warf mir einen Blick von der Seite zu. »Warum hast du eigentlich keines dieser Prachtstücke genommen, als du zum ersten Mal davongelaufen bist? – Mit einem davon hättest du vielleicht sogar eine Chance gehabt.«

Es wäre ganz einfach gewesen, zu sagen, dass ich bei meiner Flucht keine Zeit mit der Suche nach einer Garage hatte vergeuden wollen oder dass ein solcher Wagen viel zu auffällig war. Aber auch wenn Cris mich angelogen hatte: Ich würde es nicht tun. Nicht deswegen.

»Ich kann nicht Auto fahren.«

Der spöttisch-mitleidige oder schlicht verständnislose Kommentar, mit dem bisher alle reagiert hatten, denen ich das gestanden hatte, blieb aus. Cris sah mich nur einen Moment lang an, dann huschte ein Lächeln über seine Lippen.

»Ein Glück für mich, würde ich mal sagen. – Komm weiter.« Wie zuvor ergriff er meine Hand und zog mich zu einer anderen Tür, die sich diesmal direkt neben einem der drei Rolltore auf der Längsseite befand. Ihnen direkt gegenüber öffnete sich hinter einem Durchgang ein Anbau, eine zweite, anscheinend kleinere Halle, in der ein alter Camaro, dem die Türen und die

Motorhaube fehlten, zwischen den Säulen einer Hebebühne schwebte. Nach all den glänzenden Luxuskarossen in der vorderen Halle wirkte der Wagen vollkommen fehl am Platz. Ein mattgrünes Alien.

Cris hatte meinen Blick bemerkt. »Der gehört Miguel. Er kümmert sich um die Schätzchen hier. Den Chevi hat er auf irgendeinem Schrottplatz gefunden und Joaquín erlaubt ihm, die Werkstatt hier zu benutzen, um ihn wieder instand zu setzen. Mit ihm hat Joaquín auch den Nissan getunt.«

»Aha.« Es gab also tatsächlich den ein oder anderen, der freiwillig für *ihn* – und sogar *mit ihm* – arbeitete. »Und was ist das?« Ich wies auf etwas an der Seite der Halle, das verdächtig nach einer Zapfsäule aussah.

Cris schnaubte belustigt. »Die nächste öffentliche Tankstelle ist nicht gerade um die Ecke. Direkt unter uns befindet sich deshalb ein riesiger Benzintank. – Komm weiter.« Er öffnete mir die Tür und schob mich ins Freie. Wie zuvor hatte ich das Gefühl, unvermittelt in einem Backofen zu stehen. Die Hitze ließ mich taumeln. Sekundenlang war ich in dem grellen Licht regelrecht blind.

»Hier lang!«

Die Augen beinah gänzlich zusammengekniffen, tappte ich hinter Cris her. Er dirigierte mich nach links und gleich darauf wieder nach rechts und beinah sofort schien die Sonne weniger hart auf uns herabzubrennen. Als ich zögernd die Lider hob, erkannte ich warum: Über uns rankte sich etwas, das für mich wie Weinlaub aussah, an einem hölzernen Gestell entlang zu einem grünen Bogengang. Das Holz schien ziemlich alt zu sein. Zwischen einer Lücke in den Zweigen glaubte ich für einen kurzen Moment ein grelles Glitzern zu sehen. War das der Pool?

»Besser?« Cris war stehen geblieben, lächelte mich auf die für ihn so typische Art an. Meine Hand lag immer noch in seiner. Noch vor knapp zwei Tagen hätte ich alles darum gegeben, um von ihm in den Armen gehalten zu werden, und jetzt? Warum hatte ich eigentlich nicht einmal den Verdacht gehabt, dass er mich belog? Noch nicht einmal einen Gedanken daran verschwendet, dass das alles mit ihm vielleicht doch zu schön sein könnte, um wahr zu sein? Ich entzog ihm meine Hand. Sein Lächeln verblasste.

Plötzlich war da wieder dieses seltsame Gefühl von Schuld. Was auch passiert war: Das hier war immer noch Cris. Ich wollte ihm nicht wehtun. Und doch ...

Nach einem letzten Zögern drehte ich mich um und ging weiter, tiefer in die Schatten hinein. Ich glaubte, zu hören, wie er mit einem leisen Zischen die Luft ausstieß, ehe er zu mir aufschloss.

Eine ganze Weile sprach keiner von uns, während wir dem Laubengang folgten. Vorbei an dem ein oder anderen Durchgang, hinter dem sich ein schmaler Weg schon nach wenigen Metern zwischen weiteren Hecken im stechenden Sonnenlicht verlor. Jedes Mal, wenn es eine etwas größere Lücke im Rankendach über uns gab, zeichnete sich mein Schatten scharf auf dem Schotterweg vor mir ab. Ab und zu blieben wir stehen, Cris deutete, erklärte. Und mit jedem Mal klopfte mein Herz ein bisschen mehr. Santa Reyada war ... riesig. Da war ein Rosengarten, ein Meer aus Blüten und Farben, dessen Duft uns der heiße Wind schon entgegentrieb, als er noch nicht einmal in Sicht war; ein kunstvoll angelegter Teich, über den sich eine hölzerne Brücke spannte und in dem man selbst aus einiger Entfernung die Fische sehen konnte, die sich darin tummelten, – ebenso wie die größeren und kleineren Wasservögel, die im dichten Schilf versteckt, das meterweit vom Rand hinein wuchs, zu uns her lugten. Das alte Waschhaus, weiß verputzt und mit einfachem Tonziegeldach, hatten einige Frauen aus San Isandro ›annektiert‹, wie Cris sagte, um darin Seife und alle möglichen Badezusätze zu machen. Da war ein Wäldchen aus Orangen- und Zitronenbäumen. Kirschbäume. Dahinter erstreckten sich Reihe um Reihe knorrige Weinreben. Da waren Schuppen und Nebengebäude. Einige halb zerfallen und alt, andere anscheinend neu oder zumindest frisch renoviert. In einer Art ›Wüstengarten‹ wuchsen blühende Kakteen zwischen den offenbar allgegenwärtigen Joshua Trees und ich wurde seltsamerweise das Gefühl nicht los, dass das hier ein Abbild des ursprünglichen Santa Reyada war. So wie es ausgesehen hatte, bevor die Macht der de Alvaros alles in blühendes Grün verwandelt hatte. Ich erhaschte einen Blick auf den kleinen Familienfriedhof in der Ferne mit seinen alten und neueren Gräbern. In seiner Mitte ragte ein scheinbar uralter Baum in den Himmel, eingefasst von einem schmiedeeisernen Zaun …

Und dann endete der Laubengang irgendwann abrupt und vor uns erstreckte sich erneut harte Helligkeit und ungemilderte Hitze. Der Boden schien regelrecht zu gleißen. Am Rand des Lichts blieb ich stehen. Ich konnte Cris hinter mir spüren. Ganz nah.

»Das da drüben war früher die Schlafbaracke der Cowboys, als Santa Reyada noch eine richtige Ranch war. Vor ein paar Jahren hat Joaquín sie renovieren und umbauen lassen. Eigentlich war sie für Besuch gedacht. Inzwischen ist sie Rafaels Domizil.« Über meine Schulter wies er an mir vorbei nach links, auf ein flaches, weiß getünchtes Gebäude, dessen hölzerne

Läden weitestgehend geschlossen waren. »Sie hat sogar eine eigene Garage und eine separate Zufahrt.«

Mein Blick wurde von etwas anderem angezogen: einem Skelett aus schwarz verkohlten Balken und halb eingestürzten Mauern, die ein Stück rechts von uns in den Himmel ragten. Offenbar war es Cris nicht entgangen.

»Das ist alles, was von unserem Stall übrig geblieben ist«, erklärte er mit unüberhörbarem Bedauern.

»Ihr hattet Pferde?« Ich war unter dem Laubengang herausgetreten, um es mir besser ansehen zu können, schaute zu ihm zurück.

Cris nickte, folgte mir in die Sonne und ihre Hitze.

»Was ist passiert?«

»Ein Feuer. Vor knapp vier Jahren. Niemand weiß, wie es ausgebrochen ist: Brandstiftung, ein unvorsichtiger Rancharbeiter und seine Zigarette, ein verirrter Funke aus einem vergessenen Nest von einem der Waldbrände, die kurz zuvor in der Nähe gewütet hatten … Ich war an diesem Abend in Los Angeles und Joaquín und Rafael, soweit ich weiß, bei Aufräumarbeiten in San Isandro. Anscheinend hatte Joaquín irgendwie ein ungutes Gefühl, deshalb sind sie vorzeitig zurückgekommen. Aber da stand der Stall schon komplett in Flammen. Sie haben noch versucht, die Pferde rauszuholen, kamen aber nur noch an die in den vorderen Ständen heran. Dabei wären sie selbst um ein Haar im Feuer geblieben.«

Er stieß die Fußspitze so hart in den verbackenen Boden, dass Staub aufspritzte. »Von achtzehn Pferden sind zwölf in den Flammen umgekommen und von den übrigen sechs waren zwei so schwer verletzt, dass sie erschossen werden mussten. Die restlichen vier hat Joaquín dann Jorge in San Isandro gegeben.«

»Warum hat er nicht Magie eingesetzt … Immerhin soll er doch so mächtig sein?«

»Weil er zwei Tage zuvor verhindert hat, dass San Isandro einem der Waldbrände zum Opfer gefallen ist, die hier in der Gegend gewütet hatten. Er war … komplett ausgebrannt, könnte man sagen.«

»Das geht?« Erstaunt wandte ich mich weiter zu ihm um.

»Oh ja. Bei einigen dauert es zwar ein bisschen länger, aber … ja, es geht. Vor allem der Rückschlag ist hart, wenn man bis an die Grenzen geht. Dann ist dir der Wind zu laut, der über den Boden streicht. Ich habe es schon erlebt, dass Joaquín sich zwei, manchmal sogar drei Tage im Dunkeln verbarrikadiert hat, weil er gar nichts mehr ertragen konnte. Manchmal spuckt er sich dabei dann auch die Seele aus dem Leib. Eine Migräne ist ein Witz dagegen.«

Ich wusste nicht, wie eine Migräne sich anfühlte. Aber Tante María hatte in den letzten Monaten, bevor … hatte immer wieder Migräne-Anfälle gehabt. Jedes Mal hatten alle Läden geschlossen werden müssen. Noch nicht einmal fernsehen hatte ich bei diesen Gelegenheiten dürfen. Auch ohne Ton nicht. Einmal hatte ich im Dunkeln versehentlich ein Glas vom Tisch gestoßen. Sie hatte mir eine solche Ohrfeige verpasst, dass ich Blut geschmeckt hatte. Ich legte die Arme um meine Mitte.

»Cris?«

»Ja?« Seine Hand glitt meinen Rücken abwärts.

»Was ist letzte Nacht passiert?«

Seine Berührung stockte. »Du meinst, nachdem du …«

»Ja.« Ich zog die Schultern hoch.

Seine Hand verschwand. Er trat einen Schritt zurück. Ich drehte mich endgültig zu ihm um.

»Cris …?«

»Ich weiß es nicht genau.« Er schüttelte den Kopf, schob die Hände in die Hosentaschen. »Ich war am Pool. Plötzlich brüllt und flucht Joaquín durch das ganze Haus. Alles, was ich mitkriege, ist, dass du nicht in deinem Zimmer bist und dass der Zauber wieder wirkt. – Was auch immer er damit gemeint hat. – Als Nächstes rast er mit Rafael davon, um dich zu suchen und zurückzubringen. Er war so wütend …« Wieder ein Kopfschütteln. »Irgendwann mitten in der Nacht sind sie zurückgekommen. Mit dir. Joaquín hatte dich auf den Armen. Du hast dich an ihn geklammert, als hinge dein Leben von ihm ab.« Sein Tonfall sagte nur zu deutlich, was er dabei empfunden hatte.

Ich schloss die Augen. Ich erinnerte mich daran: *seine* Berührung, *sein* Murmeln. Sie hatten etwas … Tröstliches gehabt. Aber hatte ich wirklich begriffen, *wer* mich da festhielt? Wohl kaum. »Weißt du, was *dort* passiert ist?« Die Worte klangen brüchig.

»Nur was ich mir aus dem zusammenreimen konnte, was Rafael Fernán gesagt hat.«

Ich holte einmal tief Atem und öffnete die Augen wieder, sah ihn an. »Sag's mir.«

Er zögerte, nickte schließlich. »Offenbar sind sie am Anfang davon ausgegangen, dass du nicht so – entschuldige – unvernünftig sein würdest, dich ausgerechnet in Nestores Wagen zu verstecken, um von Santa Reyada wegzukommen.«

In einem Anflug von Bitterkeit verzog ich den Mund. ›*Unvernünftig*‹ war wohl kaum das Wort gewesen, das Rafael benutzt hatte.

»Als sie endlich zwei und zwei zusammengezählt hatten,

sind sie anscheinend zuerst zu Nestore gefahren. Dort warst du nicht. Also sind sie zu der Villa, die Rogier für die Zeit gemietet hat, die er hier ist. Und als der sich geweigert hat, Joaquín ins Haus zu lassen …« Cris räusperte sich. »Joaquín muss wie ein Racheengel da hineingegangen sein.« Abermals schüttelte er den Kopf. »Wer es gewagt hat, sich ihm in den Weg zu stellen, kann froh sein, dass er noch am Leben ist.«

Da war Blut auf dem Boden des anderen Hauses gewesen; die Körper von Männern; reglos. Tot? Der junge Vampir im Keller … Mein Magen zog sich zusammen. *Er* hatte ein Blutbad angerichtet. Meinetwegen. Und er wurde …

»Er wurde dabei verletzt, nicht wahr? Seine Schulter … Im Gesicht …« Meinetwegen.

Eine Sekunde schien Cris verwirrt. Doch dann schüttelte er entschieden den Kopf. »Joaquín wurde dabei nicht verletzt, Lucinda.«

»Aber …« Die aufgeplatzte Lippe und der Riss in der Braue seines Bruders konnten ihm doch nicht entgangen sein?

»Glaub mir. Als er mit dir zurück nach Santa Reyada kam, war nicht ein Kratzer an ihm. Keiner dort war mächtig genug, um ihm auch nur im Ansatz gefährlich werden zu können. Nicht nachts. Jetzt schon gar nicht mehr.«

»Aber …«

»Ich habe die Schrammen in seinem Gesicht vorhin auch gesehen. Du hast damit nichts zu tun. Ich kann dir sagen, woher sie stammen: von einem Cage-Fight.«

»Einem … Cage-Fight?«

»Einem Cage-Fight, ja. Schon als Vater noch gelebt hat, war das Joaquíns Art, sich abzureagieren. Inzwischen scheint er es regelrecht exzessiv … Egal. – Er war sowieso schon entsetzlich wütend, als er mit dir zurückgekommen ist; und du bist dann auch noch von ihm weggekrochen … Da hat er es nicht länger ausgehalten und ist … hat sich den nächsten Käfig und einen Freiwilligen gesucht, auf den er einprügeln konnte, um … nicht stattdessen nach San Diego zurückzufahren und Rogier umzubringen.«

Die Blutlache auf dem Boden unter dem jungen Vampir im Keller … Ich presste die Lider zusammen, in dem Versuch, die Bilder wieder aus meinem Kopf zu bekommen. Erfolglos.

Cris' Handfläche an meiner Wange ließ mich zusammenzucken, die Augen wieder öffnen.

»Dich trifft keine Schuld, Lucinda«, versicherte er mir noch einmal. Sein Daumen fuhr meine Braue nach. Sanft, zärtlich. Ich schmiegte mich in die Berührung – bis er sich in die Stille hineinräusperte und leise »Wenn du nicht weißt, was passiert ist, dann … weißt du auch nicht, dass sie dir von Joaquíns Blut gegeben haben, damit deine Schrammen schneller heilen, oder?« sagte.

»W-was?« Ich starrte ihn an, machte unwillkürlich einen Schritt zurück.

»Nicht viel.« Hastig schüttelte Cris den Kopf. »Es … na ja, es ist normalerweise auch nicht erlaubt. Zumindest nicht, solange du noch nicht seine Blutbraut bist oder wenigstens dein Einverständnis dazu gibst.«

Ich drückte die Hände gegen meinen Bauch. »Was bewirkt es?«

»Es heilt. – Wenn es das Blut des Hexers der betroffenen Blutbraut ist.«

»Was noch?«

Cris sah zu Boden.

»Cris! Was bewirkt es noch?« Ich trat direkt vor ihn. »Bitte!«

Er zögerte, schüttelte abermals den Kopf, ehe er mich wieder anschaute. »Es macht … euphorisch. Je nach Menge. – Und sehr empfänglich für … Kontroll-Magie.«

Sekundenlang wusste ich nicht, was ich sagen – oder denken – sollte. Kontroll- … Nein! Bitte, nein! Ich wollte zurückweichen, als Cris mein Gesicht in beide Hände nahm und meinen Blick auf sich lenkte.

»Er hat dich nicht manipuliert!«

»Woher willst du das wissen?« In meiner Stimme hing Hysterie.

»Er war nicht da, als Fernán es dir gegeben hat. – Und es war sein Blut. Also hätte auch nur er es gekonnt.«

»Und heute Morgen? Wir waren allein in der Küche, oben und … im Wohnzimmer! Er …«

»Da hattest du seine Wirkung längst ausgeschlafen. – Schon als er vor Morgengrauen zurückgekommen ist, hattest du das.« Seine Hände gaben mein Gesicht frei, glitten abwärts auf meine Schultern, umschlossen sie. »Mein Bruder ist ein elender Mistkerl, Lucinda, aber diesmal lege ich meine Hand für ihn ins Feuer.«

Wie gern ich ihm geglaubt hätte. Aber ich kam gegen das Zittern in meinem Innern nicht an.

Behutsam strich er mit den Fingerknöcheln an meinem Hals entlang aufwärts, zu meiner Wange zurück, schob seine Hand in meinen Nacken, in mein Haar, zog mich ein Stück näher heran. »Glaub mir.«

Die Berührung an meiner Kehle weckte diese nur zu vertraute Enge in meiner Brust. Ich wandte das Gesicht ab, drückte mein Kinn gegen meine Schulter, brachte schließlich ein Nicken zustande. »Lass uns zurückgehen«, bat ich nach einem weiteren Moment schwach.

»Natürlich.« Cris ließ die Hand aus meinem Haar gleiten und trat beiseite. Ich mied seinen Blick, als ich mich an ihm vorbeischob.

Erst nach ein paar Schritten wurde mir bewusst, dass er mir nicht folgte. Ich drehte mich zu ihm um. Er stand noch immer an der gleichen Stelle mitten in der Sonne. Er hatte zu den Ruinen des Stalles hingesehen, jetzt wandte er sich wieder zu mir um. »Kannst du dich denn wirklich gar nicht mehr an all das hier erinnern?«, fragte er leise, ehe ich etwas sagen konnte.

»Aber ich erinnere mich doch ...«, setzte ich verwirrt an. Und verstummte, als er erneut den Kopf schüttelte.

»Das meine ich nicht.« Langsam trat er zu mir in den Schatten. »– Du hast mal hier gelebt. Hier auf Santa Reyada. Bis María dich entführt hat.«

Es war, als hätte ein Blitz neben mir eingeschlagen.

»Erinnerst du dich denn überhaupt nicht mehr an uns?«

Ich starrte ihn nur an, brachte keinen Ton heraus.

»Du hattest ein Pony. Mein Vater hat es dir geschenkt, weil du von Anfang an verrückt nach Pferden warst. Sein Name war Donny. Du hast es mit Zuckerstücken und Keksen vollgestopft. Ganz egal, was wir dir gesagt haben. Irgendwann hat Joaquín es nur noch Tonnie genannt, wenn du in der Nähe warst. Du hast dich jedes Mal wie eine Furie auf ihn gestürzt.«

Noch immer war ich nicht in der Lage, mich zu bewegen. Ich sollte ... hier? Auf Santa Reyada? Mit Cris und ... *ihm?* Das ... war nicht möglich!

»Hinter dem Stall war ein Baum. An einem der Äste hattet

ihr eine Schaukel für dich befestigt. Du wolltest immer ganz hoch schaukeln. So hoch, du wolltest fliegen. Einmal hast du losgelassen. Überall war Blut. Joaquín ist mit dir auf dem Arm den ganzen Weg bis zum Haus gerannt. Es war Hochsommer. Er war vollkommen außer sich. Und in der Küche machst du die Augen auf und erklärst, dass du es noch mal machen willst. Ich habe meinen Bruder noch nie jemanden so anbrüllen gehört. Du hast geheult, als hätte man dich auf einen Spieß gesteckt. Und noch mal, als du am nächsten Tag festgestellt hast, dass deine Schaukel nicht mehr da war. Du hast zwei Wochen kein Wort mit Joaquín gesprochen, weil du dachtest, er wäre es gewesen, dabei war es unser Vater …«

Irgendwie war mir plötzlich schwindlig. »Hier?«, flüsterte ich schwach.

Cris nickte. »Deine Mutter hat dich hergebracht. Ich weiß nicht mehr, warum. Ich war damals gerade sechs. Vielleicht war die Hermandad deinetwegen an sie herangetreten. Vielleicht wollte sie auch nur sicherstellen, dass du, wenn du schon eine Blutbraut werden solltest, unter dem Schutz einer der mächtigsten Familien der Hermandad stehst. Immerhin bist du eine Moreira. Und Vater hat damals schon nach Blutbräuten für mich und Joaquín gesucht. Du warst … vier, glaube ich. Du hast fürchterlich geweint, als sie dich einfach bei uns gelassen hat. Wir haben nie wieder etwas von ihr gehört. – Hat Joaquín es dir tatsächlich nicht gesagt?«

»Hier?«, wiederholte ich nur. Meine Beine gaben unter mir nach. Ich hielt mich an dem nächsten Balken fest. Und kniete trotzdem auf dem harten Boden, noch bevor Cris nach mir greifen konnte.

Hastig kauerte er sich vor mich. »Bist du in Ordnung?«

In Ordnung? Ich blinzelte ihn an. »Hier?« Ich erinnerte mich nicht.

»Ja. Du warst acht, als María dich von hier … weggeholt hat.« Seine Augen forschten in meinem Gesicht. »Du erinnerst dich wirklich gar nicht?«

Ich schüttelte den Kopf. »Hier?«

»Ja.«

Ich konnte mich nicht erinnern. Da war nichts! Nichts! – Nichts außer …

»Da sind Bilder …« Ich rieb mir die Stirn.

Cris beugte sich näher zu mir.

»Ein Baum. Er ist grün, hat Nadeln. Eine Tanne. Riesig. Ihre Spitze reicht bis fast an die Decke. Sie hängt voller Strohsterne …«

»Ja, du hast schon Wochen vorher angefangen, die Dinger in allen nur erdenklichen Variationen zu basteln.«

»… und Kugeln. Jede einzelne schimmert in allen Regenbogenfarben.« Ich zögerte. »Da ist Schnee auf den Zweigen … und … Eissterne. Kalt. Echt. – Aber … das kann nicht sein.«

»Doch«, sagte er schnell und legte die Hand auf mein Bein. »Doch, das kann sein! – Im Jahr davor waren wir am Mammoth Mountain Ski fahren. Dort hast du zum ersten Mal Schnee gesehen. Und von da an wolltest du unbedingt echten Schnee und echtes Eis an deinem Weihnachtsbaum. Vater hat es verboten, aber du hast so lange bei Joaquín gebettelt, bis er dir Schnee und Eis an deinem Baum verschafft hat.«

Er sollte …? Nein!

Cris sprach schon weiter. Doch jetzt klangen seine Worte mit jedem gepresster. »In *der* Nacht ist María aufgetaucht. Vater war nicht da. Er war … jagen, noch irgendwelche allerletzten Geschenke besorgen … Ich weiß es nicht. María wollte dich wohl heimlich aus deinem Zimmer holen, aber du wolltest nicht mitgehen. Du hast gebrüllt wie am Spieß und hast das ganze Haus geweckt. Alle sind zusammengelaufen. Joaquín wollte verhindern, dass sie dich mitnimmt. Und plötzlich waren diese Kerle da. Bis heute haben wir nicht herausgefunden, wie sie an den Wardings vorbeigekommen sind.« Er schüttelte den Kopf, sah zu Boden. »Sie haben ein Blutbad angerichtet.«

»Was?« Erschrocken starrte ich ihn an.

Mit einer müden Bewegung rieb er sich den Nacken. »Sie muss Hilfe gehabt haben. Irgendeinen aus der Hermandad. Oder aus dem Ordre. Sonst hätte sie nie … Joaquín konnte es schon damals mit den meisten aufnehmen.« Abermals schüttelte er den Kopf. »Vater hat dich gesucht, aber … er konnte María und dich ebenso wenig aufspüren wie einer der anderen.«

Wie benommen saß ich da. Der Boden unter mir war warm. Ich konnte mich an nichts davon erinnern.

»Stand damals schon fest, dass ich Joaquíns Blutbraut werden sollte?«, fragte ich nach einem Moment schwach in die Stille zwischen uns hinein.

Cris nickte. »Ja. Das war das Erste, was sie getan haben: unser Blut zu testen. Joaquíns hat einen Hauch stärker auf deins reagiert als meines. Deshalb wurdest du für ihn bestimmt.« Diesmal klangen seine Worte bitter. »Er war schon immer der Stärkere von uns beiden. Und nachdem ich ja dank ihm …« Er beendete den Satz nicht. »In den Papieren, mit denen du meiner Familie von deiner Mutter übereignet wurdest, wurde festgeschrieben, dass du an erster Stelle für Joaquín bestimmt bist«, murmelte er stattdessen.

Ich brauchte mehrere Sekunden, bis mir klar wurde, was er

da gerade gesagt hatte. »Über…eignet?«, echote ich dann mühsam. Ich musste mich verhört haben.

Cris wich meinem Blick aus. »Das alles war nicht meine Idee. Ich war damals nicht viel älter als du.«

»Und … dein Bruder?«

Er zuckte die Schultern.

Natürlich. Warum hätte *er* sich auch dagegen aussprechen sollen. Eine Moreira-Blutbraut für den zukünftig mächtigsten Hexer der Hermandad. Was hätte er sich mehr wünschen können? Für etwas, das sich anfühlte, wie eine Ewigkeit, sah ich auf meine Hände. ›*Übereignet.*‹ Nach einem weiteren Moment holte ich tief Luft und schaute Cris an. »Warum hat er mir nichts davon gesagt?«

Er zögerte, erwiderte diesmal aber meinen Blick. »Ich weiß es nicht. Vielleicht … Nein, ich weiß es nicht.«

Abermals sah ich auf meine Hände. *Übereignet.* Von meiner eigenen Mutter. Und ich konnte mich an nichts erinnern. Ich war nicht sicher, was mehr wehtat. Irgendwie zittrig schloss ich die Augen.

»Lucinda …«, behutsam strich Cris über meinen Arm.

Ich öffnete sie wieder, rang mir ein Lächeln ab. »Es ist okay.« Nein! Nichts war ›okay‹. Gar nichts! Unter dem Schmerz meldete sich Bitterkeit. Wie sehr ich es leid war, einfach nur ein Spielball für sie alle zu sein. Ich zog meinen Arm aus seiner Reichweite. »Lass uns zurückgehen, ja?« Ein wenig umständlich stand ich auf und klopfte mir Staub von den Knien.

Cris erhob sich mit mir. Musterte mich. »Bist du sicher, dass alles in Ordnung ist?«

»Ja. Lass uns einfach nur zurückgehen. Ich bin müde.« Es war noch nicht mal gelogen. Ein Teil von mir war tatsächlich müde. Der andere wollte für den Moment einfach nur allein sein. Ich gab ihm nicht die Chance, noch irgendwas zu sagen, sondern drehte mich um und ging stumm zum Haus zurück. Der Schotter knirschte unter seinen Schritten.

Cris schloss zu mir auf, als wir die letzten Meter des Rasens hinter uns gelassen hatten und die flache Treppe vom Park zum Pool hinaufstiegen. Obwohl wir inzwischen späten Nachmittag hatten, war es immer noch mörderisch heiß. Nur die kurzen Windböen, die von Zeit zu Zeit über das Gras und durch die blühenden Büsche strichen, brachten ein klein wenig Erleichterung. Neben dem Pool blieb ich stehen. Die Wasseroberfläche kräuselte sich unter einer etwas stärkeren Böe zu kaum sichtbaren Wellen. Sie glitzerten grell in der Sonne, warfen unruhige Lichtflecken auf die Hauswand.

»Warum ruhst du dich nicht hier aus?« Er wies auf eine Sonnenliege, die im Schatten der Büsche stand, die Terrasse und Pool umgaben. Ich konnte mich nicht erinnern, sie gestern Morgen hier gesehen zu haben. »Und vielleicht findet sich irgendwo im Haus ja noch ein Bikini für dich …«

Ich hätte ihm sagen können, wo er nach einem suchen musste: in meinem Kleiderschrank. Als ich gestern in meinem Entsetzen ein Teil um das andere herausgezerrt hatte, waren auch diverse Badesachen darunter gewesen. – Deutlich mehr, als ich jemals besessen hatte. Mein Blick glitt zu der schillernden und funkelnden Wasseroberfläche. Wer hatte eigentlich das Chaos beseitigt, das ich hinterlassen hatte? Rosa? Vermutlich. Ich musste ihr sagen, dass sie ihre Kraft nicht damit vergeuden sollte, hinter mir herzuräumen. Cris deutete mein Schweigen offenbar anders, denn er ließ ein leises Schnalzen hören. »Du willst doch nicht ernsthaft den Rest des Tages drinnen verbringen, wie irgendeine langweilige Zimmerpflanze?«

Nein. Ich musste mich nicht im Haus einsperren. Dafür würde *er* vielleicht noch lang genug sorgen. Und hier am Pool und im Schatten war die Hitze sogar erträglich. Allerdings wollte ich im Moment eigentlich nur eins: allein sein. Irgendwie mit alldem klarkommen, was Cris mir gerade offenbart hatte. Wo, war mir dabei herzlich egal. Aber konnte ich Cris so einfach fortschicken? Cris, der sich angestrengt bemühte, es mir hier so angenehm wie möglich zu machen? Ich käme mir schäbig dabei vor.

»Also? Was ist?« Cris trat dicht hinter mich. Seine Hand an meinem Rücken ließ mich die Schultern hochziehen. Er schien es nicht zu bemerken, massierte sacht meinen Nacken. Ich sah wieder zum Haus, nickte nach einem letzten Zögern. »In meinem Schrank sind Badesachen. Ich gehe mich umziehen.«

In der Küche empfing mich Kühle und Stille. Kein Lavendelduft. Eine Sekunde lehnte ich mich an die Tür, schloss die Augen. Es war zu viel! Alles, was Cris mir erzählt hatte: Es war zu viel! Ich ließ den Kopf in den Nacken fallen. Was hätte ich darum gegeben, mich in irgendjemandes Arme verkriechen zu können, nur für einen kurzen Moment das Gefühl zu haben, dass jemand für mich da war, nicht allein zu sein, in Sicherheit zu sein. Cris hätte sicherlich … Nein! Mit einem Ruck öffnete ich die Augen wieder. Cris war … Nein. Ich wusste nicht, was er für mich war. Ich wollte ihm vertrauen. Ich wollte ihn lieben. Er war mein Traum. Ein Traum, an den sich ein Teil von mir auch jetzt noch klammerte. Und zugleich tat es noch immer zu weh, dass er mich so getäuscht hatte; war die Angst noch immer zu groß, dass er es wieder tun könnte. Ich rieb mir übers Gesicht. Nein, für den Moment konnte er nur ein Freund sein. Was Cris anging, brauchte ich Zeit.

Entschieden stieß ich mich von der Tür ab und wollte die Küche verlassen. Als in der Halle unvermittelt Stimmen erklangen, drückte ich mich jedoch hastig gegen die Wand neben dem Durchgang. Mehrere Männer. Sie sprachen spanisch. Hart und schnell. Ich erkannte *seine* Stimme. Rau. Ärgerlich. Ein anderer setzte zu einem Satz an und wurde von *ihm* schon nach dem zweiten Wort mit einem Fauchen zum Schweigen gebracht. Murmeln und Murren. Wieder *er*. Knurrend und zugleich scheinbar eiskalt. Die Haustür ging, Sonnenlicht drang grell in die Halle, Hitze wehte herein. Autotüren schlugen. Ein Motor wurde angelassen, das Knirschen von Reifen, als der Wagen losfuhr, sich entfernte. Einen Augenblick später schloss sich die Haustür mit einem dumpfen Krachen. *Er* durchquerte die Halle, stieg – nein, rannte – die Treppe hinauf, immer zwei Stufen auf einmal. Ich presste mich fester gegen die Mauer, hielt sogar den Atem an, als er keine zwei Meter entfernt an mir vorbeiging.

Stille kehrte in die Halle zurück. Dennoch dauerte es noch mindestens eine halbe Minute, bis ich es wagte, mich von der Wand zu lösen und mich wachsam die Treppe hinaufzutasten. Ich erstarrte auf halber Höhe, als irgendwo im ersten Stock eine Tür knallte. Gleich darauf erschien *er* auf dem Treppenabsatz über mir.

Abrupt blieb er stehen, als er mich sah. Seine Hände waren zu Fäusten geballt. Dunkelrote Stoffstreifen baumelten von seiner Linken. Seine Augen schienen heller zu sein als heute Morgen. Heute Morgen, als er alle Zeit der Welt gehabt hatte, mir genau das zu erzählen, was ich eben von Cris erfahren hatte.

Die Hilflosigkeit, die ich gerade noch gefühlt hatte, wich Ärger; fachte ihn sogar noch an. Ich war es leid, dass alle Spielchen mit mir spielten. Und *er* am allermeisten.

Ein Ruck ging durch seinen Körper. Er setzte sich in Bewegung, kam die Stufen herab, weiter auf mich zu.

Ich hob das Kinn. »Ich will mit dir reden.«

»Nicht jetzt.« Seine Stimme war wieder mehr Knurren als irgendetwas anderes.

Oh, ich war es so leid!

»Wann wolltest du mir sagen, dass sie mir von deinem Blut gegeben haben?« Die Worte brachen einfach aus mir heraus. Schärfer, bitterer, als ich selbst erwartet hätte.

»Nicht. Jetzt.« Er wollte sich an mir vorbeidrängen. Ich vertrat ihm den Weg. Es war mir egal, dass er die Augen zu schmalen Schlitzen zusammenkniff, heftig die Luft einsog.

»Und wann wolltest du mir sagen, dass ich früher mal hier gelebt habe?«

Er stieß ein Zischen aus. »Nicht. Jetzt!« Machte einen Schritt zur Seite, wollte wieder an mir vorbei. Ich folgte seiner Bewegung. Hörte er überhaupt, was ich sagte?

»Wann dann? Habe ich denn kein …«

»Nicht! Jetzt!« Seine Nasenflügel bebten.

»Ich will wissen …«

Von einer Sekunde zur nächsten stand er direkt vor mir, war ich zwischen ihm und der Wand des Treppenabsatzes gefangen. Wie schon einmal. Schlagartig verweigerten meine Lungen den Dienst. Mit beiden Händen stemmte er sich rechts und links von meinem Kopf gegen das Gemälde. Der Rahmen drückte in meinen Rücken. Wie schon einmal. Er fletschte die Zähne, lehnte sich noch näher zu mir. Sein Atem war an meinem

Hals. Pfeifend schnappte ich nach Luft. »NICHT!! JETZT!!« Die Stoffstreifen schlugen gegen meine Wange. Ich zuckte zur Seite, stieß gegen seinen Unterarm, schrie, kauerte unvermittelt am Boden, krümmte mich zusammen, schlang die Arme um den Kopf, wimmerte. Und versuchte gleichzeitig zu atmen. Irgendwie. Irgendwie …

»Lucinda!« Cris! Cris beugte sich über mich. Ich saß in die Ecke gedrückt, rang japsend nach Luft. *Er* war fort.

»Cris!« Ich flüchtete in seine Arme. Eine Sekunde schien er verblüfft, dann legte er sie fester um mich.

»Was ist denn passiert? Ich höre dich schreien und dann stürzt Joaquín aus dem Haus und Richtung Garage davon. Als ich dich hier finde, liegst du am Boden und zitterst. Im ersten Moment dachte ich, er hat dir etwas angetan. Bist du in Ordnung?«

Ich konnte nichts anderes tun als mich an ihn klammern und immer wieder den Kopf schütteln.

»Wo ist er?«, würgte ich endlich zwischen meinen mühsamen Atemzügen hervor.

»Fort. Irgendwohin. Meinetwegen dorthin, wo der Pfeffer wächst.« Ich spürte, wie er die Schultern zuckte.

»Stofffetzen. Er hatte rote Stofffetzen in der Hand.«

»Stofffetzen? Du meinst Bandagen?« Cris zögerte. »Er hat nicht den Nissan genommen. Als ich hereingekommen bin, hab ich seinen Wagen auf der Auffahrt gehört. Der Motor klingt anders.« Es fühlte sich an, als würde Cris sich ein wenig zurücklehnen, um auf mich hinabzusehen. »Dann reagiert er sich wieder im Käfig ab. Das macht Sinn.«

Im Käfig. Ein Cage-Fight. Zwei Männer, Drahtgitter und keine Regeln. Er hatte die Bandagen schon in der Hand gehabt, als er die Treppe heruntergekommen war. Er hatte in einen Käfig gewollt, noch bevor ich ihm den Weg verstellt hatte.

»Lucinda, ich …« Cris stockte, etwas in seiner Stimme hatte sich verändert; klang seltsam gepresst. Behutsam fasste er mich am Kinn und hob meinen Kopf, sah mich an, forschend, die Brauen zusammengezogen, nachdenklich, beinah … abschätzend. Für eine Sekunde wurden seine Lippen zu einem schmalen Strich. »… Joaquín war so wütend, ich … ich muss ihm hinterher, um … zu verhindern, dass ein Unglück geschieht«, sagte er dann irgendwie hilflos.

»Du meinst …«

»Ja. Vielleicht. – Ich weiß es nicht, aber im Augenblick …« Er gab mein Kinn frei, schüttelte den Kopf. »Aber ich kann dich auch nicht allein lassen.«

Ich starrte ihn an. Mein erster Gedanke war: ›Er vertraut mir nicht. Er denkt, dass ich wieder davonlaufe, wenn niemand hier bei mir ist.‹ Und der zweite: ›Wenn er mich mitnimmt, komme ich wieder hinaus aus diesem Bannkreis, der Santa Reyada umgibt.‹

Cris sah mir geradezu beschwörend in die Augen; fast so, als hätte er meine Gedanken gelesen. »Joaquín bringt mich um, wenn ich dich hierlasse und du nicht mehr da bist, wenn er zurückkommt. Aber er bringt mich genauso um, wenn ich dich mitnehme und du läufst dann wieder davon …« Er schob die Hand in meinen Nacken. »Ich muss Joaquín suchen und dafür sorgen, dass er kein Unheil anrichtet. – Versprichst du mir, dass du nicht wieder versuchst, davonzulaufen, wenn ich dich mitnehme? Joaquín würde mich umbringen, wenn ich dich verliere …«

Wenn ich Nein sagte, würde er dann hierbleiben?

Und wenn er tatsächlich hierblieb und irgendein Unschuldiger kam deshalb zu Schaden?

»Lucinda?«

Ich biss mir auf die Lippen, nickte schließlich langsam.

Cris schien regelrecht aufzuatmen. »Dann komm!« Abrupt stand er auf und zog mich in derselben Bewegung ebenfalls auf die Füße.

12

Cris nannte dem Türsteher einen Namen. Ein Bündel Geldscheine wechselte den Besitzer. Der Mann winkte uns durch das Gittertor, wies mit dem Strahl seiner Taschenlampe zu einer der verlassenen Fabrikhallen rechts von uns, vor deren Tor zwei weitere Männer standen, gab ihnen ein Zeichen. Die beiden musterten uns von oben bis unten, ließen uns aber schweigend vorbei. Cris hielt meine Hand fest in seiner.

Die ersten Meter der Halle: graue Dunkelheit. Stimmengewirr und Geschrei. Das mit jedem Schritt lauter wurde.

Dann: schummriges Licht aus Neonröhren. Grölen. Johlen. Es ging unter dem Stahlrohrgewirr eines Baugerüsts hindurch und wir waren Teil der Menge, die sich um den Gitterkäfig in der Mitte der Halle drängte. Die Luft schmeckte schal und feucht, roch nach Schweiß und Zigarettenrauch. Ohne seinen Griff um meine Hand zu lockern, schob sich Cris immer weiter nach vorne. Die wenigsten schenkten uns Beachtung. Zu sehr war ihre Aufmerksamkeit auf das gerichtet, was im Innern des Käfigs geschah.

Offenbar waren wir für diesen Anlass falsch gekleidet. Der Dresscode für Frauen schienen High Heels und hautenges, über den Knien endendes Kleid mit tiefem Dekolleté – wahlweise vorne oder hinten – zu sein. Die Männer trugen zumindest Jackett, manche sogar Anzug. Livrierte Kellner bewegten sich unauffällig zwischen ihnen. Das, was einige da in ihren langstieligen Gläsern hatten, konnte nur Champagner sein. Auf einer Balkengalerie drängten sich noch mehr Männer und Frauen. Alles johlte und grölte.

Cris hatte mehrfach hektisch telefoniert, auf halbem Weg nach San Diego schließlich umgedreht und war zuletzt zu dieser Adresse in einer Kleinstadt gefahren, deren Namen ich mir noch nicht einmal gemerkt hatte.

Die vorderste Reihe. Ich stieß mit der Schulter gegen den Arm einer Frau. Mit ihren Absätzen war sie gut vier Inch größer als ich. Unwillig drehte sie sich zu mir um. Die grünen Steine ihrer Ohrringe baumelten bis in ihren Ausschnitt. Ihr Blick glitt einmal an mir auf und ab. Sie rümpfte die Nase. Und wandte sich wieder dem Kampf zu, schrie, pfiff durch die Finger.

Vier unter der Decke hängende Strahler beleuchteten das Geschehen in dem Quadrat aus sandbestreuten Brettern und Drahtgitter. Die beiden Männer darin droschen aufeinander ein. Schläge, Tritte. Wichen zurück, umkreisten einander, gingen wieder aufeinander los, prügelten wieder aufeinander ein. Zuweilen war ein Keuchen oder Grunzen zu hören.

Der eine: dunkelblond, nur mittelgroß, beängstigend durchtrainiert. Ein Stier. Und der andere: schwarzes Haar, im Nacken zusammengebunden. Die Jeans knapp unter den Knien abgeschnitten. Keine Schuhe. Nur jene roten Bandagen an den Händen. Der Oberkörper nackt. Die Schwingen auf seinem Rücken schienen sich zu bewegen. Hätte Cris nicht direkt hinter mir gestanden, wäre ich zurückgewichen. *Seine* Augen waren farblos, glitzerten wie Diamanten, die Fänge nicht zu übersehen – selbst wenn er sie nicht knurrend gefletscht hätte. Waren diese Leute denn blind?

Sie tauschten einen Hagel von Schlägen. Gegen die Brust, den Bauch, den Kopf. Immer wieder Tritte dazwischen. *Er* schonte den rechten Arm. Und dann hatte sich plötzlich etwas an seiner Haltung geändert. Seine Brauen zogen sich zusammen. Er hob den Kopf. Wie jemand, der auf etwas … lauschte. Schlug erneut zu. Hart.

Ein Mann uns schräg gegenüber sah kurz von seiner Kamera auf, zu mir herüber, runzelte die Stirn. Und war im nächsten Moment im Gedränge verschwunden.

Sein Gegner ging in die Knie. Die Menge heulte. *Er* trat zurück. Die Fäuste halb erhoben, abwartend, angespannt. Wischte sich in einer schnellen Bewegung Schweiß und Blut ab, ehe es ihm in die Augen geraten konnte. Sein Blick huschte über die Menge. Als würde er … etwas suchen. Jemanden. Neben mir wedelte ein Mann mit einem Fächer Geldscheine über seinem Kopf zum Käfig hin, brüllte: »Was soll das? Mach schon. Zeig's ihm, Latino! Mach ihn fertig!«

Er schien ihn gar nicht zu hören. Sein Blick ging für einen Sekundenbruchteil wie sichernd zu seinem Gegner zurück, glitt erneut über die Menge.

Die Frau auf meiner anderen Seite pfiff durch die Finger. »Hoch mit dir, A.J. Lass den Latino nicht noch mal gewinnen!«

Noch mal? *Sein* wievielter Kampf war das?

Ich bekam einen Stoß in den Rücken. Taumelte einen Schritt nach vorne. Cris' Hand an meinem Arm verhinderte, dass ich gegen das Gitter prallte.

Seine Augen zuckten zu mir.

A.J. kam auf die Beine. Warf sich brüllend auf *ihn*. In letzter Sekunde machte *er* einen Schritt zur Seite, ließ ihn ins Leere laufen. Ein zweites Mal. Pfiffe. Sein Blick hing weiter auf mir. Ein Schlag riss *seinen* Kopf zurück, beförderte ihn in das Gitter. Ich schrie. Einen Moment schien *er* benommen. Und sah trotzdem weiter zu mir. Irgendwie … entsetzt. Fassungslos. Zwei weitere Treffer von A.J. Gegen Kopf und Brust. Brüllen und Johlen. Noch ein Treffer. Wieder flog *sein* Kopf zur Seite. Ein Kniestoß in die Rippen. Er krümmte sich. Das Käfiggitter bebte, klirrte.

Als seine Augen zu mir zurückkehrten, war da kein Entsetzen mehr, keine Fassungslosigkeit. Nur noch Wut. Den nächsten Schlag blockte er ab. Kam hoch, die Fänge gebleckt wie ein bösartiges Tier. Blut rann an *seiner* Schläfe herab. A.J. schaffte es nicht zurückzuweichen. *Er* trieb ihn quer durch den Käfig. Schlag um Schlag um Schlag. Einer mörderischer als der andere. Wieder Grölen und Johlen. A.J. taumelte. Ein Tritt. Er sackte auf die Knie, kippte vornüber.

»Mach ihn fertig!«

»Gib ihm den Rest, Latino!«

A.J. versuchte hochzukommen, schaffte es nicht. Beifallsgeheul und Pfiffe. *Sein* Blick lag wieder auf mir. *Er* trat zurück. Und riss die offene Linke in die Höhe.

Die Halle explodierte. Buhrufe. Zischen. Pfiffe. Fäuste wurden geschüttelt. Gläser flogen gegen das Käfiggitter. Champagner spritzte mir ins Gesicht.

Er drehte sich einfach um und ging zu einer Tür auf der anderen Seite des Käfigs. Legte die Hand dagegen. Der Mann, der dort stand, schüttelte den Kopf, wies ins Innere des Käfigs zurück. Zu A.J. *Er* versetzte der Tür einen unwilligen Stoß. Die Menge zischte und buhte weiter. Der Mann gestikulierte, weigerte sich offensichtlich, *ihn* aus dem Käfig zu lassen. *Er* beugte sich vor. Sagte etwas. Der Mann biss die Zähne zusammen, öffnete endlich die Tür. A.J. wälzte sich schwerfällig im Sand auf die Knie. Ohne sich noch einmal umzusehen, stieg *er* die Stufen vom Käfig herunter auf den Hallenboden, riss einem weiteren Mann einen Stoffbeutel aus den Händen, kam auf uns zu. Die Augen farblos glitzernd, die Fänge unübersehbar. Mit jedem seiner Schritte schien meine Brust enger zu werden.

Ein Mann in einem Anzug hielt ihn an der Schulter fest. »Verdammter Hurensohn, ich habe deinetwegen 30.000 verloren.«

»Nicht mein Problem!« Seine Stimme war wieder jenes raue Knurren. Unwillig schüttelte er die Hand ab, ging weiter.

»Geh wieder da rein und bring es zu Ende!«, verlangte ein anderer.

Er schob sich an ihm vorbei, beachtete ihn gar nicht. Genauso wie die Flüche und Buhrufe. Er drängte sich einfach nur weiter durch die Menge, auf uns zu; mich. Den Blick unverwandt auf mir. Alles an ihm strahlte nur mühsam beherrschte Wut aus. Wenn ich auch nur den Hauch einer Chance gehabt hätte, vor ihm aus der Halle zu sein, wäre ich davongelaufen. Meine Atemzüge waren zu einem hohen Japsen geworden. Luft! Ich drückte die Faust gegen die Brust.

Er sagte nichts.

Packte mich einfach am Arm.

Drehte mich um.

Zerrte mich mit sich.

Zum Ausgang.

Alles, was ich hervorbrachte, war ein Aufkeuchen.

Cris' Protest ignorierte er.

Ebenso wie die Fäuste, die manchmal nur wenige Inch vor seinem Gesicht geschüttelt wurden.

Dass er nicht mehr am Leib hatte als eine abgeschnittene, blutbespritzte Jeans, interessierte ihn nicht.

Genauso wenig wie der Umstand, dass seine Füße nackt waren.

Oder dass aus dem Riss oberhalb seiner Schläfe noch immer Blut rann.

Oder aus seiner aufgeplatzten Lippe.

Ich stolperte halb neben, halb hinter ihm her.

Ohne mich zu wehren.

Auch wenn jeder Atemzug ein Kraftakt war; ich wollte ausnahmsweise dasselbe wie er: raus hier! Cris folgte uns.

Kaum zwei oder drei Meter trennten uns noch vom Stahlrohrgerippe des Baugerüsts, als uns erneut ein Mann den Weg vertrat. *Er* fletschte mit einem dunklen Grollen die Fänge. Die zwei Kerle, die den anderen flankierten und bei denen alles ›Bodyguard‹ schrie, sahen aus, als hätten sie keine Probleme damit, auch den ein oder anderen schmutzigen Job zu übernehmen. Leuten die Knochen zu brechen, zum Beispiel. Sie stoppten *ihn.* Der eine an der Schulter, der andere an der Brust. In Höhe der Rippen. Dort, wo sich die Haut gerade blau zu färben begann.

Das Grollen wurde zu einem Zischen. »Finger weg!« Heiser, rau.

Ihr Boss pfiff sie mit einer Handbewegung zurück, baute sich statt ihrer vor ihm auf. »Glaubst du etwa, du verschwindest hier so einfach? Garantiert nicht! Deinetwegen habe ich gerade Zigtausend Dollar verloren.«

Er verzog den Mund, schob mich hinter sich. »Mir kommen die Tränen.« Blut perlte von seiner aufgerissenen Unterlippe. Die Spitzen seiner Fänge waren deutlich zu sehen. Ein schneller Blick über die Schulter, zur Menge hin. Cris fasste meine Hand, zog mich ein Stück näher zu sich heran. Schüttelte den Kopf. Hastig. Warnend.

Der Mann kniff die Augen zusammen. »Dir kommt gleich noch was anderes, du kleiner Bastard. Du wirst mir meinen Verlust ersetzen.«

Ein abfälliges Schnauben. »Träum weiter.«

»Vorsicht, Chico.« Einer der Bodyguards machte einen Schritt nach vorne.

Seine Oberlippe hob sich ein Stück in einer wortlosen Warnung. Ich glaubte, wieder ein Knurren zu hören.

Sein Boss schnippte ihn zurück. »Du willst es unbedingt auf die harte Tour, was? Dass du der ungeschlagene Champion im Käfig bist, bedeutet noch lange nicht, dass du auch mit meinen Jungs fertigwirst. Versuch's ruhig. Wir werden sehen, was dabei rauskommt.« Er trat noch näher an *ihn* heran. »Dein Arsch gehört mir. So lange, bis du mir jeden Penny von dem abbezahlt hast, was du mich heute gekostet hast. Und als Allererstes drehst du dich jetzt um, gehst in den Käfig zurück und machst einen weiteren Kampf. Der Russe ist eh schon ganz heiß auf dich.«

»Vergiss es!«

»Ach ja? – Vielleicht ist es dir ja lieber, wenn deine kleine Freundin deine Schulden abbezahlt?« Der Mann nickte einem seiner Bodyguards zu. Der wandte sich grinsend mir zu. Ich stieß einen erschrockenen Laut aus, machte einen hastigen Schritt rückwärts.

»No!«

»Nein!«

Er und Cris – nahezu gleichzeitig. Cris stand schneller vor mir, als ich blinzeln konnte. In derselben Sekunde hatte *er* dem Typen die Hand gegen die Brust gestemmt, stieß ihn zu seinem Boss zurück. Der Kerl taumelte, krallte die Finger in sein Hemd, das Gesicht wie vor Schmerz verzerrt. Auf dem Stoff waren fünf blutige Löcher. Sein Kollege schob unmissverständlich die Rechte unter das Jackett. Kam auf uns zu. Die Art, wie *er* sich duckte, die Hände ein Stück hob, die Finger zu Klauen gekrümmt, war pure Drohung. Bis Cris ihn am Arm packte. Wieder ein hastiger Blick zurück zu der Menge, dann drehte *er* sich um, fixierte den Boss der beiden. »Wie viel?« Hart und kalt.

Der Mann lachte. »Zu spät, Kleiner. Du wolltest nicht zurück in den Käfig, jetzt zahlt dein Mädchen deine Schul…«

»Wie viel?« Etwas in *seiner* Stimme hatte sich verändert.

Für einen Augenblick wirkte der Mann seltsam … verwirrt; blinzelte. Doch dann hob er spöttisch eine Braue. »Mehr als du jemals in irgendeiner Fabrik verdienen kannst, Latino.«

Anstelle einer Antwort zerrte *er* eine Armbanduhr aus dem Beutel. Warf sie dem Mann zu. »Die ist hundertzwanzigtausend wert.«

Der Mann sah herablassend auf das Zifferblatt, stockte, drehte sie um – und riss die Augen auf. »Das ist eine Kopie«, stieß er dann hervor. Hinter ihm rappelte sich der Bodyguard vom Boden auf.

»No. – Wenn du mir nicht glaubst, lass deine Jungs den Stein rausbrechen. Wenn er Glas schneidet, ist sie echt. Aber auch weniger wert. – Also?«

»Das Ding ist doch garantiert heiß. Wo hast du es geklaut?«

»Alles legal. – Also?«

Die Augen des Mannes wurden schmal. »Wer zum Teufel bist du, Latino?«

Die Frage musste meiner Meinung nach viel eher ›was‹ heißen. Diesmal warf ich einen hastigen Blick zur Menge, zog die Schultern hoch. Wir boten ein wunderbares Schauspiel. Im Käfig gingen gerade zwei neue Kämpfer aufeinander los. Cris stand noch immer vor mir; hielt seinen Bruder nach wie vor am Arm fest. Wie leicht wäre es gewesen, einfach zwischen all den Menschen zu verschwinden. Aber ich hatte es Cris versprochen. Und *er* würde nicht davor zurückschrecken, ein Blutbad anzurichten, um mich zurückzubekommen. Nicht hier. Nicht jetzt.

Er verzog nur abfällig den Mund.

Einen Moment lang sah der Mann von ihm zu der Uhr in seiner Hand und zurück. Dann machte er uns mit einem abfälligen Laut Platz. »Verpiss dich, ehe ich es mir anders überlege! Und lass dich nie wieder bei einem meiner Kämpfe blicken.« Er nickte seinen Bodyguards zu.

Auch wenn *seine* Lippen sich noch ein gutes Stück mehr verzogen, sagte er nichts, sondern schüttelte Cris' Griff ab, langte an ihm vorbei nach mir, zog mich wie zuvor hinter sich her. Ich ließ es zu, auch wenn meine Lungen sich abermals ein Stück weit zusammenkrampften und jeden Atemzug mühsam machten.

Wir passierten das Stahlrohrgerippe des Baugerüsts, tauchten in die Dunkelheit dahinter. Das Stimmengewirr und das Gejohle blieben hinter uns zurück. Dann waren wir im Freien. Ich versuchte, in der kühleren Nachtluft tiefer zu atmen.

Endlich waren wir auch an dem Gittertor und dem Kerl

dort vorbei. Ich hatte Cris versprochen, nicht davonzulaufen. Wieder und wieder musste ich es in meinem Kopf wiederholen. Nicht, dass *er* meine Hand losgelassen hatte. Ich stolperte hinter ihm her, stemmte mich ein ums andere Mal gegen seinen Griff, verlangte keuchend: »Langsamer!«, und wurde einfach nur weiter gezerrt. Nebenstraßen hinunter, um Ecken und durch unbeleuchtete Durchgänge. In die entgegengesetzte Richtung, in der Cris' Porsche stand.

»Joaquín, warte!« Cris war die ganze Zeit neben mir gewesen.

Ohne Vorwarnung fuhr er zu seinem Bruder herum. Taumelnd kam ich ebenfalls zum Stehen, wich zurück, soweit es *sein* Griff erlaubte.

»Warum seid ihr hier?«, wollte *er* heftig wissen. »Warum seid ihr nicht auf Santa Reyada? Was sollte das?«

»Joaquín, ich ...«

Seine unwillige Geste schnitt Cris das Wort ab. »Vergiss es! Es hätte mir klar sein müssen, dass ich mich nicht auf dich verlassen kann. Wie immer. Vergiss, dass ich gefragt habe.« Er drehte sich um, ging einfach weiter; mich nach wie vor im Schlepp. Cris fluchte, kam uns nach.

»Lass mich dir wenigstens erklären ...«

Wir bogen um die nächste Ecke. Direkt dahinter wartete die mitternachtsblau-metallicfarbene Viper, die ich in der Garage gesehen hatte, unter einer Straßenlaterne. Das Licht spiegelte sich im Lack. Erst jetzt gab *er* mich frei – mit einem unmissverständlichen Schubs in Richtung des Wagens. Ich machte zwei Schritte und blieb stehen, sah *ihm* dabei zu, wie er in den Beutel griff, den Autoschlüssel daraus hervorholte. Die Zentralverriegelung blinkte auf, während die Alarmanlage zugleich ein kurzes Quaken von sich gab.

»Joaquín, jetzt hör doch …«

Er trat an mir vorbei, hielt mir die Beifahrertür auf, während er zugleich seine Brieftasche – ebenfalls aus den Tiefen des Beutels – in die Gesäßtasche seiner Jeans schob. »Steig ein! Schnall dich an!« Sehnsüchtig huschte mein Blick die Straße hinunter. Er sah mich an, als habe er meine Gedanken gelesen, als ich mich dann der Viper zuwandte. Stumm glitt ich ins Innere. Tastete nach dem Gurt. Und ließ die Hand wieder sinken. Nein. Wenn ich mich anschnallte, konnte ich ihm nicht mehr entkommen. Schon jetzt waren meine Handflächen schweißnass bei dem Gedanken, mit *ihm* … allein im Auto …

»Joaquín …«

Wie zuvor fuhr er abrupt zu Cris herum. »Ich will nichts hören! Deine ewigen Ausflüchte stehen mir bis hier.« Seine flache Hand schnitt knapp vor seinem Kinn waagrecht durch die Luft. Die andere umkrallte den Türholm. »Wenn es nicht zu riskant wäre, würde ich sagen, ich will dich in nächster Zeit nicht auf Santa Reyada sehen, aber so, wie die Dinge liegen, habe ich keine andere Wahl.«

Cris' Kiefer fiel herab. Er starrte seinen Bruder an. Der schüttelte den Kopf. Es wirkte beinah … angewidert. »Du kennst den Weg nach Hause. Spätestens in zwei Stunden bist du wieder auf Santa Reyada.« Nur ein Idiot hätte seine Worte nicht als das verstanden, was sie waren: Befehle! Cris ballte die Hände an den Seiten zu Fäusten, schwieg aber. Und drehte sich nach einem Moment noch immer wortlos um und marschierte davon, zurück in die Richtung, in der sein Porsche stand.

Er schloss meine Tür, ging um die Schnauze der Viper herum, stieg ebenfalls ein und knallte seine Tür zu. Wenn ich gekonnt hätte, hätte ich mich in den Spalt zwischen der Tür auf meiner Seite und meinem Sitz verkrochen. Doch er beachtete mich gar nicht. Stattdessen zog er einen von Schlieren durchzogenen, milchig verfärbten Kristall, ungefähr so lang und dick wie mein kleiner Finger, aus dem Stoffbeutel und das schwarze Kreuz, das ich gestern Morgen schon auf seiner Brust gesehen hatte. Der Kristall verschwand in seiner Hosentasche, das Kreuz legte er um. Erst mit etwas Verspätung erkannte ich es: Rosa hatte es auf dem Porträt getragen.

Als Letztes kam ein Medikamentenfläschchen aus braunem Glas zum Vorschein. Sein Blick ging zu mir. Mit harten Bewegungen schüttelte er zwei der weißen Tabletten heraus, schluckte sie trocken, schob das Fläschchen auch wieder in die Hosentasche. Zitterte seine Hand?

Der Beutel segelte achtlos hinter seinen Sitz.

Gleich darauf folgten die Bandagen von seinen Händen.

Als er den Schlüssel ins Zündschloss steckte und den Motor startete, sah er wieder stur nach vorne. Auch als er anfuhr, aus der verlassenen Gasse, in der er die Viper geparkt hatte, in eine nur wenig befahrene Seitenstraße einbog, änderte sich nichts an seiner Haltung. Ich drückte mich tiefer in meine Ecke. Versuchte, möglichst ruhig zu atmen – ich hatte schon Mühe, es überhaupt zu tun.

Die nächste Abzweigung. Wir hielten auf eine Kreuzung zu. Die Ampel stand auf Grün. Ein Teil von mir hoffte, sie würde auf Rot umspringen. Sie tat mir den Gefallen nicht.

Wieder eine Kreuzung. Es ging nach rechts. Vorbei an einer kleinen Mall, die noch immer hell erleuchtet war; einem Kino; ein paar Meter weiter ein Diner, am Tresen saßen noch mehrere Männer.

Er bog auf die Straße ein, die aus der Stadt herausführte. Nur wenige Wagen kamen uns hier entgegen. Kein Wunder, immerhin war es schon fast Mitternacht. Dann hatten wir auch die letzten Häuser hinter uns gelassen.

Draußen huschten Felsen und Büsche vorbei, die, wusste der Himmel wie, in der Hitze gedeihen konnten. Immer wieder ging sein Blick in den Rückspiegel. Wartete er auf Cris' Porsche?

»Was sollte das?« Ich schrak zusammen, als er unvermittelt doch sprach. »Warum hat er dich hierhergebracht? Wessen Idee war das? Seine? Deine? Wie kann er nur so verantwortungslos sein?« Er schüttelte den Kopf, stieß ein Schnauben aus. »Wie kann ich nur etwas anderes von ihm erwarten? Inzwischen müsste ich es doch besser wissen.«

Ich musste mehrmals schlucken, bevor mein Mund nicht mehr zu trocken zum Sprechen war. »Cris hat sich Sorgen gemacht!«, brachte ich endlich schwach hervor. Im Seitenspiegel sah ich den Schein eines weiteren Scheinwerferpaares hinter uns näher kommen.

»Sorgen? Cris?« Sein hartes Lachen war eher ein Knurren. »Wenn du ihn in Schutz nimmst, okay; aber lüg mich nicht an. Cris macht sich um niemanden Sorgen. Nur um sich.«

»Ich lüge nicht! Er wollte …«

»Was? Dir die Bestie im Käfig zeigen? Das hat ja wunderbar geklappt. Hast du gesehen, was du sehen wolltest? Dann weißt du ja jetzt endlich, was ich für ein Monster bin. Jede Nacht. Und inzwischen immer mehr auch bei Tag. Zufrieden?« Er versetzte dem Lenkrad einen wütenden Schlag. »Hat er auch nur eine Sekunde daran gedacht, dass das Ganze gefährlich werden könnte? Keiner von euch beiden hatte da etwas verloren. Keiner! Er nicht und du schon gar nicht!«

»Warum nicht? Du warst doch auch da.« Vielleicht war

es dumm, ihm zu widersprechen und ihn noch mehr zu reizen: Aber ich würde mich von niemandem Lügnerin nennen lassen!

»Ja, klar. Ich war aber auch nicht zum ersten Mal dort. Inzwischen kenne ich die Typen. Und ich habe einen gewissen Ruf.« Er zischte. »Leonard hat die Finger in allem, was illegal ist. Mit ihm legt man sich nicht an. Auch ich nicht. Zumindest nicht, wenn Zeugen dabei sind. Ich muss die Hermandad nicht am Hals haben. Und den Ordre auch nicht. Nicht wegen diesem Bastard. Nicht noch mehr, als ich sie ohnehin schon am Hals habe.« Wieder drosch er die Handfläche gegen das Lenkrad. »Wenn es um Geld geht, ist Leonard jenseits von humorlos. Vor allem wenn es sein eigenes ist. Ich wusste, dass er diesmal einiges auf mich gesetzt hat.«

»Warum hast du dann aufgegeben?«

Er sah mich an, biss die Zähne zusammen, schüttelte den Kopf, sah wieder auf die Straße.

»Warum hast du aufgegeben, wenn es so gefährlich war?«

»Vergiss es!«

»Warum hast du aufgegeben?«

»Weil ich ein Idiot bin. Darum. – Und jetzt vergiss es!«

Ich schwieg, sah aus dem Fenster. »Es tut mir leid, wegen der Uhr«, sagte ich irgendwann leise.

Er schnaubte hart. »Die Uhr interessiert mich nicht. Meinetwegen hätte sie zehn Mal so viel wert sein können. Solange ich nur euch beide da rausbekommen habe. – Aber Leonard wird herausfinden wollen, wie jemand wie *ich* an eine Patek Philippe kommt.« Seine Hände öffneten und schlossen sich immer wieder um das Lenkrad. »Wie gesagt: Vergiss es! Das soll mein Problem sein, nicht deines.«

Glaubte er tatsächlich, er konnte mich damit abfertigen wie ein kleines Kind? »Wenn das so ein Problem ist: Warum hast du ihn dann nicht einfach mit Hexerei dazu gebracht, uns gehen zu lassen?« Diesmal klang meine Stimme scharf – schärfer, als ich eigentlich beabsichtigt hatte. Ich hielt unwillkürlich den Atem an. Zu spät. Der Ärger kehrte unübersehbar in seine Haltung zurück.

»Aus zwei Gründen. Erstens: Es gab zu viele Zeugen. Und zweitens: Ich bin nicht gut darin, den Geist von Menschen zu manipulieren. – Für Cris wäre das kein Problem gewesen, aber ich ... No.«

»Was haben die Zeugen damit zu tun?« Er? Nicht gut in irgendetwas, das mit Hexerei zu tun hatte? Cris sollte besser sein? Cris, der von sich selbst sagte, seine Fähigkeiten würden gerade ausreichen, um eine Kerze anzuzünden? Es fiel mir schwer, das zu glauben. »Sie waren viel zu weit weg, um ...«

»Nicht weit genug. Und Leonard ist dafür bekannt, dass er nichts aus reiner Menschenliebe tut. Er hätte uns niemals ›einfach so‹ gehen lassen. Außerdem vergisst du seine beiden Schläger. – No, eine falsche Frage von irgendjemandem und Leonard wäre aufgefallen, dass da etwas nicht gestimmt hat.« Sein Ton war nicht minder scharf als meiner zuvor. Ich drückte mich ein wenig tiefer in meinen Sitz. Er warf mir einen kurzen Seitenblick zu. Undeutbar. »Nicht alles lässt sich mit Magie lösen, Lucinda. Wenn dem so wäre, wären einige Dinge deutlich anders gelaufen, als sie es sind. – Lass es einfach gut sein.« Erneut sah er in den Rückspiegel. Die Scheinwerfer waren jetzt beinah direkt hinter uns. Fast schon zu nah. War das Cris? Ich war mir nicht sicher. Warum fuhr er so dicht auf? *Er* runzelte zumindest die Stirn. Blickte ein weiteres Mal in den Rückspiegel. Angestrengter diesmal. In dem Moment, in dem ich mich umdrehte, um mehr als nur dunkle Umrisse erkennen zu können, scherte der Fahrer hinter uns aus und kam auf gleiche Höhe.

Überrascht beugte ich mich ein kleines Stück vor, um an *ihm* vorbeischauen zu können. War das nicht derselbe Wagen, der uns zuvor auf der Ausfallstraße entgegengekommen war? Wie viele Sportwagen mit einer beinah neongrünen Farbe gab es hier in der Gegend?

Er fluchte neben mir. »Max! Warum hat er den Honda –?«

Der andere Fahrer riss das Lenkrad herum. Krachend stieß sein Wagen gegen die Viper. Drängte uns zur Seite. Ich prallte mit der Schulter gegen die Tür, klammerte mich erschrocken am Griff fest. Mit einem Knurren hielt *er* dagegen. Metall kreischte. Jenseits der Straße huschten im Scheinwerferlicht gespenstisch fahl nackte Erde und Geröll vorbei, Felsen und Büsche.

Abrupt rückte der andere Sportwagen von uns ab. Die Viper schlingerte, röhrte, machte einen Satz, als *er* das Gaspedal bis zum Anschlag durchtrat, schob sich mit der Schnauze vor. Auch der Motor des anderen Wagens jaulte auf, zog erneut auf gleiche Höhe. Wieder riss der Fahrer, Max, das Lenkrad herum, drückte sein Auto gegen unseres. Auf Spanisch fluchend hielt *er* abermals dagegen, konnte gerade noch verhindern, dass wir mehr als nur Sekundenbruchteile mit zwei Rädern von der Fahrbahn abkamen. Wieder schlingerte die Viper, als der andere seinen Wagen abermals jäh auf die andere Seite riss.

Sein Blick zuckte zu mir. »Halt dich …«, er brach ab, zischte. »¡Maldita sea! Warum bist du nicht …? Schnall dich an! Schnell!«

Ich fummelte am Gurt. Max' Wagen krachte erneut gegen

die Viper. Steine spritzten unter den Reifen davon. Ein harter Schlag. Wieder ein Fluch. Nur aus dem Augenwinkel sah ich, wie *er* nach mir griff. Ohne nachzudenken, riss ich die Hand weg. In der gleichen Sekunde war der Felsen vor uns. Und dann überschlugen wir uns.

13

Tu das nicht, Luz! Wage es nicht! Hörst du? Wage es ja nicht! Halt durch! Wir sind gleich da. Hörst du, Luz? Alles wird gut.«

»Was zum … leg sie hierher. – Lucinda? Lucinda, Liebes, kannst du mich hören?«

»Tu was! Hilf ihr!«

»Lucinda? Hörst du mich? Antworte mir!«

»Verschwinde endlich! Du hast für sie getan, was du konntest! – Ich kann dich hier nicht mehr gebrauchen!«

»Warte um Gottes willen draußen! Du machst mich wahnsinnig! – Cris, schaff mir deinen Bruder vom Hals!«

Da war Schmerz. Und doch wieder nicht. Ich hatte das Gefühl, dass mir der Kopf wehtat, der Rücken und die ganze rechte Seite. Aber zugleich war da einfach nur eine träge, fast angenehme Schwere. Ich spürte die Sonne durch meine geschlossenen Lider. Warm. Ich seufzte leise.

»Sieh an, wer da wach wird. – Hoffentlich hört dein Liebster dann jetzt endlich auf, Furchen in meinen Teppich zu laufen«, sagte jemand neben mir. Die Stimme kam mir vage bekannt vor, weich, freundlich. Dennoch öffnete ich hastig die Augen und wandte den Kopf. Ein scharfer, dünner Stich fuhr meinen Nacken hinauf. Keuchend holte ich Luft. Jetzt meldete sich auch meine Seite mit einem unangenehmen Druck.

»Ganz langsam. Alles ist in Ordnung.« Dieselbe Stimme. Ein Mann beugte sich über mich. Dunkles Haar. Dunkle Augen. »Aber wer sich bei über hundertachtzig Meilen die Stunde in einer Viper überschlägt – ohne angeschnallt zu sein –«, er schnalzte tadelnd mit der Zunge, »der sollte es etwas entspannt angehen lassen, meinst du nicht auch?« Seine Hand lag auf meiner Schulter, als wolle er verhindern, dass ich mich aufsetzte. »Ich bin Fernán. Bei unseren bisherigen Zusammentreffen warst du jedes Mal ein bisschen … sagen wir: nicht ganz da, aber vielleicht erinnerst du dich ja trotzdem an mich?«

Fernán. Ja, natürlich. Der Arzt, den sie schon zwei Mal für mich gerufen hatten. An seinen Schläfen schimmerten die ersten silbernen Fäden, obwohl er nicht viel älter als *er* sein konnte. Wenn überhaupt.

Vorsichtig wagte ich ein Nicken. Außer einem schwachen Ziehen war da nichts. Vielleicht schaffte ich es ja, mich aufzusetzen? Ein wenig umständlich stemmte ich mich auf die Ellbogen. Um endgültig in die Senkrechte zu kommen, brauchte ich dann aber doch Fernáns Hilfe. Ich trug ein Nachthemd. Es fühlte sich an wie Seide. Allerdings besaß ich keine Nachthemden. Nur übergroße T-Shirts.

»Was ist passiert?«

Möglichst unauffällig sah ich mich um. Ich lag in etwas, das ein Krankenhausbett sein mochte – allerdings in einer ziemlich teuren Privatklinik. Durch ein hohes Fenster flutete Sonnenlicht in den Raum. Gegenüber dem Fußende des Bettes hing ein Ölgemälde in allen nur erdenklichen Ockertönen an einer sandfarben gestrichenen Wand. In der Luft lag der Duft von Zitronen und Orangen … Und trotzdem brachen die Bilder für einen Moment aus meiner Erinnerung: der Geruch von Desinfektionsmitteln; weiße, nackte Wände; Drahtgitter vor den Fenstern; verschlossene Türen – stets verschlossene Türen … Mein Blick zuckte zur Seite. Hinter Fernán stand die Tür sperrangelweit offen … Ich würde aus dem Zimmer gehen können, wann immer ich wollte.

»Alles in Ordnung, Lucinda?« Fernáns Griff an meiner Schulter veränderte sich. Er beugte sich ein wenig vor, musterte mich, packte zugleich mein Handgelenk, drückte die Fingerspitzen gegen die Innenseite. Erst da wurde mir bewusst, dass mein Atem sich in ein hastiges Keuchen verwandelt, ich die Fäuste in die Bettdecke gekrallt hatte.

Ich löste sie mühsam, nickte erneut, brachte irgendwie ein Lächeln zustande. »Ja.« Auch meine Atemzüge beruhigten sich wieder. »Was ist passiert?« Ich hatte die Frage kaum ausgesprochen, als ich mich wieder erinnerte: der andere Wagen. *Er* hatte nach mir gegriffen und wir hatten uns überschlagen.

Fernáns Blick war noch immer prüfend, auch wenn er die Hand fortnahm und sich wieder aufrichtete. »Einer von Joaquíns besonderen ›Freunden‹ hat wohl versucht, eine Rechnung mit ihm zu begleichen, und euch von der Straße abgedrängt. Ihr habt euch überschlagen. Mehrfach. Cris war nur kurz hinter euch. Zum Glück. Sie haben dich zu mir gebracht anstatt in das nächste Krankenhaus. Was vermutlich tatsächlich das Beste war. Ganz abgesehen davon, dass ich hier ein paar andere … Möglichkeiten hatte, wären sie niemals mit Joaquín fertiggeworden. Und hätten niemals eine Direkttransfusion von ihm zu dir in Erwägung gezogen.«

Sie hatten … Oh mein Gott, bitte, nein! Der Laut, der aus meiner Kehle kam, war beinah ein Wimmern.

Mein Entsetzen war ihm nicht entgangen. Womit ich niemals gerechnet hätte, war die Art, wie er mich plötzlich ansah. Hart und unwillig. »Ich will dir nichts vormachen, Lucinda, als Joaquín dich auf meinen Tisch gelegt hat, habe ich mir ernsthafte Sorgen um dich gemacht. Dass du nach nur einem Tag wieder hier sitzt und es dir so gut geht, dass ich dich nach Hause lassen kann, hast du nur ihm und seinem Blut zu verdanken.« Er stand von seinem Stuhl auf. »Was auch immer da zwischen euch schiefläuft, geht mich nichts an. Und ja, wir hätten dich fragen müssen, ob du einverstanden bist, aber du warst nun mal nicht wirklich bei Bewusstsein. Und ja, Joaquín mag in letzter Zeit schwierig sein. – Aber im Moment muss dir eines klar sein: Sein Blut ist dafür verantwortlich, dass du nicht immer noch auf irgendeiner Intensivstation liegst.« Sichtlich verständnislos schüttelte er den Kopf. »Warum zum Teufel hast du nicht zugelassen, dass er dich anfasst? – Nach allem, was ich aus ihm rausbekommen habe und was Cris mir erzählt hat … Die Viper ist Schrott.«

Ich drückte die Hände auf die Bettdecke. »Hätte es etwas geändert?«

Fernán starrte mich an. »Etwas geändert?«, wiederholte er dann. Fassungslosigkeit sprach aus seinem Ton. »Es hätte verhindert, dass du auch nur einen Kratzer abbekommen hättest.«

Jetzt starrte *ich ihn* an.

Er ließ ein abfälliges Schnalzen hören. »Hexerei, Liebling. Ohne Siegel. Ziemlich mächtige. Allerdings braucht es für diesen Zauber Hautkontakt.«

Ich brachte keinen Laut heraus. *Er* hatte versucht …? Natürlich. Er brauchte mich lebend. Ich krallte die Finger fester in die Bettdecke.

»Wie viel … wie viel von seinem Blut …?« Ich verstummte, machte eine fragende Handbewegung.

»So viel du gebraucht hast. Das Blut eines Hexers der Hermandad ist nichts, womit ich herumspiele. Außerdem hat Cris mir von deiner Reaktion erzählt, als er dir gesagt hat, dass wir dir schon einmal etwas von Joaquíns Blut gegeben haben.«

Cris, der irgendwo in einem anderen Zimmer wartete und sich Sorgen um mich machte. »Wiev-«

»Nicht viel. Ein paar Hundert Milliliter. – Keine Angst, ich handle nicht mehr gegen den Willen meiner Patienten, als ich unbedingt muss.« Fernán richtete sich wieder auf und trat zurück. »Und nachdem es dir gut genug geht, dass ich dich nach Hause gehen lassen kann, solltest du versuchen aufzustehen.«

Ich brauchte einen Augenblick, bis ich begriff, was er von mir wollte. Verwirrt blinzelte ich. »Wollen Sie mich denn nicht noch einmal untersuchen?«

»Das habe ich bereits getan. Ich habe nur noch darauf gewartet, dass du aufwachst. Und außerdem: Denkst du tatsächlich, Joaquín hätte dich zu mir gebracht, wenn ich ›nur‹ ein einfacher Arzt wäre?«

Die Antwort war eindeutig: nein. – Aber er fühlte sich nicht wie einer von *ihnen* an.

»Es wird sich anfühlen, als hättest du mit den Nachwirkungen einer leichten Gehirnerschütterung zu tun und als wären deine Rippen geprellt. – Lass es in den nächsten Tagen ruhig angehen. Keine Kraftanstrengungen. Faul in der Sonne liegen. Dich verwöhnen lassen.«

»Sie sind nicht wie … wie …« Ich verstummte hilflos.

»Joaquín? Cristóbal? – Oder Rogier?« Er nahm etwas vom Fußende des Bettes. Ein Kleid. In weichen, ineinanderfließenden Grüntönen. »Nein. Außer dass ich so etwas wie der Familienarzt der de Alvaros bin und in San Isandro lebe, habe ich mit der Hermandad nichts zu tun. Sieht man einmal davon ab, dass ich mit einer Sanguaíera verheiratet bin.«

Hatte er nicht behauptet, nicht ›nur‹ ein einfacher Arzt zu sein? Unwillkürlich runzelte ich die Stirn. Es entging ihm nicht. Einen Moment zögerte er. »Ich war ein Heiler des Ordre des Sorciers, Lucinda«, erklärte er mir dann.

Der Ordre des Sorciers? Aber Tante María hatte immer gesagt … Ursprünglich hatten alle Hexer zum Ordre des Sorciers gehört. Bis einige sich von ihm losgesagt und dem Teufel zugewandt hatten: die Hexer der Hermandad. Seitdem begegneten sich die Hexer der Hermandad und die des Ordre des Sorciers mit … Misstrauen – bestenfalls. »Wie …?« Wie konnte es da sein, dass ein Heiler des Ordre mit einer Blutbraut der Hermandad verheiratet war? Ich biss mir zu spät auf die Zunge.

»Wie das geht? – Liebe, Lucinda. Liebe und eine gute Portion Hartnäckigkeit. Und noch mehr Glück.« Er legte das Kleid auf den Stuhl und streckte mir beide Hände hin. »Wenn ich darf, würde ich dir gerne als dein Arzt beim Aufstehen behilflich sein. Nur um sicherzustellen, dass dir nicht schwindlig wird.« Mit einem schnellen, irgendwie unwilligen Blick schaute er zur Tür, dann hatte ich wieder seine ungeteilte Aufmerksamkeit. »Während du dich anziehst, rette ich meinen Teppich. – Wollen wir es versuchen?«

Ich zögerte, sah auf seine Hände. Das Nachthemd hing irgendwo um meine Knie zusammengebauscht. Wie weit würde es noch hochrutschen, wenn ich die Beine über den Bettrand schob?

Fernán ließ die Arme sinken und wandte mir den Rücken zu. »Sag Bescheid, wenn du so weit bist.«

Mir schoss das Blut in die Wangen.

Es fühlte sich tatsächlich an, als seien meine Rippen geprellt, als ich endlich auf der Bettkante saß, die Füße in der Luft baumelnd, die Decke noch immer über dem Schoß. Fernán drehte sich um, ohne dass ich etwas sagen musste. Abermals streckte er mir die Hände hin. Ihr Griff war kühl und fest und sicher.

Vorsichtig rutschte ich endgültig vom Bett. Sekundenlang schien der Boden seltsam weich unter mir und in meinem Kopf meldete sich ein dünnes Ziehen, doch nach einem weiteren Moment fühlte ich mich sicher genug, um meine Hände aus Fernáns zu lösen. Er ließ es zu, behielt mich aber weiter wachsam im Blick, während er das Kleid vom Stuhl nahm und es mir hinhielt.

»Meine Frau ist zwar etwas größer als du, aber ansonsten sollte es passen.«

Ich konnte mich nicht daran erinnern, wann ich zum letzten Mal ein Kleid getragen hatte. Noch nicht einmal einen Rock besaß ich. Der Stoff floss weich von seiner Hand. Wie die unterschiedlichen Grüns ineinanderspielten, gefiel mir.

Nach einem letzten Zögern nahm ich es ihm ab. »Was ist mit meinen eigenen Sachen?«

»Die waren voller Blut. Soledad hat sie verbrannt.« Sein Ton war plötzlich seltsam … kühl, professionell-distanziert, so als gäbe es da das ein oder andere Detail, von dem er mir nichts erzählen wollte.

Ich sah von dem Kleid auf. Hatte es tatsächlich so schlecht um mich gestanden? Nun, immerhin hatte ich in einem Auto gesessen, das sich bei mehr als dreihundert Stundenkilometern überschlagen hatte. Ohne angeschnallt zu sein. »Wie schwer war ich wirklich verletzt?«

Fernán verzog den Mund. Einen Moment schien er zu überlegen, was er mir sagen sollte – und vor allem: wie viel –, bevor er dann antwortete: »Du hattest eine schwere Gehirnerschütterung. Quetschungen und Abschürfungen überall. Mehrere Rippen auf der rechten Seite waren gebrochen. Dazu noch ein paar innere Verletzungen.« Er neigte den Kopf, musterte mich noch einmal eingehend, nickte zu dem Kleid hin. »Ich denke, du wirst keine Hilfe brauchen, oder? Ansonsten kann ich Soledad bitten …«

»Nein«, unterbrach ich ihn schnell. »Ich schaffe das allein.«

Abermals glitt sein Blick über mich, doch dann nickte er erneut. »Gut. Wenn du fertig bist, komm ins Besucherzimmer. Den Gang entlang, die letzte Tür auf dieser Seite. – Aber falls dir schwindlig wird, du dich sonst irgendwie plötzlich nicht wohlfühlst oder dir etwas wehtut: Schrei.«

»In Ordnung.«

»Versprochen?«

Die Art, wie er mich ansah, entlockte mir ein Lächeln. »Versprochen.«

Offenbar zufrieden, ließ er mich allein. Vorsichtig und zugleich ein wenig ungelenk zog ich das Nachthemd über den Kopf und legte es hinter mich aufs Bett. Dann schaute ich an mir hinunter. Ich mochte mich steif fühlen und noch immer nicht wirklich sicher sein, ob mir jetzt etwas wehtat oder nicht, Fakt war: Ich konnte keine Spuren eines Unfalls an mir entdecken. Zumindest nicht auf den ersten Blick. Langsam streifte ich das Kleid über. Etwas steckte in der Tasche. Verwirrt schob ich die Hand hinein. Und förderte ein Bündel Geldscheine daraus hervor … Ich erstarrte. Mein letzter Lohn. Ich hatte ihn vollkommen vergessen! Fernán oder seine Frau mussten ihn in meiner Hose gefunden haben … Mit einem tiefen Atemzug schob ich das Geld in die Tasche zurück. Dem Himmel sei Dank!

Unter dem Stuhl standen ein paar flache Sandalen. Sie passten ebenso gut wie das Kleid. Allerdings musste ich mich hinsetzen, um sie anzuziehen.

Der Gang, an dem das Besucherzimmer lag, hätte auch zu einem normalen Wohnhaus gehören können. Die Wände waren in einem warmen Sonnengelb gestrichen. Die dunkleren Schwammtupfer darauf wirkten wie übergroße Blumen. An seinem Ende öffnete sich eine Glastür ins Freie, hinter der in ein paar Meter Entfernung eine sauber gestutzte grüne Hecke gegen den Himmel wuchs. In regelmäßigen Abständen standen Türen offen; zwei weitere Krankenzimmer und ein Behandlungsraum. Alle leer. Offenbar war ich die einzige Patientin.

Ich bog um die Ecke. Und blieb noch im Türrahmen stehen. Nicht Cris, *er* wartete auf mich: Joaquín. Joaquín, der sich im selben Moment zu mir umgedreht hatte, als ich in der Tür aufgetaucht war. Joaquín, der tiefe Ringe unter den Augen hatte; Augen, die trotz der zugezogenen Vorhänge noch heller zu sein schienen als gestern – nein, vorgestern. Dessen Haltung angespannt, ja beinah verkrampft wirkte. Der mich mit einem Blick ansah, in dem ich vor allem zwei Dinge zu erkennen glaubte: Hunger. Und Erleichterung. Seine Handgelenke waren bandagiert, als hätte er versucht, sich die Pulsadern aufzuschneiden. An seiner Lippe hing noch immer Schorf. Ebenso in seiner Braue. Die Haut an seiner Schläfe schillerte dunkelviolett …

Sekundenlang sagte niemand etwas.

Warum war Cris nicht hier?

Warum war ich so fest davon überzeugt gewesen, *dass* er hier sein würde? – Weil Fernán gesagt hatte, mein *Liebster* würde Furchen in seinen Teppich laufen.

Auch Fernán hatte sich umgedreht. »Bitte sehr: Es geht ihr soweit gut. Glaubst du mir jetzt? Solange sie in den nächsten Tagen keine Gewichte stemmt oder auf Santa Reyada einen Großputz vornimmt, ist alles in allerbester Ordnung.«

Joaquín schaffte es, ihm einen schnellen Blick zuzuwerfen und mich dabei gleichzeitig nicht aus den Augen zu lassen. Dann neigte er in einer abgehackten Bewegung den Kopf. Gehörten die Sachen, die er trug, tatsächlich ihm? Sie sahen eher nach Fernán aus. War er die ganze Zeit hier gewesen?

»Hernan wartet draußen mit dem Wagen. Nachdem Fernán dich nicht mehr länger hierbehalten will …« Seine Stimme klang rau, splittrig. »Können wir fahren?«

Unsicher schaute ich einen Moment lang von ihm zu Fernán und zurück. Schließlich nickte ich.

Wortlos erwiderte er mein Nicken, schob sich an mir vorbei. In einem weiten Bogen. Ließ mir Abstand. Vielleicht brauchte er ihn aber auch selbst. Ich trat beiseite, gab den Weg zur Tür frei. Er erwartete gar nicht, dass ich vor ihm herging. Fernán sah mich an. Seine Miene verriet seine Missbilligung. Ich sagte nichts, legte die Arme um mich selbst und folgte Joaquín den Gang entlang, um eine Ecke und zur Eingangstür.

Noch immer schweigend öffnete er sie. Die graue Limousine,

die Rafael und mich damals an dem kleinen Flugfeld erwartet hatte, stand davor auf einer sauber geharkten Einfahrt.

Auch jetzt wollte Joaquín vorangehen, doch kaum trat er in die Sonne, zuckte er wieder zurück, taumelte und presste sich plötzlich schwer atmend gegen die Wand, dort, wo der Schatten der Tür am tiefsten war. Schmerz stand auf seinem Gesicht. Im nächsten Moment biss er die Zähne zusammen und stieß sich wieder von der Mauer ab. Fernán hielt ihn am Arm fest, drängte ihn rau zurück in den Schatten, während er mir gleichzeitig mit einem ungeduldigen Laut zu verstehen gab, weiterzugehen. Ich gehorchte stumm.

»Du musst trinken.«

»Ich komme klar.«

In meinem Inneren saß ein Zittern, während ich die beiden Stufen vom Eingang hinunterging.

»Joaquín, das war kein Scherz. Du musst trinken! Jetzt. Lass Hernan sie nach Hause bringen und komm …«

Der ältere Mann – Hernan – öffnete mir mit einer Verbeugung und einem gemurmelten »Sanguaíera« die hintere Tür, als ich das Auto erreichte.

»Nicht bei Tag, Fernán. Niemals bei Tag. Du kennst den Preis. Ich komme klar. Irgendwie.«

Ich stieg ein, tat so, als hätte ich nichts bemerkt. Meine Brust war wieder einmal eng. Sie zog sich noch mehr zusammen, als Joaquín sich gleich darauf ebenfalls hereinduckte. Hastig. Der Fahrer schlug die Tür hinter ihm zu, während ich noch ans andere Ende der Rückbank rutschte. Joaquín lehnte sich in die gegenüberliegende Ecke, schloss sekundenlang wie gequält die Augen, ehe er mich wieder ansah. Sein Blick verriet, dass er wusste, dass ich ihn und Fernán gehört hatte.

»Ich werde dir nichts tun, Lucinda«, sagte er nach einem weiteren Moment sehr leise. »Ich schwöre es.«

Ich nickte und löste überrascht den Blick von ihm, als die Trennscheibe unvermittelt beinah lautlos ein Stück herabglitt. Der Fahrer sah *ihn* im Rückspiegel an.

»Alles in Ordnung, Patron?«, erkundigte er sich besorgt.

»Alles in Ordnung, Hernan.« Joaquíns Lächeln war gezwungen. Glaubte *er* tatsächlich, der Mann würde es nicht merken? »Bring uns nach Hause. Und dann brauche ich dich für heute nicht mehr.«

Für einen Moment musste Hernan seine Aufmerksamkeit auf die Straße richten, doch dann kehrte sein Blick in den Spiegel und zu *ihm* zurück.

»No, Patron. Ich fahre Sie heute Nacht.«

»Das ist nicht …«

»Ich fahre Sie heute Nacht, Patron. Und wenn Sie nicht mit mir fahren wollen, folge ich Ihnen eben«, sein Tonfall ließ keinen Widerspruch zu.

Der Mann musste lebensmüde sein, so mit *ihm* zu reden. Unwillkürlich spannte ich mich an, wartete auf den Wutausbruch.

Er kam nicht.

Stattdessen nickte *er* nach einem Augenblick schweigend.

Und trotzdem versteifte ich mich noch ein wenig mehr, als er dann zu mir hersah.

»Ich lasse dich nur ungern auf Santa Reyada allein, aber da ich annehme, dass du deine Meinung nach wie vor nicht geändert hast …«, er machte eine vage Geste zu seinem Hals hin. Mit einem hastigen Kopfschütteln wich ich ein Stück weiter in meine Ecke zurück. »… habe ich keine andere Wahl. – Vielleicht ist Cris inzwischen auch wieder zurück, dann«, etwas in seinem Gesicht veränderte sich, wurde hart, maskenhaft, »dann kann er dir Gesellschaft leisten. – Du kannst dich im Haus selbst frei bewegen, aber ich bitte dich, es nicht zu verlassen. Das würde die Siegel wecken, die ich um es legen werde, ehe ich dich allein lasse.«

»Ich verstehe.« Ich war eine Gefangene in einem goldenen Käfig. Sofern es mir nicht doch noch irgendwie gelang zu entkommen, würden daran nur zwei Dinge etwas ändern: sein Tod. Oder meiner. Die Enge in meiner Brust erlaubte mir nur kurze, flache Atemzüge.

»Es tut mir leid.«

Ich schwieg, sah aus dem Fenster – ohne wirklich etwas zu sehen. Tante María hatte es mir wieder und wieder gesagt.

14

Wir sollten uns nicht so häufig treffen, Junge. Das Risiko …«

»Es gab einen Unfall. Lucinda …«

»Ich weiß. Einer meiner Diener kümmert sich um diesen Max.«

Er konnte sehen, wie der Junge blass wurde, schluckte. »Du …«

Abfällig hob er die Schultern. »Dachtest du tatsächlich, der Bastard bringt …« – meine – »…unsere Pläne in Gefahr und kommt ungeschoren davon?«

»N-nein. Aber woher …«

»… ich das weiß? Lass das meine Sache sein. Sorg du nur weiter dafür, dass das Mädchen auf Santa Reyada bleibt und Joaquín auch in Zukunft nicht an sich heranlässt.«

Der Junge zögerte – für seinen Geschmack einen Sekundenbruchteil zu lang –, bevor er schließlich nickte. »Es bleibt bei unserer Vereinbarung?«

»Natürlich.«

15

Mein Herz klopfte in meiner Kehle, als würde es jede Sekunde herausspringen. Zittrig ließ ich mich auf die samtbespannte Bank vor dem Flügel bei der Treppe in der Halle sinken. Rosa war wieder da und für einen kurzen Moment hatte ich sogar den Eindruck, als würde sie mir beruhigend über die Schulter streichen. Nachdem ich auf Santa Reyada festsaß – und er mir erlaubt hatte, mich im Haus frei zu bewegen –, hatte ich beschlossen, mir mein neues ›Zuhause‹ anzusehen. Allein. Selbst wenn das möglicherweise nicht ganz Fernáns Vorstellung von dem entsprach, was ich nach dem Unfall tun sollte. Wobei: Küche, Frühstückszimmer und Wohnzimmer kannte ich ja bereits. Das übrige Erdgeschoss von Santa Reyada … ein Billardzimmer mit einer beeindruckenden Bar; ein mit dunklem Holz eingerichtetes Arbeitszimmer; eine Art Speisesaal mit einem riesigen Kronleuchter unter der Decke; etwas wie ein kleines Fitnessstudio inklusive Sauna hatte ich bereits erkundet … ohne dass sich meine Rippen oder mein Kopf übermäßig beklagt hätten.

Santa Reyada war groß, weitläufig und auf eine so dezente Art elegant, dass es schon fast ein absolutes Understatement war. Wer auch immer es eingerichtet hatte, hatte eine perfekte Kombination aus dem altmodisch-spanischen Kolonialstil des Hauses und dem rustikal-modernen von Möbeln und Kunstwerken zustande gebracht. Ein solches Zuhause hatte ich in meinen Träumen gehabt. Nun wurde ich gegen meinen Willen hier festgehalten.

Ich holte tief Luft, in der Hoffnung, meinen Herzschlag damit irgendwie ein wenig zu beruhigen … Und dann war ich irgendwann auch in den Keller gegangen … Ich schauderte unwillkürlich. Nein, was den Keller betraf, war die Besichtigung für mich hiermit beendet. Ein für alle Mal. Auch wenn ich nicht über diverse Weinkeller, Vorratskammern und einen Raum, in dem sich etwas wie ein Brunnen oder eine Zisterne befunden hatte, hinausgekommen war. Und auch wenn ich selbst jetzt noch das Gefühl nicht loswurde, dass dieser ›Keller‹ mit seinen teils gemauerten, teils aus nacktem Felsen bestehenden Wänden noch weit über die Abmessungen des eigentlichen Hauses hinausging … Dieser eine Raum hatte mir den Rest gegeben … Keine zehn Pferde würden mich noch einmal da hinunterbringen. Ich schnitt eine Grimasse. Meinetwegen konnte Santa Reyada zehnmal das Haus eines Hexers sein: Plötzlich in einem Raum zu stehen, der ebenso gut ins tiefste Mittelalter gepasst hätte, war dann doch etwas … heftig gewesen. Nein. Ich würde keinen Fuß mehr auf diese alte, ausgetretene Steintreppe nach unten setzen. Nie wieder! – Was nicht bedeutete, dass ich mir den Rest des Hauses nicht noch weiter ansehen würde. Sobald mein Herzschlag sich ein klein wenig beruhigt hatte.

Meine Finger strichen über die geschlossene Tastenklappe. *Taderamtamtam-taderamtamtam-taderam-taderam-taderamtamtam* … Ich hielt in der Bewegung inne, starrte auf den spiegelnden Lack. Dieses schwarze Monstrum von einem Flügel hatte etwas seltsam Vertrautes. Auch hier zu sitzen, war … vertraut. Ich zog die Hand zurück. Cris hatte gesagt, ich hätte hier auf Santa Reyada gelebt. Wie von selbst wanderte mein Blick durch die Halle. Die schweren, dunklen Balken, die die weiß getünchte Decke trugen; die schlicht weiß verputzten Wände; die hellen Steinfliesen mit ihren Teppichen; die eleganten und zugleich irgendwie wieder schlicht-rustikalen Möbel – Tischchen, Truhen – mit ihren glänzenden Oberflächen; die Vasen mit Blumen, die Kerzen in ihren Leuchtern, die unauffällig so platziert waren, dass man sie sofort greifen konnte, sollte einmal der Strom ausfallen ... In der Eingangstür das Mosaik aus buntem Glas, das farbige Lichtflecke auf den Boden warf; das polierte goldene Holz des Treppengeländers und der Stufen in den ersten Stock hinauf, das Gemälde auf dem Absatz ...

Je länger ich hier saß und mich umschaute, umso mehr ... war alles vertraut – und doch wieder fremd. Aber wirklich erinnern? Nein, das konnte ich mich nicht. Entschieden stand ich von der Klavierbank auf. Vielleicht kam meine Erinnerung ja zurück, wenn ich mich weiter im Haus umsah.

Als ich heute Morgen auf der Suche nach einem Kaffee – und vielleicht sogar Frühstück – in die Küche gekommen war, war mir Cris begegnet. Er hatte sich immer wieder dafür entschuldigt, dass er mich mit *ihm* bei Fernán allein gelassen hatte, nicht da gewesen war, um mich während der Rückfahrt vor seinem Bruder zu beschützen. Ein unaufschiebbarer Termin hatte ihn dazu gezwungen. Dabei hatte ich seinen Schutz gar nicht gebraucht. Und er hatte mir angeboten, mir auch das Innere von Santa Reyada zu zeigen, nachdem ich ihm gesagt hatte, dass sein Bruder mir erlaubt hatte, mich innerhalb des Hauses frei zu bewegen. Ich hatte abgelehnt. Vielleicht war ich ungerecht, aber ich hatte ihn nicht dabeihaben wollen. Was er nicht allzu gut aufgenommen hatte. Obwohl er versucht hatte, es vor mir zu verbergen, als er sich an den Pool verzogen hatte. Allerdings wusste ich dank ihm, wo sein Zimmer lag. Und das seines Bruders. Weshalb ich genau diesen Korridor im ersten Stock bisher gemieden hatte. Mir stand nicht der Sinn danach, *ihm* zu begegnen. *Joaquín.* Seit gestern war der Name wie ein ständiges leises Flüstern in meinem Verstand. Meine Finger hatten sich wie von selbst wieder zu der spiegelnden schwarzen Oberfläche des Flügels gestohlen. Langsam zog ich sie zurück, sah zur Treppe. Wenn mich auch nichts und niemand jemals wieder in den Keller bringen würde … den Rest von Santa Reyada wollte ich mir nach wie vor ansehen.

Die Bibliothek im Erdgeschoss ersparte ich mir vorerst. Mich hier umzusehen, sollte leichter sein, als durch den ersten und zweiten Stock zu streifen. Selbst wenn *er* im Haus war.

Den ersten Stock mied ich dennoch aus bekanntem Grund. Es zog mich in den zweiten. Zurück zu den Porträts, in der vagen Hoffnung, dass eines der Gesichter meiner Erinnerung auf die Sprünge helfen würde. Nur ein Mann auf einem der neueren Bilder kam mir ansatzweise bekannt vor. Vielleicht aber auch nur, weil seine Züge mich an Cris erinnerten. War das Estéban? *Sein* und Cris' Vater? Möglich. Aber warum sah *er* ihm dann nicht ebenso ähnlich? Ein Porträt schien zu fehlen. Das der Sanguaíera dieses einen Hexers. Ich ging die Reihe zwei Mal ab, zählte die Gemälde. Ein Hexer und ›seine‹ Sanguaíera hingen jeweils dichter beieinander. Dieses war nicht da – obwohl es offenbar einen Platz neben dem von ›Estéban‹ gehabt hätte.

Stattdessen entdeckte ich die Treppe, die in den dritten Stock hinaufführte. Und das, was sich an ihrem Ende befand.

Der Raum war hell und luftig. Auf der einen Seite reichten

Fenster vom Boden bis zur Decke. Die Läden davor waren geschlossen. Ein einfacher Arbeitstisch aus Holz, der von Farbflecken gezeichnet war, stand an der Längsseite. Kästen mit Schubfächern darauf und darunter. Daneben lehnten … Bilder? Ich sah genauer hin. Tatsächlich. Auch an der Schmalseite gegenüber den Fenstern. In der Mitte des Raumes war anscheinend ein weiteres mit einem Laken oder Ähnlichem verhängt. Zögernd überwand ich die letzte Stufe, tastete mit der Hand über die Wand daneben, auf der Suche nach einem Lichtschalter. Ich fand keinen. Unsicher warf ich einen Blick hinter mich, die Treppe hinunter, ehe ich mir einen Ruck gab, den Raum durchquerte, eines der Fenster öffnete und die Läden davor auseinanderstieß. Das Licht war im ersten Moment so grell, dass ich geblendet die Augen zusammenkniff. Sofort kroch Hitze herein. Hastig schloss ich zumindest das Fenster wieder.

Erneut sah ich mich um, ehe ich schließlich hinüber zum Arbeitstisch ging, mit den Fingern an der Kante entlangstrich, über die Flecken … In einem kleinen Plastikkörbchen lagen saubere Lappen; die unteren ordentlich gefaltet, die oberen achtlos zusammengeknüllt hineingeworfen. In einem zweiten daneben solche, die vor getrockneter Farbe steif waren. Ich zog die Schubläden auf. Pinsel. In allen Breiten. Manche mit dicken Borsten, andere aus feinem Haar. Spachtel, gebogene Messer, Farbtuben und Flaschen. In einer anderen Schublade fand ich Kohle- und Pastellstifte. In wieder einer anderen noch unbenutzte Skizzenblöcke. Zwei Dosen mit Terpentin waren an der Wand aufgereiht. Eine mit hart gewordener Farbe verschmierte Handpalette lag dabei, halb unter einem weiteren, gedankenlos hingeworfenen Lappen. An der Seite des Tisches stand eine Staffelei.

Daneben lehnten die Bilder. Öl auf Leinwand. Einige abstrakt. Auf anderen konnte man vage Landschaften oder Häuser erkennen. Aber stets war es ein Spiel der Farbschattierungen und Nuancen. Meist sogar nur einer einzigen Farbe.

Alles in allem waren es vielleicht fünfzehn Gemälde, die an den Wänden entlang standen. Nach und nach sah ich sie durch. Und bei jedem fragte ich mich, von wem sie sein mochten.

Und warum sie hier waren und nicht in irgendeiner der teuren Galerien ausgestellt wurden.

Von einem der komplett abstrakten konnte ich den Blick kaum losreißen. Die Leinwand reichte mir gut handbreit bis über die Hüfte und war sogar noch ein Stückchen breiter als hoch. Teilweise war die Farbe so dick aufgetragen, dass ein regelrechtes Relief entstanden war. Der Hintergrund bestand nur aus dunklen Blautönen. Darauf waren ein paar wenige kräftige und eine feine Linie in einem hellen, sanften Beige, das wie eine Mischung aus Ocker und Elfenbein aussah. Ich wusste nicht, warum ausgerechnet dieses mir am besten gefiel, aber es war so. Mit einem Gefühl des Bedauerns stellte ich es zurück an seinen Platz und wechselte zu denen an der anderen Wand.

Doch schon bei dem ersten Bild auf dieser Seite hielt ich inne. Etwas schien mit den Nuancen nicht mehr zu stimmen. Sie waren irgendwie zu … hart, passten nicht mehr so perfekt zusammen wie bei den anderen Gemälden. Und je weiter die Bilder vorne standen, umso auffälliger war es. Irritiert trat ich schließlich zurück und sah zu dem verhängten auf der Staffelei in der Mitte des Raumes. Das weiße Tuch war nur nachlässig darübergeworfen. Unter seinem Rand lugte eine Mappe hervor, die wohl an einem Bein der Staffelei lehnte. Eine Ecke hing noch halb über einem runden Hocker, der dicht davorgeschoben worden war. Vorsichtig, um das Bild nicht versehentlich von der Staffelei zu reißen, entfernte ich es. Und erlebte einen Schock. Ein grauenvolles Gemisch aus Farben sprang mir entgegen. Farben, die sich teilweise so sehr bissen, dass es geradezu in den Augen wehtat. Als hätte jemand in totaler Finsternis wahllos nach Farbtuben gegriffen und sie auf der Leinwand verschmiert. Obendrein klafften tiefe Risse darin, dass man hätte glauben können, irgendwer wäre in blinder Wut mit einem Messer oder Ähnlichem auf sie losgegangen. Für eine Sekunde starrte ich darauf, dann zerrte ich hastig das Tuch wieder darüber. Mit einem lauten Klatschen landete die Mappe vom Fuß der Staffelei auf dem weißen Bodenfliesen. Die Blätter darin rutschten heraus, einige schlitterten ein Stück weit davon. Hastig bückte ich mich, um sie wieder einzusammeln, doch kaum hatte ich das erste in der Hand, erstarrte ich. Es waren Kohlezeichnungen. Jedes einzelne. Ich zog die Mappe zu mir, öffnete sie, blätterte den restlichen Inhalt durch. Und abgesehen von zwei oder drei hatten auch die anderen alle dasselbe Motiv: eine junge Frau. Mit einem schmalen, ganz leicht herzförmigen Gesicht. Zart, beinah zerbrechlich. Augen, die den Betrachter nie ansahen. Langen Wimpern, sanft geschwungenen Brauen. Ein weicher Mund. Mal entspannt, mal lächelnd, mal amüsiert verzogen, mal … traurig. Manchmal war da noch ein Teil eines Möbelstückes, manchmal nur sie.

Sie war … hübsch.

Sie war … ich. Mir war kalt.

»Was tust du hier oben?«

Mit einem Schrei fuhr ich herum. *Er!* In meiner Brust saß mit einem Schlag wieder jene allzu vertraute Enge. Einen Moment tat ich nichts anderes, als nach Luft zu schnappen, starrte ihn an. Die Spuren, die die Stunden in Fernáns Klinik bei ihm hinterlassen hatten, waren ebenso verschwunden wie die, die von seinem Cage-Fight und unserem Unfall zurückgeblieben waren. Nun, immerhin war er in der vergangenen Nacht noch auf der Jagd gewesen. Ich verdrängte den Gedanken und das Schaudern, das ihn begleitet hatte. Was sich nicht verändert hatte, waren seine Augen. Sie waren noch immer heller als zuvor. Er trug ein weißes Hemd halb offen und lose über ein Paar ausgeblichenen Jeans. Das Kreuz hing wieder auf seiner Brust. Daneben ein länglicher, schmaler Kristall, in dem sich das Schwarz zu bewegen schien. *Sein* Blick ging zu den Blättern in meiner Hand. Weitete sich. Zuckte zu mir.

Also hatte er von ihnen gewusst. Mistkerl! Ich schob das Kinn vor. Um ein Haar hätte ich auch noch die Fäuste geballt. Im letzten Moment fielen mir die Zeichnungen darin ein.

»Du hast gesagt, ich darf mich im Haus frei bewegen. Und da ich wohl in nächster Zeit nicht von hier wegkomme … habe ich mir mein neues ›Zuhause‹«, ich ließ das Wort so abschätzig und ätzend klingen, wie ich nur konnte, »ein bisschen angesehen.« Warum sollte ich nicht sagen, was ich dachte? Zu verlieren hatte ich nichts mehr. Nur am Rande registrierte ich, dass seine Füße nackt waren.

Der Ausdruck in seinem Gesicht war nicht zu deuten. Schließlich nickte er. »Natürlich. Ich hatte dich nur nicht hier oben erwartet.«

Ich schnaubte abfällig. Wahrscheinlich hatte er angenommen, ich würde trotzdem brav auf meinem Zimmer bleiben oder wäre ›nur‹ bei Cris am Pool.

»Was ist das hier oben?«

Er zögerte, abermals ging sein Blick kurz zu den Skizzen. »Mein Atelier«, sagte er endlich.

Sein …? Die Gemälde waren von ihm? Und die … Ich holte scharf Luft, wedelte mit den Blättern in meiner Hand. »Dann sind die hier von dir?«

Wieder ein Zögern, schließlich: »Sí.«

Wie zuvor wurde mir kalt. Noch kälter sogar, als mir klar wurde, was das bedeutete.

Er war von der Treppe weg weiter auf mich zugekommen, nickte jetzt zu den Zeichnungen hin. »Gib sie mir.«

Die Kälte explodierte zu Wut. »Hier bitte! Elender Stalker!«, fauchte ich und schleuderte sie ihm entgegen. »Wie bist du in meine Nähe gekommen, ohne dass ich dich spüren konnte? Offenbar warst du ja in meiner Wohnung! In so ziemlich jeder, wie's scheint.« Sie prallten gegen seine Brust, segelten zu Boden. Er machte gar nicht den Versuch, sie auffangen zu wollen.

»Ich war nie in einer deiner Wohnungen.« Der Ärger war in seiner Stimme nicht zu überhören.

»Lügner! Wie kannst du sonst …«

Sein Zischen schnitt mir den Satz ab. »Spiegel!« Mit einem großen Schritt hatte er die Distanz zwischen uns überwunden, packte mich am Arm. Keuchend wich ich so weit zurück, wie ich konnte. Beinah wäre ich gestolpert. Sein Griff verhinderte es. »Spiegel. Und klare, spiegelnde Oberflächen. In ihnen kann ich sehen, was jemand tut.« Ich starrte ihn an. »Du glaubst mir nicht? Dann will ich es dir zeigen. Komm!« Er zerrte mich mit sich, zu einer Tür neben der Treppe, berührte das Schloss, stieß sie auf, schleppte mich einfach hindurch, quer durch den Raum dahinter, bis zu einem tiefblauen Tuch, das über einen viereckigen Rahmen gehängt war, der an der gegenüberliegenden Wand lehnte. »Rühr dich nicht!«, herrschte er mich an, ließ mich los und ging zu einem Waschbecken rechts von uns.

Ich war viel zu geschockt, um etwas anderes zu tun, als mich ›nicht zu rühren‹.

Mit einer Steinschale voll Wasser kam er zurück und riss das Tuch vom Rahmen. Der Spiegel, der darunter zum Vorschein kam, war alt und an manchen Stellen schon fleckig. Für eine Sekunde sah er mich an, dann kippte er den Inhalt der Schale schwungvoll gegen das Glas, stellte sie achtlos auf den Boden und schrieb ein verschlungenes Zeichen in die Nässe. Er streckte seine Hand aus, als er neben mich trat: »Deine Hand!«

Ich wollte sie wegziehen. Knurrend packte er mein Handgelenk, drückte unsere Handflächen gegeneinander und verschränkte seine Finger mit meinen. »Und jetzt: Wen soll ich dir zeigen? Cris? Wetten, dass er am Pool ist?« Die Zähne in die Unterlippe gegraben sah ich ihn an, sah wieder zu dem Wasser, das verwirrend langsam über den Spiegel abwärtsrann. Er wartete nicht auf eine Antwort. »Gut, dann Cris.« Mit einer brüsken Bewegung neigte er den Kopf in Richtung des Spiegels. »Schau!«

Ich gehorchte, beinah gegen meinen Willen. Und hielt den Atem an. Die Oberfläche schien sich zu kräuseln, Wellen zu schlagen. Für einen Moment blendete mich ein Glitzern. Ich sah Cris. Aber so, als würde ich von unten zu ihm emporschauen. Durch etwas, das sich bewegte … – das Wasser des Pools! Ich sah ihn so, wie er sich im Wasser des Pools spiegelte. Verschwommen, leicht verzerrt. Er lag nicht entspannt auf einer Liege, sondern hockte auf einem … Korbsessel. Vornübergebeugt. Scheinbar nachdenklich. Unruhig. Immer wieder sah er zur Seite. Zum Haus?

Er löste seine Hand von meiner und trat zurück. Das Bild war schlagartig verschwunden. »Zufrieden?«

Irgendwie benommen stand ich da. »Kannst du so jeden …«

»No.« Sorgfältig verhängte er den Spiegel wieder. Auf dem Boden davor hatte sich eine Wasserlache gebildet. Mit einem Lappen von einem der Tische im Raum wischte er sie auf. Tische, auf denen Geräte standen, die eher in das Labor eines Chemikers gepasst hätten. »Es gibt ein paar Bedingungen dabei. Zwei davon sind, dass ich die Person kennen muss – je besser ich sie kenne, umso leichter fällt es mir, sie zu sehen –, und die Person muss sich in Sichtweite einer spiegelnden Fläche befinden.«

Das konnte sogar die unruhige Oberfläche eines Pools sein.

Ich legte die Arme über meinen Bauch. Ich war hier zu Hause gewesen, wenn stimmte, was Cris gesagt hatte. Warum hätte er lügen sollen?

So hatte er also … »Die Sachen im Kleiderschrank in meinem Zimmer … Die Duplikate von allem, was ich irgendwann einmal hatte … Das warst doch du?«

Langsam legte er den Lappen auf den Tisch zurück. »Sí.«

»Du hast mich die ganze Zeit beobachtet? Du hast die ganze Zeit gewusst, wo ich war.« Die Worte klangen so zittrig, wie ich mich fühlte.

»Sí.« Er sagte es, ohne mich anzusehen.

»Warum hast du mich dann nicht schon viel früher …«

»… hierhergeholt?« Erst jetzt hob er den Blick zu mir. Für eine Sekunde forschten seine Augen in meinem Gesicht. »Und was hätte es mir gebracht?« Er stützte sich mit beiden Händen auf dem Tisch ab, wandte mir den Rücken zu. »Ich weiß von deinem … Problem, Lucinda. Ich weiß, was geschieht, wenn dir einer von uns zu nahe kommt.«

Ich presste die Arme fester gegen meinen Bauch. »Dann

weißt du doch auch, dass ich vollkommen nutzlos für dich bin. Ich muss dir mein Blut freiwillig geben, damit es verhindert, dass du Nosferatu wirst. Warum lässt du mich nicht einfach wieder gehen?«

Mit einem tiefen Atemzug ließ er den Kopf in den Nacken fallen. Sekundenlang stand er absolut reglos, ehe er sich wieder zu mir umwandte. Etwas in seinem Blick hatte sich verändert. »Ich schlage dir ein Geschäft vor, Lucinda: Die nächsten zehn Tage bleibst du freiwillig auf Santa Reyada. Du versprichst mir, in diesen Tagen keinen weiteren Fluchtversuch zu unternehmen und nach bestem Wissen und Gewissen zu lernen, was auch immer ich dich über Magie lehren werde. Danach lasse ich dich gehen.«

»Was?« Ich musste mich verhört haben.

»Du hast mich schon verstanden. – Also?«

»Aber ich kann doch gar keine Magie wirken.«

Unwillig stieß er die Luft aus. »Nein, das nicht. Aber du kannst lernen, was du tun musst, um sie von dir fernzuhalten. – Also?«

Ich schüttelte den Kopf. »Warum?«

»Warum was?«

»Warum willst du mir das beibringen?«

»Lass das meine Sache sein. – Also?« Er streckte mir die Hand hin. »Haben wir einen Deal? Zehn Tage: Danach bist du mich los. Für immer.«

Einen Augenblick starrte ich auf seine Hand, nagte an meiner Lippe. Was hatte ich zu verlieren? Letztlich nichts. Und alles zu gewinnen. Nein, mehr als alles. Sein Blick hing unverwandt an mir. Und wenn er sich nach Ablauf dieser zehn Tage nicht an sein Versprechen hielt? Dann hatte er selbst mir beigebracht, wie ich mich gegen ihn zur Wehr setzen konnte. Cris hatte gesagt, sein Bruder würde sein Wort immer halten. Drei Tage nach meinem nächsten Geburtstag würde ich frei sein. Ich grub mir die Zähne tiefer in die Lippe, ergriff seine Hand, drückte sie. Seine Finger schlossen sich fest um meine. Die Art, wie er zur Antwort nickte, hatte etwas Hartes, Endgültiges. Ich konnte nur hoffen, dass ich gerade keinen Handel geschlossen hatte, der einem Pakt mit dem Teufel gleichkam.

Er schien meine Hand eine Sekunde länger als nötig festzuhalten, ehe er sie losließ und wieder mehr Abstand zwischen uns brachte.

»Du wirst niemandem von unserem Deal erzählen. Auch nicht Cris. Das ist dir hoffentlich klar. Ein Wort und die Sache ist geplatzt.«

Misstrauisch machte ich einen Schritt zurück, stieß gegen einen Stuhl. »Warum?«

»Weil das, was wir beide vorhaben, heutzutage in der Hermandad nicht mehr«, er zögerte, »sagen wir … üblich ist.«

»Heutzutage?«

»Heutzutage. – Nachdem das geklärt wäre, schlage ich vor, wir fangen direkt mit deinem Unterricht an.«

Erschrocken öffnete ich den Mund, schloss ihn wieder. »Was? Ich meine … jetzt gleich?«, stammelte ich dann.

»Ich habe zehn Tage, um dir zumindest die Grundlagen von Dingen beizubringen, für die manche ihr ganzes Leben brauchen. Warum also Zeit verschwenden? – Da drüben findest du Papier und Stifte.« Er nickte zu einem altertümlichen Schreibpult an der einen Wand. »Dein Unterricht beginnt jetzt sofort, mi flor.«

16

Er war ein Zuchtmeister. Ein Schinder. Ein Perfektionist. Ein Ekel. Und er konnte erklären, dass die Magie der Wardings und Siegel sich selbst mir erschloss.

Er kam mir während meiner Stunden in seinem Laboratorium nie zu nahe. Zumindest nie bewusst. Und wenn, merkte ich es meist erst in genau dem Moment, in dem er schon wieder auf Distanz ging.

Er erklärte, ich hörte zu, stellte Fragen, wenn ich etwas nicht verstand. Eine Tafel, auf der zuvor irgendwelche mathematisch aussehenden Gleichungen gestanden hatten, wurde für mich zur Schultafel. Nie war ich vor seinen Fragen zur Theorie sicher. Meistens stellte er sie aus heiterem Himmel, wenn ich mich gerade auf andere Dinge konzentrierte.

Ich lernte den Unterschied zwischen großen und kleinen Bannkreisen – der nichts mit dem Durchmesser zu tun hatte, sondern mit welchen Siegeln sie geschrieben waren und ob sie darüber hinaus mit oder ohne eines der beiden ›mächtigen‹ Elemente, Tränen und Blut, geschlossen wurden. Und woran jemand wie ich den Unterschied erkennen konnte, auch wenn sich das Element selbst nicht mehr feststellen ließ. Er erklärte mir, dass es eine ›Rangfolge‹ der Bannkreise gab, die unter anderem davon abhängig war, in welcher Reihenfolge sie geschrieben waren und mit welchem Element. Und dass man Bannkreise manchmal sogar brechen konnte, wenn man nur herausfand, welcher der ältere und mächtigere war. Wie man sie schrieb, welche Siegel zusammen verwendet werden durften und welche auf gar keinen Fall. Er hämmerte mir die Siegel erster und zweiter Ordnung ein, ließ sie mich wieder und wieder und wieder zeichnen – und gab mir jedes Mal eine andere Stelle vor, an der eine der Linien nicht geschlossen sein durfte, um zu verhindern, dass sie ›lebendig‹ wurden; wie sich ihre Macht abhängig vom Tag-Nacht- und dem Mondzyklus veränderte; dass ein einziger Punkt ein Siegel in das genaue Gegenteil verkehren konnte. Selbst die Farbe, in der es geschrieben war, konnte seine Wirkung verändern.

Bei dem, was Tante María mir über Hexerei erzählt hatte, hatte ich immer das Bild von etwas Plumpem, Hässlichem mit viel Gestank und Zeremonie vor Augen gehabt. Die Hexerei, die *er* mir zeigte, war ... Harmonie. Wissenschaft und zugleich empfindlicher Balanceakt der unterschiedlichsten Kräfte.

Wahrscheinlich hätte jeder Hexer der Hermandad für das getötet, was ich hier als Bedingung für meine Freiheit regelrecht vor die Füße geworfen bekam: das Wissen von Joaquín de Alvaro. Dabei hatte dieses Wissen für mich nur einen Wert: Wenn ich verstand, wie die Hexerei der Hermandad funktionierte, war ich ihnen nicht mehr ganz so hilflos ausgeliefert. Dabei war mir bewusst, dass das, *was* er mir beibrachte, noch nicht einmal die oberste Schicht der Spitze des Eisberges war. Und doch wurde ich das Gefühl nicht los, dass er noch nicht einmal das jemals mit einem anderen aus der Hermandad teilen würde. – Vielleicht mit Cris, aber garantiert mit niemandem sonst.

Bei alldem hatte er eine scheinbar unerschöpfliche Geduld.

Und ich verfluchte ihn dafür, denn er war erst dann zufrieden, wenn das Ergebnis seines Unterrichts perfekt war.

Die nächsten Tage verliefen nach demselben Schema: Morgens kurz nach Sonnenaufgang scheuchte er mich aus dem Bett. Dachte er zumindest. Dabei war ich schon lange, bevor er an meine Tür klopfte wach. Und beobachtete ihn von meinem Balkon aus – hinter einem der Oleander verborgen – dabei, wie er Bahn um Bahn im Pool zurücklegte, sobald sich das erste Grau am Horizont zeigte. Es war verrückt, aber ich war jedes Mal aufs Neue von dem Spiel seiner Muskeln unter seinem Tattoo fasziniert. Bei jeder seiner Bewegungen schien es so lebendig, als sei das auf seinem Rücken tatsächlich etwas anderes als in die Haut gestochene Farbe.

In der Küche wartete dann schon Frühstück auf mich. Wenn ich fertig war, hatte ich in sein Laboratorium zu kommen. Während ich noch aß, widmete er sich bereits den ›Geschäften‹ oder seiner eigenen Magie; jenen ›Dingen‹, bei denen er mich nicht dabeihaben wollte. Um die Mittagszeit entließ er mich wieder. Manchmal hatte ich den Eindruck, er hätte mich gerne auch noch an den Nachmittagen in die Kunst der Hexerei eingeführt, beugte sich aber notgedrungen der Natur: Ich bekam nicht mehr in meinen Schädel. Ganz nebenbei machte mir nach wie vor die Hitze zu schaffen. Die Mittagsstunden verbrachte ich nach einem kleinen Obst-Snack – ich hatte mich zum Obst-Junkie entwickelt – und einer ausgiebigen Dusche meist in meinem Bad auf dem Fußboden und beobachtete aus der Kühle heraus das Spiel des gleißenden Lichts draußen in der Wüste. Und hing meinen Gedanken nach. Das ein oder andere Mal döste ich auch ein. Den Spiegel im Bad hatte ich abgehängt – ebenso den in meinem ›Kleiderschrank‹ –, nachdem ich jetzt von *seiner* besonderen Gabe wusste. Die ganze Zeit über waren es *seine* Augen gewesen, die mich in den Spiegeln verfolgt hatten. Und die nach und nach ihre Farbe von dunkel, beinah schwarz, zu diamantfahl und farblos gewechselt hatten.

Am späten Nachmittag, wenn es auch am Pool erträglicher wurde, verkroch ich mich meist dort in irgendeinen Schatten. Und wenn die Sonne dann nicht mehr so sehr brannte, dass ich nicht mehr Gefahr lief, selbst unter seiner Oberfläche einen Sonnenbrand zu bekommen, legte ich mich auf die Stufen unter Wasser und ließ mich träge dahindümpeln. Gewöhnlich tauchte Cris dann auf und leistete mir für den Rest des Abends Gesellschaft, bis ich müde ins Bett sank. Mit jedem Tag fiel es ihm schwerer, vor mir zu verbergen, was er davon hielt, dass ich plötzlich so viel Zeit mit seinem Bruder verbrachte. Die Art, wie er mich zuweilen ansah, wenn er glaubte, ich bemerkte es nicht, sprach deutlich von Eifersucht. Und das ein oder andere Mal hatte ich das Gefühl, dass da noch etwas anderes war, das ich aber nicht benennen konnte. Dass ich noch immer auf Distanz ging, wenn er mir auf diese alte, aus Boston so vertraute Weise nahekommen wollte, machte es nicht besser.

Rafael schien nach wie vor wie vom Erdboden verschluckt. Allerdings war das wohl etwas völlig Normales. Hatte er mir mein Springmesser auf den Nachttisch gelegt?

Ihn hatte ich seit unserem Unfall nicht mehr nach Einbruch der Dunkelheit gesehen. Dafür waren seine Anweisungen, was diese Zeit und mich anging, klar: Ich hatte im Haus zu bleiben. Wo ich sicher war. Ein paar Mal fragte ich mich, wovor. Vielleicht auch vor ihm? Cris sagte zwar, sein Bruder ginge jede

Nacht auf die Jagd oder fordere in San Isandro den ›Blutzoll‹ ein – den Preis, den die Bewohner des kleinen Städtchens an ihn als ›ihren‹ Hexer für ihre Sicherheit zu zahlen hatten –, aber zuweilen glaubte ich, ihn in der Dunkelheit jenseits der Fensterscheiben zu sehen. Ein Schatten, der seltsam ruhelos um das Haus strich. – Manchmal fragte ich mich dann, wie es sich anfühlte, wenn man sich nach und nach in ein Monster verwandelte. Das Blut von Unschuldigen zum Überleben brauchte. Ich konnte es mir nicht vorstellen. Und ich wollte es auch nicht.

»Die acht Elemente der Hexerei?« *Er* sah noch nicht einmal von dem hölzernen Kästchen mit den vollkommen klaren Bergkristallen auf. Dadurch entging ihm, wie ich genervt die Augen verdrehte. Seit wann hingen anstelle der Sternkonstellationen Wetterkarten an dieser Wand?

»Erde, Luft, Wasser, Feuer, Eisen, Holz, Tränen und Blut. – Zum dritten Mal heute.«

»Und möglicherweise auch nicht zum letzten Mal.« Er hielt einen der Kristalle ins Licht, legte ihn dann auf ein schwarzes Seidentuch neben dem Kästchen. »Das dreizehnte Siegelzeichen? Von hinten bitte.«

»Semenin.« Ich runzelte die Stirn, begutachtete das Siegel, das ich gerade gezeichnet hatte. Musste der untere Bogen jetzt nach links oder rechts enden?

»Und wie sieht es aus?«

»Was?« Okay, ich hatte den Faden verloren.

»Semenin.«

»Wie das Tierkreissymbol des Wassermanns, nur mit einem senkrechten Strich mittendurch, der beide Linien teilt«, murmelte ich und starrte weiter auf mein Siegelzeichen.

»Stimmt.« Er schloss den Deckel des Kästchens. »Du hast ein Problem?«

Wie ich es hasste, dass er solche Dinge bemerkte – und mir dabei auch noch den Rücken zukehren konnte. »Ich weiß nicht mehr, in welche Richtung der untere Bogen hier geht. Rechts oder links.«

»Welches Siegelzeichen?«

»Aksaha.«

»Sag du's mir.«

»Ich weiß es doch nicht«, murrte ich. Bissiger, als ich eigentlich beabsichtigt hatte.

Er drehte sich zu mir um, hob eine Braue. »Was ist die Besonderheit von Aksaha?«

Ich hätte mir mit der flachen Hand gegen die Stirn klatschen können. »Es ist das fünfzehnte Siegelzeichen. Die Achse. Je nachdem, was es bewirken soll, geht der Bogen in die eine oder andere Richtung.«

Mein Lob war ein kurzes Nicken. »Und jetzt sag mir, in welche Richtung der Bogen bei dir geht.«

»Nach links. Die ›weiße‹ Seite.«

»Warum gilt ›links‹ als die ›weiße‹ Seite?« Er lehnte sich rücklings gegen den Tisch.

»Links ist die ›Herzseite‹.«

Wieder ein Nicken. Den Kopf ein kleines Stück zur Seite geneigt, musterte er mich eine Sekunde. »Warum hast du keines meiner Autos genommen, als du versucht hast, davonzulaufen?«

Ich holte bereits Luft, als ich begriff, dass seine Frage gar nichts mit Hexerei zu tun hatte. Ich stieß sie wieder aus.

»Warum willst du das wissen?«

»Neugierde.« Nachlässig zuckte er die Schultern, stützte

die Hände zu beiden Seiten auf die Tischplatte. »Verrätst du's mir?«

»Ich kann nicht fahren.«

Diesmal hoben sich beide Brauen. Ungläubig. »Du kannst kein Auto fahren?«, vergewisserte er sich nach einem Moment.

Unwillig nickte ich.

Sein Kopfschütteln war verständnislos. »Und warum sagst du mir das nicht?«

Ich blinzelte verblüfft. Wie bitte? Warum hätte ich das tun sollen? Gab es ein Gesetz, dass man das sofort jedem erzählen musste? Noch bevor ich irgendwie reagieren konnte, hatte er mich schon bei der Hand ergriffen und zog mich mit einem »Komm mit!« hinter sich her. Mein Stift klapperte auf den Tisch. Die ersten Meter war ich zu perplex, um irgendetwas zu tun, doch dann stemmte ich die Fersen in den Boden. Und wäre um ein Haar vornübergerissen worden. Nur durch einen stolpernden Schritt nach vorne konnte ich mein Gleichgewicht bewahren.

»Was ist denn?« Ungeduldig hatte er sich zu mir umgedreht.

»Könntest du es dir vielleicht abgewöhnen, mich wie einen Hund an der Leine hinter dir herzuzerren?«, fauchte ich ihn an. Hatte es da tatsächlich gerade wie belustigt um seinen Mund gezuckt?

Er ließ meine Hand los, wies an sich vorbei zur Treppe. »Möchtest du denn vorgehen?«

Unwillkürlich machte ich einen Schritt zurück. Diesmal war das Zucken um seinen Mund eindeutig bitter.

»Komm mit.« Er drehte sich um und ging vor mir her.

Es war verrückt, aber ich hatte beinah etwas wie ein schlechtes Gewissen, als ich ihm folgte. Quer durchs Haus. Ich fragte nicht, was er vorhatte. Auch dann nicht, als er mich nach draußen führte. Für eine Sekunde schien er zu stocken, als die Sonne ihn traf, doch dann schloss er die Hand um etwas, das er verborgen unter dem locker fallenden Hemd trug, und stapfte weiter. Die Hitze fühlte sich an, als sei ich unvermittelt gegen eine Wand gelaufen. Verglichen mit der Kühle in seinem Laboratorium war das hier die Hölle. Ich musste irgendeinen Laut von mir gegeben haben, denn er warf mir einen kurzen Blick über die Schulter zu. Ging dann aber wortlos weiter. Zur Garage. Bis wir sie erreichten, klebte mir das T-Shirt auf der Haut.

Schon von außen waren die Techno-Beats zu hören. Die Musik wurde ohrenbetäubend, als wir die Halle betraten.

»Hola, Miguel!«, schrie Joaquín in den Lärm hinein und marschierte weiter vor mir her, in jenen Teil der Garage, den ich bei Cris' Führung nur aus der Ferne gesehen hatte. Vorbei an einem deutlich weniger teuren, wenn auch nicht minder glänzenden knallgelben Wagen, der damals nicht hier gestanden hatte. Der Camaro schwebte immer noch in nicht ganz zwei Metern Höhe zwischen den Säulen der Hebebühne. Inzwischen hatte er auch einen Kotflügel weniger. Der junge Mann, der daruntergestanden und versonnen in die Innereien des Wagens hinaufgeschaut hatte, drehte sich um.

»Hola, Patron!« Er wischte sich die ölverschmierten Hände an einem Tuch ab, das nicht minder ölverschmiert war. »Ich habe den Lamborghini aus San …« Er hielt in der Bewegung inne, als er mich sah. »Sanguaíera«, stotterte er und starrte mich an. Seine großen braunen Augen waren noch größer geworden.

»Hallo!« Oder hätte ich besser ›Hola‹ sagen sollen? Ich rang mir ein Lächeln ab.

Erst jetzt schien er sich an die Lautstärke seiner Musik zu erinnern und bückte sich hastig nach einem Gettoblaster, der neben einer der Hebebühnensäulen stand, um sie ins Erträgliche herunterzudrehen. Sichtlich verwirrt schaute er von mir zu Joaquín, als er sich wieder aufrichtete. »Patron …?«, setzte er irgendwie hilflos an und räusperte sich dann unbehaglich. Weil ich war, was ich war, oder weil *er* eine Frau mit in eine ›Werkstatt‹ brachte?

»Ich brauche deinen Wagen.«

Miguels Verwirrung wuchs sichtlich. »Meinen Wagen?«, wiederholte er verständnislos und drehte sich halb nach dem Camaro um.

»Nicht den Chevi. Deinen Golf«, erklärte Joaquín.

Miguel sah von ihm zu dem gelben Wagen hinter uns. »Meinen Golf?« In seinem Tonfall war die Frage nicht zu überhören, was jemand, der acht – nun ja, nachdem die Viper Schrott war, nur noch sieben – Luxusschlitten sein Eigen nannte, zum Teufel noch mal ausgerechnet mit seinem gewöhnlichen Golf wollte.

Er nickte zu mir hin. »Sie kann kein Auto fahren. Aber ich kann sie ja wohl kaum für die ersten Male in einen meiner Wagen setzen. Ganz nebenbei haben die alle Gangschaltung.« Ungläubig starrte ich ihn an. Hatte er das eben tatsächlich gesagt? Und hatte ich ihn auch wirklich richtig verstanden? Er wollte mir das Autofahren beibringen? »Natürlich wird jeder Kratzer auf meine Kosten repariert.«

»Sie kann …? ¡Madre de Dios!« ›Jemandem fällt das Kinn herunter‹, traf es bei Miguel nicht mehr ganz. Er wirkte deutlich jenseits von fassungslos. Wahrscheinlich spiegelte mein Gesicht die gleichen Gefühle wider. *Er* wollte *mir* das Autofahren beibringen! Doch im nächsten Moment grinste Miguel breit. »Ich verstehe, Patron. Kein Problem. Selbst mit meinen paar PS wird sie am Anfang zu kämpfen haben.« Er zwinkerte mir zu. »Machen Sie ruhig viele Kratzer hinein, Sanguaíera. Ich wollte ihn sowieso neu lackieren.« Joaquín zischte, aber es klang nicht wirklich böse. Im Gegenteil. Noch immer grinsend sah Miguel wieder zu ihm. »Ich sage Jorge, dass er mich abholen soll. Wie lange brauchen Sie ihn, Patron? Vielleicht leiht er mir ja seinen Wagen so lange.«

»Das ist nicht nötig.« *Er* nickte zum vorderen Teil der Garage hin. »Der Deal ist folgender: Du leihst mir für ein paar Tage deinen Golf und kannst dir im Gegenzug für diese Zeit einen meiner Wagen nehmen.«

Miguel öffnete den Mund. Allerdings kam mehrere Sekunden kein Laut heraus. »Einen Ihrer … egal welchen?«, stammelte er schließlich.

Joaquín schien sich bei dieser Frage innerlich doch ein Stück weit zu krümmen. Vor allem als Miguel sehnsüchtig zu einem Wagen mit einem Lack in Metallicblau sah.

»Egal welchen«, bestätigte er nach einem weiteren Moment dann aber mit einem Nicken.

Miguel schluckte sichtlich. Und schüttelte den Kopf. Nicht nur zu meiner Verblüffung. »Das ist sehr großzügig, Patron, aber absolut nicht nötig. Jorge schuldet mir sowieso noch einen Gefallen und …«

Mit einem unwilligen Schnalzen schnitt *er* Miguel den Satz ab. »Du nimmst dir für die Tage, in denen du mir deinen Golf lässt, einen von meinen Wagen. Punkt! Egal welchen. Verstanden?«

Miguels Blick ging erneut zu den Wagen im vorderen Teil

der Halle. »Brauchen Sie den Pick-up, Patron? Ansonsten würde ich den nehmen.«

»Den … Pick-up?«

Um ein Haar wäre mir die gleiche Frage in genau demselben Tonfall herausgerutscht.

»Ja, Patron.« Der Ausdruck in Miguels Gesicht wurde … verträumt. »Aber vielleicht … könnte ich Donnerstag ja den Bugatti nehmen. Ich habe Inés versprochen, sie zu unserem Jahrestag fein zum Essen auszuführen. – Und … für sie, so als … Überraschung …« Manche Männer sahen süß aus, wenn sie rot wurden. Miguel gehörte eindeutig dazu.

Joaquín nickte nur. »Du weißt, wo die Schlüssel und die Papiere sind. Nimm sie dir. Egal von welchem. – Wollen wir?« Das galt mir. Natürlich. Und natürlich ließ er mir nicht die Chance, zu protestieren, sondern ging einfach zu dem Rolltor hinüber und drückte auf einen Schalter. Mit einem erstaunlich leisen Rumpeln bewegte es sich aufwärts. Anscheinend war mein Unterricht in Hexerei für heute beendet und ich hatte Fahrstunde. Ich folgte ihm, bis ich neben dem Golf stand. Der Schlüssel steckte. Meine Hände fühlten sich mit einem Mal leicht feucht an.

»Und warum kann man mich bei meiner ersten Fahrstunde nicht in eines von deinen Autos lassen?« Der Kratzer wegen, was?

Ein amüsierter Blick halb über die Schulter. Mit jedem Stück, das sich das Tor mehr hob, krochen Hitze und Helligkeit weiter herein. Er machte einen Schritt zur Seite, weiter in den Schatten. »Du wirst den hier oft genug abwürgen, bis du den Dreh raushast. Und der hat nur etwas mehr als 100 PS.« Er ließ den Schalter los, kaum dass das Tor weit genug in die Höhe gefahren war, damit der Golf unter ihm hindurchpasste, und kam zu mir und dem Auto herüber. »Außerdem haben meine alle die europäische Gangschaltung. Das da ist ein ganz gewöhnlicher Automatik, wie es sie millionenfach gibt. Rate mal, was du später mit ziemlicher Sicherheit eher fahren wirst.« Er stieg ein, startete den Motor und setzte zurück, raus aus der Garage in die Sonne. Einen Moment stand ich unschlüssig da – bis Miguel mir zugrinste, durch Zeichen zu verstehen gab, dass er das Tor wieder schließen würde, und mich hinauswinkte.

Er hatte recht, was das Abwürgen betraf.

17

Joaquín brauchte eine geschlagene halbe Minute, bis ihm klar war, was ihn aus dem Schlaf holte: diese ganz bestimmte Melodie, die zu jener einen Handynummer gehörte. Er bekam die Augen mit ein wenig Mühe gerade weit genug auf, um den Störenfried auf dem Nachttisch zu finden und zugleich einen Blick auf die Uhr daneben zu werfen. Er hatte kaum mehr als eine halbe Stunde geschlafen.

»N-ja …?« Die Zunge klebte ihm am Gaumen. »Weißt du eigentlich …?«

»Ja, ich weiß. Aber ich denke, das hier wirst du direkt erfahren wollen.« Rafael klang angespannt.

Alarmiert stemmte Joaquín sich auf einen Ellbogen. »Was ist los?«

»Wie wach bist du?«

»Wach genug, um zu begreifen, was du von mir willst.« Er rieb sich übers Gesicht. »Was ist?«

Am anderen Ende holte Rafael tief Atem. »Gerade hat jemand dem Erzengel eine Million Dollar für einen Hit geboten. Zielperson: Lucinda Moreira.«

Abrupt setzte er sich endgültig auf. »Was?« Von einer Sekunde zur nächsten war auch der letzte Rest der bleiernen Müdigkeit vergangen.

»Du hast richtig gehört. – Der Erzengel hat abgelehnt. Offen. Mit der Begründung, dass der Job zu heiß ist, nachdem die Kleine die Blutbraut von Joaquín de Alvaro ist. Ob sich aber nicht doch ein anderer findet, den das Geld genug lockt, dass er das Risiko einge… Fuck!«

»W…«

»Wer auch immer dahintersteht, hat eben gerade verdoppelt.«

Joaquín schloss die Augen. ›Fuck‹ traf es nicht ganz. Ihm zumindest fielen auf Anhieb noch ein paar ganz andere Ausdrücke ein. »Kannst du herausfinden, wer das Kopfgeld ausgesetzt hat?«, fragte er nach einem tiefen Atemzug seinerseits.

Das leise Klappern einer Tastatur drang durch die Verbindung zu ihm. »Ich versuch's. – Denkst du, es ist einer aus dem Konsortium?«

»Gut möglich. – Sofern sich nicht mehrere Parteien zusammengetan haben …. Bei zwei Millionen wird die Luft ziemlich dünn.« Er wechselte das Handy ans andere Ohr und rieb sich mit den Spitzen von Mittel- und Ringfinger die Schläfe. »Ich tue das sehr ungern, mein Freund, aber könntest du dir vorstellen, dass der Erzengel den Auftrag doch annimmt und eventuell … scheitern könnte?«

»Du meinst, ob das Ego des Erzengels es verkraften könnte, wenn er es nicht schafft, jemanden zu beseitigen, der unter dem Schutz von Joaquín de Alvaro steht?« Rafael schnaubte. »Du bist für mich wie ein Bruder. Ganz nebenbei mag ich deine kleine Tigerin. – Ich denke, ich werde es überleben. Und falls mein Ego doch zu sehr leidet, werde ich mich einfach an deiner Schulter ausweinen.« Wieder das Klappern. »Du solltest trotz allem sehr gut auf dein Mädchen aufpassen. Ich kann nämlich nicht sagen, wie lange der Auftraggeber stillhält, wenn er keine schnelle Erfolgsmeldung bekommt.«

»Ich verstehe.« Joaquín presste Mittel- und Ringfinger fester gegen die Schläfe. Das Problem war, dass Luz zulassen musste, dass er auf sie aufpasste. Mehr als zuvor. »Danke.«

»Nicht dafür. – Wir sehen uns später.« Ein Klicken und dann verkündete das Besetztzeichen, dass Rafael aufgelegt hatte. Joaquín starrte noch einen Moment auf das Display, fiel dann mit einem Laut, der einem Stöhnen am nächsten kam, auf das Kissen zurück und legte den Arm über die Augen. Verdammt. Die Schlinge zog sich von allen Seiten immer mehr zusammen. Viel zu schnell. Dabei brauchte er nur noch ein paar Tage. Ganz nebenbei hatte er sich heute einmal ausnahmsweise keine Gedanken über die Hyänen des Konsortiums machen wollen. Nicht an diesem Tag. Er konnte den Inhalt des kleinen Kästchens in der Schreibtischschublade trotz der Wardings quer durch den Raum spüren. Das letzte Siegel fehlte noch … Er ließ den Arm von seinem Gesicht und neben seinen Kopf auf das Kissen rutschen und sah mit einem leisen Seufzen zur Decke. »Happy Birthday, Luz!«

18

Ausgerechnet heute hatte *er* nichts Besseres zu tun, als mich früher als gewöhnlich zu ›wecken‹.

Warum hatte ich eigentlich angenommen, er würde mein Geburtsdatum kennen? Weil er sonst auch alles über mich zu wissen schien. Nun, vielleicht war es ihm auch schlicht und ergreifend gleichgültig, dass ich heute 18 wurde.

Entweder hatte er heute morgen seine Runden im Pool bei Sonnenaufgang ausfallen lassen oder er hatte sie deutlich früher hinter sich gebracht als in den vergangenen Tagen. Als ich mich wie jeden Morgen auf meine Terrasse gestohlen hatte, um ihn zu beobachten, war er zumindest nicht dort unten gewesen und ich hatte es gerade noch geschafft, in mein Zimmer zurückzuschlüpfen, um mit meinem üblich mürrischen »Ja, ja, jaaaaaa! Ich bin ja wach!« auf sein Klopfen zu antworten.

»Komm runter! Frühstück wartet!« Etwas in seiner Stimme zog meinen Magen zusammen. Er klang … hart. Angespannt.

Entsprechend wachsam schlich ich einige Zeit später die Treppe hinunter und in die Küche.

Vermutlich stand ich eine volle Minute im Durchgang und gaffte. Das, was mich erwartete, war kein ›Frühstück‹, das war … WOW und Halleluja. Alles, was ich gerne aß: Brötchen, bei denen mir allein der Duft verriet, dass sie noch warm sein mussten, Marmelade, diese grandiosen Rühreier, Wurst, Käse, Erdbeeren, in mundgerechte Stücke geschnittene Melone, Orangensaft und Kaffee … und eine Geburtstagstorte aus heller Buttercreme und Zuckerguss, auf der wahrhaftig Kerzen brannten. Rosas Lavendelduft tanzte um mich herum. Warum hatte ich nur das Bild einer ungeduldig auf den Ballen auf- und abwippenden Rosa vor Augen, die immer wieder begeistert in die Hände klatschte?

»Happy Birthday, Lucinda!« *Er.* Ich konnte den erschrockenen Laut nicht ganz unterdrücken, als ich herumfuhr. Also hatte er meinen Geburtstag weder vergessen noch war er ihm gleichgültig. Er stand gut anderthalb Meter hinter mir. Wie immer in Jeans und einem dieser lose über den Bund fallenden hellen Hemden. Die eine Hand hielt er halb hinter dem Rücken verborgen.

Auch wenn seine Stimme freundlich, ja beinah sanft geklungen hatte, konnte ich seine Anspannung noch immer spüren. Es war etwas in seinem Ton, seiner Haltung, wie er die andere Hand in die Hosentasche geschoben hatte, auch wenn er scheinbar lässig mit der Schulter an der Wand lehnte …

Ich zuckte zusammen, als das Telefon neben mir unvermittelt losbimmelte. Er warf dem Störenfried einen unwilligen Blick zu, machte aber keine Anstalten, ranzugehen. Stattdessen kehrten seine Augen zu mir zurück, glitten über mich, zogen sich für eine Sekunde zusammen. »Dein Unterricht fällt heute aus«, teilte er mir dann mit und stieß sich von der Mauer ab. »Wenn du gefrühstückt hast, zieh dich um: helle, luftige Sachen; lange Ärmel; Schuhe, die über die Knöchel gehen; Socken.«

Verwirrt sah ich ihn an. Der Hauch eines Lächelns kräuselte

seinen Mundwinkel, verschwand wieder. »Wir machen einen kleinen Ausflug.«

Das Telefon klingelte zum ich-wusste-nicht-wievielten Mal und verstummte dann mitten im Ton.

»Ausflug?«, wiederholte ich verblüfft. Verrückterweise hatte ich plötzlich Herzklopfen.

Er nickte, das Lächeln kehrte zurück, blieb diesmal eine halbe Sekunde länger. »Ja. Ich möchte …«

»Joaquín?!« Cris kam mit schnellen Schritten aus der Halle. Und riss die Augen auf, als er das ›Frühstück‹ hinter mir entdeckte. Seine Ohrläppchen färbten sich schlagartig rot.

Er hatte sich ein Stück zu ihm umgedreht. »Was ist?«

»Telefon. Im Wohnzimmer.« Mit deutlicher Verzögerung sah Cris seinen Bruder an.

»Wer auch immer es ist: Sag ihm, ich bin heute nicht zu sprechen.«

Cris räusperte sich. »Ich fürchte, das geht nicht. Es ist ein Lt. Holland. Vom LAPD. Mordkommission. Er hat ausdrücklich nach dir verlangt.«

Zwischen Joaquíns Brauen erschien eine steile Falte.

Sichtlich widerstrebend nickte er. »Entschuldige mich, Lucinda.«

Einen Moment schaute Cris ihm nach, wie er in Richtung Halle und Wohnzimmer verschwand, dann kam er zu mir herüber und umarmte mich. »Happy Birthday.« Ganz leicht streiften seine Lippen rechts und links meine Wangen. Unwillkürlich erstarrte ich – und sah die Enttäuschung in seinem Gesicht, als ich mich von ihm löste.

Er versuchte, es zu überspielen, indem er an mir vorbeitrat und mir einen Hocker vom Tresen zurückzog. »Bitte sehr! Dann lass es dir schmecken! – Aber vorher musst du deine Kerzen ausblasen.«

»Wir sollten warten, bis …« Mein Blick huschte zum Durchgang. Ich grub mir die Zähne in die Unterlippe.

Cris schnalzte mit der Zunge. »Wenn du noch viel länger wartest, hast du das ganze Wachs auf der Torte. – Komm schon. Für Joaquín ist das in Ordnung.«

Nur zögernd kletterte ich auf den Hocker, sah noch einmal zum Durchgang, ehe ich mich vorbeugte und die Kerzen ausblies. Mit dem Gefühl, dass es für Joaquín nicht ›in Ordnung‹ war, wie Cris gesagt hatte. Ich brauchte zwei Anläufe, bis keine mehr brannte.

»Was hast du dir gewünscht?« Cris zog ein Messer aus dem Block und schnitt ein Stück Torte ab.

Nichts. Ich beobachtete, wie er es mir auf den Teller legte.

»Also?« Hundeblick. Erwartungsvoll.

»Wenn ich dir das sage, geht es nicht in Erfüllung.« Irgendwie schaffte ich es, mir ein Lächeln abzuringen. Nichts. Ich hatte mir nichts gewünscht. Dabei wollte ich doch nichts mehr als hier weg, mein altes Leben zurück – nein, genau genommen wollte ich, dass das Davonlaufen ein Ende hatte; wollte ich ein Zuhause; jemanden, der für mich da war, bedingungslos.

»Stimmt!« Cris schenkte mir Kaffee und Orangensaft ein, schob mir beides zu. Holte sich anschließend auch Tasse, Teller und Gabel aus dem Küchenschrank, nahm sich Kaffee und schnitt sich selbst ein Stück Torte ab. Lässig mir gegenüber an der anderen Seite des Tresens gelehnt, kostete er davon. »Mmm. Genial!« Verzückt verdrehte er die Augen. »Die muss von Luisa sein. Ich frage mich, wie Joaquín sie dazu gebracht hat, eine für dich zu machen. Normalerweise backt sie nur noch für ihre

Familie.« Er gab Zucker in seinen Kaffee, nahm einen Schluck davon, schaufelte sich den nächsten Bissen Torte in den Mund, hielt dann aber inne. »Was ist? Na los, probier schon! – Warte! Hier!«

Ich starrte ihn an, als er seine Gabel in mein Stück grub und sie mir entgegenstreckte, um mich damit zu füttern – nur um sie keine Sekunde später wieder zurückzuziehen. Sein Blick ging an mir vorbei. Ich drehte mich um. Joaquín stand im Durchgang. Der Ausdruck auf seinem Gesicht war nicht zu deuten. Und trotzdem glaubte ich für einen kurzen Moment, etwas in seinen so entsetzlich hellen Augen zu sehen: Bitterkeit. Schmerz. Und dann waren sie ebenso kühl wie seine Züge.

»Es tut mir leid, Lucinda, unser Ausflug muss ausfallen. Ich muss nach L.A.« Er ließ mir nicht die Chance, irgendetwas zu sagen, bevor er sich an Cris wandte und mit dem Kopf hinter sich wies. »Kommst du bitte eine Minute? Ich muss mit dir reden. Unter vier Augen.« Ohne eine Antwort abzuwarten, drehte er sich um und verschwand wieder Richtung Halle.

Unwillig verzog sein Bruder den Mund, stellte dann aber den Teller beiseite und folgte ihm nach draußen.

Ich saß da und starrte auf mein Tortenstück. Ich konnte es selbst kaum glauben, aber ich hatte mich auf diesen Ausflug gefreut. Auch wenn es bedeutet hätte, einen ganzen Tag mit *ihm* zu verbringen. Lustlos stocherte ich in Kuchen und Creme herum.

Es schien eine Ewigkeit zu dauern, bis Cris zurückkam.

Ich ließ die Gabel sinken. »Was ist passiert?«

Mit einem Schulterzucken griff er wieder nach seinem Teller. »Nichts Wichtiges. Mach dir keine Sorgen.« Er sah zum Durchgang, schien zu lauschen.

»Aber ... was will die Mordkommission von ...« – Joaquín –

»… deinem Bruder?« Wo war er in den letzten Nächten gewesen? Tatsächlich in San Isandro, wie Cris gesagt hatte? Oder in L.A.? Hatte er nicht nur ›gejagt‹, sondern auch … getötet?

Wieder ein Schulterzucken. »Du hast heute Geburtstag! Vergiss das Ganze. Joaquín kommt schon klar.« Er wies auf meinen Teller. »Schmeckt dir die Torte nicht oder womit hat sie es verdient, so massakriert zu werden?« Akribisch kratzte er die Creme auf seinem Teller zusammen, nahm sich ein weiteres Stück. Pflichtschuldig schob ich mir von meinem in den Mund. Kaute. Schluckte. Süß und zugleich mit einem Hauch Zitronengeschmack. So, wie ich es mochte. Trotzdem hätte ich ebenso gut auf Pappe kauen können.

»Und? Köstlich, oder?«

Ich nickte, stocherte weiter in meinem Stück herum.

Abermals schaute Cris zum Durchgang, den Kopf leicht zur Seite geneigt. Verwirrt folgte ich seinem Blick. Ich glaubte, *ihn* in der Halle zu hören, gleich darauf kam er in die Küche. Jetzt nicht mehr in Jeans und Hemd, sondern in maßgeschneidertem Anzug und Krawatte. Auf dem Weg zur Hintertür nickte er Cris zu. »Halt dich an das, was wir besprochen haben.« Er sah zu mir, wieder ein Nicken. »Wir sehen uns heute Abend.«

»Wann bist du zurück?« Cris leckte Zuckerguss von seiner Gabel.

»Ich melde mich, sobald ich es weiß. Es kann spät werden.« Er hatte die Tür schon geöffnet, als er sich noch einmal umdrehte. Seine Augen suchten meine. »Es tut mir leid, Lucinda«, murmelte er nach einer weiteren Sekunde. Ich wusste nicht, was ich sagen sollte. Etwas Bitteres zuckte um seine Lippen, ein weiteres Nicken zu Cris und mir, dann war er hinaus.

Sein Bruder schaute die Tür an. Diesmal war es offensichtlich, dass er auf *seine* Schritte lauschte, darauf, wie er sich vom Haus entfernte. Plötzlich fühlte ich mich, als sei ich Teil einer Verschwörung, bei der ich weder wusste, worum es ging, geschweige denn, dass ich zu ihr gehören wollte. Um irgendetwas zu tun, schob ich mir einen Bissen Torte in den Mund und kaute, ohne wirklich etwas zu schmecken.

Als das leise Röhren eines Automotors erklang, erschien ein Grinsen auf Cris' Gesicht. Er stellte seinen Teller beiseite, kam um den Tresen herum und nahm mir die Gabel aus der Hand. »Ich hätte nicht gedacht, dass Joaquín es mir so einfach macht, dich zu entführen.«

»Entführen?« Ich starrte ihn an.

Cris lachte, zog mich von meinem Hocker herunter. »Ja, entführen. Nach Los Angeles! Wir gehen shoppen!«

»Shoppen?«

»Shoppen! Ich zahle! – Mein Geburtstagsgeschenk.« Er schob mich zum Durchgang. »Wir müssen Joaquín nur einen kleinen Vorsprung geben … Um sicherzugehen.« Er zwinkerte mir zu. »Was hältst du davon, wenn du dich umziehst? Ein bisschen schick machst?«

Ein kleiner Schubs ließ mich zwei Schritte vorwärtstaumeln. Ich blieb wieder stehen. »Ich bin nicht sicher, was Joaquín dazu …« War ich verrückt? Cris bot mir die Chance, von hier wegzukommen, löste sozusagen die Ankündigung seines Bruders ein und ich machte mir Gedanken, was *er* dazu sagen würde?

»Was Joaquín nicht weiß, macht Joaquín nicht heiß. – Keine Sorge. Wir sind vor ihm wieder zurück. Und wir werden ihm auch nicht begegnen.« Er wedelte mit der Hand. »Jetzt geh dich umziehen.«

»Der Tisch …«

Cris seufzte theatralisch. »Ja, ja. Ich räum ihn ab. – Nun geh schon.«

Noch immer zögernd setzte ich mich in Bewegung.

»Lucinda?«

Ich wandte mich zu ihm um.

»Du wirst doch nicht versuchen, davonzulaufen, oder?« Wieder dieser Hundeblick, während er ganz dicht vor mich trat.

Ich schüttelte den Kopf. »Nein.« *Weil ich einen Deal mit deinem Bruder habe.*

»Gut.« Mit den Fingerspitzen strich er über meine Wange. Der Ausdruck in seinem Gesicht änderte sich, als ich einen Schritt zurück machte, einen zweiten, bevor ich mich umdrehte und die Küche verließ.

Es fühlte sich falsch an.

Daran änderte auch der Umstand nichts, dass Cris mir die ganze Fahrt nach L.A. von den Shops vorschwärmte, in die er mich schleifen würde. Ich hörte ihm nur mit halbem Ohr zu. Die meiste Zeit sah ich aus dem Fenster, hinaus in das harte Flimmern, das über Sträuchern und Felsen hing, und fragte mich, was *er* dazu sagen würde.

Und was geschehen war, dass ein Lt. der Mordkommission ihn zu sich aufs Revier bestellt hatte. Ihn, Joaquín de Alvaro.

Wo Cris mit mir shoppen gehen wollte, wurde mir erst klar, als ich all die edlen Boutiquen – Armani, Dior, Gucci, Vuitton, Cartier, Yves Saint Laurent, Tiffany, zusammen mit etlichen anderen – und das Straßenschild sah. Selbst wenn ich zu diesem Zeitpunkt noch Zweifel gehabt hätte, wären sie endgültig vergangen, als er seinen Porsche am Rand der mit Palmen gesäumten Straße parkte: dem Rodeo Drive.

»Du bist verrückt«, entfuhr es mir, als ich schließlich mehr als ein Japsen zustande brachte.

Lachend stellte Cris den Motor ab, sah mich an, zog ein bisschen umständlich seinen Geldbeutel aus der Hosentasche, fischte eine silbrige Karte heraus und hielt sie mir grinsend unter die Nase. »Schau, eine Platin-Card. Vielleicht nicht ganz so beeindruckend wie Joaquíns schwarze, aber glaub mir: Es wird mich nicht ruinieren, wenn ich mit dir shoppen gehe.« Er zwinkerte mir zu. »Auch hier nicht.« Damit schob er Karte und Brieftasche wieder an ihren Platz zurück, stieg aus, kam um den Porsche herum und öffnete mir die Tür. »Und ich gedenke, den ganzen Kofferraum und den Rücksitz mit Tüten und Taschen vollzustopfen.« Auffordernd streckte er mir die Hand hin. »Komm schon! Sei kein Spielverderber!«

Mit einem irgendwie mulmigen Gefühl ließ ich mich von meinem Sitz und aus dem Porsche ziehen.

Bis zum Mittag hatte Cris es geschafft, dass ich Jeans und Shirt gegen ein dünnes Baumwollträgerkleid getauscht hatte – allerdings auch nur dadurch, dass er eine der Verkäuferinnen dazu gebracht hatte, einfach *meine* Sachen aus der Anprobe mitzunehmen und in eine Tüte zu packen, sodass mir nur das Kleid zum Anziehen geblieben war. Es reichte mir bis kurz über die Knie und ich war froh, dass Cris das andere, das ich zuvor auf sein Drängen anprobiert hatte und das deutlich kürzer gewesen war, letztlich doch als ›zu bieder und langweilig‹ hatte zurückhängen lassen.

In dem Geschäft selbst hatte ich keinen Wirbel machen

wollen, und da Cris meinen entsprechend zurückhaltenden Einspruch nur mit einem Lachen und einem verschwörerischen Blickwechsel mit der Verkäuferin abgetan hatte, während er bezahlte, hatte ich meinen Ärger runtergeschluckt. Doch spätestens als wir anschließend den Rodeo Drive weiter entlangschlenderten, hatte ich zugeben müssen, dass der weich fallende Rock deutlich angenehmer zu tragen war als meine langen Jeans. Auch wenn es hier in Los Angeles bei Weitem nicht so heiß war wie auf Santa Reyada. Angenehm – aber ungewohnt.

Im Vergleich zu den anderen jungen Frauen in Shorts oder Miniröcken, denen wir begegneten, waren meine Beine blass; war *ich* blass. Trotz meiner schwarzen Haare. Mein ganz persönlicher Fluch.

Meine Docs hatten im nächsten Schuhgeschäft einem Paar Sandalen weichen müssen. Flachen Sandalen! Nicht solchen mit Absatz, wie Cris sie mir als Erstes hatte zeigen lassen.

Mit jedem Geschäft, zu dem Cris mir die Tür aufhielt, hatte ich mehr und mehr den Verdacht, dass er nicht das erste Mal auf dem Rodeo Drive mit einem Mädchen shoppen ging. Manch eine der Verkäuferinnen begrüßte ihn mit Namen oder schien seinen Geschmack, was die Kleider einer Frau anging, ganz genau zu kennen. Endgültige Gewissheit hatte ich, als ich ihn auf der anderen Seite der Anprobe mit einer der Verkäuferinnen reden hörte: über jemanden mit dem Namen Roxane. Die so viel mehr sein ›Typ‹ war als ich. Von der er sich allerdings schon zu Weihnachten getrennt hatte. Eine Sekunde lang hatte ich wie erstarrt dagestanden. Bis ich mir klargemacht hatte: Ich hatte wohl kaum das Recht, eifersüchtig zu sein. Er war jung, gut aussehend und reich, wohnte hier irgendwo in L.A. in einem Apartment. Es war ganz normal, dass er weder das Leben eines Mönchs noch das eines Eunuchen geführt hatte. Und trotzdem war es ein seltsames Gefühl. Ich hatte versucht, mir nichts anmerken zu lassen, als ich die Anprobe wieder verlassen hatte. Auch nicht, dass mir in diesem Moment noch weniger nach Shoppen zumute war als zuvor.

Wann immer ich mich in einem Schaufenster oder den Spiegeln einer Boutique sah, ertappte ich mich bei dem Gedanken, ob es *ihm* nur mit diesem einen Spiegel in seinem Laboratorium auf Santa Reyada möglich war, jemanden zu beobachten. Das Gefühl, das dabei in meinem Magen saß, fühlte sich nicht wie Angst an …

Wir aßen auf der Terrasse eines kleinen, edlen Restaurants schräg gegenüber dem Regent Beverly Wilshire Hotel zu Mittag und Cris amüsierte sich über meinen Gesichtsausdruck, als er mich von seinen Austern kosten ließ. Ich dankte insgeheim dem Himmel dafür, dass ich mich trotz all der Meerestier-Köstlichkeiten auf der Karte für einfache Pasta mit gegrilltem Gemüse entschieden hatte.

Der erste Schwung an Tüten und Taschen war bereits im Kofferraum seines Porsche verstaut – in dem noch deutlich zu viel Platz war, wie er mir mitgeteilt hatte.

Ich hatte gerade meine letzte Tomate mit dem verbliebenen Spinat aufgespießt, als Cris' Handy klingelte. Mir wurde schlecht, als er nach einem Blick auf das Display »Joaquín« sagte und dranging. Einen Moment lauschte er, nickte immer wieder mit einem »Mhm«, »Verstehe« oder »Okay«.

Ich umklammerte meine Gabel und versuchte mir gleichzeitig einen Reim auf das zu machen, was ich von diesem Gespräch mitbekam. Erfolglos.

»Im Wohnzimmer. Wir sehen fern«, meinte er mit einem Mal unvermittelt. Ich hielt den Atem an. Cris zwinkerte mir zu und wies dabei auf die Menschen um uns herum. Also hatte Joaquín den Straßenlärm und die Stimmen im Hintergrund gehört. »In Ordnung. Bis dann.« Er drückte das Gespräch weg.

»Was ist?« Der Spinat war mir von der Gabel gefallen. Ich schob ihn unruhig auf meinem Teller hin und her.

»Joaquín rechnet nicht damit, vor Mitternacht zu Hause zu sein«, erklärte er mir, nachdem er das Handy in die Hosentasche zurückgeschoben hatte. »Er will sich selbst um die … noch ein paar Dinge kümmern.« Ein Grinsen erschien auf seinen Zügen. Es war reiner Triumph. »Wir haben also noch den ganzen Nachmittag und Abend.«

Beklommen nickte ich. Irgendwie fühlte das alles hier sich gerade noch falscher an, als es das auf der Fahrt hierher schon getan hatte.

Cris beugte sich vor, ergriff meine Hand quer über den Tisch hinweg. »Was ist? Alles in Ordnung?«, erkundigte er sich, plötzlich besorgt.

»Nichts.« Ich zwang mich zu einem Lächeln, schüttelte den Kopf, wich seinem Blick aus.

Eine Sekunde musterte er mich, eine kaum sichtbare Falte zwischen den Brauen, ehe er unvermittelt meine Hand drückte. »Weißt du, was?« Er lehnte sich noch weiter vor. »Meinetwegen soll Joaquín mir morgen den Kopf abreißen: Heute bekommst du eine *richtige* Geburtstagsparty.«

»Was?« Jetzt sah ich ihn doch an. Nein, ich *starrte* ihn an.

Cris hob die Schultern. »Ganz abgesehen davon, dass ich ihm ohnehin nichts recht machen kann …«

»Cris … ich … ich weiß nicht, ob das so eine gute …«

»He! Was uns nicht umbringt, macht uns nur noch härter. Es wäre nicht das erste Mal, dass er mich wegen etwas, das ich getan oder nicht getan habe, zur Schnecke macht. Genau genommen ist das seit Vaters Tod sowieso sein absoluter Lieblingssport. Also was soll's.« Sein Grinsen war zurückgekehrt. Abermals drückte er meine Hand. »Lass mich kurz telefonieren, okay? Mit ein paar Leuten reden …« Er wollte meine Hand loslassen, aufstehen. Hastig hinderte ich ihn daran. Doch er ließ mich gar nicht erst zu Wort kommen. »Lass mir den Spaß, ja? Und mach dir keine Sorgen. Joaquín kann nicht mehr tun als mich anschreien. Wenn er richtig loslegt, wackeln zwar die Wände, aber ich habe bisher noch jeden seiner Anfälle überlebt.« Sein Daumen glitt zärtlich über meinen Handrücken, dann machte er sich endgültig von mir frei. »Entschuldige mich für …«

»Nein!« Hastig schob ich meinen Stuhl zurück, bevor er tatsächlich aufstehen konnte. Von den Nachbartischen her wurden uns Blicke zugeworfen. Wir erregten gerade eindeutig zu viel Aufmerksamkeit für meinen Geschmack. »Bleib! Ich wollte sowieso kurz …« Ich wies mit dem Kopf ins Innere des Restaurants.

Cris verharrte in der Bewegung. »Soll ich dich …?«

Begleiten? Mir schoss das Blut in die Wangen. »Nein!«

Er zögerte, sank schließlich doch wieder auf seinen Stuhl zurück. »In Ordnung.«

Trotzdem hatte ich das Gefühl, als würde er mich nicht aus den Augen lassen, bis ich aus seinem Blickfeld heraus war. Ein

Kellner wies mir mit einem Nicken unauffällig den Weg zu den Toiletten.

Meine Hände fühlten sich klamm an, als ich sie kurze Zeit später unter den kalten Wasserstrahl hielt. Außer mir war niemand hier. Zum Glück. Ich sah in den Spiegel über dem Waschbecken. Keine farblos glitzernden Augen, die zurückstarrten. Es war falsch, dass Cris seinen Bruder meinetwegen anlog; meinetwegen einen Streit mit ihm riskierte. Ich wollte das alles nicht. Und ich brauchte auch keine Geburtstagsparty. Seit Tante Marías Tod hatte es so etwas nicht für mich gegeben und davor … auch nicht. Warum also heute? Ich würde ihm einfach sagen, dass ich keine Party wollte. Oh, natürlich fühlte es sich gut an, dass er alles tat, um mir einen schönen Tag zu bereiten. Aber nicht um diesen Preis. Ich drückte die Hände in das Handtuch, schloss für einen Moment die Lider.

Ich wollte das alles einfach nur hinter mich bringen, meinen Teil des Handels mit *ihm* erfüllen und dann fortgehen. Irgendwohin, wo mich keiner fand. Auch wenn das bedeutete, dass ich Cris aufgeben musste. Allein der Gedanke tat nach wie vor auf eine seltsam dumpfe Weise weh. Aber passte ich überhaupt in sein Leben? Ein Leben mit einer silbrig glänzenden Kreditkarte und Shoppen auf dem Rodeo Drive? Mit Blicken von Fremden, bei denen ich mich fragte, ob ich mich gerade irgendwie danebenbenommen hatte? Ich atmete einmal tief ein und stieß die Luft wieder aus, warf das Handtuch in den Korb, verließ den Waschraum und ging zu Cris zurück.

Er saß entspannt zurückgelehnt an unserem Tisch und beobachtete anscheinend gelangweilt den Verkehr auf dem Wilshire Boulevard. Als ich wieder auf meinen Stuhl glitt, riss er den Blick von Autos und Passanten los und sah mich an. Verzeihung heischend.

»Ich fürchte, ich habe dir zu viel versprochen. Das mit der Party …«, er beendete den Satz nicht, hob stattdessen die Schultern. »Es tut mir leid.«

»Muss es nicht.« Keine Party, kein Streit mit Joaquín. Fast hätte ich erleichtert aufgeatmet.

Cris schnitt eine Grimasse, widersprach mir aber nicht. »Was möchtest du jetzt tun?«

Für die Antwort auf diese Frage musste ich nicht lange überlegen. »Wäre es sehr schlimm, wenn wir deinen Kofferraum und den Rücksitz nicht noch mehr mit Tüten und Taschen vollstopfen?« Cris neigte den Kopf, sah mich abwartend an. »Ich würde gerne an den Strand fahren; spazieren gehen; in der Sonne sitzen …« Ich hielt inne, weil ich mir plötzlich entsetzlich dumm vorkam. Cris hatte mich zu einem Shoppingtrip hierhergebracht und ich wollte am Wasser spazieren gehen.

Einen sehr langen Moment sagte er nichts, doch dann nickte er, stand auf und streckte mir über den Tisch hinweg die Hand hin. »Lass uns aber nicht nach Venice Beach fahren, sondern nach Santa Monica. Da könnten wir nicht nur am Strand spazieren gehen, sondern auch eine Runde über den Pacific Park auf dem Pier drehen.« Plötzlich war wieder dieses Grinsen auf seinem Gesicht. »Zuckerwatte, Karussell, Riesenrad …«, lockte er und zog mich zugleich zwischen den Tischen hindurch zur Straße und weiter in Richtung seines Porsche. Kein Kellner kam uns protestierend hinterhergerannt. Offenbar hatte er meine Abwesenheit genutzt, um unsere Rechnung zu bezahlen.

Keine halbe Stunde später stand ich bis zu den Knöcheln im Wasser und streckte das Gesicht der Sonne und dem Wind entgegen, der von der See in die Santa Monica Bay hereinwehte. Die Sandalen baumelten von meinen Fingerspitzen. Nur gedämpft klang Karussell-Musik vom Pier bis hierher. Ein paar Meter links von uns versuchte eine Mutter ihren schrill protestierenden Sohn davon zu überzeugen, dass es Zeit war, nach Hause zu gehen. Ich spürte Cris hinter mir, in sicherer Entfernung zum Wasser. Seine Hosenbeine waren bis knapp unter die Knie hochgerollt. Und dank einer besonders hohen Welle trotzdem schon nass von Salzwasser. Er war verwirrend still. Ein Stück weiter Richtung Pier spielte ein junger Mann mit seinem Hund Frisbee. Das weiß-schwarze Tier holte die gelbe Scheibe jedes Mal mit einer Begeisterung aus der Luft, die mich an Jasper erinnerte. Er hatte sich auch immer mit so viel absolutem Spaß auf das Plastikding gestürzt. Ein paarmal hatten seine Zähne sogar Löcher darin hinterlassen. Wann immer es möglich war, hatte ich für ihn ein bisschen extra Zeit herausgeschlagen, war ich mit ihm spazieren gegangen, hatte mit ihm Frisbee gespielt oder mit ihm einfach nur in seinem Zwinger gesessen und ihm die Ohren gekrault und ihn gestreichelt. Allerdings hatte Jasper kein kurzes, glattes Fell, sondern war ein graues, struppig-seidiges Wesen, das vermutlich die Gene von mindestens einem Dutzend Rassen in sich vereinte. Ob er inzwischen ein neues Zuhause gefunden hatte? Ich wünschte es ihm von ganzem Herzen – obwohl ich mir immer wieder ausgemalt hatte, wie es sein würde, ihn selbst zu adoptieren. Nur dass es in meinem Leben keinen Platz für einen Hund gab. Jasper brauchte ein richtiges Zuhause, in dem er bleiben konnte, niemanden, der immer wieder seine Sachen packen und verschwinden musste. Und am Ende in einer Wohnung landete, in der gar keine Tiere gehalten werden durften.

Der Hund tanzte laut bellend um sein Herrchen herum, um seinem Zweibeiner klarzumachen, dass er ihm das Frisbee endlich wieder werfen sollte.

Wie Jasper. Cris stand noch immer schweigend hinter mir. Ich drehte mich um.

»Alles in Ordnung?«

Anscheinend hatte er die ganze Zeit über mich hinweg aufs Meer hinausgeschaut. Jetzt senkte sein Blick sich zu mir. Ein Lächeln glitt über seine Lippen. Nur ganz kurz. Irgendwie … bedrückt.

»Cris? Stimmt etwas nicht?« Ein leises Gefühl der Unruhe machte sich in meinem Innern breit. »Machst du dir Sorgen, dass …« – Joaquín – »… dein Bruder vielleicht doch früher zurück sein könnte?« Ich stapfte auf ihn zu, aus dem Wasser heraus. Der Sand klebte an meinen Füßen. Warm. Weich. »Sollen wir lieber gleich zurückfahren, damit er … Au!« Ich versuchte, nicht mit meinem ganzen Gewicht auf das zu treten, was da Schmerzhaftes vor mir vergraben war, stolperte.

Cris fing mich auf, ließ mich in den Sand gleiten. »Was ist passiert? Hast du dir wehgetan?« Hastig kniete er sich hin, zog meinen Fuß auf seinen Schoß und wischte vorsichtig die Sohle sauber.

»Ich weiß nicht. Ich bin auf irgendetwas getreten …« Ich rutschte so weit zur Seite, bis ich die Stelle erreichen konnte, an der das Was-auch-immer gewesen war, und grub es aus. »Eine Muschel!« Sie war etwas größer als meine Handfläche, gewunden wie eines dieser lang gezogenen, spitzen Schneckenhäuser und weiß – wobei ich nicht sagen konnte, ob das ihre eigentliche Farbe war oder irgendeine Kruste. Kalk vielleicht? Ihre eine Seite war zerbrochen. Ich streckte sie Cris hin. »Schau.«

»Du hast Glück. Noch nicht einmal ein Kratzer. Ich kann zumindest nichts sehen. Normalerweise kann man sich an den Dingern böse schneiden.« Behutsam setzte er meinen Fuß in den Sand zurück.

»Ziemlich hübsch, für etwas so ›Gefährliches‹.«

Er betrachtete den Übeltäter, fuhr mit der Fingerspitze ganz leicht über die beschädigten Stellen. »Hmhm.«

Ich schnappte nach Luft. Unter seiner Berührung verschwanden die Löcher. Anstatt der weißen Kruste war silbrig bleich schimmerndes Perlmutt zu sehen.

»Sie ist wunderschön«, flüsterte ich nach einer weiteren Sekunde ehrfürchtig.

Cris neigte den Kopf, betrachtete sein Werk. »Mhm.« Er nahm die Hand weg und die Illusion war wieder vergangen. »Und früher wäre sie so wunderschön geblieben.«

Überrascht blickte ich von der Muschel auf. »Was ist passiert?« Ich bereute die Frage bereits, noch bevor er den Mund verzog.

»Joaquín ist passiert.« So viel … Wut hatte ich noch nie in seinem Ton gehört. Verständnislos sah ich ihn an. Er lachte hart. »Ich war mal ein richtiger Hexer der Hermandad. Vielleicht nicht ganz so mächtig wie Joaquín, aber mächtig genug, dass ich wie jeder andere aus meiner Familie auch Nacht für Nacht zum Vampir geworden wäre; dass über mir heute auch das Damoklesschwert, Nosferatu zu werden, gehangen hätte.« Abermals berührte er die Muschel auf meiner Hand und wieder war sie von einer Sekunde zur nächsten heil und schimmerte silbrig bleich. »Kaum zu glauben, was?« Er nahm die Hand fort und auf meiner blieb erneut nur eine zerbrochene Muschel zurück. Seine Stimme sank zu einem bitteren Flüstern herab. »Kaum zu glauben, dass ich es meinem Bruder verdanke, dass ich heute nur noch ein magischer Krüppel bin. – Ein erbärmlicher magischer Krüppel. Der dankbar sein muss, dass sein ach so mächtiger Bruder die Hand über ihn hält.«

»Was ist passiert?«

Einen sehr langen Moment sah er schweigend auf die Muschel zwischen uns. »Ich bin ihm in ein … ›Experiment‹ hineingeraten.« Er stieß ein Schnauben aus. »Ein Experiment. – Ein Bannkreis in dem Pentagramm auf dem Boden der oberen Bibliothek; ein paar von Joaquíns selbst gewebten Siegelknoten … Ich wusste ja noch nicht einmal, dass er da oben mit irgendetwas zugange war. Ich wollte nur etwas in einem alten Kodex nachschlagen … Und als ich wieder zu mir komme, reicht meine Macht nur noch für ein paar billige Taschenspielertricks.«

Oh mein Gott. »Cris«, flüsterte ich beklommen. »Es tut mir so leid.« Ich wagte die Frage kaum zu stellen. »Was hat Joaquín dazu gesagt?«

»Das muss es nicht. – Und Joaquín? Er sagte, es täte ihm leid. Dass er alles dafür geben würde, um es rückgängig zu machen.« Cris' Lachen klang härter als zuvor. »Dass er mir seine Macht überlassen würde, wenn er könnte.« Sein Tonfall wurde noch bitterer. »Er hatte sogar die Frechheit, mir zu sagen, dass ich froh sein soll, noch am Leben zu sein; nein, dass ich froh sein soll, *dass* es so gekommen ist und dass er jederzeit sofort und mit Freuden mit mir *tauschen* würde.«

»Konnte man das Ganze nicht wieder umkehren?«

»Nein. – Joaquín wusste zumindest nicht wie.« Wieder ein Schnauben. »Er wusste ja noch nicht einmal, wie er mir meine Macht genommen hatte. – Sagt er zumindest. – Und ich wollte das bisschen, was mir geblieben war, nicht auch noch verlieren.« Er hob den Blick jetzt ebenfalls von der Muschel, sah mich an. »Wusstest du, dass Rafael eigentlich über keine eigene Magie verfügt?«

Ich schüttelte den Kopf, verwirrt über seinen plötzlichen Themenwechsel.

»Tja, dank Joaquín hat er jetzt welche.«

»So etwas geht?« *Doch wohl nicht Cris' Magie?*

»Ja, so etwas geht. Es ist zwar verboten, aber was kümmern Joaquín de Alvaro schon Verbote? Er beschwört ja auch die schwarzen Hunde mit seinem Blut und hetzt sie dir hinterher, damit sie dich für ihn aufspüren.« Ich brauchte eine Sekunde, bis ich begriff, dass er von den schwarzen Monstern sprach, die mich bei meinem ersten Fluchtversuch aufgespürt hatten. Bei der Erinnerung an sie kroch etwas kalt meinen Rücken hinunter. Cris stand aus dem Sand auf, ergriff meine Hände und zog mich ebenfalls in die Höhe. »Hast du das ›halbe‹ Tattoo auf seinem linken Unterarm gesehen? Die andere ›Hälfte‹ trägt Rafael. Rafael, der eigentlich von Natur aus so viel Magie besitzt wie ein Stück Holz. Aber über dieses Tattoo ist er mit Joaquín verbunden – und kann auf die Macht meines Bruders zugreifen. Oh, er kann sie vielleicht nicht aktiv einsetzen, aber passiv, um zum Beispiel einen Zauber abzulenken, wie er es in Boston getan hat, als Abner uns angegriffen hat, das kann er.« Mit einem leisen, harten Lachen verzog er erneut den Mund. »Auch das ist als ›schwarze Magie‹ verboten. Deshalb verbirgt Rafael seine Hälfte des Tattoos auch wohlweislich unter diesem Lederarmband. Aber für meinen Herrn Bruder gelten solche Verbote ja nicht. – Weiße Magie, schwarze Magie: Es schert ihn nicht. Er nutzt, was ihm gerade am besten in den Kram passt.«

Ich wusste nicht, was ich sagen sollte. Cris deutete mein Schweigen falsch.

»Du glaubst mir nicht, oder?« Er ließ meine Hände los. Die Muschel fiel zwischen uns in den Sand.

»Nein«, hastig schüttelte ich den Kopf. »Nein, das ist es nicht …«

»Aber du fängst an, Joaquín zu mögen.«

»Was?« Verblüfft machte ich einen Schritt rückwärts. »Nein!« Allein der Gedanke war so abwegig, dass ich gar nicht darüber nachdachte. »Wie kommst du darauf?«

»Du hast in den letzten Tagen ziemlich viel Zeit mit ihm verbracht.«

Ich stöhnte innerlich auf. Aber doch nur weil er mir beibrachte, wie man Magie von sich fernhält. Was jetzt? *Er* hatte mir ausdrücklich verboten, irgendjemandem von unserem Deal zu erzählen. Inklusive Cris. »Das hat nichts zu bedeuten.« Selbst in meinen Ohren klangen die Worte lahm.

»Nein?«

Irgendetwas in seinem Tonfall erschreckte mich. »Nein! Ganz bestimmt nicht!« War er eifersüchtig? Lieber Himmel, dazu gab es absolut keinen Grund.

Cris nahm meine Hand erneut in seine. Ich hatte nicht mitbekommen, dass ich sie zu Fäusten geballt hatte. Mit etwas Verspätung lockerte ich meinen Griff.

»Joaquín kann sehr … charmant sein, wenn er will.«

Konnte er das? Bisher hatte ich es nur mit dem perfektionistischen Ekel zu tun gehabt. Sah man mal davon ab, dass er mir das Autofahren beibrachte. Seltsam hilflos schüttelte ich den Kopf. »Das ist …«

»Früher sind ihm die Mädchen scharenweise nachgelaufen.«

Meine Finger zuckten in Cris' Griff, als wollten sie sich wieder zur Faust schließen. »Früher?«

»Früher! – Joaquín war nie … ein Kind von Traurigkeit, wenn du verstehst, was ich meine. Bis zum Tod unseres Vaters. Danach … hat er schlagartig aufgehört, sich für Frauen zu interessieren.« Cris sah auf meine Hand in seiner, drehte sie um, strich mir sacht über die Innenfläche. »In der Hermandad geht das Gerücht, dass er und Rafael … mehr sind als *Freunde.*«

Ich gab ein Schnauben von mir. Joaquín und Rafael? Für mich klang das mehr als absurd. – Und selbst wenn? Würde es etwas daran ändern, dass Joaquín mein Blut brauchte, um nicht Nosferatu zu werden? Nein. So viel Glück hatte ich nicht.

»Letztlich ist es auch egal.« Cris blickte auf, hob die Schultern, streckte die Hand nach meiner Kehle aus. Irgendwie schaffe ich es, stillzuhalten, obwohl ich unwillkürlich zurückweichen wollte. Er strich nur eine verirrte Haarsträhne von meiner Schulter. »Würdest du auch davonlaufen wollen, wenn du nicht Joaquíns, sondern meine Blutbraut wärst?«

Seine Worte trafen mich wie ein Schlag. Meine Lungen verkrampften sich. Ich zwang mich weiterzuatmen, krümmte mich innerlich.

»Cris …« Weiter kam ich nicht.

»Vergiss es!« Abrupt ließ er mich los, schüttelte den Kopf, rieb sich übers Gesicht. »Ich … entschuldige. Das wollte ich nicht. Du hast Geburtstag und ich …« Er holte tief Luft. »Vergiss, was ich gesagt habe. Alles! Auch das mit meiner Magie. Das ist … absolut bedeutungslos. Sag mir lieber, worauf du Lust hast!«

Einen Moment stand ich einfach nur verblüfft da. Cris' Miene wirkte beinah gequält.

»Verzeih mir. Ich wollte dir den Tag nicht verderben«, sagte er mit einem neuerlichen Kopfschütteln.

»Es ist okay. Hast du nicht.« Ich rang mir ein Lächeln ab.

Ein schiefes, schuldbewusstes Grinsen glitt kurz über seine Lippen. Es wirkte so unecht wie meines. »Was möchtest du tun? Sollen wir zum Pier? Hast du schon mal das alte Pferdekarussell im Looff Hippodrome gesehen?« Er streckte mir wieder die Hand hin. »Die Hotdogs da sind auch verdammt gut.« Als ich sie nicht schnell genug ergriff, beugte er sich vor und nahm meine einfach in seine. »Also?«

Ich biss mir auf die Lippen. Ich hatte nicht das Recht, ihm den Spaß zu verderben. Vor allem jetzt in diesem Augenblick nicht, nachdem er mir all das erzählt hatte. Und außerdem … »Der Ausblick vom Riesenrad muss ziemlich genial sein, oder?« Ein Sonnenuntergang von dort oben war vermutlich absolut unbeschreiblich.

»Lass es uns herausfinden.« Sein Lachen hatte etwas Gezwungenes, als er mich Richtung Pier zog. Armer Cris. Er ließ meine Hand auch dann nicht los, als wir das weiß-blaue Eingangstor erreicht hatten und in den Strom der übrigen Besucher eintauchten.

Drei Stunden später war mir zum Sterben schlecht. Ich lag halb im Schatten des Piers im Sand, ein buntes Batik-Dreieckstuch, das Cris mir in einem der vielen kleinen Lädchen gekauft hatte, unter dem Kopf und konzentrierte mich auf das Geräusch der

Wellen, um die Reste von Pasta und gegrilltem Gemüse, Zuckerwatte und Hotdog mit allem dort zu halten, wo sie hingehörten: in meinen Magen.

Cris kniete neben mir und wirkte fast ein bisschen zum Lachen in seiner panischen Hilflosigkeit. Die letzten drei Stunden hatte er alles getan, um mich unser Gespräch von zuvor vergessen zu lassen, und dann das. Gerade entschuldigte er sich zum ich-wusste-nicht-wievielten Mal. Obwohl ich ihm bisher jedes Mal gesagt hatte, dass es *nicht* seine Schuld war. Nun ja, genau genommen war sie es vielleicht doch. Gut, die Zuckerwatte war meine Idee gewesen, aber *er* hatte danach mit dem Hotdog vor mir gestanden, ohne mich zu fragen, ob ich wollte. Und *er* hatte mich gegen meinen Protest in die Achterbahn geschleift. ›Harmlos‹ hatte er sie genannt. Möglich, dass sie das sogar war. Aber mein Magen und Achterbahnen vertrugen sich nun einmal nicht. Und ich *hatte* ihm gesagt, dass mir auf diesen Dingern *immer* speiübel wurde. Wenn man schon einmal an einer gejobbt hatte, wusste man das eben ziemlich genau. Was ich allerdings nicht gewusst hatte, war, dass sich auch mein Kreislauf verabschieden könnte. Doch nachdem ich eben gerade erst aus einem Achterbahnwagen gestiegen war und plötzlich auf den Holzplanken daneben gesessen hatte, ohne es im ersten Moment mitzubekommen, wusste ich auch das.

Ich hatte es gerade noch bis zum Geländer der Pier geschafft, ehe ich den größten Teil meines Mageninhalts in einen Papierkorb gespuckt hatte. Eine fürsorgliche Großmutter hatte mir die Cola ihres Enkels überlassen, damit ich den widerlichen Geschmack im Mund loswerden konnte, und Cris dann geraten, mich in den Schatten zu bringen. Genau das hatte er getan.

Auf seinen Armen. Und als er mich im Sand absetzte, hatte ich mich dabei ertappt, wie ich seine Art, mich in den Armen zu halten, mit der seines Bruders verglich.

Da mein Magen sich die letzten Minuten beruhigt zu haben schien, setzte ich mich auf. Vielleicht ein bisschen schwerfällig, denn Cris legte mir sofort den Arm um die Schultern, um mich zu stützen.

»Schon okay. Ich glaube, ich bin wieder in Ordnung.« Behutsam schob ich ihn ein Stück von mir weg.

Der Hund und sein Herrchen waren immer noch da. Allerdings hatte der junge Mann sich inzwischen mit einem Block und ein paar Büchern auf einem Handtuch niedergelassen, sodass sich das Tier darauf verlegt hatte, laut bellend Möwen über den Strand zu jagen.

»Sicher?« Er musterte mich besorgt.

»Sicher.« Ich nickte entschieden und stand endgültig aus dem Sand auf. Cris hatte nach meinem Ellbogen greifen wollen, ließ es aber, als ich den Kopf schüttelte. Stattdessen bückte er sich nach meinem Tuch, klopfte den Sand davon ab und legte es mir um die Schultern. Und zischte, als sein Handy unvermittelt klingelte. Mit einem entschuldigenden Blick trat er ein paar Schritte beiseite und ging ran. Der Hund scheuchte gerade eine besonders dreiste Möwe direkt auf mich zu. Einen Moment überlegte ich, ob ich versuchen sollte, ihn zu mir herzulocken. Ich vermisste das Gefühl von Fell zwischen den Fingern, unter der Wange; einen weichen Hundekörper, an den ich mich schmiegen und für eine kurze Zeit mein Leben einfach vergessen konnte. Doch noch ehe ich mich hinkauern und die Hand nach dem Tier ausstrecken konnte, kam Cris schon wieder auf mich zu.

»Ist es für dich okay, wenn wir zurückfahren?« Seine Miene war nicht zu deuten.

»Natürlich. Kein Thema.« Plötzlich hatte ich Herzklopfen. War *er* doch früher zurück als angenommen? Ich sah kurz zum Pier hin, als Cris meine Hand ergriff. Vielleicht schaffte ich es ja zu einem anderen Zeitpunkt, den Sonnenuntergang von diesem Riesenrad aus zu sehen.

19

Ich hätte nicht gedacht, dass Sie so schnell kommen.« Der Mann warf rasch einen Blick den Flur hinauf und hinunter, trat zurück, um ihn hereinzulassen.

»Ich hatte ohnehin in der Stadt zu tun. Es hat eben gepasst.« Joaquín schloss die Tür hinter sich. Dass er die letzten Stunden im Präsidium des LAPD und im Leichenschauhaus zugebracht hatte, musste der Mann nicht wissen. »Die Papiere sind also fertig?«

Der Mann, Frank – zumindest nannte er sich so –, ging vor ihm her, ins Wohnzimmer. Die Wohnung eines Fälschers hatte er sich immer anders vorgestellt. *Klischee, Joaquín. Wie so vieles.* Die Einrichtung war stylish, elegant. Vielleicht ein bisschen zu gewollt stylish elegant. An den Wänden hingen Kunstdrucke. Gegenüber der Ledercouch ein riesiger Flachbildschirm. Keine Bilder von Frau und Kindern. *Gut. Das macht es einfacher.*

›Frank‹ nahm eine Mappe von dem gläsernen Wohnzimmertisch. »Ja. – Sie haben den Rest des Geldes?«

Joaquín griff in die Tasche seines Jacketts, holte den Umschlag hervor. »Natürlich. – Wie besprochen.« Als der Mann danach langte, zog er ihn ohne Hast aus seiner Reichweite. »Und die Papiere sind absolut wasserdicht? Sie halten jeder Überprüfung stand? Egal von welcher Seite?«

»Absolut. Geburtsurkunde, Passport Card, Sozialversicherungskarte … Alles so echt, wie es nur sein kann. Ich arbeite nicht umsonst in diesem Laden. Und alles andere kann man damit beantragen.«

Joaquín hielt dem Mann wortlos den Umschlag mit dem Geld hin, nahm seinerseits die Mappe mit den Papieren entgegen.

Frank leckte sich die Lippen, riss das Kuvert auf, sah hinein, nickte, hob den Blick wieder zu Joaquín, beobachtete einen Moment, wie er jedes einzelne der Dokumente genau prüfte. »Alles so, wie Sie es wollten. Sogar das Geburtsdatum.«

»Wer weiß außer Ihnen noch von diesen Papieren?« Sie waren perfekt. Nein, besser als ›perfekt‹. Sie waren tatsächlich echt. Er faltete die Geburtsurkunde zusammen und schob sie gemeinsam mit den Plastikkarten in seine Jackentasche.

Der Mann machte einen Schritt zurück. »Was soll die Frage?«

»Wer noch?«

»Ein … Freund von mir.«

Also niemand. Joaquín verbiss sich ein Lächeln. *Sehr gut.* Dachte dieser Dummkopf wirklich, es würde ihm nicht auffallen, wenn er die Hand hinten in den Bund der Hose schob?

»Sie haben, was Sie wollten, Kumpel. Sie sollten jetzt verschwinden.« Der drohende Unterton in ›Franks‹ Stimme entging ihm nicht. Wortlos drehte er sich um, wandte sich Richtung Tür. Der Mann folgte ihm, schloss zu ihm auf. Die Rechte immer noch hinter dem Rücken.

Idiot.

Joaquín war schneller zu ihm herumgefahren, als Frank reagieren konnte, presste ihn gegen die Wand, blockierte mit der einen Hand dessen Rechte – und damit die Pistole, die er im

Bund seiner Hose verborgen hatte – und drückte ihm zugleich den Unterarm gegen die Kehle. »Sofort. Da ist nur noch eine Kleinigkeit …« Frank zerrte an seinem Arm, die Augen weit aufgerissen, röchelte. Wie schade, dass die Sonne noch nicht untergegangen war. Dann könnte er das Nützliche mit dem Notwendigen verbinden. Bevor er nach Santa Reyada und zu Luz zurückkehrte, *musste* er jagen. »Bedauerlicherweise bin ich in manchen Dingen nicht ganz so gut wie mein Bruder. Aber ich kann kein Risiko eingehen.« Der Mann riss die Augen noch ein Stück weiter auf, als er begriff, zerrte verzweifelter an seinem Arm. »Es tut mir leid.« Joaquín zwang Franks Rechte hinter dessen Rücken hervor, schmetterte ihm das Handgelenk gegen die Wand, dass es krachte. Die Pistole polterte zu Boden. Er kickte sie ein Stück weiter weg, ließ Franks Hand los, ignorierte, dass er mit ihr nach seinem Gesicht krallte, zerrte sein Hemd auseinander, setzte ihm einfach nur die Fingerspitzen seiner eigenen Rechten auf die jetzt bloße Brust. In der Form eines fünfzackigen Sterns. Genau über dem Herzen. Atmete einmal tief aus.

Frank wurde starr. Augen und Mund weit aufgerissen. Sein Würgen und Keuchen endeten schlagartig.

Er sackte an der Wand entlang zusammen, als Joaquín ihn schließlich losließ.

Joaquín trat zurück. Für manche Zauber brauchte es neben Hautkontakt nur den entsprechenden Gedanken. Ein wenig länger und das Ergebnis wäre ein Herzstillstand gewesen. Bedauerlich in diesem Alter, aber durchaus nichts Ungewöhnliches. Ein schnelles Ende. So verschaffte es ihm nur genug Zeit, um sämtliche Erinnerungen an diese Papiere und sich selbst in Franks Geist auszulöschen. Er schubste die Pistole ein Stück weiter zur Seite, als er sich neben den Mann kniete, ließ sie aber ansonsten liegen. Manchmal war es sogar ganz gut, wenn das Eine oder Andere für die Polizei keinen Sinn ergaben.

»Wie gesagt: Tut mir leid, Cris ist in einigen Dingen besser als ich …«, murmelte er, während er sich über Frank beugte und ihm die Handfläche auf die Stirn legte, die Finger spreizte. Cris war früher in der Lage gewesen, die Erinnerungen eines Menschen geradezu minutiös auseinanderzunehmen und in den kleinsten Details zu verändern. Keiner hatte jemals verstanden, warum es für ihn selbst immer nur ein Alles oder Nichts gewesen war. Der gute Frank würde von nun an mit diversen Gedächtnislücken leben müssen. Aber er würde es nicht zulassen, dass außer ihm jemand von dieser Identität wusste. Die Alternative wäre gewesen, ihn zu töten.

Er musste sich eine Sekunde an der Wand abstützen, als er sich schließlich aus dem Geist des Mannes zurückzog, bevor er aufstand und ins Wohnzimmer zurückkehrte. Wie er angenommen hatte, gab es keine weiteren Mitwisser. Allerdings hatte er den Gedanken an einen Safe hinter einem der Bilder und eine CD erhascht … Bei der Tür regte der Mann sich bereits wieder stöhnend. Zeit zu verschwinden. Frank hatte den Umschlag mit dem Geld scheinbar achtlos auf den Tisch gelegt. Joaquín nahm ihn eher beiläufig wieder an sich, während er das erste Siegel kaum einen Millimeter über der Glasplatte in die Luft zeichnete, dann das zweite. Für eine Sekunde schwankte er, als sich die beiden Elementare zeigten. So nah am Sonnenuntergang forderte die Magie ihren Tribut deutlich stärker. Seine Befehle waren einfach: Sie sollten jegliche Beweise finden, die auch nur im Entferntesten auf ihn oder diese Papiere hindeuteten, und sie unwiederruflich beseitigen. Anschließend sollte diese Wohnung – und nur diese Wohnung – so gründlich in Flammen aufgehen, dass auch jede andere Spur vernichtet war. Ohne dass der Mensch in ihrem Inneren mehr Schaden nahm als unbedingt nötig. Auch wenn das bedeutete, dass sie ihn selbst hinausschaffen mussten.

Mit einem Fingerschnippen ließ er sie frei, damit sie tun konnten, was er ihnen befohlen hatte, ging zur Tür, stieg über Frank hinweg, dessen Stöhnen lauter geworden war, und öffnete sie. Und bediente sich ein weiteres Mal der Magie, um die Spuren zu verwischen, die er selbst hinterlassen hatte.

20

Das ist nicht die Abfahrt nach Santa Reyada.« Mit einem Ruck setzte ich mich auf dem Beifahrersitz des Porsche auf. Plötzlich hing ein seltsam mulmiges Gefühl in meiner Magengrube. Das auch nicht verging, als ich mich selbst daran erinnerte, dass das neben mir Cris war.

Er warf mir einen schnellen Blick von der Seite zu, sagte aber nichts. Die Straße schlängelte sich zwischen wuchtigen Felsen eine Steigung hinauf; schmal, aber gut ausgebaut. Eine Kuppe, dann ging es wieder sacht abwärts. Über dem wie nass glänzenden Asphalt flimmerte die Luft. Ich musste die Augen zusammenkneifen; die Sonne stand schon zu tief, als dass die Sonnenblende auf meiner Seite noch irgendeinen Nutzen gehabt hätte.

»Cris, was soll das?« Das mulmige Gefühl zog sich zu einem Knoten zusammen. Wieder nur ein Blick, ansonsten Schweigen. »Das ist nicht witzig!« Eine weitere Kurve, zwischen zwei massigen, fahlen Felsen hindurch, ein kleines ›Wäldchen‹ aus Joshua Trees … In der Senke dahinter lagen Häuser. Ein Stück weiter ragte ein gutes halbes Dutzend Windkrafträder in den Himmel, deren Flügel sich ruhig drehten. Der Boden um sie herum glitzerte und spiegelte … Sonnenkollektoren. »Wohin fahren …« Wir passierten das Ortsschild. »San Isandro?« Verblüfft sah ich Cris an. *Seine* Stadt. Hier lebten die Menschen, die unter *seinem* ›Schutz‹ standen und ihm im Gegenzug ›Gehorsam‹ schuldeten. – Und Blut. Der Knoten in meinem Magen zog sich noch weiter zusammen. Warum brachte Cris mich hierher? Ich umklammerte den Türgriff mit einer Hand, presste die andere flach auf meinen Oberschenkel. »Was wollen wir hier?«

»Gleich!« Er strich über die Hand auf meinem Bein.

Gleich? Das war nicht sein Ernst? Was sollte das? Ich umklammerte den Türgriff fester. Das hier war Cris. – Der mich schon einmal verraten hatte. – Nein! Ich zwang mich zu einem tiefen Atemzug und verdrängte den Gedanken. Es gab für ihn keinen Grund, es wieder zu tun. Ein weiterer Atemzug, dann riss ich meinen Blick von Cris los und sah aus dem Fenster. Draußen glitten jetzt Häuser vorbei. Die meisten weiß getüncht. Anscheinend eine ganz normale Geschäftsstraße. In einer ganz normalen Kleinstadt. In gemauerten Einfassungen auf den Bürgersteigen zu beiden Seiten wuchsen mächtige Joshua Trees, um die herum zuweilen niedrige Büschen mit winzigen weißen Blüten saßen. Wir passierten einen kleinen Eisenwarenladen, zu dem anscheinend eine Schreinerei gehörte, eine Bäckerei und ein Friseurgeschäft. Ein paarmal konnte man zwischen den Häusern hindurch jenseits der Stadt vertrocknete Erde und Felsen sehen. Als wir an einer Kreuzung halten mussten, weil die Ampel auf Rot stand, winkte uns – oder vielmehr Cris – von der anderen Straßenseite ein junger Mann mit Kinderwagen zu … Alles wirkte auf eine verwirrende Weise normal.

Zwischen einer Boutique und einem Diner bogen wir dann in eine deutlich schmalere Seitenstraße ein. Ich warf Cris einen schnellen Blick zu, schaute wieder nach draußen. Auf der einen

Seite erstreckten sich jetzt wieder Wüste und Felsen, die unter der allmählich immer tiefer sinkenden Sonne mehr und mehr von Rot und Kupfer überzogen wurden. In der Ferne zeichneten sich weitere Häuser ab; dazwischen Koppeln, auf denen anscheinend Pferde und Rinder standen; etwas, das Scheunen oder Ställe sein konnten.

Die Häuser, an denen wir auf der anderen Seite vorbeifuhren, wirkten irgendwie … historisch. Doch das Verblüffendste waren die Gärten, die sie umgaben: Rasen, Büsche und Bäume – grün und blühend. In einem saßen zwei Frauen auf einer Schaukel im Schatten und unterhielten sich – bis ihre Blicke uns folgten.

Am Ende der Straße erhob sich eine Kirche, die aussah wie eine dieser alten, spanischen Missionskirchen. Auf dem Platz davor war das Rund eines … Brunnens?

Ein Junge saß auf seinem Rand. Als er Cris' Porsche bemerkte, sprang er auf, rannte quer über den Platz und verschwand in einem flachen, unscheinbar wirkenden Haus, in dessen weiße Mauer ein paar schmale, schießschartenartige Fenster eingelassen waren. Ohne Glas. Ein mit kleinen Mosaikkacheln eingefasster Durchgang führte ins Innere. Rechts und links davon wuchsen gelb blühende Kletterpflanzen bis direkt unter das Dach aus roten Ziegeln. Einen Bürgersteig schien es hier nicht zu geben. Nur eine niedrige Mauer mit einer kaum höheren Hecke dahinter trennte es von der Straße.

Cris brachte den Porsche vor dem Haus zum Stehen, in dem eben der Junge verschwunden war, warf mir noch einmal einen irgendwie amüsierten Blick zu und stieg aus. Ich rührte mich nicht, während er um die Schnauze des Wagens herumging, um mir die Tür zu öffnen. Die Hitze, die ich von Santa Reyada inzwischen so gut kannte, schlug mir entgegen. Dank der Klimaanlage des Porsche noch ein bisschen unbarmherziger als sonst.

»Na komm, aussteigen!« Wie schon in L.A. streckte er mir die Hand hin.

Ich blieb, wo ich war. »Was wollen wir hier?«

»Das erfährst du gleich.« Er beugte sich vor, griff mich beim Handgelenk und zog mich einfach von meinem Sitz.

»Cris …«

»Komm schon!« Er ignorierte meinen Protest, stieg die zwei flachen Stufen zwischen den blühenden Oleanderbüschen auf jeder Seite hinauf und ging über eine kleine Terrasse, hinter der der Durchgang ins Innere des Hauses führte, meine Hand immer noch in seiner. Eine Eidechse, die sich auf der Mauer gesonnt hatte, huschte davon und verschwand im Schatten der harten, grünen Blätter der Büsche. Ich warf einen hilflosen Blick über die Schulter zurück. Ein Mönch in einer grauen Soutane folgte gerade zwei Frauen aus der Kirche heraus. Auf der Treppe blieben sie stehen, sprachen miteinander. Die jüngere der Frauen legte den Arm tröstend um die ältere. Für einen Moment sah der Priester zu uns herüber, nickte mir zu. Er war verblüffend jung. Auch die jüngere der Frauen wandte sich nach uns um. Die Art, wie sie mich anschaute, war weniger freundlich. Cris zog mich unter den gelben Blüten hindurch, schob mich vor sich. Und legte mir die Hände über die Augen. Ich konnte das erschrockene Keuchen nicht unterdrücken.

»Es tut mir leid, Lucinda«, sagte er direkt neben meinem Ohr. Schlagartig verkrampfte sich alles in mir. Ich umklammerte seine Handgelenke, zog daran. Er dirigierte mich weiter, schien es gar nicht zu merken. »Aber ich fürchte, ich war nicht ganz ehrlich zu dir.« Plötzlich war mein Mund vollkommen ausgedörrt. Ich schluckte hilflos. Das konnte nicht sein.

»Cris, bitte …« Ich brachte die Worte kaum heraus, viel zu leise, als dass er das Wimmern in ihnen hätte hören können.

Er blieb stehen, ließ mir keine andere Wahl, als ebenfalls anzuhalten. »Cris …«, setzte ich erneut an.

Im selben Moment nahm er die Hände herunter. »Happy Birthday, Lucinda.«

Eine Sekunde stand ich wie erstarrt, betrachtete den Tisch – nein, die Tische, die unter den Bäumen in einem kleinen Innenhof gedeckt waren. In den Zweigen schaukelten bunte Lampions. Vor einem breiten Durchgang, der diesmal wohl tatsächlich ins Innere eines Hauses führte und in dem ein Hüne von einem Mann lehnte und mit vor der Brust verschränkten Armen zu uns hergrinste, waren Teller und Platten mit allen möglichen Köstlichkeiten aufgebaut: Tapas, Enchiladas, Tortillas, Schüsseln mit Salat, Schalen mit eingelegten Oliven und Peperoni; was in einer großen Pfanne dampfte, konnte – zumindest nach dem, was ich darauf zu erkennen glaubte – nur eine Paella sein; an einem Tontopf perlten feine Wassertröpfchen; Brot; Kuchen … Dahinter lächelte uns eine zierliche, dunkelhaarige Frau entgegen. Der Junge vom Brunnen schob sich gerade eine eingelegte Olive in den Mund und grinste von einem Ohr zum anderen. Irgendwie beklommen drehte ich mich zu Cris um.

Er zwinkerte mir zu, lachte. »Ich hoffe, du verzeihst mir die kleine Flunkerei, dass es keine Party geben würde.«

Ich wusste nicht, was ich sagen sollte. Für ihn mochte das Ganze ein wahnsinniger Spaß sein – mir war vor Angst beinah schlecht geworden. Seine Worte … dass er mir ohne Vorwarnung die Augen zugehalten hatte … Mein Herz schlug immer noch wie verrückt.

Vielleicht verriet ihm etwas in meinem Gesicht, dass seine Überraschung – oder zumindest wie er sie präsentiert hatte – nicht ganz so angekommen war, wie er sich das vorgestellt hatte, denn sein Lachen endete ziemlich abrupt. Aber noch bevor einer von uns etwas sagen konnte, kam die junge Frau ein wenig zögerlich auf uns zu. Der Hüne aus der Tür folgte ihr. Ich schluckte runter, was mir auf der Zunge lag, und zwang mich, zu lächeln. Immerhin hatte offensichtlich sie das alles hier vorbereitet. Demnach hatte sie es am allerwenigsten verdient, dabei zu sein, wenn ich meiner Angst und meinem Ärger freien Lauf ließ und Cris sagte, was ich von seiner Aktion gerade eben hielt.

»¡Feliz cumpleaños, Sanguaíera!«, irgendwie klang sie ein bisschen unsicher, doch dann, nach einem kurzen Zögern, umarmte sie mich plötzlich und hauchte mir einen angedeuteten Kuss rechts und links an der Wange vorbei. »Und herzlich willkommen.« Als sie zurücktrat, war ihre Unsicherheit von zuvor wie weggewischt. »Ich bin Elena. Und das ist Lorencio, mein Mann.« Sie wies auf den Hünen, der jetzt dicht hinter ihr stand. Auch er umarmte mich; vorsichtig, so, als hätte er Angst, mich zu zerdrücken, wünschte mir wie Elena: »¡Felicidades, Sanguaíera!«, gab mich nach zwei angedeuteten Küssen ebenfalls wieder frei und machte einen Schritt zurück.

Elena schob den Arm durch seinen, lehnte sich an ihn, während sie gleichzeitig mit dem Kopf hinter sich wies. »Und der verfressene Bengel ohne Manieren da hinten ist mein Neffe, Lino.« Sie drehte sich halb zu dem Jungen um, sagte etwas auf Spanisch zu ihm, worauf er noch immer grinsend an uns vorbeischoss und hinter uns im Durchgang verschwand. Nicht ohne sich zuvor noch eine eingelegte Peperoni aus der Schale gepickt zu haben.

Ich räusperte mich. In meinem Hals saß ein riesiger Knoten. »Mein Name ist Lucinda.« Jetzt war ich die Unsichere.

»Ich weiß.« Elenas Lächeln wurde zu einem Strahlen. »Wir alle wissen das. Und wir sind alle sehr froh, dass Cris dich endlich gefunden hat.« Sie legte die Hand auf Lorencios Arm. »Ist es überhaupt in Ordnung, wenn ich dich duze?« Auf einmal klang sie fast erschrocken.

»Ja, natürlich. Bitte, kein ›Sie‹!« Hastig nickte ich.

War das die Geschichte, die *er* verbreitet hatte? Nicht dass Rafael mich entführt, sondern dass Cris mich *gefunden* hatte?

Leicht beklommen wies ich auf die Köstlichkeiten hinter ihr. »Das wäre nicht nötig gewesen.« Es fühlte sich unbeschreiblich seltsam an, dass sich jemand meinetwegen so viel Mühe gemacht hatte.

Elena lachte. »Das habe nicht alles ich gemacht. ¡Dios mío! Nein, dafür hätte die Zeit gar nicht gereicht. Immerhin hat Cris ja erst heute Mittag angerufen und gefragt, ob ich für dich eine kleine Fiesta organisieren könnte, nachdem er deinen Geburtstag vergessen hat.«

Vergessen? Ach? Ich sah schnell zu Cris hin. Der hob mit einem Verzeihung heischenden Lächeln die Schultern.

»Wir sind nur die Ersten hier, weil mir die Cantina gehört. Ganz nebenbei haben wir nicht ganz so früh mit euch gerechnet. Aber Lino geht die anderen gerade holen.«

Meine Knie waren weich. Warum klangen Elenas Worte für mich so, als hätte ganz San Isandro seinen Teil zu dieser Party beigesteuert? Oh mein Gott.

»Ist dir nicht gut?« Unvermittelt stand Elena sehr dicht vor mir. Ihre Hand schloss sich um meinen Arm. »Du bist ganz blass.« Ich spürte, wie Cris ganz nah hinter mich trat. »Hier, komm, setz dich.« Sie bugsierte mich zu dem Stuhl am Kopfende eines Tisches, der ganz besonders mit Blumen geschmückt war.

Ich brachte ein Lächeln zustande. »Es geht mir gut.« – Ganz San Isandro. – Himmel, klang meine Stimme schwach.

Entsprechend viel Beachtung schenkte Elena mir. »Lorencio! Wasser!«

»Nicht lieber etwas Stärkeres?«

Elena tste nur auf den Vorschlag ihres Mannes. Gleich darauf schob sie mir ein Glas zu. »Hier! Trink einen Schluck. Dann geht es dir gleich besser. – Cris hat erzählt, er hat dich in Boston gefunden. Kein Wunder, dass dir unser Klima zu schaffen macht.«

»Ihr war schon vorhin in Santa Monica nach der Achterbahn schlecht«, warf Cris ein und setzte sich neben mich.

Gehorsam nippte ich an dem Glas. Und musste hustend nach Luft schnappen, als sein Inhalt sich wie flüssiges Feuer seinen Weg in meinen Magen hinunterbrannte. Mit einem Zischen drehte Elena sich zu ihrem Mann um – der mir ungerührt ein zweites Glas hinstellte. Und mir zuzwinkerte. Diesmal kostete ich vorsichtiger: Wasser. Allerdings hatte – was auch immer in diesem ersten Glas gewesen war – meinen Schock tatsächlich weitestgehend kuriert. Vermutlich effektiver, als es das Wasser getan hätte.

Doch bevor Elena ihm mehr als einen bösen Blick zuwerfen konnte, kündigten Stimmen die ›anderen‹ an, und gleich darauf war ich von Männern und Frauen umringt, die mich – mal mehr, mal weniger zurückhaltend – umarmten und mir »¡Feliz cumpleaños!« wünschten. Einige musterten mich dabei prüfend, manche – vor allem die Älteren, Männer wie Frauen – hatten dabei feuchte Augen und tätschelten mir die Wange, wie einer lang verloren geglaubten Tochter. Bei wieder anderen wirkte das Lächeln seltsam gezwungen. Wie bei jemandem, dem eigentlich nicht nach Feiern zu mute ist.

Binnen kürzester Zeit schwirrte mir der Kopf von Namen. Und während ich dastand und ihre Glückwünsche und Umarmungen entgegennahm, kehrte der Kloß in meinem Hals zurück; wurde immer größer. Und immer wieder waren da Blicke, die von mir zu Cris und von Cris zu mir gingen. – Mehr als einmal glaubte ich, in ihnen zu lesen, dass ihrer Meinung nach ein anderer hätte neben mir sitzen sollen.

Schließlich hatten sich alle an die Tische im Hof verteilt. Zwei oder drei Männer hatten ihre Gitarren mitgebracht und machten es sich auf ihren Stühlen unter einem der Orangenbäume bequem und begannen zu spielen. Jeder bediente jeden, egal ob es um Getränke oder etwas zu essen ging, wobei Elena beständig von Tisch zu Tisch wanderte, wohl um sicherzustellen, dass wirklich jeder hatte, was er brauchte.

Es war ein Kommen und Gehen. Hatte sich einer verabschiedet, stand jemand anders vor mir und gratulierte mir zum Geburtstag. Kinder wuselten ausgelassen um die Tische. Ein paar Männer, die später kamen, gesellten sich im Inneren der Cantina zu Lorencio, der dafür sorgte, dass alle stets mit Getränken versorgt waren – ich erkannte sie von meiner Entführung in Boston wieder. Etwas, das ihnen, so wie sie sich räusperten, leicht unangenehm war.

Irgendwann sank Elena auf den freien Stuhl links von mir, den erstaunlicherweise bisher noch niemand für sich beansprucht hatte. Inzwischen brannten die Lampions in den Zweigen der Orangenbäume. Lorencio hatte sogar an den Säulen, die das Gewölbedach der Außenmauer trugen, die altertümlich anmutenden Fackeln in den schweren schmiedeeisernen Haltern angezündet. Elena hatte ein kleines, in Seidenpapier eingewickeltes Päckchen in den Händen, das sie beinah übertrieben sorgfältig vor mich auf den Tisch legte.

»Das soll ich dir von Luisa geben. Es tut ihr sehr leid, dass sie nicht kommen kann.« Sie schob es mir ein wenig mehr zu. »Ich musste ihr versprechen, ihr ganz genau zu berichten, was du dazu sagst. Wie es dir gefällt. – Mach es auf!«

Was auch immer sich im Inneren des Päckchens verbarg, war weich. Behutsam wickelte ich das Papier ab … und hielt die Luft an: Ein Schultertuch aus schwarzer Spitze kam zum Vorschein. Mit Fransen, die wie ein Wasserfall aus Seide durch meine Finger flossen. Es erinnerte mich an das Tuch, das Rosa auf dem Porträt getragen hatte.

»Es ist wunderschön. Vielen Dank!« Mehr brachte ich nicht heraus. Vorsichtig legte ich es mir um die Schultern, strich erneut bewundernd mit den Fingerspitzen darüber. »Danke!«

Elena lächelte zufrieden, so als stamme das Geschenk von ihr. »Ich wusste es.« Sie rutschte auf dem Stuhl ein Stückchen vor. »Luisa klöppelt diese Spitzen selbst. – Es ist Brauch, dass die Frauen aus dem Heimatdorf des Patrons den Schleier für seine Sanguaíera klöppeln und auch ihr Kleid besticken.« Vergnügt rieb sie sich die Hände. »Endlich können wir damit anfangen. – Wenn es dir recht ist, komme ich mit Luisa und Magdalena in den nächsten Tagen nach Santa Reyada und nehme deine Maße. Luisa bringt dann ihre Muster mit und du kannst dir aussuchen, welches dir besonders gut gefällt, einverstanden?«

Ich starrte sie an, öffnete den Mund, um ihr zu sagen, dass

ich nicht hierbleiben würde, dass ich in ein paar Tagen wieder fortgehen würde … und schloss ihn wieder, nickte stattdessen einfach; plötzlich mit einem Gefühl des Bedauerns. Und ich verstand nicht, warum. Warum ich mir vorkam wie eine Verräterin. Warum diese Leute sich darüber zu freuen schienen, dass es mich gab. – *Er* kam hierher und forderte den ›Blutzoll‹ von ihnen. Wieso wünschten sie mich nicht zur Hölle? Ich war der Grund, dass *er* weiter auf Santa Reyada bleiben und sie kontrollieren würde. Warum war es ihnen nicht lieber, wenn *er* verschwand und Cris an seine Stelle trat? Cris, der offenbar so gut wie keine Magie mehr in sich trug und damit anscheinend auch von dem Fluch dieses Teufelspaktes verschont bleiben würde. Oder gingen sie davon aus, dass mein Blut nicht nur verhindern würde, dass *er* Nosferatu wurde, sondern auch, dass er dann in Zukunft nur noch von mir trank?

»Das Rot wird dir ganz wunderbar stehen!«

Ich blinzelte. Was hatte Elena gerade gesagt? »Rot?«

»Das Kleid einer Sanguaíera ist immer rot. Wusstest du das nicht? Rot mit schwarzer Spitze abgesetzt und einer schwarzen Mantilla. Hat Joaquín dir noch nichts davon gesagt?« Sie schnalzte mit der Zunge, als ich den Kopf schüttelte. »Typisch Mann. Manchmal fehlt ihnen einfach der Blick für die wichtigen Dinge. Dummerweise ist Cris da ja keinen Deut besser.«

Der stieß ein Schnauben aus.

»Nicht?« Elenas Augenaufschlag war so zuckersüß-spöttisch-unschuldig, dass ich mir ein Lachen kaum verbeißen konnte.

Sie richtete sich ein wenig auf ihrem Platz auf, als eine junge Frau mit einem kleinen Mädchen auf dem Arm neben sie trat, mich mit einem Lächeln bedachte und sich dann zu ihr herabbeugte. »Es ist bald Zeit für die Kinder«, mahnte sie halblaut.

Elena nickte. Meinen verwirrten Blick schien sie nicht zu bemerken. »Ja, natürlich. Du hast recht. Sag Lorencio Bescheid.«

Die junge Frau lächelte mir noch einmal zu, hob das Kind auf ihrem Arm höher auf die Hüfte hinauf und ging davon. Elena winkte jemandem im Inneren der Cantina und gab ihm ein paar kurze Zeichen, ehe sie sich wieder mir und Cris zuwandte. Offenbar stand die Verwirrung noch immer auf meinem Gesicht, denn sie lachte leise. »Wir haben noch eine Überraschung für dich.«

Ich sah Cris an. Der grinste nur mit Verschwörermiene.

»Und was?« Wenn man es genau nahm, hatte ich heute schon mehr als genug davon gehabt. Gerade trugen Lorencio und einer meiner ›Entführer‹ etwas Großes, Buntes hinter Elena vorbei. Ich reckte den Hals, konnte aber nicht viel mehr erkennen als Farben und Form. Mit einem Lachen ergriff Elena meine Hände, zog mich auf die Füße und hinter den Männern her. Gerade hängten sie das ›Ding‹ an einen Balken, der in die Astgabeln von zwei Bäumen gelegt worden war, sodass es ungefähr in Schulterhöhe frei über dem Platz darunter schwang.

Es sah aus wie ein überdimensionaler Krug mit Deckel aus Pappmaschee. Schreiend bunt bemalt und mit Papierfransen wie Hände und Füße an den Seiten und dem Boden. »Was ist das?«

»Eine Piñata.« Elena drückte mir einen Baseballschläger in die Hand, den ihr anscheinend einer der Männer gereicht hatte, und nahm mir gleichzeitig behutsam Luisas Geburtstagsgeschenk von den Schultern. »Du musst sie zerschlagen.«

»Zerschlagen?« Ungläubig schaute ich sie an.

Cris lachte und schob mich ein Stück näher an die ›Piñata‹ heran. »Das bringt Glück.«

Elena nickte. »Und außerdem freuen sich die Kinder auf die Süßigkeiten und das Obst, mit denen sie gefüllt ist.«

Aha. Das erklärte die erwartungsvollen Gesichter um uns herum.

»Na dann …« Ich fasste den Schläger fester – und konnte plötzlich nichts mehr sehen, weil Cris mir ohne Vorwarnung die Augen mit einem Tuch verbunden hatte. Mein erschrockenes Quietschen wurde mit Gelächter quittiert.

»Das wäre doch ein bisschen zu leicht«, raunte er direkt neben meinem Ohr. Ich schluckte mühsam. Und schrie im nächsten Moment auf, als jemand – Cris? – mich unvermittelt um mich selbst drehte. Gelächter erklang.

»Hoppla!« Cris klang atemlos. Hatte ich ihn eben etwa fast mit dem Schläger erwischt? – Ich konnte noch nicht einmal sagen, ob ich zwei- oder dreimal um meine eigene Achse taumelte, bevor ich die Orientierung verloren hatte. Hände an meinen Schultern stoppten mich und hielten mich einige Sekunden lang fest, bis ich mein Gleichgewicht wiedergefunden hatte, dann waren auch sie verschwunden. *Na toll.* Ich stieß die Luft aus, lauschte, versuchte herauszufinden, wer wo stand. Ein leises Kichern hinter mir. Die Kinder waren auf der anderen Seite der ›Piñata‹ gewesen. Vorsichtig drehte ich mich um und tappte in die Richtung vorwärts, aus der das Kichern gekommen war, eine Hand tastend vorgestreckt. Jemand rief mir etwas auf Spanisch zu, wieder Gelächter. Ging ich doch in die falsche Richtung? Meine Hand traf auf Widerstand – ein Arm. Ich schnaufte, tastete weiter. Die Kinder riefen »Rechts!« und »Links!«, aber so durcheinander, dass ich beim besten Willen nicht sagen konnte, ob sie mich mit Absicht verwirren wollten oder es nicht besser wussten.

Ha! Endlich fand ich Fransen und Pappmaschee. Wieder bekam ich Applaus und anfeuernde Rufe. Ich tastete noch einmal vor mich, um genau zu wissen, wo diese ›Piñata‹ hing, holte aus – und schlug ins Leere. Was zum …? Abermals tastete ich … nichts. Doch! Meine Fingerspitzen streiften Papierfransen, die sich bewegten. Beinah glaubte ich jetzt auch einen Luftzug zu spüren. Anscheinend hatte irgendjemand diesem elenden Ding einen Schubs versetzt, sodass es hin und her schaukelte.

»Das ist nicht fair«, beschwerte ich mich in die Dunkelheit vor mir. Wieder Gelächter.

»Das muss aber so sein.« Cris. Er musste ganz dicht hinter mir stehen.

Ich streckte ihm die Zunge heraus, tastete erneut, versuchte herauszufinden, wo und wie diese ›Piñata‹ vor mir hin und her schwang, versuchte es mir vorzustellen. *Da!* Wieder holte ich aus und schlug zu – und stolperte vornüber, weil ich mit zu viel Schwung ins Leere hieb. Ein Arm legte sich um meine Mitte, hielt mich im letzten Moment aufrecht.

»Langsam.« Cris lachte. Sein Atem streifte meinen Hals. Das Wort ging im Gelächter der Umstehenden beinah unter. Abrupt zogen meine Lungen sich zusammen. Atmen, Lucinda! Ich stieß ihn hastiger von mir weg, als nötig gewesen wäre, holte erneut aus und schlug zu. Diesmal blindlings. Einfach nur um ein bisschen von meinem Frust loszuwerden. Und von dem Zittern in meinem Inneren. Es fühlte sich ein wenig so an, als würde ich gegen einen Sandsack schlagen. Nur dass ich eben wieder nichts traf als Luft. Wieder Gelächter, Kommentare und gute Ratschläge. Letztere überwiegend von den Kindern. Und dann war es von einer Sekunde zur nächsten totenstill.

»Cris.« Grollend. Rau. Kehlig.

Oh mein Gott, nein! *Er.* Ich hatte vollkommen die Zeit vergessen.

Hinter mir atmete Cris zischend aus. Ich spürte, dass er an mir vorbeiging. »Nein!« Natürlich griff ich ins Leere, als ich ihn zurückhalten wollte. Der Baseballschläger klapperte zu Boden. Hektisch zerrte ich mir das Tuch von den Augen – und blinzelte ein paarmal, bis ich wieder klar sehen konnte. Cris verschwand gerade in dem Durchgang nach draußen.

Elena vertrat mir den Weg, als ich hinterherwollte. »Lass …«

Ich schob sie beiseite, stürmte ihm nach.

Auf der Terrasse kam ich stolpernd zum Stehen.

»… ich dir heute Morgen gesagt habe, nicht zu verstehen? Ist nicht schon genug passiert? Wie kannst du es wagen, sie von Santa Reyada wegzubringen? Jetzt! Hierher! Du hast ganz San Isandro in Gefahr gebracht. Bist du von allen guten Geistern verlassen?« Joaquín hatte seinen Bruder gegen die Wand neben dem Durchgang gedrückt, noch halb in die Ranken mit den gelben Blüten, die Hand an seiner Kehle. Jedes Wort war ein Knurren. Ich konnte seine Fänge sehen. Cris keuchte, versuchte, ihn von sich zu drücken.

»Aufhören! Lass ihn los! Er hat niemanden in Gefahr gebracht!« Mir wurde erst klar, dass ich an *seinem* Arm zerrte, als er Cris freigab und vor mir zurückwich, als stünde ich in Flammen. Was ihn nicht daran hinderte, mit einem Zischen zu mir herumzufahren.

»Und du … so viel Herzlosigkeit hätte ich dir am allerwenigsten zugetraut.«

Seine Wut traf mich so überraschend, dass ich rückwärtstaumelte. »Herzlosigkeit? Aber wieso …?« Ich versuchte erst gar nicht, meine Verwirrung zu verbergen.

»Miguel ist vergangene Nacht getötet worden. Jacinta trauert und die halbe Stadt mit ihr.« Er spuckte die nächsten Worte geradezu aus. »Und du feierst hier Partys.«

»Was?« Ich riss die Augen auf. Miguel, der sich noch gestern am Ende meiner Fahrstunde grinsend darüber beschwert hatte, dass ich noch keinen Kratzer in seinem Auto fabriziert hatte, tot?

Seine waren plötzlich schmal. »Du hast nichts davon gewusst?«

Irgendwie benommen schüttelte ich den Kopf. »Was ist passiert?«

»Letzte Nacht ist der Wagen, den Miguel sich geliehen hatte, in die Luft gejagt worden. Mit ihm und seiner Verlobten im Inneren. Sie wollten gerade von einem Club in San Diego nach Hause fahren. Der Brandsatz muss an die Zündung gekoppelt gewesen sein.«

Alles in mir verkrampfte sich. Ich presste die Handflächen gegeneinander. Der Gedanke war da, auch wenn ich ihn nicht wahrhaben wollte.

»Es war dein Wagen.« *Von dem jeder seiner Feinde wusste, dass er* ihm *gehörte.*

»Sí.«

»Seine Verlobte ist auch dunkelhaarig.« *So wie ich.*

»Sí.«

»Sie sind beide tot.«

»Sí. – Niemand hätte da eine Chance gehabt.«

»Wurde noch jemand verletzt?«

»No. – Zum Glück.«

Ich presste die Hände fester gegeneinander. »Das Ganze galt uns, nicht wahr?«

Er zögerte, nickte schließlich. »Wahrscheinlich.«

»Und … Cris wusste davon?«

Wieder ein Nicken. »Natürlich. Deshalb war ich doch in L. A. – Deshalb habe ich dich ja seinem Schutz anvertraut.« Er stieß ein Knurren aus. »Ein Fehler, den ich wirklich zum allerletzten Mal begangen habe.«

Ich schluckte, sah Cris an. »Ist das wahr?«

Er wich meinem Blick aus. Wut kroch in mir hoch, kalt und seltsam würgend. Ich ballte die Fäuste. »Ich hatte dich gefragt, was passiert ist. Du hast gesagt: ›Nichts Wichtiges.‹« Plötzlich war mir danach, irgendetwas zu zerschlagen. »Zwei Menschen sind tot.« *Meinetwegen!* »Miguel ist tot. Und das ist bei dir ›nichts Wichtiges‹?« Meine Stimme war immer lauter geworden. Jetzt ergaben *seine* Worte für mich Sinn. Oh mein Gott. »Wie konntest du nur, Cris.« Ich schüttelte den Kopf. »Und dann bringst du mich auch noch hierher? Obwohl irgendjemand in der letzten Nacht nicht davor zurückgeschreckt ist, ein Auto in die Luft zu jagen, weil er«, *uns,* »deinen Bruder und mich töten wollte. Mit einer Bombe. Mit der er weiß der Himmel wie viele Unschuldige hätte mit umbringen können?« Abermals schüttelte ich den Kopf, machte einen Schritt zurück, fort von ihm. »Lieber Himmel, Cris, wie konntest du nur.«

Sekundenlang hing ein erschreckendes Schweigen zwischen uns. Dann stieß Cris sich abrupt von der Wand ab. »Ja, wie konnte ich nur …?«, fauchte er. »Wie konnte ich nur auf die Idee kommen, dir an deinem Fest einen schönen Tag machen zu wollen.«

Irgendwie hilflos streckte ich die Hand nach ihm aus, ließ sie wieder fallen. »Aber das hättest du auch auf Santa Reyada gekonnt. Ich hätte doch nicht nach L.A. zum Shoppen gemusst oder hierher, um meinen Geburtstag zu feiern. Doch nicht, nachdem so etwas geschehen ist.« *Und nachdem offenbar jeder, der in meine Nähe kommt, in Gefahr ist.*

Sein Bruder holte scharf Luft. Ich biss mir auf die Zunge, als mir klar wurde, was ich da gerade gesagt hatte. »Du warst mit ihr …?« Wieder ein Knurren, fast noch dunkler diesmal. »Ich hätte damals nicht dazwischengehen sollen, als Estéban dich windelweich prügeln wollte. – L.A., Dios mío. – Wenn auch nur der Hauch einer Hoffnung bestehen würde, dass du endlich zu Verstand kommst, würde *ich* dich jetzt windelweich prügeln.« In seiner Stimme war die Wut nicht zu überhören. »L. A. Und das vermutlich auch noch allein. Ohne einen von meinen Leuten.« Er drückte die Spitzen von Mittel- und Ringfinger gegen die Schläfe. »Wahrscheinlich muss ich dankbar sein, dass du nicht nach San Diego mit ihr gefahren bist.« Sein Ton wurde zynisch. »Entschuldige, ich vergaß. In San Diego kann man ja nicht ganz so viel Geld in nur einer Straße ausgeben.« Er klang jetzt regelrecht angewidert. »Gibt es noch irgendetwas, das ich wissen sollte?«

An Cris' Kiefer zuckte ein Muskel. »Fahr zur Hölle!«, zischte er nach einer Sekunde, in der er seinen Bruder wütend angestarrt hatte, schließlich.

Das leise Lachen, das Joaquín hören ließ, war bitter und hart. »Da werde ich sehr bald sein, keine Sorge.«

Für eine Sekunde schien ein Schatten über Cris' Züge zu huschen, doch dann presste er die Lippen zu einem dünnen Strich zusammen, schob sich an seinem Bruder vorbei, zurück auf die Terrasse. Vor dem Durchgang zum Hof blieb er stehen und streckte mir die Hand hin. »Kommst du wieder mit rein? Es ist deine Party.«

Ich machte einen weiteren Schritt rückwärts. Das war nicht sein Ernst. »Es tut mir leid. – Ich möchte zurück nach Santa Reyada.« Noch vor zehn Minuten hätte ich jeden Schwur geleistet, dass ich so etwas niemals freiwillig sagen würde.

»Du musst die Piñata noch zerschlagen.«

Verwirrt sah ich Joaquín an. Doch dann schüttelte ich den Kopf. »Ich möchte Elena und die anderen nicht noch länger in Gefahr bringen – oder irgendjemandem noch mehr wehtun.«

»Außer denen, die nach San Isandro gehören, ist niemand hier. Solange wir also keinen Verräter in den eigenen Reihen haben, sind du und alle anderen im Augenblick sicher. – Und nachdem ich ohnehin hier noch etwas zu erledigen habe … Ich bleibe in San Isandro, bis du nach Hause gehst.« Auch wenn seine Stimme noch immer jenes dunkle, raue Knurren war, war sie doch zugleich verwirrend weich.

Einen Moment zögerte ich, nickte dann und schaute Cris an. »Bringst du mich später nach Santa Reyada?« Ich war mit ihm hierhergekommen, ich wollte auch mit ihm wieder gehen.

Der verzog verächtlich den Mund. »Ich? Nachdem ich dich und alle hier heute schon so sehr in Gefahr gebracht habe? Nein! Der große Joaquín ist ja jetzt hier, um alle zu beschützen. Lass ihn das mal übernehmen. – Ich wünsche euch eine ganz ausgezeichnete Nacht.« Damit marschierte er an mir vorbei, überwand die zwei Stufen zur Straße hinunter und steuerte mit zornigen Schritten auf seinen Porsche zu. Die Alarmanlage blinkte und quiekte, die Tür schlug zu, der Motor heulte auf und Cris raste davon.

Ich schloss für eine Sekunde die Augen. *Ach Cris.* Unschlüssig sah ich schließlich zum Durchgang hin. Irgendwie hatte ich Angst, wieder hineinzugehen. Und Joaquín zu fragen, ob *er* mit hineinkommen wollte, fühlte sich falsch an. So als wäre er nur die zweite Wahl, nachdem sein Bruder mich hatte stehen lassen.

»Es tut mir leid, dass ich dich vorhin zu Unrecht beschuldigt habe, Lucinda.« Bei Joaquíns Worten zuckte ich zusammen. Sie hinterließen eine seltsame Enge in meiner Kehle.

»Schon in Ordnung. Ich hätte an deiner Stelle vermutlich dasselbe gedacht.«

Er neigte den Kopf. »Ich muss noch einmal zu Jacinta. Aber danach warte ich am Brunnen. – Du hast Zeit, so viel du willst.«

Ich nickte. »Jacinta ist Miguels Mutter?«

»Seine Großmutter. Seine Eltern sind bei den Waldbränden vor knapp vier Jahren umgekommen.«

»Hat sie noch andere …« Ich hob schwach die Hand.

»… Angehörige? – No.«

Dann war sie jetzt ganz allein. »Sag ihr, dass es mir leidtut, was mit Miguel passiert ist.«

»Werde ich. – Jetzt geh. Cris hatte recht: Es ist deine Party.« Ich stieß ein leises Schnauben aus, ging aber an ihm vorbei, in den Hof zurück. Sein Blick verfolgte mich.

Elena kam auf mich zu, kaum dass ich den Durchgang passiert hatte. Die ausgelassene Stimmung war dahin. Es fühlte sich an, als schauten alle möglichst unauffällig zu mir her. »Ist mit dir alles in Ordnung?«

Ich nickte. Sie war offensichtlich erleichtert, mich heil wiederzusehen. Was hatte sie erwartet? Dass ich in eine handgreifliche Auseinandersetzung der beiden geraten würde?

»Cris ist fort?« Sie legte mir die Hand auf den Arm.

»Ja. – Es tut mir leid. Ich wusste nichts von Miguels … Tod. Diese Party …«, hilflos verstummte ich.

»Ich verstehe.« Elena lächelte traurig. »Und ich werde dafür sorgen, dass es auch die anderen erfahren, wenn du das möchtest. Aber ich kann dir sagen, dass dieses Fest … dass *du* vielen zumindest ein paar Stunden die Trauer um Miguel leichter gemacht hast.« Sie seufzte. »Viel schlimmer ist, dass die beiden sich wieder einmal gestritten haben.«

Natürlich. Weder *er* noch Cris hatten ihre Lautstärke auch nur ansatzweise gedämpft. Und das direkt neben dem Durchgang.

»Es tut mir leid, dass ihr das mit anhören musstet …«

Elena strich mir über den Arm. »Wir alle wissen, wie Joaquín und Cristobál zueinander stehen. Und wir alle sind nicht begeistert, weil es die Familie de Alvaro gegenüber dem Konsortium schwächt, und das Schlimmste, was uns passieren kann, ist, dass Tomás de Silva seine gierigen Finger nach San Isandro ausstreckt. Dabei stehen die beiden doch immer noch zueinander, wie es Brüder tun sollten. Auch wenn in den vergangenen Jahren zwischen ihnen viel zu viele Worte gefallen sind, die man niemals zwischen Brüdern aussprechen sollte. Aber wir können nicht mehr tun als reden. Vielleicht hast du ja mehr Glück, die beiden einander wieder näher zu bringen.« Sie lächelte leicht. »Und wenn du ihnen einmal ordentlich die Köpfe zusammenschlagen musst, um Verstand in ihre Dickschädel zu bringen.« Ihre Hand schloss sich sacht um meine. »Jeder hier würde verstehen, wenn du lieber nach Hause gehen möchtest.«

Ich atmete einmal tief durch und sah zu diesem schreiend bunten Ding hin, das noch immer von seinem Balken baumelte. In einiger Entfernung dazu saßen die Kinder sichtlich enttäuscht auf ein paar Stühlen. Ich zwang mich zu einem Lächeln. »Ich habe noch eine Piñata zu zerschlagen, oder? Danach werde ich gehen.« Behutsam streifte ich Elenas Griff ab, nahm einem sichtlich verblüfften Lorencio den Baseballschläger aus der Hand und steuerte auf dieses Pappmaschee-Ungetüm zu. Auf ihren Stühlen hoben die Kinder – teilweise ziemlich schläfrig – den Kopf oder setzten sich weiter auf.

»Ihr verzeiht mir, wenn ich ein bisschen schummele, nicht?« Ich versuchte, so ausgelassen zu klingen, wie ich nur konnte. Die gedämpften Gespräche der Erwachsenen um uns herum verebbten. Schwungvoll hob ich den Schläger und schlug zu. Die Pappmascheehaut platzte. Allerdings nicht weit genug. Ich holte erneut aus, traf beim zweiten Mal besser. Diesmal regneten Schokoriegel, Bonbons in allen Farben, Bananen, Äpfel, kleine Marshmallows, Lutscher, Kaugummis, Plätzchen, Orangen, Nüsse und Pflaumen und wusste der Himmel was nicht noch alles zu Boden.

Im ersten Moment standen die Kinder unschlüssig da. Ihre Augen gingen von mir zu Elena. Doch als die nickte, machten sie sich plötzlich wieder lachend und jauchzend über die Süßigkeiten und das Obst her.

Der Applaus war diesmal verhaltener, deutlich weniger unbeschwert als zuvor. Abermals rang ich mir ein Lächeln ab, trat zurück, um den Kindern mehr Platz zu lassen, und gab Lorencio den Baseballschläger.

Wie ein guter Geist stand Elena plötzlich wieder neben mir. Wortlos legte sie mir das Spitzentuch um die Schultern.

»Es tut mir leid«, murmelte ich gequält. »Wenn jemand fragt, sag ihnen … dass ich müde war. Es war ein langer Tag … Außerdem ist … Joaquín draußen und … ich will ihn nicht zu lange warten lassen …« Ich hielt inne, zog das Tuch enger um meine Schultern. Einerseits war es keine Lüge. Andererseits doch nicht mehr als eine Ausrede.

Elena nickte nur und strich mir wie zuvor sacht über den Arm.

Möglichst unauffällig ging ich zur Tür. Und schaffte es sogar, das Ganze nicht wie ein Davonlaufen aussehen zu lassen.

Draußen tat ich einen tiefen Atemzug. Warum musste ausgerechnet dieser Tag so enden?

Joaquín hatte gesagt, er würde am Brunnen auf mich warten, allerdings konnte ich ihn vom Durchgang zur Cantina aus nirgends sehen. Vermutlich hatte er dann doch nicht *so* schnell wieder mit mir gerechnet. Dann würde *ich* eben dort auf *ihn* warten.

Langsam ging ich die Stufen hinunter, trat hinaus auf die Straße.

Nichts rührte sich, als ich den Platz zum Brunnen hin überquerte. San Isandro schien wie ausgestorben. Die Türen dieser altmodisch-spanisch wirkenden Kirche, die ihre weißen Mauern auf der Schmalseite des Platzes in den dunklen Himmel reckte, standen weit offen. Vielleicht, um die Kühle der Nacht hineinzulassen. Die Stufen aus hellem Sandstein, die zu ihnen hinaufführten, waren in der Mitte ausgetreten. Eine von ihnen war gebrochen und hatte sich zu einer Seite hin ein wenig gesenkt. Der Mond schien hell genug, dass ich die feinen Risse in einer anderen gerade noch erkennen konnte. In der Wand hoch über ihrem Eingang hingen – jede in einer Art ›Fenster‹ – drei große Glocken wie in einem Dreieck übereinander.

Neugierde trieb mich hinüber. Schritt um Schritt stieg ich die Stufen hinauf. Ich hatte noch nie eine dieser alten Missionarskirchen von innen gesehen. In der Tür blieb ich stehen und spähte hinein. Links von mir flackerte auf einem eisernen Opferstock ein Meer von Kerzen in der Nachtluft. Steinsäulen trugen das Deckengewölbe. Die Wände waren hell und ungefähr in Schulterhöhe mit einem gemalten Fries verziert. In kleinen Nischen standen Heiligenfiguren, dazwischen hingen überraschend dunkle Bilder. Eine knapp hüfthohe Brüstung aus gedrechselten Pfosten trennte den Kirchenraum vom Altar, über dem der heilige Franz von Assisi inmitten einer Schar der unterschiedlichsten Tiere von einem atemberaubenden Fresko auf die Bankreihen aus sandfarbenem Holz herabblickte.

In der ersten, direkt an dem Gang in der Mitte, saß eine schwarz gekleidete, ältere Frau – die Frau, die zusammen mit der jüngeren aus der Kirche gekommen war, als Cris mich in Elenas Cantina geschoben hatte. Und unmittelbar neben ihr ... kniete *er* auf den terrakottafarbenen Bodenfliesen. Ich traute meinen Augen nicht. Er hielt den Blick gesenkt. Ich hörte *seine* Stimme; die ältere Frau, als sie ihm antwortete. Nur ein Murmeln in dem Halbdunkel des Kerzenscheins, zu leise, als dass ich einen von beiden verstehen konnte. Wieder sagte er etwas, schüttelte den Kopf. Ich hielt den Atem an, als die Frau die Hand hob, ihm sacht durchs Haar strich. Erst jetzt sah er zu ihr auf.

Hastig machte ich einen Schritt zurück, einen zweiten. Das hier war nicht für meine Augen bestimmt. Das hier war für niemandes Augen bestimmt. Beinah wäre ich von der Treppenkante abgetreten. Ich drehte mich um, stieg die Stufen zur Kirche wieder hinunter – so schnell, wie es mir möglich war, ohne dabei einen Laut zu verursachen.

Ich blieb erst stehen, als ich den Brunnen erreicht hatte, sank auf seinen Rand. Joaquín de Alvaro vor einer alten Frau demütig auf den Knien wie ein ... ja, was? Einer, der sich Vergebung für seine Sünden erhoffte?

Dabei hatte Tante María immer gesagt, die Menschen in *ihren* ›Dörfern‹ seien für sie nicht viel mehr als Blutvieh; würden durch Magie und Terror zum Gehorsam gezwungen. Und zum Schweigen. Aber das alles hier – San Isandro, Elena, die Menschen, die in der Cantina meinen Geburtstag feierten, den Geburtstag *seiner Sanguaíera* –, es passte nicht. Zumindest nicht zu dem Bild, das Tante María mir immer gezeichnet hatte. Oder? Aber warum sollte sie mir nicht die Wahrheit gesagt haben? Oder war das hier doch ein Trick von *ihm?* Konnte jemand wie *er* die Leute hier so vollständig in der Hand haben, dass sie eine solche Scharade für ihn abzogen? Aber selbst wenn: sein Streit mit Cris gerade; das, was da in der Kirche vor sich ging ... das war nicht gefaked. So viel Mühe würde sich kein halbwegs vernünftig denkender Mensch machen, nur auf die vage *Möglichkeit* hin, dass ich es tatsächlich mit ansehen *könnte.* Aber wenn *das* kein Trick war, hieß das, dass Tante María mich doch angelogen hatte? Ich rieb mir übers Gesicht. Es fühlte sich an, als würde ich mich im Kreis drehen. Nicht zum ersten Mal, seit Rafael mich aus Boston entführt hatte. Ich ließ die Hände wieder sinken, verdrängte den Gedanken. Noch drei Tage, dann war ich frei – zumindest, wenn er sein Wort hielt. Dass ich daran nicht zweifelte, überraschte mich selbst. Wenn alles auch nur halbwegs so lief, wie ich mir das vorstellte, gehörte Joaquín de Alvaro und was auch immer mit ihm zu tun hatte, bald der Vergangenheit an und war dann ein für alle Mal bedeutungslos.

Mit einem leisen Seufzen sah ich zur Kirche zurück. Noch immer keine Spur von *ihm.* Allmählich spürte ich tatsächlich, wie lang dieser Tag gewesen war. Gedankenverloren zeichnete ich eines der Symbole nach, die den steinernen Rand des Brunnens verzierten – bis mir bewusst wurde, was ich da gerade mit den Fingerspitzen nachfuhr. Issej, das Siegel für Beständigkeit. Ich schluckte, sah genauer hin, erkannte rechts davon das Zeichen für Wasser und auf seiner anderen Seite, neben einem Siegel, das ich noch nie zuvor gesehen hatte, das Zeichen für Luft. Alle durch etwas, das scheinbar – aber eben nur scheinbar – eine Schmuckranke war, miteinander verbunden.

Ich richtete mich ein Stück weiter auf. Der ganze Brunnenrand war mit Siegeln und Element-Symbolen versehen. Und jetzt fiel mir auch seine Form auf: eine Blüte. Mit *fünf* ovalen Blütenblättern. Nach einem schnellen neuerlichen Blick zur Kirche beugte ich mich vor und spähte ins Innere des Brunnens. Er war nicht tief, vermutlich nicht mehr als einen knappen drei viertel Meter, mit einer guten Handbreit Platz zwischen dem Rand und der im Mondlicht glitzernden Oberfläche. In seiner Mitte, etwa drei oder vielleicht auch fast vier Meter von mir entfernt, wallte aus einer mit blauen Steinen eingefassten Öffnung das Wasser empor. Nicht als Aufmerksamkeit heischende Fontäne, sondern als hielte man einen Schlauch knapp unter eine Wasseroberfläche. Der Boden war mit einem Mosaik aus bunten Fliesenstücken bedeckt und ich musste zweimal hinsehen, bis ich ihn darin entdeckte: den fünfzackigen Stern eines Pentagramms.

Am äußersten Punkt jedes ›Blütenblattes‹ befand sich eine seiner Spitzen. Und in jeder dieser Sternspitze war, direkt am Boden, noch halb in ihn hinein versenkt und mit einem silbrig schimmernden Gitter abgedeckt, die Öffnung eines Rohres, das irgendwo unter dem Platz verlaufen musste.

Auch wenn ich im oder am Brunnen selbst keinen geschlossenen Bannkreis um dieses Pentagramm entdecken konnte, war ich bereit, jede Wette zu halten, dass er da war; irgendwo.

Und dann .... wurde mir klar, wie es sein konnte, dass San Isandro beinah ebenso grün und blühend war wie Santa Reyada: dieser Brunnen – und Hexerei.

»Du bist wie ich!«

Mit einem Keuchen fuhr ich in die Höhe. Meine Hand rutschte vom Brunnenrand ab, ich erwischte mit der anderen gerade noch seine äußere Kante, ehe ich das Gleichgewicht endgültig verlieren konnte und kopfüber im Wasser landete.

Zwischen den beiden ›Blütenblättern‹ mir gegenüber stand eine junge Frau. Oder besser: hatte gestanden. Gerade kletterte sie über den Rand des Brunnens und watete durch das Wasser auf mich zu. Ihr weißes Kleid bauschte sich auf der Oberfläche. Es wirkte beinah durchscheinend.

»Du bist wie ich«, wiederholte sie ebenso träumerisch wie zuvor. Mit der Hand fuhr sie durch das Sprudeln im Zentrum des Beckens. In der anderen hatte sie eine Schere. Eine ziemlich spitze Schere. Schritt für Schritt tappte sie weiter auf mich zu.

Ich trat vom Brunnenrand zurück, als sie meine Seite erreichte, darüberstieg. Erst jetzt erkannte ich, dass ihr ›Kleid‹ in Wahrheit ein Nachthemd war. Das Wasser klebte es ihr an die Beine. Um ihre Füße bildete sich eine Pfütze. Sie waren nackt, zierlich, wie der ganze Rest von ihr.

Mit dem Handrücken schob sie sich das Haar aus der Stirn. Dunkelblond und kinnlang. Und leicht zerzaust – wie bei jemandem, der gerade aus dem Bett kam. Ihre Augen glitten über mich, blaugrün und irgendwie ... abwesend. Genau so, wie ihre Stimme klang: weich und träumerisch ... und seltsam abwesend. Die nächste Erkenntnis traf mich wie eine Ohrfeige. Eine Blutbraut! Sie war eine Blutbraut!

»Du bist wie ich.« Sie streckte die Hand nach mir aus. Ich

wich weiter zurück, brachte keinen Ton heraus. »Wo ist Fabián? Hast du meinen Fabián gesehen?« Sie kam mir nach. »Er hat versprochen, dass er wiederkommt.« Ihre Füße patschten bei jedem Schritt leise auf den Steinboden. Ich spürte den Brunnenrand an meinem Bein, schob mich vorsichtig daran entlang, weiter rückwärts. »Du bist nicht wie Mercedes, nicht? Nein. Du wirst ihn mir nicht wegnehmen.« Lächelnd neigte sie den Kopf ein klein wenig zur Seite; musterte mich. Ihre Unterarme waren an den Innenseiten vom Handgelenk bis fast in die Ellenbeuge hinauf mit Kratzern bedeckt. Von denen einige noch sehr frisch waren. Möglicherweise sogar von der Spitze einer Schere. Mein Magen zog sich zusammen. »Mercedes ist zu seinem Patron gegangen und hat ihm gesagt, dass Fabián schon fast ganz Nosferatu ist. Damit der seinen Henker schickt. Sie wollte ihn für sich.« Sie ließ die Hand sinken, strich über ihr Nachthemd. »Ist mein Kleid nicht schön. Fabián sagt, es ist gut, dass man mir meinen Zustand noch nicht ansieht.« Zustand? War sie schwanger? »Du willst mir Fabián nicht wegnehmen. Nein, das willst du nicht.« Wieder ein Schritt auf mich zu. Ich drückte mich langsam um die Spitze des Blütenblattes herum. »Hast du ihn gesehen? Ich habe ihn überall gesucht. Sogar unter den Rosen. Ich warte schon die ganze Nacht auf ihn.« Sie spielte mit der Schere. Drückte die Spitze in ihre Fingerkuppe. Bis Blut kam. Beobachtete entzückt, wie sich ein großer Tropfen bildete.

»Nicht …« Ich machte einen Schritt auf sie zu, blieb aber abrupt stehen, als sie den Blick wieder hob.

»Warum kommt er nicht?« Sie beugte sich näher zu mir. »Ich werde ihn verstecken, damit Joaquín ihn diesmal nicht findet.« Joaquín? Was hatte *er* damit zu tun? Verschwörerisch legte sie den Finger auf die Lippen. »Du darfst mich nicht verraten. Sie wollen nicht, dass er mit jemandem wie *mir* zusammen ist. *Sie* will ihn für sich.« Ihr Tonfall veränderte sich, war mit einem Mal lauernd, zischend. »Du wirst ihn nicht an den Patron verraten, ihn mir nicht wegnehmen. Ich lasse nicht zu, dass sie ihn töten. Er hat jetzt mich. Er wird nicht noch mehr Nosferatu. Er hat noch keine Schwingen.« Sie umklammerte die Schere wie einen Dolch. »Hörst du?« Ich schluckte, nickte, wagte ansonsten nicht, mich zu rühren. Sich in irgendwelchen billigen Fitnessstudios in Selbstverteidigungskurse zu schmuggeln, um sich gegen irgendwelche Typen wehren zu können, war eines. Eine offenbar verrückte junge Frau mit einer Schere vor sich zu haben, etwas ganz anderes. »Hörst du mich? Er hat jetzt mich!« Ihre Stimme war ein Fauchen und Wimmern zugleich. »Niemand nimmt mir meinen Fabián weg. Niemand tut ihm …«

»Anna.« Gerade laut genug, dass es nicht in ihren Worten unterging. Sanft, beinah zärtlich.

Sie hielt inne, neigte den Kopf auf dieselbe vogelhafte Art wie zuvor zur Seite, lauschte, wandte sich dann nach der Stimme um. Jetzt wagte ich auch einen hastigen Blick zur Seite. *Er* stand keinen Meter von uns entfernt. Ich sah wieder zu der jungen Frau. Warum merkte ich eigentlich erst jetzt, dass meine Hände zu Fäusten geballt waren und ich am ganzen Körper zitterte?

Ein Strahlen glitt über ihr Gesicht. »Joaquín.« Sie klang wie ein Kind, das gerade seine lang vermisste Lieblingspuppe wiedergefunden hatte.

»Was machst du hier draußen, Anna? Es ist mitten in der Nacht. Du bist ganz nass, querida.« Er hörte sich beinah wie ein großer Bruder an, der seine kleine Schwester beim Schlafwandeln erwischt. Langsam kam er weiter auf uns zu.

»Ich war im Brunnen.«

»Das habe ich mir gedacht. Warum warst du im Brunnen? – Gib mir die Schere.«

»Ich weiß es nicht.« Das Strahlen auf ihrem Gesicht wich einem Stirnrunzeln. »Du bist wie er.«

»Sí, querida. Das bin ich. – Gib mir die Schere. Du brauchst sie nicht.« Er streckte die Hand danach aus.

Ihr Stirnrunzeln vertiefte sich. »Du bist nicht Fabián. Wo ist mein Fabián?« Sie sog die Unterlippe zwischen die Zähne. »Ich habe dich gespürt.«

»No, ich bin nicht Fabián. – Fabián kommt nicht wieder, querida. Er ist fort. Für immer. Erinnerst du dich nicht? – Gib mir die Schere, Anna.«

»Fort?« Plötzlich huschten ihre Augen umher. Auf der anderen Seite des Brunnens war eine ältere Frau stehen geblieben. Ganz offensichtlich ziemlich atemlos. »Fort. Ja, fort. Joaquín hat ihn umgebracht.«

Ich starrte von ihr zu ihm und zurück.

»Fort.« Wieder legte sie den Kopf auf die Seite.

»Sí, fort. Für immer.« Vorsichtig kam er einen weiteren Schritt heran. Er müsste nur die Hand ein klein wenig mehr ausstrecken, um die Schere zu fassen zu bekommen.

Mit einem Kreischen warf sie sich auf ihn und stach blitzschnell zu. Die Frau auf der anderen Seite des Brunnens schrie erschrocken. Es ging in Annas Heulen unter.

Eine Sekunde stand ich wie erstarrt, doch als ich dann versuchte, nach ihr zu greifen, war es schon zu spät. Sie war nie über den ersten Stich hinausgekommen. Als sie zum zweiten ausholte, hatte er ihr Handgelenk gepackt und die Spitze der Schere von sich weggelenkt. Jetzt hing sie noch immer kreischend und um sich tretend in seinen Armen, den Rücken an seine Brust gepresst, und wiederholte wieder und wieder geradezu schmerzhaft schrill: »Mörder! Du hast ihn umgebracht!« Er sagte nichts. Hielt sie einfach nur fest. Die Arme um ihre Taille geschlungen, fast sanft. Das Gesicht von ihr abgewandt. Die Oberlippe in einem lautlosen Knurren gefletscht, als würde er jede Sekunde die Zähne in ihren Hals schlagen und sich nur mit Mühe zurückhalten. Die Schultern verkrampft. Die Schere lag zu ihren Füßen am Boden. Joaquín kickte sie weg. Genau auf mich zu. Ob mit Absicht oder nicht, konnte ich nicht sagen. Die Spitze glänzte rot. Ich hob sie vom Boden auf, als könnte sie mich beißen.

»Anna! Anna, mi niña, es ist gut. Komm zu dir! Anna!« Die ältere Frau eilte mit vorgestreckten Händen an mir vorbei. Beinah schlagartig erschlaffte Anna in Joaquíns Armen. Ihr Kreischen verebbte zu einem Wimmern. »Luisa!« Sie streckte ihrerseits die Hände nach der Frau aus. »Luisa!« Mit unübersehbarem Zögern gab Joaquín sie frei. Und schien zugleich erleichtert, sie loslassen zu können. Ihre Fingernägel hatten Spuren auf seinen Unterarmen hinterlassen. Sie flüchtete geradezu in Luisas Umarmung, barg den Kopf an ihrer Brust. Die zog sie noch näher an sich. »Es ist gut, mi niña. Alles ist gut. Du hast nur schlecht geträumt.« Beruhigend strich sie Anna übers Haar, die jetzt leise vor sich hin summte; die Augen weit aufgerissen und wieder abwesend-träumerisch. Wie zuvor. Ihre Hände waren zu Fäusten geballt. Blut hing daran. Luisa sah zu Joaquín, der sie und Anna wortlos betrachtete – einen seltsamen Ausdruck im Gesicht. Fast so etwas wie … Schmerz. Oder … Bedauern. Wann war er von uns allen zurückgewichen? Er zitterte, als kämpfe er gegen Fieberschauer an. »Es tut mir leid, Patron. Sie ist schon seit ein paar Tagen sehr unruhig, wandert nachts umher und fragt immer wieder nach Fabián.« Sie wiegte die junge Frau in ihren Armen hin und her. »Aber bisher hat sie noch nie das Haus verlassen. – Ich habe erst gemerkt, dass sie fort ist, als ich eben noch einmal nach ihr sehen wollte.«

»Fort«, flüsterte Anna verträumt in ihre Faust.

Joaquín nickte angespannt. »Vielleicht hat sie mich in der Stadt gespürt. Ich werde mich in Zukunft nachts von San Isandro fernhalten, wenn das ihren Zustand verschlimmert.« Seine Stimme klang, als würde er versuchen zu sprechen, ohne zu atmen. Er zitterte immer stärker. Wie ein Junkie auf Entzug. Seine Oberlippe zuckte. Sah Luisa das denn nicht? Und fiel ihr nicht auf, dass seine Stimme kaum mehr als ein heiseres Grollen war, das keinerlei Ähnlichkeit mit seinem gewöhnlichen, weichen Bariton hatte? »Zum Glück ist nichts passiert.« Er sah über uns hinweg, gab jemandem ein Zeichen. »Lope und Felipe begleiten Anna und dich nach Hause, Luisa.«

Überrascht schaute ich hinter mich. Meine beiden ›Entführer‹ kamen gerade mit langen Schritten um den Brunnen herum. Auf der anderen Seite des Platzes verfolgten von Elenas Cantina aus noch andere das Schauspiel hier. Ein weiterer Mann hielt von dort ebenfalls auf uns zu. Miguels Großmutter stand in der Kirchentür. Ein schwarzer Rosenkranz hing von ihren Händen. Hatte ich tatsächlich angenommen, wir wären noch allein?

Lope und Felipe begrüßten Luisa mit einem Nicken und einem gemurmelten »¡Buenas tardes!«, das sie mit einem müden Lächeln erwiderte, während sie zugleich den Arm um die Schultern der jungen Frau legte.

»Komm, mi niña, du bist ganz nass. Lass uns heimgehen, eh du dir noch den Tod holst. Was hast du nur angestellt?«

»Ich war im Brunnen.« Die junge Frau gluckste leise, summte dann weiter.

Lope räusperte sich. »Hier, Anna, nimm meine Jacke.« Geschmeidig glitt er aus den Ärmeln und legte sie ihr um. Sekundenlang strahlte sie ihn an, doch dann runzelte sie wie zuvor die Stirn. »Du bist nicht wie er.« Luisa konnte gerade noch verhindern, dass sie die Jacke wieder abstreifte. Auf Lopes hilflosen Blick schüttelte sie nur beruhigend den Kopf.

»Nein, das ist er nicht, aber es ist nett, dass er dir seine Jacke leiht. Und jetzt komm heim, Anna. Ich bin eine alte Frau, die ihren Schlaf braucht.« An Anna vorbei sah sie dann zu mir, lächelte mich an. »Es freut mich, dass Sie mein Tuch tragen, Sanguaíera. Ich hoffe, es gefällt Ihnen.«

Einen Moment war ich zu überrascht, um etwas zu sagen, doch dann nickte ich hastig. Natürlich: ›Luisa‹. »Es ist wunderschön. Vielen Dank!« Ich brachte die Worte kaum heraus. Luisa lächelte mir kurz zu, dann legte sie den Arm fester um Anna und zog sie sanft vorwärts. »Komm, mi niña.«

Doch nach keinen zwei Schritten drehte Anna sich schon wieder halb um. »Gute Nacht, Joaquín. Sag Fabián, dass ich auf ihn warte.« Sie winkte ihm auf diese abwesende Art über die Schulter zu.

Für eine Sekunde hätte man meinen können, sie hätte ihn geschlagen. Dann neigte er nur den Kopf. »Gute Nacht, Anna.« Seine Stimme klang mit einem Mal noch heiserer als gerade eben. Die anderen Männer tauschten mitleidige Blicke, während sie Luisa und Anna folgten. Ich schaute ihnen nach. Anna hatte sich wie zuvor fest in Luisas Arm geschmiegt.

»Ist mit dir alles in Ordnung, Lucinda?« *Er* machte genau in dem Moment einen Schritt auf mich zu, in dem ich mich ganz zu ihm umwandte. Abrupt blieb er stehen, wich sogar wieder ein kleines Stück zurück. Sein Blick hing unverwandt an mir. »Lucinda?« Bildete ich mir den Hauch von fahlem Gelb in den Tiefen seiner Augen nur ein, oder waren sie heute Nacht tatsächlich vollkommen farblos? »Lucinda? Bist du in Ordnung? Hat sie dich verletzt?«

Ich sah auf die Schere in meiner Hand. An ihrer Spitze hing tatsächlich Blut. Beinah hätte ich gelacht. Von mir stammte es nicht und es war zu viel, um von Anna zu sein. Blieb nur noch einer. Und da fragte *er mich,* ob mit *mir* alles okay war.

»Mit *mir* ist alles in Ordnung. Was ist mit *dir?*«

Ein Schulterzucken. Auf dem dunklen Grau seines Anzugs und der schwarzen Seide seines Hemdes suchte ich bei diesem Licht vergeblich nach irgendwelchen Blutspuren, die mir verraten hätten, wo und wie schlimm Anna ihn erwischt hatte. »Das hier hätte niemals passieren dürfen. Ich habe dich warten lassen und dich in Gefahr gebracht. Es tut mir leid.«

»Anna ist eine Blutbraut wie ich, nicht wahr?«

Joaquín zögerte, nickte schließlich. »Sí. Sie ist wie du. Oder war es zumindest.«

»Was ist mit ihr passiert, dass sie so …?« *… verrückt ist.*

»Jorge bringt dich nach Santa Reyada.« Er wich meinem Blick aus, gab jemandem hinter mir ein kurzes Zeichen. Dem Mann, der zuvor von Elenas Cantina auf uns zugekommen war. Er war beinah ebenso ein Hüne wie Lorencio.

»Sí, Patron. – Sanguaíera, kommen Sie?«

Ich blinzelte. Hatte er nicht gehört, was ich gesagt hatte? – Wohl kaum. Vielmehr litt er anscheinend an etwas, das Bratt immer als ›selektive Taubheit‹ bezeichnet hatte, wenn seine Anweisungen im *Forty-two* ignoriert worden waren. Unwillig stieß ich die Luft aus. Wenn er meine Frage hier nicht beantworten wollte, gut; dann würde er sie mir auf Santa Reyada beantworten. So wie er mich jetzt wieder ansah, war ihm das nur zu bewusst. Aber da war noch etwas anderes: »Warum kann ich nicht mit dir fahren?«

Eine Sekunde starrte er mich an, dann verzog er die Lippen zu einem Lächeln; hart und bitter; ich konnte seine Fänge sehen. Beinah wäre ich zurückgewichen. »Weil ich mir im Moment, was meine … meinen Hunger nach deinem Blut angeht, selbst nicht ganz traue, obwohl ich auf der Jagd war. – Und mit dir zusammen auf engstem Raum in einem Auto nach Santa Reyada …« Er schüttelte in einer kleinen Bewegung den Kopf. »Keine gute Idee, mi flor.«

»Verstehe.« Ich unterdrückte ein Schaudern.

»Das habe ich mir gedacht. – Dir wird nichts geschehen. Jorge ist mein bester Mann. Und ich werde direkt hinter euch sein.«

Wenn ich ehrlich war, hatte ich mir nicht wirklich Sorgen darum gemacht, dass auf dem Weg nach Santa Reyada irgendetwas Unvorhergesehenes passieren könnte. Aber ich hatte auch nicht damit gerechnet, dass er mich, nach dem, was in den letzten vierundzwanzig Stunden geschehen war, tatsächlich aus den Augen ließ, wenn er es irgendwie vermeiden konnte.

Mit einer Geste, als läge meine Hand auf seiner und er reiche sie an Jorge weiter, nickte er dem Mann zu. »Ich vertraue meine Sanguaíera deinem Schutz an, Jorge.«

Der erwiderte sein Nicken, wandte sich dann mit etwas, das eine angedeutete Verbeugung sein mochte, mir zu und wies auf einen grauen Escalade, der dort parkte, wo zuvor Cris' Porsche gestanden hatte. »Sanguaíera!«

Joaquín verstand den Blick, den ich ihm noch einmal zuwarf, offenbar falsch. Er schnitt eine Grimasse, seufzte etwas auf Spanisch, das ich nicht verstand – auch wenn es anscheinend nur für meine Ohren bestimmt war –, und ging an Jorge und mir vorbei. Zu meinem Erstaunen ebenfalls in Richtung des Escalade. Wobei Jorge wohl noch deutlich erstaunter darüber war, dass er *vor* uns herging.

Eine Sekunde zögerte ich, nicht sicher, ob der Mann irgendwelche Erklärungen von mir erwartete, dann folgte ich Joaquín einfach wortlos. Nach wie vor hielt er auf den Escalade zu. Der Platz um den Brunnen war wieder vollkommen verlassen.

Vor uns passierte Joaquín Jorges Wagen und verschwand dahinter, nachdem er wie beiläufig mit den Fingerspitzen über einen der Scheinwerfer gestrichen hatte.

Gleich darauf hatten auch Jorge und ich den Escalade erreicht, und als ich um dessen Heck herum zur Beifahrertür ging, entdeckte ich den Lamborghini ein paar Meter weiter an der Straßenecke. Der Wagen war ziemlich staubig, sodass der weiße Lack eher gelblich wirkte. Wer würde sich von nun an um *seinen* Rennstall kümmern, jetzt, da Miguel … nicht mehr da war? Was würde aus dem halb zerlegten Camaro werden?

»Sanguaíera?« Ich drehte mich zu Jorge um, der mich über die Motorhaube des Escalade hinweg ansah, öffnete nach einem letzten Blick zu Joaquín, der mit langen Schritten auf den Lamborghini zuhielt und gerade die Hand in die Hosentasche schob, die Tür und glitt auf meinen Sitz.

Jorge stieg ebenfalls ein, startete den Motor, setzte zurück und wendete. Die Scheinwerfer glitten über Joaquín neben der

Fahrertür des Lamborghini. Er hatte das Tablettenfläschchen in der Hand. Im Vorbeifahren sah ich, wie er offenbar mehrere auf seine Handfläche klopfte, sie mit einer harten Bewegung schluckte. Ich klappte die Sonnenblende herunter, schob die Abdeckung des Schminkspiegels beiseite und schaute hinein. Der Mond war gerade hell genug, um zu erkennen, dass *er* beide Hände gegen den Türholm gestemmt hatte, den Kopf gesenkt. Eben nahm er eine weg und drückte sie gegen seinen Magen, als sei ihm unvermittelt schlecht. Hastig drehte ich mich in meinem Sitz um. Hatte das irgendetwas mit diesen Tabletten zu tun? Waren das die gleichen, die er damals genommen hatte, als ich nach diesem Cage-Fight bei ihm im Auto saß? Und die ich ihn in den letzten Tagen auch immer wieder während meiner Stunden in seinem Laboratorium hatte hinunterwürgen sehen? Wofür waren sie? Wie viele hatte er geschluckt? Oder hatte Anna ihn mit der Schere schlimmer erwischt, als ich angenommen hatte? Ich hatte kein Blut gesehen, er hatte nicht gehinkt oder sich auch nur ansatzweise weniger geschmeidig bewegt als sonst ... Ich wollte Jorge schon sagen, er solle anhalten, zurückfahren, da richtete *er* sich wieder auf und stieg in den Wagen. Gleich darauf flammten die Scheinwerfer auf. Bis wir die Ausfahrt erreicht hatten, war der Lamborghini direkt hinter uns. Ohne es im ersten Moment wirklich zu merken, legte ich die Hand um den Türgriff. Als das letzte Mal Scheinwerfer so dicht hinter dem Wagen gewesen waren, in dem ich saß, war ich in Fernáns Klinik wieder zu mir gekommen. Ich verdrängte den Gedanken und sah zu Jorge hinüber. Er schien vollkommen entspannt, hatte eine Hand am Lenkrad, den Ellbogen locker auf der Tür, die andere auf der Armlehne zwischen uns. Jorge. Der Name sollte mir etwas sagen ...

»Der Patron war heute Nacht ziemlich angespannt.«

Ich zuckte zusammen, als er unvermittelt in die Stille zwischen uns hineinsprach.

»In Gegenwart von Anna und Ihnen«, ergänzte er, als ich weiterhin schwieg. Ich beobachtete die Scheinwerfer des Lamborghini im Schminkspiegel, wusste nicht, was ich sagen sollte. Offenbar erwartete er jedoch gar keine Antwort von mir. »Ein paarmal bin ich ihm in den letzten Tagen nachts begegnet, da hatte ich zwischendurch das Gefühl, dass seine Augen heller sind als sonst.« Er sah kurz zu mir her, nur um sich direkt wieder auf die Straße zu konzentrieren. »Aber ich muss mich wohl getäuscht haben, nicht wahr?« Ich versuchte, mir meine Überraschung nicht anmerken zu lassen. Bedeutete das … sie wussten gar nicht, dass *er* schon … dass ihn nicht mehr wirklich viel davon trennte, endgültig Nosferatu zu werden? Jorge hatte heute Nacht nah genug gestanden, um *seine* Augen sehen zu können. Augen, die nahezu vollkommen *farblos* gewesen waren. Und auch Luisa und die beiden anderen Männer. Sie hätten schon blind sein müssen, um *das* nicht zu bemerken. Aber nur Anna hatte offenbar tatsächlich dasselbe gesehen wie ich. Weil wir beide dasselbe *waren:* Blutbräute. Und Rogier hatte gesagt, dass keiner von *ihnen* vor einer Blutbraut ›sein wahres Äußeres‹ bei Nacht verbergen konnte. Egal wie mächtig er auch war. – Das bedeutete, auch vor den Leuten aus San Isandro verheimlichte *er,* wie nahe er schon daran war, endgültig Nosferatu zu werden. Nun, genau genommen hatte bis zu meiner Ankunft auf Santa Reyada selbst Cris anscheinend nichts davon gewusst. Hatte *er* Angst, dass sie ihn an die Hermandad verraten würden? Ich konnte mir nicht vorstellen, dass *sie* wussten, wie weit es mit ihm schon war. Sonst hätte Rogier mir sicherlich nicht diese Fragen über *ihn* gestellt. »Auch wenn er anscheinend seit Kurzem häufiger trinkt als sonst.« Wieder ein schneller Blick von Jorge zu mir. »Gerüchteweise hat er nicht nur bei uns in San Isandro gegen seine Gewohnheit den Blutzoll eingefordert, sondern war auch in Palm Springs jagen.«

Gegen seine Gewohnheit? Was sollte das heißen? Dass er normalerweise gar nicht nach San Isandro ging, um sich Blut zu holen? »Und nicht nur da, sogar in San Diego und L.A.«

»Woher wissen Sie das?« Nein. Das war unmöglich. Oder?

Jorge lachte. »Es ist mein Job, solche Dinge zu wissen, Sanguaíera. Ich bin sein Sicherheitschef. Der Patron mag zwar keinen Leibwächter im eigentlichen Sinne benötigen, aber ich bin trotzdem dafür verantwortlich, dass ihm nichts zustößt. Und jetzt auch Ihnen, Sanguaíera.« Er warf einen Blick in den Rückspiegel. Ich tat es ihm nach. Die Scheinwerfer des Lamborghini tauchten gerade in der Kurve auf, die wir eben selbst erst hinter uns gelassen hatten.

»Und deshalb werde ich auch ganz nebenbei und sehr freundlich ein paar Worte mit dem guten Cristobál wechseln.« Abermals sah er eine Sekunde zu mir. Diesmal erschreckend ernst. »Es war unverantwortlich von Cris, mit Ihnen nach Los Angeles zu fahren, ohne irgendjemandem etwas davon zu sagen. – Vor allem nach der Sache mit Miguel und Inés.« Ein neuerlicher Blick in meine Richtung. »Ja, ich weiß davon. Ich war auf Ihrer Fiesta, Sanguaíera. Und ich stand in der Nähe des Durchgangs nach draußen.« In der Andeutung einer Bewegung schüttelte er den Kopf. »Und ich wäre Ihnen sehr verbunden, wenn Sie es mich das nächste Mal wissen lassen würden, wenn Sie Santa Reyada allein – oder auch nur mit Cristobál zusammen – verlassen. Egal wie lang. Egal zu welchem Zweck.« Er griff in die Innentasche seines Sakkos, zog eine Visitenkarte hervor und hielt sie mir hin. Gehorsam nahm ich sie ihm ab – ein Name stand darauf, ›Jorge A. Hernandez‹, und zwei Telefonnummern – und versenkte sie in die Tasche meines Kleides. »Ich verspreche Ihnen, Sie werden weder mich noch meine Leute sehen, aber Sie sind für uns zu wichtig, als dass wir das Risiko eingehen möchten, dass Ihnen etwas zustößt. Und es gibt mehr als genug Parteien, denen genau das zupasskommen würde.«

»Warum?«

»Verzeihung?«

»Warum bin ich zu wichtig?«

Eine Sekunde starrte er mich an, als hätte ich ihm gerade erklärt, ich sei ebenso verrückt wie Anna, dann riss er seinen Blick wieder von mir los, lenkte ihn zurück auf die Straße. »Weil Sie die Sanguaíera unseres Patrons sind. Und weil er der Einzige ist, der zwischen San Isandro und Tomás de Silva und dem ganzen Rest der Hermandad steht.«

Ich nickte nur und sah aus dem Fenster. Das Gleiche hatte Elena gesagt. Beinah wortwörtlich. Im Seitenspiegel blendeten mich kurz die Scheinwerfer des Lamborghini. ›*In der Hermandad heißt es ›jeder gegen jeden.‹* – Auch wenn ich es nur zu gern getan hätte: Ich verkniff mir, ein weiteres Mal nach dem ›Warum‹ zu fragen? Ich wollte Antworten, ja. Aber um sie zu bekommen, würde ich nicht mit einem für mich Fremden reden, sondern mit *ihm*.

21

Als Santa Reyada schließlich vor uns auftauchte, beugte ich mich in meinem Sitz ein bisschen vor, auf der Suche nach einem Lichtschimmer oder irgendeinem anderen Hinweis, dass jemand da war. Nichts. Wo mochte Cris sein? Er war so wütend und … verletzt gewesen …

Hoffentlich stieß ihm nichts zu – oder machte er irgendwelche … Dummheiten.

An der Gabelung in der Einfahrt scherten die Scheinwerfer hinter uns plötzlich aus und gleich darauf röhrte der Lamborghini jenseits der Hecke, auf der Zufahrt zu den Garagen, an uns vorbei. Jorge nahm den Bogen, der zum vorderen Eingang führte, und hielt direkt vor den Stufen zur Haustür. Während ich noch immer nach einem Hinweis suchte, dass Cris irgendwo im Haus war, umrundete er den Escalade bereits und öffnete mir die Beifahrertür. Dass er sich wachsam umsah und den Blick dabei auch über die Fenster des Hauses wandern ließ, war wahrscheinlich reine Gewohnheit. Auch wenn es vermutlich mehr als unwahrscheinlich war, dass irgendjemand die Bannkreise überschritt, die Santa Reyada umgaben.

Langsam stieg ich aus und ging die Stufen hinauf. Hinter mir knallte eine Autotür. Auf das einer zweiten wartete ich vergebens. Als ich mich umsah, war Jorge zwar bereits wieder auf der Fahrerseite, beobachtete mich allerdings weiter über die Motorhaube hinweg.

»Gute Nacht, Sanguaíera.«

»Gute Nacht.« Was würde er sagen, wenn sich herausstellte, dass die Tür vor mir verschlossen war und ich keinen Schlüssel dazu besaß? Hatte Cris abgeschlossen? Ich wusste es nicht. Wir hatten heute Morgen die Tür in der Küche genommen ... Zögernd streckte ich die Hand nach der Klinke aus und drückte sie. Zu meinem eigenen Erstaunen schwang die Tür tatsächlich auf. Ein letzter kurzer Blick über die Schulter und ein Nicken, dann ging ich hinein und schloss sie wieder hinter mir. Draußen schlug die Fahrertür des Escalade, gleich darauf grollte der Motor auf, dann entfernte sich das Geräusch.

Rosa wehte mir entgegen, kaum dass ich einen Schritt in die Halle hineingemacht hatte. Der Vorhang über dem Fenster neben der Eingangstür bauschte sich. Direkt darunter lagen die Tüten und Taschen von meinem Shoppingtrip mit Cris. Das Batiktuch, das er mir am Santa Monica Pier gekauft hatte, hing achtlos dazugeworfen darüber. Also *war* er zumindest hier gewesen.

Rasch durchquerte ich die Halle, stieg die Treppe bis zum Absatz hinauf, spähte in den ersten Stock empor. Auch hier war alles dunkel.

»Cris?« Nichts rührte sich. »Cris? Wenn du da bist, bitte, sag was!« Wieder nur Stille. »Cris?« Sollte ich zu seinem Zimmer gehen und nachsehen, ob er sich wie ein schmollendes Kind darin versteckte? Nein. Genau genommen hatte ich Cris hier auf Santa Reyada bisher nur an einem Ort angetroffen, wenn er nachdenklich oder niedergeschlagen war: am Pool.

Ich nahm die Abkürzung durch das Billardzimmer. Noch bevor ich die Glastüren aufstieß, wusste ich, dass Cris nicht da war. Das Mondlicht verwandelte den Pool in einen silbernen Spiegel; glatt, glänzend. Und verlassen. Trotzdem trat ich auf die Terrasse hinaus und an den Rand der Stufen, die zu ihm abwärtsführten. »Cris?« Für eine Sekunde brachte meine Stimme das Zirpen der Zikaden zum Verstummen.

»Er ist nicht hier.« Joaquín kam aus dem Garten herauf.

Ich hatte unwillkürlich die Luft angehalten, als seine Stimme so unvermittelt aus der Finsternis dort gedrungen war. Noch immer rau und kaum mehr als ein Knurren. In der dunklen Hose und dem schwarzen Seidenhemd war er im ersten Moment nicht viel mehr als ein Schatten. »Weiß du, wo er ist?«

»Ich könnte ja Genesis 4:9 zitieren, aber ich lasse es.« Langsam umrundete er den Pool. Das Jackett hatte er locker über der Schulter hängen. »Sein Porsche steht vor der Garage. Wenn er nicht im Haus ist …« Ich schüttelte den Kopf. »… wird er irgendwo auf dem Gelände sein. Vielleicht macht er mal wieder einen seiner ›Spaziergänge‹, um sich abzureagieren.« An der Pool-Ecke, die mir am nächsten war, blieb er stehen, sah auf das Wasser. »Es tut mir leid, was in San Isandro geschehen ist«, sagte er dann, ohne den Blick zu mir zu heben.

»Hat Anna dich verletzt?« Die Frage platzte aus mir heraus, bevor ich es verhindern konnte.

Jetzt zuckten seine Augen doch zu mir. Seine Verblüffung war fast greifbar. Dann hob er die Schultern. »Nur ein Kratzer.«

Nach dem Blut, das ich auf der Schere gesehen hatte, musste es ein ziemlich großer ›Kratzer‹ sein, allerdings bezweifelte ich, dass ich eine andere Antwort bekommen würde, selbst wenn ich ihm das sagte. Aber es gab noch einige Dinge mehr, zu denen ich Antworten wollte. Heute. Von ihm. »Anna … sie ist wie ich.«

»War«, korrigierte er.

»Sie ist noch immer eine Blutbraut, oder?«

Er versteifte sich, als hätte ich ihn geschlagen. »Sí, das ist sie. Daran wird sich auch nie etwas ändern.«

»Was ist mit ihr passiert, dass sie … so ist? Wer ist Fabián?« *Und was hast du damit zu tun?*

Die Bewegung, mit der er das Jackett von der Schulter rutschen ließ, wirkte seltsam müde. Schlaff baumelte es von seinem Finger. Es interessierte ihn offenbar nicht, dass es über den Boden schleifte, als er direkt an den Pool trat. Das Wasser schien in seinem Schatten winzige Wellen zu schlagen. Reglos sah er auf es hinab.

»Was weißt du über das ›Band‹ zwischen Hexer und Sanguaíera?«, fragte er nach einigen Sekunden in die Stille hinein.

»Du meinst, dieses ›Band‹, das eine Blutbraut für den Rest ihres Lebens an ihren Hexer fesselt?« Eigentlich hatte ich nicht vorgehabt, *so* zynisch zu klingen.

»Fesselt? – Hast du das von María?« Hatte er gerade tatsächlich eine Grimasse geschnitten? »Natürlich. Von wem sonst.« Mit Mittel- und Ringfinger massierte er sich die Schläfe. »Also erstens trifft es ihre … ›Beschreibung‹ …« Jetzt klang *er* zynisch, »… nicht ganz, und zweitens kann man das deutlich freundlicher ausdrücken.« Er schüttelte den Kopf. »Wie eine Kette um den Hals, was? Na, danke auch.« Wieder ein Kopfschütteln. »Das Band ist Empathie. Keine bewusste Kommunikation. Nur eine … Ahnung, ein Spüren der Gefühle des anderen. Es wird geschlossen, wenn ein Hexer zum ersten Mal das Blut seiner Sanguaíera trinkt und es ihm freiwillig gewährt wird.

Von dieser Sekunde an ist es ›da‹. Für immer. Aber es auch tatsächlich ›wahrzunehmen‹, ist jedes Mal aufs Neue eine bewusste Entscheidung. Von beiden Seiten. Und es ist bestimmt keine *Fessel!*«

Ich zog das Tuch enger um meine Schultern. Das klang so anders als alles, was Tante María mir darüber erzählt hatte. »Was hat das mit Anna zu tun?«

»Wenn das Band gewaltsam, wie etwa durch den Tod des Hexers, zerstört wird, kann es passieren, dass dieser … Schock den Verstand der Sanguaíera … beeinträchtigt.«

»Sie wird verrückt.« *So wie Anna.*

»Nicht zwingend, aber … in neunundneunzig von hundert Fällen, sí. Je nachdem, aus welcher Familie sie …«

»Wie wäre es bei …« – *mir* – »… einer Moreira?«

Er drehte sich zu mir um, sah mich an. Seine Augen waren in der Dunkelheit mondfahl. »Mit ziemlicher Sicherheit wie bei Anna. Vielleicht sogar schlimmer.«

Ich holte einmal tief Luft und stieß sie wieder aus. Es half nichts gegen den würgenden Knoten, der plötzlich in meinem Inneren war.

»Und was geschieht, wenn *sie* vor *ihm* stirbt?«

»Das Problem ist: Sie kann theoretisch ohne ihn weiterleben. Er in der Regel nicht. – Stirbt sie vor ihm, wird er irgendwann Nosferatu werden. In einem solchen Fall erwartet man von ihm, dass er einer rituellen Hinrichtung zustimmt, oder der Patron der Familie schickt ihm irgendwann seinen Vollstrecker auf den Hals, damit der die Sache beendet, ehe er endgültig Nosferatu geworden ist und … zu viel Aufmerksamkeit auf sich und damit die Hermandad zieht.« Ehe er endgültig wahnsinnig wurde und wahllos Menschen abschlachtete. »Aber wenn das Band außergewöhnlich stark ist und gewaltsam durchtrennt wird, kann das den Übergang zum Nosferatu natürlich beschleunigen. Auch wenn das letztlich ohne Bedeutung ist. Es läuft auf dasselbe hinaus. Es geht nur schneller.«

»Und Fabián war Annas Hexer.« Ich sagte das nicht als Frage.

»Sí.«

»Was ist passiert?«

Er wandte sich wieder dem Pool zu, starrte auf die schwarze Silhouette, die er vor dem Mondlicht auf das Wasser warf. Sekundenlang.

»Mercedes, Tomás de Silvas Schwester, kam zu Estéban und behauptete, Fabián wäre kurz davor, endgültig Nosferatu zu werden. Sie hätte ihn in der Nacht gesehen. Es würden ihm nur noch die Schwingen fehlen. Sie war eine Blutbraut. Galt damit, was diese Beschuldigungen anging, als ›unfehlbar‹. Und es gab bereits Gerüchte, da Fabián sich zunehmend seltsam und aggressiv verhalten hatte.« Er schüttelte den Kopf. »Und als sie dann noch behauptete, er hätte sie angegriffen, sogar versucht, sie zu beißen, gab es nur noch ein Urteil. – Das Konsortium gab ihm noch nicht einmal die Chance, sich zu verteidigen.« Das Knurren war wieder in seiner Stimme. »Tomás erbot sich, seine ›Hinrichtung‹ zu übernehmen beziehungsweise ihn ohne seine Zustimmung zu töten, wenn er sich nicht freiwillig fügen würde. Immerhin waren Fabián und ich nicht nur über mehrere Ecken verwandt, sondern obendrein Freunde.« Er fletschte die Zähne, die Fänge unübersehbar entsetzlich lang. Beinah hätte ich aus reinem Reflex einen Schritt rückwärts gemacht. Doch ich schaffte es, am Rand der Stufen nach unten stehen zu bleiben. »Ich habe Tomás gesagt, er soll sich zum Teufel scheren, und bin zu Fabián gegangen.« Seine freie Hand schloss sich zur Faust. »Ich habe ihn getötet.« Die Art, wie er das sagte, verriet mir, dass da noch sehr viel mehr gewesen war. Kannte ich ihn tatsächlich schon so gut? »Und dann fand ich Anna. Sie saß mitten auf seinem Bett und schrie. Schrie. Schrie. Keiner wusste von ihr. Zuerst dachte ich, er sei schon so sehr Nosferatu gewesen, dass er sie sich in seinem Wahnsinn als Spielzeug gehalten hatte. Ich brachte sie nach Santa Reyada, damit sie sich erholen konnte. Aber als ich zurückging, um ihn wenigstens zu begraben und es nicht Tomás zu überlassen, ihn irgendwo zu verscharren, wie das Konsortium es eigentlich wollte, sah ich den Ring an seiner Hand. Den gleichen, den Anna trug. Sie war seine Ehefrau. Und seine Sanguaíera. Er hatte sie nur vor uns allen versteckt, weil sie dem Patron einer anderen Familie versprochen war. Als *dessen* Sanguaíera. Einem von Estébans engsten Freunden. Und Mercedes wusste davon. Aber sie wollte Fabián für sich. Oder zumindest nicht zulassen, dass eine andere ihn ›bekam‹.«

Miststück.

»Er war tatsächlich nur noch einen Schritt davon entfernt gewesen, endgültig Nosferatu zu werden. Aber er wäre es nicht geworden.«

Weil er Anna hatte.

»Ihre Sachen waren gepackt. Er wollte mit ihr fort. Weil er genau wusste, dass das Konsortium ihn, soweit wie er schon war, niemals am Leben lassen würde. Er hätte freiwillig das Leben eines Vogelfreien geführt, um Anna zu schützen. Und als ich kam, hat er nichts gesagt. Hat geschwiegen. Ich habe nie herausgefunden, warum.«

Abermals presste er Mittel- und Ringfinger gegen die Schläfe. »Als ich Fabián getötet habe, habe ich Anna in den Wahnsinn gestürzt.« Seine Stimme sank zu einem Flüstern herab. »Und als ob das nicht schlimm genug gewesen wäre, hat sie auch noch ihr Kind verloren.«

Oh mein Gott. Arme Anna – armer Fabián. »Und jetzt kümmert sich Luisa um sie.«

»Sí.«

»Für dich?«

»Sí.«

»Und diese Mercedes?«

Er nahm die Hand herunter, blickte in den Nachthimmel. Die Sterne schimmerten wie Diamanten auf schwarzem Samt. »Sagen wir es so: Ich habe sie für ihre Täuschung zur Verantwortung gezogen. Endgültig.«

»Du hast sie getötet?«

Ein Zögern, dann, ohne mich anzusehen: »Sí.«

Unwillkürlich stahl meine Hand sich zu meiner Kehle. Ich zwang sie an meine Seite zurück. »Warum musstest gerade du Fabián … töten. Dass du nicht zulassen wolltest, dass ausgerechnet ihr Bruder es tut, verstehe ich, aber … hätte es kein anderer tun können?«

Eine Sekunde herrschte Schweigen zwischen uns. »Ich bin der Vollstrecker der de-Alvaro-Familie, Lucinda«, sagte er schließlich sanft.

Vollstrecker. Henker. Ich holte einfach nur Luft. Das Geräusch, das ich dabei machte, entlockte ihm ein Lachen. Rau. Und bitter. »Es war meine Pflicht. Einerseits. Andererseits war ich gut darin. Ich wusste, dass ich es schnell tun konnte. Schnell und sauber. Auch bei Fabián. Er war mächtig. Ich war schon damals mächtiger als er.« Er hob die Schultern. Scheinbar gelassen. Und trotzdem änderte sich etwas in seinem Tonfall. Nur ein ganz klein wenig. »Ich war siebzehn, als Estéban mich dazu machte. Da Cris dafür nicht mehr infrage kam, hatte er die Wahl zwischen Tomás de Silva und mir. Ich hatte ihn gebeten, diesen Kelch ausnahmsweise mal an mir vorbeigehen zu lassen. Es war ihm egal. Er bestimmte mich trotzdem dazu.«

»Aber warum?« Meine Stimme klang dünn.

»Ich weiß es nicht. Vielleicht, weil Tomás selbst für seinen Geschmack zu viel Vergnügen an solchen Dingen fand? Vielleicht, weil er wollte, dass so viel Macht in der Familie bleibt?« Wieder ein Schulterzucken.

Tomás. Immer wieder ›Tomás‹. Wie oft hatte ich diesen Namen heute Nacht schon gehört? Wer war der Kerl? Abgesehen vom Bruder eines intriganten Miststücks. »Hättest du nicht jemand anderen dazu machen können, nachdem er gestorben war?«

»Hätte ich, sí.«

»Und warum hast du nicht?«

»Weil ich keinem anderen das antun wollte, was Estéban *mir* damit angetan hatte. Und Tomás hätte es für *meinen* Geschmack zu sehr genossen.«

»Dann bist du Richter und Henker in einer Person.«

»Sí.«

Ich trat auf die nächste Treppenstufe hinunter. »Das tut mir leid.«

Abermals sah er mich verblüfft an. »Die meisten haben aus diesem Grund Angst vor mir und manche hassen mich auch deshalb. Aber es hatte noch nie jemand deswegen *Mitleid* mit mir.« Er schüttelte den Kopf. »Du erstaunst mich, Lucinda Moreira. – Ich töte. Ich töte im Namen der de-Alvaro-Familie.

Ich töte für die, die ich beschütze. Ich töte für die, die ich liebe. Ich bin ein Killer. Und du hast *Mitleid* mit mir?«

Eine Sekunde stand ich einfach nur da und wusste nicht, was ich sagen sollte; oder konnte. Er hatte recht. Eigentlich müsste ich Angst vor ihm haben, müsste ich ihn verabscheuen. An seinen Händen klebte Blut. Möglicherweise mehr als an denen der anderen großen Hexer der Hermandad. Ich tat es nicht. Und wusste nicht, warum. Weil er dafür sorgte, dass sich jemand um Anna kümmerte? Weil ich gesehen hatte, wie er vor einer alten Frau auf den Knien lag, deren Enkel gestorben war? Weil es in San Isandro Frauen gab, die sich darauf freuten, für das Kleid *seiner* Blutbraut Maß zu nehmen? Ich wusste es nicht. Es war einfach so. Er tat mir leid. Weil er sich anhörte, als würde er es nicht gern tun. – Was allem widersprach, was ich von Tante María über ihn wusste.

Wann hatte ich erneut einen Schritt die Treppe abwärts gemacht, weiter auf ihn zu? Als ich jedoch die nächste Stufe hinuntertrat, hob er abrupt die Hand.

»Nein! Nicht näher!« Die Worte kamen hart und scharf. Und gepresst, als würde er auf einmal die Zähne zusammenbeißen. Ich blieb stehen. »Es ist besser … wenn du mir heute Nacht nicht zu nahe kommst!« Seine Oberlippe hob sich. Seine Fänge … Von einer Sekunde zur nächsten war wieder jene so vertraute Enge in meiner Brust. Die ganze Zeit war sie nicht da gewesen. Und das, obwohl er mir in all seiner entsetzlichen Beinah-Nosferatu-Schönheit gegenübergestanden hatte; obwohl ich mehr als einmal in seine farblos glitzernden Augen geschaut hatte; ich die Spitzen seiner Fänge hinter seinen Lippen aufschimmern gesehen hatte … Ich presste die Handflächen gegeneinander.

»Zuerst komme ich hierher und du bist verschwunden … Dann du *und* Anna …« Die Bewegung, mit der er die Schultern hob, wirkte seltsam verlegen und irgendwie … hilflos. »Das war ein bisschen viel für meine … Selbstbeherrschung. Wir sollten kein Risiko eingehen …« Er hatte die Hand in die Hosentasche geschoben. Auf der Seite, auf der er das Tablettenfläschchen mit sich herumtrug. Sah es nur so aus oder hatte er sie tatsächlich darumgelegt? Wie um einen Rettungsanker? »Lucinda, es gibt da etwas …«, setzte er genau in dem Moment an, in dem ich »Was ist das für ein Zeug?«, fragte.

Verwirrt runzelte er die Stirn. »Wovon sprichst du?«

Mit dem Kinn wies ich auf seine Hosentasche. »Die Tabletten. Was ist das für ein Zeug?«

Wie ertappt sah er an sich hinab, zog hastig die Hand zurück. »Nichts Wichtiges.« Er sagte es viel zu schnell.

Ich schnaubte. »Als mir jemand das letzte Mal erzählt hat, etwas wäre ›nicht wichtig‹, hat er mir nur verschwiegen, dass zwei Menschen gestorben sind. – Also, was ist das für ein Zeug?«

Er sah mir fest in die Augen. »Kopfschmerztabletten.«

Dummerweise kannte nicht nur er diese Theorien, was das Lügen und Jemandem-dabei-nicht-in-die-Augen-Sehen betraf. »Mhm. Und ich bin die Kaiserin von China.«

Sein Lachen war komplett humorlos. »Angenehm, Kaiserliche Majestät.«

Abermals stieß ich ein Schnauben aus. »Was ist das für ein Zeug?« Warum ließ ich es nicht einfach gut sein, nachdem er es mir offenbar nicht sagen wollte? Noch eine Frage heute Nacht, die ich mit einem ›Ich wusste es nicht‹ beantwortete.

Mit einem Seufzen vergrub er die Hand erneut in der Hosentasche. Noch tiefer diesmal. »Also gut. Ein Beruhigungsmittel.«

»Beruhigungsmittel?«, wiederholte ich ungläubig. Das Bild der kleinen, weißen Pillen in einem Plastikbecherchen war einfach da. Harmlos hatten sie sie damals genannt. In der Klinik. Die Türen waren immer verschlossen gewesen. Gitter vor den Fenstern. Geruch von Desinfektionsmitteln. Ich hatte mich mit aller Kraft dagegen gewehrt, sie zu schlucken. Hatte dieses Gefühl gehasst, dass etwas zwischen mir und der Welt war, wie ein feiner Schleier; wie Spinnweb …

»Luz?« Als er meinen Namen sagte, zuckte ich zusammen. »Alles in Ordnung?«

Eine Sekunde kämpfte ich darum, in die Wirklichkeit zurückzufinden. Dann nickte ich rasch. Seine Augen hingen auf mir; besorgt, diamanten. Ich hatte nicht mitbekommen, wie er einen Schritt auf mich zugemacht hatte. Nein, zwei.

Trotzdem blieb ich, wo ich war. »Alles in Ordnung. – Wofür … nimmst du sie?«

Er zögerte. So als würde er überlegen, ob er noch einmal versuchen sollte, mich anzulügen. Wie er diesmal die Schultern hob, wirkte … unbewusst. »Sie helfen mir, deine Nähe besser zu ertragen; die G… das Verlangen nach deinem Blut zu beherrschen.«

Schlagartig war mein Mund trocken, war wieder die Enge in meiner Brust. Ich hatte gefragt, hatte es wissen wollen. Es war nicht seine Schuld, wenn die Antwort mich erschreckte. Ich räusperte mich. »Welche … Nebenwirkungen haben sie?«

Nach der Grimasse, die er schnitt, einige. »Sie machen mich langsam«, gab er dann zu. »Und laut Beipackzettel sollte man kein Auto fahren.«

Man sollte …? Ich riss die Augen auf. Er hatte zwei davon genommen, als wir uns überschlagen hatten …

Es war, als hätte er meine Gedanken gelesen. Vielleicht hatte mich aber auch einfach nur mein Gesichtsausdruck verraten. »Sie hatten nichts damit zu tun, dass ich die Kontrolle über die Viper verloren habe, als Max uns von der Straße gedrängt hat. Die Dinger brauchen zwanzig bis dreißig Minuten, bis sie richtig zu wirken anfangen.« In seinen Worten schwang ein ärgerlicher Unterton mit. »Und vielleicht hätte ich ihn ja sogar mit einer Vollbremsung und einem 180-Grad-Turn abhängen können, wenn du nur angeschnallt gewesen wärst. Aber so … wärst du mir bei der Geschwindigkeit am Ende durch die Frontscheibe geflogen.« Er fuhr mit der Hand in einer Wie-auch-immer-Geste durch die Luft.

Ich sog langsam den Atem ein, nickte schwach. »Wie viele darf man davon am Tag nehmen?«

Schulterzucken. »Keine Ahnung. Drei oder vier?«

Keine Ahnung? Wir redeten von Beruhigungstabletten, bei denen man kein Auto fahren durfte, nachdem man sie geschluckt hatte, und er hatte *keine Ahnung,* wie viele er überhaupt am Tag nehmen durfte? »Und wie viele hast du heute schon genommen?« Ich wagte die Frage kaum zu stellen.

Wieder hob er die Schultern. »Sieben oder acht. Glaube ich.« *Glaubte er.* »Wie gesagt: Du und Anna *zusammen,* ihr wart ein bisschen viel für mich nach diesem Tag.« Abermals zog er eine Grimasse. »Aber ich gestehe: Im Augenblick fühle ich mich irgendwie ein bisschen …« Er schien nach dem richtigen Wort zu suchen »… über-entspannt. Möglicherweise ist das auch der Grund, warum ich dir das alles so einfach erzähle.«

Über-entspannt. Innerlich schüttelte ich den Kopf. Wenn sein ›über-entspannt‹ sich auch nur im Entferntesten so anfühlte, wie es mir damals jedes Mal nach nur *einer* Tablette gegangen war, wollte ich gerade nicht mit ihm tauschen. »Vielleicht solltest du dann am besten für heute schlafen gehen?«

Sein Mund verzerrte sich zu einem bitteren Lächeln. »Die Zeiten, in denen ich nachts schlafen konnte, sind für mich vorbei, Lucinda. – Seit du da bist, stehle ich mir manchmal am Nachmittag ein paar Stunden oder kurz bevor die Sonne aufgeht. Aber niemals nachts.«

Ich schluckte beklommen. »Warum nicht?« Wollte ich das wirklich wissen? Aber es war zu spät, die Frage war heraus.

»Weil der Wahnsinn der Nosferatu bei mir nachts schon zu dicht unter der Oberfläche sitzt und ich mir dann selbst nicht mehr traue.« Er trat die beiden Schritte, die er zuvor auf mich zugekommen war, wieder zurück. Seine Stimme wurde leise und bitter. »Wenn ich nachts die Augen schließe, träumt der Teil von mir, der bereits Nosferatu ist, davon, dein Blut gegen deinen Willen zu trinken, Lucinda; er träumt davon, dir wehzutun, während er immer wieder die Zähne durch deine weiße Haut gräbt, dein Blut trinkt …« Ich stolperte über den Rand der Stufe, als ich unwillkürlich zurückwich. Der Zug um seinen Mund wurde noch bitterer. Er wandte das Gesicht ab, blickte auf das schimmernde Wasser des Pools. Ich glaubte, ihn etwas flüstern zu hören, das wie »Das Risiko ist mir zu groß« klang.

Ich schlang die Arme um meine Mitte, versuchte, irgendwie das Zittern zu beherrschen, das in meinem Inneren saß. »Und bevor ich nach Santa Reyada gekommen bin?«

»Da habe ich den Vormittag verschlafen.« Die Bitterkeit war ein kleines Stück aus seinem Ton gewichen. Abermals trat er direkt an den Rand des Pools, starrte auf seinen Schatten.

Wieder herrschte sekundenlang Schweigen zwischen uns.

»Vielleicht sollte ich dann schlafen gehen«, murmelte ich irgendwann lahm. Als ich keine Antwort bekam, drehte ich mich um und wollte ins Haus zurückgehen. Die Bewegung schien ihn aus seiner Trance zu wecken.

»Warte, Luz!«

Zögernd wandte ich mich ihm wieder zu. Gerade tastete er die Taschen seines Jacketts ab, warf es über einen der Liegestühle, als er offenbar gefunden hatte, was er suchte. »Ich wollte dir das hier …« Er hob eine kleine schwarze Schachtel ins Mondlicht, damit ich sie sehen konnte. »… schon heute Morgen geben, aber … na ja … und nach dem Anruf zwischen Tür und Angel erschien es mir nicht mehr richtig …« Seine Hand stoppte mich abermals, bevor ich auch nur einen Schritt auf ihn zu machen konnte. »Nein! Warte! Ich leg es hierher. Und … du holst es dir dann.« Er ließ mir keine Chance, zu antworten, legte die Schachtel auf die Terrakottafliese am unteren Ende der Mauer, die die Treppe zu beiden Seiten einfasste, und trat ein Stück zurück. Erst auf sein Nicken ging ich hinunter und bückte mich nach der Schachtel.

Beklommen und bewundernd zugleich strich ich mit den Fingern über den kühlen, spiegelnd schwarzen Lack, der mich unwillkürlich an den Flügel in der Halle erinnerte. Auf zwei Seiten waren perlmutterne Ornamente eingesetzt. Sie war wunderschön – aber es schien keine Möglichkeit zu geben, sie zu öffnen. Ein wenig unschlüssig drehte ich sie in den Händen, nicht sicher, welche Reaktion er von mir erwartete. »Danke! Sie ist …«

»Drück auf die beiden Seiten mit dem Perlmutt. In der Mitte.«

Verwirrt sah ich kurz zu ihm hin, dann gehorchte ich. Mit

einem leisen Klacken sprang das, was offenbar die obere Seite war, einen winzigen Spaltbreit auf. Vorsichtig schob ich den Fingernagel dazwischen und öffnete die Schachtel ganz.

»Und … vielleicht hast du Lust, den Ausflug, den ich eigentlich heute mit dir machen wollte, morgen nachzuholen?«

Weiße Seide kam zum Vorschein. Unter der noch etwas lag. Ich schlug sie zurück. Und schnappte nach Luft. Ein Armreif. Nicht breiter als mein kleiner Finger. Und schmal. Als wäre er für eine Frau mit schlanken Händen und ebensolchen Handgelenken gemacht worden. Für jemanden wie mich. Plötzlich fühlten meine Beine sich weich an. Hastig setzte ich mich auf die unterste Stufe, balancierte die Schachtel auf meinen Knien und nahm den Reif heraus. Auf seinem Silber wechselten sich Türkise mit Mondsteinen ab. Dazwischen waren vier Bernsteine eingesetzt, auf jeder ›Seite‹ einer. Zwei kleine Stücke rote Koralle glänzten einander gegenüber. Behutsam strich ich über die Steine. Türkise und Mondstein für Wasser und Wind, Bernstein für Erde und die Koralle für Feuer. Ich glaubte sogar, einen der Türkise zu erkennen. Hatte er ihn mir nicht am ersten Tag in seinem Laboratorium in die Hand gegeben? Weil ich ihn ›spüren‹ sollte? Hatte er nicht die gleiche dunkle Linie gehabt, die ihn in einem schmalen Spalt regelrecht zu teilen schien?

Auf der Innenseite war etwas in das Silber eingraviert. Keine Siegel. Etwas … anderes. Das sich vor meinen Augen zu verändern, in ihm zu verschwinden schien.

»Er soll dir helfen, unsere Hitze besser zu ertragen«, sagte er leise. Trotz ihrer Rauheit und dem Knurren klang seine Stimme … sanft. »Der andere Teil deines Geburtstagsgeschenks … kommt noch. – ¡Feliz cumpleaños!« Ich schluckte, blickte zu ihm auf. Er stand noch immer an der gleichen Stelle. In meiner

Kehle hing ein Knoten. *Er* hatte diesen Armreif für mich gemacht. Ich brachte keinen Ton heraus. Ein Schatten huschte über seine Züge. »Er … gefällt dir nicht.«

»Nein!« Schnell stand ich von meiner Stufe auf. Um ein Haar wäre mir die Schachtel auf die Fliesen gefallen. Im letzten Moment schaffte ich es, sie gegen meine Schienbeine zu drücken und festzuhalten. Vorsichtig stellte ich sie hinter mir auf die Treppenmauer und richtete mich endgültig auf. Den Armreif in meinen bebenden Fingern, ging ich ein paar Schritte auf ihn zu. »Er ist wunderschön.« Ich brachte nur ein Flüstern zustande. Seine Augen lagen unverwandt auf mir. Behutsam streifte ich ihn über meine Hand. Er war eng, aber als ich ihn dann am Handgelenk hatte, passte er genau so, wie ich es mochte. Ich streckte ihm meinen Arm entgegen, damit er ihn anschauen konnte. Die Innenseite nach unten, um die Narben dort wenigstens ein bisschen zu verbergen. »Er ist … einfach wunderschön.« Noch nie hatte mir jemand so etwas Schönes geschenkt. »Vielen Dank.«

Seine Erleichterung war nicht zu übersehen. Er nickte und lächelte – auf eine Art, die ich noch nie bei ihm gesehen hatte.

»Und, magst du?«

»Was?«

»Der Ausflug, den ich eigentlich heute – oder besser gestern – mit dir machen wollte … Magst du ihn heute nachholen?«

Natürlich. Er hatte mit diese Frage eben schon einmal gestellt. Plötzlich saß jenes nur zu vertraute Zittern wieder in meinem Magen. Gerade machte er einen Schritt auf mich zu, neigte den Kopf ein wenig zur Seite. Ich schluckte. Für eine Sekunde schienen seine Augen zu meiner Kehle zu zucken, dann hoben sie sich wieder zu meinem Gesicht. Farblos glitzernd.

»Wohin willst du mit mir?« Möglichst unauffällig wich ich vor ihm zurück, bückte mich, hob die Lackschachtel von der Mauerecke auf. Als ich mich wieder aufrichtete, hing sein Blick noch immer auf mir. Meine Hände waren mit einem Mal eiskalt.

Langsam und tief sog er die Luft ein. Seine Lippen kräuselten sich. Ich schluckte erneut. Diesmal lagen seine Augen länger auf meiner Kehle.

»Ich will dir Santa Reyada zeigen. Und noch ein bisschen mehr. Wir sind bis Sonnenuntergang wieder zurück. Versprochen.«

»Santa Reyada?« Unwillkürlich warf ich einen Blick hinter mich. Meine Handbewegung galt nicht nur dem Haus. »Ich dachte, das hier ...«

»Das ›alte‹ Santa Reyada ...« Seine Stimme klang plötzlich noch rauer und kehliger. Die Worte endeten in einem Stöhnen. Ich fuhr zu ihm herum. Er hatte mich bei den Haaren, ehe ich die Bewegung zu Ende geführt hatte, und bog meinen Kopf zurück. Die Lackschachtel zersplitterte auf dem Boden. Sein Atem schlug gegen meinen Hals. Der Schrei stak in meiner Kehle. Meine Lungen weigerten sich zu arbeiten. Ich umkrallte sein Handgelenk, brachte keinen Laut heraus, starrte nur mit weit aufgerissenen Augen zu ihm auf. Er starrte zurück, die Oberlippe zurückgezogen, die Zähne gefletscht; weiß und spitz und scharf. Seine zweite Hand strich über meinen Mund, das Kinn, abwärts. Ich spürte seine Fingernägel. *Nein! Nein! Bitte! Nein! Joa...*

»...aquin!«

Aufheulen. Ein Stoß. Ich landete auf Händen und Knien. Schmerz, als sich etwas in meine Handfläche grub. Krachen hinter mir. Ich schrie, zuckte herum, kroch rückwärts auf die nächste Stufe. Einer der Liegestühle zwischen uns war umgekippt, zerbrochen. *Er* lag dahinter auf dem Boden, hatte sich halb zu mir umgewandt, auf Ellbogen und eine Hand gestützt, sah mich an, die Augen farblosglitzernd, krümmte sich, keuchte … »In dein Zimmer! Verschließ die Tür! Und komm heute Nacht nicht mehr heraus!« Seine Worte waren kaum zu verstehen. Ich konnte mich nicht rühren, starrte ihn an. Bis er mit überschnappender Stimme »Lauf!« brüllte.

Als mein Verstand wieder einsetzte, stand ich auf meinem Bett, den Rücken gegen die Wand über dem Kopfende gepresst, mein Springmesser in der Hand, so fest umklammert, dass meine Finger taub waren. Meine Atemzüge kamen in hohen Japsern. Ich zitterte am ganzen Körper. *Oh mein Gott,* war der einzige Gedanke, zu dem ich im ersten Moment fähig war. Irgendwann rutschte ich mit dem Rücken an der Wand entlang abwärts, legte das Messer neben mich auf das Kissen, zog die Knie dicht an den Leib. Sie waren aufgeschürft. Ebenso wie meine Handflächen. In einer steckte ein schwarzer Splitter. Ohne es wirklich zu merken, zog ich ihn mit den Fingernägeln heraus. Mein Schienbein färbte sich schon blau. Ich musste es mir an einer Stufenkante angeschlagen haben, als er mich von sich gestoßen … Gestoßen! Für eine Sekunde hielt ich den Atem an. Er hatte mich von sich gestoßen! Der Gedanke brachte die Erinnerung zurück. Sein Aufheulen, der Stoß, der mich von ihm weg und auf die Treppe geschleudert hatte … *Er* hatte mich *von sich weg*gestoßen! Und war obendrein offenbar so hastig vor mir zurückgewichen, dass er über diese Liege gefallen war. Was sonst sollte das Krachen gewesen sein? *Oh mein Gott.* Er hatte mich angebrüllt, ich sollte mich in meinem Zimmer in Sicherheit bringen, nicht mehr herauskommen … Wie in Zeitlupe schob ich mich weiter in die Mitte des Bettes, von ihm herunter, sank daneben auf die Knie. Meine Kopfhaut pochte. Gut möglich, dass er mir ein paar Haare ausgerissen hatte. Rosa war auf einmal um mich. Wie lange schon? Der Vorhang vor der Glastür auf meine Terrasse wehte auf. Wieder und wieder. Mit jedem Mal scheinbar ungeduldiger. Als ich mich vom Boden hochdrückte und hinübertappte, endete es. Vorsichtig stieß ich die Tür auf, trat hinaus. Rosa blieb hinter mir zurück. Darauf bedacht, keinen Laut zu verursachen, ging ich zum Geländer und blickte hinab auf den Pool. Mein Herz klopfte wie verrückt. Es fühlte sich an, als würde eine riesige Faust sich sehr, sehr langsam immer enger um meine Lungen schließen. Ich schlang die Arme um mich, wollte es zumindest, bis ich merkte, dass ich den Armreif mit der Hand umklammerte.

Unter mir hob *er* den Kopf und … Schlagartig war mein Mund trocken. – Er wusste, dass ich hier war!

Mein Spitzenschal wehte träge von seiner Hand. Er drehte sich nicht nach mir um. Er stand einfach nur da. Regungslos.

Irgendwann schlich ich in mein Zimmer zurück. Nur um unschlüssig in die Nacht hinauszustarren, nachdem ich die Tür wieder hinter mir geschlossen hatte. Ich glaubte, Rosa zu spüren, als stünde sie direkt neben mir …

»Und, magst du?«

»Was?«

»Der Ausflug, den ich eigentlich heute – oder besser gestern – mit dir machen wollte … Magst du ihn heute nachholen?«

»Wohin willst du mit mir?«

»Ich will dir Santa Reyada zeigen. Und noch ein bisschen mehr. Wir sind bis Sonnenuntergang wieder zurück. Versprochen.«

»Santa Reyada? Ich dachte, das hier …«

»Das ›alte‹ Santa Reyada …«

Das ›alte‹ Santa Reyada …

Mit einem Ruck machte ich kehrt, durchquerte das Zimmer und zerrte ein Blatt Papier aus einem der Fächer meines Sekretärs, wühlte nach einem Stift. Meine Hand zitterte ein wenig. Es verging, als ich zu schreiben begann.

Ja, ich will den Ausflug morgen nachholen.
Lucinda.

Entschlossen faltete ich das Blatt zusammen, ging zu meiner Tür und öffnete sie. Angespannt spähte ich auf den Korridor hinaus. Kein Laut. Nichts rührte sich. Er hatte mir gesagt, ich solle heute Nacht nicht mehr aus meinem Zimmer kommen …

Die Unterlippe zwischen die Zähne geklemmt, machte ich mich auf den Weg zu *seinem* Zimmer und ignorierte die Stimme, die in meinem Kopf jaulte, dass das hier Wahnsinn war. Hatte ich zuvor geglaubt, mein Herz würde wie verrückt pochen? Jetzt raste es.

Ich schob den Zettel unter *seiner* Tür hindurch, bevor ich es mir anders überlegen konnte, und rannte in mein Zimmer zurück. Den Rest der Nacht verbrachte ich auf meinem Bett, den Rücken gegen die Wand über dem Kopfende gepresst, und fragte mich, ob es nicht doch ein Fehler gewesen war, Ja zu sagen.

22

Ihr Enkel, Patron.«

Er nahm César das Telefon ab.

»Dass du hier anrufst, ist riskant, Junge.« Der Bengel schien ihn gar nicht gehört zu haben, so wie er herausplatzte.

»Joaquín will Lucinda morgen das alte Santa Reyada zeigen. Anscheinend hat er vor, mit ihr dort noch hiken zu gehen. So wie er klang, werden die beiden den ganzen Tag unterwegs sein und vermutlich erst am Abend hierher zurückkommen …«

»Warum sagst du mir das?«

Am anderen Ende der Leitung schluckte der Junge vernehmlich. »Er … er hat nicht mehr viel Zeit. Ich meine … bis es … so weit ist.«

»Du meinst, bis er endgültig Nosferatu wird.«

»Ja. Und da draußen ist eigentlich der ideale Ort, um … um …«

»Um seiner habhaft zu werden?« Er drehte das Weinglas, ließ das Licht durch den Inhalt hindurchscheinen.

»Ja.«

»Ich verstehe.« Bedächtig nahm er einen Schluck. »Und du bist der Meinung, nachdem es nicht mehr lange dauert, sollte er die letzten Tage hier bei mir sein. In Sicherheit. Vor der Hermandad. Und dem Ordre. Und seinem eigenen Konsortium.«

»Ich … Ja.«

Er lächelte versonnen. »Dann wirst du dafür sorgen, dass er und das Mädchen morgen nach Sonnenuntergang noch immer dort sind.«

»Wie soll ich das machen …?«

Angewidert schnitt er eine Grimasse. »Du bist ein kluger Junge, Cristobál. Du wirst eine Möglichkeit finden.«

»Warum nicht bei Tag? Die Sonne macht ihm schon ziemlich zu schaffen. Bei Nacht …«

»Du vergisst, dass meine Diener das Sonnenlicht noch deutlich schlechter ertragen können als Joaquín. Es muss bei Nacht sein. Auch wenn seine Macht dann erheblich größer ist.«

»Aber … es wird ihm nichts passieren! Auch Lucinda nicht! Du hast es versprochen!«

Unwillig schnalzte er mit der Zunge. Der Bengel begann ihm auf die Nerven zu gehen. »Dein Bruder wird wohl kaum ohne Gegenwehr mit ihnen gehen. Vor allem nicht, wenn seine kleine Sanguaíera dabei ist.«

»So war das nicht abgemacht …«

»Ein paar Kratzer und blaue Flecke wird er schon überleben.« Das Erste, was er dem Burschen beibringen würde, wenn das hier erledigt war, war, dass man ihm nicht widersprach. Zumindest nicht ungestraft. »Aber wenn es dich beruhigt: Ich werde meinen Dienern Anweisung geben, so … behutsam mit den beiden umzugehen, wie ihnen eben bei Joaquíns Gegenwehr möglich ist. Du kannst unbesorgt sein. Oder hast du vergessen, dass« – beinah hätte er ›ich‹ gesagt – »wir die beiden lebend brauchen? Wenn dein Bruder tot ist, ist es nicht mehr möglich, seine Macht auf dich zu übertragen.«

Schweigen, dann endlich leise: »In Ordnung.«

Sentimentales Balg!

»Schleicht er um die Kleine eigentlich noch immer herum wie die Katze um den heißen Brei?«

»W-was?«

Er verdrehte die Augen. Der Bengel war eine solche Enttäuschung. Aber er würde nun einmal wesentlich einfacher zu kontrollieren sein als jeder andere aus dem Konsortium.

»Hat er das Band mit ihr schon geschlossen?«

»Nein. Zumindest nicht, dass ich wüsste. – Wie du es wolltest.«

Sehr gut. »Dann solltest du dafür sorgen, dass sie das bis morgen Abend auch nicht tun.«

Ein scharfer Atemzug. »Er wird morgen den ganzen Tag mit ihr allein sein. Wie soll ich da …«

Diesmal konnte er ein Knurren nicht unterdrücken. »Dann solltest du beten, dass er seine Zähne weiterhin aus ihrem Hals lässt. Immerhin willst du, dass beide noch immer bei klarem Verstand sind, wenn wir unsere Pläne in die Tat umgesetzt haben.« Nicht, dass das für ihn wirklich von Bedeutung war. Die Kleine wurde danach ohnehin nicht mehr gebraucht. Es sei denn als Spielzeug, mit dem er Joaquín von Zeit zu Zeit belohnen könnte, wenn er tat, was er sollte. Immerhin war es nicht ausgeschlossen, dass sein unwilliger Enkel auch dann noch hin und wieder ein bisschen … ›motiviert‹ werden musste.

Übertrieben laut, damit der Bengel es auch auf jeden Fall hörte, stieß er ein Seufzen aus. »Entschuldige, Cristobál, mir liegt nur an eurem Wohlergehen.« Er leerte das Glas und hielt es César hin, damit er es ihm erneut füllte. »Sorge du dafür, dass dein Bruder und das Mädchen morgen nach Sonnenuntergang noch in dem alten Dorf sind, um den Rest kümmere ich mich. – Gute Nacht, mein –«

»Warte!«

Elendes Balg. »Was noch?«

»Hast du wirklich nichts mit dem Anschlag letzte Nacht zu tun?«

»Du meinst doch nicht wieder dieses ausgebrannte Auto mit dem Burschen aus San Isandro und seinem Mädchen? – Ich habe dir bereits bei deinem Anruf heute Morgen gesagt, dass ich damit nichts zu schaffen habe. Wenn ich deinen Bruder tot sehen wollte, wäre das schon vor Jahren erledigt worden. – Und ehrlich gesagt schmerzt es mich, dass du glaubst, ich würde dich hintergehen.«

Ein Murmeln, das wie eine Entschuldigung klang.

»Du solltest besser wissen, wer deine Verbündeten sind. Und jetzt endgültig: gute Nacht, Junge.« Damit legte er auf, lehnte sich auf der Chaiselongue zurück und nahm erneut einen tiefen Schluck. Das Bouquet dieses ›Weines‹ war einfach ausgezeichnet. »Weißt du, wo das alte Santa Reyada liegt?« Er neigte den Kopf ein klein wenig zur Seite, ließ den ›Wein‹ im Glas kreisen.

»Ja, Patron.«

»Mein zweiter Enkel wird die morgige Nacht dort mit seiner Sanguaíera verbringen. Ich will die beiden bis Sonnenaufgang hier haben. Egal wie. Du hast freie Hand. Sie sollten allerdings noch am Leben sein.«

»Ich verstehe, Patron.«

Lächelnd trank er einen weiteren Schluck. Ja, dessen war er sich sicher. Er betrachtete das Glas. Dieser ›Wein‹ war wirklich exquisit. Schade, dass das Paar, aus dessen Adern er stammte, schon tot war.

23

Mein Rücken war schmerzhaft gegen das Kopfende meines Bettes gepresst, als ich am Morgen aufwachte. Irgendwann in der Nacht musste ich eingeschlafen und daran herabgerutscht sein. Zumindest kauerte ich mit eng angezogenen Beinen auf der Seite, regelrecht um mein Kissen gewickelt. So verkrampft, dass mir alles wehtat. Mein Messer lag noch immer neben mir. Offen. Vermutlich sollte ich froh sein, dass ich mich nicht selbst daran aufgespießt hatte. An meinem Handgelenk schimmerten die Mondsteine neben den Türkisen, dem Bernstein und den Korallen. Das Armband. Mein Geburtstagsgeschenk. Von ihm. Behutsam fuhr ich mit den Fingerspitzen darüber. Mein Herz schlug schneller, während es sich zugleich verkrampfte. Jetzt im Tageslicht war es noch schöner …

Es dauerte einige Sekunden, bis mir bewusst wurde, was nicht stimmte: die Sonne; sie schien zu hell, um gerade erst aufgegangen zu sein. Joaquín hatte mir das ›alte‹ Santa Reyada zeigen wollen … Hastig stemmte ich mich in die Senkrechte. Und stockte in der Hälfte der Bewegung. Bevor *er* über mich hergefallen war und mir seine Fänge um ein Haar in den Hals geschlagen hatte. Das Messer war der Schwerkraft gefolgt und gegen meine Hand gerutscht. Schaudernd zog ich die Schultern hoch. Aber ich hatte trotzdem Ja gesagt. Nur um mich direkt danach selbst zu fragen, ob ich von allen guten Geistern verlassen war. Genau wie jetzt wieder. Und wie vergangene Nacht erinnerte ich mich selbst daran, dass er – zumindest soweit ich das zu beurteilen wagte – tagsüber weitestgehend ›ungefährlich‹ war und er mir versprochen – versprochen! – hatte, bis Sonnenuntergang wieder hier zu sein. Und dass Cris gesagt hatte, sein Bruder würde sein Wort immer halten; egal um welchen Preis.

Ich griff nach meinem Messer und klappte es zu, legte es auf den Nachttisch, während ich mich zugleich zum Bettrand schob und die Beine darüberschwang. Aber vielleicht würde er den versprochenen Ausflug gar nicht mehr mit mir unternehmen wollen, jetzt, nachdem ich so gnadenlos verschlafen hatte. Warum hatte er mich nicht wie sonst auch immer kurz nach Sonnenaufgang geweckt? Weil er sich noch immer nicht in meine Nähe wagte? Ein Rascheln lenkte meine Aufmerksamkeit zur Tür – und auf ein zusammengefaltetes Blatt Papier, das anscheinend jemand darunter hindurchgeschoben hatte und das eben in einem nicht existenten Luftzug ein kleines Stück weit aufflappte, bevor die obere Hälfte wieder auf die untere sank. Lavendelduft wehte zu mir. Rosa.

»Guten Morgen.«

Der Vorhang bauschte sich. Ich konnte das Lächeln nicht unterdrücken. Okay, damit war ich dann wohl genauso verrückt wie *er.*

Ich ging zur Tür und hob den Zettel auf. Unter meiner Nachricht von letzter Nacht waren jetzt zwei weitere Zeilen:

Du musst dich zu nichts verpflichtet fühlen. Ich könnte ein Nein gut verstehen.

J.

Das hieß, er war hier gewesen. Hatte er doch versucht, mich zu wecken, und ich hatte zu fest geschlafen, um sein Klopfen zu hören? Und nachdem es inzwischen bereits weit nach Sonnenaufgang war: Nahm er an, ich würde die Chance nutzen, die er mir bot, und einen Rückzieher machen? Ich sah noch einmal auf den Zettel, dann legte ich ihn auf den Sekretär und marschierte entschlossen ins Bad. Auch wenn ich es irgendwie selbst nicht verstand: Diese beiden Zeilen gaben den Ausschlag. Ich wollte das ›alte‹ Santa Reyada sehen. Und ich wollte, dass *er* es mir zeigte.

So schnell ich konnte, duschte ich und zog mich an. Helle, luftige Sachen mit langen Ärmeln, dazu Socken und Schuhe bis über die Knöchel, hatte er gestern gesagt, als er mich für den Ausflug zum Umziehen geschickt hatte. Letztere waren kein Problem. Nur die ›hellen Sachen‹ waren immer noch dunkelgrau. Sah man einmal von dem Kleid ab, das Cris mir gestern gekauft hatte, war das ›luftigste‹ Kleidungsstück, das ich besaß und das sich in diesem Zimmer befand, die schwarze Spitzenbluse, die ich bei meiner Ankunft hier getragen hatte. Und die es in den vergangenen Tagen auf wundersame Weise in diesen Kleiderschrank geschafft hatte. Gewaschen. Allerdings würde ich mir in ihr vermutlich ebenso schnell einen Sonnenbrand holen wie nur in einem Trägertop. Die übrigen Stücke aus dem gestrigen Shoppingtrip lagen vermutlich immer noch unten in der Halle. Nicht dass auch nur eines davon für einen Ausflug, der sich für mich mehr nach ›Hiken‹ als nach ›Spazierengehen‹ angehört hatte, sonderlich geeignet war. Nun ja, ich würde es überleben. Ich kramte ein weiteres Shirt aus dem Schrank – das hellste und dünnste, das ich finden konnte – und zog es über das Top. Die nassen Haare band ich der Einfachheit halber zu einem Pferdeschwanz zusammen. Außerhalb dieses Hauses würden sie auch so sehr schnell getrocknet sein. Das Blatt Papier mit meiner und seiner Nachricht steckte ich in die Hosentasche. Zusammen mit meinem Springmesser.

Als ich die Tür öffnete, hielt ich überrascht inne: Mein Spitzentuch war um die äußere Klinke geschlungen. Vorsichtig machte ich es los, faltete es einmal zusammen und hängte es ebenso vorsichtig über die Lehne des Stuhles vor dem Sekretär. Dann ging ich hinunter. Rosa blieb die ganze Zeit dicht bei mir.

Schon auf dem Weg zur Küche hörte ich *seine* Stimme. Es klang, als würde er mit jemandem telefonieren. Im Durchgang blieb ich stehen, mit einem Mal beklommen. Auf dem Tresen wartete wie immer mein Frühstück auf mich. Diesmal ergänzt von den Resten meiner Geburtstagstorte. Joaquín saß unten im Essbereich, das Handy zwischen Ohr und Schulter geklemmt, und gab anscheinend irgendjemandem Anweisungen. Und unterbrach sich mitten im Satz, sah auf und zu mir her. Der Tisch vor ihm war mit Papieren bedeckt und das Ding, auf dem er gerade noch herumgetippt hatte, musste einer dieser Tablet-PCs sein. Ich versuchte ein Lächeln. Und verbiss mir die Frage, ob ich mit dem Ding eventuell für einen kurzen Moment online gehen durfte, um auf *meine* Weise zu erfahren, was in der Welt vorging. Die Art, wie er mein Lächeln erwiderte, wirkte … unsicher.

Doch dann schien ihm plötzlich bewusst zu werden, dass er das Handy immer noch zwischen Ohr und Schulter hatte. Er räusperte sich, signalisierte mir ›Noch eine Minute‹ und wies dann auf den Tresen und mein Frühstück, ehe er seine Aufmerksamkeit wieder seinem Gesprächspartner zuwandte. Zumindest teilweise. Seine Augen blieben unverwandt auf mir. Augen, die erneut heller wirkten, als sie es gestern schon getan hatten. Ich rührte mich nicht. Auf seiner Stirn erschien eine scharfe Falte, fragend hob er eine Braue. Wie von selbst stahl meine Hand sich in die Hosentasche, kam mit dem zusammengefalteten Blatt wieder zum Vorschein. Er holte langsam Atem und unterbrach dann ganz offensichtlich, wen auch immer er am anderen Ende der Leitung hatte.

»Kevin, ich bedaure es, unhöflich zu sein, aber ich muss Schluss machen … No, ich werde heute nicht mehr erreichbar sein … Ich bin sicher, Sie schaffen das auch ohne mich, nachdem Sie die Verhandlungen mit den New Yorkern bisher ebenfalls allein geführt haben … Vertrauen Sie auf Ihre eigenen Fähigkeiten. Ich tu's … Mailen Sie mir einfach Ihren Bericht, wenn die Verträge endgültig ausgehandelt sind … Sí, bis dann.« Den Blick nach wie vor auf mir, beendete er das Gespräch. »Lucinda …«

»Ich wollte nicht stören.«

»Das hast du nicht.« Als könne es bei dem geringsten Stoß zerbrechen, legte er das Handy beiseite. »Lucinda …«

»Geht es um viel Geld?« Ich biss mir auf die Lippe. »Entschuldigung. Es geht mich nichts an.«

»Eine knappe viertel Milliarde. Fürs Erste.«

Ich konnte nicht anders, ich schnappte nach Luft. »Fürs Erste?«, echote ich dann leicht fassungslos, als ich meine Stimme wiedergefunden hatte.

»Ich will an einem der neuen Türme am Ground Zero in New York mitbauen. Und wenn wir den Zuschlag für diesen Auftrag bekommen, stehen die Chancen gut, dass wir auch bei den nächsten mit dabei sind.« Seine Lippen kräuselten sich angesichts meines unübersehbaren Schocks zu einem Lächeln. Es verging so schnell, wie es gekommen war. »Lucinda, du …«

»Dann bist du Architekt?« Wieder platzte ich einfach so heraus.

»No, leider nicht. Schön wär's.« Ein Kopfschütteln. »Ich bin nur der mit dem Geld hinter den Architekten. Auch wenn ich von mir behaupten kann, dass ich trotzdem ein klein wenig Ahnung von der Materie habe und mich mit meinen eigenen Ideen manchmal in ihre Arbeit einmische. Wofür sie mich, glaube ich, schon ein paarmal zum Teufel gewünscht haben. – Lucinda, ich will nicht …«

»Wenn es um so viel Geld geht … solltest du dich dann nicht persönlich darum kümmern. Ich meine, du musst nicht … nur meinetwegen …«

»Kevin kann das ganz ausgezeichnet allein. Vermutlich sogar deutlich besser als mit mir. Im Gegensatz zu mir kommt er nämlich wunderbar mit diesen Schreibtischhengsten klar.« Nachlässig zuckte er die Schultern. »Und wenn wir den Auftrag nicht bekommen, dann bekommen wir ihn eben nicht. Für den neuen Turm am Ground Zero hätte ich ohnehin ein Projekt in Dubai absagen müssen, das locker das Doppelte bringt. Wird es das eine nicht, wird es das andere. – Mach dir deswegen keine Gedanken. Es sei denn …« Er wies auf das Blatt Papier in meiner Hand. »Falls du nicht willst … du musst dich zu nichts verpflichtet fühlen. Wenn du … mir nicht mehr über den Weg traust, nach heute Nacht … Ich werde ein Nein akzeptieren …«

»Nein.«

Schweigen. Schließlich ein tiefer Atemzug und ein Nicken. War da eben tatsächlich für eine Sekunde Enttäuschung über sein Gesicht gehuscht? *Lieber Himmel, er hat mich falsch verstanden!*

»Nein, ich will, dass du mir das ›alte‹ Santa Reyada zeigst. Heute. – Zumindest sofern es noch nicht zu spät ist.« Die Worte kamen so schnell über meine Lippen, dass ich mich beinah verhaspelte. Er starrte mich an. Eine Sekunde, zwei, drei …

»Okay … Okay, dann …« Wieder ein Atemzug. »Nein, es ist noch nicht zu spät.« Noch während seine Finger über den Touchscreen des Tablet-PCs huschten, rückte er den Stuhl zurück und stand auf. Die schimmernde Oberfläche wurde dunkel. »Lass mich nur schnell zusammenräumen.« Er schob die Papiere so hastig in die Mappen, dass ich mich unwillkürlich fragte, ob da gerade auch tatsächlich alles dort landete, wo es hingehörte. Als er nach dem Handy griff, zögerte er für einen Moment, steckte es dann aber doch in die Hosentasche. Nur um mitten in der Bewegung innezuhalten und mich anzusehen.

»Aber frühstücken wirst du noch wollen, oder? – Ich meine, wir werden den ganzen Tag unterwegs sein. Die Kühlbox ist zwar schon gepackt und auch ansonsten könnten wir direkt los, aber dafür ist …« Mein verblüffter Blick war ihm nicht entgangen. Zu meinem Erstaunen brach er ab, räusperte sich, bevor er weitersprach. »Ich … hatte gehofft, dass du deine Meinung nicht geändert hast … und vielleicht solltest du ein anderes Oberteil …«

»Das war das hellste, das ich in meinem Schrank finden konnte.« Ich zupfte an dem Shirt.

»Und in den Tüten neben der Haustür?«

Ich schüttelte den Kopf.

Einen Moment musterte er mich, nachdenklich, abschätzend, nickte schließlich, während er zugleich seine Unterlagen mit dem Tablet-PC oben drauf vom Tisch nahm. »In Ordnung. Du frühstückst und ich sehe, was ich diesbezüglich auftreiben kann.«

Er gab mir kaum die Chance, meinerseits zu nicken, dann ließ er mich auch schon allein. Allerdings nahm er nicht den Weg durch die Küche, sondern durch die Tür, die direkt in die Halle hinausführte. Sekundenlang sah ich unsicher auf die Stelle, an der er eben noch gestanden hatte. War es einfach nur der kürzere Weg gewesen? Oder … bedeutete das, dass er sich selbst noch immer nicht traute, wenn es darum ging, in meiner direkten Nähe zu sein? Nein! Mit einer entschiedenen Bewegung brachte ich die Stimme in meinem Inneren zum Schweigen, die pausenlos nur eines kreischte: Fehler! – und das in neonrot blinkender Leuchtschrift – und ging zum Tresen. Einen Augenblick starrte ich auf mein ›Frühstück‹. Bis ich zu dem Schluss kam: Ich wollte eine Tasse Kaffee, aber darüber hinaus hatte ich keinen Hunger. Okay, anstandshalber würde ich etwas von der Ananas essen, die *er* – Er! – für mich in kleine Stücke geschnitten hatte, aber das war es auch schon. Den Rest würde ich in der Zwischenzeit, während ich auf ihn wartete, wegräumen, damit wir auch wirklich direkt loskonnten.

Ich war ungefähr bei der Hälfte meines Kaffees und gerade dabei, Erdnussbutter und Marmelade in den entsprechenden Schrank zu stellen, als neben mir unvermittelt der Vorhang vor dem Küchenfenster aufflog. Verwirrt hielt ich inne. Was wollte Rosa mir sagen? Dass sie es war, daran gab es keinen Zweifel. Einen plötzlichen – und vor allem so heftigen Luftzug – hätte ich spüren müssen. Hatte ich das falsche Bord … Die Hintertür öffnete sich ohne Vorwarnung. Mit einem erschrockenen

Keuchen fuhr ich herum. Cris blieb abrupt noch im Rahmen stehen. Plötzlich zitterte das Marmeladenglas in meiner Hand. Warum fühlten meine Handflächen sich auf einmal so feucht an? Hastig stellte ich es auf die Arbeitsplatte, wischte sie mir an der Jeans ab.

»Cris, ich …«, setzte ich im selben Moment an, in dem er »Was gestern Abend passiert ist, tut mir leid« sagte.

Ein paar Sekunden herrschte Schweigen. »Ist schon okay«, brachte ich endlich hervor.

Cris schnaubte. »Nein, ist es nicht. Ich habe dir deinen Tag verdorben.« Er verzog den Mund. »Oder besser: Wir. – Ich und Joaquín.« Sein Blick ging zu meinem Handgelenk, hob sich wieder zu meinem Gesicht. »Ist das von ihm?«

Irgendwie beklommen nickte ich. »Ja.«

Abermals verzog er den Mund. »Aha.« Es klang hart, bitter. In einer knappen Bewegung wies er mit dem Kopf hinter sich, zur Tür hinaus. »Joaquín hat den Lexus vollgetankt. – Heißt das, ihr macht dann heute diesen Ausflug, du und Joaquín?«

»Ja.« Wieder nickte ich. Warum fühlte ich mich mit jedem Wort von Cris unbehaglicher?

»Aha.« Wie zuvor: hart und bitter. »Du musst wissen, was du tust.« Sein Blick ging an mir vorbei. Irritiert drehte ich mich um.

Joaquín stand im Durchgang. In der Hand ein einfaches weißes Leinenhemd. Schlagartig schien es in der Küche eiskalt geworden zu sein. Über mich hinweg sahen sie einander an. Wortlos. Zornig. Sekunde um Sekunde. Ich war zwischen ihnen wie gefangen, konnte mich nicht rühren.

Ohne seinen Bruder aus den Augen zu lassen, hielt *er* mir nach einer schieren Ewigkeit das Hemd hin. »Hier, eins von meinen. Es dürfte dir zu groß sein, aber wenn du die Ärmel aufkrempelst und es um die Taille knotest, sollte es gehen.« Noch immer schien meine Stimme irgendwo in meiner Kehle erfroren zu sein. Alles, was ich zustande brachte, war ein Nicken, während ich einen Schritt auf ihn zu machte, um es ihm abzunehmen.

Cris stieß ein Zischen aus.

Unwillkürlich zuckte mein Blick zu ihm hin. Seine Lippen waren nur ein dünner, weißer Strich, als er von *ihm* und dem Hemd in seiner Hand zu mir sah. »Du musst wissen, was du tust«, wiederholte er frostig.

Ein Teil von mir krümmte sich bei seinem Ton. Das hier war Cris. Mein Cris. Aber ich hätte bis eben nie auch nur im Traum daran gedacht, dass er jemals so mit mir reden würde. War er etwa eifersüchtig? Weil ich einen einzigen Tag mit *ihm* verbringen würde? Das war vollkommen absurd. *Er* stand definitiv nicht auf meiner Männer-in-die-ich-mich-verlieben-könnte-Liste. Das konnte nicht sein, oder? Andererseits … hatte Cris überhaupt noch ein Recht dazu? – Ja, ich hatte mich in ihn verliebt. Ja, ich hatte mit ihm zusammen sein wollen; sogar mit ihm schlafen wollen. In Boston. Allerdings schien unsere Zeit dort gerade endlos lange her zu sein. Und nach gestern wurde ich irgendwie das Gefühl nicht mehr los, dass sich ganz plötzlich unendlich viel zwischen uns geändert hatte. Vielleicht sogar zu viel. Nach gestern Nacht brauchte ich Zeit, was ihn und mich betraf. Mehr denn jemals zuvor. Und in dieser Zeit würde ich nicht zulassen, dass er über mein Leben bestimmte; oder es auch nur versuchte. Nicht, wenn *er* auf einmal dazu bereit war, mir ein bisschen mehr Freiheit zu lassen. Lieber Himmel, wenn es nicht so absolut lächerlich geklungen hätte, hätte man meinen können, die beiden hätten über Nacht die Rollen getauscht und Cris wäre neuerdings mein Gefängniswärter.

Mit einer entschlossenen Bewegung griff ich nach *seinem* Hemd.

Wieder ein Zischen von Cris. Lauter, wütender diesmal; beinah ein Fauchen. Joaquín ließ ein leises Knurren hören.

Ich versuchte, die beiden nicht zu beachten, klemmte es mir zwischen die Knie und zog das Shirt über den Kopf. Das Trägertop darunter rutschte in die Höhe, entblößte meinen Bauch, den Ansatz meiner Rippen. Ich zerrte es an seinen Platz zurück, stopfte eine Ecke des Shirts in meine Hosentasche, damit ich die Hände frei hatte, und streifte schließlich das Hemd über. Wie *er* gesagt hatte: Es war mir zu groß. Während ich die Ärmel aufkrempelte, drehte ich mich, ohne nachzudenken, zu Cris um. Und stockte mitten in der Bewegung. Einen solchen Blick hatte ich noch nie bei ihm gesehen. Einen Moment sah er mich einfach nur an, dann zuckten seine Augen von mir zu seinem Bruder, ehe er abrupt kehrtmachte und aus der Küche stürmte. Krachend schlug die Tür hinter ihm zu. Erst jetzt wurde mir bewusst, dass ich irgendwann vergessen hatte zu atmen. Und dass die Vorhänge verrücktgespielt haben mussten. Ein wenig zittrig schlug ich die Ärmel endgültig auf eine passende Länge um und knotete das Hemd um meine Mitte. *Er* beobachtete mich reglos und schweigend. Auch als ich das Shirt flüchtig zusammenfaltete und auf einen der Hocker beim Tresen legte.

»Ich habe deine Einkäufe von gestern mit nach oben genommen. Sie stehen vor deiner Tür«, sagte er schließlich in die Stille hinein.

»Danke.« Meine Stimme klang schwach.

Erst mit einiger Verzögerung wandte er den Blick von der Tür ab, mir zu und nickte.

»Was wird Cris ...«, unbehaglich verstummte ich.

Erneut sah er zur Tür, hob leicht die Schultern. »Ich weiß nicht, was er tun wird.« Zwischen seinen Brauen erschien eine feine Linie. »In letzter Zeit habe ich immer öfter das Gefühl, ich weiß überhaupt nichts mehr über ihn.« Seine Augen kehrten zu mir zurück. »Wollen wir? Dann schaffen wir es vielleicht noch, bevor die Sonne den Zenit erreicht hat.« Dass ich hastig zu den Resten des Frühstücksgeschirrs schaute, entging ihm nicht. »Lass stehen.« Er hob die Stimme. »Das gilt auch für dich, Rosa.«

Ich war nicht sicher, ob sie ihn ›gehört‹ hatte; ob sie überhaupt noch hier war. Ihr Lavendelduft hing auf jeden Fall nicht mehr im Raum.

Als ich mich umwandte, um zur Tür zu gehen, brach die Erkenntnis über mir zusammen: Ich würde heute den ganzen Tag mit *ihm* verbringen. *Allein.* Irgendwie schaffte ich es, weiter einen Fuß vor den anderen zu setzen. Vor ihm her. Obwohl sich alles in mir verkrampfte und jeder Atemzug eine Kraftanstrengung war. Er war hinter mir, ließ mir mehr als genug Raum. Mühsam würgte ich den Kloß in meiner Kehle hinunter. Es war meine Entscheidung gewesen! Meine ganz allein. Niemand zwang mich dazu. Noch könnte ich mich sogar umdrehen und ihm sagen, dass ich mich anders entschieden hatte. Ich stieß die Tür auf, trat hinaus in die Sonne. Erst nach zwei Schritten wurde mir klar, dass etwas nicht stimmte. Und was. Da war keine Hitze! Vielmehr fühlte es sich an, als stünde ich im Schatten eines riesigen Baumes, während ein angenehm milder Lufthauch um mich strich.

»Er soll dir helfen, unsere Hitze besser zu ertragen.«

Abrupt blieb ich stehen, wirbelte herum. Und prallte mit *ihm* zusammen. Offenbar hatte er sich umgewandt, um die Tür hinter uns wieder zu schließen, und dabei nicht bemerkt, dass ich nicht weitergegangen war. Wir taumelten beide. Für eine Sekunde schlossen seine Hände sich um meine Oberarme, doch schon in der nächsten hatte er mich wieder losgelassen – nein, hatte mich so hart von sich gestoßen, dass ich von ihm wegstolperte – und war selbst so heftig zurückgefahren, dass er mit dem Rücken gegen die Tür knallte.

Im ersten Moment wusste ich nicht, was ich sagen sollte, streckte ihm schließlich einfach nur das Handgelenk mit dem Armreif entgegen. Verständnislos sah er mich an. Zwischen seinen Brauen war erneut eine dünne Linie.

»Es funktioniert wunderbar. Danke!«, brachte ich dann endlich zustande.

Schlagartig hellte sein Miene sich auf. Das Lächeln, das ich in der vergangenen Nacht zum ersten Mal bei ihm gesehen hatte, glitt abermals über seine Lippen. »Nicht dafür.« Er hob die Hand, schien sie nach meiner Wange ausstrecken zu wollen. Und ließ sie wieder fallen, bevor er die Bewegung auch nur ansatzweise zu Ende geführt hatte. Stattdessen rammte er beide Hände in die Hosentaschen, räusperte sich und nickte Richtung Garage. »Lass uns weitergehen.«

Ich biss die Zähne zusammen, nickte, machte kehrt und marschierte los. Wieder vor ihm her. Warum hatte seine Reaktion sich gerade wie eine Ohrfeige angefühlt? Die ganze Strecke konnte ich ihn hinter mir spüren. Mehr als eine Armlänge entfernt. Keiner von uns sprach ein Wort.

In der Garage war es wie immer dämmrig. Und sehr still. Die

letzten Tage hatten uns hier die Beats aus Miguels Gettoblaster in ohrenbetäubender Lautstärke begrüßt, aber jetzt … Der Anblick seines Golfs, der noch an genau derselben Stelle stand, an der ich ihn vorgestern am Ende meiner Fahrstunde geparkt hatte, zog mir den Knoten in meinem Magen noch ein bisschen mehr zusammen. »Es ist nicht fair.«

Joaquín war neben dem mittleren der Tore stehen geblieben und ließ es in die Höhe fahren. Sonnenlicht flutete darunter herein.

»No, das ist es nicht.«

Verblüfft drehte ich mich zu ihm um. Es war mir nicht bewusst gewesen, dass ich die Worte laut ausgesprochen hatte.

»Das ist das Leben nie.« Er ließ den Schalter los und ging zu dem Geländewagen hinüber.

»Was wird jetzt damit?« Ich nickte zu dem Golf hin, blieb ansonsten aber, wo ich war.

»Ich weiß es nicht. Über den hat Jacinta sich sicher noch gar keine Gedanken gemacht. Vermutlich wird sie ihn verkaufen. Oder mich bitten, dass ich das für sie tue. Der Wagen steht erstklassig da. Sie wird einen guten Preis dafür bekommen. Und mir fallen auf Anhieb ein halbes Dutzend Leute ein, die diesen Preis auch anstandslos bezahlen würden.«

»Und der Camaro?«

»Wenn sich für den kein bastelbegeisterter Liebhaber findet, hat der eigentlich nur noch Schrottwert.« Und dabei hatte Miguel offenbar schon so viel Zeit und Mühe in ihn gesteckt. »Aber ich glaube, Rafael kennt jemanden, der jemanden kennt, der sich für ihn interessieren könnte.« Er hob die Schultern. Auf eine Art, die seltsam … nicht gleichgültig wirkte. »Sollen wir dann?«

Er öffnete mir die Beifahrertür des Geländewagens. Ich gab mir einen Ruck, ging hinüber, stieg ein und zog die Tür hinter mir zu, bevor er sie schließen konnte. Durch die Scheibe begegneten sich unsere Blicke für eine Sekunde, dann wechselte er wortlos auf die Fahrerseite und stieg ebenfalls ein.

24

Es ging eine knappe Dreiviertelstunde über Schotterpisten, die weit davon entfernt waren, die Bezeichnung ›Weg‹ zu verdienen, geschweige denn ›Straße‹. Zwischen majestätisch, rötlich fahlen Felsen hindurch, die vom Wind wie glatt geschliffen wirkten, über Geröllebenen hinweg und an kleinen Wäldern dieser seltsamen Joshua Trees vorbei. Unter dem strahlend blauen Himmel flimmerte die Hitze über der Erde, verwandelte den Boden vor uns ein ums andere Mal in eine wie nass spiegelnde Fläche, obwohl von Wasser weit und breit keine Spur zu sehen war. Selbst wenn uns der Untergrund an manchen Stellen zwang, vergleichsweise langsam zu fahren, zogen wir eine Staubfahne hinter uns her.

Mehr als einmal ertappte ich mich dabei, dass ich mich fragte, wie ich an meinem ersten Tag auf Santa Reyada auch nur hatte auf die Idee kommen können, in diese mörderische Sierra hineinzulaufen. Ohne auch nur den Hauch einer Ahnung, wo ich war.

Er schien hier draußen allerdings jedes Schlagloch zu kennen.

Beinah die ganze Fahrt über klebte ich regelrecht an der Scheibe und bewunderte, was da draußen vorbeiglitt; wild und rau. Und auf eine grausame Art wunderschön.

Die meiste Zeit ließ er mich einfach nur staunen, machte

mich nur ab und an auf eine besondere Felsformation aufmerksam, auf einen Schatten oder auf irgendein anderes Detail, das mir sonst schlicht entgangen wäre.

Als er den Wagen in der Garage angelassen hatte, hatte ich einen halben Hörsturz erlitten. Aus den Lautsprechern dröhnten Meatloafs *Rock 'n' Roll Mercenaries* in einer Lautstärke, gegen die Miguels Sound ein Flüstern gewesen war. Ob er mein Keuchen darüber gehört hatte, konnte ich nicht sagen, zumindest regelte er sie mit einem Fluch auf ein kaum wahrnehmbares Maß herunter. Einen Moment sah ich zwischen ihm und dem CD-Player hin und her. Okay, die Anlage in Cris' Porsche war um einiges … edler gewesen, aber das war es nicht. Was mich verblüffte, war der Umstand, dass *er Meatloaf* hörte. In einer solchen Lautstärke.

Kurze Zeit später und eine CD und mehrere Meilen weiter hatte ich *ihn* dann damit überrascht, dass ich den Text von Stan Ridgways *Camouflage* kannte. Das Ganze endete damit, dass wir im Duett »Woah-oh-oh-oh, Camouflage / Things are never quite the way they seem / Woah-oh-oh-oh, Camouflage / This was an awfully strange Marine« zum Besten gaben. Wobei ich mir selbst eingestehen musste, dass *er* die Töne deutlich besser traf als ich. Dann aber waren wir von der Straße auf diesen nicht vorhandenen Weg abgebogen und mit jeder Meile hatten mich Felsen, Geröll, das Sonnengleißen und die Schatten, die es malte, mehr in ihren Bann gezogen. Was mich selbst erstaunte. Ich liebte das Meer. So beeindruckend ich Bilder von Wüsten oder Regenwäldern manchmal auch fand: Nichts davon hatte mein Herz jemals auf diese seltsame Art zum Schlagen gebracht. Nicht wie *das hier.*

Und dann war das Dorf im Schatten einer bedrohlich wirkenden Felsformation in Sicht gekommen. Zuerst waren es nur weiße Umrisse gewesen, die sich an ihrem Fuß zusammenzuducken schienen, doch dann hatten sich mehr und mehr Details aus dem Flirren herausgeschält. Bis schließlich unübersehbar war, dass es sich bei den ›Häusern‹ nur noch um Ruinen handelte.

Was hatte ich denn erwartet? Los Angeles in klein? Disneyland? Das *alte* Santa Reyada hatte er gesagt. Und hatte er mir nicht erzählt, dass Santa Reyada – das ›neue‹ Santa Reyada – im mexikanisch-amerikanischen Krieg gebrannt hatte? Also irgendwann zwischen 1846 und 1848. Was hätte das hier denn demnach anderes sein sollen als die *Ruinen* eines *verlassenen, alten* Dorfs? Verstohlen atmete ich einmal tief durch. Damit stand mir demnach wohl ein Picknick zwischen eingestürzten Mauern bevor. Nun ja. Aber das hier schien ihm wichtig zu sein. Und ich konnte es einfach nicht riskieren, mir seinen guten Willen zu verscherzen.

Wir hielten auf dem Platz in der Mitte des Dorfes neben einem Brunnen, dessen Umrandung in der einen Hälfte bis auf wenige Steine eingebrochen war. Die kleine Kirche auf der gegenüberliegenden Seite erinnerte mich an die in San Isandro. Auch wenn diese hier früher anscheinend nur eine Glocke besessen hatte. Zumindest bevor die Wand halb eingestürzt war. Von ihr war wie durch ein Wunder als Einziges auch noch ein Teil des Daches erhalten. Jedenfalls soweit ich das erkennen konnte. Etwas, das einmal eine Tür gewesen sein mochte, hing auf der einen Seite des Eingangs noch halb in den Angeln. Risse fraßen sich durch ihre weißen Mauern. Und trotzdem standen sie noch. Wie auch die der meisten anderen Häuser.

Ein wenig unsicher schaute ich zu Joaquín hinüber. Das ›Und

jetzt?‹ lag mir auf der Zunge. Ich schluckte es runter. Nicht nur, weil es mir plötzlich unhöflich erschien, sondern auch weil er den Kopf gegen die Nackenstütze gelehnt hatte. Die Augen geschlossen. Die Hände um das Lenkrad gekrallt. Die Arme durchgedrückt. Als habe er meinen Blick gespürt, sah er jetzt zu mir. Ganz kurz huschte ein Lächeln um seine Lippen. Verkrampft; beinah … gequält. Umso mehr zuckte ich zusammen und drückte mich in meinen Sitz, als er sich unvermittelt zu mir herüberbeugte, das Handschuhfach öffnete und etwas herausnahm. Sein Ellbogen streifte mein Knie, als er sich wieder aufrichtete. Dann sah ich, was er mir entgegenhielt, und erstarrte endgültig: einen Dolch. In einer dunklen Lederscheide. Mit dem Griff in meine Richtung. »Nur um sicherzugehen, dass sich so etwas wie letzte Nacht nicht wiederholt: Damit kannst du dir mich vom Leib halten.«

Eine Sekunde blieb mir die Luft weg. Ich schluckte, starrte darauf. Ein schmaler Lederstreifen, der sich von hinten schräg über den Handschutz nach vorne spannte und von einem silbrigen Druckknopf gehalten wurde, sollte wohl verhindern, dass der Dolch unabsichtlich aus der Scheide rutschte. Ich schüttelte den Kopf. *Das ist nicht sein Ernst!* Es war helllichter Tag! »Das ist nicht …«

»Nimm ihn!« Sein Ton war hart und scharf, duldete keinen Widerspruch.

Meine Hand bebte, als ich nach einem Zögern schließlich gehorchte. Er ließ den Verschlussknopf mit dem Daumennagel in genau dem Moment aufspringen, als sich meine Finger um den Griff schlossen und ich ihm den Dolch widerstrebend abnahm, sodass die Scheide in seiner Hand zurückblieb, während ich die Klinge blank in meiner hatte. Ich hielt den Atem an, wusste nicht, was ich tun sollte. Sie war verwirrend leicht, auf beiden Seiten geschliffen. Und vermutlich rasiermesserscharf. Die Spitze und die Schneiden waren anscheinend noch einmal zusätzlich mit irgendeinem silbrig glänzenden Metall überzogen. Das mulmige Gefühl in meinem Magen verstärkte sich.

»Was ist das?« Ich wagte es nicht, die Stellen mit dem Überzug zu berühren.

»Eisen. Gift für jeden von uns, egal ob er ein Hexer des Ordre ist oder der Hermandad; ganz zu schweigen von den Nosferatu. Ziel auf den Körper, notfalls noch auf die größeren Gliedmaßen. Zieh ihn nur raus, wenn du sicher bist, dass du noch einmal zustoßen kannst. Und auch triffst. Ansonsten lass ihn in der Wunde stecken. Dann wirkt das Eisen besser und vor allem schneller.« Er sagte das vollkommen kalt.

Schaudernd hob ich die Schultern. »Ich will das nicht.«

»Es tut mir leid, das sagen zu müssen, aber ob du es willst oder nicht, interessiert mich gerade absolut nicht. Wenn du ihn nicht benutzen musst: sehr gut. Wenn doch: Tu es! Und vor allem: Denk erst später darüber nach.« Damit warf er mir die Scheide in den Schoß, öffnete abrupt die Tür und stieg aus. Er hatte sie noch nicht wieder richtig geschlossen, als er die Hand schon in die Hosentasche schob.

Ich brauchte einen Moment, bis ich es mit meinen immer noch bebenden Händen geschafft hatte, den Dolch in seine Hülle zurückzustecken, dann kletterte ich ebenfalls aus dem Wagen. Auch wenn er mir den Rücken zugewandt hatte: Ich hatte trotzdem gesehen, dass er wieder eine – oder mehrere? – dieser Tabletten geschluckt hatte. Wie viele waren das heute wohl schon?

Erst nachdem er das Tablettenfläschchen in die Tasche seiner Jeans zurückgeschoben hatte, drehte er sich wieder zu mir um.

Ich hob den Dolch, damit er ihn über die Motorhaube des Geländewagens sehen konnte. »Ich will das nicht«, wiederholte ich. Diesmal deutlich entschiedener als zuvor.

»Und ich will kein Risiko eingehen. Nicht nach letzter Nacht. Nicht bei dir. Punkt. Ende der Diskussion.« Wären seine Worte und sein Tonfall nicht schon eindeutig gewesen, der Blick, mit dem er mich maß, war es. Ich biss die Zähne zusammen. *Ganz ruhig, Lucinda. Heute keinen Streit.* Auch wenn er darauf bestand, dass ich diesen Dolch behielt, ob ich ihn benutzte, war immer noch meine Sache. – Auch wenn ich nicht verstand, warum mir der Gedanke so sehr widerstrebte. Bei Rafael hatte ich in Boston doch auch keinerlei Skrupel gehabt.

Ich holte Luft, stieß sie wieder aus. »Okay. Wie du meinst.« Betont aufmerksam ließ ich den Blick über die Ruinen wandern. »Dann können wir ja mit der Führung beginnen.«

Die Art, wie er eine Braue hob und mich dabei ansah, verriet mehr als deutlich, dass er mein Manöver durchschaut hatte. Und was er davon hielt.

Im letzten Moment widerstand ich dem Drang, eine Grimasse zu schneiden und ihm die Zunge herauszustrecken. Stattdessen stieß ich mich vom Kotflügel des Wagens ab, schob den Dolch unter den Hosenbund in meinem Rücken und wandte mich der Kirche zu.

»Hier hätte man ganz wunderbar ›Zorro‹ drehen können.« Nur auf einen Verdacht hin besah ich mir die Überreste des Brunnens genauer, als ich daran vorbeiging. Tatsächlich. Die gleichen Siegel und Symbole wie auf dem Brunnen in San Isandro. Verwittert zwar, aber trotzdem immer noch da. Ich stützte mich vorsichtig mit beiden Händen auf dem Rand ab, beugte mich vor und spähte in die Tiefe. Dunkelheit. In der sich absolut nichts erkennen ließ. Die Steinchen, die ich vom Rand aufklaubte und hineinfallen ließ, trafen klackend unten auf. Ausgetrocknet. Erstaunlich angesichts der Hexenzeichen auf ihm.

»Wollten sie. Aber dann wurde es ihnen doch zu teuer, hier alles wieder halbwegs aufzubauen. Ganz abgesehen davon, hätten sie von Estéban keine Genehmigung dazu bekommen.« Er stand immer noch beim Wagen.

»Warum nicht?« Ich klopfte mir die Hände sauber und ging wieder weiter auf die Kirche zu. Quer vor ihr verlief ein Riss in der Erde. Einen knappen halben Meter breit und anscheinend ziemlich tief. Nicht der einzige, der den Platz zerschnitt, wie ich feststellte, als ich genauer hinsah. Hatte es hier irgendwann mal ein Erdbeben gegeben? Vorsichtig trat ich mit einem großen Schritt darüber hinweg. Aber hätten dann die Häuser – und vor allem die Kirche – nicht deutlich mehr beschädigt sein müssen?

»Zuerst wäre die Filmcrew hier herumgetrampelt und später hätte es zu viele Touristen angelockt. Es war schon ärgerlich genug, dass die Scouts des Filmstudios das hier gefunden haben.«

Aha. Nur keine Aufmerksamkeit. Mein ganzes Leben hatte ich nach genau diesem Gedanken gelebt, jetzt zu hören, dass es *seinesgleichen* eigentlich ganz genauso hielt, fühlte sich … seltsam an.

Die fünf Stufen, die zum Eingang der Kirche hinaufführten, waren entweder ausgetreten, an unzähligen Stellen gebrochen oder es waren beängstigend große Stücke abgesplittert. ›Sicher‹ sah auf jeden Fall deutlich anders aus. Zumindest für mich. Trotzdem stieg ich sie hinauf. Vorsichtig.

»Wie groß ist die Gefahr, dass hier alles zusammenfällt, wenn man hineingeht?« Ebenso vorsichtig spähte ich an den Überresten der Tür vorbei.

»Gleich null. Jeder Stein hier ist mit Magie geschützt, die verhindert, dass er weiter verwittert. Oder in sich zusammenfällt.« Das Geräusch seiner Schritte verriet mir, dass er seinen Platz neben dem Wagen jetzt doch verlassen hatte. Als ich einen schnellen Blick in seine Richtung warf, kam er gerade ebenfalls die Treppenstufen herauf. Am Rand der obersten blieb er stehen, die Hände in den Hosentaschen vergraben.

»Und wie alt ist das alles hier?« Ich wandte ihm wieder den Rücken zu, ignorierte dabei die Faust, die sich um meinen Magen zu legen schien, und schob mich wachsam durch die Türöffnung.

»Ungefähr dreihundert Jahre. Plus/minus.«

Verblüfft drehte ich mich erneut halb zu ihm um.

Er zuckte die Schultern. »Die Hexer der Hermandad und ihre Familien gehörten zu den Ersten, die von der Alten in die Neue Welt herüberkamen.«

Verständnislos schüttelte ich den Kopf. »Warum? Die Überfahrt muss doch Wochen auf einem dieser alten Schiffe gedauert haben.« Sie hatten ein Zuhause gehabt. Nach dem, was Tante María mir erzählt hatte, waren die Hexerfamilien schon immer wohlhabend und einflussreich gewesen. Egal ob auf dieser oder der anderen Seite des Ozeans. Warum hatten sie das aufgegeben, um sich hier aus dem Nichts eine neue Existenz aufzubauen?

Ich sah sein neuerliches Schulterzucken nur aus dem Augenwinkel. »Wahrscheinlich waren sie es leid, vom Ordre gejagt zu werden.«

»Ge-gejagt?« Überrascht wandte ich mich jetzt gänzlich zu ihm um.

»Sí, gejagt. – Seit dem Pakt haben die Hexer des Ordre des Sorciers alles darangesetzt, ihre abtrünnigen Brüder und alle, die ihnen die Treue gehalten haben, aufzuspüren und zu vernichten.« Er verzog den Mund in bitterem Hohn. »Da lassen sie sich auf einen Pakt mit dem Teufel ein, um die besser beschützen zu können, die zu ihnen gehören, und die, mit denen sie bisher Seite an Seite gekämpft haben, schreien Ketzer und Teufelshure und machen von einem Tag auf den anderen Jagd auf sie. Nett, oder?«

»Ich dachte …« Ich biss mir auf die Lippe. Tante María hatte mir gesagt …

»Was? Dass sie den Pakt damals nur um der Macht willen geschlossen haben?« Sein Auflachen war hart, als ich nickte. »No. Zugegeben: Es gab immer wieder Hexer, die dem Ordre den Rücken gekehrt und sich der schwarzen Seite der Hexerei zugewandt hatten, aber das hier war etwas ganz anderes. Es ging nicht einfach nur um eine Abkehr von ihrer ach so heiligen ›weißen‹ Hexerei. Es war ein Bündnis mit der Dunkelheit. – Oder dem Teufel, Dämon; nenn es, wie du willst. – Alles, was sie wollten, war, ihre Familien und Dörfer zu beschützen; zu verhindern, dass Frauen und Mädchen geschändet und dann in ihrem Blut liegen gelassen wurden; dass Felder verheert und Vorräte verbrannt wurden; dass die Ihren im Winter verhungerten, weil man ihnen nichts zu Essen gelassen hatte; dass Kinder nach Mutter oder Vater weinten, weil die auf offener Straße erschlagen worden waren. Sie wollten die Bestien – gleich ob Mensch oder ›Höllenkreatur‹ – von ihnen fernhalten. Egal was es kostete. Die Kräfte, über die sie verfügten, reichten nicht.

Doch im Gegensatz zu ihren Brüdern waren sie bereit, einen Preis zu zahlen, von dem sie damals selbst nicht wussten, wie hoch er tatsächlich war.«

»Sie wussten nicht, dass sie zu … Vampiren werden würden?«

»Oh doch, natürlich. Diesen Teil des Preises kannten sie. Bei Tag Mensch mit noch weitestgehend beschränkten magischen Kräften. Aber einige wenige unter ihnen würden von da an bei Nacht mächtig weit jenseits dessen sein, was die Hexer des Ordre zu tun vermochten. Dafür aber blutgierige Kreaturen, die jede Sekunde in qualvollem Kampf mit der Dunkelheit, die sie dann in sich trugen, und der Gier nach Blut lagen. Nur wenn sie regelmäßig tranken, hielten sie die Gier und die Dunkelheit in Schach. Aber je mehr sie tranken, umso stärker wurde beides, umso mehr wurden sie zu Kreaturen des ›Teufels‹. Aber je öfter sie die Gier nicht beherrschen konnten und ihre Opfer töteten, umso schneller wurden sie *Nosferatu.* Zu einer jener Kreaturen, vor denen sie die Ihren eigentlich beschützen wollten. Es war ihr Fluch. Ein Fluch, der wie zum Hohn noch nicht einmal jeden traf. Nur die Mächtigsten. Sie zahlten den Preis für alle anderen.« Abermals verzog er den Mund. »Von diesem Teil des Preises war bei ihrem Handel mit dem Teufel allerdings keine Rede gewesen.« Er sah über mich hinweg. »Und als sie eine Möglichkeit fanden, ihre Gier nach Blut zu beherrschen und dem … letzten Schritt ihres Fluches mithilfe derer, die sie liebten – Ehefrauen, Bräute, Mätressen –, zu entgehen, änderte der Teufel die Spielregeln. Gleichgültig wie viel Blut sie tranken, ob sie die Gier beherrschen konnten und ihre Opfer am Leben ließen: Jene, die den Preis für alle zahlen, werden Nosferatu. Die einen früher, die anderen später. Je nach dem, wie mächtig einer ist. Nur *seine* ›Blutbraut‹

kann ihn davor bewahren. Möglicherweise.« Erneut huschte ein freudloses Lächeln über seine Lippen. »Man sagt, wenn einer von uns in einer Gewitternacht geboren wird, dann ist das ein untrügliches Zeichen dafür, dass er früh Nosferatu werden wird, weil dann der Teufel in Blitz und Donner verborgen lacht.« Sein Blick kehrte zu mir zurück. Ich zwang mich, ihm standzuhalten. *›Sie wollten Macht‹*, hatte Tante María immer gesagt. *›Deshalb haben sie sich an den Teufel verkauft.‹* Warum war mir plötzlich trotz der Sonne so kalt? Mit einem kleinen Kopfschütteln sprach er weiter. »Wie auch immer. Der Ordre war bei seiner Jagd auf sie ziemlich erfolgreich. Von siebzehn Familien wurden fünf in den ersten Jahrhunderten komplett ausgelöscht. Die Inquisition war ein Witz gegen die Hexenjäger des Ordre. Auch wenn sie sie teilweise für ihre Zwecke ganz wunderbar benutzen konnten. – No, sie hatten nur die Wahl, den Kontinent zu verlassen und hier von vorne anzufangen oder weiter erbarmungslos verfolgt zu werden. Unglücklicherweise war der Ordre hartnäckiger, als sie erwartet hatten. Sie kamen sogar *hierher.*«

Ins absolute Nirgendwo. Warum zog das, was er mir hier erzählte, meine Kehle so sehr zusammen? Wer sagte mir eigentlich, dass er nicht log? Ich verdrängte den Gedanken und das irgendwie beklommene Gefühl und räusperte mich. »Was ist passiert?« Ich wandte ihm den Rücken zu, machte einen weiteren Schritt ins Innere der Kirche. Sie war klein. Vielleicht gerade mal halb so groß wie die in San Isandro. Schmale, schießschartenartige Fenster ließen Licht herein. Staub tanzte darin. Der Boden war mit Ziegelbrocken, Sand und Staub bedeckt. Nur ganz vage konnte man die Lehmfliesen darunter erahnen. In der Mitte waren die Trümmer beiseitegeschoben, sodass etwas wie ein Pfad entstand, der zum Altarraum führte. Vor dem der Boden in einem weiten Kreis wie leer geräumt erschien. Wie in der Kirche in San Isandro trennte ein hüfthohes Geländer ihn von dem eigentlichen Kirchenschiff. Nur dass dieses hier aus glatten, steinernen Säulen bestand. An zwei oder drei Stellen klafften fast meterbreite Löcher darin. Und wie in San Isandro waren die Wände mit einem gemalten Relief verziert. Auch wenn es bei all den Rissen in den Mauern und dem bröckelnden Putz nur noch schwer zu erkennen war. Das Dach musste eine einfache Holzkonstruktion gewesen sein, und als ein Teil der Säulen, die es getragen hatten, zusammengebrochen war, war es an diesen Stellen ebenfalls eingestürzt.

Langsam ging ich weiter, sah mich um, legte den Kopf immer wieder in den Nacken, blickte nach oben. Jeder meiner Schritte war von einem leisen Knirschen begleitet. Ich war nie ein besonderer Kirchen-Fan gewesen, aber diese hier … faszinierte mich. Auf eine irgendwie … morbide Weise. Und weckte zugleich eine seltsame Trauer in mir.

In dem ›Kreis‹ vor dem Altarraum blieb ich stehen, drehte mich nach *ihm* um. Er stand noch immer in der Tür. »Was ist passiert?«, wiederholte ich meine Frage von zuvor.

»Sie kamen hierher und richteten ein Blutbad an. Acht oder neun Hexer des Ordre und ihre Lakaien. – Männer, Frauen, Kinder. Sie töteten wahllos. Dass sie nicht mit einem ›Gott will es‹ in diese ›Schlacht‹ gezogen sind, war vermutlich alles.« Endlich kam auch er einen Schritt ins Innere der Kirche, kickte einen Mauerbrocken beiseite. »Ironie des Schicksals war, während hier die Scheiterhaufen brannten, war mein Urururururgroßvater zusammen mit den Oberhäuptern von neun anderen gebannten Familien in Rouen, um mit den Prioren des Ordre eine

Art … Nichtangriffspakt auszuhandeln. Böse Zungen behaupteten im Nachhinein allerdings, das Ganze sei deshalb für genau diesen Zeitpunkt geplant gewesen. Als er zurückkam, gab es Santa Reyada nicht mehr.« Auf Höhe der ersten Säule blieb er wieder stehen. »Die, die den Hexerfamilien, die sich hierher zurückgezogen hatten, die Treue hielten, haben sie draußen vor der Kirche verbrannt. Die Hexer, die sie in die Hände bekamen, wurden hier in der Kirche hingerichtet. Da, wo du jetzt stehst. Sie sollen keine Chance gehabt haben.«

Unwillkürlich zuckte mein Blick zu dem Boden unter meinen Füßen, während ich gleichzeitig hastig einen Schritt zurückwich. Beinah wäre ich über die Reste eines Dachbalkens gefallen. Irrte ich mich oder wirkten die Steinplatten hier dunkler als im Rest der Kirche?

»Warum haben sie sich nicht gewehrt? Ich meine … sie waren doch auch … Hexer …«

»Natürlich haben sie sich gewehrt. Aber zum einen waren bereits zum damaligen Zeitpunkt die Hexer der Hermandad mit ihren Macht- und Intrigenspielchen untereinander zerstritten – selbst hier – und zum anderen waren mit meinem Urgroßvater und Amado Moraga zwei der drei mächtigsten Hexer von Santa Reyada nicht hier, um das Dorf zu beschützen. Die einzigen, die wirklich eine ernsthafte Gefahr für die Übermacht der Hexer des Ordre dargestellt hätten, wenn sie denn zusammengearbeitet hätten, waren das Oberhaupt der de-Silva-Familie, Celio, und Amado Moragas Sohn Geraldo. Und nach dem, was überliefert ist, waren sie die Ersten, die starben.« Seine Augen glitten durch das Innere der Kirche. »Der Ordre wusste ganz genau, in welcher Reihenfolge er die Hexer von Santa Reyada ausschalten musste.«

»Haben sie wirklich alle …« … *umgebracht?* Ich konnte den Satz nicht zu Ende bringen.

Er sah mich wieder an, schüttelte leicht den Kopf. »No. Ein Teil konnte in die Berge fliehen. – Was nichts daran ändert, dass der Ordre seit diesem Tag zwei Drittel der Bewohner von Santa Reyada auf dem Gewissen hat, dazu zwei Hexer der Moragas und drei der de Silvas. Einer war nicht mehr als ein Kind. Von den de Alvaros überlebten nur die Frau meines Urgroßvaters und sein Sohn Ramiro.« Er schob die Hände tiefer in die Hosentaschen. »Und sie konnten vermutlich auch nur deshalb entkommen, weil Santa Reyada selbst sich ›erhoben‹ und die Hexer des Ordre ›verschlungen‹ haben soll. – Das zumindest sagen die Überlieferungen.«

Mein Blick huschte an ihm vorbei, zur Tür, auf deren anderer Seite die Sonne alles in Grelle tauchte. Von hier aus konnte ich nur den Schatten des Brunnens am Boden sehen. Verständnislos runzelte ich die Stirn. »Santa Reyada hat sich ›erhoben‹? Was soll das heißen?« Hatten die Risse in der Erde etwas damit zu tun? »Ein Erdbeben?«

»Wäre die plausibleste Erklärung, was? In einer alten Chronik heißt es allerdings ganz eindeutig: ›*Santa Reyada erhob sich und verschlang die Hexer des Ordre des Sorciers.*‹ Wobei: Letztlich zählt nur das Ergebnis. Als mein Urgroßvater, Amado Moraga und ihre Männer zurückkamen, sollen sie Santa Reyada – oder das, was davon übrig war – verlassen vorgefunden haben und die Leichen der Hexer des Ordre von Felsbrocken erschlagen oder in Erdspalten zerquetscht.«

Ich holte tief Luft. Und stieß sie wieder aus. Okaaaay. Erde, die ihren eigenen Willen haben sollte. Das war mir dann doch etwas *zu* mystisch. Ein Erdbeben, das den einen oder anderen massiven Riss im Boden verursacht hatte und dafür verantwortlich war, dass Mauern einstürzten und Menschen in ihrer direkten Umgebung unter sich begruben, klang da deutlich einleuchtender. Aber das musste ich ihm ja nicht unbedingt sagen. Ich räusperte mich.

»Waren diese Verhandlungen denn wirklich ein Trick, um deinen Urgroßvater und Amado Moraga von hier wegzulocken?«

»Der Ordre hat es immer abgestritten. Möglich, dass es sogar stimmt. Damals wie heute gibt es unter seinen Hexern noch immer genug, die die Hermandad lieber jetzt als später vernichtet sehen würden. Es gibt aber auch Stimmen, die sagen, solange wir ihnen nicht in die Quere kommen und keine Aufmerksamkeit auf uns und damit auf sie lenken, sollte man uns zufrieden lassen. Immerhin besteht die Gefahr, dass ein offener Krieg zwischen uns deutlich mehr Aufmerksamkeit auf alle lenkt, als es der derzeitige Status quo tut. Trotz all der Zwistigkeiten, die immer wieder aufflammen. Und in letzter Zeit dank der Nosferatu sogar häufiger als in den Jahrzehnten zuvor.«

»War das der …« Wie hatte er gesagt? Ach ja. »… Nichtangriffspakt, den sie damals ausgehandelt haben?«

»Unter anderem. Wir bleiben auf unserer Seite des Ozeans, sie auf ihrer. Laufen wir uns tatsächlich doch einmal über den Weg, ist jegliche Magie verboten. Für beide Seiten.

Darüber hinaus ist die Hermandad verpflichtet, jeden Hexer aus unseren Reihen hinzurichten, der Nosferatu wird. Das zumindest ist die Theorie. Allerdings kommt es immer wieder vor, dass wir es nicht innerhalb einer angemessenen Zeit schaffen oder dass der Betreffende untertauchen kann. Lenkt er dann durch seine Taten zu viel Aufmerksamkeit auf sich, hat auch der

Ordre – zusätzlich zu uns – das Recht, den Betreffenden zu jagen und zur Strecke zu bringen. Damit erhöht jeder Nosferatu, dessen wir nicht habhaft werden können, die Gefahr, dass der Ordre meint, sich in unsere Angelegenheiten einmischen zu dürfen. – Und jeder von uns hätte lieber die Pest in seiner Domäne, als einen von ihnen in ihr herumschnüffeln zu lassen.«

»Aber warum erlaubt ihr es ihnen dann überhaupt?«

»Das war der Preis, damit wir uns auch einer Blutbraut nähern dürfen, die aus der Alten Welt stammt. Und wir können es uns nicht leisten, auch nur eine von ihnen nicht zu ›finden‹. Auf zwanzig von uns ›endgültig Verfluchten‹ kommt eine von euch. Und dann muss sie auch noch die ›Richtige‹ für denjenigen sein.« Er schnaubte spöttisch. »Natürlich lassen sie uns in solchen Fällen entsprechend buckeln und zu Kreuze kriechen. Vor allem, wenn sie aus einer der Dynastien des Ordre kommt. So wie zum Beispiel Rosa und ihre Schwestern.«

Ich sah ihn verblüfft an. »Meine Familie gehört eigentlich zum Ordre?«

Wieder ein Schnauben, noch spöttischer als zuvor. Und bitter. »Genau genommen gehörte auch meine Familie ursprünglich zum Ordre. Aber, sí, die Moreiras haben nicht nur starke – und wunderschöne – Blutbräute hervorgebracht, sondern auch begnadete Hexer. – Die Brautpreise, die damals gezahlt worden sein müssen, dass Rosa, Teresa und Isabella herüberkommen durften, müssen horrend gewesen sein.«

Ohne mir dessen wirklich bewusst zu sein, legte ich die Arme um meine Mitte. Warum hatte Tante María mir nichts von meiner Hexer-Verwandtschaft erzählt? Was hatte sie mir noch alles nicht gesagt? Und vor allem: warum? Plötzlich ertrug ich es nicht länger im Inneren der Kirche. Schnell stapfte ich den

Pfad zwischen dem Schutt hindurch zum Ausgang. Joaquín sagte nichts, als ich mich an ihm vorbeischob.

Erst am Brunnen blieb ich stehen. Ich konnte spüren, dass er mir gefolgt war, wieder ein paar Meter hinter mir stand, abwartete. Warum zum Teufel zitterten meine Hände? Ärgerlich über mich selbst, ballte ich die Fäuste, zwang mich ein paar Mal langsam ein- und auszuatmen.

»Welches war das Haus deiner Familie?«, fragte ich nach einer geschlagenen Minute endlich.

»Das da drüben.« Ich wandte mich um. Er wies auf eines der Gebäude zu meiner Linken. Jetzt ließ er den Arm wieder sinken, beobachtete mich, wie ich hinüberging und mich ähnlich wachsam wie schon in der Kirche unter dem Türsturz hindurchduckte, vorsichtig über den Schutt hinwegtrat. Auch hier waren die Fenster nur schmale, längliche Schlitze, die mehr Ähnlichkeit mit Schießscharten hatten als mit richtigen Fenstern. Die Außenmauern waren zwar im hinteren Bereich zum überwiegenden Teil eingestürzt, trotzdem stand noch genug davon, um zu erkennen, dass das Haus nicht groß gewesen war. Anscheinend hatte es gerade mal aus zwei Zimmern bestanden. Das, in dem ich mich soeben um mich selbst drehte, musste die Küche gewesen sein. Zumindest deutete etwas, das wie eine altertümliche Herdstelle aussah, darauf hin. Ob es zwei Stockwerke gehabt hatte? Irgendwie bezweifelte ich es.

»Dachtest du, meine Familie wäre von Anfang an wohlhabend gewesen?« Offenbar war ihm nicht entgangen, wie überrascht ich mich umgesehen hatte.

Beklommen nickte ich.

»Weil das Santa Reyada, das du kennst, so groß und … imposant ist?«

Wieder nickte ich. »Wie hätte dein Urgroßvater es sonst bauen können? Oder war er das gar nicht?«

»Doch, Santa Reyada war sein Werk.« Er kam ein Stück hinter mir her, blieb dann aber neben dem Brunnen stehen. »Als er aus Rouen zurückkam und hier alles in Trümmern fand, soll er geschworen haben, für die, die ihr Leben unter seinen Schutz gestellt hatten, eine uneinnehmbare Zuflucht zu bauen. Er forderte ein paar Gefallen ein, von Leuten, die an den entsprechenden Stellen saßen und entweder selbst einflussreich waren oder noch einflussreichere Freunde hatten, und schaffte es, dass ihm das ganze Land um Santa Reyada in einem Umkreis von mehreren Tausend Morgen übereignet wurde.«

Ich schluckte. »Das alles gehört dir?«

»Meiner Familie.« Er neigte den Kopf ein wenig zur Seite, betrachtete mich irgendwie nachdenklich. »Während die Überlebenden des Massakers das hier hinter sich ließen und San Isandro bauten, um dort neu anzufangen, baute er unser Santa Reyada. Heimlich, weil er zumindest den de Silvas nicht traute. Allerdings nicht mit Geld, sondern mit Magie.«

»Magie?« Ich legte die Hand gegen die Mauer, während ich über die Trümmerbrocken im Eingang wieder aus den Überresten des Hauses heraustrat. Und zog sie hastig zurück, als etwas wie ein heißes Kribbeln durch sie hindurchschoss.

»Sí, Magie. Ich weiß nicht genau wie, aber ich schätze, er hat Elementare beschworen, die es für ihn gebaut haben. Und Steine gab es in dieser Gegend genug.«

»Elementare?« Verstohlen rieb ich mir die Handfläche. Das Kribbeln verebbte nur langsam.

»Elementargeister. Sozusagen eine Art … metaphysische Manifestation der Elemente Feuer, Erde, Wasser und Luft in ihrer reinsten Form. Ziemlich mächtig. Man sollte es sich mit ihnen nicht verscherzen.« Mit dem Fuß schob er ein paar kleine Steine an die Umrandung des Brunnens. »Aber so viel Magie hat ihren Preis. In dem Jahr, in dem das ›neue‹ Santa Reyada fertig wurde, wurde er endgültig Nosferatu. Und beging Selbstmord.«

»Selbstmord?« Ich schauderte.

»Selbstmord. – Er rammte sich einen eisernen Spieß durchs Herz, um das Unglück und die Schande, die es bedeutete, wenn die Hermandad Jagd auf ihn machen und ihn hinrichten würde, nicht über seine Familie zu bringen.« Er wies mit dem Kinn zum Brunnen. »In derselben Nacht soll der hier ausgetrocknet sein und der in San Isandro und der unter unserem Santa Rayada erwachten zum Leben.«

Irgendwie unbehaglich rieb ich mir die Arme.

Joaquín runzelte die Stirn. »Ist dir kalt?«

»Nein, aber …« Ich sog die Lippe zwischen die Zähne. »Das klingt alles so … so …«

»…seltsam? Unglaublich?«

»Ja. Und … traurig.«

Zu meinem Erstaunen nickte er verstehend. »Meine Familie hatte schon immer ein anderes Verhältnis zu diesem Land als die de Silvas oder Moragas. Nicht jeder kann das nachvollziehen. Manche finden es sogar beängstigend.« Mit einem Laut, der wie ein Seufzen klang, hob er in einer kaum sichtbaren Bewegung die Schultern. »Seltsamerweise scheint Cris diese Verbundenheit vollkommen abzugehen.« Täuschte ich mich oder schwang Trauer in seiner Stimme mit? Doch dann schüttelte er in einer entschiedenen Bewegung den Kopf. »Genug von den alten Geschichten. – Bereit?«

»Wofür?« Überrascht sah ich ihn an.

»Um weiterzugehen.«

Ich versuchte meine Verwirrung gar nicht zu verbergen. »Wohin?«

»Ein Stück weit den Berg hinauf. Eine gute halbe Stunde zu Fuß.«

Ich schaute ihm nach, als er sich umwandte und zum Wagen zurückging. Und ich hatte mich schon gewundert, warum er so zum Aufbruch gedrängt hatte, um noch vor dem Mittag ›da‹ zu sein, nachdem wir nur eine knappe Dreiviertelstunde bis hierher gebraucht hatten. *Das hier* war gar nicht unser eigentliches Ziel.

Hastig lief ich ihm nach. Als ich ihn erreichte, hatte er die Heckklappe bereits geöffnet und war dabei, den Inhalt einer Kühlbox in einen Rucksack zu packen. »Wo gehen wir hin?«

»Ich möchte dir etwas zeigen. – Hier!« Er drückte mir eine kleine Plastikflasche in die Hände.

»Das ist keine Antwort auf meine Frage.« Im ersten Moment ein wenig perplex, starrte ich darauf. Sonnencreme.

»Dann lass dich überraschen. – Komm schon, eincremen!«

Ich riss den Blick von dem Fläschchen los, öffnete den Mund, um ihm zu sagen, was ich von Überraschungen hielt, schloss ihn aber wieder, als er sich zu mir umdrehte. Und mich verwirrend ernst ansah. »Ich möchte dir einen Ort zeigen, den bisher niemand außer mir kennt. Auch Cris nicht.«

»Aber Rafael.«

»Rafael weiß, dass es ihn gibt, weiß allerdings weder, wo genau er ist, noch war er jemals da. Und ich verlasse mich darauf, dass du keinem jemals davon erzählst und auch nie irgendjemanden dorthin führst.«

»Und was, wenn ich es doch tue?«

»Dann hätte ich mich sehr in dir getäuscht.« Er wandte sich wieder dem Rucksack zu und packte weiter. Einen Augenblick beobachtete ich ihn schweigend dabei, dann öffnete ich die Sonnencreme und verteilte sie sorgfältig auf der Haut. Himmel, war das Zeug dünnflüssig. Aber zumindest roch es halbwegs angenehm.

Kaum hatte ich die Flasche wieder zugeschraubt, pflückte er sie mir schon aus den Händen und verstaute sie ebenfalls in einem Seitenfach des Rucksacks. Als er sich diesmal wieder zu mir umdrehte, hängte er mir eine Wasserflasche um; den Riemen um meinen Nacken, sodass die Flasche selbst vor meinem Bauch baumelte. Trugen auf diese Art nicht kleine Kinder ihre Kindergartentäschchen um den Hals? Na danke. Mit einem kleinen Zischen schob ich den Arm durch den Riemen und zog die Flasche so weit herum, dass sie mir auf der Hüfte lag. Er sagte nichts dazu. Aber das kurze Zucken in seinem Mundwinkel, während er den Rucksack zuschnürte, verriet mir, dass er sich sehr wohl bewusst gewesen war, *wie* er mir das Ding umgehängt hatte. Seine eigene Wasserflasche hatte er mit einem Clip am Gürtel befestigt.

Einen Moment beugte er sich dann weiter in den Gepäckraum des Geländewagens, förderte einen breitkrempigen Hut zutage.

»Der gehört eigentlich Cris.« Bevor ich überhaupt begriffen hatte, was er von mir wollte, hatte er ihn mir schon übergestülpt. Scheinbar zufrieden mit sich nickte er. »Na also. Vielleicht einen Tick zu groß, aber besser als ein Sonnenstich.« Gekonnt schwang er sich den Rucksack über die Schulter, setzte einen zweiten Hut auf, der offenbar sein eigener war, scheuchte mich mit einer kleinen Geste einen Schritt vom Wagen fort, trat selbst zurück und schlug die Heckklappe zu. »Können wir?«, fragte er, während er um den Wagen herum zur Beifahrertür ging, sie öffnete, sich vorbeugte, sein Handy aus der Hosentasche zog und ins Handschuhfach legte. Wenn ich gehofft hatte, er würde mit dem Tablettenfläschchen dasselbe tun, wurde ich enttäuscht. Gleich darauf blinkten die Scheinwerfer kurz auf und die Alarmanlage gab ein Quieken von sich.

Abermals sah er mich an. Erwartungsvoll. Neigte den Kopf ein kleines Stück zur Seite. Als ich nickte, drehte er sich um und ging voraus. Ich beeilte mich, zu ihm aufzuschließen und – zumindest halbwegs auf gleicher Höhe – neben ihm herzugehen. Die Dolchscheide drückte sich in meinen Rücken.

Er führte mich neben der Kirche vorbei und dann an einer Spalte im Boden entlang, die sich vielleicht dreißig oder vierzig Inch tief in die festgebackene Erde fraß, auf die Berge hinter dem Dorf zu.

Je weiter wir uns von Santa Reyada entfernten, umso gerölliger wurde der Untergrund. Kleine Steine und Schotter knirschten unter unseren Schritten. Vereinzelt trotzten ein paar Wüstenbüsche der Hitze, ihre kleinen blassen Blüten helle Tupfer vor ihrem Grün. Doch selbst sie hatten sich in den mageren bis nicht vorhandenen Schatten der wenigen Joshua Trees geflüchtet, die verloren in der vor Hitze flimmernden Sierra standen. Eine Hitze, die ich nur wie durch einen angenehm kühlen Luftzug spürte. Die *ihm* allerdings schon bald dunkle Schweißflecken auf sein Hemd malte.

Ein ums andere Mal ertappte ich mich dabei, wie ich die Stirn runzelte, während ich verstohlen zu ihm hinsah. Hatte dieser Rogier nicht gesagt, je weiter einer in seiner Veränderung zum Nosferatu war, umso weniger konnte er das Sonnenlicht ertragen? Und hatte er mich nicht gefragt, ob seine Augen bereits farblos wie Diamanten wären und seine Fingernägel schon schwarz und rasiermesserscharf? Ersteres traf mit jedem Tag mehr zu. Seine Fingernägel … ich warf einen hastigen Blick auf die Hand, deren Daumen er nachlässig in die Hosentasche gehakt hatte … nein. Normal, soweit ich das erkennen konnte. Der rote Stein seines Siegelrings glühte in der Sonne. Der eingravierte Phönix schien sich zu bewegen. Und das mit der ›teuflischen Schönheit‹ konnte ich nicht wirklich beurteilen. Fakt war: Joaquín de Alvaro sah nun mal verboten gut aus. Noch besser als sein kleiner Bruder. Aber hatte ich nicht mehr als einmal gesehen, wie er unter dem Sonnenlicht zusammengezuckt war? Und jetzt marschierte er in der grellen Sonne vor mir her, während sie langsam immer höher stieg. Wie war das möglich? – Innerlich schüttelte ich den Kopf über mich selbst. Musste ich diese Frage tatsächlich stellen? Eigentlich nicht. Nicht, nachdem ich selbst jede Wette halten würde, dass es irgendetwas mit Magie zu tun hatte.

Wenn wir so etwas wie einem Pfad folgten, dann einem, den nur er sehen konnte. Zumindest bis wir die schmale Geröllrinne erreichten, die uns zwischen den von Wind und Sand glatt geschliffenen Felsen steil bergan führte. Ich war mir nicht sicher, was anstrengender war: die Steigung oder darauf zu achten, auf dem losen Untergrund nicht ins Rutschen zu geraten oder umzuknicken. Jetzt zumindest wusste ich, warum er auf Schuhen bestanden hatte, die über die Knöchel reichten. Jedes Mal, wenn ich mich rechts oder links der Rinne an einem der Felsen abstützte, zog ich die Hand so schnell wie möglich wieder zurück. Der Stein war heiß.

Immer wieder drehte er sich nach mir um, um sicherzustellen, dass der Aufstieg mir keine zu großen Probleme bereitete und dass sein Tempo für mich o.K. war. Auf halber Höhe sah ich zurück. Der Geländewagen wirkte seltsam fremdartig zwischen den Ruinen. Die Sonne gleißte auf seiner Motorhaube.

Ein Stück über mir war er stehen geblieben, wartete auf mich. Erst als ich wieder zu ihm aufgeschlossen hatte, ging er weiter. Ebenso schweigend wie bisher folgte ich ihm. Mir war nicht nach Reden. Mein Mund war durch den feinen Sandstaub, den wir beim Gehen aufwirbelten, trocken genug. Und trotzdem musste ich insgeheim zugeben: Es machte mir Spaß, zwischen den Felsblöcken hindurch immer weiter nach oben zu steigen, die bizarr-schönen Maserungen in den Steinen zu bewundern und manchmal gerade noch den Schwanz oder sogar nur den Schatten irgendeiner Eidechse in mal mehr, mal weniger großen Spalten verschwinden zu sehen.

Irgendwann hatten wir die Geröllrinne verlassen und gingen direkt auf den Felsen. Ich über Joaquín, damit er mich halten konnte, sollte ich stolpern und nach unten abrutschen. Einige Male bewegten wir uns unter besonders steil aufragenden oder sogar überhängenden Felsen ein Stück weit in der Waagrechten, bevor wir weiter hinaufkonnten. An der ein oder anderen Stelle brauchte ich Hände *und* Füße, während er genau dieselbe beinah mühelos bewältigte. Trotz Rucksack. Um meinen Stolz nicht ganz den Bach runtergehen zu lassen, tröstete ich mich ab einem gewissen Punkt damit, dass *seine* Beine einfach länger waren als *meine.*

In regelmäßigen Abständen blieb er stehen, löste die Wasserflasche vom Gürtel und trank. Die Art, wie er mich dabei ansah ... Schon nach dem zweiten Halt hatte ich ihn im Verdacht, dass er es nur tat, um dafür zu sorgen, dass *ich* ebenfalls trank.

Falls wir meinetwegen langsamer als geplant vorwärtskamen, ließ er es mich nicht merken. Die Schatten waren weitestgehend zu einem Nichts zusammengeschrumpft, als wir endlich die Kuppe erreichten.

Dahinter war … Felsen. Und noch mehr Felsen. Die abwärtsführten. Bis es ein paar Hundert Meter unter uns wieder aufwärtsging. Zumindest kam es mir von hier aus so vor.

»Es ist nicht mehr weit.«

Ärgerlich biss ich die Zähne zusammen. Hatte ich irgendeinen Laut von mir gegeben? Am Ende ein Stöhnen oder irgendetwas Verzweifeltes? Vermutlich hielt er mich für ein entsetzliches Weichei. Eine schwache kleine Stadtpflanze. Nun, ich mochte ein Stadtkind sein, aber schwach? Garantiert nicht. *Das hier* war nur ganz einfach nicht mein Element. Ich liebte das Wasser. Felsen waren … eben Felsen. Der Blick, den ich ihm zuwarf, war mörderisch. Hoffte ich. Auf jeden Fall hob er in einer abwehrenden Geste die Hände. Doch als er mich weiter auf diese forschende Art musterte, stieß ich ein Fauchen aus. »Hoffentlich ist das, was du mir zeigen willst, es wert. Geh schon weiter!«

Er hob zwar eine Braue, sagte aber nichts, sondern drehte sich wortlos um und ging vor mir her. Wie zuvor offenbar bereit, mich jederzeit aufzufangen, falls ich stolperte oder mein eigener Schwung mich zu weit trug.

Eine Rinne gab es auf dieser Seite nicht mehr, der wir hätten folgen können. Es ging von Felsblock zu Felsblock. Zwischen denen teilweise ziemlich breite Spalten klafften. Oder die völlig unvermittelt senkrecht abbrachen, sodass da plötzlich ein Absatz, oder sogar ein Überhang, war – nachdem sie zuerst nur sanft abgefallen waren. Manche dieser Absätze bewältigte ich auf meinem Hinterteil, weil mir regelmäßig knapp vier Inch Beinlänge fehlten, um die Distanz halbwegs bequem – und sicher – überbrücken zu können. *Er* musste natürlich nur einen großen Schritt machen. Die Hand, die er mir jedes Mal entgegenstreckte, übersah ich geflissentlich. Nach zwei Minuten hatte ich ihm grummelnd meine Wasserflasche vor die Brust geknallt, damit er sie für mich weitertrug, weil das dumme Ding mir immer irgendwie im Weg herumbaumelte. Nach weiteren fünf Minuten beschwerte ich mich beim Universum lautstark über Männer mit zu langen Beinen. Und er verpasste vor lauter Lachen fast einen Tritt. Dass ich befriedigt »Ha!« machte, raubte ihm dann mehr oder weniger endgültig den Atem. Wir brauchten beide noch einmal fünf Minuten, in denen wir uns unter einen dieser elenden Absätze in den Schatten kauerten, um wieder halbwegs vernünftig Luft zu bekommen. Verrückterweise machte mir diese Kletterpartie nach wie vor Spaß. Okay, zugegeben, das hier war … etwas Besonderes. Aber trotzdem: Ich fühlte mich wohl. Auch mit *ihm*. Warum, konnte ich mir selbst nicht erklären. Vielleicht weil ich noch nie gehört hatte, wie *Joaquín de Alvaro* vor Lachen beinah einen Schluckauf bekam?

Was meine Stimmung dämpfte, war der Umstand, dass er ohne Vorwarnung plötzlich aufstand und sich hastig aus dem Schatten des Vorsprungs herausduckte, während er das Fläschchen schon aus der Hosentasche zerrte und zwei Tabletten daraus hinunterwürgte. Bevor ich noch irgendetwas sagen – oder auch nur denken – konnte, hatte er ein paar Schritte Distanz zwischen uns gebracht, war auf einem Felsen ein kleines Stückchen tiefer stehen geblieben, den Rücken mir zugewandt, und starrte scheinbar ins Nichts. Ich verdrängte den Gedanken daran, was beim letzten Mal geschehen war, als er zu viele dieser Tabletten über den Tag hinweg geschluckt hatte; brachte die hartnäckige Stimme in meinem Kopf zum Schweigen, die glaubte, mich daran erinnern zu müssen, dass ich hier draußen mit ihm allein war … Wir hatten helllichten Tag! Ich hatte selbst gehört, wie er zu Fernán gesagt hatte, dass er bei Tag nicht trank. Niemals.

Aber auch als wir schließlich weitergingen, blieb er angespannt und ein mulmiges Gefühl hing irgendwo in meinem Magen.

Abgesehen von zwei weiteren Rutschpartien auf meinen vier Buchstaben, bewältigte ich den nächsten Teil unseres Abstiegs halbwegs problemlos. Es schien ihn Überwindung zu kosten, nur auf Armeslänge in meine Nähe zu kommen, um mir die Hand anzubieten, um mir auf- oder über eine breitere Spalte zwischen den Felsblöcken hinwegzuhelfen. Ich ignorierte sie weiter. Und war mir dabei nicht sicher, warum meine Kehle sich jedes Mal zusammengezogen und mein Herz seine Schlagzahl erhöht hatte.

Ich hatte mich schon in Gedanken darauf vorbereitet, den Hang auf der anderen Seite wieder hinaufzuklettern, doch als wir den tiefsten Punkt erreicht hatten, dirigierte er mich auf einem langen, flachen Felsen ein paar Meter nach links, über eine Spalte hinweg, bei der ich wirklich seine Hand benötigte, und dann auf der gegenüberliegenden Seite in einen weiteren, diesmal senkrechten Spalt zwischen zwei Felsen, der anscheinend in den Hang hineinführte. Der Boden unter unseren Füßen hatte sich von Stein wieder in trockene Erde verwandelt und das Licht hatte einen leicht gelb-rötlichen Ton angenommen. Bereits nach einem guten Meter versperrte der nächste Felsen uns den Weg. Offenbar ging es hier abermals nur links an ihm vorbei weiter. Zumindest drang aus dieser Richtung durch einen weiteren senkrechten Spalt zwischen zwei Felsen Sonnenlicht zu uns.

Joaquíns Hand an meinem Arm hinderte mich am Weitergehen. »Ich würde dir ja jetzt eigentlich gern die Augen zuhalten …« Ich versteifte mich unwillkürlich. »… aber ich glaube, davon wärst du nicht so richtig begeistert.« Mit einem mehr als zittrigen Luftholen schüttelte ich den Kopf.

»Das habe ich mir gedacht.« Er nickte, dann ließ er mich los und trat mit einer weit ausholenden Geste beiseite. »Also nach dir, mi vida.«

Einen Moment rührte ich mich nicht, sah ihn fragend an. Wie zur Antwort hob er eine Braue, wiederholte seine Bewegung. Ich gab mir einen Ruck, den Blick noch immer irgendwie misstrauisch auf ihm, schob mich zwischen den Felsen hindurch und trat aus der Spalte. Dass er hinter mir war, machte mich … nervös. Ich konnte nichts dagegen tun.

Eine Sekunde lang blinzelte ich geblendet in das Gleißen, das mich auf der anderen Seite empfing. Doch als ich endlich wieder mehr erkennen konnte als schmerzhaftes Grellweiß, vergaß ich zu atmen. »Heiliger Himmel.«

Hinter mir hörte ich *ihn* glucksen und erinnerte mich selbst daran, dass ich ohne Luft nicht mehr lange aufrecht stehen würde. Ich tat einen tiefen Atemzug – selbst die Luft schien … anders zu schmecken.

»Das ist …« Mir fehlten die Worte. Also gestikulierte ich. Irgendwie hilflos.

Wieder dieses leise Glucksen. »Scheint so, als wäre mir die Überraschung gelungen.«

»Oh ja.« Das war gnadenlos untertrieben. Das hier war das Paradies inmitten der Hölle. Ich konnte den Blick einfach nicht von dem schmalen Cañon lösen, der vor uns lag.

Seine Seitenwände waren von Flechten oder anderen Kletter- und Hängepflanzen überrankt. Ein paar Felsterrassen, die ein Stück weiter wie eine natürliche Rampe sanft zum Boden hin abfielen, waren mit Gras und Büschen bewachsen. In der Mitte des Cañons, an seinem tiefsten Punkt, gurgelte ein flacher, kleiner Fluss in einem Bett aus Kies und mehr oder weniger großen Steinbrocken vor sich hin. Das Wasser schien selbst von hier aus glasklar zu sein. Zuweilen blitzte die Sonne grell auf seiner Oberfläche.

Auf unserer Seite wand ein schmaler Geröllpfad sich in langen Bögen als helles, ockerfarbenes Band zwischen dem Grün gemächlich seinem Grund zu. Nur ganz am oberen Rand, dort, wo die Wände nahezu senkrecht in den Himmel ragten, war nichts als nackter, fahlrötlicher Fels. Zerklüftet und rau. Der einzige Hinweis darauf, was auf ihrer anderen Seite lauerte: gleißende Hitze über einer erbarmungslosen Sierra.

»Es ist … wunderschön.«

»Sí.« Ein Zögern. »Und wirst du irgendjemandem hiervon erzählen?« Die Belustigung war aus seiner Stimme gewichen. Sie klang jetzt verwirrend sanft. Und ernst.

»Nein. Nein, nie …« Ich wollte mich gerade zu ihm umdrehen, als ich die Bewegung auf einer Felsterrasse gegenüber bemerkte. Abermals blieb mir die Luft weg. Da drüben tänzelte ein Pferd im Kreis; weiß mit braunen und schwarzen Flecken. Es schlug mit dem Kopf und wieherte zu uns herüber, bäumte sich halb auf. Alles an ihm wirkte … ungehalten und wild.

Hinter mir stieß Joaquín ein Schnauben aus. »Sieh an, sieh

an, wer da direkt klarstellen muss, wessen Revier das hier ist. – Er muss in der Nähe gewesen sein, sonst hätte er mich nicht so schnell gewittert.«

»Klarstellen?« Ich warf ihm einen hastigen Blick über die Schulter zu, sah wieder zu dem Pferd, das gerade erneut schnaubend auf der Stelle trat, den Kopf auf und ab warf und seine Mähne schüttelte, dass sie nur so flog, ehe es dann abrupt auf der Hinterhand kehrt machte und die Felsterrasse hinabdonnerte, tiefer in den Cañon hinein.

»Ich bin der Kerl, der versucht hat, ihm eine seiner Stuten zu stehlen. – Nachdem *er* sie zuvor von Jorges Weide gestohlen hat, wohlgemerkt.« Erst jetzt wurde mir bewusst, dass er nach wie vor halb im Schatten des Felsdurchgangs stand. Als ich mich umdrehte, ließ er gerade los, was er unter dem Hemd verborgen um den Hals trug. Eine Bewegung, die ich heute schon ziemlich oft beobachtet hatte. Zu Anfang hatte ich angenommen, dass es Rosas Kreuz war, das er immer wieder umfasste. Inzwischen war ich mir nicht mehr sicher. Vielmehr schien es dieser längliche, schwarze Kristall zu sein, den ich daneben auf seiner Brust gesehen hatte, um den er wieder und wieder die Hand schloss. Warum wohl? »Es hat keine zwei Nächte gedauert, da hat er sie sich zurückgeholt. Eine verwöhnte, reinblütige Andalusierin. Und sie zieht das Leben bei ihm und der Herde hier im Cañon einer Weide mit Stall und bestem Futter vor.« Jetzt trat er endgültig unter den Felsen heraus, schob sich an mir vorbei, warf mir dabei einen Blick aus dem Augenwinkel zu. »Versteh einer die Frauen … Wobei man ihr zugutehalten muss, dass er vermutlich auch Andalusierblut in den Adern hat.«

»Ist es nicht illegal, sich Wildpferde zu halten?« Meine Frage ließ ihn wieder stehen bleiben.

»No. Aber dank eines gewissen Präsidenten ist es dafür seit einigen Jahren legal, sie abzuschießen.« Der Ärger war in seiner Stimme nicht zu überhören. »Mit ein Grund, weshalb ich keine Fremden hier haben will. Sie sind zwar alle geimpft, mit einem Transponder gekennzeichnet und tragen außerdem alle mein Brandzeichen, aber es gibt genügend schießwütige Idioten, die sich darum nicht scheren würden.« Er schüttelte den Kopf, als würde er versuchen, den Ärger aus seinen Gedanken zu vertreiben. »Genug davon. – Hier, die kannst du jetzt eigentlich wieder selbst tragen.« Der Themenwechsel kam so überraschend, dass ich einfach nur mechanisch nach der Wasserflasche griff, die er mir hinhielt. Erst einen Moment später hatte ich meine Gedanken wieder beisammen.

»Und sie bleiben freiwillig hier?« Hatte ich nicht mal in einem Bericht gehört oder gelesen, dass Mustangs manchmal unglaublich weite Gebiete durchwanderten? »Oder gibt es einen Zaun?«

»No, kein Zaun. Am anderen Ende des Cañons liegt ein Pfad, den sie manchmal nach draußen nehmen. Wir würden zu Fuß mindestens zwei Stunden brauchen, aber für sie ist das keine Distanz. Von daher können sie kommen und gehen, wie sie wollen. – Aber nach dem, was ich weiß, entfernen sie sich nie allzu weit von hier.« Er rückte den Riemen des Rucksacks auf der Schulter zurecht. »Hier ist die Herde in Sicherheit und hat alles, was sie braucht. Die alte Stute ist zu schlau, um eine solche Zuflucht einfach aufzugeben. Deshalb bleiben sie.«

Irritiert schaute ich zu der Felsterrasse hinüber, auf der noch vor ein paar Minuten das gefleckte Pferd so aufgeregt herumgestampft hatte. Das war eine Stute gewesen? Nein, ich hatte ganz deutlich gehört, dass Joaquín immer wieder ›er‹ gesagt hatte. Offenbar war ihm mein Blick auf die andere Seite nicht entgangen und vermutlich war auch mein Gesichtsausdruck eindeutig gewesen.

»Die erfahrenste Stute führt die Herde. Er …«, mit einem Nicken wies er auf die gegenüberliegende Seite, »… ist ›nur‹ der Beschützer der Herde. – Wie ist es? Sollen wir weiter? Es ist noch ein ganzes Stück nach unten, und ich nehme an, du würdest lieber am Fluss und im Schatten essen als hier oben.«

Eine rein rhetorische Frage. Wie meine Antwort ausfallen musste, war klar. Entsprechend wartete er sie auch nicht ab. Ich schlang mir den Riemen der Wasserflasche über die Schulter und folgte ihm. Dabei konnte ich froh sein, dass der Weg keine Stolperfallen oder größere Hindernisse aufwies. Denn meine Augen waren überall. Nur nicht auf ihm.

Waren es weiter oben noch überwiegend Flechten gewesen, die selbst auf den schmalsten Kanten oder Spalten Halt – und vor allem Wasser – zu finden schienen und die an den ockerfarbenen Felsen entlangkrochen, wurde alles umso grüner, je tiefer wir kamen: Da waren die Büsche mit den kleinen weißen Blüten und ein paar Joshua Trees; dann Kakteen mit mehreren Inch langen Stacheln, aus deren flach-ovalen ›Blättern‹ große weißlich gelbe Blüten wuchsen; etwas, das für mich aussah wie zart violette Krokusse; an den Enden von hohen, dünnen, grünen Stängeln sprossen länglich schmale, rote Blüten … Und immer wieder blitzte dazwischen rötlich ockerfarbener Fels auf. Selbst an den wenigen flachen Stellen, die nicht aus Gestein waren, bestand der Boden nach wie vor überwiegend aus geröllig-trockener Erde, auf der es das Gras sichtlich schwer hatte.

Die meiste Zeit folgte ich Joaquín einfach nur stumm den Pfad entlang in den Cañon hinab. Und staunte wie Alice nach ihrem Sturz in das Kaninchenloch. Ein Kaninchenloch, das wild und rau war. Atemberaubend und majestätisch. Und wunderschön.

Einmal zog Joaquín mich überraschend ganz an den Felsen heran und befahl mir, mich langsam zu bewegen, nur um mir dann, als wir an der Stelle vorbei waren, eine Klapperschlange zu zeigen, die im Schatten eines Steines vor sich hin döste. Nein, nicht vor sich hin döste; die uns mit ihren schwarzen Augen beobachtete. Ein paar Meter weiter saß eine Eidechse mit überraschend langem Schwanz auf einem Felsen und ließ sich von der Sonne wärmen. Auf einem der ersten Bäume, an denen wir vorbeikamen – eine Pinie –, entdeckte ich ein Eichhörnchen, das blitzschnell in den Ästen verschwunden war. Nur wenig später lenkte ein »Kijaa-kijaa« meine Aufmerksamkeit nach oben, wo ein Raubvogel seine Kreise zog.

Von dem Hengst und seiner Herde fehlte allerdings jede Spur.

Irgendwann hatte ich die Haare zu einem Zopf zusammengedreht und unter meinen Hut gestopft, um den Nacken frei zu haben.

Mit jedem Schritt schienen sich Farben und Schatten zu verändern, flammten an einer Stelle auf, nur um an einer anderen zu verblassen. Schien anstelle von Felsspalten, die sich eben noch dunkel unter dem harten Gleißen der Sonne in den zerklüfteten Cañon-Wänden abgezeichnet hatten, von einem Moment zum nächsten nur glatter, rauer Fels zu sein. Das Wispern und Raunen des Windes vermischte sich mit dem Rauschen und Tosen von Wasser, das aus einem Riss knapp unter der Felskante in die Tiefe stürzte. Dort, wo der Cañon zu unserer Rechten immer schmaler wurde, seine Wände sich einander immer weiter näherten, schließlich in einem spitzen Winkel zusammenstießen. Ein weiß-gischtender Vorhang, der beinah direkt aus dem unendlichen Blau darüber zu fallen schien. Und in dem anscheinend auch der flache, kleine Fluss seinen Ursprung hatte, der in seinem Kiesbett vor sich hingurgelte und gerade noch in Sichtweite hinter einer schmalen Felsspitze verschwand. Die von hier aus scheinbar bis in den Himmel zu ragen schien. Senkrecht und schroff. Und an der der Cañon einen scharfen Knick machte, sodass sein Ende nicht zu sehen war. Büsche und Bäume drängten sich am Fuß der Felswand, wuchsen nur an einigen Stellen bis beinah direkt an den Fluss heran. Dazwischen trotzte Gras Sonne, Geröll und sandigem Boden …

Als wir schließlich die Schatten der Felsen erreichten, wich die Grelle schlagartig deutlich angenehmeren Lichtverhältnissen.

Wir hatten den Weg nach unten nicht geschafft, bis die Sonne im Zenit stand. Im Gegenteil. Und inzwischen beklagte mein Magen sich darüber, dass er heute Morgen außer Kaffee und ein paar Stück Ananas kein Frühstück bekommen hatte. Was mir bereits den ein oder anderen amüsiert-nachdenklichen Blick eingebracht hatte. Gerade gab er wieder ein Grollen von sich. Hastig presste ich die Hand auf meine Mitte, um ihn zum Schweigen zu bringen. Joaquín drehte sich halb zu mir um. Diesmal hatte die Art, wie er mich ansah, etwas Abschätzendes. »Kann es sein, dass du heute Morgen nicht wirklich viel gegessen hast?« Sein Hemd hatte mittlerweile deutlich mehr dunkle Flecken und klebte an manchen Stellen an seinem Rücken. Vor allem auf der Seite, auf der er überwiegend den Rucksack trug. Manchmal glaubte ich sein Schwingen-Tattoo durch den Stoff hindurch zu sehen. Bevor ich antworten konnte, hob er die Hand. »Ich glaube, ich will es gar nicht wissen.« Er deutete hinter sich, auf einen flachen Felsen, der ein Stück weit ins Wasser hineinragte. »Eigentlich wollte ich mit dir noch ein wenig weiter hinein, aber dort drüben sollte es für eine Pause auch recht bequem sein.« Der Zug um seinen Mund veränderte sich. Plötzlich saßen unzählige winzige Fältchen in seinem Augenwinkel. »Schaffst du die paar Schritte noch, oder fällst du mir schon vorher vor Hunger um?«

Den bösen Blick, den ich ihm zuwarf, ehe ich mir den Felsen genauer anschaute, ignorierte er. Eine Pause klang äußerst verlockend. Allerdings war ich mir ziemlich sicher, dass ich nur sehr widerwillig wieder aufstehen würde, sobald ich erst einmal saß. Es machte mir gewöhnlich nichts aus, auch mal längere Strecken zu laufen, wenn es sein musste, aber das hier war eben etwas ganz anderes als die betonierten Straßen einer Stadt. Und ich hatte nicht vor, mir irgendetwas hier entgehen zu lassen. Vor allem nicht die Mustangs.

»Ich würde gerne weitergehen!«

Eine Braue hob sich. »Dein Magen knurrt schon eine ganze Weile. Du musst hier niemandem etwas beweisen, Lucinda. Ich weiß, dass du zäh bist …«

»Ich möchte aber die Pferde sehen.« Hoffentlich hatte ich nicht allzu sehr wie ein kleines Mädchen geklungen, das auf dem Rummel um Zuckerwatte bettelte.

»Die …« Auch die zweite Braue schoss in die Höhe. Er rieb sich über den Mund. So, dass man hätte meinen können, er versuche ein Lachen hinter der Bewegung zu verbergen. Doch dann ließ er die Hand sinken und schüttelte den Kopf. Von Lachen keine Spur mehr. »So leid es mir tut, aber ich fürchte, ich muss dich enttäuschen. Vermutlich hat er die Herde bis zum anderen Ende des Cañons getrieben, wenn nicht sogar aus ihm heraus. Wenn wir heute Nacht hier campen könnten, würde ich sagen: Okay, versuchen wir es. Aber so? Nein. Das ist zu weit. Das schaffen wir nicht. Noch nicht mal die Hälfte. Nicht, wenn wir vor Sonnenuntergang wieder auf Santa Reyada sein wollen, wie ich es dir versprochen habe. Und wir müssen für den Rückweg ohnehin mehr Zeit einkalkulieren als für den Hinweg.«

»Warum?«

»Weil du müde sein wirst.«

»Ich werde nicht …« Jetzt klang ich wirklich wie ein störrisches Kind vor dem Zuckerwattestand.

»Doch, du wirst. Daran ist nichts Verwerfliches. Das ist vollkommen normal.«

Ich biss mir auf die Lippe. Er hatte recht. Ich mochte mich heimlich in Fitnessstudios schleichen und, wenn ich die Möglichkeit hatte, früh morgens laufen gehen, aber das hier war etwas anderes. Ich war ein Stadtkind, das nicht jeden Tag – oder wenigstens einmal die Woche – stundenlang in der Wildnis hiken ging. Sehnsüchtig blickte ich den Cañon hinab. »Können wir es nicht wenigstens versuchen?«, fragte ich nach einem Moment schließlich doch leise.

Die Bewegung, zu der er ansetzte, konnte nur ein Kopfschütteln werden, aber dann hielt er inne, sah mich nachdenklich an. Und nickte schließlich abrupt. Wie gegen besseres Wissen. »Also gut. Vorschlag: Wir gehen bis hinter die Spitze. Vielleicht haben wir Glück und er hat die Herde doch nicht ganz so tief in den Cañon geführt. Da können wir auch ganz gut Pause machen, damit du dich ein bisschen erholen kannst. Sind sie dort nicht, gibt es trotzdem keine Widerrede, wenn ich sage, wir gehen zurück.« Er hielt mir die Hand hin. »Deal?«

Hastig schlug ich ein. Nicht, dass er es sich am Ende doch noch anders überlegte. »Deal!«

Er war es, der unseren Händedruck nach kaum mehr als einer flüchtigen Berührung brach und zurücktrat. »Dann lass uns gehen. Es wird zeitlich ohnehin knapp genug werden.« Wieder einer dieser nachdenklich-abschätzenden Blicke. »Aber vielleicht solltest du vorher doch noch einen Happen essen. – Sandwich?« Mein Magen schien das für sein Stichwort zu halten. Hastig drückte ich meine Hand abermals auf meine Mitte, um sein Knurren zumindest ein klein wenig zu dämpfen, während ich nickte.

»Was hast du?«

»Roastbeef, Tomate mit Mozzarella, Hühnchen ...«

»Hühnchen, bitte.« Warum wunderte es mich eigentlich nicht, dass er anscheinend genau wusste, welche Art Sandwiches ich am liebsten mochte?

Er musste nicht lange im Rucksack suchen, bis er das Gewünschte gefunden hatte.

Nach zwei Bissen verdrängte ich eine weitere Frage: Wie konnte jemand wie *er* so geniale Sandwiches machen? Wir gingen schon weiter, als mir bewusst wurde, dass er sich keines genommen hatte.

Zwei Stunden und ein weiteres Sandwich später begannen meine Beine langsam, aber unaufhaltsam immer schwerer zu werden.

Wir hatten die Felsspitze schneller erreicht, als ich für möglich gehalten hatte. Mehrere Minuten hatte ich an ihrem Fuß gestanden und an ihr entlang nach oben gesehen. In einen komplett wolkenlosen Himmel, der von einem Blau war, wie ich es noch an keinem anderen Ort gesehen hatte. Und hatte versucht, mir diesen Anblick ebenso einzuprägen wie schon an unzähligen Stellen zuvor. Dass ich dabei ziemlich wackelig auf einem Steinblock mitten im Wasser balanciert hatte, weil die Felswände nur noch wenige Meter voneinander entfernt waren und es hier noch nicht einmal mehr ein Ufer gab, hatte mich nicht interessiert.

Letztlich waren wir weiter in die zweite Hälfte des Cañons vorgedrungen, als ich zu hoffen gewagt hatte. Dabei hatte ich kein Wort gesagt, das auch nur annähernd in die Richtung von ›bitte‹ oder ›können wir nicht‹ gegangen wäre. Allerdings hatte ihm meine Enttäuschung vermutlich gar nicht entgehen können, als wir die Spitze hinter uns gelassen hatten und noch immer keine Spur von der Herde zu sehen gewesen war. Alles, was wir fanden, waren Hufspuren, die mit ziemlicher Wahrscheinlichkeit von dem Hengst stammten.

Dafür war der Anblick atemberaubend: Die Wände des Cañons wichen zu beiden Seiten zurück, öffneten sich zu einem Tal, in dessen Mitte sich der Fluss in einem Bett auf Kies, ockerfarbenen Felsen und dem Grün von Büschen und Gras schlängelte. Rechts und links stiegen die Hänge sacht bis zu Felsterrassen hinauf, auf denen sich Bäume und noch mehr Büsche drängten. Erst dahinter wuchsen die Cañonwände wieder senkrecht in die Höhe. Ganz an seinem Ende schien die Sonne auf der Oberfläche eines Sees zu glitzern.

Joaquín ließ mich meinen Weg überwiegend selbst bestimmen; warum auch nicht, die Richtung war ja klar. Nur manchmal dirigierte er mich auf der anderen Seite um einen Felsen oder Busch herum als der, an der ich ursprünglich daran vorbeigewollt hatte. Oder rief mich ganz von etwas zurück. Nach der Sache mit der Klapperschlange folgte ich seinen Anweisungen ohne Widerspruch. Die meiste Zeit gingen wir allerdings einfach nur schweigend nebeneinander her. Einfach, weil ich viel zu sehr damit beschäftigt war, die wilde Schönheit um mich herum zu bewundern und zu genießen. Die wenigen Ansätze zu einer Unterhaltung hatten jedes Mal mit einem »Was?« meinerseits geendet, weil ich über alldem hier den Faden verloren hatte. Also ließ Joaquín mich in aller Ruhe staunen. Nur manchmal durchbrach er die Stille zwischen uns, um mich auf etwas aufmerksam zu machen: eine Pflanze, eine besonders schöne Blüte, eine Maserung im Felsen oder einen Schatten, den die Sonne warf. Aber ich konnte seinen Blick immer wieder auf mir spüren.

Doch dann brachte seine Hand an meinem Arm mich unvermittelt zum Stehen.

»Da!« Das Wort war nicht viel mehr als ein Bewegen der Lippen. Mit einem Schlag vergaß ich den Felsvorsprung, der für mich wie ein Löwenkopf ausgesehen hatte, und sah in die Richtung, in die er wies. Tatsächlich! Sie waren nur zehn, vielleicht auch zwanzig Meter von uns entfernt. Unwillkürlich hielt ich den Atem an, als könnte ich sie allein durch ein Luftholen aufschrecken. Ein großer Teil war gefleckt, wie der Hengst. Dazwischen gab es aber auch braune mit schwarzer Mähne und Schweif, weiße und falbfarbene. Ein Fohlen döste dicht bei seiner Mutter. Zwei andere tobten buckelnd zwischen den erwachsenen Pferden herum und schienen einander zu jagen. Die meisten wanderten offenbar entspannt umher und weideten. Ein paar standen bis über die Fesseln im Wasser und tranken oder ließen einfach nur den Fluss um ihre Beine gurgeln. Direkt am Ufer knabberte ein braun geflecktes einem fuchsfarbenen mit beinah vollständig weißem Hinterbein an der Stelle, an der dessen Mähne am Widerrist endete. Zwei andere standen Kopf an Heck, einen Hinterhuf auf der Spitze, und vertrieben sich mit den Schweifen anscheinend gegenseitig Fliegen, während sie wohl gleichzeitig ein Nickerchen machten. Ganz langsam wagte ich es, wieder auszuatmen. Wie viele es wohl waren? Mehr als zehn sicherlich. Aber mehr als zwanzig? Oder sogar mehr als dreißig? Ich konnte es unmöglich sagen. Sie waren wunderschön.

»Das da ist die Leitstute.«

Mir wurde erst bewusst, wie nah er mir war, als ich seinen Atem direkt an meinem Ohr spürte. Schlagartig war ich wie erstarrt. Nur am Rande nahm ich wahr, dass er auf ein Pferd mit blassgelblichem Fell wies, das beinah auf der anderen Seite der Herde gerade durch den Fluss watete. Meine Brust hatte sich zusammengezogen. Dann geschah irgendwie alles gleichzeitig. Ich schnappte mit einem hohen Keuchen nach Luft. Joaquín wich mit einem gezischten Fluch von mir zurück. Ein gellendes Wiehern hallte von den Cañonwänden wider. Der Hengst donnerte auf uns zu, stoppte so abrupt, dass Kies spritzte, stieg auf die Hinterhand und wieherte wieder. Hinter ihm stob die Herde davon. Joaquín packte mich am Arm und stieß mich so hart hinter sich, dass ich stolperte und auf Hände und Knie fiel, während er den Hengst auf Spanisch anschrie und die Arme in die Höhe riss. In der nächsten Sekunde hatte auch der kehrtgemacht und jagte hinter den anderen Mustangs her.

»¡Dios mío! Das wollte ich nicht! Luz, bist du in Ordnung?« Im ersten Moment konnte ich nur wie benommen nicken. Vorsichtig half er mir beim Aufstehen. Meine Handflächen brannten und mein Hut lag auf dem Boden, aber ansonsten war mir nichts passiert. Um uns herum schien es verwirrend still zu sein.

Joaquíns Hand nach wie vor an meinem Ellbogen, stolperte ich ein paar Schritte zu einem flachen Felsen, ließ mich darauf fallen und holte mehrmals zittrig Atem. Irgendwie hatte ich immer noch das Bild des Hengstes vor mir. Auf der Hinterhand, die Vorderhufe in der Luft, mit gebleckten Zähnen …

Joaquín kniete sich vor mich. »Bist du in Ordnung? Was ist mit deinen Händen? Zeig sie mir.«

Ich zog sie nur noch näher an mich heran.

Etwas wie ein Schatten huschte über seine Züge. »Ich hätte vorsichtiger sein müssen. Immerhin weiß ich, dass mit ihm nicht gut Kirschen essen ist, wenn er glaubt, seine Herde ist in Gefahr. Und ich bin für ihn inzwischen nun mal nur noch ein anderes Raubtier.« Er schüttelte den Kopf, unübersehbar ärgerlich über sich selbst. »Lo siento.«

Meine Handfläche brannte immer mehr. Ich zwang mich, ruhig zu atmen. Ein. Aus. Ein. »Was heißt das?« Meine Stimme klang dünn.

»Es tut mir leid.«

Also, was ich angenommen hatte. Ich nickte, atmete erneut einmal tief ein und aus. Mit ihm so dicht vor mir war das nicht leicht. »Warum sprichst du so oft spanisch?«

Eine Sekunde erschienen feine Falten auf seiner Stirn. Dann waren sie wieder verschwunden. »Amerikanisch. Spanisch. Für mich ist das gleich.« Er zuckte mit den Schultern. »Als Estéban noch lebte, haben wir auf Santa Reyada eigentlich nur spanisch gesprochen. Und die meisten alten Leute in San Isandro sprechen besser spanisch als amerikanisch.«

»Warum spricht Cris es dann nie? Ich meine, wenn ihr früher zu Hause …«

»Das musst du ihn selbst fragen. Vielleicht weil er ein paar Jahre auf einem Internat war? Auf einem, auf dem ›spanisch sprechen‹ gleichbedeutend war mit ›Latino‹ und ›minderwertig‹, um nicht zu sagen ›Abschaum‹? Und mit hell gefärbten Haaren geht Cris problemlos als ›Weißer‹ durch.«

»Was ist mit dir?«

»Ich lege es erst gar nicht darauf an.«

»Warst du auf derselben Schule?«

»Ich war auf gar keiner.«

Es gelang mir nicht, meine Verblüffung zu verbergen.

Er verzog den Mund. »Ich hatte Privatlehrer. Estéban wollte das Risiko nicht eingehen, seinen kostbaren Erstgeborenen aus dem Haus zu lassen.« Jedes Wort triefte vor bitterem Spott. »Erst als …« Die Winzigkeit eines Zögerns. Beinah sah es aus, als wolle er die Hand zur Faust schließen. Stattdessen presste er sie flach auf seinen Oberschenkel. »Erst später habe ich es durchgesetzt, dass ich zur Universität durfte. Die hier«, er drehte die Arme, zeigte mir die Tätowierungen auf den Innenseiten, »waren der Preis dafür.«

Ich verschränkte die Finger ineinander, weil ich sonst die Hände danach ausgestreckt hätte. Zum ersten Mal sah ich sie richtig, konnte ich sie in Ruhe betrachten. Ich erkannte einige der Zeichen als Siegel, die anderen … wirkten … düster, bedrohlich. Sie waren nicht nur in Schwarz gestochen, auch wenn diese Farbe dominierte, sondern auch in einem dunklen Blau, das ebenfalls nahezu schwarz wirkte, in einem ebenso dunklen Grün und in einem Rot, das fast wie Blut aussah. Bei einigen waren zwei oder mehr Symbole regelrecht ineinander verwoben. Und da war auch das ›halbe‹ Tattoo, das ihn laut Cris mit Rafael verband und dem Zugriff auf *seine* Macht gab.

»Was bewirken sie? Und … wieso waren sie der ›Preis‹, dass du gehen durftest?«

»Es sind Schutzsiegel. Sie machen weitestgehend immun gegen Beherrschungszauber und Ähnliches.« Wieder war da dieser Schatten auf seinen Zügen, nur dass er diesmal länger blieb. »Und ganz nebenbei hat Estéban mich damit … ›gekennzeichnet‹. Als seinen Sohn, seinen Erben. Sein … Eigentum. Jeder, der auch nur halbwegs eingeweiht war, wusste, wer ich war. Und was ihn erwartete, wenn er auch nur mehr als ›Piep‹ gegen mich sagte. Diese ewige, elende Duckmäuserei war mir … ähh! – Die Gelegenheiten, bei denen ich seitdem in der Öffentlichkeit etwas getragen habe, das keine langen Ärmel hatte, kannst du an einer Hand abzählen.« Mit einer beinah abrupten Bewegung richtete er sich von den Knien auf und ging den Rucksack von dort holen, wo er ihn zuvor fallen gelassen hatte.

Schweigend sah ich ihm nach. Und wieder ein Teil in dem Puzzle, das Joaquín de Alvaro hieß. Ob es ihm bewusst war?

Er kam zu mir zurück, stellte den Rucksack neben mir auf den Stein und beugte sich abermals zu mir. »Ist wirklich alles in Ordnung? Du bist noch immer weiß wie ein Laken«, fragte er noch einmal.

Ich nickte erneut. Und rutschte gleichzeitig möglichst unauffällig ein Stück von ihm weg. Dass er seinerseits zurücktrat und mir mehr Raum ließ, sagte mir ziemlich deutlich, *wie* unauffällig ich gewesen war.

Als wollte er sie sauber wischen, rieb er mit den Händen über seine Oberschenkel. »Rafael kommt übrigens nach Hause zurück. Je nach dem, wie er einen Flug bekommt, heute Nacht oder morgen früh. Er zieht mal wieder first class mit Rundumservice und gut aussehenden Stewardessen meinem Jet mit Selbstbedienung und Lope und seinem Kopiloten als Gesellschaft vor. Ich soll dir Grüße bestellen und dich ›vorwarnen‹.«

»Vorwarnen?«

»Dass er wieder da sein wird und du erneut das Vergnügen haben wirst, in den Genuss seines unwiderstehlichen Charmes zu kommen.«

Ich schnalzte mit der Zunge, bemühte mich um einen unbeschwerten Tonfall. »Charme? Welcher Charme?« Einen Moment zögerte ich. »Was hast du eigentlich zu ihm gesagt, in der Nacht, als er mich nach Santa Reyada gebracht hat?«, fragte ich dann doch.

Der Hauch eines Lächelns, der eben noch in seinem Mundwinkel gewesen war, war mit einem Schlag wie weggewischt. Stattdessen presste er plötzlich die Lippen zu einem harten Strich zusammen. Sekundenlang.

»Ich habe ihn gefragt, warum er dich hergebracht hat. Und ihn ein ›Rindvieh‹ genannt«, sagte er endlich.

Er hatte mich nicht auf Santa Reyada haben wollen? Für einen Moment wusste ich nicht, was ich sagen sollte. War sein ›*Sie hätten dich niemals finden sollen*‹ so ganz anders gemeint gewesen, als ich es verstanden hatte? »Warum?« Meine Stimme klang dünn, als ich sie schließlich doch wiederfand.

Er sah beiseite, starrte auf einen Punkt auf dem Felsen, direkt neben der Stelle, an der ich saß. Sein Schweigen war … ernüchternd. Tat weh. Ohne dass ich mir selbst erklären konnte, warum.

Als es zu lange dauerte, stand ich auf, machte kehrt, ging zum anderen Ende des Felsens. Das Wasser plätscherte und gurgelte, schwappte immer wieder über den Rand. Ich sah ihm dabei zu. Sekunden. Minuten. Ewigkeiten. Weder rührte Joaquín sich hinter mir, noch sagte er etwas.

Irgendwann setzte ich mich, zog Schuhe und Strümpfe aus, rutschte ein Stück näher an den Rand und stellte meine Füße dorthin, wo das Wasser über sie hinwegspülen konnte. Es war wunderbar kühl. Und so klar, dass man jeden Kiesel in ihm perfekt erkennen konnte. Ich schloss die Augen. Legte die Handflächen rechts und links von mir flach auf den Stein. Ignorierte, dass sich das Brennen verstärkte. Konzentrierte mich stattdessen auf die Wärme des Steins unter ihnen.

Ich biss die Zähne zusammen, als ich ihn irgendwann dichter hinter mir spürte. Schweigend. Scheinbar bewegungslos.

»Warum?« Wie lange es dauerte, bis ich die Frage endlich stellte, wusste ich nicht genau. Es war mir auch egal.

»Warum was?« Er kam näher. »Warum ich dich nicht auf Santa Reyada haben wollte?«

Ich wollte Ja sagen. Doch mit einem Mal waren da noch ganz andere Fragen in meinem Kopf: Warum hassten und fürchteten ihn die Leute in San Isandro nicht? Warum war da alles so anders, als Tante María es mir immer beschrieben hatte? Warum war *er* so anders?

»Tante María hat immer …«

»Warte mal! *Tante* María?« Sein Tonfall brachte mich dazu, mich zu ihm umzudrehen. Entschieden schüttelte er gerade den Kopf. »María war nicht deine Tante!«

Was? Ich bekam das Wort nicht heraus. Starrte ihn nur an.

»María war nicht deine Tante«, wiederholte er, als ich nach

einem Augenblick noch immer keinen Laut von mir gegeben hatte. »Sie war wahrscheinlich noch nicht einmal entfernt mit dir verwandt.«

Ein Zittern kroch in meinem Inneren empor. Nein, kein Zittern; ein Wimmern. »W-was?« Das konnte nicht sein! Nein!

Abermals schüttelte er den Kopf. Ebenso entschieden wie zuvor. »Genau das hat sie damals auch behauptet, als sie kurz vor Weihnachten auf Santa Reyada auftauchte. – Sie sagte, sie sei die Schwester deines Vaters, dass deine Mutter dich gegen seinen Willen zu uns gebracht hätte, dass er vor einigen Wochen gestorben wäre und dass es sein letzter Wille gewesen sei, dass sie dich von uns wegholt und zu sich nimmt. Sie hatte sogar die entsprechenden Papiere dabei. Du wolltest um keinen Preis mit ihr gehen. Auf den ersten Blick war alles echt und absolut legal. Auch noch auf den zweiten. Selbst Estéban hat Tage und Hunderte von Anrufen gebraucht, bis er den Schwindel aufdecken konnte. Aber bevor er sie zur Rede stellen konnte, war sie spurlos verschwunden.«

Das Wimmern kroch immer höher, stieg in meine Kehle. Das konnte nicht sein. »Hat sie mich damals …«

»… mitgenommen? – No.«

»Aber wie …«

»Sie kam wieder. In der Weihnachtsnacht. Als Estéban nicht da war. Und beim zweiten Mal war sie nicht allein. – Ich konnte nicht verhindern, dass sie dich mitgenommen hat.« Seine Stimme war zu kaum mehr als einem Flüstern herabgesunken.

»Aber wieso? Was … was wollte sie von mir, mit mir? Ich … ich hatte doch nicht …« Die Worte kamen nur als Stammeln aus meinem Mund.

»Wir haben es bis heute nicht herausgefunden. Sie muss für jemanden gearbeitet haben. Alles andere würde keinen Sinn machen. Aber ob ihr Auftraggeber zur Hermandad oder dem Ordre gehört hat …« Er hob die Schultern. »Es gab keinerlei Hinweise in irgendeine Richtung. Noch nicht einmal über die Männer, die sie dabeihatte. Und es war kein Geheimnis, dass du bei uns warst, was du warst und was du werden solltest. Jeder wäre infrage gekommen.«

Ich saß da. Schüttelte den Kopf. Wieder und wieder und wieder. Schlang die Finger ineinander, löste sie, schlang sie wieder ineinander. »Warum hat sie mich dann bei sich behalten?« Wenn ich doch nicht mit ihr verwandt gewesen war. Wenn sie tatsächlich für jemanden gearbeitet hatte. Es war nie Geld da gewesen. Warum hatte sie mich nicht demjenigen übergeben, der hinter alldem gestanden hatte? Sie hätte es so viel einfacher haben können, ohne mich. Essen, die Kleider für mich, alles hatte Geld gekostet. Immer unterwegs. Niemals lange an einem Ort. Ich hatte manchmal nächtelang im Auto geweint. Einmal weil ich meinen Stoffhund bei einem Stopp im Waschraum vergessen hatte. Sie hatte nicht zurückfahren wollen, obwohl es erst ein paar Meilen gewesen waren. Irgendwann hatte sie mich mit einer Ohrfeige zum Schweigen gebracht. »Warum?«

»Möglicherweise ist ihr klar geworden, dass sie für ihren Auftraggeber wertlos wird, sobald sie ihren Zweck erfüllt und dich bei ihm abgeliefert hatte. Obendrein war sie eine Mitwisserin; sie am Leben zu lassen, hätte ein Risiko für ihn bedeutet. Wer garantierte ihm, dass sie den Mund hielt, sollte Estéban sie doch irgendwann in die Finger bekommen? Solange sie dich bei sich hatte und niemand außer ihr wusste, wo du warst, war sie verhältnismäßig sicher. Auch vor Estéban. Mit dir hatte sie ein Druckmittel gegen beide Seiten. Du warst ihre Lebensversicherung.«

Lebensversicherung. Ich war eine Lebensversicherung gewesen. Etwas in mir krümmte sich, schrie. Nur mit Mühe verhinderte ich, dass der Schrei aus mir herausbrach. Zwang mich zu atmen.

Aber stimmte überhaupt, was er sagte? War das nicht alles nur ein weiterer seiner Tricks? Was, wenn er log? – Und was, wenn er die Wahrheit sagte? Was war noch alles eine Lüge gewesen? – Was war jetzt eine?

»Aber … aber ich dachte, ihr könnt eine Blutbraut spüren. Du hast gesagt, sie hätten mein Blut gegen deines getestet. Du hast gesagt, ich wäre wie ein Waldbrand …«

»Du warst zu jung. Man kann schon sehr früh herausfinden, ob ein Mädchen später einmal eine Sanguaíera wird oder nicht; ob sie für einen Hexer passt oder nicht. Aber spüren kann man sie erst, wenn sie … wenn sie zum ersten Mal … blutet.«

Blutet? Es dauerte Sekunden, bis ich begriff, was er meinte. Ich hatte meine Periode sehr spät bekommen. Und keinen Tag danach hatte der *andere* mit seinen Handlangern vor unserer Tür gestanden, hatte uns in sein Versteck geschleift. Und Tante María getötet. Der Laut, der über meine Lippen kam, war Schluchzen und Stöhnen zugleich. Bevor er über mich hergefallen war. Über mich … mir die Zähne in den Hals geschlagen hatte … Ich hatte versucht, aus der Handschelle herauszukommen … Der Steinbrocken … ich hatte ihn immer wieder über mein Gelenk gezogen; wie ein Messer … Das Metall war glitschig vom Blut gewesen …

»Luz …«

Ich schüttelte den Kopf, heftig, abwehrend. *Er* war wie der andere. »NEIN!« Hoch und schrill. »Geh weg! Lass mich!« Ich schlug nach ihm, stieß ihn von mir, schob mich zurück. Wasser schwappte über meine Beine, durchnässte meine Hose. Beinah wäre ich von dem Felsen gerutscht. Blitzschnell hatte er zugegriffen, hielt mich fest, zog mich ein Stück vom Wasser weg. Ich schrie. Ebenso schnell hatte er mich wieder losgelassen, trat zurück. Ich lag auf den Knien, kauerte mich zusammen. Sie hatten mir in der Klinik Pillen gegeben, damit ich nicht schrie. Ob ich wollte oder nicht.

»Luz …« Er ging vor mir in die Hocke, streckte die Hand nach mir aus. Mit einem hohen Laut machte ich mich noch kleiner. Seine Hand sank herab. Mein Atem flog, als wäre ich wie eine Besessene gerannt. Ich schluckte. Schluckte. Schluckte. Wieder und wieder. Versuchte, mein Keuchen unter Kontrolle zu bekommen, die Panik. *Er* war nicht der andere. Wir waren nicht in irgendeinem Keller. Da waren keine nackten Betonwände. Es war nicht Nacht. Und Tante María hatte mich nicht belogen. Sie war meine Tante. Sie musste es gewesen sein. Das alles konnte keine Lüge gewesen sein. Das war nicht möglich. Ich hatte meine Strümpfe ja auch für den Weihnachtsmann aufgehängt und er hatte mir etwas hineingetan. Manchmal.

»Du lügst!« Ich hob den Kopf, biss mir auf die Lippe, sah ihn an. »Du lügst!« Hatte ich beim ersten Mal nur ein Flüstern zustande gebracht, kamen die Worte jetzt viel zu laut.

Einen Moment sagte er nichts, musterte mich einfach nur. Doch dann nickte er. »Wenn du das glauben musst, um damit klarzukommen …« Sein Tonfall sagte etwas anderes. *›Du weißt, dass es wahr ist.‹*

Da war wieder dieser Schrei in mir. ›*Ja!*‹ Ich schüttelte den Kopf, presste die Hände gegen meine Schläfen. »Geh weg!«, verlangte ich heftig.

Ohne den Blick von mir zu nehmen, richtete er sich auf. »Wie du willst. Ich bin ein paar Meter den Fluss hinauf. Du wirst mich die ganze Zeit sehen können. Ruf, wenn etwas ist.«

Wieder schüttelte ich den Kopf. Er nickte nur, trat rückwärts von mir zurück, drehte sich erst um, als er den Rand des Felsens erreichte, sprang hinunter. Der Kies knirschte unter ihm.

Ich saß einfach nur da. Versuchte herauszufinden, was Wahrheit war und was Lüge. Kramte in meinem Gedächtnis nach Situationen, nach Gesten, Bemerkungen meiner *Tante,* die mir einen Hinweis gegeben hätten. Irgendeinen. Nichts. Nichts, was mir eindeutig gesagt hätte, dass ich nur eine ›Lebensversicherung‹ für sie gewesen war. Aber auch nichts, was mir gesagt hätte, dass sie tatsächlich meine Tante gewesen war. Hatte sie mich jemals in den Arm genommen? Richtig. Wie man jemanden in den Arm nahm, den man zumindest ein kleines bisschen gernhat? Nein. Ich zog die Beine enger an den Leib. – Musste sie mich denn gernhaben, wenn sie nur den letzten Willen ihres Bruders erfüllte? Konnte man das so einfach von ihr erwarten? Ein Mädchen gernzuhaben, das sie nicht kannte? Auch nur ein ganz klein wenig? Der Stoff meiner Hose klebte unangenehm kalt auf meiner Haut. Sie hatte mir niemals irgendetwas über meine Eltern erzählt. Sosehr ich auch gefragt und gebettelt hatte. Niemals. Und weshalb hatte sie zum Beispiel nicht gewusst, dass mein Blut für *ihn* nutzlos war, wenn ich es ihm nicht freiwillig gab? Oder wenn sie es gewusst hatte, warum hatte sie es mir nicht gesagt? Dass sie es nicht getan hatte, konnte doch eigentlich nur bedeuten, dass sie es nicht gewusst hatte. Wenn sie nur die Schwester meines Vaters war, konnte sie es denn wissen? Hatte Joaquín nicht gesagt, die Moreiras hätten nicht nur Blutbräute ›hervorgebracht‹, sondern auch Hexer? Wenn meine Mutter eine Moreira war, hätte sie es nicht auch wissen müssen? Weshalb kannten mich alle unter ›Moreira‹, dem Nachnamen meiner Mutter, und nicht dem meines Vaters? Hatte sie ihn behalten? Weshalb hätte sie das tun sollen? Ich barg den Kopf in den Armen, einmal mehr mit dem Gefühl, mich im Kreis zu drehen.

Aber da war noch etwas: Warum konnte ich mich nicht an die Zeit vor der mit Tante María erinnern? Warum hatte ich keine Erinnerung daran, dass ich auf Santa Reyada gelebt hatte; mit Cris und *ihm?* Warum konnte ich mich nicht erinnern?

Als mir bewusst wurde, dass ich mich vor- und zurückwiegte, zwang ich mich dazu, damit aufzuhören.

Über mir schrie ein Raubvogel sein »Kijaa. Kijaa«. Ich sah auf, suchte den Himmel nach ihm ab, beobachtete, wie er seine Kreise dort oben zog, immer höher stieg, zur Sonne hinauf, bis ich ihn vor ihrem grellen Licht nicht mehr erkennen konnte, die Augen schließen musste. Als ich sie wieder öffnete, suchte ich unwillkürlich nach *ihm.* Da! Wie er gesagt hatte. Nur ein kurzes Stück weiter den Fluss entlang. Er saß auf einem Felsen, die Füße im Wasser. Wann hatte er die Schuhe ausgezogen? Halb von mir abgewandt, dass ich nur sein Profil sehen konnte. Sah dem Wasser zu, wie es vor ihm dahingurgelte, und ließ dabei anscheinend kleine Steine von einer Hand in die andere fallen … hin und her … hin und her … Und trotzdem hatte ich das Gefühl, dass ihm noch nicht einmal die kleinste Bewegung von mir entging. Ich schaute beiseite. Mein Blick fiel auf meine Füße, blass und schmal. Klein. Es war absurd, aber plötzlich wünschte ich mir, meine Zehennägel wären lackiert. Ich hatte einmal einen dunkelvioletten Nagellack besessen; gefunden in der Dusche eines dieser privaten Fitnessräume und mitgenommen. Vermutlich hatte ich den gleichen in meinem Badezimmer auf Santa Reyada stehen. Ein bisschen Chic in meiner grauen Welt. Ob es *ihm* wohl aufgefallen wäre? Es war nicht fair gewesen, ihn einen Lügner zu nennen, nach ihm zu schlagen, ihn wegzuschicken.

Zögernd rutschte ich von dem Felsen herunter und ging auf ihn zu. Der Kies war warm. Als ich ihn beinah erreicht hatte, ließ er die Steine in den Fluss rieseln und erhob sich, sah mir schweigend entgegen. Direkt am Wasser blieb ich stehen.

»Es tut mir leid.«

»Was? Dass du mich geschlagen hast, als ich dir etwas sagte, das dir den Boden unter den Füßen weggezogen hat, und als ich dir dann auch noch zu nahe gekommen bin? Glaub mir, da habe ich bei beiden Gelegenheiten schon deutlich heftigere Reaktionen ausgelöst. Und sie alle überlebt.« Er wischte sich die Hände an seiner Jeans ab, musterte mich einen Moment, bevor er kurz die Schultern hob. »Du musst dich nicht entschuldigen. Wenn man plötzlich nicht mehr weiß, was man glauben soll oder wem, darf man schon einmal schreien und um sich schlagen. Ich bin dir nur dankbar, dass du nicht mit dem Dolch auf mich losgegangen bist.«

Unwillkürlich tastete ich nach dem Mordwerkzeug, hinten, im Bund meiner Hose. Den ganzen Nachmittag hatte sein leichter Druck gegen meinen Rücken mich daran erinnert, dass es da war, und dann hatte ich es glatt vergessen. Ehe ich etwas sagen konnte, sprach er schon weiter: »Dich zu fragen, ob alles in Ordnung ist, wäre der blanke Hohn, also lasse ich es.«

Abermals musterte er mich, neigte den Kopf ein klein wenig zur Seite. »Möchtest du nach Hause? Es ist ohnehin bald Zeit.«

Nach Hause? Für ihn war das Santa Reyada. Für mich … gab es das nicht.

Trotzdem nickte ich.

25

Der Lack des Geländewagens glänzte wie ein Leuchtfeuer in der Sonne, als wir wieder zum alten Santa Reyada hinabstiegen.

Den ganzen Weg aus dem Cañon heraus hatten wir kaum gesprochen. Gar nicht, wenn man es genau nahm. Ich hatte versucht, mir all das um mich her einzuprägen, Erinnerungen daran mitzunehmen, aber irgendwie schien über jedem Grashalm, jedem Stein plötzlich ein grauer Schleier zu liegen. Der mit jedem Mal grauer wurde, wenn sich Tante María einmal mehr ungebeten in meine Gedanken schob. *Er* schien es genau zu spüren und ging einfach nur schweigend neben mir her. Doch wann immer ich zu ihm hinsah, erwiderte er meine Blicke, wortlos. Und obwohl ein Teil von mir sich immer noch dagegen wehrte, dass alles, was ich über – und von – *Tante* María wusste, möglicherweise nur eine Lüge gewesen war, war ein anderer Teil mit jedem Mal mehr bereit, *ihm* zu glauben. – Offenbar gab es in meinem Leben tatsächlich nur eine Konstante, von der ich absolut zweifelsfrei wusste, dass sie wahr war: Ich war eine Blutbraut. *Seine.*

Die Sonne stand bereits so tief, dass sie schon zur Hälfte hinter dem Horizont versunken zu sein schien und die Mauern der Ruinen mit Feuer überzog, als wir den Fuß des Hanges schließlich erreichten. Über der Sierra jenseits der Häuser hing immer noch ein Flimmern. Beinah hätte man meinen können, der Boden stünde in Flammen.

Er hatte den Autoschlüssel schon in der Hand gehabt, als wir den Wagen noch gar nicht erreicht hatten. Jetzt öffnete er mir die Beifahrertür. Nach wie vor ohne etwas zu sagen. Der Lack strahlte eine solche Hitze ab, dass man sich vermutlich an ihm verbrannte, falls man ihn auch nur aus Versehen berührte. Nun ja. Es war ja nicht so, dass es hier irgendwelchen Schatten gegeben hätte, in dem er ihn hätte abstellen können.

Ich stieg ein, während er nach hinten ging, um Rucksack und Wasserflaschen im Gepäckraum zu verstauen. Die Luft im Innern war stickig. Ohne zu wissen, wohin damit, nahm ich den Hut ab, legte ihn schließlich auf den Rücksitz. Der Griff des Dolches drückte sich in mein Kreuz. Ich zog ihn aus dem Bund, drehte ihn einen Moment unschlüssig in der Hand. Vorhin war er im Handschuhfach gewesen. Also dorthin zurück mit ihm. Beinah erwartete ich, darin noch irgendwelche weiteren Mordwerkzeuge zu finden. Bis auf ein paar Zettel, Stift und … bunte Kreide war es leer. Sah man einmal von seinem Handy ab.

Er schlug die Heckklappe im selben Moment zu, in dem ich meine Tür schloss, kam um den Wagen herum, stieg seinerseits ein und steckte den Schlüssel in die Zündung. Und hielt inne. Legte die Hände um das Lenkrad, fest. Sein Blick ging zu mir. Prüfend. Nachdenklich. Beinah … fragend. Seinen Hut musste er ebenfalls im Gepäckraum gelassen haben. Dann schüttelte er den Kopf, als habe er sich gegen irgendetwas entschieden.

»Ich muss dir etwas sagen.« Wieder ein Kopfschütteln, als ich den Mund öffnete. »Nicht jetzt auf der Fahrt. In Ruhe. Wenn wir wieder zu Hause sind. – Oder vielleicht ist es sogar besser, wenn ich es dich selbst sehen lasse.« Er nahm eine Hand vom Lenkrad, griff nach dem Schlüssel, drehte ihn. Nichts geschah. Von einer Sekunde zur anderen hatte er die Brauen zusammengezogen, war eine tiefe, senkrechte Linie auf seiner Stirn. Wieder drehte er den Schlüssel. Wieder rührte sich nichts. Joaquín zischte einen Fluch.

»Was ist?«

Anstatt mir zu antworten, griff er an der Seite unters Armaturenbrett – ein leises Klacken ertönte –. stieß seine Tür auf, stieg aus, ging zur Schnauze des Wagens und öffnete die Motorhaube. Jede seiner Bewegungen schrie fast vor Anspannung und Ärger. Mit einem unguten Gefühl kletterte ich ebenfalls hinaus und trat neben den Kotflügel. Er hatte sich über den Motor gebeugt, rüttelte an Kabeln, prüfte Steckverbindungen, griff tief in die Spalten hinein, tastete scheinbar blind darin herum, auf der Suche nach was auch immer. Und fluchte weiter auf Spanisch.

»Was ist?«, wiederholte ich vorsichtig.

»Er springt nicht an.«

Als ob mir das entgangen wäre! Ich verbiss mir den Kommentar. Im Augenblick hätte ich damit vermutlich eine Explosion ausgelöst.

»Setz dich auf meine Seite und dreh noch mal den Schlüssel in der Zündung. Vielleicht sehe ich dann, woran es liegt.« Sein Tonfall hatte etwas von Kasernenhof und Gnade-dir-Gott-wenn-du-widersprichst.

Wortlos schob ich mich auf den Fahrersitz. Und zögerte angesichts der *drei* Pedale unter dem Lenkrad.

»Tritt das linke Pedal ganz durch und halte es getreten.« Offenbar war ihm aufgefallen, dass ich etwas länger brauchte, um seine Anweisung zu befolgen. »Dann dreh den Schlüssel und gib ganz leicht Gas. Das rechte Pedal.« An seinem Ton hatte sich nichts geändert.

Gehorsam tat ich, was er mir befohlen hatte. Wieder geschah nichts.

»Noch mal!«

Abermals drehte ich den Schlüssel, gab Gas. Keine Reaktion. Hinter der Motorhaube erklang ein Krachen, als hätte er mit ziemlicher Wucht irgendwo dagegengeschlagen. Oder getreten. O.k., hier lief eindeutig etwas nicht so, wie er es wollte. Wobei ich nicht sicher war, ob er tatsächlich ›nur‹ wütend war, weil der Wagen nicht ansprang. Ich hatte beinah den Eindruck, dass da noch etwas war. Mir zumindest wurde allmählich immer mulmiger zumute.

Ich zuckte zusammen, als er die Motorhaube geräuschvoll zuknallte. Gleich darauf beugte er sich zur Beifahrerseite herein und holte sein Handy aus dem Handschuhfach.

»Was ist?«

»Er springt nicht an und ich habe keine Ahnung, warum. Theoretisch dürfte das gar nicht sein. Miguel hat ihn erst vor zwei Wochen routinemäßig durchgecheckt. Da war alles …« Er beendete den Satz nicht, starrte auf das Display des Handys. Nach seinem Gesichtsausdruck zu schließen, würde er jetzt tatsächlich jede Sekunde explodieren. Möglichst unauffällig drückte ich mich in den Sitz und zur Tür hin, versuchte, nicht zu atmen. Doch das Wutgebrüll, mit dem ich gerechnet hatte, kam nicht.

Betont vorsichtig, als könne es bei der kleinsten Erschütterung auseinanderfallen, legte er das Handy auf den Sitz, richtete sich wieder auf, schloss die Tür hinter sich, ging steif zum

Brunnen hinüber und stützte sich mit beiden Händen auf den Rand. Was genau er tat, konnte ich nicht erkennen. Es sah jedoch fast so aus, als würde er seine Wut in die Tiefe hinunterbrüllen. Erst Minuten später stieß er sich endlich wieder von den Steinen ab, drehte sich um und kam zurück.

»Der Akku ist leer«, teilte er mir in geschäftsmäßig kühlem Ton mit, während er neben mir auf den Sitz glitt. Ich schwieg, wartete, was noch kam. »Heute Morgen war er voll. Abgesehen von meinem Gespräch mit Kevin. Bevor ich das Handy vorhin ins Handschuhfach gelegt habe, hatte ich es ausgeschaltet. Darauf leiste ich notfalls sogar einen Bluteid. Jetzt ist es tot.«

Es dauerte eine Sekunde, bis mir klar wurde, was das bedeutete.

»Es war jemand hier?«

»Er hat den Wagen lahmgelegt – weiß der Teufel wie, ich kann den Fehler zumindest nicht finden – und dafür gesorgt, dass ich noch nicht einmal Cris oder Jorge anrufen kann, damit man uns vor Sonnenuntergang hier abholt. Sí. Und wenn ich genau darüber nachdenke, würde ich fast wetten, dass er irgendwo einen Peilsender angebracht hat.« Er verpasste dem Armaturenbrett einen wütenden Schlag. »Ich bin ein solcher Vollidiot. Warum habe ich nicht mit so was gerechnet?«

Bedeutete das, wir saßen hier fest? Ich. Mit *ihm.* Mein Blick zuckte zur untergehenden Sonne. Oh mein Gott. »Wer wusste, wo wir hinfahren?« Ich versuchte, das Beben aus meiner Stimme herauszuhalten.

»Niemand.« Das Wort war ein Zischen. »Was wiederum bedeutet, dass sich jemand an dem Wagen zu schaffen gemacht haben muss, bevor wir heute Morgen los sind.« Abermals knallte seine Hand gegen das Armaturenbrett. »Aber das kann nicht sein. Kein Fremder treibt sich unbemerkt auf Santa Reyada herum. Das ist unmöglich. Die Wardings … No! Es ist unmöglich!«

»Und wenn es«, ich schluckte, »einer von deinen eigenen Leuten war?«

Die Augen gefährlich schmal, sah er mich an. »No.« Er schüttelte den Kopf. »No. Meine Leute sind loyal. Ich lege für jeden Einzelnen von ihnen meine Hand ins Feuer. Keiner von ihnen würde … No!«

Ich rieb die Handfläche gegen meinen Oberschenkel. Wir hatten mit dem Wagen eine Dreiviertelstunde von Santa Rayada bis hierher gebraucht. Wie lange würde es wohl dauern, wenn wir zu Fuß querfeldein gingen? »Dann müssen wir eben laufen.«

Ein neuerliches Kopfschütteln. »Es ist zu weit.«

»Ich schaffe es schon.«

Der Blick, mit dem er mich bedachte, war kalt. »Nicht du bist das Problem, Lucinda, sondern ich. Wenn die Sonne untergeht …« Ich riss die Augen auf, als ich begriff, worauf er hinauswollte. Auch wenn uns jemand hier draußen hätte abholen müssen, hätten wir es wahrscheinlich selbst jetzt noch bis Sonnenuntergang zurück geschafft. Aber so … Ein dünnes, humorloses Lächeln zuckte über seine Lippen, als er sah, dass ich verstanden hatte. »Und wem auch immer wir das hier zu verdanken haben, er wird über kurz oder lang hier auftauchen. Und wenn wir nicht mehr hier sind, nach uns suchen.« Er stemmte die Hand gegen das Armaturenbrett und starrte eine Sekunde geradeaus, durch die Windschutzscheibe. »Wer auch immer es ist, ich möchte nicht draußen in der Sierra von ihm überrascht werden. No. Da erwarte ich ihn lieber hier, auf meinem eigenen Territorium, und kann ganz nebenbei noch dafür sorgen, dass du in Sicherheit bist, was immer auch geschieht.«

»Wird Cris nicht nach uns suchen, wenn wir nach Sonnenuntergang noch nicht zurück sind?«

»Darauf sollten wir nicht setzen. Er weiß ja noch nicht einmal, wo ich mit dir hin wollte.« Sein Blick kehrte zu mir zurück. »Wir haben nur eine Möglichkeit: Wir bleiben hier und erwarten sie in der alten Kirche.«

»Sie?« Diesmal bebte meine Stimme doch.

»Wer auch immer es ist: Er wird nicht allein sein.« Seine Hand ballte sich zur Faust. »Wobei ich fast fürchte, wir bekommen es mit Nosferatu zu tun, da sie es offenbar riskieren, sich mit mir nach Sonnenuntergang anzulegen. Nachdem vermutlich die Hälfte der Hermandad schon weiß, wie es um mich steht, würde das keiner mehr wagen. Zumindest nicht, wenn er noch halbwegs bei Verstand ist. Ein Nosferatu hingegen hätte keine andere Wahl.«

Nosferatu? Oh, bitte nicht! Mein keuchender Atemzug entlockte ihm ein bitteres Lächeln. »Dachtest du, wir hätten von dieser Seite nichts zu befürchten? Schön wär's. – Ein paar von ihnen können es vermutlich kaum erwarten, bis es mit mir vorbei ist. Jemand mit meiner Macht in ihren Reihen ... die Hermandad hätte ein massives Problem. Aber es gibt auch genug unter ihnen, denen ich tot deutlich lieber bin. Auch unter den Nosferatu hätten die wenigsten die Macht, sich mir entgegenzustellen.« In einer kleinen Bewegung schüttelte er den Kopf. »Die Krähen hier hacken gerne eine der anderen die Augen aus.«

»Aber wenn es ein Nosferatu ist und er bei Tag nicht herauskann, dann ...«

»… dann hat er jemanden in seinen Diensten, der das kann und die Drecksarbeit für ihn erledigt. Sí.« Er spreizte die Finger, presste die Handfläche auf das Armaturenbrett. »Wie man es auch dreht und wer auch immer dafür verantwortlich ist: Ich habe ihm uns beide hier draußen auf dem Silbertablett geliefert.«

Abermals gab ich ein Keuchen von mir. Hoch und hilflos diesmal. Etwas in seinem Blick veränderte sich, wurde … weich?

»Du musst keine Angst haben, Luz. Dir wird nichts geschehen. Bei meiner Seele. Oder dem, was noch davon übrig ist.« Seine Worte zogen meine Kehle zusammen. Die Bewegung, mit der er sich vorbeugte und das Handschuhfach öffnete, ließ mich dennoch zurückzucken. Als er den Dolch darin entdeckte, runzelte er unwillig die Stirn. Gleich darauf hielt er mir das Mordwerkzeug auf dieselbe Art wie schon heute Morgen entgegen: den Griff voraus. »Ich will, dass du den die ganze Zeit bei dir trägst. Und dass du ihn benutzt, wenn es sein muss. Verstanden?«

Meine Finger bebten, als ich sie um das Heft schloss und nickte.

»Gut. – Auf dem Rücksitz liegt eine Decke. Bring sie mit und dann komm. Wir haben noch ein paar Dinge vorzubereiten, bevor die Sonne endgültig untergegangen ist.« Er nahm die Kreide aus dem Handschuhfach und stieg aus. Eine Sekunde saß ich noch irgendwie perplex da, dann folgte ich ihm hastig, zog im letzten Moment noch den Autoschlüssel aus dem Schloss. An der Seite des Wagens vorbei beobachtete ich verwirrt, wie er aus dem Gepäckraum Rucksack und Wasserflaschen herausholte und sich dann der Kirche zuwandte. Auf gleicher Höhe mit mir blieb er jedoch noch einmal stehen, nickte zum Rücksitz des Autos hin. »Die Decke, Luz, mach schon!« Diesmal klang er ungeduldig.

Ich schob den Dolch wieder hinten in den Bund meiner Hose, klaubte die Decke aus dem Wagen und hastete ihm nach. An der Tür der Kirche erwartete er mich. Gerade so lange, bis ich ihn erreicht hatte, dann wandte er sich um und ging hinein. Direkt zu der freien Fläche vom Altarraum. Die Decke vor die Brust gedrückt, trat ich ebenfalls ein. Ich blieb abrupt stehen, als er vor dem steinernen Geländer auf ein Knie sank und sich bekreuzigte. So als sei es das Normalste von der Welt. *Er!* Gerade als er sich erhob, setzte ich mich wieder in Bewegung. Und hoffte, dass er meine Überraschung nicht bemerkt hatte.

Er hatte sich wieder von dem Altarraum abgewandt, den Rucksack ein paar Meter vom Geländer entfernt, weiter zu mir hin, auf den Lehmfliesen abgesetzt und winkte mich jetzt zu sich. Ich folgte seiner Geste, ließ mir die Decke abnehmen und bekam im Gegenzug die Kreide mit einem einfachen »Hältst du mal eben« in die Hände gedrückt. Noch immer irgendwie unsicher beobachtete ich, wie er sie ein paar Mal zusammenfaltete und dann neben dem Rucksack auf den Boden legte.

»Und was wird das?«

»Dein Lager für heute Nacht.« Er trat zurück und wies auf Decke und Rucksack. »Es tut mir leid, dass ich dir nichts Besseres bieten kann.«

»Mein …« Allmählich dämmerte mir, wie das hier ablaufen sollte. Allerdings … »Die Decke kann ich ja noch nachvollziehen, aber was soll ich mit dem Rucksack?«

»Du hast heute noch nicht allzu viel gegessen. Und außerdem kannst du ihn notfalls als ›Kissen‹ benutzen und es dir ein wenig bequemer machen.« Er glaubte jetzt aber nicht ernsthaft, dass es mir gelingen würde, mich heute Nacht so weit zu entspannen, dass ich auch nur ansatzweise darüber nachdenken konnte, es mir ›ein bisschen bequemer zu machen‹? Oder am Ende sogar in der Lage war, für eine einzige Minute die Augen zu schließen? Wir erwarteten *Nosferatu!* Scheinbar vollkommen gelassen streckte er mir eine Hand hin. »Gib mir die weiße Kreide.«

Ein bisschen umständlich fummelte ich die Schachtel auf. Schwarz; ein dunkles Rot, das fast wie gebranntes Karmin aussah; ein helleres Rot; grün und blau, jeweils hell und dunkel; gelb; zwei Stücke weiß; eines davon nur noch ein kleiner Stummel. Schwarz und Karminrot waren nur wenig länger. Ich holte das kürzere Weiß heraus, gab es ihm. Wer die Schachtel in seinem Handschuhfach durch Zufall sah, würde sie für einfache Kinderkreide halten. So wie ich. Ich verbiss mir ein Schnauben. Joaquín de Alvaro und Kinderkreide. Ja, klar. Wollte ich wissen, aus was diese ›Kreide‹ möglicherweise sonst noch bestand außer ›Kreide‹? Nein.

Schon halb in der Hocke, hielt er inne, musterte mich nachdenklich. Auf eine Art, die mich mehr als nervös machte.

»Was?«, platzte ich heraus.

Er rieb sich über den Mund. »Wenn die Kreise geschlossen sind, wirst du sie vor morgen früh nicht wieder verlassen. Falls du also noch einmal auf die Toilette musst, dann solltest du jetzt gehen.«

Mir schoss das Blut in die Wangen. Mit dem üblichen Effekt. Er brachte hastig etwas mehr Abstand zwischen uns. Nicht, dass das wirklich von seiner Seite nötig gewesen war, denn ich ergriff die Flucht. Zu spät merkte ich, dass ich die Kreide noch in den Händen hatte.

Als ich zurückkam, hatte das Brennen in meinen Wangen zumindest ein klein wenig nachgelassen.

Neben Rucksack und Decke lagen jetzt ein paar längere Holzspäne auf dem Boden, die so aussahen, als seien sie von irgendwelchen Balken abgerissen worden. Joaquín kniete darüber. Ich blieb stehen. Reglos. Ob vor Schreck oder Neugier ... ich war selbst nicht sicher. Er wob Zeichen in die Luft, strich mit den Fingerspitzen daran entlang, drehte schließlich die Handfläche nach oben ... und plötzlich züngelten darauf kleine Flammen. Ich hielt den Atem an. Beobachtete, wie sie von seiner Hand zu dem Holz hinüberwechselten, sich darüber ausstreckten, als würden sie es sich darauf ... gemütlich machen? Er richtete sich von den Knien auf, wandte sich in der Bewegung zu mir um. Offenbar hatte er die ganze Zeit gewusst, dass ich hier gestanden hatte.

»Es ist nicht genug, um dich zu wärmen. Aber du hast Licht bis zum Morgen.«

Zweifelnd betrachtete ich das magere Häufchen Späne. Das sollte bis zum Morgen reichen? ... Ich sah genauer hin. Sie brannten ... und *ver*brannten anscheinend doch nicht. »Das ist kein normales Feuer.« Oh Lucinda, du Intelligenzbestie.

»Nein. Das sind ›nur‹ ein paar mindere Elementargeister.« Eines der Flämmchen sprang wie empört ein Stück in die Höhe, bevor es zu den anderen zurückfiel. »Ich habe sie an das Holz gebunden. Bis Sonnenaufgang. Danach werden sie einfach in den ersten Sonnenstrahlen vergehen.« Er trat zwei Schritt beiseite und wies auf Decke und Rucksack. »Wie gesagt: Du hast Licht, aber keine wirkliche Wärme. Dazu müsste ich ihnen mehr ›Nahrung‹ geben. Aber hier im Dorf Holz zu finden, das nicht zu einem der alten Dächer gehört, ist so gut wie unmöglich.« Gab es überhaupt noch andere Dächer außer dem der Kirche? Ich hatte keine gesehen. »Und ich will dich nicht allein lassen, wenn es nicht sein muss.« Mit weißer Kreide war bereits ein Kreis um alles gezogen. Ein Kreis, der noch nicht geschlossen war.

Langsam trat ich an ihm vorbei, drückte ihm dabei die Kreideschachtel in die Hände und ließ mich mit überkreuzten Beinen auf der Decke nieder. Beinah achtlos legte er die Schachtel auf einen der herabgefallenen Steine, zog das weiße Stück, das ich ihm zuvor gegeben hatte, aus der Hosentasche, ging erneut in die Knie. Und zögerte.

Mir blieb der Mund offen stehen, als er sein Hemd aufknöpfte. Was zum Teufel …?

Schon auf die Distanz, jeden Morgen am Pool war er … beeindruckend. Aber so, aus der Nähe … *Halleluja.* Seine Haut war heller, als ich eigentlich bei jemandem wie ihm erwartet hatte. Ein Zeichen dafür, dass er unaufhaltsam Nosferatu wurde? Darunter spielten nahezu perfekt geformte Muskeln in seinen Bewegungen. *Okay, Lucinda, wie viele nackte Männer hast du schon aus dieser … Entfernung gesehen? Richtig. Null. Streich das ›nahezu‹. Ganz schnell.*

Die Steine des Kreuzes blitzten auf seiner Brust. Daneben trug er zwei dieser länglichen Kristalle an einer eigenen Kette. Der eine war beinah vollkommen klar, vielleicht noch mit einem Hauch von Grau an seinem Ende. Die Spitze des anderen sah aus, als hätte man sie von Innen irgendwie mit schwarzer Tinte gefüllt. In dem Stück darüber schien sich trüber Rauch zu kräuseln.

Ich brauchte Sekunden, bis mir klar wurde, dass ich gaffte. Hastig wandte ich den Blick ab. Erst als er mir sein Hemd hinhielt, sah ich wieder zu ihm. »Es wird nachts hier draußen ziemlich kalt. Falls dir die Decke nicht reicht …«

»Und was ist mit dir?« Meine Stimme hatte ungefähr die Lautstärke und die Tonlage eines Mäusepiepens. Eines sehr schwachen Mäusepiepens.

»Keine Sorge, ich werde schon warm bleiben.«

Ich schaffte mit Mühe ein Nicken. Schluckte. Nahm es ihm ab. Hielt es auf meinem Schoß, ohne zu wissen, was ich sonst damit tun sollte. Er ließ den Arm sinken. Die Schwingenkralle, die über seine Schulter nach vorne griff, schien sich bei der Bewegung ein klein wenig weiter zu krümmen. Auf der linken Seite in Höhe der letzten Rippen und knapp darunter waren Narben. Fahl. Leicht … wulstig. Schätzungsweise sieben oder acht Stück. Sie wirkten … ›gestreut‹. Wie von einem Treffer mit einem Schrotgewehr. Aber die Löcher, die Schrot in irgendwelchen *CSI*-Folgen hinterließ, waren nie so groß. Und irgendwie … ausgefranst. Das musste ziemlich wehgetan haben. Waren da nicht auch ein paar lebenswichtige Organe in der Nähe? Ein kleines Stück höher waren zwei weitere Narben; klein, rund. Der rote Kratzer an seiner Schulter wirkte daneben harmlos. Obwohl es ein ziemlich tiefer roter Kratzer war und frisch. Von Annas Schere?

Sein Räuspern ließ mich zusammenschrecken.

»Ich benötige etwas von deinem Blut, Lucinda. Allerdings haben wir damit ein kleines Problem. Ich will, dass du den Dolch bei dir im Kreis behältst. Aber sonst haben wir nichts, um …«

Schuldbewusst waren meine Augen von seiner Brust zu seinem Gesicht emporgezuckt, doch jetzt schien etwas von einer Sekunde zur nächsten meine Lungen zusammenzudrücken. »Wofür?«

»Das Blut?«

»Ja.«

»Ich will zwei Kreise ziehen. Einen geschlossen mit deinem und einen geschlossen mit meinem Blut.«

Wenn ich mich richtig an das erinnerte, was er mir bei meinen Hexereistunden eingebläut hatte, würde ein mit meinem Blut geschlossener Bannkreis verhindern, dass auch er an mich herankam. Ging er davon aus, dass er im Laufe der Nacht zur Gefahr für mich werden würde? Oh mein Gott. Plötzlich zittrig rieb ich die Hand an der Hüfte. Ich musste einmal tief Luft holen, ehe ich zumindest halbwegs sicher war, dass meine Stimme mir gehorchen würde.

»Warum schließt du nicht einfach den inneren mit meinem …?« Natürlich! Auch das hatte er mir erklärt. Ich beantwortete meine Frage selbst. »Weil du sonst den äußeren überschreiben könntest, wenn er mit deinem Blut geschlossen wäre. Und ihn dann brechen, wenn du willst.« Sein Blut, sein Kreis. Selbst wenn er so magisch begabt gewesen wäre wie ein Stück Brot. »Und weil sich die Stärke der beiden Kreise aufaddiert. Der innere verstärkt den äußeren. Sofern er der ›mächtigere‹ ist.« Und ein Kreis, der mit seinem Blut geschlossen wurde, war vermutlich deutlich mächtiger als einer, der mit meinem geschlossen wurde.

»Genau.« Er klang wie jemand, der sehr zufrieden mit sich war. Oder mit mir?

Ich zögerte eine Sekunde, dann zog ich mein Messer ein wenig umständlich aus der Hosentasche, ließ es aufspringen. »Wie ist es damit?«

Er sah auf die Klinge, sah mich an, hob eine Braue. In seinem Mundwinkel zuckte es. »Wehrhaftes kleines Ding. Jetzt wundert es mich nicht mehr, dass Rafael einen solchen Narren an dir gefressen hat, *tigresa.*«

Verblüfft blinzelte ich. »Hat er das?«

»Pero sí. Für Rafael gibt es zwei Arten von Frauen: die, mit denen er Spaß hat, und die, die er respektieren kann. Du gehörst zu Letzteren, soweit ich das mitbekommen habe.«

Ein wenig unbehaglich rutschte ich auf meiner Decke hin und her. Rafael? Mich respektieren? Oha. »Ich habe ihm ein Messer ins Bein gerammt«, gab ich zu bedenken.

»Eben.« In seinem Grinsen waren die Reißzähne unübersehbar.

Okaaay.

Ich unterdrückte das Schaudern, wandte den Blick ab.

»Wie viel von meinem Blut brauchst du?« Unsicher schaute ich von dem Springmesser zu meiner Hand. Er erwartete doch hoffentlich nicht von mir, dass ich ein kleines Blutbad anrichtete. Vor allem: Was würde passieren, wenn ich mich in seiner Gegenwart schnitt? Abschürfungen hatte er ja anscheinend ganz gut weggesteckt, aber dabei war auch nie wirklich Blut geflossen …

»Nicht viel. Es reicht, wenn ein bisschen was davon an der Spitze hängt, genug, um einen oder zwei Inch damit zu überbrücken. Ein kleiner Schnitt in die Fingerspitze. Mehr nicht. Aber das hat noch einen Moment Zeit. Lass mich den Kreis zuerst zu Ende schreiben. Ich brauche es erst, wenn ich ihn schließe.«

Er arbeitete schweigend und schnell. Nein, nicht schnell. Routiniert. Auch wenn ich eigentlich keine Vergleichsmöglichkeit hatte: Einmal mehr wurde ich das Gefühl nicht los, dass es in der Hermandad keinen gab, der ihm das Wasser reichen konnte. Und wenn es doch welche gab, konnte man sie vermutlich an einer Hand abzählen.

Ich hockte auf meiner Decke und sah ihm schweigend zu. Das Springmesser nach wie vor in der Hand. Zwischen den Mauern der Kirche wurden die Schatten immer länger. Unaufhaltsam. Zuweilen blitzte der Stein in seinem Siegelring unter einem letzten verirrten Sonnenstrahl.

Schließlich nickte er mir zu. Die Zähne zusammengebissen setzte ich das Messer auf meine Fingerspitze, presste fest die Lider aufeinander und drückte es in meine Haut. Der Schmerz war harmlos. Trotzdem verzog ich das Gesicht. Neben mir erklang ein Knurren. Ich riss die Augen auf. Die Schneide des Messers schimmerte rot. Ein einzelner Tropfen rann daran ganz langsam Richtung Griff. Joaquín starrte wie hypnotisiert darauf, schluckte heftig und krampfhaft. Immer wieder. Dann zuckte sein Blick plötzlich zu meinem Gesicht. Seine Oberlippe war gehoben. Ich konnte seine Fänge sehen. Wieder ein Schlucken. Um ein Haar hätte ich aufgeschrien, als er sich unvermittelt vorwärtslehnte, seine Hand vorschoss und sich über meine legte. Doch er drehte meine Hand nur – und damit das Messer, bis die Klinge waagerecht lag. Und schnippte mit dem Fingernagel knapp neben meinem Blut gegen die Schneide. Der Tropfen verharrte. Und kroch dann wie in Zeitlupe auf die flache Seite der Klinge. Wo er zitternd zum Stillstand kam. Diesmal starrte ich darauf.

Sehr, sehr vorsichtig nahm er es mir schließlich aus der Hand und balancierte es zu einem der Bruchsteine, wo er es ebenso vorsichtig ablegte. Peinlich darauf bedacht, dass die Klinge in der Waagerechten blieb.

Als er sich wieder zu mir umdrehte, barg ich die Hand an

meiner Brust. Nicht, dass der Schnitt noch geblutet hätte, aber die Art, wie er auf diesen Tropfen gestarrt hatte …

Den Blick wie zuvor auf meiner Hand, wies er zum Rucksack hin. »In dem einen Seitenfach, links, ist Verbandszeug. Da sind auch Pflaster mit dabei.« Seine Stimme klang heiser. Beinah noch immer wie ein Knurren. Ich nickte. Rührte mich aber ansonsten nicht. Wieder ein Schlucken. Mit einem Ruck wandte er die Augen ab, zerrte die Kette mit den beiden Kristallen über den Kopf. Seine Hände bebten unübersehbar. Ich nickte zu ihnen hin.

»Was ist das?« Mäusepiepen. Wenn überhaupt.

Er blickte mich nicht an. »Nachtkristalle. Nach den Gesetzen der Hermandad schwarze Magie.«

Unbehaglich sah ich auf die Kristalle. »Und was … bewirken sie?«

»Durch sie kann ich die Sonne ertragen.«

Er spreizte die Finger, als wolle er sie so zur Ruhe zwingen, sah zur Mauer hinauf, auf deren anderer Seite das Rot des Sonnenuntergangs allmählich einem dunkler werdenden Violett wich, dann löste er die Kristalle von der Kette, holte sich einen knapp faustgroßen Steinbrocken und zerschlug sie auf dem Kreis. Für eine Sekunde flackerte etwas wie schwarzes Feuer entlang des Kreises auf, dann war da nichts anderes als Kristallsplitter.

Fassungslos starrte ich darauf, schaute schließlich wieder ihn an. »Und was wird jetzt? Ich meine, morgen, wenn die Sonne aufgeht? Wie willst du ohne diese … Nachtkristalle nach Santa Reyada zurückkommen?«

Er hob die Schultern, beugte sich vor, um ein weiteres Zeichen in sie hineinzuschreiben. »Darüber mache ich mir dann

Gedanken. Jetzt hilft das, was die Sonne heute von ihrer Kraft übrig gelassen hat, erst einmal den Bannkreis zu verstärken.«

Ich sah zwischen ihm und den Splittern hin und her, schüttelte den Kopf. – Womit rechnete er? Dem Jüngsten Gericht? – Und holte scharf Atem, als er sich unvermittelt die Fänge in sein Handgelenk schlug, nur um sie direkt wieder herauszuziehen. Blut quoll aus den Zwillingslöchern hervor. Rann über seine Haut. Tropfte zu Boden. Auf das Zeichen, das er mit den Splittern geschrieben hatte. Daneben. Ein weiterer Tropfen, noch einmal direkt daneben. Noch einer. Eine Spur aus Rot, das träge ineinanderlief. Der nächste traf Kreide. Ich biss mir auf die Lippe. Über ein Detail hatte ich mir keine Gedanken gemacht: Mein Blut hing an meinem Springmesser. Sein Dolch war bei mir im Kreis. Womit hätte er an sein eigenes Blut kommen sollen, wenn nicht *so?* Blut rann noch immer über seine Hand, während er ein letztes Zeichen schrieb. Den Kreis schloss. Weiße Flammen fauchten die Linien entlang, schlugen in die Höhe und verblassten wieder. Er leckte sich das Blut vom Arm, drückte die andere Hand einen Moment auf die beiden Löcher, griff dann nach der Kreideschachtel. Nicht, dass der Biss tatsächlich vollständig aufgehört hätte zu bluten.

»Du hast nichts zum Verbinden.« Meine Stimme klang schwach. Selbst die Mäuse hätten sich über mich totgelacht. Und hier bei mir im Rucksack war vermutlich alles, was er dazu gebraucht hätte.

Ein kurzes, freudloses Lächeln huschte über seinen Mund. »Das macht nichts. Bisswunden, die wir uns selbst oder anderen zufügen, schließen sich ziemlich schnell wieder. Es sei denn, wir legen es darauf an, dass sie es nicht tun. Keine Sorge also.« Ich zog die Schultern hoch. Er griff nach der Kreideschachtel, ließ die Reste der weißen darin verschwinden, zögerte, zog dann das karminrote Stück hervor. Und zögerte erneut, starrte auf die Kreide, die Brauen zusammengezogen. Die Hand schon nach dem Seitenfach des Rucksacks ausgestreckt, um doch nach einem Pflaster zu suchen, hielt ich inne.

»Was ist?«

Die Linien auf seiner Stirn vertieften sich, als er zu mir blickte. »Ist das schwarz oder rot?«

Verblüfft runzelte ich ebenfalls die Stirn. War das ein Scherz? »Rot. Aber das dunkle.«

Er nickte und begann, den zweiten Kreis um mich zu schreiben. Ich sah ihm dabei zu. Manche Männer konnten Grün und Rot nicht unterscheiden. Gab es so etwas auch bei Rot und Schwarz? Ich hatte noch nie davon gehört – was allerdings nichts heißen musste. Komplett farbenblind konnte er wohl kaum sein, oder? Nein. Sonst wäre er nicht in der Lage gewesen zu malen. Und die Bilder in seinem ›Atelier‹ waren ein Spiel der Farben und Schattierungen gewesen. Aber was war mit dieser Farbscheußlichkeit auf der Staffelei …? – Nein. Das war absurd. Vielleicht hatte es ja irgendetwas mit dem Licht zu tun? Immerhin wurde es mit jeder Minute dunkler. Lange konnte es nicht mehr dauern, bis die Sonne tatsächlich endgültig untergegangen war. Die Schatten zogen sich in den Ecken immer mehr zusammen, krochen unaufhaltsam auf uns zu.

Das Kratzen der Kreide lenkte meinen Blick zurück auf den zweiten Kreis. Er schrieb ihn nicht nur in einer anderen Farbe, auch die Zeichen waren andere. Nur die wenigsten der Siegel deckten sich mit denen aus dem ersten. Die übrigen wirkten … düster. Bedrohlich. Ein paarmal glaubte ich, sie würden sich bewegen. Oder es würde sich ein Hauch von Rauch darüber kräuseln. Beinah machten sie mir Angst. Doch noch viel mehr erschreckte mich, dass er unvermittelt zusammenzuckte und sich krümmte. Die Kreide zerbrach auf dem Zeichen, das er gerade geschrieben hatte. »Was …?« Dass er den Kopf hochriss und mich anfauchte, stoppte mich mitten in der Bewegung – kurz bevor ich den inneren Kreis brechen konnte.

»Sonnenuntergang.« Seine Stimme war wieder nur ein Knurren. Als würde das alles sagen. Mehr schien er nicht hervorzubringen. Für mich war es genug. Abermals verkrampfte er sich. Er brauchte zwei Anläufe, bis er das Bruchstück der Kreide zu fassen bekam, so sehr zitterten seine Hände plötzlich. Ich starrte ihn an. Bedeutete das am Ende … der ›Schritt‹ vom Mensch zum Nosferatu war schmerzhaft? Wieder ein Krampf, begleitet von einem dumpfen Stöhnen. Nein, mehr als schmerzhaft! Die Kreide kratzte schneller über den Boden. Bewegte sich da tatsächlich etwas auf seinem Rücken, unter der Haut? Nein! Ich musste mich geirrt haben. Wieder zerbrach die Kreide. Er zischte, fluchte. Warf das kürzere Stück beiseite, machte mit dem anderen hastig weiter. Zeichen um Zeichen. Ich hockte da und konnte mich nicht rühren. Oder den Blick von ihm nehmen. Die Schwingenkrallen über seinen Schultern schienen sich unruhig zu öffnen und zu schließen. Schweiß rann an seiner Schläfe abwärts, am Hals, über die Brust. Wann hatte sich sein Pferdeschwanz gelöst? Die nächste Schmerzwelle entlockte ihm etwas wie ein würgendes Husten. Das letzte Zeichen. Er ließ die Kreide einfach fallen. Sie rollte davon, stieß gegen einen Mauerbrocken. Auf den Knien rutschte er zu dem Stein hinüber, auf dem er mein Springmesser abgelegt hatte. Noch viel vorsichtiger als zuvor griff er danach, balancierte es zum Kreis zurück, eine Hand zitternd darunter. Mein Blut perlte die Klinge träge abwärts, als er sie dann senkte. Irgendetwas hatte offenbar verhindert, dass es geronnen war. Mit der Spitze schloss er den Bogen vom letzten zum ersten Zeichen. Blutrote Flammen peitschten in die Höhe. Der Rauch kräuselte sich dichter. Ein neuerlicher Krampf ließ ihn sich vornüberkrümmen. Er presste die Fäuste auf den Boden, mein Messer noch immer in der Linken. Wieder jener harte, bellende Laut. Diesmal sah ich die Bewegung auf seinem Rücken ganz genau. Ich schnappte nach Luft. Seine Atemzüge kamen ähnlich abgehackt, keuchend. Bis sie sich nach einem letzten, tiefen beruhigten.

»Du bleibst da drin! Egal was heute Nacht passiert! Egal was ich sage! Du bleibst da drin, bis die Sonne aufgegangen ist. Erst dann brichst du die Kreise! Erst dann! Verstanden?« Er richtete sich nicht auf, sah mich nicht an. Seine Stimme klang wieder wie an jenem ersten Abend.

»Ich …« Ich zuckte zurück, als er den Kopf in die Höhe riss, die Fänge gegen mich fletschte. Hatte ihr Anblick mich vor Kurzem Schaudern lassen? Ein Witz. Das, was jetzt in seinem Mund war, war deutlich länger als jemals zuvor.

»Verstanden?«

Die Augen weit aufgerissen, nickte ich.

Nosferatu.

Farblos glitzernde Augen.

Entsetzlich schön.

»Versprich es!«

Ich saß da wie gelähmt. Meine Lunge war von einer Sekunde zur nächsten ein harter Knoten, der sich weigerte, auch nur ein Quäntchen Luft einzusaugen. Seine Fingernägel waren schwarz. Noch immer Joaquín de Alvaro. Und doch … anders.

»VERSPRICH ES!«

Ich machte einen Satz, brachte erneut ein Nicken zustande, irgendwie.

Langsam kam er auf die Füße. Im ersten Moment noch taumelnd, dann gefährlich elegant. Mit jedem Schritt, den er weiter rückwärts machte. Von mir weg. Bis er am Rand der freien Fläche stehen blieb. Ohne die Augen von mir zu nehmen, neigte er den Kopf zur Seite. Schien zu lauschen. Die Art, wie er diesmal die Fänge fletschte, war böse. Dann machte er kehrt und ging zur Kirchentür. Vollkommen lautlos. Daneben verharrte er. Spähte hinaus, lauschte erneut. Ich presste sein Hemd an meine Brust, versuchte, irgendwie mit dem Zittern aufzuhören, zu atmen. Nosferatu! Ein kurzer Blick in meine Richtung, bevor er nach draußen verschwand. Ich saß da und starrte auf den Punkt, an dem er eben noch gestanden hatte, versuchte meinerseits, irgendetwas zu hören. – Nichts! Als sei ich mit einem Mal das einzige lebende Wesen hier draußen.

Irgendwann war jenseits der Kirchentür und der Mauern nichts anderes mehr als Schwärze. Nur die Flämmchen, die an den Holzspänen bei mir in den Kreisen hingen, sorgten für ein wenig Helligkeit. Die kaum über die Linien aus Weiß und Karminrot hinaus reichte. Von *ihm* keine Spur. Ein paar Mal hatte ich zwar geglaubt, eine flüchtige Bewegung dort draußen auszumachen, aber was es war, hätte ich beim besten Willen nicht sagen können. Oder ob ich es mir nur einbildete.

Es war erstaunlich schnell kühl geworden, nachdem die Sonne untergegangen war, und schließlich hatte ich sein Hemd übergestreift. Der Geruch nach Orange, Zimt und Nelken hing genauso in dem Stoff, wie er damals in seinem Jackett gehangen hatte, und inzwischen redete ich mir ein, dass ich es nur so eng um mich geschlungen hatte und immer wieder die Nase in den Kragen drückte, weil mir kalt war, und nicht, weil *sein* Duft etwas Tröstliches hatte. Auch wenn da ein kleiner Teil in mir war, der sich darüber lustig machte. Mit jeder Minute, die verging, ein wenig hysterischer.

Meine Hände spielten unablässig mit den Riemen und Schnallen des Rucksacks. Ich zog die Beine weiter an den Leib. Und zuckte zusammen, als irgendetwas über mir durch die Dunkelheit flatterte, presste die Hand vor den Mund, um einen Schrei zu ersticken. Ein Nachtvogel! Ja, es musste ein Nachtvogel gewesen sein. Oder eine Fledermaus! Meine zweite Hand umklammerte eine Rucksackschnalle so fest, dass sich die Kanten in meine Haut drückten. Herr im Himmel, und ich hatte mich immer für besonders tough gehalten. Demnächst würde ich noch bei dem kleinsten Geräusch in Ohnmacht fallen. Ich zwang mich dazu, die Schnalle loszulassen, zumindest die Finger ein kleines Stück zu öffnen, wieder Atem zu holen. Ein leises Schaben hinter mir ließ mich herumfahren. Ich starrte die Spinne an, die auf mich zugelaufen kam. Dick und haarig. Wahrscheinlich so groß wie meine Handfläche. Direkt am Rand des Bannkreises verharrte sie abrupt. Buchstäblich bebend. Nur um dann daran entlangzuhuschen und auf der gegenüberliegenden Seite in der Dunkelheit zu verschwinden. Wenn Spinnen empört aussehen konnten, dann tat diese es auf jeden Fall. Vielleicht saß ich ja genau in ihrem nächtlichen Spazierweg. Das Kichern blubberte einfach in meiner Kehle empor. »›Geschöpfe der Nacht, ans Licht gebracht.‹ – Was auch immer du da draußen treibst, de Alvaro: Mach hin, denn wenn du mich noch viel länger allein lässt, bin ich bis morgen früh ein gackerndes Wrack.« Ich schüttelte über mich selbst den Kopf. »Reiß dich zusammen, Moreira. Normalerweise wirst du doch nicht so leicht hysterisch.« Mal abgesehen davon, wenn mir einer von *ihnen* zu nahe kam.

Draußen erklang ein Heulen. Ich erstarrte. Mein Blick schoss zur Kirchentür.

Das Kreischen von Metall auf Metall.

Ein dumpfer Schlag. Lachen, hart und böse. Ich glaubte, die Stimme zu kennen. Mein Herz hämmerte wie verrückt.

Wieder ein Schlag.

Wieder ein Heulen. Schauerlich schrill.

Ein neuerlicher Schlag.

Stöhnen.

Der Boden schüttelte sich. Aus dem Dach rieselte Staub. Irgendwo prallte Stein auf Stein.

Ich kroch näher zum Licht, zog die Beine noch enger an den Leib.

Abermals Stille. Abermals rührte sich jenseits der Tür nichts mehr. Was ging da draußen vor?

Die Stille dauerte an.

Dauerte an.

Dehnte sich aus.

War es vorbei? So schnell? Das konnte nicht sein. Oder doch? Das einzige Geräusch schienen mein Herzschlag und das Rauschen des Blutes in meinen Ohren zu sein.

Der Sturm erwachte ohne Vorwarnung. Pfiff und jaulte um die Kirche. Ihr Dach ächzte, bebte. Wie zuvor rieselte Staub herab. Mehr als eben noch. Mit einem Wirbel aus Kälte trieb Sand durch die Tür herein. Und noch etwas anderes. Etwas, das sich in der Finsternis hielt. Abwartete. Lauerte.

Was keine Minute später aus der Dunkelheit hinter einer der Säulen kam, war weit größer als eine Spinne. Zuerst waren da nur Augen. Dumpfe Flecken in der Schwärze. Und dann … Reißzähne und borstiges Fell. Schlangenschwänze. Verkrüppelte Schwingen; zu klein im Vergleich zu ihren Körpern. Sie erinnerten mich an die schwarzen Hunde, die *er* am ersten Tag hinter mir hergehetzt hatte. Aber nur im ersten Moment. Im zweiten wirkten ihre Schädel trotz der Schnauzen mit den viel zu spitzen Fängen zu … menschlich; ihre Klauen trotz der Krallen zu sehr wie Hände und Füße; ihre Glieder zu sehr wie Arme und Beine. Krumm und verbogen zwar. Aber immer noch *menschlich.* Irgendwie. Grauenvoll verdreht *menschlich.* Wie ein perverser Scherz der Natur. Und sie zogen eine seltsame Schwärze hinter sich her. Oder war es das, was noch bei ihnen war? Was ich nicht sehen konnte, nur erahnen?

Sie kamen heran.

Langsam.

Unaufhaltsam.

Meine Hand wollte mir kaum gehorchen, als ich nach dem Dolch tastete. Ihn aus seiner Scheide zerrte. Vor mich hielt. Die Schwärze kroch zwischen ihnen dahin. Waberte. Breitete sich aus. Ihre Augen hingen unverwandt auf mir. Nein. Keine Augen. Da waren nur leere Höhlen in den Schädeln. Und trotzdem schienen sie mich zu sehen.

Sie schlichen um den Bannkreis herum. Strichen direkt an seinem Rand entlang. Hilflos sah ich ihnen dabei zu. Wie sie Runde um Runde drehten. Immer wieder.

Wo sie ihn streiften, flackerte er auf; blutrot.

Die Zeichen am Boden glühten.

Ihre Höhlen blieben auf mir.

Einer warf sich dagegen. Feuer schlug in die Höhe, nach ihm.

Ich schreckte von ihm weg.

Ein anderer von der gegenüberliegenden Seite.

Wieder einer. Ich keuchte, wich abermals aus.

Noch einer. Ich warf mich herum. Beinah hätte meine Hand den Kreis berührt. Die Dolchklinge kratzte misstönend über den Boden.

Sie umkreisten mich weiter.

Immer weiter.

Wieder einer. Die Fänge gefletscht. Sein Schwanz schlug über den Boden, gegen den Kreis, ins Feuer. Mein Atem verwandelte sich in ein hohes Keuchen.

Die Schwärze kroch an den Zeichen des Kreises entlang. Leckte an ihren Rändern. Tastete.

Mir war schlecht vor Angst.

Wieder einer. Wieder von der anderen Seite.

Und dann ein Geräusch, als würde jemand in die Hände klatschen. Einmal. Kurz. Hart. Scharf.

Unvermittelt war eine andere Schwärze da, peitschte über den Boden, die Wände, zerfraß die erste der Kreaturen, als würde man im Zeitraffer zusehen, wie Holz verkohlte und zerfiel, verwandelte sie zu Staub. Der aufwirbelte und wieder herabsank. Und verging. Ein sanfter Windhauch schien über die Steinfliesen zu streichen. Wehte fort, was da vielleicht noch lag.

Sekundenlang saß ich einfach nur keuchend da, starrte dorthin, wo bis eben eine dieser entsetzlichen Kreaturen gekauert hatte, wagte es nicht, zu der Stelle zu sehen, an der das ›Andere‹ gerade noch gewesen war, ehe ich mich umdrehte.

Er stand in der Kirchentür. Der Blick, mit dem er mich ansah: kalt. Hungrig. Ein feines, grausames Lächeln.

Mein Magen zog sich zusammen.

Dann war er wieder fort.

Abermals Stille.

–

Ein Krachen wie von einer Explosion. Draußen.

Der Schein von Feuer, irgendwo jenseits der Kirchentür. Nah – und groß genug, um ein Stück hereinzuflackern.

Der Gestank von brennendem Benzin. Und etwas anderem.

Knurren.

Kreischen.

Das abbrach.

Und wieder war da nichts als Stille.

Stille.

Stille.

War es diesmal vorbei?

Ich starrte zur Tür hin. Kroch näher an den Rand des Kreises.

Lauschte.

Nichts.

Stille.

Nichts als Stille.

Elende, tödliche Stille.

Als gäbe es hier draußen abermals niemanden außer mir.

Ich versuchte die Angst hinunterzuwürgen, die meine Kehle zusammenschnürte.

»de Alvaro?« Keine Antwort. *Bitte, lieber Gott, lass es diesmal wirklich vorbei sein!*

Nichts rührte sich.

Der Mann stand neben dem Geländer zum Altarraum, als ich mich wieder umdrehte. Mittelgroß. Schlank. Dunkelblond. Farblose Augen. Nosferatu! Diesmal schrie ich. Laut und durchdringend. Um ein Haar wäre ich rückwärts von ihm weggekrochen. Und hätte den Bannkreis gebrochen. Meine Hand bebte, als ich den Dolch hob. Meine Fingerknöchel waren weiß. Der Mann lächelte nur milde. Etwas Dunkles lag um seine Schultern. Das sich bewegte. Wie ein Mantel …

»Tststs.« Als sei ich ein ungezogenes Kind, das er schelten wollte. Gemächlich kam er auf mich zu. Das Dunkle öffnete sich, spreizte sich … Schwingen. Er hatte riesige schwarze Fledermausschwingen. Wie die, die Joaquín auf den Rücken tätowiert hatte. Mit Krallen an den Spitzen. Schimmernde, mörderische Krallen … Wie zuvor verweigerten meine Lungen den Dienst. »Hat er dich allein gelassen, Kleines? Wie dumm von Joaquín.«

»Glaubst du das wirklich? Tja, du warst ohne deine Brille schon immer so gut wie blind, César.« *Er!* Ich fuhr herum. Noch nie in meinem Leben war ich so froh gewesen, *seine* Stimme zu hören. Auch wenn sie nach wie vor nur ein dumpfes Knurren war.

Scheinbar vollkommen gelassen lehnte er an einer der Holzsäulen, die das Dach trugen. Die Arme vor der Brust verschränkt. Regelrecht … harmlos. Unschuldig.

Nur der Ausdruck in seinen Augen war mörderisch.

»Nette kleine Spielkameraden hast du mitgebracht. Nur nicht sehr effektiv. Mal abgesehen davon, dass der Wagen Schrott ist.«

»¡Buenas tardes, Joaquín!« César lächelte. »Ich wusste, du würdest sie amüsant finden.«

»Amüsant? Amüsant ist anders.« Er neigte den Kopf ein klein wenig zur Seite, änderte seine Haltung ansonsten aber nicht. »Wer steckt hinter dem hier, César? Du bist es nicht. Sonst wärst du allein gekommen.« Erst jetzt sah ich das Blut, das sein Gesicht auf der einen Seite zwischen Haaransatz und Kiefer bedeckte. Und sich in feinen Linien seinen Weg über Hals und Brust abwärts suchte. An seinem Arm war noch mehr davon. Seine Hose hatte einen ausgefransten Riss quer über dem Oberschenkel.

»Komm mit und du wirst es sehen.« Die Schwingen öffneten sich noch ein wenig mehr. »Er hat befohlen, euch zu ihm zu bringen. Beide. Er erwartet euch sehnsüchtig.«

»Vergiss es! Sag mir einfach nur seinen Namen.«

Abermals ließ der Mann ein tadelndes Schnalzen hören. Dann sah er mich an. Und lächelte. Beim Anblick seiner Fänge wand ich mich innerlich. »Komm aus dem Kreis, Kleines! Es gibt da jemanden, der dich kennenlernen möchte. Mach es für euch beide leichter.« Sein Tonfall war schmeichelnd, lockend.

Ich umklammerte nur den Dolch fester und schob mich – wenn das überhaupt möglich war – noch ein bisschen weiter in die Mitte des Kreises.

Er machte einen Schritt auf mich zu. Noch einen. Streckte die Hand aus. Nur aus dem Augenwinkel sah ich die Bewegung, mit der *er* sich von der Holzsäule abstieß und ebenfalls herankam.

»Wer auch immer dein Auftraggeber ist: Sag ihm, sie gehört mir. Ich teile nicht.« Die Worte kamen rau und hart. Unüberhörbar eine Drohung.

César kicherte, seine Schwingen öffneten sich weiter, die Klauen an ihren Spitzen krümmten sich, als hätten sie einen eigenen Willen. »Aber er will euch doch beide.« Er zuckte die Schultern. »Und ich habe nicht vor, ihn zu enttäuschen.«

Ich sah nicht wirklich, was César tat. Nur, dass er die Hand auf seltsame Weise drehte. *Er* stieß ein Keuchen aus. Das zu einem Knurren wurde. Und stürzte sich auf ihn. Riss ihn mit sich und zu Boden. Gemeinsam brachen sie durch ein Loch in dem Geländer, das das Kirchenschiff vom Altarraum trennte, verschwanden in der Dunkelheit. Von einer Sekunde zur nächsten waren sie nur noch Schatten, Schemen in Schwärze. Die Ahnung von Bewegung. Dunkles, böses Knurren. Fauchen. Wie von wilden Tieren, die einander umkreisten. Ich umklammerte den Dolch fester, strengte mich an, versuchte, mehr zu erkennen. Keuchen und das Klatschen von Schlägen. Blasses Feuer flackerte auf und verging wieder. Stein schlug krachend auf den Boden. Scharren. Wieder ein Keuchen. Ein Brüllen. Plötzlich war César erneut diesseits des Geländers. Stolperte, fiel auf die Knie, kam halb wieder auf die Beine. Seine Schwingen peitschten, während er noch um sein Gleichgewicht rang. An einer hing Blut. Joaquín hatte ihn schon erneut zu Boden gerissen, ehe er sich endgültig wieder aufrichten konnte. Abermals gingen sie zwischen Schutt und Mauerstücken zu Boden. Rollten in die Dunkelheit. Knurrend. Fauchend. Dann brach das Fauchen mit einem würgenden Schrei ab. Eine schiere Ewigkeit lang rührte sich nichts.

Bis Joaquín sich schließlich aufrichtete, sich zu mir umdrehte. Einen Moment stand er nahezu regungslos. Ehe er langsam wieder aus der Finsternis heraus auf mich zukam. Blut an seinem Mund, über sein Kinn verschmiert. Er wischte es sich mit dem Handrücken weg, leckte ihn gemächlich ab. Ließ mich nicht aus den Augen.

»Es ist vorbei. Du kannst rauskommen.«

Ich schluckte mühsam. Die Angst wollte absolut nicht nachlassen. Im Gegenteil. Zögernd schüttelte ich den Kopf. »Du hast gesagt, ich soll erst bei Sonnenaufgang …«

Mit einem Zischen schnitt er mir das Wort ab. »Bah! Was

interessiert mich mein Geschwätz von vorhin. Ich sage, du sollst rauskommen. Jetzt.« Knapp vor dem Kreis war er stehen geblieben. Sah auf mich herab. Sein Blick …

Oh mein Gott. Ich schauderte, konnte mich nicht rühren. Selbst wenn ich gewollt hätte. Endlich schüttelte ich abermals den Kopf.

Er beugte sich so blitzschnell vor, dass ich die Bewegung kaum sah. Der Bannkreis flammte auf. Ich zuckte zurück.

»Komm da raus!«

Wieder schüttelte ich den Kopf. Ich brachte keinen Ton heraus.

Sein Blick wurde schmal. »Du willst also Katz und Maus spielen, wie? Meinetwegen.« Sehr langsam richtete er sich wieder auf, seine Augen ließen mich keine Sekunde los. »Der Bannkreis wird nicht ewig halten. Irgendwann wird seine Macht schwächer.«

Lüge! Er selbst hatte mir etwas anderes beigebracht. Solange ich ihn nicht von innen brach, kam er von außen nicht an mich heran. Erneut schüttelte ich den Kopf, umklammerte den Dolch fester.

»Nein?« Er lachte leise, begann, gemächlich um mich herumzugehen. Mein Magen krampfte sich zusammen. Wie diese Kreaturen zuvor. »Du wirst schon sehen.« Er streckte die Hand aus. Feuer loderte darunter auf, dort, wo er dem Kreis zu nahe kam. »Jedes Mal, wenn ich ihn berühre.« Mit dem Finger zog er eine brennende Linie auf dem Bannkreis ins Nichts. »Jedes Mal ein bisschen mehr.« Sein Mund verzog sich zu einem trägen Lächeln. »Und wenn er zusammenbricht, gehörst du mir.« Das Lächeln veränderte sich, wurde grausam. »Aber dann werde ich keine so gute Laune mehr haben. Je länger du mich warten lässt, umso schlechter wird sie. Tu dir selbst einen Gefallen und komm da raus, Lucinda. Jetzt.«

Ich konnte nicht schlucken, nicht atmen. Ich konnte nur hilflos dabei zusehen, wie er so entsetzlich gelassen und schön um mich herumschritt.

»Immer noch nicht? Nein? – Komm schon! Sei ein liebes Mädchen. Ich werde auch sehr nett sein und dir nicht wehtun. Nicht viel zumindest. Ich verspreche es! Ein kleines bisschen vielleicht.« Er bewegte sich immer weiter um mich herum, betrachtete mich dabei wie einen Vogel im Käfig. »Ein wenig Spaß musst du mir schon zugestehen. Immerhin habe ich dich heute Abend ja schon vor César und seinen beiden Freunden draußen beschützt.« Die Zeichen flammten und knisterten auf dem Boden. »Komm da raus, Lucinda. Jetzt!«

Wieder schüttelte ich den Kopf. Meine Hände waren schweißnass. »Bis … die Sonne aufgeht. Du hast gesagt, ›bis die Sonne aufgeht‹. Danach … danach komme ich raus.« Ich hatte das Gefühl, an den Worten zu ersticken. Es war ein Wunder, dass ich sie überhaupt herausbrachte. »Nicht früher.«

»¡Puta!« Er warf sich so plötzlich nach vorne, dass ich aufschrie, fletschte die Fänge. Der Bannkreis loderte, fauchte. Er taumelte zurück. Und starrte mich plötzlich mit weit aufgerissenen Augen an. Im nächsten Moment sackte er direkt neben dem Kreis auf die Knie. Noch immer den Blick auf mir.

Ich wich zurück.

Seine Lippen bewegten sich, als formten sie lautlos Worte.

Wieder und wieder schüttelte er den Kopf.

Endlich verstand ich ihn. »Bleib, wo du bist! Rühr dich nicht! Der Kreis wird halten! Du bist sicher! Bleib, wo du bist!«

Jetzt starrte *ich ihn* an.

»Bleib, wo du bist, Lucinda! Bleib, wo du bist!« Er zog die Schultern in die Höhe, krümmte sich vornüber, schlang die Arme um seine Mitte, die Hände zu Fäusten geballt, schaukelte ruckhaft vor und zurück. Eine Haltung, die ich nur zu gut kannte. Sein Blick hing noch immer auf mir.

War das ein Trick?

»Bleib, wo du bist, Lucinda! Du machst das gut. Bis Sonnenaufgang. Bleib, wo du bist!« Er flüsterte die Worte wie ein Gebet.

Es musste ein Trick sein. Oder doch nicht? Ich schluckte. Der Ausdruck in seinen Augen hatte sich verändert. Das war nicht mehr der Nosferatu ... Das war der Mann, der sich heute Mittag zwischen mich und einen wütenden Mustang gestellt hatte. Das Böse, der Wahnsinn war fort. Da war nur noch Qual. *Oh mein Gott.* Wie in Zeitlupe hob er die Hand, legte sie flach gegen die leere Luft. Der Bannkreis flammte darunter ein weiteres Mal auf. »Verzeih mir, mi vida.« Wieder kaum mehr als ein Bewegen der Lippen.

Meine Hand streckte sich wie von selbst seiner entgegen. Und erstarrte mitten in der Luft, als er jäh den Kopf emporriss und zur Kirchentür sah. Seine Nasenflügel blähten sich. In der nächsten Sekunde fletschte er zischend die Fänge. »Da ist noch einer.«

Ich zuckte abermals zurück, als er aufsprang und zur Tür hastete. Gleich darauf war er erneut in der Dunkelheit verschwunden und die Stille kehrte zurück. Und wurde von einem neuerlichen Heulen und Knurren zerrissen. Irgendetwas schlug von außen krachend gegen die Mauer der Kirche. Einmal, zweimal. Risse fraßen sich durch den Putz. Wieder ein krachender Schlag. Diesmal bröckelte der Putz, klatschte in großen Stücken zu Boden. Erschrocken duckte ich mich. Ein wilder Schrei. Die ganze Kirche schien sich zu schütteln. Noch mehr Risse. Das Gebälk knarrte, ächzte, barst unter dem nächsten krachenden Schlag. Ich schrie, kauerte mich zusammen, riss die Arme über den Kopf, schlang sie darum. Holz und Stein polterte herab, schlug um mich herum auf. Der Bannkreis loderte über mir. Eine der Holzsäulen kippte, stürzte zwischen Steinbrocken und Mauertrümmer, Splitter flogen … Dann war es abermals still.

Und blieb still.

Nur sehr langsam traute ich mich, die Arme herunterzunehmen, aufzustehen. Träge rieselte Staub noch immer von dem herab, was vom Dach übrig geblieben war. Sonst rührte sich nichts.

So dicht ich es wagte, trat ich an den Bannkreis heran. Lauschte.

Nichts.

»Joaquín?«, fragte ich nach einem weiteren Moment in die Stille hinein. Meine Stimme zitterte.

Keine Antwort.

Bebend holte ich Atem. Was war da draußen passiert? Waren es mehr als einer gewesen? Hatten sie auf ihn gewartet? Eine Falle? »Joaquín?!« Lauter diesmal. Und schriller.

Wieder lauschte ich. Wieder keine Antwort. Ich rieb mir mit der Hand über die Stirn. Fahrig. Hektisch. Warum kam er nicht zurück? Ich drückte die Faust gegen meinen Oberschenkel. Die Heldin in einem Film hätte es gewagt, den Bannkreis zu brechen und nachzusehen, was geschehen war. Allerdings liefen die Heldinnen in solchen Filmen dann gewöhnlich den Bösen genau in die Arme. Und wurde vom Helden in letzter Sekunde gerettet. Nur wusste ich nicht, ob es da draußen überhaupt noch etwas anderes außer ›den Bösen‹ gab. Also blieb ich, wo ich war. Im Inneren des Kreises. Auch wenn ich mich wie ein Feigling fühlte.

Abermals holte ich Luft. Nicht weniger bebend als zuvor.

»Joaquín?« Wie die ganze Zeit: nichts. *Oh mein Gott.*

»JOAQUÍN!!!« Ich versuchte die Panik gar nicht zu verbergen. Und es war mir egal, wer sie hörte.

Nichts als Stille.

Bis draußen die Nacht mit ihren Geräuschen wieder erwachte.

26

Ich hatte den Rest der Nacht zusammengekauert auf der Decke zugebracht. Angestrengt lauschend. Mich hektisch vor und zurück wiegend; vor und zurück. Immer wieder. Vor und zurück. Ein paarmal war es draußen von einer Sekunde zur nächsten wieder totenstill geworden. Zwei- oder dreimal hatte ich mir bei diesen Gelegenheiten eingebildet, Schaben und Knirschen zu hören, eine Bewegung auf der anderen Seite der Tür zu sehen. Doch weder Joaquín noch irgendeine andere Kreatur waren in die Kirche zurückgekommen.

Irgendwann fanden die ersten Sonnenstrahlen ihren Weg zu mir herein. Die Elementargeister-Flämmchen vergingen in ihnen. Das Holz war beinah komplett zu Asche geworden.

Langsam und steif stand ich vom Boden auf, schob den Dolch in seine Scheide zurück, vermied es, dorthin zu sehen, wo Césars Überreste liegen mussten. In meinem Inneren saß ein Zittern, das jede Sekunde auszubrechen drohte. Es hatte meine Hände erreicht, als ich mich endlich dazu durchringen konnte, Lücken in die Kreidelinien zu wischen, die Bannkreise von innen nach außen zu brechen; aus ihnen heraustrat. Mein Herz pochte viel zu laut, während ich zur Tür der Kirche ging. In ihrem Schatten blieb ich stehen und spähte nach draußen; presste die Hand vor den Mund, bei dem Anblick, der sich mir bot. Beinah hätten meine Knie nachgegeben. Der Wagen stand noch an derselben Stelle wie gestern Abend. Allerdings sah er jetzt so aus, als hätte jemand eine riesige Axt genommen und versucht, ihn der Länge nach in zwei Teile zu spalten. Die Motorhaube war wie von riesigen Klauen quer aufgeschlitzt. Genauso wie die Seite. Die Scheiben waren zertrümmert.

»Joaquín?« Irgendwie wagte ich es nicht, seinen Namen mehr als halblaut zu rufen. Wie in der Nacht bekam ich keine Antwort. Ich schlang die Arme um mich.

An einigen Stellen war der Boden schwarz. So als wäre Feuer in einer schnurgeraden Linie über ihn hinweggestrichen. Sehr heißes Feuer. Heiß genug, um einen Teil des Sandes zu Glas zu schmelzen. Oder was sollten die glänzenden Klumpen sonst sein?

Das alte Haus der de Alvaros hatte ein Loch in der Mauer, als hätte jemand eine zweite Eingangstür hineinbrechen wollen. Darunter lagen die Bruchstücke der Wand. Außen.

Über der Sierra begann die Luft schon wieder zu flimmern.

Zögernd ging ich die Stufen hinunter. Um ein Haar wäre ich gestürzt, als eine davon unter meinem Gewicht regelrecht zu Staub zerfiel. In letzter Sekunde fand ich mein Gleichgewicht wieder, rettete mich mit einem großen Schritt zur nächsten. Mein Herzschlag beruhigte sich nur langsam wieder ein kleines Stück weit.

Von einem Haus links von mir hatte gestern Abend auch noch eine Mauer mehr gestanden. Etwas lag davor … Ich blieb jäh stehen. Ein Skelett. Da lag ein menschliches Skelett. Nur noch nackte, graue Knochen. Die aussahen, als hätte Feuer das Fleisch von ihnen weggebrannt. Darüber kräuselte sich in den Sonnenstrahlen fahler Rauch. Als würde es immer noch vor sich hin schwelen. Ich zuckte zurück, als die Rippen auf einer Seite in sich zusammenfielen. Übertrieben tief holte ich Atem. War es das, was mit toten Nosferatu geschah, wenn sie der Sonne ausgesetzt waren? Der nächste Gedanke ließ mich die Luft anhalten. Was geschah mit einem Hexer, der kurz davorstand, endgültig Nosferatu zu werden?

»Joaquín?!« Hastig überwand ich die letzten Stufen. Was waren das für seltsam dunkle Flecken auf dem Boden? Egal! »Joaquín?« Meine Stimme kippte fast. Ein paar Schritte von der Treppe entfernt blieb ich wieder stehen. Drehte mich einmal um mich selbst. Knapp neben dem Brunnen lag ein weiteres schwelendes Skelett. Schaudernd riss ich den Blick davon los, sah mich weiter um. Nichts. Keine Spur von Joaquín de Alvaro. Ich spürte Panik in mir aufsteigen. Die nicht wirklich viel damit zu tun hatte, dass ich mutterseelenallein hier draußen war, falls ihm tatsächlich etwas zugestoßen sein sollte. Wer sagte mir eigentlich, dass er keines dieser Skelette war? Nein! So weit war er noch nicht gewesen. Ich schüttelte den Kopf. Brachte die gehässige kleine Stimme darin zum Schweigen. Er war hier irgendwo. Vermutlich hatte er einfach nur Zuflucht vor der Sonne gesucht. Immerhin hatte er ja diese beiden Nachtkristalle eigenhändig zerstört.

Ich presste die Handflächen gegeneinander. Meine Hände zitterten. Wohin war er gegangen? Abermals blickte ich mich um. Was auch immer das halbe Kirchendach zum Einsturz gebracht hatte, hatte sich direkt an ihrer Mauer abgespielt. Rechts von mir.

Ich hatte nicht vorgehabt zu rennen, trotzdem tat ich es.

Die Risse und der abgefallene Putz im Inneren waren nichts im Vergleich zu dem Bild, das sich mir hier draußen bot. Vermutlich war es ein Wunder, dass letzte Nacht nicht die *ganze* Kirche in sich zusammengefallen war.

Nur ein paar Meter entfernt, direkt gegenüber, lehnte – nein, stand! – am Stamm eines Joshua Tree ein weiteres Skelett. *Oh mein Gott.* Selbst jetzt schien es noch die entsetzlichen Nosferatu-Fänge gegen mich zu fletschen. Ich musste zweimal hinsehen, bis ich es glaubte: Was durch seine Kehle – oder das, was davon übrig war – und die Knochen dahinter in den Baumstamm getrieben war, war tatsächlich mein Springmesser. Mir war noch nicht einmal klar gewesen, dass Joaquín es eingesteckt hatte.

Mit einem Ruck wandte ich mich erneut der Mauer zu. Ungefähr in Hüfthöhe war ein rot getrockneter Handabdruck. Als habe sich jemand dort abgestützt. Während er sich vom Boden hochdrückte. An der Wand darunter waren ebenfalls blutige Schmieren. Auch die Erde am Fuß der Mauer war rot. Sehr rot. Schlagartig war mir eiskalt. Wo zum Teufel war er? Meine Hände zitterten immer mehr. Er hatte ›die Kurve‹ gekriegt. Wahrscheinlich tatsächlich nur in allerletzter Sekunde, aber er hatte sie gekriegt. Punkt! Mit dem Rest würde ich mich auseinandersetzen, wenn es so weit war.

Es war ein zweiter roter Handabdruck ein Stück weiter die Mauer entlang, der mir letztlich den Weg wies: zurück zur Vorderseite der Kirche. Allerdings auch nicht weiter. Das Blut rauschte in meinen Ohren.

Einen Moment lang stand ich einfach nur da. Unfähig, mich zu rühren … Dann machte ich mich hastig daran, den Platz nach weiteren Blutspuren abzusuchen.

Als ich hinter dem Wagen war, blieb ich abermals abrupt stehen. Die Heckklappe fehlte. Sie lag ein Stück weiter am Boden.

Wie achtlos beiseitegeworfen. Das Zittern breitete sich auch in meinem Innern aus.

Ich fand weitere Spuren am Brunnen, folgte ihnen – zum alten de-Alvaro-Haus. Mein Herz klopfte wie verrückt. Zögernd schob ich mich durch die Eingangstür – im Gegensatz zu gestern hing der Türsturz ein gutes Stück schiefer – und fragte mich die ganze Zeit, warum er eigentlich nicht zu mir zurück in die Kirche gekommen war.

Der vordere Raum war leer. Dafür war der rote Streifen neben dem Durchgang, der in den hinteren führte, nicht zu übersehen. Drei Wände standen noch, die vierte fehlte, sah man einmal von einem knapp kniehohen Mauerrest ab. Wo sie hätte sein sollen, erstreckte sich die flimmernde Sierra scheinbar endlos bis zu irgendwelchen Bergen. Nur ein paar Hundert Meter weiter hatte der Boden sich bereits wieder in einen in der Sonne spiegelnden See verwandelt.

Joaquín kauerte in der östlichen Ecke. Im Schatten. Die Beine ausgestreckt, Gesicht und Oberkörper zur Mauer hingedreht, den Kopf gegen die Wand gelehnt. Auf den ersten Blick wirkte seine Haltung beinah entspannt. Als hätte er sich einfach entschlossen, hier den Rest der Nacht zu verbringen. Wäre irgendwann eingeschlafen. Und nur noch nicht wieder aufgewacht. Auf den zweiten Blick war das Blut nicht zu übersehen. Die eine Hälfte seines Gesichts über den Hals bis auf die Brust hinunter … verschmiert. Mit Blut. Überall. Mein Magen hing in meiner Kehle.

»Joaquín?« Nur zögernd wagte ich mich weiter heran. *Bitte, lieber Gott, mach, dass er nicht tot ist! – Aber wenn er tot ist, sind alle meine Probleme auf einen Schlag gelöst …*

Das Blut auf der anderen Seite seines Oberkörpers entdeckte ich, als ich vor ihm in die Knie ging. Seine Jeans waren an dieser Seite rot. Ebenso der Boden unter ihm. Von hinten quer über die Rippen und halb in den Bauch hinein … fünf klaffende Furchen: Krallenspuren. Übergangslos war mir schlecht.

»Joaquín?« Ich beugte mich näher zu ihm. Seine Hand schoss in dem Moment vor, als ich meine nach seiner Kehle ausstreckte, um zumindest nach einem Puls zu tasten, legte sich wie ein Schraubstock um mein Handgelenk. Ich schrie. Fast hätte ich vor Schreck das Gleichgewicht verloren. Sie war eiskalt. Blut hing an ihr. Mein Herz setzte einen Schlag aus. Galle war in meinem Mund. Nein! NeinNeinNein … Die Zähne zusammengebissen versuchte ich mich frei zu machen. Erfolglos. Sein Kopf rollte herum, zu mir. Für eine Sekunde glaubte ich, seine Lider würden flattern, sich heben, aber seine Augen blieben geschlossen. Nur allmählich setzte mein Verstand wieder ein. Hilfe! Er brauchte Hilfe. Ich … ich …

»Ich hole Hilfe. Bleib hier!« *Bleib hier? Oh, ja, klar. Er war ja auch in der Verfassung,* irgendwo *hinzugehen.* »Hast du gehört? Ich hole Hilfe!« Seine Lippen bewegten sich, murmelten etwas, das ich nicht verstand. War das ein No gewesen? Zumindest seine Hand hatte sich fester um mein Gelenk geschlossen. Ich zog, versuchte mich abermals aus seinem Griff frei zu winden. Er kippte ein kleines Stück zur Seite. Diesmal verlor ich das Gleichgewicht, landete hart auf dem Hintern, mein Handgelenk noch immer in seiner Hand. Ich keuchte auf, als ich den Rauch sah, der von seiner Haut aufstieg. Dort, wo die Sonne sie berührte. *Oh mein Gott!* So schnell ich konnte, krabbelte ich wieder auf die Knie, schob ihn in den Schatten zurück. Er sackte einfach wieder in die Ecke. Der Rauch verschwand. Eine dünne Schicht Asche blieb auf seiner Hand und dem Arm zurück. Ich wagte es nicht, sie wegzuwischen, aus Angst, was ich darunter sehen würde. Stattdessen bog ich seine Finger diesmal mit Gewalt auf, auch wenn er mich nach wie vor offenbar noch immer absolut nicht loslassen wollte, zog mir sein Hemd aus und deckte es über ihn. Nicht genug. Hastig streifte ich auch noch das Hemd ab, das er mir gestern geliehen hatte, und breitete es ihm über Gesicht und Hals. Der Stoff war zu dünn! *Hilfe, bittebitte …* Die Sonne würde seine Haut durch ihn hindurch erreichen. Erst als es wehtat, merkte ich, dass ich mir auf den Fingerknöchel biss. Mein Herz raste. Wenn ich ihn zum Auto schaffen könnte … Nein, zu schwer. Er war garantiert zu schwer für mich. Wenn überhaupt würde … Ich würde ihn hinter mir herziehen müssen. Quer durch die Sonne? Nein. Zu weit. Viel zu weit. Außerdem … der Wagen war so verbeult und zerdellt … Die Sonne würde an mindestens einem Dutzend Stellen ungehindert in den Innenraum dringen. Scheiben gab es auch keine mehr. Noch nicht einmal der Kofferraum würde ihm Schutz … Die Decke!

Wie eine Besessene rannte ich zur Kirche zurück, stolperte die Treppe hinauf, klaubte die Decke vom Boden auf und stürmte zu Joaquín zurück. Wie oft ich stolperte und mich gerade noch mit den Händen abfangen konnte, ehe ich der Länge nach hinschlug, zählte ich nicht.

Als ich mich schließlich wieder neben ihn kniete, hatte er sich noch immer nicht gerührt. Vorsichtig hob ich das Hemd über seinem Oberkörper ein kleines Stück an, spähte darunter, versuchte zu erkennen, ob die Wunden noch bluteten. Ein bisschen Blut schien noch immer aus den Kratzern zu sickern. Ich konnte nicht einfach hier sitzen und abwarten, was geschah. Cris würde nicht nach uns suchen. Er hatte es selbst gesagt.

Und wer sonst wusste, dass wir nicht auf Santa Reyada waren? Niemand. Behutsam breitete ich die Decke über ihn, versuchte, mit einem Riss in der Mauer und Steinbrocken ein behelfsmäßiges Zelt über ihn zu bauen. Ich würde Hilfe holen. Querfeldein war vermutlich kürzer. Und was, wenn ich die Orientierung verlor? Ich musste der Schotterpiste folgen, die wir gestern auf unserem Weg hierher genommen hatten. Die Wasserflasche würde ich noch aus der Kirche holen. Und vielleicht konnte ich ein bisschen Zeit gewinnen, wenn ich die ersten Meilen locker lief. Es war noch früh. In Boston war ich manchmal morgens um diese Zeit gelaufen.

Ich sah zu Joaquín. Unter der Decke rührte sich nichts. »Ich beeile mich. Versprochen!« Ich hatte keine Ahnung, ob er mich hörte. Entschlossen stand ich auf und ging los. Meine Hände zitterten noch immer. Wie der Rest von mir. Für den Moment würde die Decke reichen. Ob das auch noch so war, wenn die Sonne den Zenit erreichte und es nirgendwo mehr Schatten gab, wusste ich nicht. Ich würde mich einfach beeilen. Mir war noch immer schlecht.

Es war ein Fehler gewesen. Meine Haut war inzwischen schon mehr als gerötet. Ich hatte die Sierra unterschätzt. Dass ich die Hitze nicht spürte, bedeutete nicht, dass sie nicht da war. Dummes Stadtkind. Und dann hatte ich die Schotterpiste, der Joaquín scheinbar ganz einfach gefolgt war, irgendwann nicht mehr gesehen. Ich hatte versucht, in meinen eigenen Spuren wieder zurückzugehen – und sie auf dem gerölligen Boden nicht mehr gefunden. Und jetzt hatte ich keine Ahnung mehr, wo ich war, geschweige denn, in welche Richtung ich gehen musste. Dummes, dummes Stadtkind. Die Wasserflasche war schon eine ganze Weile leer. Meine Zunge fühlte sich pelzig an. Ein paarmal war ich schon gestolpert oder in die Knie gegangen, und hatte dann minutenlang einfach nur dagesessen. Aber bisher war ich immer wieder aufgestanden und war weitergetaumelt. Mir war schwindlig und mein Kopf pochte. Ein Stein drückte sich in mein Bein. Alles um mich herum flimmerte. Wenn ich noch ein paar Minuten länger hier sitzen blieb, würde es vielleicht wieder vergehen. Bestimmt. Ein paar Minuten waren nicht schlimm …

Ich hockte noch immer da, als ein riesiger, dröhnender Schatten über mich fiel, Erde und Staub um mich herum aufgepeitscht wurden und plötzlich nur noch Dunkelheit um mich war.

27

Es war kühl und dämmrig. Meine Haut brannte, als stünde sie in Flammen. Lavendelduft strich über mich hinweg.

Ich fuhr senkrecht in die Höhe. Meine Augen waren verklebt und tränten, als ich blinzelte, aber nach einem Moment konnte ich klar genug sehen, um zu erkennen, wo ich war: in meinem Zimmer auf Santa Reyada.

Nur dass ich keine Ahnung hatte, wie ich hierhergekommen war. In meinem Kopf saß ein vages Schwindelgefühl. Wahrscheinlich hätte ich mich nicht ganz so abrupt aufsetzen sollen. An meinen Armen und Beinen schienen Bleigewichte zu hängen. Meine Haut war krebsrot und glänzte. Alles an mir fühlte sich kalt-klebrig an. Vielleicht eine Creme, die meinen Sonnenbrand lindern sollte? Vorsichtig rieb ich mir übers Gesicht. Irgendetwas war in meiner Armbeuge. Als ich den Arm ausstreckte, entdeckte ich ein Pflaster. Anscheinend hatte mir jemand eine Spritze gegeben. Mein Herzschlag beschleunigte sich. Warum? Wer? Fernán? Wer sonst? Hatte sie mir helfen sollen aufzuwachen oder mich länger ins Reich der Träume schicken?

Die Läden vor den Fenstern waren geschlossen, trotzdem konnte ich durch die Spalte das Gleißen der Sonne … Joaquín! Wenn es möglich war, saß ich noch ein Stück senkrechter. Ich wäre nicht hier, wenn sie ihn nicht auch nach Santa

Reyada gebracht hätten, oder? Und wenn Fernán bei mir gewesen war, hatte er sich bestimmt auch um Joaquín gekümmert. *Blut. Überall …*

Ich hatte mich bereits halb aus dem Bett geschoben, als mir bewusst wurde, was ich tat: Ich wollte mich selbst davon überzeugen, dass er hier war; wollte wissen, wie es ihm ging. Die Füße schon auf dem Boden, hielt ich inne. War das tatsächlich mein Ernst? Mein ganzes Leben war ich davongelaufen. Vor *ihm* davongelaufen. Und jetzt machte ich mir Sorgen, wie es ihm wohl ging? Das konnte … das war absolut … verrückt. Okay, bis gestern war ich der Meinung gewesen, Tante María wäre tatsächlich meine Tante und wir wären die ganze Zeit nur auf der Flucht gewesen, weil sie mich vor *ihm* und den anderen Hexern der Hermandad beschützen und verstecken wollte, und heute … wusste ich nicht mehr, was ich diesbezüglich glauben sollte. Aber das änderte nichts an einer ganz bestimmten Tatsache: Er brauchte mein Blut, wenn er nicht noch mehr Nosferatu werden wollte. Oder endgültig. Ich war *seine* Sanguaíera, seine *Blutbraut.* Und das war letztlich die alles *entscheidende* Tatsache. Selbst wenn der Rest meines Lebens eine Lüge war, DAS war FAKT.

Aber allein bei dem Gedanken, er – oder irgendein anderer, der war wie er – könnte seine Zähne in meinen Hals schlagen, um mein Blut zu trinken, nahm mir diese nur zu vertraute Panik die Luft. Ob ich wollte oder nicht, ich … hörte Tante María schreien, hörte sie betteln, sah wie der *andere* ihr die Fänge in die Kehle schlug, wieder, wieder … Alles in mir krümmte sich, wimmerte. – Ich konnte es nicht. Daran hatten auch die Stunden gestern im Tal nichts geändert. Auch die davor oben in seinem Laboratorium nicht. Oder all die anderen Gelegenheiten. Ich. Konnte. Es. Nicht. ICH KONNTE ES EINFACH NICHT! Ich saß ja jetzt schon vollkommen verkrampft auf der Bettkante und umklammerte mich selbst mit den Armen. Es war verrückt. In meinem Verstand war mir klar, dass es verrückt war. Aber ich konnte es nicht abschalten. Konnte die Angst nicht abschalten. Und allein der Gedanke, er könnte … würde … Ich drückte die Arme fester gegen meinen Bauch, presste die Lider aufeinander. Aber trotzdem wollte ich mich vergewissern, dass mit ihm zumindest halbwegs alles in Ordnung war. So wie er an dieser Mauer gelehnt hatte … Hastig verdrängte ich das Bild, schob die Decke von meinem Schoß und stand auf.

Ich stellte fest, dass meine Füße nackt waren, als ich die Ecke des Korridors fast erreicht hatte. Blass und schmal lugten sie unter meinen Jeans hervor. Unschlüssig blieb ich stehen. Sollte ich zurückgehen und mir Schuhe anziehen? Andererseits: Wofür brauchte ich Schuhe? Wie lange nagte ich eigentlich schon an meinem Daumen? Es war warm. Überall lagen Teppiche. Meistens zumindest. Es war eigentlich vollkommen unnötig … Das Klacken einer Tür ließ mich erstarren.

»Und?« Rafaels Stimme. Er war also tatsächlich schon zurück.

»Wie geht es ihm?« Cris. Offenbar standen beide vor Joaquíns Zimmer.

»Den Umständen entsprechend. Die Wunden sind tief, waren aber nicht genug von den Krallen infiziert, als dass ich die Infektion nicht noch hätte stoppen können.« *Blut. Da war so viel Blut gewesen. Überall.* »Es tut weh. Entsprechend gereizt ist er. Aber ich werde den Teufel tun und ihm etwas gegen die Schmerzen geben. Anders bekommt man gewisse Dinge ja anscheinend nicht in seinen Schädel. Dass ich ihm gesagt habe, er soll es die nächsten Tage locker angehen lassen, hat ihm auch nicht unbedingt gepasst.« Fernán. Ruhig und irgendwie angespannt zugleich. »Das Ganze wird meiner Einschätzung nach ohne Probleme abheilen. Es sollte ihm nur jemand mit den Verbänden zur Hand gehen. – Im Moment schläft er.«

Murmeln.

»Ganz genau. Ihr werdet eure helle Freude mit ihm haben. – Er möchte übrigens, dass ich heute nach Sonnenuntergang wieder hierherkomme. Und dass ich Soledad mitbringe.«

Warum war mein Daumenknöchel schon wieder zwischen meinen Zähnen?

»Warum?«

»Abgesehen davon, dass er uns für einen Kreis braucht, hat dein Bruder mir nicht gesagt, was genau er vorhat.«

»Und wenn er …« Stocken, Zögern. »Sie ist eine Sanguaíera …« *Blut. Tante María bettelte. Schrie. Er lachte, schlug seine Zähne in ihren Hals. Entsetzlich lange Zähne. Er kam zu mir. Seine Zähne. Er würde seine Zähne in meinen Hals schlagen. Wie der andere.* Ich bekam keine Luft, presste die Hand vor den Mund, damit es niemand hörte. Damit *er* es nicht hörte.

»Du hast ja eine schöne Meinung von deinem Bruder. Soledad gehört zu mir. Joaquín weiß das sehr gut. Und er wird diesen Umstand respektieren. Daran habe ich keinerlei Zweifel. – Und noch was: Die hier habe ich bei ihm gefunden.« Ein leises Klappern. Wie von Tabletten in einem Glasfläschchen. »Wie lange schluckt er das Zeug schon, um seine Gier nach Lucindas Blut zu dämpfen?« Atmen! Atmen!

Rafael sog zischend die Luft ein. »Alprazolam? – Nur um in ihrer Nähe sein zu können, vergiftet er sich langsam selbst?«

Was?

»Anscheinend. Ihr wisst also nicht, wie lange er es schon nimmt? Und in welcher Dosis?« Stille. Ich glaubte, sowohl Rafael als auch Cris im Geist die Köpfe schütteln zu sehen. Wieder jenes Klappern. Gab Rafael Fernán gerade das Fläschchen zurück? Atmen! Ich musste atmen.

»Und wenn wir es ihm einfach wegnehmen?« Cris.

»Abgesehen davon, dass ich nicht glaube, dass das die einzige Packung ist, die er davon im Haus hat …« Fernán stieß ein freudloses Lachen aus. Schritte erklangen. »Wenn er es tatsächlich schon so lange nimmt, wie ich vermute, möchtest du deinen Bruder aktuell nicht auf Entzug von diesem Zeug erleben. Und ich wage zu bezweifeln, dass er bereit ist, es kontrolliert auszuschleichen. Zumindest nicht, solange Lucinda hier ist.« Seine Stimme war leiser geworden, entfernte sich anscheinend. Meine Zähne gruben sich fester in meinen Daumen, es tat weh. Ich konnte nicht aufhören.

»Das heißt, wir können nur dabei zusehen, wie er sich auf diese Weise Zeit mit ihr erkauft?« Rafael. Hart und bitter. Auch seine Stimme war leiser geworden, klang weiter weg.

»Ich fürchte, ja.« Das Seufzen war in Fernáns Worten nicht zu überhören. Schritte auf der Treppe. »Ihr wisst, wo ihr mich erreichen könnt. Allerdings glaube ich nicht, dass ihr meine Dienste im Moment noch einmal brauchen werdet. – Wir sehen uns heute Abend.«

Rafaels und Cris' Antwort klang nur noch als Murmeln bis zu mir. Erst jetzt schaffte ich es, mich aus meiner Erstarrung zu lösen, spähte vorsichtig um die Ecke – der Korridor war leer! – und tappte schließlich zu Joaquíns Zimmer. Warum konnte ich noch immer nicht richtig Luft holen? Warum benahm ich mich, als hätte ich Angst, bei etwas Verbotenem erwischt zu werden? Er hatte mir nichts getan. *Da war überall Blut gewesen.*

Vor der Tür zögerte ich, warf noch einmal einen Blick den Korridor hinunter, bevor ich sie öffnete und mich in den Raum dahinter schob. Ohne anzuklopfen. So leise ich konnte, drückte ich sie wieder zu. Und blieb direkt hinter ihr wieder stehen. Wie von selbst schlangen meine Arme sich um meine Mitte. Sosehr ich auch versuchte, es niederzukämpfen: Ein Zittern hatte sich von einem Augenblick zum anderen in meinem Magen festgesetzt und stieg jetzt langsam, aber unaufhaltsam meine Kehle empor.

Das Zimmer war dunkel. Nicht nur die Läden waren geschlossen, dichte, schwere Vorhänge waren außerdem vor die Fenster gezogen. Und die Glastür. Auf welchen Balkon oder Terrasse ging sie hinaus? Unsicher runzelte ich die Stirn. Legte die Arme fester um mich. Ich konnte diesen Raum plötzlich einfach nicht mehr im Haus verorten. Als hätte ich von einem Moment zum nächsten jeglichen Orientierungssinn verloren …

Die Wange zwischen die Zähne gezogen, tappte ich vorsichtig weiter hinein. Da war ein Schreibtisch aus Glas und Stahl in der Nähe der Tür. Auf der Seite gegenüber der Fenster zwei Türen. Licht fiel durch einen schmalen Spalt. Ich erhaschte einen Blick auf Fliesen. In der Ecke daneben … baumelte ein Sandsack von der Decke. Verwirrt runzelte ich die Stirn ein bisschen mehr, ging weiter. Das Zittern hatte meine Arme und Hände erreicht. Ich drückte sie fester an meinen Körper. Auf meinen Armen war eine Gänsehaut. Meine Hände waren mit einem Mal kalt.

Das Bett war ein dunkler Schatten. Beinah hätte ich mir das Schienbein an seinem Rand gestoßen. Ein Futon. Holz.

Am Kopfteil schimmerte Metall. Das Bettzeug war dunkel. Ich konnte nicht sagen, ob schwarz oder blau. Oder rot. Wie Blut. *Rot. Da war so viel Blut. Überall. So viel Blut.* Seine Haut wirkte blass dagegen. Die Decke war nur bis knapp über die Hüfte gezogen. Der Verband hob sich beinah grellweiß dagegen ab. Mull und Heftpflasterstreifen. Schräg über die Rippen abwärts. Mehrere Lagen Mull. An einer Stelle zeigte sich ein Hauch von Rot auf dem Weiß.

Rot.

Blut.

Tante María schrie.

Blut in seinem Gesicht.

Und an seiner Seite.

So viel Blut.

Er rührte sich nicht. Das Zittern wollte nicht nachlassen. Wurde immer schlimmer.

Wie bei Tante María.

So viel Blut.

Der andere Nosferatu … der … er … er hatte …

Das Zittern wurde zu einem Schluchzen. Ich presste die Faust in meinen Mund, um es zu ersticken. *Wenn er mich hörte. Wenn der Nosferatu mich hörte, würde er kommen, um mich zu holen. Er hatte es gesagt. Wenn er mit Tante María fertig war, würde er kommen, um mich zu holen. Er hatte es gesagt. Joaquín hatte mich beschützt, oder? Ja, ja, er hatte mich beschützt. Er würde es wieder tun. Mich beschützen. Damit der andere nicht kam, um mich zu holen. ›Ich will dich beschützen‹, hatte er gesagt. Genau das. ›Du musst keine Angst haben, Luz. Dir wird nichts geschehen.‹ Das hatte er gesagt.* Das Bett sah weich aus. Ich beugte mich wachsam vor, strich mit der Hand über die Decke. Seide.

Wie wunderbar kühl. Er rührte sich noch immer nicht. Schien gar nicht zu wissen, dass ich da war. Nicht wie sonst. Wenn er schlief, war er nicht gefährlich. Ich könnte mich neben ihn setzen. Nur ein bisschen. Bis das Zittern aufhörte. Und ich sicher war, dass der andere nicht kam, um mich zu holen. Nur ein bisschen. *Niemand weiß, dass ich hier bin. Niemand wird mich finden.* Sehr, sehr langsam trat ich an die Seite des Bettes. Setzte mich ganz vorsichtig auf den Rand. Noch immer rührte er sich nicht. Schlief einfach weiter. Ganz tief. Seine Fingernägel waren schwarz. Zum ersten Mal auch bei Tag. An seiner Schläfe fehlten Haare. So nah konnte ich es deutlich sehen. Da war eine rote Linie auf der Haut. Ich lehnte mich weiter vor. *So viel Blut. Da war so viel Blut gewesen. In seinem Gesicht. An seinem Hals.* Meine Finger stahlen sich von selbst zu seiner Kehle. Er war so warm. Beinah heiß. Mir war so kalt. Ich könnte mich neben ihn legen. Nur ein bisschen. Wenn er schlief, konnte er mir nichts tun. Die Seide würde kühl sein auf meinem Sonnenbrand. Ich musste ihn ja nicht berühren. Nur neben ihm liegen. Das Bett war breit genug. Ganz langsam ließ ich mich auf die Seite sinken, zog die Beine auf die Matratze. Es war gut, dass ich keine Schuhe trug. Dann musste ich sie nicht ausziehen.

Wie zuvor streckte meine Hand sich wie von selbst nach ihm aus, strichen meine Fingerspitzen leicht über seinen Arm. Er war so warm. Es fühlte sich gut an. Gut, hier zu liegen. *Friedlich. So wunderbar friedlich. Dunkel. Warm. Und friedlich.* Ich lauschte auf seine Atemzüge. Tief und gleichmäßig. Beruhigend. Meine Fingerspitzen strichen auf und ab. Ein tiefer Atemzug. Tiefer als die zuvor. Ich erstarrte. Noch mehr, als er dann den Kopf in meine Richtung wandte. Schlagartig verstärkte sich das Zittern noch viel mehr. Doch er schlief nur ruhig weiter.

Auch meine Fingerspitzen auf seinem Arm waren erstarrt. Eine kleine Ewigkeit wagte ich es noch nicht einmal, mich so weit zu bewegen, um sie zurückzuziehen. Als ich es endlich doch tat, schob ich die Hand vorsichtig unter meine Wange.

Wann das Zittern nachließ und ich anfing, mich zumindest ein Stück weit zu entspannen, merkte ich nicht. Ich lag einfach nur da und sah über seine Brust hinweg ins Halbdunkel und spielte mit dem Rand der Decke.

»Wenn ich mich aufschlitzen lassen muss, damit du dich zu mir legst, werde ich das mit Freuden ab sofort jede Nacht tun.«

Mit einem hellen Keuchen fuhr ich hoch und aus dem Bett.

»Nein! Nicht! Luz, tu das …« Der Rest ging in einem Stöhnen unter, auf das ein spanischer Fluch folgte. Als ich mich umdrehte, sah ich gerade noch, wie Joaquín mir halb zugewandt vornüber aufs Bett zurücksank, eine Hand auf seiner verletzten Seite. Einen Moment drückte er das Gesicht in die Decke, dann sah er zu mir auf. »Ich wollte dich nicht erschrecken. Es tut mir leid!«

Ich nickte nur. Zu mehr hatte ich keine Luft. Mein Atem kam noch immer viel zu schnell.

»Kommst du wieder zu mir?« Er streckte die Hand nach mir aus.

Ich machte einen hastigen Schritt zurück; diesmal mit einem Kopfschütteln. Seine Fänge schienen noch ein Stück länger zu sein, als sie es bisher bei Tag gewesen waren. So lang wie letzte Nacht?

»Das hab ich mir gedacht.« Er ließ die Hand wieder fallen, rollte sich sichtlich mühsam auf den Rücken.

»Ich … ich sollte gehen.« Meine Stimme klang heiser.

»Nein! Bitte bleib!«

»Nein, ich … ich muss …«

»Dann sag mir wenigstens vorher, wie es dir geht.« Er stemmte sich auf einen Ellbogen, die freie Hand wieder auf der verletzten Seite. »Fernán sagte, du hättest einen Sonnenstich und sie hätten dich irgendwo zwischen dem alten Santa Reyada und San Isandro ohnmächtig in der Sierra gefunden. Aber er wollte mich um keinen Preis zu dir lassen.«

»Ich … ich denke, ich bin wieder in Ordnung. Mit einem ziemlichen Sonnenbrand, aber ansonsten … wieder in Ordnung.« Ich presste die Handflächen zusammen, um zu verhindern, dass ich wieder die Arme um mich selbst legte. »Bist du … bist du schwer verletzt?«

»Es sieht schlimmer aus, als es ist. In einigen Tagen sind das nur ein paar Narben mehr.« Sein Schulterzucken endete trotzdem in einem scharfen Atemzug und einem Zischen.

Ich nickte. »Ist das … ist das immer so.« Meine Arme stahlen sich um meine Mitte. Ich konnte nichts dagegen tun.

»Was?«, fragend neigte er den Kopf.

»Wenn die Sonne untergeht … wenn du … du Nosferatu wirst? Tut es immer … weh?«

Einen Moment schien er von meinem abrupten Gedankensprung verwirrt.

Plötzlich fühlte ich mich dumm und kindisch. »Ich … entschuldige. Es … geht mich nichts an. Ich … ich gehe jetzt besser.«

»Ja, es tut jedes Mal … weh.« Seine Worte verhinderten, dass ich zur Tür ging. Nein, zur Tür *flüchtete.* Ich umklammerte mich fester. Da war ein Unterton in seiner Stimme, der mir verriet, dass ›wehtun‹ es nicht ganz traf. Wäre ›qualvoll‹ richtiger gewesen? Oh mein Gott. »Aber inzwischen ist die … Kluft zum Nosferatu nicht mehr ... so groß wie zu Anfang; entsprechend geht es schneller. Nur der Weg zurück, wenn die Sonne aufgeht, wird mit jedem Mal unan...«

»Habe ich mich doch nicht geirrt, als ich dachte, Stimmen zu hören.«

Mit einem erschrockenen Laut machte ich einen Schritt rückwärts.

»Rafael.«

Der schloss gerade die Tür. Und knipste das Licht an. Geblendet kniff ich für einen Moment die Augen zusammen. Joaquín stieß ein Knurren aus.

»Ich störe eure romantische Zweisamkeit ja ungern, aber ich dachte, nachdem du wach bist, solltest du wissen, dass Tomás unten ist, Joaquín.«

Das Knurren wurde dunkler. »Was will er?«

»Das hat er nicht gesagt. Aber Cris wimmelt ihn ab.«

»Das will ich sehen.« Joaquín hatte sich aufgesetzt und schob sich jetzt zum Bettrand. Dort, wo er mit Sonne in Berührung gekommen war, war sein Arm feuerrot.

»Wenn ich mich recht erinnere, sagte Fernán etwas davon, dass du es ruhig angehen lassen sollst.« Rafael betrachtete übertrieben gelangweilt seine Fingernägel.

»Mit Tomás werde ich noch allemal fertig.« Er warf die Decke von sich und stand auf. Wenn auch etwas schwerfällig und umständlich. Und ohne besonders sicher auf den Beinen zu sein. Die Pyjamahose hing gefährlich tief auf seinen Hüften. Um ein Haar hätte ich mich an meinem nächsten Atemzug verschluckt.

»Natürlich. Es geht dir ganz ausgezeichnet.« Spöttisch ließ Rafael seinen Blick einmal an ihm auf- und abwandern. »Es geht euch beiden ausgezeichnet.« Damit sah er mich an. Bei dem Ausdruck in seinem Gesicht wich ich unwillkürlich zurück. »Du warst ja wohl von allen guten Geistern verlassen, was? Allein hinaus in die Sierra zu rennen. Am Tag. Hat dir das erste Mal, als wir dich suchen mussten, nicht gereicht?«

»Rafael!«

Der ließ sich von Joaquíns warnendem Ton nicht aufhalten. Stattdessen machte er einen Schritt auf mich zu. »Du hättest bei ihm bleiben sollen. Ein Wagen ist aus der Luft deutlich besser zu sehen als eine Person, die allein draußen herumirrt. Oder sogar zusammengesunken auf der Erde liegt und sich nicht bewegt.« Mit jedem Wort war seine Stimme schärfer geworden. Aus der Luft? Der Schatten ... ein Helikopter.

»Rafael! Hör auf! Lass sie in Ruhe. Sie hat es begriffen. Sie wird es nicht wieder tun. Lass es gut sein.« Joaquín klang nicht weniger scharf.

Rafael machte einfach mit seiner wütenden Tirade weiter. »Ich hätte dir mehr Verstand zugetraut, tigresa. Du hast dich unnötig in Gefahr gebracht.«

Mit einer entschiedenen Bewegung schob Joaquín sich zwischen uns. »Du sollst sie in Ruhe lassen!«

»Du hast euch beide ...«

»Das reicht, Rafael!«

Rafael fauchte. Joaquín fletschte die Fänge. Ich drängte mich an beiden vorbei und flüchtete aus dem Raum.

»Lucinda ...« *Er.*

Ich rannte den Korridor hinunter, ohne mich umzudrehen. In die falsche Richtung. Auf der Treppe brachten Stimmen mich zum Stehen. Zu spät.

Sie sahen zu mir empor. Cris und einer der Männer, die an

dem Tag auf Santa Reyada gewesen waren, an dem wir den Unfall gehabt hatten.

Unter seinem Blick fühlte ich mich wie eine Maus in der Falle.

»Lucinda …«

»Señorita Moreira.« Bevor Cris es verhindern konnte, trat der andere Mann – Tomás – an ihm vorbei. »Wie schön, Sie endlich persönlich zu treffen.« Wahrscheinlich wäre er die Treppe heraufgekommen, hätte Cris ihn nicht am Arm zurückgehalten. Er nahm seine Augen gerade lange genug von mir, um Cris zornig anzusehen und sich mit einem Ruck aus seinem Griff zu befreien, ehe er sich wieder gänzlich mir zuwandte. »Lässt Joaquín Sie inzwischen doch herunterkommen, wenn ein anderes Mitglied der Hermandad im Haus ist?«

Ich schluckte, legte die Hand auf das Geländer neben mir, um irgendetwas zu haben, an dem ich mich festhalten konnte. »Ich verstehe nicht …«

»Nun, als ich und zwei … Freunde hier waren, weigerte er sich, Sie uns vorzustellen, Lucinda.« Sein Lächeln wirkte falsch. »Wenn ich geahnt hätte, dass ich Sie heute doch sehen würde, hätte ich Ihnen eine kleine Aufmerksamkeit mitgebracht. Vor allem, nachdem Sie ja erst vor ein paar Tagen Geburtstag hatten. Mögen Sie immer noch diese Schweizer Schokolade so gern? Die mit der ganz dunklen Schokolade und dem Chili?«

Ich starrte ihn an. Woher wusste er, wann ich Geburtstag hatte? Dass ich Schokolade mit Chili mochte?

Auf seiner Miene erschien ein Ausdruck von Überraschung. »Sagen Sie nicht, Sie erinnern sich nicht mehr an mich, Lucinda?«

Ich kam nicht zu einer Antwort.

»Ich dachte eigentlich, ich hätte mich beim letzten Mal klar ausgedrückt, was deine Anwesenheit auf Santa Reyada angeht, Tomás. Oder die eines der anderen. – Was willst du hier?« Joaquín.

Tomás blickte hinter mich. Für eine Sekunde schien er die Lippen zu einem harten Strich zusammenzupressen, dann war das Lächeln wieder da. »Ich wollte sehen, was du für Fortschritte machst, Joaquín.«

»Falsch, Tomás. Du wolltest auf meinem Grab tanzen, noch bevor es geschaufelt ist.« Was? »Ich fürchte, du musst dich gedulden. Meine Zeit ist noch nicht um. Du kannst also wieder verschwinden. Auf Wiedersehen.« Eiskalt.

Diesmal war der Hass auf Tomás' Zügen nicht zu übersehen. Er jagte eine Gänsehaut über meine Arme.

Joaquín ging an mir vorbei. In Jeans und hellem Hemd. Es war gerade genug zugeknöpft, dass man den Verband nicht sah. Und schief. Hatte seine Hand eben meine gestreift? Nur ganz flüchtig? Nein, ich musste mich geirrt haben. Zögernd folgte ich ihm die Treppe hinunter, blieb auf der letzten Stufe stehen. Rafael lehnte nachlässig über mir am Geländer des Absatzes. Cris stand unschlüssig noch immer halb hinter dem Mann, schien nicht zu wissen, was er tun sollte.

Alles an Tomás de Silva verriet seinen Ärger. Doch er stolperte rückwärts, als Joaquín mit den nachlässigen Bewegungen eines Raubtiers immer weiter auf ihn zuging. Nicht wie ein Mann, dessen Seite von Klauen aufgeschlitzt war. Ihn regelrecht vor sich hertrieb. Ich fragte mich, ob sie sahen, was ich sah: Augen wie farblose Diamanten, Fänge und schwarze Fingernägel, die scharf wie Rasierklingen sein mussten, die entsetzliche Schönheit der Nosferatu … Cris trat hastig beiseite, als de Silva beinah in ihn hineingelaufen wäre. »Tust du mir einen Gefallen, Cris, und sorgst dafür, dass Tomás den Weg von unserem Land herunter findet, ohne sich zwischen hier und der Straße zu verlaufen?« Er neigte den Kopf nur ein kleines Stückchen in Cris' Richtung, als er auf gleicher Höhe mit ihm war.

Cris nickte knapp. »Natürlich.« Seine Miene war kühl und unbewegt, als er zur Tür ging und sie öffnete. Gerade rechtzeitig, um zu verhindern, dass Tomás rücklings dagegen stieß. Der bedachte Joaquín noch einmal mit einem hasserfüllten Blick, schickte einen ähnlich zornigen zu Rafael, machte kehrt und stürmte aus dem Haus. Mich beachtete er überhaupt nicht mehr. Cris jedoch schaute noch einmal zu mir her, bevor er Tomás folgte und die Tür hinter ihnen schloss. War das tatsächlich Bedauern gewesen, das ich in seinen Augen gesehen hatte?

Joaquín zischte etwas auf Spanisch, machte eine Geste zur Tür hin, von der ich nicht wusste, was sie bedeutete, wandte sich um und sah zu Rafael, der immer noch auf dem Treppenabsatz stand. »Jetzt können wir unser Gespräch von oben fortsetzen.« Mit einem knappen Nicken wies er in Richtung Arbeitszimmer. »Wenn du das noch immer willst.«

Rafael stieß sich nur vom Geländer ab und stieg die Stufen hinunter. Nicht ohne mir im Vorbeigehen einen nach wie vor unwilligen Blick zuzuwerfen. Was ihm wiederum ein warnendes Knurren von Joaquín einbrachte.

»Entschuldige uns, Lucinda.« Vermutlich sollte das Lächeln, mit dem er mich bedachte, aufmunternd sein. Ich schob die Hände in die Hosentaschen und zog die Schultern hoch. Mein Sonnenbrand spannte unangenehm. Sie verschwanden im Arbeitszimmer. Rafael schloss die Tür mit Nachdruck.

Am liebsten wäre ich diesem Tomás nachgelaufen und hätte

ihn gefragt, was er über die Zeit wusste, als ich hier auf Santa Reyada gewesen war; was er über *mich* aus dieser Zeit wusste. Doch dann sprang draußen ein Motor an und ein Wagen fuhr los. Ich hatte zu lange gewartet.

Hinter der Tür zum Arbeitszimmer erklang Rafaels Stimme. Ärgerlich. Ich drückte die Hände tiefer in die Taschen. Joaquín antwortete ihm nicht weniger unwillig. Was sie sagten, verstand ich nicht. Sie sprachen spanisch. Ich stand einen langen Moment nur da und wusste nicht, was ich tun sollte.

Der schwarze Lack des Flügels glänzte im Sonnenlicht. *Tade-ramtamtam-taderamtamtam-taderam-taderam-taderamtam-tam …*

28

Bist du noch ganz dicht?« Rafael drückte die Tür noch ins Schloss, als er schon über ihn herfiel.

»Ja, Rafael, schön, dass du wieder da bist. Ich freue mich auch.«

»Hornochse.« Der knallte das Tablettenfläschchen auf den Schreibtisch. Es erstaunte Joaquín beinah, dass es nicht zerbrach. »Hast du mir etwas dazu zu sagen?« Rafael verschränkte die Arme vor der Brust.

»Mal abgesehen davon, dass ich dir keine Rechenschaft schuldig bin: Nein, ich habe dir dazu nichts zu sagen.«

Die eisblauen Augen seines Freundes wurden schmal. »Du weißt aber schon, was dieses Zeug in deinem Körper anrichtet?«

»Ja, weiß ich. Und wie du so schön festgestellt hast: Es ist *mein* Körper – und damit *meine* Sache.«

Nur aus einem Grund war das Ganze bisher relativ einfach gewesen: Rafael war nicht da gewesen. Und hatte entsprechend keine unangenehmen Fragen stellen können. Oder am Ende eins und eins zusammenzählen.

»Ist Lucinda das wirklich wert?«

Sofern man den Umstand außer Acht lässt, dass nur sie verhindern kann, dass ich endgültig Nosferatu werde? »Ja.«

Eine Sekunde herrschte Schweigen zwischen ihnen, dann

holte Rafael übertrieben tief Atem und stieß ihn wieder aus. »Okay.« Wieder Stille, dann ein neuerlicher tiefer Atemzug. »Fernán hat gesagt, du hättest ihn gebeten, heute nach Sonnenuntergang herauszukommen und Soledad mitzubringen. Ich gehe nicht davon aus, dass du ein nettes kleines Barbecue mit Freunden im Sinn hast. Was hast du vor?«

»Nur ein bisschen Wetterhexerei.«

»*Nur*?« Rafael schien sich an dem Wort zu verschlucken. »Wetterhexerei und das Wort ›nur‹ in einem Satz ist ein Widerspruch in sich. – Irgendjemand hat dir und Lucinda da draußen eine saubere Falle gestellt. Es ist vermutlich noch keine sechzehn Stunden her, da hat dich ein Nosferatu mal eben mit seinen Klauen aufgeschlitzt und du willst jetzt mit Mächten spielen, von denen selbst Estéban die Finger gelassen hat, wenn er nicht unbedingt musste. Das ist Wahnsinn.«

»Erstens *spiele* ich nicht mit diesen Mächten und zweitens: Lass das meine Sache sein.«

»Ja, klar. Wie damals, als ich diese Eisensplitter aus dir herauspulen musste, Estéban auf gar keinen Fall etwas davon erfahren durfte und du ganz nebenbei auch noch der Meinung warst, du kannst mit einem halben Dutzend Löcher in der Seite direkt wieder auf und davon. Da sollte ich es auch ›deine Sache‹ sein lassen. Nur dass *ich* Estéban erklären musste, wieso es in *meinem* Badezimmer nach *deinem* Blut roch.«

»Rafael ...«

Der grunzte verächtlich. *»Rafael, Rafael.* – Schieb dir dein *Rafael* sonst wo hin.« Er lachte hart. »Was reg ich mich eigentlich auf? Ihr de Alvaros hattet ja immer schon einen gewissen Hang zum Größenwahnsinn. – Ach ja, warte, jetzt weiß ich, warum ich mich aufrege: weil ich die ganze Zeit dachte, dass diese Krankheit an *dir* vorübergegangen wäre. Scheint so, als hätte ich mich gründlich geirrt.« Heftig schüttelte Rafael den Kopf, fuhr mit der Hand durch die Luft. »Verdammt, Joaquín, allmählich fange ich an, mir ernsthaft Sorgen um dich zu machen. Du führst dich auf, als wärst du vollkommen durchgeknallt.«

»Seit wann hast du neben Nosferatu- auch noch Glucken-Gene in dir?« Er zuckte innerlich zusammen. Das war nicht fair gewesen.

Rafael stieß ein Schnauben aus, ehe er noch irgendetwas hinterherschicken konnte. »Gott, was sind wir heute witzig.« Sein Ton war nicht mehr sarkastisch, er war ätzend. »Du kannst vielleicht alle anderen verarschen, Bruder, aber mich nicht. Dazu haben wir zusammen zu oft zu tief in allen möglichen Dingen dringesteckt. Also: Was geht hier vor? Abgesehen davon, dass irgendjemand hinter dir und Lucinda her ist. Was ist passiert, während ich nicht da war. Klär mich …« Er unterbrach sich selbst, holte ein weiteres Mal tief Luft. »Sie wissen es, nicht wahr? Sie wissen, wie weit du schon bist.« Unruhig begann er, vor dem Schreibtisch auf und ab zu wandern, blieb wieder stehen, rieb sich den Nacken. »Wahrscheinlich hat Lillian es ihnen verraten.« Mit einem neuerlichen Kopfschütteln sah er zu ihm herüber. »Sie wissen es, nicht wahr?«

Als Joaquín nickte, fluchte Rafael. »Seit wann?«, fragte er dann.

»Direkt nachdem Lillian mich gesehen hat. Am nächsten Tag tauchten Tomás, Bartolomé und Ruiz hier auf und verlangten von mir, dass ich die Illusion fallen lasse.«

»An dem Tag, an dem ich nach Washington geflogen bin?«

»Ja.«

»Und? Komm schon, lass dir nicht jeden Wurm einzeln aus der Nase ziehen.«

»Sie haben mir eine Frist gesetzt. Entweder ist Luz bis dahin meine Blutbraut oder sie erwarten, dass ich der Hinrichtung zustimme.«

Rafael zischte. »Schweine. – Wie lang haben sie dir gegeben?«

»Vier Wochen.« Joaquín griff nach dem Fläschchen und ließ es in seiner Hosentasche verschwinden. Wie sehr er es hasste, ihn anzulügen.

»Anscheinend hast du den Zauber nicht ganz fallen lassen. Ansonsten hätten diese Aasgeier dir niemals so viel Zeit gelassen. Gut.« Abermals rieb er sich den Nacken. »Und Lucinda scheint sich ja schon ein Stück weit an dich gewöhnt zu haben.«

Hat sie das? Vielleicht. Aber selbst wenn, schlägt ihr Herz nach wie vor viel zu schnell, wann immer ich ihr zu nahe komme; wird sie starr, wenn ich hinter ihr bin. Und nach letzter Nacht gibt es für mich *kein Zurück mehr. Auch wenn sie es ertragen könnte, dass ich ihr Blut trinke … Die anderen werden mir nicht erlauben, weiterzuleben. Nicht so. Und ich werde Luz nicht ins Dunkel reißen, wenn sie mich vernichten. – Was würde Rafael wohl sagen, wenn er von meinem Deal mit ihr erfahren würde? Morgen ist die Frist abgelaufen. Aber ich kann sie nicht gehen lassen. Nicht so! Noch nicht …*

»Ich wäre dir dankbar, wenn du ihr nichts erzählen würdest.«

Zynisch verzog Rafael das Gesicht. »Wovon genau?«

»Von allem, worüber wir gerade gesprochen haben. Sie muss …« Er hielt inne, lauschte zur Tür hin. Taderamtamtamtaderamtamtam-taderam-taderam-taderamtamtam …

Rafael neigte den Kopf, runzelte die Stirn. »Der Flohwalzer? Wer …?«

»Luz.« Er zögerte mit der Antwort keine Sekunde. Früher hatte sie das ganze Haus damit in den Wahnsinn getrieben, wenn sie etwas unbedingt gewollt hatte. »Du entschuldigst mich.«

Selbst wenn Rafael Nein gesagt hätte, hätte er ihn einfach stehen lassen.

29

Taderamtamtam-taderamtamtam-taderam-taderam-taderamtamtam …

»Was willst du, Lucinda?«

Ich schrie und fuhr herum. Der Flügel gab einen fürchterlichen Misston von sich, als ich mit Händen und Hintern gleichzeitig auf einer ganzen Menge Tasten landete. Joaquín stand hinter mir. Sehr dicht. Ich hatte ihn nicht bemerkt. Einen Moment schnappte ich einfach nur keuchend nach Luft, drückte die Hand auf die Brust, in der sinnlosen Hoffnung, so schneller wieder zu Atem zu kommen.

»Was willst du, Lucinda?«, wiederholte er leise. Rafael lehnte in der Arbeitszimmertür.

Ich schüttelte den Kopf. *Nicht hier sein. Ein normales Leben.* »Ich will mich erinnern können. Jeder weiß etwas über mein Leben damals, hier auf Santa Reyada. Selbst dieser Tomás. Nur ich nicht.« Wieder schüttelte ich den Kopf. Sogar in meinen eigenen Ohren klang das lächerlich. Und vielleicht hätte ich vor ein paar Tagen den Umstand, dass ich nichts, aber auch gar nichts über meine Zeit hier wusste, noch mit einem Schulterzucken abgetan – allerdings hatte ich da ja auch noch gedacht, *Tante* María sei tatsächlich meine *Tante* gewesen. Jetzt aber … Es war wie ein Loch in meinem Inneren. Und ausgerechnet dieser Tomás hatte es mit seinem blödsinnigen Gerede aufgerissen, hatte einfach den Deckel beiseitegezerrt. »Vieles hier fühlt sich so vertraut an … Selbst der Flügel und dieses verdammte Lied … Aber es ist wie hinter einem Schleier, durch den ich nicht hindurchkomme …«

»Lo siento.« Er sprach so leise, dass ich ihn kaum verstehen konnte. »Es tut mir leid.«

Ich schaute zur Seite, biss mir auf die Lippe. Kämpfte gegen den Kloß an, der plötzlich in meiner Kehle brannte. Und zuckte zusammen, als Joaquín nach meiner Hand griff.

»Komm mit.« Mehr sagte er nicht, machte kehrt, zog mich hinter sich her. Die Treppe hinauf.

»Wohin? Was …«

»Ich will dir etwas zeigen. Etwas, das ich schon vor Tagen hätte tun sollen.« Er drehte sich nicht um, ging einfach weiter, meine Hand in seiner. Irgendwie hilflos warf ich einen Blick hinter uns. Rafael stand noch immer in der Tür zum Arbeitszimmer und sah uns nach, scharfe Linien auf der Stirn.

Wohin er mit mir wollte, war mir spätestens dann klar, als wir die Treppe in den zweiten Stock hinaufstiegen. Meine Hand nach wie vor in seiner.

Erst in seinem Laboratorium ließ er mich los, doch er ging nicht zu dem verhängten Spiegel, wie ich angenommen hatte. Stattdessen öffnete er eine Schublade an einem der Tische und förderte nach einem Moment des Suchens eine Spiegel*scherbe,* ungefähr so groß wie ein Blatt Papier, zutage, legte sie auf die Tischplatte. Wie beim letzten Mal füllte er eine Steinschale mit Wasser, winkte mich schließlich zu sich an den Tisch.

»Du willst dich wirklich erinnern? An alles? Wirklich absolut alles? Gleichgültig, ob gut oder schlecht?« Seine Stimme, seine Miene, seine Augen … alles war hart, als er mich ansah.

Von einer Sekunde zur nächsten schlug mein Herz wie verrückt. »Was?«

»¿Sí o no?«

Ich presste die Hand gegen die Kehle, nickte.

»Sag es!«

»J-ja.«

Ohne den Blick von mir zu lösen, griff er nach der Spiegelscherbe auf dem Tisch, hielt sie mir hin. »Nimm sie in beide Hände. Aber pass auf, dass du dich nicht schneidest. Die Kanten sind scharf.« Dass ich erschrocken von der glänzenden Scherbe aufsah, entlockte ihm ein zynisches Lächeln. »Keine Sorge, ich tue dir nichts. Ich habe vergangene Nacht von zwei Nosferatu … getrunken. Meine Gier hält sich in Grenzen.« Der Umstand, dass er hinter mich trat, von hinten um mich griff und seine Hände über meine legte, machte es mir nicht gerade einfacher, tiefer zu atmen. »Halt sie waagerecht.« Er balancierte die Spiegelscherbe in meinen Händen aus, griff neben uns, nahm die Schale vom Tisch, goss Wasser auf die glänzende Oberfläche, stellte sie wieder beiseite, schrieb wie beim letzten Mal ein verschlungenes Zeichen in die Nässe, zu schnell, als dass ich es erkannt hätte. Wieder legte er die Hände über meine, kippte die Scherbe, damit das Wasser sich über ihre ganze Fläche verteilte. Es bewegte sich nur träge. »Festhalten.« Erneut löste er eine Hand. »Was auch passiert: nicht loslassen!« Ich begriff erst, was er vorhatte, als er den Finger über eine der Kanten zog. Sofort klaffte ein Schnitt in seiner Haut, aus dem Blut perlte. Ein zweites Zeichen ließ Blut und Wasser ineinanderrinnen. Abermals legte er die Hand über meine, hielt er die Spiegelscherbe wieder mit mir zusammen fest. Sein Atem streifte meinen Hals.

»Schau und erinnere dich!« Dicht neben meinem Ohr. Wie eine Beschwörung …

… der Weihnachtsbaum steht am Ende der Treppe. Wie jedes Jahr. Eine Tanne. Alle meine selbst gebastelten Strohsterne hängen in seinen Zweigen. Zusammen mit Kugeln, die in allen Farben schimmern. Und glitzernden Kristallen. Wie sie letztes Jahr im Skiurlaub an den Scheiben gewachsen sind. Er ist riesig. Vorsichtig berühre ich eine der weiß bestäubten Zweigspitzen. Kalt. Es ist wirklich echter Schnee. Wie Chimo es mir versprochen hat. Ich mache einen Schritt zurück, noch einen. Der Boden ist kühl unter meinen Füßen. Das Nachthemd reicht mir bis zu den Knöcheln. »Können wir die Lichter anmachen?« Ich drehe mich zu Chimo um. Er sitzt auf der Klavierbank. Sieht mir zu. Vornübergelehnt. Die Ellbogen auf den Knien. Seine Arme sind von winzigen roten Punkten übersät. Wie jedes Jahr, wenn er sich an den Nadeln sticht. Weil er ›anergisch‹ ist. Quichotte liegt neben ihm. Den Kopf auf den Pfoten. Hinter ihm, auf dem Flügel, stapeln sich schon Geschenke. »Darf ich eins von meinen Geschenken aufmachen?«

»Du kleine Pest solltest gar nicht hier unten sein, sondern im Bett und schlafen. – Und Geschenke werden erst morgen früh ausgepackt.« Auch wenn er versucht, genervt zu klingen, kann ich doch hören, dass er sich ein Lächeln verbeißt.

»Büüüüütte! Nur ein ganz kleines.«

»No.« Entschieden schüttelt er den Kopf.

»Auch kein ganz, ganz *kleines?« Ich wippe auf den Zehenspitzen auf und ab.*

»Auch kein ganz, ganz, ganz *kleines!«*

»Chimoooo.«

»Nohooo. – Ich bekomme schon genug Ärger mit Estéban, wenn er zurückkommt. Da muss ich nicht noch mehr wegen deiner Geschenke haben.« Er steht auf, steigt über Quichotte hinweg. Oder will es zumindest. Aber er fällt beinah über ihn, weil Quichotte sich genau in dem Moment brummend streckt und auf die Seite legt. Und seine Vorderpfoten plötzlich direkt da sind, wo Chimo gerade hintreten wollte.

»Er besorgt mir noch eines, nicht wahr?« Ich breite die Arme aus, drehe mich um mich selbst. Rosa dreht sich mit mir. Das Nachthemd bauscht sich um mich herum.

»Was?«

»Ein Geschenk!« Ein bisschen taumelig bleibe ich wieder stehen.

Chimo verdreht die Augen. »Alles, was ich weiß, ist, dass er noch etwas erledigen musste und Cris auf dem Rückweg vom Flughafen mitbringt.« Seine Augen erinnern mich immer an Schokolade. Die dunkle, bittere. Mit Chili. Die ich so gerne mag.

Ich klatsche in die Hände. »Cris kommt über Weihnachten aus der Schule?«

»Sí. Wie jedes Jahr.«

»¡Dios mio! Du bist ja immer noch wach, Lucinda. Und hier unten!« Anita kommt aus dem Durchgang in den hinteren Teil des Hauses. Dort, wo die Küche ist. Einen großen Teller mit Weihnachtsplätzchen in den Händen. »Wie lange bist du schon wieder hier unten? – Du hättest sie gleich wieder zurück ins Bett schicken sollen, Joaquín.«

Der schnaubt nur verächtlich. »Als ob sie sich von mir irgendetwas sagen lassen würde, Anita. – Und fürs Protokoll: Ich habe *versucht, sie ins Bett zu schicken.«*

Mit einem tadelnden Kopfschütteln geht Anita an uns vorbei und stellt den Plätzchenteller auf den Flügel. Dort, wo noch eine Ecke der dicken roten Weihnachtsdecke unter den Geschenken hervorlugt. Joaquíns Vater hat schon einmal beinah einen Tobsuchtsanfall bekommen, als ich versehentlich einen Kratzer in den schwarzen Lack gemacht habe.

Ich bin ihr nachgegangen, aber als ich mir jetzt ein Plätzchen vom Teller nehmen will, gibt sie mir einen kleinen Klaps auf die Finger. »Oh nein, junge Dame. Du hast bereits Zähne geputzt. Und es ist schon längst Schlafenszeit für dich. – Ab nach oben und ins Bett! Husch!« Sie scheucht mich die Treppe hinauf. »Und du gehst am besten in die Küche und wäschst dir die Arme mit kaltem Wasser ab, Joaquín. Ich komme gleich mit der Salbe, sonst sehen sie morgen wie Streuselkuchen aus.« Anita steigt hinter mir her die Stufen hinauf.

»Luz!« Ich bin schon fast oben am Ende der Treppe, als Chimo meinen Namen sagt. Ich drehe mich um. Und kann gerade noch das Plätzchen auffangen, das er mir zuwirft. Anita lässt ein Schnalzen hören. Und dann gehen die Lichter am Baum an. Dabei kann ich nicht sagen, ob er sie einfach ›so‹ angemacht hat oder ob er die Kabel zusammengesteckt hat. Sie funkeln und strahlen zwischen den grünen Zweigen wie kleine Sterne.

»Er ist wunderschön, Chimo«, flüstere ich.

Er lächelt zu mir herauf. »Feliz Navidad, mi vida.«

»Das ist krank.«

»Krank?«

»Pervers, wenn dir das lieber ist.«

»Pass auf, was du sagst, Junge …«

»Luz soll einmal meine Frau werden und lebt unter demselben Dach wie ich, als wäre sie meine Schwester. Allein der Gedanke, *irgendwann mehr zu tun, als sie nur zu umarmen oder ihr einen Kuss auf die Wange zu geben, fühlt sich an wie Inzest. Wenn das nicht pervers ist, was dann?«*

»Das Mädchen ist glücklich. Und wenn du sie nicht heiraten willst …«

*»Kann ich sie zu meiner Hure machen und eine andere heiraten oder was? Wie du mit Isabella? – Sanguaíera bedeutet Blut*braut, *nicht Blut*hure!«

»Wo ist dein Problem? Sie führt das Leben einer Prinzessin …«

»Sie sollte eine Wahl haben. Ich mag keine haben, aber sie schon. Und die sollte sie haben!«

»Eine Wahl? Was sie nicht kennt, kann sie nicht vermissen. Du magst sie, sie mag dich. Was soll das Geschwätz also?«

»Das eine hat nichts mit dem anderen zu tun!«

»Unfug. Ich weiß nicht, woher diese unsinnigen Ideen plötzlich kommen, aber ich werde nicht zulassen, dass der begabteste Hexer, den unsere Familie vielleicht jemals hervorgebracht hat, zum Nosferatu wird, nur weil du Skrupel hast. Ihre Mutter hat sie zu uns gebracht, weil sie verstanden hat, dass Macht zu Macht gehört. Und sie hat es sich gut bezahlen lassen, dass sie das Mädchen exklusiv unserer Familie überstellt hat und nicht der gesamten Hermandad.«

»Du hast sie gekauft wie ein Stück Vieh.«

»Ich habe eine Moreira-Blutbraut gekauft. Wenn nötig, hätte ich noch viel mehr für das Mädchen gezahlt. Auch wenn das vielleicht nicht in deinen Schädel will: Man hat mir die Möglichkeit gegeben, wenigstens einen meiner Söhne in Sicherheit vor unserem Fluch zu wissen. Also habe ich sie genutzt. – Und ich warne dich: Wenn du der Kleinen irgendwelche verrückten Ideen in den Kopf setzt, wirst du mich kennenlernen, Joaquín. Und damit ist dieses

Gespräch beendet.« Schritte. Die Haustür knallt. Das Glasornament scheppert.

»Bigotter Bastard!«

Quichotte drückt sich gegen mein Bein, winselt leise. Rosa steht neben mir, streicht mir übers Haar, umarmt mich. Ganz langsam schiebe ich mich hinter der Tür hervor. »Hast du mich nicht mehr gern, Chimo?« Ich werde nicht weinen. Auch wenn es wehtut. Er fährt zu mir herum. Seine Augen weiten sich, als er wohl begreift, dass ich alles gehört habe.

»Luz …«

»Hast du mich nicht mehr gern?«

»Natürlich habe ich dich noch gern! Etwas anderes darfst du niemals glauben, mi vida.« Mit ein paar Schritten ist er bei mir, geht vor mir in die Knie, wie er es immer macht, wenn er mir in die Augen sehen will.

»Warum willst du mich dann nicht mehr?« Trotzig schlucke ich das Schluchzen hinunter, das in meiner Kehle aufsteigt.

»Ich will dich, Luz. Ich will dich mit meinem ganzen Herzen. Aber was ich will, *ist nicht wichtig. Du solltest die Chance haben, zu entscheiden, ob* du mich willst.*«*

»Aber ich will dich doch auch!« Quichotte hat sich neben mich gesetzt. Sieht zwischen uns hin und her.

Chimo lacht leise. Es klingt traurig. »Vielleicht wirst du irgendwann deine Meinung ändern, wenn du groß bist und andere Männer kennengelernt hast.«

Ich schiebe die Unterlippe vor, schüttle störrisch den Kopf. »Nein!«

»Na warte, du kleine Kröte, das wirst du mir büßen!«

Quietschend ergreife ich die Flucht. »Fang mich!« Alles um mich herum ist weiß. Und kalt. Schnee. Er reicht mir bis zu den Knien. Chimo ist direkt hinter mir. Er hat immer noch Schnee in den Haaren. Von meinem Schneeball. Fast erwischt er mich. Gemein, dass seine Beine so viel länger sind als meine. Ich schlage einen Haken. Weiche im letzten Moment aus, als er sich auf mich werfen will. Chimo landet der Länge nach auf dem Boden, stemmt sich wieder hoch, spuckt Schnee und jagt mich weiter.

»Los, Cris. Du von der anderen Seite! Hol sie dir!«

»Unfair!«, kreische ich, als Cris jetzt auch bei der Jagd auf mich mitmacht und auf mich zukommt.

»Das war der Schneeball ins Genick auch. – Auf sie, Quichotte, fang sie!«

»Gib auf, wir kriegen dich doch!«, johlt Cris.

Quichotte springt laut bellend um mich herum. Schneeklumpen hängen an dem Fell an seinen Beinen. Beinah fällt Cris über ihn.

»Auf wessen Seite ist dein blöder Hund eigentlich, Joaquín?«, schimpft er.

»Frag ihn!«

Ich flüchte um das Schneemobil herum, werfe einen hastigen Blick über die Schulter zurück. Oh weh! Chimo drückt im Laufen Schnee zu einem Klumpen zusammen. Einem großen Klumpen.

Mr de Alvaro kommt aus der Hütte. Lodge sagen sie dazu. Wenn ich mich hinter ihm verstecke, wird Chimo es nicht wagen, den Schneeball zu werfen. Ich sehe die Frau zu spät, die hinter ihm ist. Schön ist sie. Wie immer. Manchmal kommt sie nach Santa Rayada. ›Sanguaíera‹ sagen Chimo und Cris zu ihr. Also ist sie dasselbe wie ich. Nur dass ich Chimos Sanguaíera sein werde, wenn ich alt genug bin. Ich kann nicht mehr bremsen. Sie schreit auf, als ich in sie hineinstolpere. Empört und böse. Sie mag mich nicht.

Das weiß ich schon länger. Schlagartig ist es still. Sogar Quichotte kläfft nicht mehr.

»Du kleines, nichtsnutziges …«

Ich ducke mich unwillkürlich. Eine Hand schließt sich um meinen Arm, zieht mich von ihr weg. Chimo. Er schiebt mich hinter sich. Stellt sich zwischen sie und mich. Sagt nichts. Hebt nur das Kinn und sieht die Frau an. Plötzlich ist es sehr kalt.

»Sie wird das Leben einer Prinzessin führen«, sagt der fremde Mann, der mich vorhin in den Finger gepikt und ein bisschen von meinem Blut auf ein Stückchen Glas geschmiert hat. Und mit dem meine Momy die ganze Zeit geredet hat. Seine Stimme ist ganz rau.

»Momy?« Verschlafen reibe ich mir die Augen. Ich rutsche an den Sofarand. »Gehen wir jetzt heim?« Ich bin so müde.

Sie steckt einen dicken, braunen Umschlag in die Tasche, beugt sich zu mir und nimmt mich in den Arm. Sie riecht wie immer nach Kuchen und Kirschen. Ich hätte jetzt gerne ein Stück Kuchen. Ich verstehe nicht, weshalb sie weint. »Sei brav, Liebling«, flüstert sie mir ins Ohr, dann lässt sie mich los und geht zur Tür. Ich sehe ihr dabei zu, wie sie hinausgeht. Die Tür zumacht. Ohne sich umzudrehen. Sie kommt bestimmt gleich wieder. Sie kommt immer wieder. – Aber diesmal kommt sie nicht wieder.

»Momy!« Ich will ihr nachlaufen, aber der fremde Mann hält mich fest. »Momyyyyy!« Ich schreie und schlage um mich. »Momyyyyy!« Er lässt mich nicht los. Auch nicht, als ich zu weinen anfange. »Ich will meine Momyyy!« Ich weine und weine. Rufe nach meiner Momy. Sie kommt nicht wieder. Sie hat mich hiergelassen. Bei dem fremden Mann. Irgendwann kann ich nicht mehr weinen. Hinter mir höre ich Schritte.

Bei der Treppe steht ein Junge. Seine Haare sind schwarz und seine Augen dunkel. Sehr dunkel. Wie Schukolade. Er ist älter als ich. Neben ihm sitzt ein Hund. Ein großer Hund. Mit langem Fell. Es ist auch dunkel. Schwarz und braun. Seine Pfoten sind weiß. An den Spitzen und ein bisschen die Beine hinauf. Nicht bei allen. Um seinen Hals ist das Fell auch weiß. Ganz viel. Lang ist es. Ganz lang. Seine Schnauze ist auch lang. Und schmal. Ich habe Schluckauf vom Weinen. Er legt den Kopf schief. Der Hund. An den Spitzen sind seine Ohren ein kleines bisschen umgeklappt. Der Junge sagt nichts, sieht mich einfach nur an. Sie sehen mich beide an. »Das ist mein Sohn: Joaquín. Du wirst einmal seine Sanguaíera werden, Lucinda«, sagt der Mann und zeigt auf den Jungen. Er hat die Hand auf meine Schulter gelegt. Ich stoße sie weg. Ich will das nicht werden, dieses Sanguaga-Ding. Ich will zu meiner Momy. Ich fange wieder an zu weinen. »Ich will heim. Ich will zu meiner Momy.«

»Das dürfen sie nicht! Chimo, sag ihnen, dass sie das nicht dürfen! Sag es ihnen! Bitte sag es ihnen!« Ich zerre an seinem T-Shirt. Mit aller Kraft.

Er rührt sich nicht von der Stelle. Schüttelt einfach nur den Kopf. »Sie müssen, er ist zu schwer verletzt, mi vida. Der Tierarzt kann ihm nicht helfen.«

»Dann hilf du ihm! Mach seine Beine wieder heil!«

»Das kann ich nicht.«

»Du lügst! Du kannst alles! Sie dürfen Donnie nicht erschießen!« Meine Stimme ist hell und schrill.

»Lo siento, mi vida.« Er zieht mich herum, gegen meinen Willen. Nimmt mich in den Arm, dreht mein Gesicht zu sich. »Schau nicht hin.«

Ein Schuss peitscht. Auch wenn ich mich dagegen wehre, Chi-

mo drückt mein Gesicht noch fester an seine Brust. Das Schnauben und Wiehern hat aufgehört. Donnie ist tot. Und ich weiß, dass es meine Schuld ist. Wenn ich gestern Abend nicht vergessen hätte, ihn in seinen Stall zu bringen, hätte er in der Nacht nicht aus dem Paddock davonlaufen können. Er hätte sich nicht vor irgendetwas erschreckt, wäre nicht in das Erdloch geraten und gestürzt. Er hätte sich nicht dabei die Vorderbeine brechen können.

Ich reiße mich los. »Ich hasse dich!«, schreie ich und laufe davon.

Überall fremde Männer. Tanta María hält mich am Arm fest. Sie tut mir weh. Warum hat sie mich aus meinem Bett geholt? Ramon und Amadeo liegen bei der Tür. Warum stehen sie nicht wieder auf? Der Weihnachtsbaum ist umgestürzt. Überall auf dem Boden sind Scherben von den Kugeln und schmelzender Schnee. Quichotte rennt auf uns zu. Die Zähne gefletscht. Stürzt sich knurrend auf Tante María. Ein Schuss. Er jault auf, wird noch im Sprung zurückgerissen, schlägt hart auf den Boden, bewegt sich nicht mehr. Sein Fell, überall rot …

»Neeeeeiiiin!« Quichotte! Quichotte! Neinneinnein! Ich versuche mich loszureißen. Tränen laufen mir übers Gesicht. Warum lässt Tante María mich nicht zu Quichotte? Warum sind die Männer hier?

Einer von ihnen hat Anita den Hals durchgeschnitten. Sie fällt einfach zu Boden, als er sie loslässt. Ihre Augen sind weit aufgerissen. Wer backt jetzt Schokoladenkuchen?

»Neeeeeiiiin!« Ich winde mich in Tante Marías Griff. Schluchze hilflos, schreie.

»Komm schon, du kleines Aas.« Sie zerrt an meinem Arm. Wieder Schüsse. Santos fällt gegen den Flügel. Reißt die Weihnachtsdecke und die Geschenke und die Plätzchen mit sich zu Boden.

Rührt sich nicht mehr. Seine Pistole schlittert auf uns zu. Die Luft knistert vor Magie. »Chimo! Chimo!«

Er dreht sich um, auf der Treppe, wo er mit einem anderen Mann gekämpft hat. Einem Mann mit langen Reißzähnen. Länger als Quichottes.

»Komm schon!« Tante María zerrt mich zur Tür.

»Neinneinnein! Chimo! Nein!« Ich beiße sie in die Hand, mit der sie mich festhält. Sie schreit, lässt mich los. Ich renne zur Treppe. Chimo stößt dem Mann die Finger vor die Brust, kommt mir entgegen, noch während der Mann zusammenbricht.

»Lauf, Luz!«

Wieder Schüsse. Zwei. Chimo stolpert auf der letzten Stufe, fängt sich, fällt dann doch auf die Knie. Auf seinem Pyjama sind plötzlich zwei rote Flecken. Er drückt die Hand auf die Brust, dort, wo die Flecken sind, zieht sie wieder weg, schaut darauf, schaut mich an. Irgendwie erstaunt. »Luz ...« Er kippt zur Seite, versucht sich noch abzustützen. Seine Hand rutscht unter ihm weg. Dann liegt er auf dem Boden.

»Chimo! Chimo!« Ich falle neben ihm auf die Knie. Unter ihm ist eine Pfütze. Sie ist rot. Sie macht den Stoff meines Nachthemdes nass.

Er blinzelt, als könnte er mich nicht richtig sehen. Das Atmen scheint ihm wehzutun. Die Flecken auf seinem Pyjama werden immer größer. »Luz ...« Seine Augen huschen umher, kehren zu mir zurück.

»Steh auf, Chimo, steh auf!« Ich versuche, ihn vom Boden hochzuziehen, schluchze hilflos, wimmere. Er ist zu schwer für mich. »Steh auf, Chimo, steh doch auf!« Tante María kommt auf uns zu. In der Hand hat sie die Pistole. Plötzlich packt er meinen Arm, als hätte er Angst. Mein Chimo hat keine Angst, neinneinnein.

Sein Daumen drückt auf die Innenseite meines Handgelenks, da, wo man die Adern sehen kann. Ich kann nicht verstehen, was er sagt … »Steh auf, Chimo!«

Tante María reißt mich auf die Füße. Chimos Hand löst sich von meinem Handgelenk. – Im selben Augenblick wird alles schwarz.

»Chimo …«

»Ich bin hier, mi luz.« Die Stimme war anders, dunkler. Aber es war immer noch dieselbe.

»Was … Was …« Ich zitterte am ganzen Körper. *So viel Blut. Da war so viel Blut.*

»Deine Erinnerungen.«

»Sie … sie hat dich erschossen. Tante María hat dich erschossen.«

»Nicht ganz. Aber beinah.«

»Quichotte …«

»Ja. – Aber es ist vorbei. Lange vorbei.«

»Ich … ich …«

»Willst du sie wiederhaben? Deine Erinnerungen? Ich habe sie dir damals genommen, ich kann sie dir auch wiedergeben.«

»Warum …? Warum hast du …?«

»Ich wollte dir nur das Grauen nehmen. Dabei habe ich alles ausgelöscht. Ich wollte es nicht. Wenn du willst, kann ich sie dir wiedergeben. Da ist noch viel mehr. Aber es ist nur ein ›Alles oder Nichts‹. Du musst es mir nur sagen. Jetzt. Ansonsten wird alles so sein, wie es bisher war. Du wirst dich nicht an deine Zeit bei uns erinnern. Nicht an die Nacht, als María kam, um dich zu holen …«

Das Atmen tat weh. Aber nicht, weil er so entsetzlich dicht

hinter mir stand. In meiner Brust brannten Tränen, die ich nie geweint hatte.

»Ich will mich erinnern!« Die Worte zitterten. *Da war so viel Blut … Anita … ihr Mann Santos …*

»Sicher?«

»Ja.« Es war nur ein Schluchzen.

»Es wird wehtun«, warnte er leise.

»Ich will mich erinnern.«

»Dann sollst du es.« Im nächsten Moment schrie ich auf, als er meine Hände unvermittelt gegen die Scherbenkanten drückte. Mein Blut vermischte sich mit dem Wasser, seinem. Und dann löste er meinen Griff wieder von der Spiegelscherbe. Sie fiel, prallte klirrend auf den Boden. Wasser, Blut und unzählige winzige Scherben spritzten durch den Raum.

Ich ging in die Knie, als hätte mir jemand einen Schlag versetzt. Für eine Sekunde schien mein Kopf explodieren zu wollen, zersplittern wie das Stück Spiegel, ertrank ich in einer Flut von Bildern, Gefühlen, Tränen und Lachen. Ich schrie wieder, presste die Hände gegen die Schläfen. Schrie, schrie … Joaquíns Arme schlossen sich fester um mich.

Ich hockte auf dem Boden, als es vorbei war.

»Alles in Ordnung?« Joaquín kniete neben mir, musterte mich besorgt.

Ich nickte. Auch wenn ich noch immer am ganzen Körper zitterte. »Warum?«

Er neigte den Kopf, griff behutsam nach meinen Händen, betrachtete ihre Flächen. »Warum was?«

»Warum hast du mir nicht früher … gesagt … gesagt, was …«

Sehr langsam hob er den Blick von meinen Händen. »Ich bin … nicht sicher. Ich glaube, ich hatte Angst, du würdest …

Hättest du mir denn geglaubt? Am ersten oder am zweiten Tag, nachdem Rafael dich hierher zurückgebracht hatte? Hättest du mir geglaubt, dass das alles nicht nur ein Trick ist? Hexerei, um dich dazu zu bringen, zu tun, was ich von dir will?«

Einen Moment sah ich ihn an. Schließlich schüttelte ich den Kopf. Nein, ich hätte ihm kein Wort geglaubt. Warum tat ich es eigentlich jetzt? »Aber warum nicht danach? Als wir hier oben …«

»Ich wollte es. Mehrmals. Aber irgendwie … habe ich immer wieder die richtige Gelegenheit verpasst. Und ich hatte Angst, du könntest mich hassen. Noch mehr hassen, als du es ohnehin schon getan hast. Weil ich dir deine Erinnerungen gestohlen habe. Damals. Auch wenn ich es nicht wollte. – Es tut mir leid.«

Ich konnte nur nicken. »War es das, was du mich ›selbst sehen‹ lassen wolltest? Bevor der Wagen nicht angesprungen ist?«

»Sí«

Ich nahm es mit einem weiteren Nicken zur Kenntnis. Das Zittern wollte nicht nachlassen. Wenn er meine Hände nicht in seinen gehalten hätte, hätte ich wieder einmal die Arme um mich geschlungen. Stattdessen sah ich ihm dabei zu, wie er sie behutsam in eine Hand nahm, ein Taschentuch hervorzog, es mit einer Hand und den Zähnen in zwei Teile riss und die um meine Handflächen schlang. Wortlos. Hockte einfach nur weiter am Boden. Auch als er fertig war, dauerte das Schweigen an. Bis er es brach.

»Da ist noch etwas …« Ein bisschen umständlich stand er auf, eine Hand für einen Augenblick auf der Seite, zog mich dann behutsam ebenfalls in die Höhe, bedeutete mir, ihm zu dem Arbeitstisch in der Ecke zu folgen. Unter dem er eine kleine Kiste hervorholte. Er stellte sie auf den Tisch, als wäre etwas sehr Zerbrechliches darin, nahm mit einem »Das gehört dir!« den Deckel ab und machte einen Schritt beiseite.

In der ersten Sekunde wusste ich nicht, was ich sagen sollte. Oder denken. Schließlich gab ich mir einen Ruck, trat weiter heran und spähte hinein.

Zuoberst lag ein schmutzig graubrauner Stoffbär. Mit einem scharfen Laut holte ich Luft. Die Erinnerung war schlagartig da. »Mr Brumbles!« Ich nahm ihn heraus.

»Quichotte hat ihn zu seiner Decke geschleift, wann immer er ihn erwischen konnte«, sagte Joaquín leise. Der Schmerz in seiner Stimme war nicht zu überhören.

»Einmal hat er ihn sogar aus meinem Bett gestohlen.« Meine Finger bebten, während ich die Stoffohren glättete. Mr Brumbles fest im Arm, schaute ich erneut in die Kiste … ein Stapel Kinderbücher; eine Mappe, in der ein Packen Buntstiftzeichnungen lag; ein kleines Schmuckkästchen; eine Spieluhr mit einer Primaballerina in silbernem Spitzenröckchen; ein schreiend buntes Tuch und … mehrere Fotoalben. Ich schlug das oberste auf. Auf der ersten Seite zwei Bilder, leicht versetzt übereinandergeklebt. Auf dem ersten: Ein kleines Mädchen mit schwarzen Haaren lachte in die Kamera und streckte dabei genau den Stoffbären in die Luft, den ich gerade im Arm hielt. Darunter stand: ›*Mr Brumbles.*‹ Auf dem zweiten: dasselbe Mädchen. Diesmal mit einem viel zu großen Hut auf dem Kopf, der ihr Gesicht beinah vollständig verbarg, auf dem Rücken eines scheinbar riesigen gescheckten Pferdes, das ein Mann am Zügel hielt, der sich offenbar nur mit Mühe ein Grinsen verbiss. Die Unterschrift hier: ›*Luz und Mrs Monster.*‹.

Plötzlich schien der Boden sich unter meinen Füßen zu bewegen. Im letzten Moment hielt Joaquín mich fest. Sein Griff auf meinem Sonnenbrand tat weh. Ich spürte den Schmerz und spürte ihn doch nicht, während ich umblätterte, konnte den Blick einfach nicht von den Bildern lösen. Dasselbe Pferd, dasselbe Mädchen. Auf einem Küchenstuhl, damit beschäftigt, die lange Mähne in winzige Zöpfe zu flechten, während das Pferd geradezu angewidert ob ihres Tuns in die Kamera blickte. *Beauty Queen(s),* stand darunter. Mein Zittern wurde immer schlimmer. Ich öffnete den Mund, schloss ihn wieder, brachte keinen Ton heraus. Meine Kehle war auf diese so vertraute Art eng.

»Ich denke, du wärst jetzt gern mit alldem allein?« Joaquín ließ meinen Arm so langsam los, als sei er nicht sicher, ob ich ohne seinen Halt nicht gleich wieder schwanken würde. Er wies mit dem Kinn zu der Kiste hin. »Soll ich sie dir hinuntertragen? In dein Zimmer?«

Als hätte er gedroht, mir all das wieder wegzunehmen, raffte ich die Kiste hastig an mich, während ich zugleich heftig den Kopf schüttelte. »Nein!« Endlich hatte ich meine Stimme wiedergefunden. Wenn sie auch nur erstickt klang. Ich räusperte mich. »Danke.«

»Jederzeit wieder.« Sein Lächeln hatte etwas Trauriges.

Die Kiste in den Armen drehte ich mich um, wollte zur Tür … und hielt inne, sah auf die überall verspritzten Scherben.

Joaquín schüttelte den Kopf. »Das erledige ich. Ich muss ohnehin noch ein paar Dinge für heute Abend vorbereiten, bevor Fernán und Soledad hier sind.«

Ich biss mir auf die Lippe. »Was passiert heute Abend?«

»Nur ein bisschen Wetterhexerei. Wir brauchen Regen.« Er hob die Schultern, zuckte zusammen, legte abermals die Hand auf die Seite. »Wenn du magst, kannst du zuschauen.«

Ich machte einen Schritt zurück. »Ich … weiß noch nicht.«

»Natürlich.«

Ich nickte, ging zur Tür. Im Rahmen hielt ich inne, drehte mich noch einmal zu ihm um. Er schien sich nicht gerührt zu haben. »Warum Chimo?« Ich umklammerte die Kiste fester.

»Als du zu uns kamst, konntest du ›Joaquín‹ nicht richtig aussprechen. Vielleicht wolltest du es auch aus irgendwelchen Gründen, die nur dir bekannt waren, nicht. Irgendjemand muss dir dann gesagt haben, dass ›Chimo‹ die Koseform von ›Joaquín‹ ist. Von da an war es nur noch ›Chimo‹.«

»Hat dich noch jemand so genannt?«

»Nur du. – Abgesehen von meiner Mutter. Früher. Manchmal.«

Unsicher runzelte ich die Stirn. »Ich kann mich nicht an sie erinnern. Werde … werde ich das noch?«

»Du hast sie nicht gekannt. Sie starb etwa ein halbes Jahr, bevor du zu uns kamst. Aber vielleicht erinnerst du dich an ihren Namen: Juana.«

Zögernd nickte ich erneut. Zumindest glaubte ich, dass ich diesen Namen in meinen Erinnerungen schon gehört hatte.

»Was … ist passiert?«

»Ein Autounfall. Ein paar Leute sprachen aber auch von Mord.«

»Das … Es tut mir leid.« Doch dann runzelte ich die Stirn. »Aber wenn ich sie nicht gekannt habe …? Da war eine Frau, die ihr mit ›Sanguaíera‹ angesprochen habt …?«

»Isabella. Sie war Estébans Sanguaíera. Mehr aber nicht.«

»Er hatte eine Ehefrau *und* eine Blutbraut?«

»Sí.«

»Ist das denn … möglich?«

»Möglich, sí. Üblich, no. Aber er hat lieber mit jeder Tradition gebrochen, als Mom aufzugeben.«

»Heißt das … er hat sie geliebt?«

»Ich glaube, das trifft es nicht mal ansatzweise.«

»Wie hat deine Mutter das ausgehalten?«

»Er ging nur zu Isabella, wenn er das Blut seiner Sanguaíera brauchte. Und nur dann. Mutter hat ihm vertraut. Er hat dieses Vertrauen nie enttäuscht. Obwohl Isabella Biest genug war, um ihn zu mehr verführen zu wollen.«

»Sie hat mich nicht gemocht.«

»Isabella hat niemanden außer sich selbst gemocht.«

Ich nickte abermals. Dann wandte ich mich um, durchquerte das Atelier und stieg die Treppe hinunter. Die Kiste nach wie vor fest gegen meine Brust gepresst.

30

Ich hatte mich auf eine der Liegen beim Pool geflüchtet. Im Haus war … schon auf dem Weg nach unten waren so viele Erinnerungen über mich hereingebrochen, dass ich es gerade bis zur Treppe ins Erdgeschoss geschafft hatte, bevor ich mich hatte hinsetzen müssen. Anitas Stimme, ihr Lachen, ihr Kopfschütteln, wenn ich wieder einmal ungewaschen und mit schwarzen Rändern unter den Fingernägeln zum Essen gehen wollte; Santos' Bass, wenn er mich in den Stall zitierte, weil ich irgendeine meiner Pflichten nicht erfüllt hatte … es schien in den Korridoren zu hängen. Nicht, dass ich viele Pflichten hatte, aber Donnie war nun einmal mein Pony. Also hatte ich dafür zu sorgen, dass er alles hatte, was er brauchte. Und Santos hatte ein Auge darauf, dass ich genau das tat. Die oberste Stufe war mir gerade recht gekommen. Bis ich mich daran erinnert hatte, wie oft ich hier gesessen und einen Streit zwischen Joaquín und seinem Vater belauscht hatte. Ich hatte meine Kiste genommen und war aus dem Haus gelaufen. Zuerst ohne zu wissen, wohin. Irgendwann hatte ich am Pool gestanden.

Seit die Sonne untergegangen war, war das Wasser nur noch ein dunkler Spiegel, der sich ab und an unter einem Windhauch kräuselte. Mr Brumbles lag in meinem Schoß. Um mich herum war mein Leben ausgebreitet. – Mein anderes Leben, das vor Tante María. Ein Leben, in dem ich fast wie eine kleine Prinzessin umsorgt worden war. Die zukünftige Sanguaíera des möglicherweise mächtigsten Hexers, den die de-Alvaro-Familie jemals hervorgebracht hatte. Und trotzdem war es ein irgendwie ›normales‹ Leben gewesen. Ein Leben mit Schelte und Umarmungen, Lachen und Tränen, aufgeschürften Knien und zerrissenen Kleidern. Lieber Himmel, ich, die ich bis vor Kurzem niemals auch nur einen Rock besessen hatte, hatte Kleider getragen. Und das offenbar ziemlich gerne und regelmäßig.

Mit der Fingerspitze fuhr ich über den Rand des mit rotem Samt überzogenen Schmuckkästchens. Meine Handflächen taten ein wenig weh, aber es war mir egal. Das Innere war mit irgendeinem schimmernden Stoff ausgeschlagen, in den Deckel ein Spiegel eingelassen. Ich hatte einen Ring mit großen, bunten Glassteinen darin gefunden, eine dazupassende Kette und ein Armband. Eine zweite Kette aus Bernstein. Ein flacher, knapp handtellergroßer Stein, in dem die versteinerten Überreste eines Farnblattes eingeschlossen waren. Ein paar Muscheln wie die, in die ich am Strand von Santa Monica getreten war. Ein ordentlich zusammengefaltetes Spitzenband, das einmal rot gewesen sein musste, eine getrocknete Rose … Schätze eines kleinen Mädchens. Nichts Teures und trotzdem unendlich wertvoll … Und *er* hatte es für mich aufgehoben.

Ich richtete Mr Brumbles zerfleddertes Ohr wieder gerade. Quichotte hatte es ihm abgerissen, als ich einmal versucht hatte, ihm den Bären wegzunehmen, bevor er ihn wie immer auf seine Decke schleppen konnte. Anita hatte es wieder angenäht, aber seitdem saß es irgendwie schief. Quichotte. Mit vollem Namen Don Quichotte. Ich erinnerte mich an sein langes, seidiges Fell zwischen meinen Fingern. Eigentlich viel zu dick für diese Gegend. Deshalb war es auch regelmäßig gestutzt worden. Wie ein Welpe hatte er dann jedes Mal ausgesehen. Oder ein Wolf. Wenn ich ihn mit Käsecrackern bestach, war er sogar bereit gewesen, für mich ›Sitz‹ zu machen. Nicht, dass er sich ansonsten um irgendwelche Kommandos von mir gekümmert hatte. Er hatte das ganze Fußende meines Bettes für sich beansprucht, wenn Chimo abends bei mir gesessen hatte, meistens zusammen mit Cris, wenn der gerade mal vom Internat zu Haus gewesen war, – auf eine Gute-Nacht-Runde 17-und-4 oder Mensch-ärgere-dich-nicht. Jetzt wusste ich auch, wer mir das Pokern beigebracht hatte: Cris. Wir hatten um Streichhölzer gespielt und ich hatte sie gnadenlos abgezogen. Beide. Oder hatten sie mich gewinnen lassen? Das ›Somewhere over the Rainbow‹, zu dem sich die Primaballerina auf der Spieluhr drehte, war ein weiteres Mal verklungen.

Ich sah auf das aufgeschlagene Fotoalbum. Das Bild musste kurz vor Weihnachten entstanden sein; kurz bevor *Tante* María mich weggeholt … nein, bevor sich mich *entführt* hatte, zumindest trug es ein Datum aus dem November: Joaquín de Alvaro mit einer anscheinend wild kreischenden Lucinda Moreira über der Schulter, die mit fliegenden Haaren heftig auf seinen Rücken eintrommelte, soweit man erkennen konnte – und trotz allen Kreischens offenbar grinste wie ein Kobold.

›Chimo‹. Ich musste ihn gerngehabt haben. Nein, nicht ›musste‹. Hatte! Zwei Schüsse in die Brust. Allein der Gedanke schnürte meine Kehle zu. Ich schloss die Augen. Was wäre wohl geschehen, wenn María ihn nicht getroffen hätte? Wo wäre ich jetzt? Wo wären *wir* jetzt? Er wäre nicht dazu verdammt, Nosferatu zu werden, nur weil ich es nicht ertragen konnte, dass er mein Blut trank.

Ich sah auf, als Schritte erklangen. Fernán kam gerade die Stufen von der oberen Terrasse herab auf mich zu.

»Lucinda, guten Abend. Wie ich sehe, geht es dir besser«, begrüßte er mich mit einem Lächeln. Wenn ihn das Sammelsurium aus Fotoalben, Kinderzeichnungen und all dem anderen um mich herum oder Mr Brumbles auf meinem Schoß wunderte, zeigte er es zumindest nicht. »Joaquín sagte, ich solle mir deine Hände anschauen?« Er ging vor meiner Liege in die Hocke, stellte seine Tasche neben sich auf den Boden, musterte mich prüfend. »Was hast du angestellt?«

Ich hielt ihm meine Hände hin, Handflächen nach oben. Was sollte ich sagen? *Joaquín hat mir meine Erinnerungen wiedergegeben und mir dabei eine Spiegelscherbe in die Hände gedrückt? Und das im absoluten Wortsinn?* »Ich habe mich geschnitten.«

Er wickelte die Stoffstreifen ab, schnalzte mit der Zunge, schüttelte den Kopf. *»Das* sehe ich.« Wieder ein Kopfschütteln. »Seit du hier bist, bin ich häufiger auf Santa Reyada als jemals zuvor.«

»Das tut mir leid.« Ich versuchte, schuldbewusst dreinzuschauen.

Wieder ein Schnalzen, während er seine Tasche öffnete und neben einer Steinschale mit Mörser zwei Fläschchen aus dunklem Glas herausholte. »Versprich mir einfach, dass du in Zukunft besser auf dich aufpasst, Liebes.« Einen Moment zögerte er, schien darüber nachzudenken, ob er alles zu mir auf die Liege packen könnte, auf die Alben und Papiere, entschied sich dann aber offenbar dagegen und stellte die Sachen neben sich auf den Boden. »Oder dass du es zumindest *versuchst.«*

Nicht, dass er es nach morgen noch mitbekommen würde,

wenn es mir nicht gelang. Er quittierte mein gemurmeltes »Versprochen!« mit einem Nicken, gab irgendwelche Kräuter aus den Fläschchen in den Mörser und zerrieb das Ganze zu einem feinen Pulver. Als er fertig war, zeigte er mir, wie ich meine Hände halten sollte – flach ausgestreckt, mit den Handflächen nach oben –, und zeichnete mit der Fingerspitze auf jede ein Zeichen, das mich fast an eines der Siegel erinnerte, die Joaquín mir beigebracht hatte. Aber eben nur ›fast‹. Auf seltsame Art war es ›anders‹. Behutsam verteilte er anschließend das Pulver auf den beiden Schnitten.

»Nicht erschrecken jetzt. Und still halten«, wies er mich dann an und schnippte über meinen Händen einmal mit den Fingern, noch bevor ich fragen konnte, wovor ich nicht erschrecken sollte. Und auch wenn er mich ›gewarnt‹ hatte, zuckte ich zusammen, als das Kräuterpulver für eine Sekunde glomm und dampfte, ehe es in der nächsten zu einer dunklen, kühlen Masse auf den Schnitten geworden war. Mit offenem Mund starrte ich darauf. Selbst dann noch, als er meine Hände schon wieder mit etwas Mull verbunden hatte.

»Wasch dir in zwei Stunden die Hände mit klarem Wasser – klares Wasser, keine Seife! –, dann sollte nichts mehr zu sehen sein.« Er legte mir den Finger unters Kinn und klappte es zu. »Nicht, dass dir noch etwas hineinfliegt.« So ernst seine Miene war, das Grinsen in seiner Stimme war nur *zu* deutlich.

Ich räusperte mich. »Danke.«

»Ich schicke Joaquín die Rechnung.« Fernán zwinkerte mir zu. Plötzlich wirkte er gar nicht mehr so … gesetzt. Und deutlich jünger.

»Willst du das Geld bar oder kann ich auch mit Karte zahlen?« Ein raues Knurren.

Ich sah über Fernán hinweg. Joaquín stand am Rand der oberen Terrasse. Ich ertappte mich dabei, wie ich nach Unterschieden suchte; ob seine Augen noch heller geworden waren; ob mehr von dieser entsetzlichen Schönheit in seinen Zügen war … Ich war mir nicht sicher.

»Das darfst du dir aussuchen. – Verrätst du mir jetzt, was das heute Abend hier wird?« Noch in der Hocke drehte Fernán sich um.

»Wir brauchen Regen.«

»Wetterhexerei?« Fernán wischte den Mörser mit einem Tuch aus.

»Sí.«

»Ich muss dir nicht sagen, was ich davon halte. Vor allem heute.«

»No. Aber auch wenn du es würdest, würde es nichts ändern.«

»Ich könnte gehen und Soledad wieder mitnehmen.« Der Mörser verschwand in Fernáns Tasche.

»Könntest du. Wirst du aber nicht.«

»Weil du es auf jeden Fall tun wirst. Mit oder ohne Kreis.«

»Wie gut du mich doch kennst.«

Mit einem Seufzen schüttelte Fernán den Kopf, stand auf, ging mit einem Stück Mull in der Hand zum Pool hinüber und tauchte es hinein. »Das ändert nichts daran, dass ich es für Wahnsinn halte.« Er wrang es aus, während er zu mir zurückkam, beugte sich mit einem »Du erlaubst, Lucinda …« über mich und schrubbte erst an meiner einen Schläfe herum, dann an meiner anderen. Verwirrt hielt ich still. Als er sich wieder aufrichtete, war das Mullstück blutig … Natürlich. Ich hatte die Hände gegen den Kopf gepresst, als Joaquín mir meine Erinnerungen zurückggeben hatte … Das Stück Mull folgte dem Mörser. Fernán schaute wieder zu Joaquín. »Was verlierst du, wenn du noch einen Tag wartest …«

»Heute Nacht! Und darüber diskutiere ich nicht. – ¡Buenas tardes, Soledad!« Joaquín drehte sich zu der jungen Frau um, die eben hinter ihm aus der Glastür getreten war, noch halb jemandem im Raum dahinter zugewandt. Neben mir knurrte Fernán etwas, das wie ›sturer Hund‹ klang. So leise, dass ich es vermutlich eigentlich auch nicht hatte hören sollen.

»Was hat Rafael gebissen, dass er mich mit einer solchen Leichenbittermiene …« Das Lachen auf dem schmalen Gesicht der Frau verblasste, als sie sich Joaquín zuwandte. Selbst hier verstand ich ihr »¡Dios mío!« Natürlich. Fernán hatte mir erzählt, dass er mit einer Sanguaíera verheiratet war. Und das bedeutete, *sie* sah Joaquín ebenso wie ich. Und offenbar gerade eben zum ersten Mal *so*.

Der hob eine Braue. »›Joaquín‹ genügt nach wie vor vollkommen, gatita.«

Sie zischte. »Du bist ein solcher Idiot, de Alvaro!«

Ich biss mir auf die Lippe. Wie es schien, kannte sie ihn gut genug, um so mit ihm zu reden. Das Schnauben, das sie ausstieß, stand seinem spöttischen Tonfall in nichts nach. Doch dann ging sie auf ihn zu, ergriff seine ausgestreckten Hände, stellte sich auf die Zehenspitzen und hauchte ihm Küsse rechts und links auf die Wange.

»¡Buenas tardes, Joaquín!« Ihren Schrecken hatte sie offenbar überwunden. Zumindest schien sie keinerlei Angst vor ihm zu haben. Als sie dann zu mir hersah, fühlte ich mich mit einem Mal mehr als unwohl. Und das, obwohl ihr Lachen zurückgekehrt war. »Und du musst Lucinda sein.« Sie ließ Joaquín los und lief die Stufen herunter. Nein, sie ›sprang‹ sie mehr herunter. Direkt auf mich zu. Ihre kurz geschnittenen, schwarzen Locken wippten bei jedem Schritt. Das knöchellange Kleid wehte um ihre Beine. Alles an ihr war schlank und feingliedrig. Sie war wunderschön.

»Lucinda, meine Frau: Soledad.« Fernán grinste. »Die umgekehrte Vorstellung kann ich mir ja wohl sparen.« Er beantwortete ihren missbilligenden Blick mit einer Kusshand. Sie konnte nur ein paar Jahre älter sein als ich. Vielleicht so alt wie Cris. Allerhöchstens so alt wie Joaquín. An ihren Ohrläppchen blitzten kleine Smaragdtropfen.

Hastig stolperte ich von meiner Liege herunter und richtete mich auf. Mr Brumbles fiel auf den Boden. Das Blut schoss mir in die Wangen, während ich ihn wieder aufhob und hinter mich legte. Plötzlich kam ich mir entsetzlich ungelenk vor.

Wie zuvor Joaquín bei ihr streckte sie mir die Hände entgegen. Dass hinter mir ein Stoffbär, Fotoalben, Kinderzeichnungen und eine Kleine-Mädchen-Schmuckschatulle lagen, schien für sie das Normalste der Welt zu sein. Doch sie hielt erschrocken inne, als sie die Verbände an meinen Händen sah. »Was ist passiert?«

»Ich habe mich geschnitten.« – »Sie hat sich geschnitten«, erklärten Fernán und ich gleichzeitig. Auf der Treppe über uns schloss Joaquín den Mund wieder und schluckte unter, was *er* hatte sagen wollen. Sie hatte sich zu ihm umgedreht, bedachte ihn mit einem Blick unter gehobenen Brauen heraus, wandte sich dann abrupt wieder mir zu, nahm mich einfach bei den Schultern und hauchte mir ebenso einen Kuss auf die Wangen, wie sie es zuvor bei ihm getan hatte. »Willkommen, Schwester.«

Übergangslos war meine Kehle eng. Eine Sekunde starrte

ich sie an, nachdem sie wieder zurückgetreten war. Doch selbst danach brachte ich keinen Ton heraus. Ich schaffte es gerade eben, mir ein Lächeln abzuringen. Ein verunglücktes, hilfloses Lächeln. Sie nannte mich ›*Schwester*‹. Weil wir beide Blutbräute waren. Und ich würde morgen von hier fortgehen.

Soledad musterte mich, zog die Nase kraus. »Wie hast du dir nur einen solchen Sonnenbrand eingehandelt?« Ihre mandelbraunen Augen blitzten.

»Sie ist in die Sierra gelaufen. Ohne Sonnencreme und Hut, am helllichten Tag.« Rafael kam eben mit Cris ebenfalls aus dem Haus. »Hat Fernán dir nicht erzählt, dass wir diese beiden Süßen hier«, er ließ die Hand auf Joaquíns Schulter fallen, was den sichtlich zusammenzucken ließ, »heute Mittag mit dem Helikopter draußen im Nirgendwo aufgesammelt haben? Nachdem sie die letzte Nacht im alten Dorf zugebracht haben. Weil der Wagen nicht angesprungen ist.« Jedes Wort klang ätzend.

»Schon einmal etwas von ›ärztlicher Schweigepflicht‹ gehört, Rafael?«, ließ Fernán sich vernehmen.

»Das reicht, Rafael.« Nahezu gleichzeitig machte Joaquín einen Schritt zur Seite. Rafaels Hand rutschte von seiner Schulter.

»Und du konntest noch nicht einmal dafür sorgen, dass sie sich keinen Sonnenbrand holt, Joaquín?« Sichtlich verständnislos schüttelte Soledad den Kopf. Ihre Locken tanzten. »Es gibt ja zumindest die Erfindung von Sonnencreme mit hohem Lichtschutzfaktor ...«

»Wenn es nach ihm gehen würde, würde er mich in Watte packen.« Ich war selbst verblüfft, dass ich ihn in Schutz nahm. Joaquín ging es nicht besser, er erholte sich allerdings ziemlich schnell davon.

»Da hörst du es. Sie lässt mich nur nicht.«

»Und Sonnencreme hatten wir dabei«, schickte ich hastig hinterher. Wenn auch viel zu spät.

Rafael verbiss sich offenbar jeden weiteren Kommentar. Seine Miene jedoch sprach ganze Bibliotheken.

Hinter ihm stand Cris immer noch halb in der Terrassentür. Sehr still. Beinah … blass. Er schaute zu mir her. Irgendwie … besorgt. Und zugleich fast … schuldbewusst. Warum? Weil wir heute noch kein Wort miteinander gewechselt hatten? Wegen unserer Auseinandersetzung gestern früh? Oder den Dingen, die er vorgestern Nacht zu mir gesagt hatte? Ich lächelte ihn an. Er zögerte, erwiderte es schließlich schwach. Doch es war schlagartig wieder von seinen Lippen verschwunden, als Joaquíns Blick von mir zu ihm ging.

Rafael räusperte sich leicht übertrieben. Der Laut ließ mich zusammenzucken. Erst jetzt wurde mir bewusst, wie Soledad den Kopf zur Seite geneigt hatte und mich ansah. Nein, zwischen mir und Joaquín und Cris *hin und her* sah. Auch durch Joaquín schien ein Ruck zu gehen. Er nickte Fernán und ihr zu. »Vielleicht sollten wir anfangen.«

Allein bei dem Gedanken daran, was hier gleich geschehen würde, verkrampfte sich etwas in meinem Inneren. Hastig räumte ich Papier, Alben, Spieluhr und Schmuckkästchen wieder in die Kiste und nahm sie in die Arme. Mr Brumbles lag zuoberst.

»Ich gehe dann …«, murmelte ich. Soledads Augenbrauen schossen in die Höhe. Ich tat so, als hätte ich ihr Erstaunen nicht bemerkt, und eilte die Treppe hinauf. Rafael trat beiseite, um mich vorbeizulassen. Doch Joaquíns Hand an meinem Arm stoppte mich. Ich schaute ihn nicht an.

»Du kannst gern zusehen, wenn du magst.« Das gleiche

Angebot, das er mir schon in seinem Laboratorium gemacht hatte.

»Ich …«, setzte ich an, doch dann schüttelte ich nur den Kopf. Ohne selbst zu wissen, was ich damit sagen wollte.

Cris hatte sich von der Tür gelöst, blieb jetzt aber knapp hinter Joaquín stehen. Ich hörte, wie er scharf Atem holte. »Aber nicht von hier unten. Wenn, dann nur von der Terrasse vor ihrem Zimmer aus. Hier unten ist es zu gefährlich.«

Joaquín stieß einen ungeduldigen Laut aus, der eindeutig seinem Bruder galt. »Lucinda?«, fragte er dann noch einmal.

Wieder schüttelte ich den Kopf, noch immer ohne ihn anzusehen, drängte mich zwischen ihm und Cris hindurch und flüchtete ins Innere des Hauses. Ich blieb erst wieder stehen, als ich mein Zimmer erreicht hatte.

Mit meiner Kiste verkroch ich mich auf mein Bett. Zog wie zuvor Mr Brumbles auf meinen Schoß. Und starrte auf ihn hinab. Mein Herz klopfte.

Rosa war da. Der Vorhang vor der Tür zu meiner Terrasse wirbelte auf. Ich drückte Mr Brumbles fester an mich. Früher hatte ich sie anders gespürt. War sie beinah wie eine reale Person für mich gewesen.

»Was willst du, Rosa?« Meine Stimme klang schwach.

Wieder wirbelte der Vorhang auf.

»Ich möchte nicht da hinausgehen.« Ich wollte schon. Ich konnte mir nur selbst nicht erklären, warum ich es nicht mehr nicht wollte. Wovor hatte ich Angst? Oder keine Angst mehr?

Das Wirbeln wurde ungeduldiger. Störrisch schüttelte ich den Kopf. Diesmal peitschte der Vorhang regelrecht in die Höhe. Krachend flogen die Schranktüren auf und wieder zu. Ich zog die Schultern hoch. Die Spieluhr bebte, spielte ihr ›Somewhere over the Rainbow‹, obwohl ich sie nicht neu aufgezogen hatte. Meine ganze Kiste bebte, rutschte Richtung Bettrand.

»Das wagst du nicht!« Hastig griff ich nach ihr. Sie machte einen kleinen Satz. Ich erwischte sie im letzten Moment. Der Deckel des Schmuckkästchens flog auf. Jetzt zuckte sein Inhalt. Mr Brumbles Beine bewegten sich. Wieder krachten die Schranktüren auf und zu. Und wieder. Und wieder. Immer weiter. Die Primaballerina wackelte, als hätte sie Schluckauf.

»Also gut! Hör auf! Ich tu's ja!«, schrie ich gegen den Lärm.

Schlagartig herrschte Stille.

»Lieber Himmel, warum ist dir das so wichtig, dass du dich wie ein elender Poltergeist aufführst?« Ich zog meine Kiste zurück in die Mitte des Bettes, während ich mich gleichzeitig zu seinem Rand schob. Natürlich bekam ich keine Antwort. Als ich zur Tür gehen wollte, landete eines meiner Kissen neben mir auf dem Boden. Der Vorhang wirbelte erneut auf.

»Schon gut, ich nehm es ja mit.« Was auch immer Rosa wollte. Solange sie nur nicht wieder meine Sachen durch die Gegend zerrte.

Das Kissen im Arm stapfte ich dann zur Glastür. Mr Brumbles lag wieder obenauf auf der Kiste. Rosas Lavendelduft blieb zurück, als ich auf die Terrasse hinaustrat. Allerdings schwand meine Entschlossenheit rapide, je weiter ich mich der Brüstung näherte. Als ich sie erreichte, war davon so gut wie nichts mehr übrig. Zögernd trat ich endgültig heran und spähte nach unten.

Sie standen auf der oberen Terrasse in einem Kreis. Joaquín, Cris, Rafael, Soledad und Fernán. In ihrer Mitte hatte jemand einen Wall aus Erde aufgehäuft und dessen Inneres mit Wasser ausgegossen. Eine schlanke, weiße Kerze ragte daraus empor.

Soledad bemerkte mich als Erste und winkte mir lachend

zu. Sie trug keine Schuhe. Ihre Zehennägel waren leuchtend grün lackiert. Auch die Übrigen blickten sich nach mir um. Cris schien nicht wirklich glücklich darüber, mich zu sehen. Joaquín nickte mir zu.

Irgendwie verlegen hob ich die Hand, um Soledads Winken zu erwidern, legte das Kissen auf die Brüstung. Doch Joaquíns »Nein, das ist zu gefährlich, auf den Boden, Lucinda« verhinderte, dass ich mich daraufsetzte. Obwohl sein Tonfall mehr als diskussionswürdig gewesen war, gehorchte ich. Auch zwischen den Pfeilern hindurch konnte ich alles beobachten.

Unten ergriffen sie einander an den Händen. Joaquín sagte etwas auf Spanisch, das die anderen einer nach dem anderen mit einem Murmeln beantworteten. Inmitten der Erde erwachte die Kerze zum Leben. Die Wasseroberfläche schien sich zu kräuseln. Dann breitete sich Schweigen aus. Cris und Fernán hatten die Augen geschlossen; Rafael hatte den Kopf in den Nacken gelegt; Soledad sah auf die Kerzenflamme. Ebenso wie Joaquín. Bis der mit einem Fluch die Hände aus denen von Cris und Fernán riss und den Kreis brach.

»Das ist nicht dein Ernst, oder?« Die Worte galten Soledad. Die anderen sahen überrascht von ihm zu ihr. Soledad war rot geworden. Was Joaquín einen scharfen Atemzug und ein Knurren entlockte.

»Ich war mir nicht sicher …«, setzte sie an.

»Jetzt bist du es!«, fuhr er ihr dazwischen. »Aber auch wenn du dir nicht sicher warst: Dachtest du ernsthaft, ich würde es nicht merken? Oder dass es mir egal wäre?«

»Natürlich nicht …« Sie wirkte nur noch unglücklich.

»Aber trotzdem sagst du mir nicht vorher, dass du möglicherweise-eventuell-vielleicht ein bisschen schwanger bist.«

»Ein ›bisschen schwanger‹. – Sieh an.« Rafael lachte. »Glückwunsch.«

Fernán hatte die Augen ein Stück weiter aufgerissen, starrte seine Frau mit einem geradezu komisch fassungslosen Ausdruck an. »Du bist …« Er schluckte. »… schwanger?«

»Herzlichen Dank auch, de Alvaro.« Soledads Blick wurde von einem Atemzug zum nächsten mörderisch. »Schon mal daran gedacht, dass ich das meinem Mann gerne selbst gesagt hätte? Klotz!«

»Dann hättest du es ihm vielleicht sagen sollen, *bevor* du hierhergekommen bist. Dir musste doch klar sein …«

»Hast du mir nicht zugehört, de Alvaro? Ich sagte, ›*ich war mir nicht sicher*‹. *Wenn* dem so gewesen wäre und *wenn* ich gewusst hätte, was du heute Abend hier veranstalten willst, *hätte* ich es ihm sagen können. – Oder dir, damit du zumindest die Klappe hältst.«

Fernán hatte sich anscheinend immer noch nicht so ganz von seinem Schock erholt. Allerdings war seine erste offensichtliche Überraschung jetzt einem irgendwie dämlichen Grinsen gewichen.

»Kinder …« Rafael hob beschwichtigend die Hände.

»Sicher oder nicht, du hattest zumindest den Verdacht.« Joaquín fletschte die Fänge. »Und wenn ich dich und deinen Mann hierherbitte, dann kann das eigentlich nur etwas mit Hexerei zu tun haben, oder?«

»Nicht mehr. Immerhin ist Lucinda jetzt hier. Hätte ja sein können, dass du willst, dass ich ihr ein bisschen was darüber erzähle, was es heißt, eine Blutbraut zu sein – *deine* Blutbraut zu sein, du arroganter Esel –, und du meinen Mann nur aus Anstand mit nach Santa Reyada gebeten hast. Wie sich das gehört.«

»Kinder, bitte …« Rafael war lauter geworden.

»Das bringt doch nichts …«, versuchte es nun auch Cris.

»Luz braucht dich nicht, um ihr …«

Fernán hatte zwei Finger in den Mund gesteckt und pfiff jetzt so schrill und durchdringend, dass ausnahmslos jeder zusammenzuckte. Inklusive mir. Offenbar hatte er sich endlich von seinem Schock erholt.

»Was?« Joaquín und Soledad funkelten ihn beide an.

Er ließ sich davon nicht beeindrucken. »Ja, man merkt, dass ihr euch schon gegenseitig die Schnuller gestohlen habt. – Fakt ist: Meine Frau ist schwanger. Und ich werde nicht erlauben, dass sie Teil dieses Kreises ist. Oder irgendeines anderen in den nächsten neun Monaten.« Er trat dicht neben sie, legte den Arm um ihre Schulter, nahm ihre Hand in seine und hauchte ihr einen Kuss auf die Fingerknöchel. Soledad lächelte ihn an, strich ihm über die Wange. Anscheinend war ihr Ärger zumindest ein klein wenig verraucht, denn immerhin war es wohl nicht mehr länger ihr Ziel, Joaquín mit Blicken zu erdolchen.

Cris räusperte sich. »Ich könnte Augusto anrufen und fragen, ob er den Kreis vervollständigen möchte.« Er wies mit dem Daumen hinter sich zum Haus.

Fernán ließ für einen Moment die Hand seiner Frau ein kleines Stück sinken. »Jacinta lässt heute Abend eine Messe für Miguel lesen. Ich denke nicht, dass er Zeit hat.« Er hob ihre Hand wieder zu seinen Lippen.

Joaquín schüttelte den Kopf. »Nein. Ohne eine Blutbraut im Kreis kann ich das Ganze auch allein …«

»Warum vervollständigt Lucinda nicht den Kreis?«, unterbrach Soledad ihn. »Das habe ich mich sowieso schon die ganze Zeit gefragt.«

Ich hielt den Atem an.

»Nein!« Cris' Ton war verblüffend heftig. »Das ist zu gefährlich. Sie hatte noch nie etwas mit Hexerei zu tun.«

Zwischen Joaquíns Brauen erschien eine scharfe Falte. Soweit ich erkennen konnte, war er nicht der Einzige, der seinen Bruder überrascht ansah.

»Mit deiner und Fernáns Hilfe könnte ich den größten Teil der Mächte an ihr vorbeiführen«, sagte er schließlich. »Wenn ihr beide …«

Mit einer scharfen Geste schnitt Cris ihm das Wort ab. »Das Risiko ist zu groß. Ich werde nicht …«

»Santa Reyada hat schon viel zu lange keine Sanguaíera mehr gespürt«, hielt Joaquín dagegen. Erschreckend hart. Und doch zugleich erstaunlich … sanft.

»Nein! Du kannst sie nicht …«

»Warum lassen wir Lucinda nicht selbst entscheiden?« Joaquín drehte sich um, sah zu mir herauf.

Langsam drückte ich mich vom Boden hoch, stützte mich mit beiden Händen auf der Brüstung ab. Sie zitterten ein wenig. »Was … müsste ich denn tun?«

»Nein, Lucinda! Es ist zu gefährlich!« Cris klang regelrecht ärgerlich. Wütend.

»Nicht viel.« In Fernáns Arm schmiegte Soledad sich ein wenig enger an ihren Mann. »Du musst dich nur auf das Wasser konzentrieren. Dir vorstellen, wie der Regen auf die Erde fällt; die Geräusche, die er dabei macht; den Geruch dabei und danach. Es ist nicht schwer, weil unsereins dabei nur das ›weibliche Element‹ ist.«

»›Nur.‹« Fernán lachte.

Soledad beachtete ihn gar nicht. »Und Cris übertreibt.« Sie

warf ihm einen kurzen, schnellen Blick zu, schüttelte den Kopf, ehe sie wieder zu mir schaute und andeutungsweise die Schultern hob. »In Ordnung, es ist Wetterhexerei, und die *ist* gefährlich. Aber nicht für dich. Nicht, wenn sie den größten Teil der Mächte an dir vorbeilenken. Und ganz bestimmt nicht, wenn Joaquín den Kreis führt. Mit ihm gehe ich in jeden Kreis.« Sie zog die Nase kraus. »Es widerstrebt mir zwar, dieses ohnehin zu große männliche Ego noch zusätzlich zu streicheln, aber es ist nun einmal so: Er ist leider der Beste, den die Hermandad derzeit zu bieten hat.«

»Ich danke dir, gatita.« Joaquín legte die Hand flach auf die Brust und deutete eine spöttische kleine Verbeugung an.

Mit einem übertriebenen Seufzen sah sie zu ihm hin. »Ich sage nur die Wahrheit. Also bilde dir nicht zu viel darauf ein, de Alvaro.« So herablassend die Worte klangen, da war ein Unterton in ihrer Stimme, der etwas anderes verriet. Ihr Blick kehrte zu mir zurück. »Dir wird nichts geschehen, Lucinda. Da bin ich sicher.«

In erwartungsvollem Schweigen sah alles zu mir herauf. Soledad lehnte den Kopf gegen Fernáns Schulter, lächelte mir zu. Ihr Mann nickte aufmunternd. Rafael hob eine Braue. »Komm schon, tigresa. Versuch es!« Cris' Miene verriet nur zu deutlich, was er davon hielt: gar nichts.

Unschlüssig stand ich da, biss mir auf die Lippe. Mein Herz klopfte.

»Es ist deine Entscheidung, Lucinda.« Joaquín hatte die Hände in die Hosentaschen geschoben. »Du musst es nicht tun.« Ich begegnete seinen Augen; farblos glitzernd. Kühl. Gelassen. Und … da war noch etwas. In ihren Tiefen. Beinah verborgen. Ich wusste nur nicht genau, was. Was ich aber wusste, war: Er meinte es genau so, wie er es sagte. Es war meine Entscheidung und er würde es mir nicht übel nehmen, wenn ich Nein sagte. Fernán hielt, was er vorhatte, für Wahnsinn. Aber er würde es trotzdem tun. Notfalls auch allein. Hinter mir schlug die Terrassentür so heftig auf und zu, dass das Glas klirrte.

Ich holte tief Luft. »Also gut!«, nickte ich nach einem weiteren Moment.

Unten presste Cris die Lippen zu einem Strich zusammen.

Joaquín streckte eine Hand nach mir aus. »Dann komm, mi vida.«

Bevor ich es mir noch anders überlegen konnte, stieß ich mich von der Brüstung ab und überquerte die Terrasse. Rosa empfing mich direkt an der Glastür.

»Ich hoffe, du bist zufrieden?«

Der Vorhang bauschte sich sanft.

Ich versuchte, nicht darüber nachzudenken, was ich gleich tun würde, während ich nach unten ging. Das änderte nichts daran, dass mein Herz direkt in meiner Kehle zu klopfen schien.

Als ich auf die Terrasse trat, war Joaquín nirgends zu sehen. Irgendjemand hatte die Kerze gelöscht. Soledad kam auf mich zu. Offenbar hatte sie meinen suchenden und dann verwirrten Blick bemerkt.

»Er ist gleich zurück. Er wollte nur noch etwas holen. Und du musst wirklich keine Angst haben.«

Ich nickte. Nicht, dass mein Herzschlag sich beruhigt hätte. »Herzlichen Glückwunsch zu dem Baby.«

»Danke.« Stolz und zärtlich zugleich strich sie über ihren Bauch. »Wobei ich nicht weiß, ob ich die nächsten Monate wirklich so ›glücklich‹ sein werde.«

Verwirrt runzelte ich die Stirn. »Warum?« Freute sie sich

nicht auf das Kind? Eben hatte es noch so gewirkt, als könnte sie sich nichts Schöneres vorstellen.

»Fernán wird sich wahrscheinlich aufführen, als sei ich nicht schwanger, sondern todkrank. Er hat mich eben schon gefragt, ob mir nicht zu kalt ist und ich eine Decke haben möchte.« Sie verdrehte die Augen. »Eine Decke! Kannst du dir das vorstellen? Man könnte meinen, die Temperaturen seien gerade mit einem Schlag unter null gefallen und wir hätten plötzlich Minusgrade. Ein bisschen bemuttert und gehätschelt zu werden, ist ja zuweilen ganz angenehm. Aber ich fürchte, auf Dauer wird er mich damit in den Wahnsinn treiben.« Mit einem spöttischen Schnauben schüttelte sie den Kopf. »Und Joaquín wird nicht viel besser sein.«

Sie mochte ihn. Das war unübersehbar. Etwas in mir regte sich. Es war wie ein kleiner Stich. Was würde sie sagen, wenn sie wüsste, dass ich morgen wieder von hier fortgehen würde? Und nicht vorhatte, jemals zurückzukommen. »Kennst du ihn wirklich schon so lange? – Joaquín, meine ich.«

»Du meinst wegen Fernáns Bemerkung mit den Schnullern?« Sie hakte sich bei mir unter, zog mich zur Einfassung der Terrasse und setzte sich darauf.

»Ja.« Ich hatte gar keine andere Wahl, als neben sie zu sinken.

»Na ja, nicht ganz so lange.« Ihre Zehennägel glänzten. Ich sah auf meine und wünschte mir abermals, ich hätte sie mir lackiert. »Ich würde sagen, es war eher schon das Kindergartenalter und ich habe ihm nicht den Schnuller gestohlen, sondern Kekse.« Sie seufzte sehnsuchtsvoll. »Anita hat immer ganz wunderbare Schokoladenkekse gebacken, wenn ich zu Besuch hier war.«

Bis ihr die Kehle durchgeschnitten wurde. Meinetwegen.

Unsicher schaute ich sie von der Seite an. Also war Soledad auch auf Santa Reyada gewesen? Ich konnte mich nicht an sie erinnern. Und ihre Begrüßung vorhin hatte geklungen, als wären wir uns noch nie zuvor begegnet. »Wann war das?«

»Ein paar Jahre bevor du nach Santa Reyada kamst.« Also kannten wir uns tatsächlich nicht. »Meine Familie hat auch schon die ein oder andere Blutbraut hervorgebracht und ich glaube, eine ganze Zeit hat der alte de Alvaro gehofft, ich würde für einen seiner Söhne passen. Tat ich aber nicht. Weder für Joaquín noch für Cris. Trotzdem hat er mich unter seine Fittiche genommen. Wahrscheinlich ging es ihm darum, zu kontrollieren, wer sich für mich interessieren durfte. Es gab ein paar Angebote für mich, aber wirklich bedrängt hat mich nie jemand. Das hätte bedeutet, sich mit Estéban de Alvaro anzulegen, und das hat keiner gewagt. Er hat mir auch das College finanziert.« Sie gluckste. »Ich glaube, *das* hat er irgendwann bitter bereut.«

»Weshalb?«

»Weil ich Fernán dort kennengelernt habe.« Ihr Blick wurde verträumt. »Von Anfang an war klar, dass ich nur ihn wollte. Und er nur mich.« Für eine Sekunde glitt Ärger über ihre Züge. »Ich weiß nicht, wer es war, aber irgendjemand hat ihm gesteckt, dass ich, eine Blutbraut, mit einem aus dem Ordre zusammen war. Einem, der zwar nur ein einfacher Heiler war, aber eben aus dem Ordre.« Sie stieß die Luft mit einem Zischen aus. »Himmel, war das ein Geschrei. Der alte de Alvaro hat seine Männer geschickt, die haben mich aus dem College geholt, nach Hause befördert und ganz nebenbei Fernán übelst verprügelt. Als kleine Warnung. Ich habe den Alten zur Rede gestellt, als ich das Ergebnis gesehen habe. Fernán tauchte nämlich in San Isandro auf und machte allen klar, dass er sich nicht abschrecken lassen würde, wenn ich ihn wollte. Ich glaube, ich habe gekreischt wie eine Furie. Sie haben mir Hausarrest verpasst. Natürlich war meine Familie genau derselben Ansicht wie der Alte. Dass ich in Hungerstreik getreten bin, hat sie nicht interessiert. Aber irgendwie hat Joaquín davon erfahren. Und dann stand er in meinem Zimmer und wollte nur eins wissen: ›Willst du diesen Ordre-Heiler um jeden Preis?‹ Als ich Ja gesagt habe, meinte er nur: ›Dann kriegst du ihn.‹ Fernán hat mir später erzählt, dass Joaquín am gleichen Tag bei ihm im Motel aufgetaucht ist; kalt, distinguiert; vielleicht sogar noch kälter und distinguierter als sein Vater; dass er erst mal versucht hat, ihn einzuschüchtern, als wollte er sehen, ob es ihm auch wirklich ernst mit mir ist. – Ich meine, hallo? Joaquín de Alvaro! Schon damals wusste jeder, wer er war. Der Vollstrecker der de-Alvaro-Familie. Mit so gut wie hundertprozentiger Wahrscheinlichkeit der nächste Patron. Und das wird man in dieser Familie nicht, wenn man nicht *wirklich* mächtig ist. Nur ein Vollidiot hätte sich mit ihm angelegt. – Aber als Fernán sich nicht hat einschüchtern lassen, muss er wohl etwas losgelassen haben wie: Sollte Fernán mir jemals wehtun, wäre es für ihn besser, wenn er nicht mehr unter den Lebenden weilt, bis er, Joaquín, davon erfährt.« Sie schob die Finger ineinander, plötzlich ein Bild der Unschuld. »Aber von diesem Augenblick an war Joaquín mein Alibi, wann immer ich mich mit Fernán getroffen habe.« Doch dann stieß sie erneut ein Seufzen aus. »Der ganze Tanz ging nach dem Tod von Joaquíns Vater von vorne los. Diesmal mit Tomás und dem Konsortium. Irgendwann ist Joaquín der Kragen geplatzt. Er hat mir eine Frist gesetzt, binnen derer ich ihm einen Hochzeitstermin nennen sollte. Ansonsten würde er mich und Fernán nach Vegas schleifen und dort trauen lassen. Damit die ganze Sache endlich ein Ende hat. Als er den Termin wusste, hat er alles Weitere in die Wege geleitet. Es war ein atemberaubendes Fest. Ich muss dir bei Gelegenheit mein Brautkleid zeigen. Ein absoluter Traum.« Mit einem kleinen, verschwörerischen Lächeln sah sie mich aus dem Augenwinkel an. »Ich wäre gerne Maus gewesen, als er dem Konsortium gesagt hat, sie sollten sich nicht so aufführen. Nachdem ich für keinen Hexer aus den Familien, die zu denen der de-Alvaro-Familie gehören, als Blutbraut ›passen‹ würde, würde ich auf diese Weise – also wenn er mich dem Ordre-Heiler gibt – zumindest nicht die Macht einer der anderen Familien vergrößern, weil ich irgendwann einen *ihrer* Hexer davor bewahre, Nosferatu zu werden.« Das Lächeln vertiefte sich. »Und dass er jeden weiteren Widerspruch in dieser Sache als persönliche Herausforderung ansehen würde.«

Ich starrte sie an.

Soledad nickte. »Ja, Joaquín kann ein ziemliches Herzchen sein, wenn er will. – Ich glaube, ein paar Leute sind daran fast erstickt. Allen voran Tomás.«

»Und trotzdem seid ihr hiergeblieben?«

Ihr Lächeln wurde wehmütig. »Hier ist mein Zuhause. Und nachdem Fernán sich mit einer Blutbraut der Hermandad eingelassen hatte, war er beim Ordre nicht mehr wirklich willkommen. Da es unter den Hexern der Hermandad normalerweise keine Heiler gibt, hat Joaquín Fernán die kleine Klinik angeboten. Der alte Arzt von San Isandro wollte sich schon lange zur Ruhe setzen und hatte bereits eine ganze Zeit erfolglos einen Nachfolger gesucht. Es war einfach ideal. Und ganz nebenbei konnte Joaquín mich auf diese Weise in der Nähe behalten und sicherstellen, dass sich niemand an mir rächen würde.«

Sich an ihr rächen? »Wieso sollte jemand das tun?«

»Eine Blutbraut der Hermandad gibt sich einem Heiler des Ordre hin. Das war ein Schlag ins Gesicht jedes einzelnen Hexers der Hermandad. Dass sie nicht direkt einen Scheiterhaufen für mich errichtet haben, war vermutlich nur dem Umstand zu verdanken, dass sie sich nicht darüber einigen konnten, wer die Fackel ins Holz stößt.« Fernán war zu uns getreten. Wir schauten gleichzeitig zu ihm auf. Er lächelte seine Frau zärtlich an, dann sah er zu mir. »Wie geht es deinen Händen, Lucinda?«

»Gut. Danke. – Herzlichen Glückwunsch.«

Sein Lächeln nahm wieder diesen leicht … unzurechnungsfähigen Zug an. »Danke.«

An Fernán vorbei begegnete ich Cris' Blick. Er wirkte … angespannt. Anscheinend wollte er absolut nicht, dass ich an diesem ›Kreis‹ teilnahm. Warum nur?

»Lucinda?«

»Was?« Zu spät wurde mir bewusst, dass Fernán irgendetwas zu mir gesagt haben musste.

Soledad lehnte sich ein bisschen weiter zu mir. »Du musst dir wirklich keine Sorgen machen. Es gibt keinen, der die Mächte besser lenken kann als Joaquín. Vor allem hier auf Santa Reyada.« Soledad griff meine Hand. Ganz behutsam. »Lieber Himmel, deine Finger sind ja eiskalt.« Sie legte ihre ein klein wenig fester darum.

»Warum war er so wütend, als er gemerkt hat, dass du schwanger bist?«

Sie seufzte leise. »Weil es gefährlich für das Baby sein kann.« Erschrocken sah ich sie an.

Fernán schüttelte beruhigend den Kopf. »Sobald ein Kind geboren ist, macht ihm der Kontakt mit den Mächten, die in einem Kreis geweckt werden, nichts mehr aus. Nur im Mutterleib können sie ihm schaden.« Stimmen bei der Terrassentür lenkten mich ab. Joaquín war zurück. Mit zwei länglichen Tüchern. Eines weiß, das andere hellgrün.

Soledad schaute ebenfalls hinüber, während sie nickte. »Manchen Hexern ist das egal. Sie nehmen das Risiko einfach in Kauf. Einige tun es sogar absichtlich, weil sie hoffen, dass die Mächte irgendwelchen Einfluss auf das Ungeborene haben. Selbst wenn das bedeutet, dass es blind, taub oder verkrüppelt auf die Welt kommt oder dass sie es dabei töten. Joaquín würde so etwas nie tun. Ebenso wenig, wie er jemanden in seinem Kreis absichtlich in Gefahr bringen würde. Lieber zieht er die Mächte auf sich und bricht den Kreis vorzeitig, als dass er so etwas zulässt. Egal welche Konsequenzen es für ihn hat.«

Ich hatte ihr nur mit halbem Ohr zugehört. Stattdessen hatte ich erstaunt beobachtet, wie Joaquín Rafael das hellgrüne Tuch gezeigt und dabei etwas auf Spanisch gesagt hatte. Wobei seine Worte eigentlich mehr nach einer Frage geklungen hatten. Rafaels Antwort war ein gemurmeltes »Sí« gewesen.

Jetzt kamen die beiden auf uns zu. Auch Cris folgte ihnen.

»Wir ändern die Positionen im Kreis«, teilte Joaquín uns mit, als sie uns erreicht hatten. »Cris links von mir, dann Luz, Fernán und Rafael. So sollte es am besten funktionieren.« Fernán und Rafael murmelten ihre Zustimmung. Cris nickte nur. Sein Blick hing unverwandt auf mir. Auch Joaquín sah mich an. »Bereit?«

Ich schluckte unbehaglich. Mein Herz schlug plötzlich wieder schneller. »Und was, wenn ich es nicht kann? Wenn ich etwas falsch mache?« So nah vor mir erkannte ich, dass die Tücher aus Seide waren. Sie schimmerten sanft in dem Lichtschein, der vom Haus heraus auf die Terrasse drang.

»Du kannst gar nichts falsch machen.« Joaquín streckte mir die Hand hin. »Es ist genau so, wie Soledad gesagt hat. Du musst dich nur auf das Wasser konzentrieren; dir vorstellen, wie der Regen fällt; wie er sich anhört, wenn er den Boden berührt; wie die Luft nach einem Schauer riecht; wie er sich auf deiner Haut anfühlt.«

Es klang so einfach. Aber irgendwie war ich mir absolut nicht sicher, ob ich selbst zu so etwas Einfachem in der Lage sein würde. Alles an mir schien sich verkrampft zu haben.

»Ich werde den Kreis auf Amerikanisch führen, damit du alles verstehst. Du musst dich nur von meiner Stimme leiten lassen.« Er beugte sich vor und ergriff mich beim Handgelenk. Seine diamantfahlen Augen suchten in meinen. »Vertrau' mir nur ein kleines bisschen, Lucinda.« Behutsam zog er mich in die Höhe. Ich sträubte mich nicht. Auch nicht, als er mich in die Mitte der Terrasse führte. Ungefähr dorthin, wo Soledad zuvor gestanden hatte. »Dir wird nichts geschehen. Vertrau mir«, wiederholte er noch einmal, dann ließ er mein Handgelenk los. Mein Herz klopfte wieder wie verrückt, irgendwo in meiner Kehle. Er nickte Cris und Fernán zu, die daraufhin rechts und links neben mich traten, während er die beiden Tücher umeinanderdrehte. Dann legte er die Enden übereinander und gab sie mir in die Hand. Einen kleinen Teil ließ er überhängen.

»Ich will, dass sie so zwischen euren Händen liegen, dass ihr keinen direkten Hautkontakt mit Luz habt, verstanden?« Er sah Fernán und Cris an. Beide nickten. Cris nahm meine Hand vorsichtig in seine, darauf bedacht, dass die Tücher genau so lagen, wie sein Bruder gesagt hatte. Der steckte das überhängende Ende so, dass die Seide zwischen meinem Handrücken und Cris' Fingern war. Das Glucksen brach ohne Vorwarnung aus mir heraus. Ich hob die freie Hand. Wedelte mit ihr durch die Luft. Der Verband war nicht zu übersehen. »Ich glaube, ich bin auch so schon ziemlich gut isoliert.« Ich biss mir zu spät auf die Zunge. War ich jetzt schon so nervös, dass ich zu plappern anfing?

Joaquín hatte den Kopf gesenkt. Nicht schnell genug, als dass ich das Zucken um seine Lippen nicht gesehen hätte. Mein Herz machte einen Satz und erhöhte dann seine Schlagzahl noch ein Stück mehr. Und ich hatte keine Ahnung, warum.

Joaquín gab mir das andere Ende der zusammengedrehten Tücher in die zweite Hand und Fernán schloss seine darüber. Dann trat er zurück. Erst jetzt hob er den Blick wieder zu mir und abermals forschten seine Augen in meinen. »Du musst keine Angst haben«, versprach er mir erneut. »Ich werde den größten Teil der Mächte über die Seide lenken. Wie bei einem Blitzableiter. Das, was du spüren wirst, wird nur ein verschwindend geringer Bruchteil sein.«

Ich nickte, schluckte. »Wie wird es sich anfühlen? Wie ein Stromschlag oder so? Ich meine … nur damit ich es weiß.«

»Kein Stromschlag.« Joaquín schüttelte den Kopf, richtete einen Seidenzipfel zwischen meinem Daumen und Fernáns Handrücken. »Wie ein Kribbeln. Oder Wärme, die durch deinen Körper fließt. Vielleicht auch wie Regen auf der Haut. Auf jeden Fall nicht unangenehm.« Noch einmal suchten seine Augen in meinen. »Bereit?«, fragte er dann abermals.

Ich holte tief Luft und nickte erneut.

»Gut.« Er ging um Erde, Wasser und Kerze auf dem Boden herum, auf die andere Seite unseres ›Kreises‹, mir gegenüber. »Dann lasst uns anfangen. Die Nacht ist beinah schon zu weit fortgeschritten.«

Auch Rafael nahm seinen Platz ein. Zwischen Fernán und Joaquín. Fasste ihre Hände und ließ noch einmal die Schultern kreisen. Wie ein Baseballspieler vor seinem Wurf. Soledad, die nach wie vor auf der Terrasseneinfassung saß, kicherte.

»Und was glaubst du, was du da tust?«, erkundigte Joaquín sich bei ihr.

»Euch zusehen?«

»Bestimmt nicht. Ich schlage vor, du gehst ins Haus.«

Sie schob die Unterlippe vor, erhob sich aber. Wenn auch übertrieben umständlich. »Darf ich mich dann wenigstens in deiner Küche vergnügen und eine Kleinigkeit für euch zum Essen vorbereiten, damit ihr euch ein bisschen stärken könnt, wenn das hier vorbei ist? Ich würde mich ungern zu Tode langweilen.«

»Die Küche ist noch viel zu nah!«, protestierte Fernán.

Soledad setzte schon dazu an, ihm zu widersprechen, doch Joaquín ließ ihr nicht die Chance dazu. »Es ist am besten, du gehst ins Wohnzimmer und machst es dir dort bequem.« Dabei klang sein ›Vorschlag‹ mehr wie ein Befehl.

»Ins Wohnzimmer? ¡Madre de Dios!« Sie warf die Hände in die Luft. »Ihr betreibt Wetterhexerei und zündet keine Atombombe.«

»Das Wohnzimmer, Soledad. Jetzt.« Joaquíns Tonfall war reinste Liebenswürdigkeit.

Sie zog die Nase kraus, schnaufte. »Dann hoffe ich nur, dass ihr ein paar vernünftige Filme dahabt, damit ich mir die Zeit zumindest halbwegs angenehm vertreiben kann«, murrte sie, ging dann aber nach einem letzten erbosten Blick auf Joaquíns Rücken doch ins Haus. Sowohl Joaquín als auch Fernán schienen darauf zu lauschen, wie sich ihre Schritte entfernten.

Schließlich nickte Joaquín. »Dann lasst uns anfangen.« Er räusperte sich. Als er diesmal sprach, klang seine Stimme seltsam anders. Weicher und irgendwie … dunkler. Die kleinen Härchen in meinem Nacken stellten sich auf, während zugleich ein Kribbeln meinen Rücken abwärtsrann. »Kommt ihr aus freien Stücken und ohne Falsch in meinen Kreis?« Er sah jeden von uns an. Einen nach dem anderen. Jeder antwortete mit einem Nicken und einem »Ja, aus freien Stücken und ohne Falsch«. Mein Herz klopfte mit jeder Sekunde ein wenig schneller. Als die Reihe an mir war, kamen die Worte viel zu hoch über meine Lippen. Ich war wieder bei dem Mäusequietschen angelangt. Niemand lachte oder lächelte auch nur darüber. Nur Fernán drückte beruhigend meine Hand. Ganz leicht. Und Joaquín sah mir einen sehr langen Moment einfach nur in die Augen.

Als schließlich auch Rafael geantwortet hatte, neigte Joaquín den Kopf. »Dann werdet ihr ihn ohne Harm und Not wieder verlassen.« Er holte langsam und tief Luft, ehe er weitersprach. »Ich, Joaquín de Alvaro, erster Hexer der de-Alvaro-Familie, Meister von Santa Reyada, rufe die Macht der Elemente. Wir erbitten Regen für das Land, auf dem wir stehen. – Teilt meinen Ruf!« Die Kerze inmitten von Erde und Wasser erwachte von Neuem. Die Flamme schlug in die Höhe, sank wieder auf normale Größe zurück und brannte dann ruhig vor sich hin. Und trotzdem schien die Luft mit einem Mal zu knistern. Ich schluckte.

Fernán war der Nächste. »Ich, Fernán de Villiers, zweiter Hexer der de-Villiers-Familie, Heiler des Ordre des Sorciers, rufe die Macht der Elemente. Wir erbitten Regen für das Land, auf dem wir stehen. – Teilt meinen Ruf!« Das Wasser kräuselte sich, schlug gegen den Wall aus Erde, brandete zurück, spülte um die Kerze und glättete sich wieder.

Ich öffnete den Mund, um das Ganze meinerseits zu wiederholen, doch Joaquín schüttelte den Kopf. »Du kommst zum Schluss.« Dankbar für diesen Aufschub schloss ich den Mund wieder. Ich hatte keine Ahnung gehabt, als was ich mich hätte bezeichnen sollen. Allerdings bezweifelte ich, dass sich daran später etwas geändert haben würde.

Als Nächstes kam Cris. »Ich, Cristóbal de Alvaro, Bruder von Joaquín de Alvaro, Sohn von Santa Reyada, rufe die Macht der Elemente. Wir erbitten Regen für das Land, auf dem wir stehen. – Teilt meinen Ruf!« Die Erde des Walls bröckelte, schlug Wellen, ein Riss fraß sich einmal quer durch seine ganze Länge, dass man beinah erwartete, das Wasser würde in der nächsten Sekunde aus ihm heraussickern. Ich spürte, wie Cris erstarrte. Joaquíns Brauen zogen sich zusammen, für eine Sekunde waren seine Augen schmal, musterte er seinen Bruder auf eine Art, die mich schaudern ließ.

Doch der Wall hielt und die Reihe war an Rafael. Einen Moment sah er mich abschätzend an, dann begann er zu sprechen.

»Ich, Rafael Ivarra, Blut eines Nosferatu, über die Siegel verbunden mit Joaquín de Alvaro, Meister von Santa Reyada, rufe die Macht der Elemente. Wir erbitten Regen für das Land, auf dem wir stehen. – Teilt meinen Ruf!« Der Wind erwachte völlig unvermittelt, rüttelte an der Kerze, peitschte über den Wall aus Erde und riss etwas davon als kleine Staubfahne mit sich in die Höhe. Und ließ es als dünne Schicht auf das Wasser zurückrieseln. Es wurde still. Sie sahen zu mir her.

»Luz«, sagte Joaquín leise. Ich nickte, leckte mir die Lippen. Fernán drückte abermals meine Hand.

»Ich, Lucinda Moreira, Blutbraut der …«, hilflos verstummte ich, sah von einem zum anderen. Bis mein Blick auf Joaquín hängen blieb.

»... ich, Lucinda Moreira, letzte Sanguaíera der Moreira-Familie ...«, soufflierte er mir.

»Ich, Lucinda Moreira, letzte Sanguaíera der Moreira-Familie ...«

»... Urgroßnichte der Sanguaíera Rosaria de Alvaro y Moreira ...«

Fernán sah ihn verblüfft an. Offenbar hatte er einen anderen Text erwartet. Auch Rafael hatte die Brauen gehoben.

Ich sprach Joaquín nach.

»... rufe die Macht der Elemente. Wir erbitten ...«

Ich sog den Atem ein und stieß ihn wieder aus. »... rufe die Macht der Elemente. Wir erbitten Regen für das Land, auf dem wir stehen. – Teilt meinen Ruf!«

Es gab einen lautlosen Knall. Der Boden unter meinen Füßen stöhnte und zitterte, bebte. Mit einem erschrockenen Keuchen machte ich einen Schritt rückwärts. Hätten Fernán und Cris nicht fester zugegriffen, hätte ich den Kreis gebrochen. Doch schon in der nächsten Sekunde war alles wieder wie zuvor. Joaquín sah mir erneut in die Augen. Die Kerzenflamme schien direkt in seinen zu flackern. Mein Herz raste wie verrückt. Ich schluckte ein paarmal hart und trocken. Auf einmal schrie alles in mir nach Flucht.

»Keine Angst, Lucinda. Du machst deine Sache sehr gut.« Joaquín. Er hielt meine Augen mit seinen fest. Unverwandt. »Jetzt konzentrier dich auf das Wasser. Spür den Regen.« Seine Stimme wurde leiser. »Riech ihn.« Sank zu einem Flüstern herab. »Schmeck ihn.« Ich schluckte abermals, fuhr mir mit der Zungenspitze erneut über die Lippen. Versuchte, genau das zu tun, was er sagte: mir vorzustellen, wie der Regen auf die Erde fiel, erst langsam, nur einzelne Tropfen, bis es immer mehr wurden, sie herabprasselten; wie die Erde um sie herum aufspritzte, dunkler und dunkler wurde, sich vollsog, weich wurde, sich in Schlamm verwandelte; wie sie roch, wenn der Regen sie durchtränkte, wie dieser Geruch in die Luft stieg. Würzig, kühl, frisch, nach Erde und Regen. Und manchmal auch nach Sturm. Wie sich die Bäume schüttelten, sich unter den Böen bogen, in denen man den Regen wie hauchfeine Schnüre sehen konnte; wie sich die Blätter bewegten, auf und ab wippten, wenn sie von den Tropfen getroffen wurden, vor Nässe glänzten. Wie sich durchsichtige Perlen an ihren Spitzen sammelten und herabfielen, auf das nächste Blatt prallten, in zig kleinere Perlen zersprangen, die wieder zur Spitze rollten, sich zu einer neuen Perle sammelten, wieder herabfielen ... Das Klatschen der Tropfen gegen die Scheiben; wie sie daran herunterflossen; nasse Bahnen malten ... Wie sich Pfützen bildeten, immer größer wurden, zu kleinen Seen anwuchsen; der Regen das Gras niederdrückte, über die einzelnen Halme rann, sich zu Tropfen sammelte, die herabperlten. Ein Regenvorhang hinter einem leuchtenden Regenbogen. Wie sich das Prasseln der Tropfen auf der Haut anfühlte; wie sie auf der Zunge schmeckten, wenn man den Mund öffnete und sie hineinfallen ließ ...

Irgendwann musste ich die Augen geschlossen haben.

Ein Kribbeln zupfte an meinen Händen. Zuerst hatte ich es kaum gespürt, doch dann war es nach und nach immer stärker geworden, zog durch meine Arme, meine Brust, kroch abwärts, in meine Beine, meine Füße.

Und dann war da etwas *Anderes.*

Dunkel.

Mächtig.

Alt.

Rührte sich träge, stieg aus der Tiefe, aus dem Boden. Schwappte wie eine Welle von unten empor, drang durch die Terrakottafliesen der Terrasse, gegen meine Fußsohlen, pochend wie der Schlag eines riesigen Herzens. Strich über mich und durch mich hindurch. Streifte meine Gedanken.

Moreira.

Sanguaíera.

Mein.

Ja!

Ich keuchte. Riss die Augen auf.

Ein dumpfes, heiseres Grollen. Joaquín.

Die Fliese, auf der ich stand, knackte und zerbrach.

Der Wall aus Erde zwischen uns am Boden bewegte sich, bekam Risse, die sich wieder schlossen. Das Wasser in seinem Inneren schlug Blasen, brodelte, schien zu kochen. Die Kerzenflamme war so groß wie meine Hand, peitschte hin und her, leckte über das Wachs, knisterte, loderte immer wieder weiter in die Höhe hinauf. Der Wind fauchte, heulte und wirbelte; fegte über Erde und Wasser, zerrte an der Flamme. Doch das Entsetzlichste war Joaquín. Er starrte mich über Feuer, Erde, Wasser und Luft hinweg an, die Fänge gefletscht, den Wahnsinn und die Bösartigkeit der Nosferatu in den Augen. Unübersehbar. Zusammen mit etwas anderem. Irgendwann hatte sich sein Pferdeschwanz gelöst. Das schwarze Haar wehte ihm wild um den Kopf. Im nächsten Moment ging jäh ein Ruck durch seinen ganzen Körper; er warf den Kopf in den Nacken und brüllte. Ich schrie. Und dann war es mit einem Schlag vorbei. Auch das *Andere* war wieder fort.

Sekundenlang stand ich einfach nur da und rang nach Luft.

»Ihr verlasst meinen Kreis ohne Harm und Not.« Joaquíns Stimme war noch rauer und knurrender als zuvor. Ich verstand ihn kaum. Nicht, dass ich im ersten Moment überhaupt begriffen hätte, was er sagte.

Fernán ging es anscheinend nicht viel besser. Er schien erschrocken. Und irgendwie ... ratlos. »¡Madre de Dios!« murmelte er und schüttelte den Kopf. »¡Madre de Dios!«

Die Art, wie Cris mich ansah, hatte etwas ... Benommenes. Schockiertes.

Auch Rafael wirkte atemlos, sein leises Lachen war irgendwie ... gezwungen, ebenso wie das Grinsen, mit dem er mich bedachte. »Wow. Das war ... besser als Sex.« Ich verbiss mir den Kommentar, dass ich leider noch keine Vergleichsmöglichkeiten hatte. Nicht, dass ich einen Laut hervorgebracht hätte. Ein Zittern steckte in meinen Knochen, das mich zerspringen lassen würde, wenn ich ihm erlaubte, sich weiter auszubreiten. Stattdessen knickten meine Beine ein und ich sank einfach zwischen Cris und Fernán auf den Boden. Meine Hände immer noch in ihren. Und hatte die Seidentücher auf Augenhöhe. Sie waren schwarz. Verbrannt. *Oh mein Gott.* Zu spät merkte ich, dass ich in einer Pfütze saß. Der Wall in der Mitte des Kreises war gebrochen und das Wasser hatte sich über die Terrasse verteilt. Zielstrebig in meine Richtung. Die Kerze war umgekippt. Viel mehr als ein Stummel war nicht von ihr übrig.

Joaquíns Stimme ließ uns alle zusammenzucken.

»Cris. Schaff Lucinda nach oben.« Er sprach mit gefletschten Fängen. Seine Augen hingen an meiner Kehle. Schlagartig waren meine Lungen ein harter Knoten. *Oh mein Gott.* Hastig zog Cris mich am Arm vom Boden hoch. Sein Griff war beinah schmerzhaft. Und trotzdem konnte ich spüren, dass seine Hand zitterte. Kalter Wind war aufgekommen und fegte über die Terrasse. Die Blätter der Büsche raschelten. Die Überreste der Seidenschals flatterten zu Boden. Eine Böe packte sie und riss sie davon. »Fernán. Bring Soledad von hier weg.« Fernán bekreuzigte sich, ehe ihm anscheinend überhaupt bewusst war, was er tat. »Sofort! Beide!«

Cris und Fernán bewegten sich beinah gleichzeitig. Cris' Hand an meinem Arm lockerte sich keinen Millimeter. In einem weiten Bogen führte er mich an seinem Bruder vorbei. Und hielt sich dabei zwischen mir und Joaquín. Die farblos diamantenen Augen wichen keine Sekunde von mir. »Rafael, du weißt, was du zu tun hast. Die Leute in San Isandro müssen erfahren, womit sie in den nächsten Stunden zu rechnen haben. Und stell sicher, dass Fernán und Soledad heil nach Hause kommen.« Der nickte abrupt und folgte uns.

Erst als wir das Haus betraten, wurde mir bewusst, dass nirgendwo mehr Licht brannte. Im Wohnzimmer war Soledad gerade dabei, die überall im Raum verteilten Kerzen anzuzünden. Sie wandte sich um, als wir hereinkamen, und blies das lange Streichholz aus. Auf dem Tisch lag *Matrix,* daneben die Hülle von *Matrix Reloaded.* Halb offen. Ohne DVD.

»Na endlich. Ich dachte schon, ich müsste mich auch noch auf die Suche nach *Revolutions* machen«, begrüßte sie uns.

»Wir gehen, Liebes, jetzt gleich.« In Fernáns Stimme saß ein Beben.

»Was? Warum? Ist etwas …« Sie verstummte. Sah an uns vorbei. »¡Dios mío!« Offenbar war Joaquín uns gefolgt. Ohne ein Wort ließ sie es zu, dass Fernán sie aus dem Wohnzimmer und in die Halle schob. Cris mit mir direkt hinter ihnen. Als wir den ersten Stock erreichten, schlugen draußen Autotüren. Ein Motor sprang an. Gleich darauf ein zweiter. Cris ging mit mir einfach weiter. Schnell und entschlossen. Die Kerzen auf den Tischen entlang den Wänden erwachten wie von selbst zum Leben. Ein paarmal warf ich einen hastigen Blick zurück, doch der Korridor hinter uns war und blieb leer.

In meinem Zimmer erwartete uns ein wild peitschender Vorhang vor der Tür zur Dachterrasse hinaus. Und diesmal war Rosa nicht dafür verantwortlich, auch wenn ihr Lavendelduft uns entgegenwehte. Ohne ein Wort zündete Cris auch hier Kerzen an, durchquerte den Raum, schloss die Läden, sicherte sie und verriegelte dann auch die Terrassentür. Den übrigen Fenstern wurde die gleiche Behandlung zuteil. Ebenso denen im Bad. Als er fertig war und sich anschickte, wieder zu gehen, stand ich noch immer wie festgefroren neben der Zimmertür.

Nach einem kleinen Zögern nahm er mich in den Arm. »Du musst keine Angst haben. Bleib einfach nur hier in deinem Zimmer, dann geschieht dir nichts.«

»Was ist da draußen passiert?«

»Wir haben Wetterhexerei betrieben.«

»Das habe ich nicht gemeint!«

Bitter verzog er den Mund. »Die Magie hat ihren Preis gefordert.«

Verständnislos runzelte ich die Stirn.

»Wenn jemand so kurz davorsteht, Nosferatu zu werden, wie Joaquín, bringt jedes bisschen Hexerei ihn ein Stück schneller an die Grenze heran. Und das da draußen eben war … ein magischer Hurrikan.« Er schüttelte den Kopf. »Eigentlich hätte er damit rechnen müssen.«

Oh mein Gott. »Wird er wieder …« ›Normal‹ war das falsche Wort. »… er selbst?«

»Das werden wir sehen, wenn die Sonne aufgeht.« Mit sichtlichem Bedauern ließ er mich los und trat zurück. »Entschuldige mich, Lucinda. Der Wind wird immer stärker. Ich muss sehen, dass ich die Läden geschlossen und gesichert bekomme, bevor es noch schlimmer wird. Und ich denke nicht, dass Joaquín im Moment eine große Hilfe dabei sein wird.« Er strich mir über die Wange. »Bleib einfach hier drin. Dann wird dir nichts geschehen.«

Damit ließ er mich allein.

Einen Augenblick sah ich ihm hinterher. Erst jetzt drang in meinen Verstand, dass meine Hosen unangenehm feucht waren. Und meine Füße noch immer nackt. Ich riss meinen Blick von der Tür los, ging zu meinem Kleiderschrank. Das Zittern saß noch immer in mir. Als ich ihn öffnete, wurde mir etwas anderes bewusst: Soledad hatte gesagt, sie hätte gedacht, sie müsste sich *auch noch* auf die Suche nach *Matrix Revolutions* machen. Ich hielt mich am Türrahmen fest. *Matrix* dauerte über zwei Stunden. Und wenn ich das richtig gesehen hatte, war sie bereits bei *Matrix Reloaded* gewesen, als der Strom ausgefallen war. Auch wenn es sich nicht so angefühlt hatte: Wir mussten über zwei, wenn nicht sogar drei Stunden in diesem Kreis gestanden haben. Mit einem Gefühl der Benommenheit schüttelte ich den Kopf. Wenn man mich gefragt hätte, hätte ich auf eine halbe Stunde getippt. Allerhöchstens eine … Abermals schüttelte ich den Kopf. Schloss die Finger fester um das Holz des Rahmens, wünschte mir, das Zittern würde endlich aufhören.

Ich tauschte Hose und Spaghettiträgertop gegen eines der

übergroßen Shirts aus dem Kleiderschrank, dann ging ich mit einer Kerze ins Bad. In ihrem flackernden Licht wirkten die Verbände an meinen Händen seltsam grau. Der Wind pfiff noch immer ums Haus und rüttelte an den Fenstern. Scheinbar mit jeder Minute heftiger.

Über dem Waschbecken wickelte ich sie ab. Die zwei Stunden waren ja offenbar schon lange vorbei. Das Kräuterpulver war auf meiner Handfläche zu einer zähen Kruste verbacken, die jedem behutsamen Zupfen widerstand. Also ließ ich Wasser darüberlaufen und wusch mir vorsichtig die Hände. Diesmal ging sie mühelos ab. Darunter kam makellos heile Haut zum Vorschein. Noch nicht einmal eine Narbe war geblieben.

Beklommen und erleichtert zugleich betrachtete ich meine Handflächen noch einen Augenblick, tupfte darauf herum, als bestünde die Gefahr, dass sich doch unvermittelt Narben oder vielleicht sogar die Schnitte selbst wieder zeigen würden. Als sich auch nach einer knappen Minute nichts verändert hatte, trocknete ich mir die Hände endgültig ab. Warum konnte dieses elende Zittern nicht aufhören? Ich zögerte, als ich das Handtuch zurückhängte.

Und jetzt? Ich sah mein Spiegelbild an. Wieder einmal saß ich in meinem Zimmer fest. Draußen heulte ein ausgewachsener Sturm. Ich verzog den Mund. Dabei hatten wir Regen heraufbeschwören wollen. Irgendwo im Haus war Joaquín … Wenn ich ehrlich war, bezweifelte ich, dass ich in nächster Zeit schlafen könnte. Selbst jetzt schlug mein Herz noch immer viel zu schnell. Und mein Adrenalinspiegel war vermutlich jenseits von Gut und Böse. Die Läden waren geschlossen. Ich konnte noch nicht einmal den Sturm über der Sierra beobachten. Und wenn ich noch etwas in den alten Fotoalben aus meiner Kiste blätterte? Besser, als einfach nur die Wand anzustarren, war es auf jeden Fall. Und vielleicht halfen die Bilder meinem Gedächtnis ja weiter auf die Sprünge. Möglich, dass ich irgendwann sogar müde genug war, um die Kerzen zu löschen und zu schlafen. Draußen prasselte es jetzt gegen die Läden. Regen! Endlich. Vielleicht würde dann auch der Sturm etwas nachlassen.

Ich war auf dem Weg zum Bett, als der Schrei erklang. Ohne nachzudenken, riss ich die Tür auf und stürmte in den Korridor hinaus.

Erst an der Treppe wurde mir bewusst, was ich hier gerade tat. Ich benahm mich wie die blödsinnige Heldin in irgendeinem schlechten Film. Obendrein in einem T-Shirt, das mir gerade mal bis zu den Knien ging und wie ein Sack um mich schlackerte. Abrupt blieb ich stehen, lauschte in die Tiefe, die Hand schon am Treppengeländer.

Der Laut hatte sich nicht wiederholt, oder? War es überhaupt ein Schrei gewesen? Plötzlich war ich nicht mehr sicher. Letztlich konnte es alles Mögliche sein. Andererseits war Joaquín in keiner besonders guten Stimmung. Im Gegenteil. Was, wenn er und Cris aneinandergeraten waren? Und was glaubte ich ausrichten zu können, wenn dem tatsächlich so war? Aber ich konnte doch nicht zulassen, dass sie sich gegenseitig an die Kehle gingen. Nicht, wenn Cris Joaquín so gut wie nichts entgegenzusetzen hatte. Und nicht, wenn mit ziemlicher Sicherheit *ich* der Grund war, dass sie sich wieder stritten. Was hätte ich nicht darum gegeben, den Baseballschläger hier zu haben, der in meiner Wohnung in Boston hinter der Tür gelehnt hatte. Es war noch immer still. Sah man einmal von den Geräuschen des Regens und des Windes ab.

Langsam und wachsam tappte ich die Treppe hinunter. Kein Laut, keine Stimmen. Vorsichtig durchquerte ich die Halle, spähte ins Wohnzimmer. Und hielt den Atem an. Eine einzelne Kerze brannte auf dem Baumstammtisch. Ohne Halter. Eine Lache aus rotem Wachs hatte sich unter ihr ausgebreitet. Alle anderen waren erloschen. Joaquín saß auf dem Sofa. Nein, nicht saß – hing. Halb nach vorne gerutscht. Die Beine breit und von sich gestreckt. Ein Arm schlaff neben sich. Die andere Hand auf dem Oberschenkel. Den Kopf nach hinten gekippt an der Lehne. Wie jemand, der schlief. Oder jemand, der sturzbetrunken war. Dafür zumindest sprach das Glas in seiner Hand. Eine goldene Flüssigkeit glänzte darin. Wenn er es noch einen Millimeter schiefer hielt, hatte er sie auf der Hose. Seine Augen waren offen. Trotzdem schien er nichts zu sehen. Geschweige denn dass er mich sofort bemerkte. Wie sonst immer.

Ich stand vermutlich eine Minute reglos in der Tür, ehe er blinzelte und den Kopf hob.

»Luz?« Er runzelte die Stirn, kniff die Augen zusammen. »Ich dachte, du bist oben. – Erstaunlich. Ich kann dich nicht spüren.« Mit der freien Hand rieb er sich übers Gesicht. »Ich hatte keine Ahnung, dass das Zeug diese Wirkung hat. Zumindest in dieser Dosis.« Die Worte schienen nicht wirklich für mich bestimmt zu sein. Genau genommen hatte er Mühe, sie überhaupt halbwegs verständlich herauszubringen.

Ich nickte zu dem Glas hin. »Der Wievielte ist das?«

Wieder dieses Stirnrunzeln. Er blickte zu der Hand auf seinem Oberschenkel, als habe er vergessen, dass er etwas darin hatte. Die Flüssigkeit schwappte endgültig über den Rand. Färbte den Stoff seiner Hose noch ein wenig dunkler. Joaquín stieß ein Zischen aus, dann hob er es und prostete mir zu. An seinem kleinen Finger glänzte der Siegelring auf. »¡Salud!« Seine Reißzähne schlugen vernehmlich gegen den Rand. Mit einem Zug leerte er es bis zur Hälfte, ehe er es wieder auf sein Bein sinken ließ.

»Der Wievielte ist das?«, wiederholte ich und wies abermals auf das Glas. Es war verrückt, aber trotz der Diamantaugen und den mörderischen Fängen hatte ich keine Angst vor ihm.

»Ich bin nicht betrunken«, verteidigte er sich geradezu empört. *Ja, klar. So sieht ›stocknüchtern‹ aus.* »Das ist mein Erster. – No. El Segundo. ¡De Verdad!« Dafür schien seine Zunge erstaunlich schwer zu sein. Es sei denn, *das* hatte einen anderen Grund. Ich machte einen Schritt ins Wohnzimmer hinein. Noch einen. Gerade weit genug, um seine Augen in diesem Licht besser erkennen zu können.

Seine Pupillen waren nur noch stecknadelkopfgroß. Wenn überhaupt. »Du bist high!«, stellte ich erschrocken fest.

Er kicherte, ein absolut grotesker Ton, wenn man bedachte, wie rau seine Stimme klang; ließ den Kopf nach hinten, auf die Lehne, rollen. »Aber so was von.«

Unwillkürlich suchte ich nach irgendwelchen Tütchen oder Spritzen. Keine Spur. Also vermutlich kein Koks oder Heroin. Wenn ich ehrlich war, hätte es mich auch sehr gewundert. Blieben nur diese Tabletten. Mit denen er sich selbst langsam vergiftete, um in meiner Nähe sein zu können, wie Fernán gesagt hatte. Oder war es Rafael gewesen?

»Wie viele waren es?«

»Uh?« Er hob den Kopf gerade weit genug, um mich ansehen zu können. Das Glas hatte schon wieder bedenkliche Schlagseite.

»Diese Tabletten. Wie viele hast du geschluckt?«

Abermals ein Stirnrunzeln. »Meinst du, seit gerade eben oder über den ganzen Tag?«

Wie bitte? »Gerade eben.«

»Vier. – Oder waren es fünf?« Er ließ den Kopf auf die Lehne zurückfallen. »Sí, cinco.«

»Fünf?« Das war nicht sein Ernst. »Seit du mich nach oben und Soledad mit Fernán nach Hause geschickt hast?«

»Sí. Auf einen Streich.« Er kicherte erneut. Der Laut jagte mir eine Gänsehaut über die Arme. »Wie in diesem Märchen. Aus Deutschland. Mit dem Schneider. Du weißt schon: Der Kerl schlägt sieben Fliegen auf einmal tot und stickt es sich dann auf einen Gürtel: ›Sieben auf einen Streich.‹ Und alle Welt denkt, er hätte weiß der Himmel welche Monster erschlagen.« Er drehte den Kopf, bis er mich wieder ansehen konnte. »Kennst du es?«

»Nein.«

»Hm … Nicht? In der Bibliothek muss noch irgendwo ein altes Märchenbuch sein …« Wie zuvor rieb er sich übers Gesicht. Einen Moment lang sah es so aus, als wolle er aufstehen. Vielleicht um sich gleich auf die Suche nach diesem Märchenbuch zu machen? Doch er beugte sich nur nach vorne. Die Ellbogen auf die Knie gestützt, das Glas in beiden Händen locker dazwischen, blickte er zu mir her.

»Was willst du hier unten, mi vida?« Mit einem Schlag schien er vollkommen ›nüchtern‹. Nur dass seine Pupillen nach wie vor so unübersehbar winzig waren, zeigte, dass dem nicht so war. »Du weißt, was beim letzten Mal geschehen ist, als ich so … über-entspannt war.«

»Ich habe einen Schrei gehört …«

»Und da kommst du herunter?« Er lachte. Hart. »Du dachtest, Cris und ich hätten wieder eine Auseinandersetzung, wie?« Sein Mund verzog sich. Ich konnte seine Fänge sehen. »Die Jungfrau eilt herbei, um ihren Liebsten vor der Bestie zu retten. Wenn das keine Ironie ist, was dann?« Von einer Sekunde zur anderen war seine bittere Heiterkeit verflogen. »Hier hat niemand geschrien, mi vida. Auf dem Dach ist eine uralte Wetterfahne. Total verrostet. Wenn sie sich tatsächlich mal bewegt, kann das klingen wie ein Schrei.«

Ich wusste nicht, was ich sagen sollte.

Irgendwann räusperte ich mich. »Dann sollte ich wohl mal wieder …« Mit einer unsicheren Bewegung wies ich zur Decke.

Joaquín nickte. Doch dann zog er die Brauen ein wenig zusammen. »Du hast den ganzen Tag noch nichts gegessen, oder? Zumindest nicht, dass ich es mitbekommen hätte. – Vielleicht solltest du dir etwas holen, bevor du nach oben gehst.«

Unschlüssig sah ich zur Tür. Ich hatte heute tatsächlich noch nichts gegessen. Irgendwie war es in all dem, was seit dem Mittag geschehen war, untergegangen. »Willst du auch etwas?«

Er beugte sich weiter vor. Die Flüssigkeit schwappte in seinem Glas. »Das, was ich will, kann ich nicht haben.« Sehr langsam holte er Atem. Dann wandte er das Gesicht ab. Das Kerzenlicht fing sich im Stein seines Ringes. »Vielleicht ist es besser, du gehst gleich wieder nach oben. Ich sage Cris, er soll dir etwas hinaufbringen, wenn er wieder auftaucht.«

Unwillkürlich machte ich einen Schritt zurück. Meine Hand zuckte zu meiner Kehle. Seine Finger schlossen sich fester um das Glas. Seine Oberlippe hob sich, entblößte seine Fänge. »Geh, Luz. Offenbar haben auch fünf Tabletten nicht gereicht.«

Ich wagte es erst, mich umzudrehen, als ich wieder in der

Halle und sicher war, dass er mich ebenso wenig sehen konnte wie ich ihn. Die Augen die ganze Zeit auf der Tür zum Wohnzimmer stieg ich die Treppe hinauf. Ich kam bis knapp über den ersten Absatz, als das Splittern von Glas erklang. Gefolgt von einem spanischen Fluch. Abrupt blieb ich stehen. Und kämpfte plötzlich mit dem Verlangen, wieder zurückzulaufen, sicherzustellen, dass er nicht noch mehr von dem trank, was auch immer in seinem Glas gewesen war; zu verhindern, dass er noch mehr von diesen elenden Tabletten schluckte; dafür zu sorgen, dass er nicht irgendwelchen anderen Unfug machte.

Der Regen prasselte gegen die Haustür.

Schließlich setzte ich mich auf die Treppenstufen, direkt an die Wand, da, wo die Schatten am dichtesten waren. Wie heute Mittag; wie früher so oft; kauerte mich zusammen, damit mich niemand sah; zog das T-Shirt über meine Knie, bis hinunter zu meinen Füßen; legte die Wange darauf; wie früher so oft. Und schaute durch die gedrechselten Säulen des Handlaufs zur Wohnzimmertür. Saß einfach nur da. Abgesehen von den Geräuschen des Regens war es still. Beinah … friedlich.

Die Frage, was ich hier eigentlich tat, stellte sich mir erst, als im hinteren Teil des Hauses eine Tür ins Schloss fiel und gleich darauf Cris im Durchgang zur Küche erschien. Der Gedanke an Flucht war als Nächstes da. Ich wollte nicht, dass er mich hier sitzen sah, dass am Ende Joaquín davon erfuhr, dass ich die ganze Zeit hier auf der Treppe gewesen war … Mit viel Glück schaffte ich es vielleicht noch, von hier wegzukommen, ohne dass Cris mich bemerkte … Er hatte schon die Hand auf dem Pfosten am Ende des Handlaufs, als Joaquín unvermittelt in der Wohnzimmertür stand und ihn mit einem »Cris, warte!« aufhielt.

»Was willst du?« Sichtlich widerwillig drehte Cris sich um.

Ich sank auf meine Stufe zurück, drückte mich gegen die Wand. Wenn sie beide in der Halle waren, hatte ich endgültig keine Chance mehr, ungesehen nach oben zu kommen.

»Hast du einen Moment Zeit?«

Cris nahm die Hand vom Treppenpfosten und machte ein paar Schritte auf Joaquín zu. Blieb dann aber wieder stehen. »Was willst du?«, wiederholte er ebenso unwillig wie zuvor.

»Ich kann hier nicht weg. Nach letzter Nacht ist das Risiko zu groß, Lucinda allein zu lassen. Auch hier auf Santa Reyada.«

»Sie ist nicht allein. Ich bin auch hier. Schon vergessen?«

»Du weißt, was ich meine.«

Cris ließ ein Schnauben hören. »Ja. Schon klar. – In Ordnung. Du kannst hier nicht weg. Und was habe ich damit zu tun?«

»Ich muss trinken.« Klangen die Worte tatsächlich so … gequält oder bildete ich mir das nur ein?

Mit einem Zischen wich Cris zurück. »Das ist pervers.« Offenbar hatte er deutlich schneller begriffen, was sein Bruder von ihm wollte, als ich. *Oh mein Gott.*

»Lucinda ist da oben.« Ich presste mich fester gegen die Wand. »Ich kann nicht … Es brennt … Mit jeder Minute wird es schwerer, nicht da hinauf…« Joaquín hob die Hände. »Lass mich nicht betteln, Cris.«

Der verzog das Gesicht. »Du bist … ekelhaft.«

Sein Bruder ballte die Fäuste. »Glaubst du, mir macht das hier Spaß? Ich habe nicht darum gebeten, zu sein, was ich bin.«

»Aber ja doch.« Cris grunzte verächtlich.

»Du weißt, dass ich dich nicht fragen würde, wenn es eine andere Möglichkeit gäbe.«

Schweigen.

»Cris, bitte.«

Ich drückte die Hand vor den Mund.

»Also gut. Bringen wir es hinter uns.« Cris sah seinen Bruder nicht an.

Joaquín zögerte, wies schließlich ins Wohnzimmer. »Willst du dich nicht …«

Cris' Blick zuckte zu ihm. »Was? Mich setzen? Es mir bequem machen?« Böse lachend schüttelte er den Kopf. »Mein Bruder verlangt von mir, dass ich mich von ihm als Bluthure benutzen lasse, und ich soll das Ganze noch genießen? Wie krank bist du eigentlich? – Wenn es dir hier zu unbequem ist, müssen wir es ja nicht tun.«

»Cris …«

Der schüttelte abermals den Kopf. »Mach endlich oder vergiss das Ganze.«

Wieder dieses seltsame, beinah qualvolle Zögern von Joaquín, doch dann trat er an seinen Bruder heran.

Cris neigte den Kopf zur Seite, entblößte seine Kehle. Seine ganze Haltung drückte Verachtung und Abscheu aus. Joaquín legte ihm die Hand in den Nacken. Steif ließ Cris es geschehen, dass er ihn ein kleines Stück weiter zu sich heranzog. Und ihm im nächsten Moment blitzschnell die Zähne in den Hals schlug. Beinah in der gleichen Sekunde wie Cris zuckte ich zusammen, drückte die Hand fester vor den Mund. Meine Lungen verkrampften sich. Das Atmen fiel mir schlagartig schwer. Ich konnte sehen, wie Joaquíns Lippen sich auf Cris' Haut bewegten, hörte ihn bei jedem Schluck leise stöhnen. In seinem Mundwinkel glänzten rote Tropfen. Mit einem Laut des Ekels bog Cris den Kopf noch weiter zur Seite. Ein dünner

Faden Blut rann in seinen Kragen. Ich riss den Blick von den beiden los, presste die Lider aufeinander. Doch ein schwaches Maunzen ließ mich wie unter einem Zwang gleich darauf wieder hinsehen. Cris hatte seinen Bruder bei den Haaren gepackt und zerrte ihn mit Gewalt von sich weg. Das Maunzen kam von Joaquín. Er stolperte und taumelte gegen die Wand neben der Wohnzimmertür, als Cris ihn grob von sich stieß. Einen Moment lehnte er schwer atmend dagegen, drückte sich den Handrücken gegen den Mundwinkel. Erst nach einer schieren Ewigkeit richtete er sich wieder auf, die Schulter noch immer an der Wand, sah zu Cris.

»Ich brauche mehr. Cris, du …«

»Nein.« Cris hatte ein Taschentuch hervorgezerrt und presste es sich auf die Wunde, schüttelte den Kopf. »Das reicht. Und es ist mir egal, ob du genug hast oder nicht.«

»Cris …«

»Vergiss es!« Cris machte einen Schritt rückwärts. »Und wage es nie wieder, mich darum zu bitten!« Noch ein Schritt zurück. Richtung Treppe. »Nie wieder, verstanden?!«

Ich floh geduckt die Stufen hinauf und betete, dass mich keiner der beiden bemerkte. Flüchtete in das erstbeste Zimmer im Korridor, schloss die Tür hastig hinter mir, presste das Ohr gegen das Holz, lauschte mit angehaltenem Atem auf Cris' Schritte, die sich näherten; vorbeigingen, sich entfernten. Eine Tür knallte. Wartete, lauschte weiter, zählte bis zehn, bis zwanzig. Erst dann wagte ich mich endlich wieder hinaus und zur Treppe zurück. Wie zuvor hielt ich mich direkt an der Wand, kauerte ich mich auf eine der Stufen. Und spähte hinab.

Joaquín war zu Boden gerutscht, hockte neben der Tür zum Wohnzimmer, die Beine angezogen, die Unterarme auf den

Knien, die Hände hingen dazwischen herab, sein Kopf lehnte an der Wand in seinem Rücken. Seine Augen waren geschlossen. Scheinbar entspannt. Scheinbar.

Plötzlich wollte ich zu Cris gehen, wollte ihn zu seinem Bruder zurückzerren und von ihm »Gib ihm, was er braucht!« verlangen. Aber ich ließ es. Ich hatte kein Recht dazu, immerhin konnte ich es ja selbst nicht über mich bringen, Joaquín mein Blut trinken zu lassen. Also saß ich einfach nur da. Und rührte mich nicht. Wie Joaquín.

Rafael schreckte uns beide auf, als er irgendwann zurückkam. Klatschnass. Noch in der Haustür hielt er inne, zog sie dann rasch zu.

Er ging vor Joaquín in die Hocke, musterte ihn. »Was zur Hölle ist hier passiert?«

Der schüttelte den Kopf. »Nichts.«

Rafael schnaubte. »Ja, das sehe ich. Also: Was war hier los, während ich weg war?«

Joaquín ließ den Kopf wieder nach hinten gegen die Wand fallen. Die Bewegung wirkte müde. »Nichts.«

Einen Moment schwieg Rafael. Sein Blick wanderte durch die Halle. Bis er unvermittelt aufstand. Hastig duckte ich mich tiefer in den Schatten. Wortlos ging er zu der Stelle, an der Joaquín und Cris vorhin gestanden hatten, bückte sich und fuhr mit dem Finger über etwas auf dem Fußboden, leckte es ab. Dann kehrte er zu Joaquín zurück und kauerte sich erneut vor ihn. »Ich will dir sagen, was während deines ›nichts‹ passiert ist: Nachdem du diese kleine Sintflut da draußen heraufbeschworen hast, musstest du trinken. Dringend. Da das Blut da auf dem Boden von Cris ist, es aber zu wenig ist, als dass ihr euch geprügelt haben könnt, nehme ich an, du warst an seiner Vene. – Auch wenn ich das nicht ganz nachvollziehen kann, nachdem das ja eigentlich Lucindas Job wäre, aber meinetwegen; das ist euer Ding. – So wie du aussiehst, hat er dich bei Weitem nicht genug nehmen lassen. Habe ich recht?«

Joaquín nickte nur.

Rafael stieß ein Grollen aus. Doch als er dann wieder sprach, war sein Ton verwirrend sanft. »Dann nimm von mir, was du brauchst, Bruder.«

»Das ist …«

»*… wahnsinnig nett von dir, Rafael?* – Ja, ich weiß, man muss mich gernhaben. … *nicht nötig?* – Aber klar. Schau dich an.« Er beugte sich ein Stück weiter zu Joaquín. »Du kannst jetzt vielleicht Nein zu mir sagen. Aber vergiss eins nicht: Wenn du die Kontrolle verlierst, was glaubst du, an wessen Kehle du gehen wirst? Genau. An Lucindas. Was du ja im Moment offenbar noch zu vermeiden versuchst. Und noch etwas.« Er zog den Ärmel hoch, löste das Lederarmband mit dem Tribal-Muster von seinem Handgelenk und hielt es Joaquín hin, Innenseite nach oben. »Du gibst mir von deiner Macht, wann immer ich sie brauche. Dir im Gegenzug dafür auch einmal etwas von meinem Blut zu geben, ist da in meinen Augen nur fair. – Also komm schon.« Er drückte sich aus der Hocke hoch, packte Joaquíns Handgelenk und zog ihn ebenfalls in die Höhe. Dass der dabei zusammenzuckte, ignorierte er. Stattdessen ging er ins Wohnzimmer, setzte sich auf das Sofa und lehnte sich locker zurück.

Joaquín war ihm gefolgt. Langsam. Beinah widerstrebend. Jetzt trat er ebenso langsam hinter die Lehne, hinter Rafael. Der legte den Kopf zur Seite und bot Joaquín seine Kehle an. Doch im Gegensatz zu Cris tat er es ohne auch nur den Hauch von Abscheu oder Verachtung. Joaquín stützte sich zu beiden Seiten seiner Schultern auf der Lehne ab, beugte sich vor. Zögerte wieder. Rafael sagte etwas, zu leise, als dass ich es hätte verstehen können, blickte zu Joaquín auf, griff hinter sich, legte ihm die Hand in den Nacken. Und zog seinen Kopf zu sich herab, seinen Mund auf seinen Hals. Ich konnte sehen, wie Joaquín zubiss. Schnell. Und trank. Rafael schloss die Augen. Entspannte sich scheinbar vollkommen. Nur seine Hand blieb unverrückbar in Joaquíns Nacken.

Er gab ihn erst dann wieder frei, als *er* der Meinung war, Joaquín hätte genug.

31

Als ich am Morgen die Läden vor den Fenstern aufstieß, stürmte es zwar nicht mehr, es regnete aber noch immer wie aus Kübeln. Der Himmel war grau und trüb, seltsam dunkel und die Wolken hingen so tief über der Sierra, dass es aussah, als würden sie kaum mehr als ein paar Handbreit von den Bergen in der Ferne trennen. Keine Spur von Flimmern. Dafür schien der Boden sich diesmal in einen echten See verwandelt zu haben.

Auch wenn mein Magen es mir gestern nicht übel genommen hatte, dass ich ihn den ganzen Tag vernachlässigt hatte, heute erinnerte er mich an seine Existenz. Nachdrücklich. Also hastete ich ins Bad, um wenigstens zu duschen, ehe ich in die Küche hinunterging, um mir etwas zu essen zu machen.

Doch als ich dann in meinem Kleiderschrank stand und nach etwas suchte, das sich mit meinen Jeans ebenso vertrug wie mit dem Wetter und meinem Sonnenbrand, hielt ich irgendwann mitten in der Bewegung inne, die Arme bis zu den Ellbogen in Shirts vergraben: Heute war der Tag, an dem ich von hier fortgehen würde. Der Gedanke war wie ein Eimer eiskaltes Wasser. Oder nein, viel eher ein Schlag über den Kopf, so … benommen, wie ich mich plötzlich fühlte. Ich würde von hier fortgehen. Heute. Für immer. Wohin? Nach Boston zurück konnte ich ja schlecht, oder? Aber wohin dann? Natürlich hatte ich immer wieder darüber nachgedacht. Aber nur kurz, flüchtig. Das alles war so weit weg gewesen, beinah surreal. Da waren so viele andere Dinge gewesen, geschehen … Und jetzt so viele Fragen auf einmal. Wohin sollte ich gehen? Würde er mich irgendetwas von hier mitnehmen lassen? Ein paar Sachen zum Anziehen, die Dinge aus der Kiste, wenigstens Mr Brumbles …? Würde mein letzter Lohn aus dem *Forty-two* ausreichen, um irgendwo neu anzufangen? Und vor allem: Würde er mich überhaupt gehen lassen? Er hatte es versprochen, aber würde er sein Versprechen auch halten? Doch seit letzter Nacht war da noch eine andere Frage: Wollte ich überhaupt von hier fort? Bei dem Gedanken zuckte ich innerlich zusammen. War ich noch ganz bei Trost? Natürlich wollte ich von hier fort! Und ich würde niemals zurückkommen! Niemals! Ich würde wieder verschwinden. So gründlich, dass selbst er mich nicht mehr aufspüren konnte.

Als ich Blut schmeckte, wurde mir klar, dass ich mir auf die Lippe gebissen hatte. Viel zu fest. Unwillig zerrte ich irgendein Shirt aus dem Schrank und streifte es über. Ich würde von hier fortgehen. Heute. Punkt. Ich würde hinuntergehen, mir etwas zu essen suchen und dann von Joaquín verlangen, dass er mir sagte, wann er mich heute gehen ließ und ob er mich nach Los Angeles oder San Diego oder irgendeine andere größere Stadt in der Nähe bringen lassen würde – oder zumindest nach San Isandro. Oder ob er mich einfach vor die Tür zu setzen gedachte, sodass ich sehen musste, wie ich allein von hier wegkam. Wobei auch das kein Problem sein sollte. Cris würde mich sicherlich in die nächste Stadt fahren. Nach letzter Nacht auf jeden Fall. Warum zum Teufel hatte ich dann einen solchen Kloß im Hals? Ich würde endlich frei sein!

Ich knallte die Schranktür zu, durchquerte mein Zimmer und marschierte auf den Korridor hinaus. Rosa strich um mich herum. Irgendwie … unruhig. Ich bemühte mich, sie zu ignorieren. Abgesehen von ihr schien das Haus wie ausgestorben.

Erst in der Küche traf ich auf ein weiteres lebendes Wesen: Rafael.

Verblüfft blieb ich noch im Durchgang stehen. »Was machst du denn hier?«

Er warf mir einen kurzen Blick über die Schulter zu. »Frühstück.«

Ich verkniff mir ein bissiges ›*Ach? Tatsächlich? Darauf wäre ich nie im Leben gekommen*‹. »Hast du keine eigene Küche?« Misstrauisch beobachtete ich, wie er am Herd hantierte. Der Duft von gebratenem Speck hatte mir schon in der Halle verraten, dass jemand hier war, aber eigentlich hatte ich mit Joaquín gerechnet. Wie jeden Morgen.

»Ich habe heute Nacht hier geschlafen.«

Ich riss meinen Blick von der Pfanne los und sah ihn an. »Warum?« Musste ich das fragen? An seinem Hals klebte ein Pflaster, das viel zu groß war, um nur einen Schnitt zu verbergen, den er sich beim Rasieren zugefügt haben könnte. Ich verbiss mir die Frage danach.

Rafael schnalzte mit der Zunge. »Schau mal nach draußen, tigresa. Es regnet. – Guten Morgen übrigens.«

»Und? – Guten Morgen.«

»Seh ich aus, als hätte ich Schwimmhäute? Oder Kiemen?«

»Das ist doch gar nicht so schlimm.« Ich war mir nicht sicher, ob ich ihm das glauben sollte.

»Ja, weil es gerade mal ein wenig nachgelassen hat.« Er wendete den Speck ziemlich energisch. »Ich bin ein Kind der Wüste, tigresa. Wasser hat hier nicht von oben zu kommen. Zumindest nicht in diesen Mengen. Bei dem Wetter schickt man keinen Hund vor die Tür. Und ich hatte keine Lust, die nächsten Tage als Einsiedler zu verbringen.« Er steckte ein paar Scheiben Weißbrot in den Toaster. »Willst du was ab?«

»Wo ist Joaquín?«

»Oben. Schläft noch.« Ich kam zu dem Schluss, dass ich nicht wissen wollte, woher er das wusste. »Er hatte eine harte Nacht. – Was ist jetzt? Willst du was ab, ja oder nein?«

»Gibt es noch etwas außer Speck und Toast?« Skeptisch spähte ich an ihm vorbei in die Pfanne.

Rafael schnaubte. »Oh ja, natürlich!« Die Gabel wie ein Mordwerkzeug in der Hand drehte er sich zu mir um. Hastig machte ich einen Schritt rückwärts. »Mir ist durchaus bewusst, dass mein Speck nicht mit Joaquíns Rührei mithalten kann, aber mir das am frühen Morgen so gnadenlos aufs Brot zu schmieren, ist ...« Theatralisch legte er die freie Hand auf die Brust und hob die Gabel. »... herzlos. – Zur Strafe bekommst du nichts davon ab.«

Ich verbiss mir ein Lachen, schüttelte den Kopf. »Schon okay. Ich hatte sowieso gerade beschlossen, mich heute Morgen mit Toast und Marmelade zu begnügen. – Dein Speck wird schwarz.«

Mit einem Fluch drehte er sich wieder zu seiner Pfanne um. Während er versuchte zu retten, was noch zu retten war, wandte ich mich dem Kühlschrank zu. Beim Anblick der Tortenreste änderte ich meinen Plan.

Ich holte einen Teller aus dem Schrank, schnitt mir ein Stück ab, fischte mir eine Gabel aus der Schublade, ging zur Tür nach draußen und öffnete sie. Ein Schwall kühler, feuchter Luft wehte mir entgegen. Ich lehnte mich an den Rahmen – in letzter Minute erinnerte ich mich an meinen Sonnenbrand – und sah nachdenklich in den Regen hinaus, während ich in meinem Kuchenstück stocherte. Unter den Büschen neben dem Weg hatte das Wasser Furchen in den Boden gegraben.

Nach einem Moment kam Rafael zu mir und lehnte sich an die andere Seite des Rahmens. Der Duft seines Specks wehte zu mir herüber. Schweigend sahen wir in das Prasseln hinaus.

»In San Isandro heißt es, wenn es über Santa Reyada regnet, dann weinen die Engel über die verlorenen Seelen der Hexer dieser Familie«, sagte er irgendwann unvermittelt leise in unser Schweigen hinein.

Ich sah ihn an. »Und? Ist es so?«

Er hob die Schultern. »Ich weiß es nicht. Ich bin kein Engel.«

Auch wenn er mit seinem Aussehen einem verdammt nahekam. »Wie lange kennst du Joaquín schon?«

»Acht oder neun Jahre?« Er spießte ein Stück Speck auf.

»Und wie habt ihr euch kennengelernt?« Ich tat das Gleiche mit einem Bissen Torte.

Rafael neigte den Kopf zur Seite. Musterte mich. Der Speck schwebte ein paar Sekunden in der Luft, bevor er ihn sich in den Mund schob und kaute. Irgendwie … nachdenklich.

»Estéban hat mich von einer seiner Suchen nach dir mit nach Hause gebracht«, erklärte er mir nach einem weiteren Moment.

Überrascht runzelte ich die Stirn. »Das klingt, als wärst du ein streunender …« Ich verschluckte den Rest des Satzes.

»… Hund gewesen?« Rafael legte den Kopf ein wenig mehr zur Seite. Seine Lippen zuckten in einem spöttischen Lächeln. »So was Ähnliches.«

»Muss ich das verstehen?« Ich schob mir den Tortenbissen in den Mund.

Er lachte. »Nein.«

Aber offenbar hatte er auch nicht vor, es mir zu erklären. Ich schluckte das Stück hinunter. »Aha. Dann ist es ja gut.« Und musterte ihn meinerseits. »Was hatte das letzte Nacht eigentlich mit diesem ›Blut eines No…«

»Guten Morgen.«

Wir drehten uns gleichzeitig um. Cris durchquerte die Küche, auf dem Weg zur Kaffeemaschine.

»Hältst du mal bitte, Lucinda?« Rafael legte die Gabel auf seinen Teller und drückte ihn mir in die Hand, noch ehe ich meine eigene richtig weglegen konnte. Ich griff einfach nur zu, sah zu, wie er auf Cris zumarschierte, ihn packte und umdrehte. Im nächsten Moment lag Cris bäuchlings mit dem Oberkörper auf der Arbeitsplatte neben dem Herd, einen Arm nach hinten zwischen die Schulterblätter verdreht, das Gesicht von Rafaels Ellbogen in seinem Nacken auf den Granit gepresst. Mir blieb der Mund offen stehen. Das Ganze war so schnell gegangen, dass Cris noch nicht einmal Zeit zu einem empörten Schrei gehabt hatte. Geschweige denn, um sich zu wehren.

»Was zum …«

Rafael erstickte Cris' Protest, indem er den Druck seines Ellbogens ein wenig erhöhte.

»Jetzt hör mir mal gut zu, du elende Ratte. Noch so ein Ding wie letzte Nacht und wir beide unterhalten uns mal ernsthafter miteinander.«

Cris' Blick zuckte zu mir. »Ich habe keine Ahnung …«

»Oh doch. Du kennst die Einzelheiten und ich auch.« Wie vertraulich beugte Rafael sich weiter über ihn. »Wir müssen sie nicht noch mal erörtern. Weder hier noch zu einem späteren Zeitpunkt. Aber das eins klar ist: Wenn Joaquín dich das nächste Mal um einen solchen Gefallen bittet, wirst du kein Theater machen. Du gibst ihm, was er braucht. Und damit basta.«

»Hat er dich geschickt?« Cris krallte mit der freien Hand nach hinten, versuchte, Rafael zu fassen zu bekommen. »Du kannst mich. Und mein Bruder genauso. Ich schulde ihm nichts. Gar nichts!«

»Wie war das?« Mühelos wich der aus, verstärkte den Druck in Cris' Nacken noch, bis er keuchte und würgte. Rafaels Stimme war zu einem Grollen geworden. Ich stand da und sah den beiden fassungslos zu. Die Teller nach wie vor dämlich in den Händen.

»Du hast mich schon verstanden«, quetschte Cris gegen die Arbeitsplatte hervor. »Ich schulde ihm gar nichts. Immerhin habe ich es ihm zu verdanken, dass ich der Witz der Hermandad bin.«

Abermals beugte Rafael sich näher zu Cris hinab. Seine Augen waren plötzlich gefährlich schmal. »Er hat dir tausendmal gesagt, dass es keine Absicht war; dass er jederzeit mit dir tauschen würde, wenn er könnte; er hat wie ein Besessener nach einer Möglichkeit gesucht, das Ganze rückgängig …«

»Ja, klar. So getan hat er.«

Rafael fletschte die Zähne. »Dein Bruder hat sich mit dem Zombie-Meister von New Orleans eingelassen, weil das Gerücht ging, Jean-Marc wüsste etwas darüber –«

Cris grunzte verächtlich. »Die beiden kennen sich schon seit Jahren.«

»Jemanden kennen und mit ihm einen Deal aushandeln … da gibt es einen Unterschied.«

Cris schnaubte.

Rafaels Grollen wurde dunkler. »Deinetwegen ist er beim Ordre zu Kreuze gekrochen. Hat darum gebeten, in die Archive in Rouen zu dürfen, um in den alten Aufzeichnungen aus den Anfängen nachsehen zu können, ob sie damals einen Weg kannten, um es rückgängig zu machen. Weißt du, was sie dafür wollten? Den Codex Sagradis. Sie haben sich auf eine Abschrift davon und auf Joaquíns Meisterstück geeinigt. Eine Abschrift, die *sie* anfertigen. Er hat den Codex Sagradis aus der Hand gegeben. Deinetwegen. Und er weiß nicht mit Sicherheit, ob er ihn tatsächlich jemals zurückbekommt. Deinetwegen ist er zum Verräter an der Hermandad geworden. Weißt du, was passiert, wenn das rauskommt?«

»Ich habe ihn nicht darum gebeten …« Er verstummte mit einem Stöhnen, als Rafael seinen Arm noch ein bisschen mehr verdrehte.

»Du elende kleine Ratte hast es immer noch nicht kapiert, oder? Man muss deinen Bruder nicht um solche Sachen *bitten.* Er …«

»¿Qué diablos …? ¡Suelta!« Joaquín stand im Durchgang. Anscheinend alles andere als wirklich wach. Zumindest starrte er zu den beiden hinüber, als überlegte er, wo er in seinem Traum gerade falsch abgebogen war. Was nichts daran änderte, dass er unübersehbar wütend war. »¡Apártense! – Was ist hier los?«

Abrupt ließ Rafael Cris los, hob die Hände und trat zurück. Kam vollkommen gelassen wieder zu mir herüber und nahm mir seinen Teller ab. »Nichts. Cris und ich sind klar miteinander.«

Der hatte sich nicht minder abrupt aufgerichtet und umgedreht. Ärgerlich funkelte er Rafael an. »Elender Bastard«, zischte er.

Rafaels Lächeln war reine Liebenswürdigkeit. »*Die* Tatsache ist in diesem Haus allgemein bekannt, niño.« Er spießte ein Stück Speck auf und schob es sich in den Mund.

Verwirrt blickte ich erst Cris, dann Rafael an. *Bastard?*

Joaquíns Knurren zog mir den Magen zusammen. »Noch einmal: Was ist hier los?« Seine Stimme war sehr, sehr leise.

»Nada.« Rafael hob die Schultern, während er sich das nächste Speckstück vornahm. »Nicht wahr, Cris?«

Cris' Antwort war ein mörderischer Blick, ehe er kehrtmachte und sich an seinem Bruder vorbei aus der Küche drängen wollte. Dessen Hand auf seiner Brust stoppte ihn. »Nein. Du bleibst!«, fuhr Joaquín ihn an, dann sah er zu mir. Der Ausdruck in seinen Augen schien zu sagen: ›Ich will mich jetzt nicht darum kümmern müssen, was auch immer es ist.‹ So verrückt es war: Plötzlich hatte ich Mitleid mit ihm. »Ich möchte mit dir reden, Lucinda. Würdest du bitte im Wohnzimmer auf mich warten? Nur einen Moment.« Ich glaubte das ›Ich muss hier vorher leider noch zwei Schädel gegeneinanderschlagen‹, zu hören, obwohl er es nicht aussprach.

Eine Sekunde sah ich von einem zum anderen. Schließlich nickte ich: »In Ordnung«, stellte meinen Teller auf die Spüle, ging an Joaquín und Cris vorbei und aus der Küche. Ganz kurz überlegte ich, ob ich versuchen sollte, zu lauschen. Doch ich verwarf den Gedanken. Immerhin konnte ich mir denken, worum es gehen würde – nicht, dass ich sowieso besonders viel von dieser Unterhaltung verstehen würde, wie Joaquíns Stimme mir gerade bewies, die hinter mir aus dem Durchgang drang: Er sprach spanisch. Ebenso wie Rafael, als der antwortete. Und ganz nebenbei kam ich mir seltsam schäbig dabei vor. Ich hatte in der vergangenen Nacht schon mehr als genug Dinge gesehen, die nicht für meine Augen bestimmt gewesen waren.

Trotzdem ließ ich die Türen zum Wohnzimmer offen. Die rote Kerze war erloschen, in der Nacht fast vollkommen heruntergebrannt, das Wachs beinah über den ganzen Tisch geflossen. Die Bruchstücke eines Glases lagen darauf. Ich trat gerade zum Fenster, um dem Regen zuzusehen, als das Gebrüll losging. Mit einem bitteren Lächeln schaute ich zur Tür. Sie hatten überraschend lange gebraucht, um dieses Stadium zu erreichen. Offenbar brüllten sie sich alle drei an. Durcheinander und gleichzeitig. Und sie kamen näher. Gleich darauf marschierte jemand lautstark durch die Halle und am Wohnzimmer vorbei. Dann krachte die Haustür so heftig zu, dass das Glasornament beängstigend klirrte, und ich sah Cris draußen durch den Regen laufen. Die Auffahrt hinunter. Abermals ein Wortwechsel in der Halle. Rafael und Joaquín. Zwar nicht weniger heftig als zuvor, dafür aber deutlich weniger lautstark. Wie immer auf Spanisch. Dann: Stille.

Es überraschte mich nicht, dass Joaquín gleich darauf ins Wohnzimmer kam. Was mich überraschte, war, dass er die Reste meines Kuchenstücks dabeihatte. Einen Moment zögerte er, trug den Teller dann zum Tisch, stellte ihn darauf ab und ging erst jetzt zur Tür zurück, um sie zu schließen.

Ich löste mich vom Fenster, setzte mich auf das Sofa, dorthin, wo er den Teller abgestellt hatte.

»Ich dachte, da du keine Chance hattest, aufzuessen …« Er stand noch immer bei der Tür.

Ich hätte den Teller mitnehmen können, wenn ich das gewollt hätte. »Mhm.« Ich schob die Hände zwischen die Knie, sah ihn an. Sehr langsam kam er zu mir herüber und ließ sich mir gegenüber in den Sessel sinken. Sein Blick glitt über die Wachslache, die Glasstücke, den Teller. Mit zwei Fingern massierte er sich die Schläfe, stand dann abrupt wieder auf und ging zum Fenster. Demselben, an dem ich eben noch gestanden hatte. Doch anstatt hinauszuschauen, drehte er sich sofort wieder zu mir um.

»Ich mach es kurz, Lucinda. Ich weiß, unser Deal war: 10 Tage, kein Fluchtversuch, dann lasse ich dich gehen und du bist mich für immer los. Aber könntest du dir vorstellen, noch ein paar Tage länger auf Santa Reyada zu bleiben?«

Ich riss die Augen auf, hielt den Atem an, öffnete den Mund, um zu protestieren, zu sagen, dass er mir versprochen hatte, mich gehen zu lassen, mich *heute* gehen zu lassen – ich brachte keinen Ton heraus.

Beschwichtigend hob er die Hände. »Ich werde dich nicht zwingen, länger hierzubleiben, wenn du es nicht willst. Keine Angst. Wenn du Nein sagst, bringe ich dich umgehend nach Los Angeles oder San Diego, aber ...«

»Ja.« Was? War ich von allen guten Geistern verlassen?

Joaquín blinzelte. »Ja?«

»Ja. Nein.« Ich schüttelte den Kopf. »Ich meine: warum? Und wie lange sind ›ein paar Tage‹?«

»Warum?« Er wies nach draußen. »Es regnet in Strömen. Es kann gut sein, dass einige der Straßen unpassierbar sind. Und ich würde ungern das Risiko eingehen, mit dir im Wagen ...« Er rieb sich den Nacken. »Bleib noch, bis es vorbei ist und das Wasser wieder abgeflossen ist. Dann bringe ich dich selbst zum Flughafen. Oder wo auch immer du hinwillst.« Ich presste die Knie fester zusammen. Mit meinen Händen dazwischen. Hätte er das nicht schon vorher wissen müssen? Bedeutete das, dass alles ein abgekartetes Spiel gewesen war? Entweder das oder das Ganze war eine faule Ausrede.

»Und wenn ich Nein sage? Oder es mir morgen anders überlege? Und von hier weg möchte?«

»Dann werde ich dich nicht zwingen, hierzubleiben.«

Das hatte er mir damals auch versprochen. Und trotzdem bat er mich, noch zu bleiben. – War das nicht der Punkt? Dass er fragte? Mich darum *bat,* anstatt einfach über mich zu bestimmen?

»Gut.« Ich musste verrückt sein! »In Ordnung. Bis das Wasser wieder weg ist.«

Sein Nicken wirkte geradezu erleichtert. »Bis das Wasser wieder weg ist. Nicht länger. Ich verspreche es.«

Das hatte er schon einmal getan. Ich stand auf und ging zur Tür. Wortlos. Weil ich nicht wusste, was ich sagen sollte.

»Luz.«

Die Hand schon am Türgriff, sah ich über die Schulter zurück.

Er hatte sich keinen Inch vom Fenster wegbewegt. »Ich bin froh, dass du noch bleibst.«

Ich biss die Zähne zusammen. Also doch eine faule Ausrede. Aber was gewann er, wenn ich noch zwei oder drei Tage länger blieb? – Ich wollte von hier fort. Daran würden auch ein paar Tage mehr nichts ändern. Oder daran, dass ich nach wie vor allein den Gedanken nicht ertragen konnte, dass er mir die Zähne in den Hals schlug, so wie er es letzte Nacht zuerst bei Cris und dann bei Rafael getan hatte. Es wäre nicht fair hierzubleiben, wenn ich ihm nicht geben konnte, was er wollte; brauchte.

Ich drehte mich um und ging. Und verstand nicht, warum ich dabei Herzklopfen hatte.

Der Paketbote, der zwei Tage später vor der Tür stand, hatte etwas von ›ersoffener Ratte‹. Ich hatte ihn nur durch Zufall mitbekommen, weil ich mir in der Küche ein Sandwich machte, gerade als er den Türklopfer gegen die Haustür gehämmert hatte, als sei der Weltuntergang hinter ihm her. Da sich auf das erste Klopfen weder Rafael noch Joaquín, von Cris ganz zu schweigen, gerührt hatte, war ich nachsehen gegangen. Genau in dem Moment, als Cris die Treppe herunterkam und die Tür öffnete. Ich erhaschte nur einen kurzen Blick auf eine klatschnasse Gestalt in Kurierdienstuniform und einen schlammbespritzten Wagen, während Cris das Paket entgegennahm und unterschrieb, dann hastete der Mann auch schon mit seinem Klemmbrett in die Trockenheit seines Autos zurück.

Als Cris die Haustür schloss, verzog ich mich wieder in die Küche zu meinem Sandwich. Nur um kurze Zeit später von Rosa mit klappernden Schranktüren aufgescheucht zu werden. Sie gab erst Ruhe, als ich das Sandwich Sandwich sein ließ und ihr folgte. Beinah kam ich mir wie ein Jagdhund vor: die Nase in der Luft, um ihren Lavendelduft nicht zu verlieren. Sie führte mich in den vorderen Teil des Hauses. Kaum hatte ich die Halle betreten, ahnte ich bereits, was sie wollte: das Päckchen. Es stand auf der Sitzbank vor dem Flügel. Der Aufkleber *Eilt!* war nicht zu übersehen. Dass sie die Bank erbeben ließ, wäre eigentlich nicht mehr nötig gewesen. Allerdings wunderte es mich, dass sie das deutlich schwere Möbel bewegte und nicht das Päckchen, das sie vermutlich erheblich weniger Kraft gekostet hätte.

Ich hob es von der samtbezogenen Bank. Es war verhältnismäßig leicht. Der Absender war ein ›J.-M. Brignac‹ aus New Orleans. Und der Empfänger … Ich stieß ein Zischen aus. Wie hatte Rafael Cris genannt? Eine Ratte? Wie recht er doch gehabt hatte. Der Empfänger war ›Joaquín de Alvaro‹! Und Cris hatte es einfach hier abgestellt. Trotz des überdeutlichen *Eilt!*.

»Danke, Rosa.« Mit dem Päckchen in der Hand stapfte ich die Treppe hinauf. Und fragte mich bei jeder Stufe, was aus dem Cris geworden war, in den ich mich in Boston verliebt hatte. Da war er charmant und nett und zuvorkommend und sanft gewesen. Dass er solche Nummern abzog, hätte ich ihm niemals zugetraut.

Selbst ich hatte bemerkt, dass Joaquín in den letzten Tagen … angespannt … nervös … manchmal regelrecht … fahrig gewesen war. Wie jemand, der dringend auf etwas wartete. Und dem die Zeit davonlief. Dabei hatte er versucht, es vor mir zu verbergen, während er beinah jede Minute mit mir verbrachte. Sah man von den Gelegenheiten ab, in denen er beinah fluchtartig den Raum verließ, weil er ein bisschen ›Abstand‹ von mir brauchte. Und dann manchmal eine halbe Stunde oder länger verschwunden blieb. Zeit, in der er sich irgendwo im Haus auf seine Weise ›abreagierte‹. Gerade erst vor einer knappen Stunde war er wieder vor mir ›davongelaufen‹. Verrückterweise fühlte ich mich trotzdem in seiner Nähe sicher. Während er mir noch weitere alte Fotoalben gezeigt hatte; mir jede Frage, die ich zu meiner ›vergessenen‹ Vergangenheit hatte, beantwortete, wenn ich Dinge und Geschehnisse einfach nicht einordnen konnte; wenn er und Rafael mit mir Billard und Poker gespielt hatten. Er hatte sogar meinen Lieblingsfilm *Miss Undercover* über sich ergehen lassen, ganz zu schweigen von Rafaels Sticheleien deswegen. Immer mit mindestens einem Meter Distanz zwischen uns. Niemals direkt neben mir, egal ob auf dem Sofa, in einem Sessel oder am Tisch. Mein Unterricht in Hexerei hatte aus genau den gleichen Gründen ein abruptes Ende gefunden. Er konnte mich über längere Zeit so dicht bei sich nicht mehr ertragen. Die Magie, die dabei mit ›im Spiel‹ war, machte es anscheinend nur noch schlimmer. Dass er über einer Kleinigkeit einmal die Beherrschung verloren, mich angeschrien und aus seinem Laboratorium gejagt hatte, hatte unserem Projekt den Todesstoß versetzt. – Vielleicht war das hier ja genau das, auf das Joaquín so ungeduldig wartete. Und Cris trieb solche Spielchen.

Gut, zugegeben, wann immer er und Joaquín sich seit dem Vorfall in der Küche über den Weg gelaufen waren, hatte unverhohlene Wut in der Luft gehangen. Zu meiner Überraschung spielte Rafael mehr als einmal den Puffer zwischen den beiden, anstatt so eindeutig Stellung zu beziehen wie an jenem Morgen. Er witzelte sogar, dass man vielleicht Wohnzimmer und Halle zur ›neutralen Zone‹ erklären und den Rest der Räume zwischen ihnen aufteilen sollte. Der Vorschlag brachte ihm von beiden Seiten böse Blicke ein. Die Idee, den beiden jeweils einen der altmodischen Degen, die in den oberen Stockwerken überall an den Wänden hingen, in die Hand zu geben und sie es ein für alle Mal ausfechten zu lassen, verwarf er gleich wieder. Weil es an ihm und mir hängen geblieben wäre, das Blut aufzuwischen. Aber *das hier* ging dann doch ein Stück zu weit.

Ich hatte einen Verdacht, wo Joaquín sich bei seinen ›Fluchten‹ jedes Mal abreagierte, bevor er zu mir zurückkam: der Sandsack in seinem Zimmer. Die hämmernden Beats, die jenseits seiner Tür dröhnten, bestätigten mir meinen Verdacht.

Spätestens die klatschenden Geräusche, die zu mir drangen, als ich die Tür nach viermaligem, vergeblichem Klopfen vorsichtig aufstieß, hätten keinen Zweifel mehr zugelassen. Seit dem Tag, als ich mich nach unserem Zusammenstoß mit den Nosferatu zu ihm aufs Bett geflüchtet hatte, war ich nicht mehr hier gewesen. Es fühlte sich seltsam an.

»Joaquín?« Es wäre nicht nötig gewesen, irgendetwas zu sagen. In der Sekunde, in der die Tür endgültig aufgeschwungen war, hatte er sich zu mir umgedreht. Mitten in einem Schlag. Jetzt stoppte er das Hin-und-Herpendeln des Sandsacks mit beiden Händen. Das Rot der Bandagen war schon ziemlich ausgebleicht. Sein Oberkörper war nackt. Die Spuren der Krallenwunden an seiner Seite noch immer deutlich zu sehen. Die Schwingenkrallen schienen sich im Spiel seiner Muskeln unruhig über seinen Schultern zu bewegen. Er keuchte, war schweißgebadet. Selbst der Bund seiner bedenklich tief sitzenden Trainingshose war durchweicht. Das erklärte, warum er nach jeder seiner ›Fluchten‹ frisch geduscht zu mir zurückkam. Wie schaffte er es, zuzuschlagen, ohne sich dabei selbst die Krallen-Fingernägel in die Handflächen zu bohren?

»Luz? Ist irgendetwas?« Er machte einen Schritt auf mich zu, wischte sich mit dem Handrücken Schweiß von der Stirn. Einer seiner ›Nachtkristalle‹ glänzte neben Rosas Kreuz auf seiner Brust.

Ich riss meinen Blick los. Schüttelte den Kopf. »Nein. Entschuldige. Ich wollte nicht stören. Das hier …«, ich hob das Päckchen, »… ist gerade für dich gekommen. Ich stell es …«, hastig sah ich mich um. Aha, ja! »… hier auf den Schreibtisch.«

Ich ging hinüber zu dem eleganten Möbel aus Stahl und Glas. Ein Sammelsurium aus Papieren, Ausdrucken, Mappen war darüber ausgebreitet. Ein Laptop stand offen auf der Platte. Grüne Zeichenkolonnen regneten als Bildschirmschoner über den Schirm. Auch wenn ich mit kaum jemandem besonderen Kontakt pflegte: Seit ich hier war, hatte ich keine E-Mails gelesen; oder war überhaupt im Internet gewesen.

Hinter dem Schreibtisch stand schräg dem Raum zugewandt ein Gemälde auf einer Staffelei. Eine Frau, nicht älter als dreißig, allerhöchstens fünfunddreißig. Und wunderschön. Ein Blick genügte und ich wusste, wer sie war: Juana de Alvaro. Joaquíns und Cris' Mutter. Der Wind schien mit ihrem modisch kurz geschnittenen Haar zu spielen. Im Ausschnitt ihrer Bluse schimmerte Rosas Kreuz. Ihr Lachen und das Blitzen ihrer schokoladedunklen Augen hätten zu einem Schnappschuss gepasst, aber nicht zu einem Ölgemälde. Plötzlich wünschte ich, ich hätte sie kennengelernt. Jetzt war auch klar, nach welcher Seite Joaquín schlug. Sie hätten einander niemals als Mutter und Sohn verleugnen können. Dazu sah er ihr viel zu ähnlich.

Das Ratschen eines Klettverschlusses. Joaquín kam durch den Raum auf mich zu. Ein Handtuch hing um seinen Nacken. Eben war er dabei, die Bandage von seiner rechten Hand zu wickeln.

Ich fühlte mich unter seinem angespannten Blick wie ertappt. »Ist das deine Mutter?«

»Sí.«

»Sie ist wunderschön.« Ich stellte das Päckchen auf die vordere Schreibtischecke, räusperte mich. »Darf ich mal kurz an deinem Laptop ins Netz …« Vielleicht hätte ich früher schon mal fragen sollen? In der gegenüberliegenden Ecke lehnte eine Gitarre in einem entsprechenden Ständer. Bei den Wirbeln standen die Saitenenden nach allen Seiten ab.

»No!«

Erschrocken blieb ich stehen, schon halb um den Schreibtisch herum. Joaquín kam jetzt schneller auf mich zu. Die Bandagen schien er mit einem Mal vergessen zu haben. Mein Blick zuckte zum Laptop; blieb auf etwas hängen, das aufgeschlagen danebenlag. Und auf dem mein Name stand: eine Mappe mit einem Stapel Papier darin. Auseinandergefächert. Berichte. Testergebnisse. Ich kannte das Logo in der oberen Ecke. Ich hatte es über Wochen immer wieder auf den Taschen der weißen Kittel aufgenäht gesehen, auf den Namensschildchen der Ärzte …

Zuoberst lag ein kurzes, förmliches Schreiben. Mit dem Datum, einen Tag, nachdem ich davongelaufen war. Adressiert an *ihn*.

Sehr geehrter Mr de Alvaro,

wir müssen Ihnen mitteilen, dass Ms Moreira gestern Abend die Unaufmerksamkeit unseres Personals ausgenutzt hat und aus unserem Haus davongelaufen ist. Unsere Suche nach ihr blieb bisher erfolglos. Die Behörden sind verständigt. Wir bedauern diesen Vorfall zutiefst und werden unser Menschenmöglichstes tun, Ms Moreira wohlbehalten wiederzufinden. Sobald es irgendwelche Neuigkeiten gibt, werden wir Sie selbstredend umgehend informieren.

Hochachtungsvoll …

Meine Hände zitterten, als ich nach der Mappe griff. Er hatte mich gar nicht von seinem Laptop fernhalten wollen. Sondern hiervon. Wie benommen blätterte ich durch die Seiten.

... Patientin gibt nach wie vor an, sich nicht an die Geschehnisse vor ihrer Einlieferung erinnern zu können ..., stand da.

Und: ... hat erste Angaben, die sie gegenüber d. Pflegepersonal bei ihrer Einlieferung ins Krankenhaus unter leichten Beruhigungsmitteln machte, widerrufen ...

Und: ... posttraumatischer Schock mit temporärer Amnesie ...

... kein erneutes Auftreten von Hypovolämie, keine Anzeichen einer chronischen Anämie ...

... keine Anzeichen auf Stoffwechselstörungen im Gehirn. Keine Anzeichen auf tumoröse Veränderungen im Gehirn ...

... Psychose durch Stress/Traumata (familiäre Disposition bzgl Geisteskrankheiten?) ...

... Verletzungen an Hals und Handgelenken, zurückzuführen auf autoaggressives Verhalten (?) ...

Sitzungsprotokoll um Sitzungsprotokoll schlug ich um.

Und immer wieder: ... massive Abwehrreaktionen/ Erstickungsanfälle bei dem Versuch, sie am Hals zu berühren ...

... Wahnvorstellungen (?)...

... gespaltene/multiple Persönlichkeit (?)...

... sexueller Missbrauch (?) ...

... Verdachtsdiagnose: posttraumatische Belastungen mit Persönlichkeitsstörungen/-spaltung und autoaggressivem Verhalten …

Dazwischen unzählige Drogenscreenings – alle negativ; Blut- und Urintests …

Alles ›zur Kenntnisnahme‹. Und auf allem stand mein Namen – meine Krankenakte aus der Klinik.

Und immer wieder:

Sehr geehrter Mr de Alvaro,
leider müssen wir Ihnen mitteilen, dass es immer noch keine Besserung bzgl. Ms Moreiras Zustand gibt …

Mit einem Schlag war alles wieder da: die Hilflosigkeit. Die Wut. Die Angst. Und ich hatte ihm geglaubt. Hatte ihm sogar vertraut. Hatte sogar ein Stück weit begonnen … *Oh mein Gott.*

»Du hast mich in die Klinik stecken lassen. Dafür gesorgt, dass sie mich unter Drogen setzen, mich einsperren. Das war alles dein Werk.« Ich bekam keine Luft. Er hatte mich belogen. Getäuscht. »Du hast es gewusst. Du hast es gewusst und mir nichts gesagt.« Meine Stimme wurde mit jedem Wort schriller. Er spielte noch immer seine Spielchen mit mir. Die ganze Zeit. »Ich war eingesperrt! Ich hatte Angst!« Immer schriller. »Ich war hilflos.« Meine Stimme kippte, brach. Ich schleuderte ihm die Mappe mit sämtlichen Papieren entgegen. Die Blätter flatterten um ihn. »Du elendes Arschloch.«

»Luz …« Er streckte die Hand nach mir aus und in meinem Hirn machte es ›klick‹. Ich heulte auf, schlug zu und stürzte aus der Tür, den Korridor hinunter, in mein Zimmer, knallte die Tür zu, sank auf die Knie, die Schulter gegen das Holz gedrückt, schlang die Arme um mich, wiegte mich hektisch vor und zurück; vor und zurück. Wie damals in der Klinik. Wie damals in der Klinik. Er hatte es gewusst. Er hatte alles gewusst. Er hatte gewusst, was sie mit mir gemacht hatten. Er hatte es gewusst. Vor und zurück. Wie damals in der Klinik. Wie damals in der …

»Luz?«

Ich erstarrte mitten in der Bewegung.

»Luz, bitte, lass es mich erklären.«

Ich rührte mich nicht.

»Luz?« Die Klinke senkte sich über mir. Ich wimmerte. »Luz, mach auf. Ich werde dir alles erzählen; warum sie die Berichte zu mir geschickt haben, alles. Aber nicht durch die Tür. Mach auf und lass mich rein. Bitte.«

Ich starrte blind ins Leere. Minute um Minute. Mein Gesicht war nass. Rotz hing unter meiner Nase. Meine Hand brannte. Vor der Tür war es still. Aber er war immer noch da. Ich wusste es. Rosa strich um mich herum. Das ›Geh weg‹ lag mir auf der Zunge. Stattdessen drückte ich mich vom Boden hoch. Wischte mir mit dem Shirt das Gesicht ab. Öffnete die Tür. Ich wusste selbst nicht, warum. Er stand vor meiner Tür, noch immer nur in Trainingshosen, hatte sich nicht die Mühe gemacht, irgendetwas überzuziehen. Die eine Bandage nach wie vor nur halb von seiner Hand abgewickelt. Das Ende baumelte lose herab. Seine Wange war feuerrot. Der Abdruck darauf nicht zu übersehen. Ich hatte ihm direkt ins Gesicht geschlagen.

»Darf ich reinkommen?«

Ich trat zurück, machte ihm Platz, sah ihn dabei feindselig an. Direkt hinter der Tür blieb er wieder stehen. Zögernd.

Unschlüssig. Wartete, bis ich sie wieder geschlossen hatte. Wortlos wies ich auf das kleine Sofa zwischen Sekretär und Terrassentür. Auf diese Weise war er nicht zwischen mir und der Zimmertür, konnte mir den Fluchtweg nicht abschneiden.

»Danke.« Er ging hinüber, setzte sich. Ich zog mich auf das Fußende meines Bettes zurück. Rosa flatterte zwischen uns hin und her.

»Rede!«, verlangte ich und wunderte mich selbst darüber, wie kalt meine Stimme dabei klang.

Abermals zögerte er, schien zu überlegen, was er mir sagen sollte, senkte für einen Moment den Kopf, massierte sich mit Mittel- und Ringfinger die Schläfen – das lose Bandagen-Ende folgte seinen Bewegungen –, sah schließlich mit einem kaum hörbaren Seufzen zu mir.

»Also? Und erzähl mir nicht, dass du das über deine Spiegel weißt. Da gab es keine. Zumindest nicht für Patienten.« Nichts an meinem Ton hatte sich verändert. Der Vorhang vor der Terrassentür bauschte sich leicht. Rosa. Ich ignorierte sie.

Joaquín holte tief Luft und stieß sie wieder aus. »Im Krankenhaus direkt … danach hast du meinen Namen genannt.« Ich runzelte die Stirn. Er sah auf seine Hände, sah mich wieder an. »Offenbar hatte man dir etwas zur Beruhigung gegeben und eine Schwester hat dich gefragt, was denn geschehen ist. Sie wollte dich nur trösten. Nach den Krankenhausakten hast du wirres Zeug von Vampiren und Nosferatu erzählt, dass einer deine Tante getötet und auch dich gebissen hat. Du hast trotz der Medikamente immer wieder etwas wie ›Tante María, nein!‹ geschrien und mehrfach meinen Namen genannt. Papiere hattest du keine. Sie haben mich angerufen. Vermutlich haben sie gehofft, ich würde dich kennen und ihnen deinen Namen sagen. Und dass ich die Krankenhausrechnung übernehmen würde. Vielleicht hatten sie auch den Verdacht, ich hätte dir das alles angetan.«

Ich verzog den Mund. »Du hast ihnen meinen Namen gesagt. Und weiter? Warum hast du mich in ein Irrenhaus einsperren« – bei den beiden Worten zuckte er zusammen – »und nicht direkt hierherbringen lassen?«

»Ich ... konnte nicht. Ich hätte dich nicht ... beschützen können.«

Er? Mich nicht beschützen können? Lächerlich. »Wieso nicht? Und wieso hättest du mich überhaupt beschützen müssen? Hier.«

Wieder sah er auf seine Hände. »Was weißt du noch von dem, was damals geschehen ist? Wie du aus Malakais Versteck herausgekommen bist? Wie du ins Krankenhaus gekommen bist?« Er hob den Blick zu mir.

Unwillkürlich schlang ich die Arme um mich. »Ich weiß noch, wie er Tante María getötet hat. Und mich dann ...« Ich verstummte. Tante María, die geschrien hatte, gefleht und gebettelt hatte ... Ich schloss die Augen, schüttelte den Kopf, öffnete sie nach einem Moment wieder. »Ich weiß nicht, wie ich da weggekommen bin. Oder ins Krankenhaus.«

»Ich schon«, sagte er leise.

Mein Atemzug war ein scharfes Zischen. »Woher?«

Abermals sah er auf seine Hände. »Ich war da.«

Mir blieb der Mund offen stehen.

»Ich war da, Lucinda«, wiederholte er. »Ich habe dich ins Krankenhaus gebracht.«

Ich wusste nicht, was ich sagen sollte, starrte ihn sekundenlang einfach nur an, schüttelte schließlich erneut den Kopf.

»Das kann nicht sein. Wenn du … warum bist du nicht einfach geblieben?« Aber woher sonst sollte er wissen, wer der andere gewesen war?

Etwas wie Qual huschte über seine Züge. »Ich konnte nicht. Ich hätte dich in Gefahr gebracht. Ich konnte dich nur für die anderen wieder verschwinden lassen, bevor noch mehr aus ihren Löchern gekrochen kamen, und dann irgendwie eine falsche Spur legen. Denn auch wenn sie dich nicht mehr aufspüren konnten, für mich galt das nicht. Und um ein zweites Mal diese Siegel zu weben … dafür hat meine Kraft damals nicht mehr gereicht.«

Für eine schiere Ewigkeit saß ich wie gelähmt, dann brach es aus mir heraus. »Rogier … er hat gesagt, jemand würde die Hand über mich halten, hätte mich bisher vor allen verborgen. Aber er konnte nicht sagen, wer es war, weil er seine … seine Handschrift verbergen würde; dass er jemand in Verdacht hätte, aber der wäre schon lange tot …«

Joaquín nickte. »In der Hexerei hat jeder so etwas wie eine eigene ›Signatur‹, eine eigene Handschrift. Die normalerweise unverwechselbar ist. Aber ich kann meine verstellen, wenn ich will. Ein Trick, den ich aus einem alten Kodex gelernt habe. Etwas, das eigentlich verboten ist.«

»Also hast du … mich die ganze Zeit … dann hast du die ganze Zeit verhindert, dass mich einer der anderen findet?«

»Sí.« Er sagte es verwirrend leise.

Seltsam benommen hob ich die Hand zu meiner Kehle. »Warum?« Meine Stimme war nicht viel lauter als seine.

»Weil ich wusste, was in jener Nacht passiert ist. Und was es in dir ausgelöst hat.«

›*Sie hätten dich niemals finden sollen, mi corazón.*‹ Ich starrte ihn an. »Erzähl es mir. Alles. Erzähl es mir.« War das tatsächlich meine Stimme?

»Wir haben dich jahrelang gesucht. Bei jeder Leiche eines kleinen Mädchens, die gefunden wurde …« Er schüttelte den Kopf. »Und dann konnte ich dich plötzlich spüren. Ganz schwach zuerst nur. Estéban und Cris konnten es anscheinend nicht. Ich bin sofort nach Washington geflogen. Aber bis ich dort ankam, warst du wieder verschwunden. Weil Malakai dich schon vor mir aufgespürt und in sein Haus gebracht hatte. Und das war von Bannkreisen geschützt. Und als ich dich dann endlich doch gefunden hatte …« Wieder ein Kopfschütteln. »Ihr wart im Keller. Nackte Betonwände. Ketten. Marías Leiche lag quer über einem Tisch. Du … Er hatte dich gegen die Wand gedrückt. Du warst wie erstarrt. Hast gewinselt wie ein Tier … Er hatte dich mit Handschellen an die Wand gefesselt. Nur mit einem Arm. Damit er an die Vene des anderen besser herankam. Dein Handgelenk war eine einzige Wunde. Da war ein Steinbrocken … du musst versucht haben, dich damit zu befreien.« Er schloss die Augen, als könne er selbst in der Erinnerung den Anblick nicht ertragen. »Malakai hatte die Zähne in deinem Hals. Alles an dir war voller Blut.« Ein tiefer Atemzug. »Ich habe ihn getötet.«

»Wie … den jungen Vampir in Rogiers Keller?«

Er sah mich wieder an. »No. Es hat länger gedauert. – Malakai war mächtig.«

»Mächtiger als du?«

»Fast. Aber das war nicht der Punkt. Er war alt.« Wieder ein Kopfschütteln. »Ich habe dich auf den Arm genommen und aus dem Haus getragen. Du hast dich nicht gerührt. Wie eine Leiche. Nur dass du noch geatmet hast. Ganz schlaff warst du. Ich hatte Angst, du würdest in meinen Armen sterben.« Mit einem Mal klang seine Stimme schwach. »Ich wusste mir nicht anders zu helfen.«

»Du hast mich ins Krankenhaus gebracht und dann einfach … dort gelassen?«

»Ich hatte keine Wahl. Wäre ich geblieben … – abgesehen davon, dass ich die anderen auf deine Spur gesetzt hätte – … hätte ich zu viel Aufmerksamkeit auf uns gelenkt.«

Ich wusste nicht, warum, aber mein Blick ging zu den Narben an seiner Seite. Er hob die Hand, als wollte er sie vor mir verstecken, nur um sie direkt wieder sinken zu lassen.

»Malakai hatte sein Versteck gut gesichert. Ich dachte, ich hätte alle seine Fallen unbrauchbar gemacht. Die letzte fand ich dummerweise erst, als ich sie ausgelöst hatte.«

»Was …?«

Diesmal legte er die Hand tatsächlich über die Narben. »Eisensplitter.« *›Eisen. Gift für jeden von uns, egal ob er ein Hexer des Ordre ist oder der Hermandad …‹*, hatte er gesagt, als er mir in dem Ruinendorf den Dolch gegeben hatte. Ich drückte die Handflächen gegeneinander. »Eine Art Mine. Die Wand hinter mir war regelrecht damit gespickt.« Er hob die Schultern. »Nicht mal ein Zehntel der gesamten Ladung hat mich erwischt. Aber für mich war es mehr als genug.« In einer irgendwie unbewussten Bewegung rieb er sich die Seite. »Die Löcher in mir hätten im Krankenhaus zu viele Fragen ausgelöst. Ich musste gehen.«

»Sie haben mehrere Tausend Dollar bei mir gefunden. Das warst du?«

Er nickte. »Es war alles, was ich dabeihatte. Ich wollte sicherstellen, dass du die bestmögliche Versorgung bekommst. Etwas Besseres ist mir nicht eingefallen.«

»Warum bist du nicht zurückgekommen, um mich zu holen?«

»Das wollte ich. Aber zuerst ... konnte ich nicht und dann war klar, dass du mich nicht mehr in deiner Nähe ertragen konntest.«

Abermals ging mein Blick zu den Narben. »Du ... konntest nicht? – Wegen ihnen?« Er hatte die Hand wieder sinken lassen.

»Sí. – Ich bin zu Rafael und habe ihn gezwungen, sie aus mir herauszupulen. Ohne irgendjemandem sonst etwas davon zu erzählen. Anschließend wollte ich direkt zurück ins Krankenhaus. Nur war das Eisen zu lange in mir drin. Ich erinnere mich noch daran, wie er den ersten Splitter herausgezogen hat. Danach fehlen mir ungefähr achtundvierzig Stunden.«

»Rafael weiß das alles?«

»No. – Vielleicht hat er eins und eins zusammengezählt, aber wenn, dann hat er nie etwas gesagt.« Wie zuvor hob er die Schultern. »Ich konnte mich tagelang kaum bewegen, sosehr ich es auch immer wieder versucht habe. Ich habe sogar einen Streit mit Estéban vom Zaun gebrochen, damit er mich in Ruhe lässt und nicht obendrein noch auf die Idee kommt, meine Dienste zu benötigen. Wenn er etwas gemerkt hätte ...«

Verwirrt sah ich ihn an. »Du hast noch nicht einmal deinem Vater ...? Aber warum?«

»Weil ich ihm ab einem gewissen Zeitpunkt in den meisten Dingen nur so weit getraut habe, wie ich ihn sehen konnte.«

Und was mich anging, hatte er ihm offenbar überhaupt nicht vertraut. »Er war dein Vater.«

»Das eine hat mit dem anderen nichts zu tun. Und ganz nebenbei: Er war ein machtbesessener Bastard.« Er rieb sich übers Gesicht. »Nachdem das Krankenhaus mich ausfindig gemacht hatte und ich wusste, was mit dir los war …« Er stemmte die Ellbogen auf die Knie, ließ die Hände dazwischenhängen. »Es war die beste Klinik, die ich in der kurzen Zeit finden konnte. Sie waren spezialisiert auf posttraumatische Störungen und Angstpsychosen. Ich dachte, sie könnten dir helfen. Ich hatte es gehofft. Als der Brief kam, dass du davongelaufen bist, war mir klar, dass ich einen Fehler gemacht hatte. Aber da war es zu spät. Ich habe die letzte Rechnung bezahlt und ihnen gesagt, sie sollen die Suche nach dir einstellen. Ich würde mich von jetzt an persönlich darum kümmern.«

Für eine Sekunde schloss ich die Augen, holte tief Luft, öffnete sie wieder. »Du wusstest die ganze Zeit, wo ich war. Mit deinen Spiegeln.«

»Unter anderem mit ihnen. Sí.«

»Warum hast du niemals versucht, mich zurückzuholen? Ich meine … ich … mein Blut …« Ich verstummte.

»Ich wollte es, aber … ich habe im Spiegel gesehen, wie du die Narbe an deinem Hals betrachtet hast, immer wieder; wie du dabei viel zu schnell geatmet hast. Das Grauen in deinen Augen … Ich dachte, es würde sich legen, wenn ich dir nur genügend Zeit gebe.«

»Es wurde ja auch besser.«

»Sí. Und ich war drauf und dran, zu dir zu kommen. Damals, als du in New York warst. Aber dann ist Estéban gestorben. In den Machtkämpfen danach …« Er schüttelte den Kopf. »Als die Machtverhältnisse innerhalb der Familie dann endgültig geklärt waren, wollte ich dich zu mir holen. Zu diesem Zeitpunkt wärst du auch endlich auf Santa Reyada in Sicherheit gewesen; wirklich in Sicherheit. – Aber ich wollte mich vergewissern, dass du über das Trauma von damals hinweg warst.«

»Was …?«

»Erinnerst du dich an den Typen im Vampirkostüm auf dieser Halloweenparty in dem Club, in dem du gearbeitet hast? Der versucht hat, dich mit seinem Plastikgebiss zu beißen?«

Schaudernd nickte ich. Dann wurde mir klar, was seine Worte bedeuteten. »Woher …? Du …?«

»Ich war dort. Weit genug weg, dass du mich nicht bemerkt hast, aber nah genug, um alles zu sehen.« Er wich meinem Blick aus. »Ich habe ihm fünfzig Dollar gegeben, damit er dir an den Hals geht, und ihm gesagt, es sei eine Wette.«

Fassungslos saß ich da, wusste nicht, was ich sagen sollte. Ich war damals zusammengebrochen, weil ich keine Luft mehr bekommen hatte. Alle Welt hatte gedacht, ich hätte einen Asthmaanfall oder etwas Ähnliches. Um ein Haar wäre ich wieder im Krankenhaus gelandet. Weil er wieder eines seiner Spielchen gespielt hatte. »Du elender Scheißkerl. Ich dachte, ich … sie …«

»Ich musste es wissen, Luz.«

»Ach, und warum?« Ich ballte die Fäuste. »Damit du mich wieder in eine Klinik stecken lassen konntest? Damit sie mich endlich wieder auf Spur bringen? Damit ich endlich so funktioniere, dass du mich benutzen konntest?«

»No.« Brüsk stand er auf, sah auf mich herab. Unter seinem diamantfahlen Blick zuckte ich zurück. »Damit ich dich nicht unnötig zur Zielscheibe mache, wenn du es nach wie vor nicht ertragen kannst.« Plötzlich war seine Stimme scharf.

»W…?« Weiter ließ er mich nicht kommen.

»Bis zu diesem Zeitpunkt wusste niemand, dass es dich noch gibt. Das hätte sich geändert, wenn ich dich nach Santa Reyada geholt hätte. Ich bin der Patron dieser Familie. Ob es mir gefällt oder nicht, das Konsortium taucht immer wieder hier auf. Ich hätte dich auf Dauer nicht vor ihnen verstecken können. Es sei denn, ich hätte dich im Keller eingeschlossen und einen Bannkreis um dich gezogen.«

Das, was Rogier möglicherweise mit mir gemacht hätte, wenn ich für keinen der Hexer aus seiner Familie gepasst hätte. Wenn Joaquín mich nicht hierher zurückgeholt hätte.

»Und warum haben mich Abners Leute dann in Boston gefunden?«

Jetzt schloss auch er die Hände zu Fäusten. »Weil meine Macht ... instabil ist.«

»Instabil?«

Ein Nicken, kurz, hart, ruckartig. »Sie schwankt. Oder tut es zumindest von Zeit zu Zeit. Seit ich Nosferatu werde. Meist, wenn die Sonne auf- oder untergeht. Bei einer dieser Gelegenheiten muss zuerst Cris dich gespürt haben und dann zu einem späteren Zeitpunkt irgendwie auch Abner. Oder einer aus seiner Familie. Sie vermutlich vor den anderen, weil sie dir am nächsten waren. Und Cris .... Er ist mein Bruder. Er steht mir in der Blutlinie am nächsten.« Er sah zum Fenster. »Und dann tauchte Rafael mit dir hier auf und mein ganzer Plan ist zum Teufel.« Sein Blick kehrte zu mir zurück. »Sie hätten dich niemals finden sollen.« Genau das hatte er in dieser Nacht damals gesagt. Und ich hatte es für eine Drohung gehalten. Dabei hatte er es genau so gemeint, wie er es gesagt hatte: Sie hätten mich niemals finden sollen. – Weil er mich vor ihnen versteckt hatte.

»Aber du bist Nosferatu geworden ...«

»Um das aufzuhalten, hättest du mir dein Blut freiwillig anbieten müssen. Daran war seitdem zu keinem Zeitpunkt zu denken.« Ein kleines, trauriges Lächeln huschte über seine Lippen, war verschwunden, ehe ich mir sicher sein konnte, es tatsächlich gesehen zu haben. »Warum hätte ich dich mit in den Abgrund reißen sollen? Warum sollte ich es jetzt tun?«

Ich schluckte schwer, schob die Hände zwischen meine Knie. Mein Mund war wie ausgedörrt.

Als würde ihm erst jetzt bewusst, dass er sie immer noch trug, begann er, die Bandagen von seinen Händen abzuwickeln. »Jetzt weißt du, warum ich deine Krankenakte habe. Ich habe in den letzten Tagen versucht, noch irgendeinen Hinweis zu finden, wie man deinen Panikattacken vielleicht begegnen kann. Nichts.« Wieder ein hartes, kurzes Zucken um seine Lippen. Als würde er sich selbst dafür verachten, dass er diesen Versuch noch einmal unternommen hatte. Noch einmal gewagt hatte, zu hoffen; schwach geworden war. »Aber letztlich war nichts anderes zu erwarten.« Er ging zur Tür. »Ich werde die Papiere verbrennen. Was damals passiert ist, geht niemanden außer uns beide etwas an.«

Ich nickte, sah ihm zu, wie er mein Zimmer durchquerte. Plötzlich fühlte ich mich benommen. Er hatte die Tür schon geöffnet, als er sich noch einmal zu mir umwandte.

»Würdest du mir eventuell einen Gefallen tun, Luz?« Die Härte war aus seiner Stimme verschwunden.

Ich schaute ihn an, nickte erneut. Noch immer ohne einen Ton herauszubringen.

»Würdest du mir bei etwas behilflich sein? Es dauert nicht lange.«

»Natürlich.« Wieder nickte ich. Das Wort war ein Krächzen.

»Dann treffen wir uns in zehn Minuten in meinem Atelier oben. In Ordnung?«

Ich nickte abermals. »In Ordnung.«

Auch er nickte noch einmal, dann war er hinaus. Die Tür fiel hinter ihm ins Schloss.

Ich saß da, die Hände noch immer zwischen den Knien, und starrte auf das Sofa, dorthin, wo er gesessen hatte. Der Mann, der Hexer, der Vampir, vor dem ich mein halbes Leben davongelaufen war, hatte mich die ganze Zeit vor seinesgleichen beschützt. Warum hatte er nie etwas gesagt? – Weil ich ihm niemals geglaubt hätte. Ich verstand selbst nicht, warum ich ihm jetzt glaubte.

Die Läden vor den Fenstern des Ateliers waren geöffnet, als ich zehn Minuten später die Treppe heraufkam. Trübes Licht drang herein. Regen prasselte gegen die Scheiben. Joaquín stand an einem der Arbeitstische entlang der Wand. Offenbar hatte er es geschafft, nicht nur die Trainingshosen gegen Jeans und Hemd zu tauschen, sondern auch noch zu duschen. Seine Haare waren nass. Und wie immer im Nacken zusammengebunden. Und genauso wie immer schien er zu wissen, dass ich da war. Ohne sich umzudrehen. Oder dass ich auch nur einen Laut von mir gab.

Das Päckchen stand vor ihm. Offen. Eben hob er den Inhalt heraus. Vorsichtig. Plastikbeutel. Acht Stück. Klein. Jeder mit einem bunten Pulver gefüllt. Jedes in einer anderen Farbe. Sie konnten nicht mehr als jeweils zwanzig, dreißig, vielleicht allerhöchstens fünfzig Gramm enthalten. Ich verdrängte den Gedanken, dass es sich dabei um Drogen handeln könnte.

Doch dann fiel mir etwas anderes auf.

»Wo sind die Bilder?«, fragte ich erstaunt. Nur das Farb-Grauen stand noch auf der Staffelei. Nach wie vor verhängt. Alle anderen waren verschwunden.

Er drehte sich zu mir um. »Ich habe sie weggegeben.«

»Weggegeben?« Gestern Abend war Jorge mit einem geschlossenen Transporter vorgefahren und hatte zusammen mit zwei weiteren Männern ein paar große, wenn auch relativ schmale Kisten verladen, die sorgfältig in Folie eingepackt gewesen waren. Waren das seine Bilder gewesen? »Aber warum? Sie müssen doch ein Vermögen wert sein.« Ich verbarg meine Enttäuschung nicht, während ich die letzte Stufe überwand und den Raum durchquerte.

Joaquín hob die Schultern. »Vielleicht irgendwann einmal. Dann kann es gut sein, dass sie eine nette kleine Wertanlage für den Besitzer sind. Auch wenn ich nicht davon ausgehe, dass das tatsächlich jemals eintritt. Im Moment sind sie auf jeden Fall nur Farbe auf Leinwand.« Er rückte ein Stück zur Seite, als ich neben ihn an den Tisch trat, sah mich aus dem Augenwinkel an. »Hättest du eines haben wollen?«

Mal ganz abgesehen davon, dass es unmöglich gewesen wäre, auch nur das kleinste mitzunehmen, wenn ich immer wieder umziehen musste. »Das blaue war schön.« Aber da er auch das zusammen mit den anderen weggegeben hatte, war das nicht mehr von Bedeutung. Ich hob die Schultern. »Also: Was soll ich tun?«

»Da Jean-Marc es erwartungsgemäß nicht für nötig gehalten hat …«

»Jean-Marc?« Doch nicht *der* Jean-Marc, den Rafael bei seiner Auseinandersetzung mit Cris als ›Zombie-Meister‹ von New Orleans bezeichnet hatte. Andererseits: Das Päckchen kam ja aus *New Orleans*.

Joaquín hob fragend eine Braue.

Hastig schüttelte ich den Kopf. »Nichts.«

»Ach komm, Luz. Du bist eine miese Lügnerin.« Auch die

zweite Braue hob sich. »Wer hat dir etwas über Jean-Marc erzählt. Und was?«

Wieder schüttelte ich den Kopf. »Nichts. Ehrlich. – Ich … habe nur mal irgendwo gehört, dass er etwas mit Zombies zu tun haben soll.«

»Irgendwo. Gehört. Aha.« Er glaubte mir ganz offensichtlich kein Wort. Unsicher sah ich zu den Farben. Wenn sie von diesem Mann kamen, wollte ich vielleicht gar nicht wissen, was er damit vorhatte.

»Lucinda?« Dass Joaquín vor meinem Gesicht mit den Fingern schnippte, lenkte meine Aufmerksamkeit wieder auf ihn. »Ich weiß zwar nicht, was genau du von diesem ›irgendwo‹ *gehört* hast, aber lass mich dir eines sagen: Ich kenne Jean-Marc schon eine ganze Weile. Er ist an manchen Stellen grenzwertig.« Wenn man den Gerüchten glaubte, war *er* das auch. »Okay, ich würde nicht beschwören, dass er nicht auch schon einmal für einen ›Zombie‹ verantwortlich gewesen sein könnte. Aber ich würde ihn immer noch als Houngan bezeichnen und nicht als Bokor.« Er nickte zu den Beuteln hin. »Und falls es dich beruhigt. Ich habe für diese Farben mit Geld bezahlt. Mit *nichts anderem!«* Wie etwa seiner Seele? Mit seinem Blut? »Verstanden?«

»Ja. Entschuldigung.« Ich nickte. Auch wenn ich keine Ahnung hatte, was ein Houngan war, geschweige denn ein Bokor. »Also: Was soll ich tun?«

»Du musst dich nicht entschuldigen.« Seine Stimme war wieder weicher geworden. »Und was du tun sollst? – Mir verraten, welche Farbe die hier jeweils in aufgelöstem Zustand haben.«

»Wie bitte?« Ich machte überrascht einen Schritt rückwärts.

Wir standen mitten in seinem *Atelier.* Um uns herum waren Tuben mit zig verschiedenen Farben. Ich hatte seine Bilder gesehen … »Aber … warum?«

Er schloss für eine Sekunde die Augen. »Ich kann keine Farben mehr unterscheiden«, sagte er, als er sie schließlich wieder öffnete.

»Was?« Verblüfft starrte ich ihn an.

Ein bitterer Zug huschte um seinen Mund. »Nosferatu sind farbenblind.«

»Oh.« Mehr fiel mir dazu im ersten Moment nicht ein. Deshalb hatte er mich in der alten Kirche auch nach der Farbe der Kreide gefragt … Und Rafael mit den Schals …

Sein Mund verzog sich abermals. »So kann man das auch zusammenfassen.«

Ich schluckte beklommen. »Seit wann?«

Er hob die Schultern. So gleichgültig die Bewegung sein sollte, sie war es nicht. »Seit ich begonnen habe, Nosferatu zu werden. Zuerst konnte ich die Farbnuancen nicht mehr richtig unterscheiden. Inzwischen besteht meine Welt nur noch aus Grauschattierungen.«

Das erklärte die Veränderungen in seinen Bildern. »Das tut mir leid.«

Ein leises Lachen, zusammen mit einem Kopfschütteln. »Und schon wieder hast du Mitleid mit mir, mi luz.« Von einer Sekunde zur nächsten war seine Heiterkeit vergangen. »Es muss dir nicht leidtun. Nicht mehr lange und …« Mit einer abrupten Bewegung unterbrach er sich selbst. »Vergiss es. Wir sollten sehen, dass wir das hier zu Ende bringen, bevor die Sonne untergeht.« Er wies auf die Beutel. »Nachdem das bisher niemand außer Rafael – und jetzt auch dir – wusste, hat Jean-Marc die

Farben nicht beschriftet. Aber ich kann es mir nicht leisten, zu raten, was was ist. Also muss es mir jemand sagen.«

»Okay.« Ich nickte, rieb die Handflächen an meinen Jeans. Als ich nach dem ersten Beutel greifen wollte, hielt er mich mit einer kurzen Geste davon ab.

»Ich muss wissen, welche Farbe sie in gelöstem Zustand haben. Alles andere bringt mir nichts. – Warte!«

Gehorsam ließ ich die Hand wieder sinken. Sah zu, wie er mit schnellen Schritten zur Tür seines Laboratoriums ging, darin verschwand. Gleich darauf kam er mit mehreren Reagenzgläsern in einem hölzernen Gestell, einem Becherglas mit Wasser und einer Pipette zurück.

Er öffnete den ersten Beutel, benutzte die Spitze eines Palettenmessers als ›Löffel‹, klopfte zwei oder drei Gramm des Pulvers in eines der Reagenzgläser und träufelte etwas Wasser dazu, schüttelte das Ganze vorsichtig, bis die Farbe sich aufgelöst hatte. Er gab mir das Reagenzglas, damit ich es mir besser ansehen konnte.

»Und?«

»Braun.

»Das reicht mir nicht.«

»Wie Schokolade.«

»Dunkle oder helle.

»Dunkel.« Wie seine Augen früher. Ich hielt das Reagenzglas noch einmal ins Licht. »Oder nein. Eher wie Kastanien.«

»Entscheide dich.«

»Kastanien.«

Er hatte den Beutel schon wieder verschlossen, schrieb jetzt vorsichtig etwas mit Edding darauf. Dann nahm er mir das Reagenzglas wieder ab, präparierte das nächste und gab es mir, als die Farbe sich vollständig aufgelöst hatte.

»Und das?«

Ich musste nicht lange überlegen. »Roher Lachs. Von innen. Kräftig leuchtendes Rotorange.«

Wieder notierte er etwas auf dem Beutel.

Das nächste Reagenzglas.

»Das?«

»Gelb. Sehr hell. Fast ein bisschen grell.«

»Das kann vieles sein. Genauer, Luz.«

»Du hast da dieses gelbe Pulver. Drüben im Laboratorium.«

»Schwefel?«

»Wenn das so heißt.«

Er verdrehte die Augen. »Geh und hol es!«

Ja, Massa! Ich verbiss mir den Kommentar. Als ich zurückkam, wartete schon das nächste Reagenzglas auf mich.

»Sí, Schwefel. – Und das?«

»Dunkelgrün. Wie Moos.«

»Moosgrün?«

»Ja. Nein, warte mal. In dem Beutel da ist noch ein Grün. Zeig mir das auch noch.« Er löste ein bisschen von dem zweiten Grün auf, gab es mir ebenfalls, damit ich sie nebeneinanderhalten konnte.

»Das zweite ist noch mehr wie Moos. Das erste ist etwas heller, geht eher in Richtung … wie dieser grüne Edelstein …«

»Smaragd?«

»Genau.«

Wieder machte er sich Notizen auf den Beuteln.

Das nächste Reagenzglas.

»Rot.«

»Das brauche ich schon ein bisschen genauer. Wie sieht es aus? Ist es hell, dunkel? Woran erinnert es dich?«

»Blut.« Ich schauderte. »Frisches Blut.« Irrte ich mich oder nahm er mir dieses Reagenzglas schneller ab als die anderen zuvor? Der Inhalt des nächsten war blau.

»Hellblau.«

»Luz ...«

»Wie der Himmel hier, wenn keine Wolke zu sehen ist.«

»Lichtblau.«

Ich nickte. »Ja, passt.«

Das letzte Reagenzglas.

»Und das hier?«

»Auch blau. Dunkel.«

»Genauer, Luz.«

Ich schnaubte. »Dunkelblau, nicht ganz. Leuchtend.«

Er runzelte die Stirn.

»Ja, ich weiß, genauer.« Frustriert schüttelte ich den Kopf. »Mir fällt aber nichts ein, mit dem ich es vergleichen kann. – Warte!« Diese Farbe hatte ich auf meinem blauen Lieblingsbild gesehen. Vielleicht hatte er ja noch irgendwo einen Rest. »Wo sind die Farben, mit denen du deine Bilder gemalt hast?«

»Da drüben ...« Er wies auf ein Schubladenkästchen, das auf dem nächsten Arbeitstisch stand.

Ich drängte mich an ihm vorbei, begann die Schubladen eine nach der anderen herauszuziehen und zu durchsuchen. Tube um Tube auf- und wieder zuzuschrauben. Schon bei der siebten wurde ich fündig. »Hier!« Die Farbtube triumphierend in der Hand, drehte ich mich um. »Ultramarinbl...« Er musste mir gefolgt sein. Zumindest stand er direkt hinter mir. So dicht, dass ich in der Bewegung gegen ihn prallte. »Uff.« Ich wankte.

Blitzschnell hatte er zugefasst, mich an den Oberarmen gepackt. Fest und trotzdem ... sanft. Meine Hände mit Tube und

Reagenzglas waren zwischen uns gefangen. Ich brachte keinen Ton heraus. Er sah auf mich herab; eine Sekunde; eine Ewigkeit; sah auf meinen Mund; beugte sich vor. Ich wusste nicht mehr, wie man atmete. Sein Blick hing unverwandt auf meinem Mund; er kam mit seinem näher. Er würde mich … nicht beißen. Küssen. Sein Atem streifte meine Lippen. Er würde mich küssen. Das hatten sogar meine Lungen begriffen. Ich hielt die Luft an, ehe sie es sich anders überlegen und es an meiner Stelle tun konnten. Seine Augen zuckten zu meinen. Abrupt ließ er mich los, trat zurück. Ich prallte mit der Hüfte gegen die Tischkante. Es tat weh. Er machte noch einen Schritt zurück. Die Augen noch immer in meinen.

»Lo siento.«

Hatte ich das eben tatsächlich gehört? Das war ein Witz. Ein schlechter Witz.

Er wandte sich ab. Verkrampft. Die Hände zu Fäusten geballt. Ging zu den Farben zurück, nahm den Edding auf.

»›Ultramarinblau‹ hast du gesagt?«

»Ja.« Meine Stimme klang schwach. Ich wollte etwas zerschlagen. Irgendetwas. Ein schlechter Witz. Ich beobachtete, wie er die beschrifteten Plastikbeutel in das Päckchen zurückräumte. Vorsichtig. Sorgfältig. Erst als er fertig war, sah er mich wieder an.

»Danke für deine Hilfe.«

»Bitte.« Ich nickte. Steif. Abgehackt. »War es das?« Vorsichtig stellte ich das Reagenzglas in den Ständer, legte die Farbtube daneben.

»Sí.« Was auch immer in seinem Blick war, ich konnte es nicht deuten.

Abermals nickte ich, ging zur Treppe.

»Luz.«

Ich blieb stehen; drehte mich zu ihm um. Mein Herz klopfte. Ich wusste nicht, warum. »Ja?«

»Pack deine Sachen. Ich fahre dich gleich morgen früh nach L.A.; an den Flughafen.«

Sekundenlang rührte ich mich nicht. Ein schlechter Witz. Der immer schlechter wurde. »Morgen? Aber … es regnet doch noch.«

»Bis morgen wird es aufgehört haben. – In dem Schrank unter der Treppe sind Reisetaschen und Koffer. Nimm von deinen Sachen alles mit, was du mitnehmen willst.« Er sagte es vollkommen ruhig. Kühl. Gelassen. Geradezu … geschäftsmäßig.

Mein Hirn war wie leer gefegt. »In Ordnung. Danke.«

»Und sag Cris und Rafael nichts davon.«

Ich blinzelte. »Warum?« *Warum schickst du mich weg? Eben wolltest du mich noch küssen.*

Zögern, dann: »Weil sie beide versuchen würden, zu verhindern, dass du gehst.«

»Ach so. Ja. Gut.« Was hätte ich sonst sagen sollen. Er schickte mich weg. Vor ein paar Tagen hatte ich noch Angst gehabt, er würde nicht zu seinem Wort stehen; unseren Deal nicht einhalten; mich hierbehalten. Für immer. Warum fühlte es sich jetzt so seltsam an, dass er mich wegschickte? So als würde es wehtun. Es konnte nicht wehtun. Ich hatte von Anfang an wieder von hier fortgewollt. Also gab er mir genau das, was ich wollte. Wie benommen drehte ich mich um, stieg die Treppe hinunter und ging in mein Zimmer. Ich musste packen.

Morgen früh würde er mich nach Los Angeles fahren.

Meine Zeit auf Santa Reyada war um.

Es tat weh.

Warum?

32

Das ist nicht der Weg zum Flughafen!« Schon zum dritten Mal bogen wir in die entgegengesetzte Richtung ab, in die der Pfeil auf dem Straßenschild zum *Los Angeles International Airport* wies. Bei den ersten beiden Malen hatte ich noch angenommen, wir würden eine Abkürzung nehmen, aber jetzt? Ich sah zu Joaquín.

Am Morgen hatte er noch früher vor meiner Tür gestanden als gewöhnlich. Um meine Taschen zu holen und im Wagen zu verstauen. Offenbar wollte er nicht, dass Cris oder Rafael etwas davon mitbekamen.

Ich hatte nicht viel mitgenommen. Überwiegend die Duplikate der Sachen, die ich mir in diesem und im letzten Jahr gekauft hatte. Das schwarze Spitzentuch, das Luisa mir geschenkt hatte. Die Spieluhr, das Schmuckkästchen, Mr Brumbles. Das schreiend bunte Tuch. Zwei der Kinderbücher, von denen ich inzwischen wusste, dass es meine Lieblingsbücher gewesen waren. Aus den Alben hatte ich ein paar Fotos gelöst. Das, auf dem Joaquín mich über der Schulter hatte; eines, auf dem Cris und Joaquín gemeinsam über irgendetwas gebeugt saßen und gleichzeitig davon aufsahen und in die Kamera schauten; eines von Quichotte zusammen mit Joaquín und eines von Quichotte allein … Nichts von dem, was Cris mir gekauft hatte.

Das war ich nicht. Alles in allem nur zwei Reisetaschen. Immerhin musste ich das Ganze auch noch tragen können. Allein.

Außer einer Tasse Kaffee und einem Toast mit Marmelade gönnte Joaquín mir kein Frühstück, teilte mir stattdessen mit, wir würden unterwegs brunchen. Anscheinend wollte er die ganze Sache möglichst schnell hinter sich bringen.

In der Haustür zögerte ich. Überlegte einen Moment sogar tatsächlich, ob ich das ganze Haus wach schreien, Cris und Rafael auf den Plan rufen sollte, ihnen die Chance verschaffen sollte, mich hierzubehalten. Ich tat es nicht. Joaquín gab mir genau das, was ich gewollt hatte: Er ließ mich gehen.

Niemand außer Rosa bekam mit, dass ich Santa Reyada verließ. Für immer. Und ich hatte das Gefühl, wenn Geister weinen konnten, dann tat sie es.

Es regnete immer noch. Und trotzdem fuhr er mich nach Los Angeles.

Die Straße war frei. Weitestgehend zumindest, sah man von der ein oder anderen Pfütze ab, die sich über die gesamte Breite der Fahrbahn erstreckte. Keine davon tief genug, um selbst für einen Sportwagen wie den Lamborghini gefährlich werden zu können. Der Boden zu beiden Seiten allerdings hatte sich unter dem Regen in Schlamm verwandelt. An manchen Stellen glänzten auch mehr oder weniger große Regen-Seen und für einen kurzen Moment fragte ich mich, wie Meteorologen dieses Wetter wohl erklärten: dass es nur innerhalb der Grenzen von Santa Reyada und dem de-Alvaro-Besitz regnete, während der Boden ein paar Meilen weiter nach wie vor verdorrte und die Sonne die Luft darüber wie immer vor Hitze zum Flimmern brachte.

Wir sprachen auf der Fahrt nicht viel miteinander. Genau genommen gar nicht. Joaquín starrte auf die Straße vor uns. Nur manchmal glitt sein Blick zu mir, für eine Sekunde, bevor er wieder geradeaus sah. Dann schlossen seine Hände sich einen kurzen Moment fester um das Lenkrad – nur um sich gleich wieder zu lösen.

Wie angekündigt ging er mit mir brunchen. In einem kleinen Diner, in dem die Bedienung die ersten grauen Strähnen im Dutt hatte und uns so mütterlich bediente, als würden wir zur Familie gehören. Und noch immer redeten wir nicht miteinander. Ich hielt mich an meinem Kaffee fest und knabberte an einem Bagel, betrachtete die Menschen um uns herum, um nicht *ihn* anzusehen, während Joaquín mehr oder weniger die ganze Zeit aus dem Fenster starrte. Gedankenverloren. Und wachsam zugleich.

Und jetzt waren wir endgültig auf dem Weg zum Flughafen. Zumindest hatte ich das bis eben angenommen.

»Das ist nicht der Weg zum Flughafen.«

»Nein. Ich muss noch etwas erledigen.« Joaquín sah nicht zu mir her, warf stattdessen einen schnellen Blick in den Seitenspiegel und über die Schulter und wechselte die Spur. Ich hatte keine Ahnung, wo der Flughafen von Los Angeles genau lag. Aber mit jeder Meile schienen wir uns mehr von ihm zu entfernen. Zumindest wurden die Flugzeuge, die alle paar Minuten über uns hinwegflogen, eher kleiner als größer.

»Was wirst du jetzt machen?« Nach wie vor schaute er mich nicht an. Nur seine Hände hatten sich wie so oft während der Fahrt fester um das Lenkrad gelegt.

Ich hob die Schultern. »Mir irgendwo eine Wohnung und einen Job suchen; neu anfangen. – Ich bin gut darin. Irgendwo neu anzufangen, meine ich. Genug Übung hab ich ja.«

Hatte er die Finger gerade eben noch fester um den Lenkradbogen geschlossen? »Aha.«

Aha? Das war alles? Er fragte nicht, wo ich hinwollte; ob ich genug Geld für einen neuen Anfang hatte, zumindest, um die Zeit zu überbrücken, bis ich einen Job hatte und meinen ersten Lohn bekam; ob ich vielleicht doch irgendwann zurückkommen würde; ob er mich anrufen durfte? Ich biss mir auf die Lippe, sah aus dem Fenster, kniff die Augen gegen die Sonne zusammen. Draußen huschten die Palmen vorbei, die am Bürgersteig entlang gepflanzt waren. Er ließ mich einfach gehen und brach sämtliche Brücken zwischen uns ab; nein, versuchte nicht einmal eine aufzubauen. Dabei brauchte er mich doch eigentlich. – Eigentlich. Oder hatte er sich damit abgefunden, Nosferatu zu werden? Lockte ihn jetzt vielleicht doch die Macht, die man den ›endgültigen‹ Nosferatu ja anscheinend nachsagte? Ich zwang mich, den Blick weiter aus dem Fenster zu richten. Nein, ich würde nicht fragen.

Das irgendwie mulmige Gefühl, das sich in meinem Magen festgesetzt hatte, verstärkte sich noch, als er kurz darauf in die Einfahrt eines Parkhauses einbog und der Auffahrt Windung um Windung nach oben folgte. Ohne auch nur eine Sekunde vom Gas zu gehen. Ein Parkdeck nach dem anderen blieb hinter uns zurück. Die Reifen des Lamborghini quietschten auf dem Asphalt. Ich umklammerte den Griff meiner Tür mit jeder Kehre fester. Immer wieder sah ich zu Joaquín hinüber. Doch der starrte nur vor uns auf die Fahrbahn. Geradezu verbissen.

Mir war schwindlig, als wir die Plattform ganz oben endlich erreichten.

Joaquín lenkte den Lamborghini an den Rand, brachte ihn zum Stehen und schaltete den Motor aus. Über die Dächer der

Häuser unter uns hinweg konnte man das Meer sehen. Nur eine Reihe trennte uns anscheinend vom Strand.

Ich stieß meine Tür auf und stieg mit weichen Knien aus, sog tief die salzige Luft ein, um das Schwindelgefühl loszuwerden. Der Ausblick von hier oben war traumhaft. Waren wir deshalb hier? Abgesehen von uns war das Parkdeck verlassen. Nur ein geschlossener Transporter stand ein kleines Stück weiter an der Leitplanke in die Tiefe. Verwirrt runzelte ich die Stirn. War das nicht der Gleiche, in den Jorge mit seinen Männern die Kisten geladen hatte? Hatte der nicht auch einen solchen Kratzer am Kotflügel gehabt? Das schmutzige Grau stimmte auf jeden Fall.

Joaquín war ebenfalls ausgestiegen und kam um das Heck des Lamborghini herum auf meine Seite, trat hinter mich. Ich wollte mich zu ihm umdrehen … In der gleichen Sekunde presste er mir ein Tuch vors Gesicht. Mein erschrockener Atemzug war ein Fehler. Ein stechend süßer Geruch drang mir in Mund und Nase. Ich krallte die Finger in seinen Arm. Zerrte daran. Versuchte es zumindest.

Er drückte mir das Tuch nur fester vors Gesicht.

»Lo siento, mi vida.« Sein Atem schlug gegen meinen Hals. Dann verschlang mich die Schwärze.

33

Warum sollten wir dir glauben, de Alvaro? Jeder Einzelne von uns ist mächtig. Wenn es eine Möglichkeit gäbe, das noch …«

»Es gibt sie. Mehr müsst ihr nicht wissen.« Er lächelte Silvio Miani herablassend an, sah dann von einem zum anderen. »Überlegt euch eure Antworten gut. Ich mache euch diesen Vorschlag nur einmal.« Nachlässig hob er sein Glas an die Lippen, nahm einen Schluck. Exquisit diese Mischung. Das Rauchige des Whiskys mit einem Hauch von Blut. »Und glaubt mir: Ihr wollt nicht auf der falschen Seite stehen, wenn es so weit ist, Brüder.«

Ein abfälliges Schnauben. Mateo Ivarra. Natürlich.

»Und du erwartest tatsächlich, dass wir nur auf ein paar vage Andeutungen hin einem solchen Bündnis zustimmen, de Alvaro?« Raul de las Parras schüttelte den Kopf, verzog verächtlich das Gesicht. Die Narbe, die es auf der linken Seite spaltete, verwandelte es dabei noch mehr in eine Fratze. Gerüchteweise verdankte er sie niemand anderem als seinem Enkel. »Das glaube ich erst, wenn ich entweder weiß, wie du deine Macht zu vergrößern gedenkst, oder ich den Beweis dafür mit eigenen Augen sehe. Und bis dahin bin ich nicht bereit, irgendeine deiner Forderungen anzuerkennen.«

Neben de las Parras nickte Ivarra. Ebenso wie die beiden anderen Nosferatu, die um den Tisch saßen. »Ich halte es genauso. Du bluffst, de Alva…« Er sah auf und an ihm vorbei.

»Perdóne usted, Patron …« Einer seiner Diener trat neben ihn und verneigte sich, ein Handy in der Hand.

»Was gibt es?« Unwillig wandte er sich ihm zu.

»Ein Anruf.« Beinah ehrfürchtig sah der gerade erst zum Nosferatu gewordene Hexer zu den anderen, räusperte sich. »Der Junge. Er sagt, es sei dringend.«

»Ihr entschuldigt mich einen Moment, Brüder.« Unter ihrem höflichen Gemurmel schob er seinen Stuhl zurück, nahm seinem Diener das Handy ab und verließ den Raum. Ein paar Meter den Gang hinunter blieb er stehen, hob es ans Ohr. Er sollte den Michelangelo von hier in sein eigentliches Heim bringen lassen. Das Bild war zu schade, um es wie alles andere nach diesem Treffen mit seinen ›Brüdern‹ aufzugeben. »Was gibt es, Cristóbal? Im Augenblick ist es äußerst un…«

»Sie ist weg!«

»Wie bitte?«

»Lucinda, sie ist verschwunden. Und Joaquín auch.«

Lautlos fletschte er die Fänge. Dieser kleine Stümper. »Was soll das heißen, Cristóbal, ›verschwunden‹? Wovon sprichst du?«

»Das sage ich doch gerade. Lucinda und mein Bruder sind fort. Ich habe ganz Santa Reyada abgesucht …«

»Wie lange?«

»Ich weiß es nicht. Vorgestern Abend habe ich Lucinda zum letzten Mal gesehen. Joaquín ein paar Stunden später in der Nacht noch einmal. Zuerst dachte ich, er wäre mit ihr nur wieder irgendwo draußen unterwegs. Aber sie sind gestern Abend nicht zurückgekommen und auch heute noch nicht. – Ich habe in ihrem Schrank nachgesehen. Da scheint einiges zu fehlen.«

»Woher willst du das wissen?« Als würde der Bengel den Kleiderschrank des Mädchens so genau kennen.

»Ihre Sachen im Bad sind auch nicht mehr da.«

Das war schon eindeutiger.

»Joaquíns Bilder sind ebenfalls weg.«

Er runzelte die Stirn. »Weshalb sollte er seine Bilder mitnehmen?«

»Ich habe keine Ahnung.« Es klang, als würde der Junge den Kopf schütteln. »Vielleicht ist er mit ihr ja davongelaufen. Tomás muss Stress gemacht haben …«

Er unterdrückte einen Fluch. Dass die anderen ihn endgültig als Oberhaupt einer eigenen Bruderschaft anerkannten, hing davon ab, ob er ihnen beweisen konnte, dass er tatsächlich über mehr Macht verfügte als sie selbst. Nur brauchte er dazu seinen Enkel. Und nach Möglichkeit auch die Kleine.

»Welchen Wagen hat er genommen?.«

»Den Lamborghini.«

»Wie ist das Kennzeichen?

»6JDA583S, glaube ich.«

»Gut. Beruhige dich, Junge. Ich kümmere mich darum.«

Ein erleichterter Atemzug. »Danke, Großvater.«

Unfähiges Blag. »Ich melde mich, sobald ich etwas weiß.«

Bevor der Junge noch etwas sagen konnte, beendete er das Gespräch. Sein Blick ging zur Tür, hinter der die anderen Nosferatu auf ihn warteten. Er musste diesen elenden Bengel und die Kleine finden, bevor sie seine Pläne ruinierten.

34

Das Meer war ruhig. Schwarz. Scheinbar unendlich. Die Wellen liefen sacht am Strand aus, umspülten seine Füße. Joaquín sah ihnen minutenlang reglos dabei zu. Die Schuhe baumelten lose von seiner Hand. Er war mehr ein Kind der Wüste. Aber Lucinda mochte das Meer.

Es war vorbei. Weder die Hexer der Hermandad noch die des Ordre würden Lucinda jemals wieder aufspüren können. Er konnte gehen. Endgültig.

Warum stand er dann noch hier?

Weil er sich gewisse Dinge anders gewünscht hatte. Nun, inzwischen sollte er wissen, dass Wünsche und Realität zuweilen ziemlich weit auseinanderklafften.

Mit einem kleinen Kopfschütteln ließ er die Schuhe in den Sand fallen. Er sollte endlich tun, weshalb er hier herausgekommen war, wenn er das Ganze bis Sonnenaufgang erledigt haben wollte. Für einen Moment tastete er in seinem Nacken nach dem Verschluss des Kreuzes. Er hatte keine Sanguaíera, der er es geben konnte. Aber er würde nicht zulassen, dass Tomás es für sich beanspruchte. Dann sollte es lieber das Meer haben. Endlich öffnete sich der Verschluss. Das Kreuz lag warm und schwer in seiner Hand. Die schwarzen Steine schimmerten im Sternenlicht.

Als oben an der Straße, wo der Lamborghini parkte, das Geräusch von Motoren erklang, die gleich darauf erstarben, drehte er sich um. Drei Wagen hatten hintereinander an der Leitplanke gehalten. Mehrere Männer stiegen aus, sahen zu ihm her. Zwei davon kannte er aus einer anderen Zeit. Nosferatu. Sie tauschten Blicke, nickten einander zu, setzten sich langsam in Bewegung, kamen über den Strand. Ihr Ziel war eindeutig.

Joaquín verzog den Mund. Eine letzte Jagd? Warum nicht. Wenn er ging, konnte er das auch mit einem Knall tun.

Er schob das Kreuz in die Hosentasche, ging mit einem dünnen, spöttischen Lächeln auf die fünf zu.

35

Ich blinzelte in schwaches Dämmerlicht. Vollkommen orientierungslos.

Unter meiner Wange war etwas Weiches, Seidiges. Ein Kissen. Unter meiner Hand … eine Decke.

Langsam öffnete ich die Augen endgültig. Mein Blick fiel auf Linien aus Licht. Ein geschlossener Fensterladen. Nein, kein Fenster, eine Tür. Glas. Bis unter die Decke. In der Ecke schimmerte ein Spiegel. Zum Kippen.

Ich lag auf der Seite. Auf einem Bett. Vollständig angezogen. Sah man von meinen Füßen ab. Die waren nackt. Wenn ich den Kopf ein wenig drehte, konnte ich das Fußende des Bettes sehen. Eisen. Nein, dazu war es zu grau. Edelstahl. Der matte Glanz würde passen.

Es war warm.

Ich fühlte mich, als hätte ich sehr lang geschlafen. Sehr, sehr lange.

Einen Moment schloss ich die Augen, presste die Lider zusammen, öffnete sie wieder. Das hier war nicht Santa Reyada.

Wo bin ich?

Wie komme ich hierher?

Was ist passiert?

Joaquín hatte mich nach Los Angeles zum Flughaf…

Von einer Sekunde zur nächsten saß ich senkrecht. Dieser elende Mistkerl hatte mir auf diesem Parkdeck ein Tuch über Mund und Nase gedrückt, das mit Chloroform oder etwas Ähnlichem getränkt gewesen war. Ein Ziehen an meinem Bein, knapp oberhalb des Knöchels, lenkte meinen Blick nach unten. Beinah erwartete ich eine Kette zu sehen, die mich an das Bettgestell fesselte. Da war nichts. Das Ziehen blieb, verstärkte sich, als ich mich vorbeugte und das Hosenbein in die Höhe zerrte. Darunter klebte ein großes Pflaster. Eine Sekunde zögerte ich, doch dann riss ich es mit einem Ruck ab. Und zischte.

»Dieser miese Bastard!«

Nur ein paar Inch oberhalb meines Knöchels prangte ein Tattoo. Nicht größer als meine Handfläche. Eigentlich sogar ein Stückchen kleiner. In genau den Farben, die ich ihm in seinem Laboratorium noch so ausführlich beschrieben hatte. Das Zentrum: ein perfekter Kreis. Eingefasst von einem Rankenmuster, das sich noch ein kleines Stück nach oben und unten erstreckte. Und darin: Siegel. Ineinanderverschlungen, verwoben mit irgendwelchen anderen Symbolen. Ein Pentagramm wie ein Schatten darunter, nur zu erkennen, wenn man genau hinsah; und selbst dann kaum. Die Linien schienen sich zu bewegen, zu verschwimmen, sich immer wieder neu zu formen. Die Farben leuchteten; sahen aus, als hätte er mir winzige Edelsteine auf die Haut gesetzt und nicht bunte Linien in sie hineingestochen. Gestochen! Dieser selbstgerechte Scheißkerl!

Na warte! Mir ein Tattoo zu verpassen, als könnte er mich einfach als sein Eigentum kennzeichnen. Ich wollte die Fingernägel hineinschlagen und es wegkratzen; irgendetwas hielt mich davon ab. Die Zähne zusammengebissen schob ich mich vom

Bett herunter. Wo war er? Er würde mich ja kaum allein gelassen haben. *Mach dein Testament, de Alvaro!*

Im ersten Moment noch leicht unsicher auf den Beinen, stürmte ich aus dem Schlafzimmer auf einen sonnendurchfluteten Gang hinaus, riss jede Tür auf, die mir unterwegs begegnete: ein Bad, ein zweites Schlafzimmer, kein Joaquín de Alvaro. Eine Treppe hinunter ins Erdgeschoss, vorbei an einer offenen Küche, durch eine kleine Halle. »De Alvaro, du … ahrgh! Wo bist du?« Keine Antwort. Nur aus dem Augenwinkel nahm ich etwas Farbiges wahr, als ich daran vorbeilief. In ein Wohnzimmer. Mit geschlossenen Läden, die Streifen aus Licht auf alles malten, wie im Schlafzimmer direkt darüber. »De Alvaro?!« Wie zuvor: nichts als Stille. Mitten in einem der Lichtstreifen lag ein Handy. Auf irgendwelchen Papieren. »So nicht!« Ich schnappte es mir, zog das Ladekabel ab, riss den darauf klebenden Zettel mit einer vierstelligen Nummer herunter … Und zögerte, als mir klar wurde, dass ich *seine* Handynummer gar nicht kannte. Oder die Nummer von Santa Reyada. – Aber die von Cris! Ich tippte sie ein. »Na warte.«

Es klingelte. Einmal. Zweimal …

»De Alvaro.«

»Gib mir deinen Bruder, Cris!«, verlangte ich, ohne ihm überhaupt meinen Namen zu nennen.

»Lucinda? Was …? Wo bist …« Geräusche. Als würde jemand Cris das Handy wegnehmen.

Ich sah auf die Papiere auf dem Tisch. Runzelte die Stirn. Das oberste Blatt war von Hand beschrieben. Joaquíns Schrift. Ich hob es auf.

»Lucinda?« Das war Rafael.

Mi luz,

wenn Du das hier liest, bin ich aus Deinem Leben verschwunden. Endgültig. Wie versprochen.
Was vor Dir auf dem Tisch liegt, ist die zweite Hälfte Deines Geburtstagsgeschenkes …

Mein Blick ging zu dem, was da noch lag. Ein Schlüsselbund. Eine Geldklammer mit einem dicken Bündel Geldscheine. Eine … Sozialversicherungskarte? Ausgestellt auf eine gewisse ›Luca Marini‹. Daneben ein Ausweis, auf dem ebenfalls der Name ›Luca Marini‹ stand, die genau ein Jahr und einen Tag älter war als ich und von dem ich mir selbst entgegensah. Benommen starrte ich darauf. Und auf das schwarze Lackkästchen, das in der Nacht am Pool in unzählige Splitter zerbrochen war und das jetzt als ›Briefbeschwerer‹ für die Papiere darunter diente. Irgendjemand hatte in mühsamer Kleinarbeit Splitter für Splitter wieder zusammengesetzt. Nicht irgendjemand. Joaquín. Und offenbar nicht mit Magie, mit Klebstoff.

»Lucinda?« Noch immer Rafael. »Lucinda, bist du das? Wo steckst du? Wo ist Joaquín? …«

»Ich ruf später noch mal an.«

»Lucinda! Nein, du …« Ich drückte ihn weg, sank auf die Armlehne des Sofas direkt neben mir. Meine Hände zitterten, als ich das Lackkästchen behutsam beiseitestellte, die Papiere vom Tisch nahm. Geburtsurkunde, Ausweis, Sozialversicherungskarte; der Kaufvertrag für eine Eigentumswohnung in einer Apartmentanlage, die Kopie eines Eintrags im Grundbuch zu ebenjenem Apartment; der Kaufvertrag für einen BMW … auf allem stand der gleiche Name: Luca Marini.

Und Joaquíns Brief.

Mi luz,

wenn Du das hier liest, bin ich aus Deinem Leben verschwunden. Endgültig. Wie versprochen.
Was vor Dir auf dem Tisch liegt, ist die zweite Hälfte Deines Geburtstagsgeschenkes. ¡Feliz cumpleaños!

Zuerst das Wichtigste: Keiner aus der Hermandad, dem Ordre oder von den Nosferatu wird Dir jemals wieder nachstellen. Du existierst für sie nicht mehr. Zumindest solange der Siegelknoten über Deinem Knöchel unversehrt ist. Seine Macht ist unabhängig von meiner. Du bist jetzt eine ›Escondera‹, eine ›Verborgene‹, mi luz. Nach den Gesetzen der Hermandad darf es so etwas eigentlich nicht geben. Mach das Beste daraus!

Die Papiere auf dem Tisch sind echt. Sie werden jeder Überprüfung standhalten. Alles andere kannst Du mit ihnen ganz legal beantragen. Ich hoffe, Du bist mit meiner Namenswahl einverstanden.
Bei der Union Bank of California gibt es ein Konto mit der Nummer 876-6537-897-4, auf dem ein Betrag von 7,4 Millionen Dollar liegt. Das Passwort lautet: Mojave. Das Geld gehört Dir und ist auch nicht zu mir oder meiner Familie zurückzuverfolgen. Mehr konnte ich leider auf die Schnelle nicht von den diversen Konten der Familie abziehen, ohne dass es sofort aufgefallen wäre.
Das Apartment wurde bar bezahlt. Auch das ist nicht zu mir zurückzuverfolgen (auch nicht über den Makler).
Das Gleiche gilt für den Wagen auf Parkplatz Nummer

2, der ebenfalls zum Apartment gehört. Tu mir nur den einen Gefallen, Luz, und lass den BMW stehen, bis Du den Führerschein hast!
Die Bilder hast Du sicher auch schon gesehen. Ich wollte, dass Du sie hast. Mach damit, was Du möchtest.

Ich gehe davon aus, dass Du in Sicherheit bist, solange Du nach wie vor niemandem zu blauäugig vertraust oder jemanden kontaktierst, der auch nur ansatzweise irgendetwas mit der Hermandad oder dem Ordre zu tun haben könnte.

Was auch immer passiert: Mich wirst Du nach heute nicht mehr erreichen. Von jetzt an bist Du wieder vollkommen auf Dich allein gestellt. Ich weiß, dass Du klarkommen wirst.
Ich wünsche Dir alles erdenklich Gute für die Zukunft. Lebe Dein Leben, so wie Du es willst!

Für immer,

Joaquín

Ich ließ den Brief sinken.

In meiner Kehle saß ein würgender Kloß.

Eine Wohnung – nein, ein ganzes Haus. Ein eigenes Auto. Eine vollkommen neue Identität, mit allem, was es brauchte, um sie ›legal‹ zu machen … Sekundenlang starrte ich blind ins Leere. Er hatte mir ein komplett neues Leben geschenkt.

Wie in Trance stand ich irgendwann schließlich auf, ging zu den Glastüren, öffnete sie, stieß die Läden dahinter auf … Eine Terrasse mit sandfarbenen Fliesen. Wie auf Santa Reyada. Ein paar Stufen führten in eine Art Garten oder privaten Park: Rasen, blühende Büsche, Palmen. Eine junge Frau, vielleicht in Soledads Alter, spielte mit zwei kleinen Mädchen ein Stück weiter im Schatten von ein paar Bäumen. Sie schaute auf, als eines der Kinder in meine Richtung wies, und lächelte mich an. Mechanisch lächelte ich zurück, ging wieder ins Haus, schloss geradezu übertrieben vorsichtig die Läden und die Glastüren wieder. Noch immer wie benommen nahm ich das Innere des Wohnzimmers wahr; Flachbildfernseher, Stereoanlage, Glastisch, cremefarbenes Sofa mit zwei Sesseln, dicker, weicher, weißer Flauschteppich … Die Küche; modern, hell; ein kleiner Tresen, auf dem eine Schale mit frischem Obst stand, Mikrowelle, Kaffeeautomat, riesiger Kühlschrank … ich öffnete ihn. Vollgestopft mit Dingen, die ich mochte. Der Korridor, ebenfalls hell, offen. Ich wagte es nicht, zu den Bildern hinzusehen, stieg die Treppe in den ersten Stock hinauf. Das unbenutzte Schlafzimmer; Futon, Nachttisch, Sessel, kleiner, runder Tisch, Türen, die zu einem Kleiderschrank führen mochten, eine weitere Tür, wahrscheinlich ins Bad, das offenbar zwischen diesem und dem Schlafzimmer lag, in dem ich zu mir gekommen war. Ich warf einen Blick hinein. Zwei Türen zu beiden Seiten. Bis unter die Decke hell, wie Perlmutt schimmernd gefliest. Dazwischen Ornamente in Blau und Silber, Whirlpool-Badewanne und Walk-in-Dusche. Tiefblaue Badvorleger. Die Sachen aus meinem Badezimmer auf Santa Reyada waren in ein Regal neben Waschbecken und Spiegel einsortiert. Ein paar benutzte Handtücher lagen im Wäschekorb. Das Schlafzimmer, in dem ich aufgewacht war: Teppiche, so dick, dass meine Zehen darin versanken. Ein begehbarer Kleiderschrank, in den die Sachen eingeräumt waren, die ich in mein neues Leben hatte mitnehmen wollen. Daneben die Tür ins Bad. Das Bett mit einem Rahmen aus Edelstahl; modern und verspielt zugleich. Ein schmaler, hoher Spiegel in der Ecke. Ein Sessel. Mr Brumbles saß darin. Eine Frisierkommode mit Hocker, auf der das wenige stand, was ich an Make-up jemals besessen hatte. Darüber ein zweiter Spiegel. Ich stieß die Glastüren und Läden auf. Eine Dachterrasse. Die gleichen Fliesen wie unten. Eine Palme daneben spendete Schatten. Nur hundert, höchstens zweihundert Meter weiter: das Meer. Ich konnte die Wellen hören, das Geschrei der Möwen. Über die Dächer der Nachbarhäuser hinweg waren die beiden riesigen roten Stahlpfeiler der … Golden Gate Bridge zu sehen … Großer Gott. San Francisco. Ich war gar nicht mehr in L. A. – Er hatte mich nach San Francisco gebracht. Plötzlich waren meine Knie weich. San Francisco. Ich wandte mich von der Tür ab, tappte wieder nach unten. Diesmal blieb ich vor den Bildern stehen. San Francisco. Ich war in San Francisco. Das blaue hing an der Wand im Wohnzimmer. Die anderen standen hier im Korridor, der eigentlich eine kleine Halle war. Alle. Jedes einzelne. Sogar die Mappe mit den Zeichnungen von mir war hier. San Francisco …

Als ich mich nach ihr bückte, sickerte in meinen Verstand, was Rafael am Telefon gesagt hatte: *›Lucinda, bist du das? Wo steckst du? Wo ist Joaquín? …‹* Ich erstarrte. *Wo ist Joaquín? …* Aber … das …? Ich rannte ins Wohnzimmer, riss das Handy vom Tisch, drückte auf Wahlwiederholung. Mit jedem Klingeln wurde das Zittern in meinem Inneren stärker. Unruhig ging ich zwischen Sofa und Tisch auf und ab.

»Montoya.« Diesmal hatte ich Rafael direkt dran.

»Was sollte das heißen: *Wo ist Joaquín?*« Ich machte mir auch diesmal nicht die Mühe, meinen Namen zu sagen.

»Lucinda? Verdammt noch mal, wage es nicht noch einmal, einfach aufzulegen, hörst du?«, herrschte er mich an.

»Was sollte das heißen: ›*Wo ist Joaquín?*‹«, wiederholte ich in einem ganz ähnlichen Tonfall.

Stille am anderen Ende.

»Rafael! Was sollte das heißen: *Wo … ?*«

»Seit er mit dir vor drei Tagen von hier los ist, ist er verschwunden.«

Wie zuvor sank ich auf das Sofa. Drei Tage? Aber … Mein Blick ging zu meinem Bein. Ich zog die Hose ein Stück in die Höhe, betrachtete das Tattoo. Natürlich. Wie hatte ich nur auf die Idee kommen können, dass nur ein paar Stunden vergangen sein könnten, seit er mir das Tuch aufs Gesicht gedrückt hatte. Ich verzog das Gesicht. Nein, genau genommen war es ja schon so gut wie vollkommen verheilt. Was bedeutete, dass er mir etwas von seinem Blut eingeflößt haben musste …

»Lucinda? Lucinda, wenn du wieder auflegst …«

Ich rieb mir die Stirn. Ich war mir nicht sicher, aber … Doch. Ich erinnerte mich daran, dass ich irgendwann auf dem Bett oben zu mir gekommen war. Und Joaquín mir ein Glas mit einer leicht salzigen Flüssigkeit an den Mund gesetzt hatte, noch ehe ich richtig wieder bei mir war, und mich gezwungen hatte, zu trinken. Und irgendwann danach noch einmal. Dazwischen … Ich hatte gewimmert und protestiert, weil es wehgetan hatte. Leise und beruhigend hatte er auf mich eingesprochen. Mich ein paarmal tröstend im Arm gewiegt … Ich drückte die Finger fester gegen meine Stirn. Er hatte irgendetwas beim Chinesen bestellt … und einmal Pizza. Der Käse hatte elend lange Fäden zwischen meinem Mund und dem Pizzastück gezogen … Die ganze Zeit hatte ich immer wieder genau das getan, was er mir gesagt hatte. Ich hatte gegessen, wenn er es mir gesagt hatte, getrunken, und ich war ins Bad gegangen, wenn er es mir sagte. Wie eine Puppe …

Ich ließ die Hand sinken. Das hatte er nicht getan?! Das … Nein! Hatte er mir nicht nur von seinem Blut zu trinken gegeben, damit das Tattoo schneller heilte, sondern auch, damit er mich kontrollieren konnte?! Warum sonst hätte er mir zweimal davon einflößen sollen? Beim ersten Mal, noch bevor er überhaupt begonnen hatte, mir das Tattoo zu stechen. Für eine Sekunde schloss ich die Augen, biss die Zähne zusammen. *Joaquín de Alvaro, du elender Mistkerl. Gnade dir Gott, wenn ich dich in die Finger bekomme!*

»Lucinda? Sag was! Bist du noch dran?«

Abermals rieb ich mir die Stirn. Drei Tage … Herr im Himmel. – Und: verschwunden?

»Lucinda?«

»Was heißt das, ›verschwunden‹?«

Wieder herrschte eine Sekunde Schweigen. Es klang irgendwie … irritiert. Dann: »Es hat ihn seitdem niemand mehr gesehen. Übers Handy ist er auch nicht zu erreichen. Erst ist er nicht rangegangen, jetzt ist es aus. Bis zu deinem Anruf vorhin dachten wir, ihr beide wärt zumindest zusammen …«

Ich schüttelte den Kopf, ehe mir klar wurde, dass er es nicht sehen konnte. »Nein … nein, er ist nicht bei mir.« Wann war er von hier fortgegangen? Und wohin? Warum war er nicht nach Santa Reyada zurückgefahren? Oder war irgendetwas auf dem Weg dorthin geschehen? Ein Unfall? Nein, Rafael und Cris hatten bestimmt schon jede Notaufnahme in der Umgebung abtelefoniert. Von einem Unfall hätten sie gewusst. Was dann?

Ein heftiger Atemzug. »Dann sag mir wenigstens, wo du bist. Immerhin hast du ihn ja anscheinend zum letzten Mal gesehen. Vielleicht finde ich ja dort irgendeinen Hinweis …«

Mein Magen verkrampfte sich. Joaquín hatte dafür gesorgt, dass man dieses Apartment nicht zu ihm zurückverfolgen konnte, dass es keine Verbindung zwischen meinem neuen Leben und ihm gab, und ich dumme Kuh hatte nichts Besseres zu tun, als mit Rafael zu telefonieren. Minutenlang.

»Ich melde mich wieder.«

»Lucinda, nein! Nicht aufl…«

Ich drückte ihn weg, ließ das Handy sinken, starrte darauf. Rafael hatte keine Möglichkeit, diesen Anruf zurückzuverfolgen, mich hier aufzuspüren, oder? Nein, die Polizei möglicherweise schon, aber Rafael nicht. Nein.

Keine Minute später machte ich einen Satz auf dem Sofa, als das Handy in genau dem Moment losbimmelte, in dem ich es auf den Tisch zurücklegen wollte. Um ein Haar hätte ich es fallen lassen. Meine Hand hatte schon zuvor gezittert, doch jetzt … Auf dem Display prangte ein ›unbekannter Anrufer‹. Eigentlich dürfte nur einer diese Nummer kennen. Trotzdem hob ich es ans Ohr, als könnte es mich beißen.

»Joaquín?«

»Nein. Rafael.« Sein Ärger war absolut nicht zu überhören. Erschrocken schnappte ich nach Luft. Wie hatte er …? »Lucinda, wenn du wieder einfach auflegst, werde ich noch viel mehr tun, als nur diese verdammte Handynummer herausfinden. Ich schwöre dir, dann stehe ich vor deiner Tür.«

Das Zittern hatte sich bis zu meinem Magen ausgebreitet. »Was willst du?«

»Ich versuche, meinen Freund zu finden, und ich will, dass

du mir dabei hilfst, nachdem du anscheinend die Letzte bist, die ihn gesehen hat. Danach lasse ich dich in Ruhe.«

Ich holte einmal tief Luft, nickte dann. »Okay.« Das klang fair. »Solange du mich nicht wieder fragst, wo ich bin.« Er hatte in kürzester Zeit die Nummer dieses Handys herausgefunden – wie auch immer er das angestellt hatte –, glaubte ich tatsächlich, er könnte nicht auch ebenso schnell herausbekommen, wo ich war?

»In Ordnung. Deal! – Wohin ist Joaquín vor drei Tagen mit dir gefahren?«

»Nach Los Angeles.« Ich biss mir auf die Lippe. Und dann weiter nach San Francisco.

»L.A. ist groß. Geht das genauer?«

»Du hast gesagt …«

»Bitte, tigresa, nur ein klein wenig genauer.«

Ich umklammerte das Handy fester. »Ich weiß es nicht. Ich habe nicht wirklich auf die Straßenschilder geachtet. Er hat gesagt, er fährt mich zum Flughafen, aber er ist ein paarmal in die entgegengesetzte Richtung abgebogen.«

»Wie lange … – warte mal. Bleib dran! Nicht wieder auflegen!« Rascheln. Gedämpfte Stimmen. Abermals Rascheln. Dann klang es, als würde Rafael mit noch jemandem an einem anderen Telefon reden. Auf Spanisch. Mit Joaquín? Plötzlich klopfte mir das Herz in der Kehle. Doch sosehr ich mich auch bemühte, ich konnte nichts verstehen. Bis Rafael sehr laut und sehr deutlich »Fuck!« sagte. Erneut Worte auf Spanisch. Beinah hörte es sich an, als würde er Anweisungen geben. Dann drang seine Stimme wieder deutlich zu mir. »Lucinda, bist du noch –?«

»War das Joaquín? Was ist passiert?«

Stille.

»Rafael! Sag's mir!« Waren das Schritte im Hintergrund? Seine? Wenn, dann hatte er es eilig.

»Das war Jorge. Sie haben Joaquíns Wagen gefunden. – Warte mal.« Seine Stimme wurde gedämpft, als hielte er die Hand über das Handy. »Nein. Einer von uns muss hierbleiben, Cris. Ich gehe allein.« Dann war sie wieder laut. »Bist du noch da, Lucinda?«

»Sie? Wo? Und Joaquín?« Meine Mund war schlagartig trocken.

»Jorge und seine Männer. In einem der Außenbezirke von Los Angeles. Von Joaquín keine Spur.« Etwas in seiner Stimme hatte sich verändert. Sie klang härter, schärfer, geradezu ... zornig. Und irgendwie hatte ich das Gefühl, dass dieser Zorn mir galt.

»Was noch?«

»Was?« Ich glaubte, das Geräusch zu erkennen, mit dem sich die Haustür von Santa Reyada schloss.

»Was noch, Rafael? Irgendetwas ist noch. Sie haben noch irgendetwas außer dem Wagen gefunden? Ja, oder? Was?«

»Lucinda ...«

»Was, Rafael? Ich will es wissen!«

»Im Kofferraum lag das, was die Hexer der Hermandad einen ›Rejón de muerte‹ nennen.«

Ich schloss die Finger noch fester um das Handy. Bedeutete ›muerte‹ nicht ... ›Tod‹? In meinem Inneren verstärkte sich das Zittern. »Was ist das?«

»Damit gibt ein Rejoneador dem Stier bei einem Stierkampf vom Pferd aus den Todesstoß.«

»Stierkampf?«, wiederholte ich ungläubig. *Todesstoß?* »Ich versteh nicht. Was hat Joaquín ...?«

»Du verstehst nicht?« Wenn möglich war Rafaels Stimme noch härter geworden. Und kälter. »Dann lass mich dir erklären, wofür ein Hexer der Hermandad einen ›Rejón de muerte‹ benutzt. Vor allem ein Hexer der Hermandad, der unaufhaltsam Nosferatu wird, aber lieber stirbt, als den allerletzten Schritt zu tun.« Sein Tonfall änderte sich, wurde … bitter. Und gleichzeitig … drohender. »Ein Hexer der Hermandad, der sich aus für mich nicht nachvollziehbaren Gründen von *seiner* Sanguaíera fernhält. Obwohl das Blut dieser Sanguaíera verhindern könnte, dass er Nosferatu wird.« Er stieß ein Zischen aus. »Eine Art Spieß, nicht ganz so lang wie ein Billardqueue, mit ungefähr demselben Durchmesser. Ein Kern aus Stahl, mit einem Überzug aus Eisen. Das eine Ende ist stumpf. Das andere spitz. Eine zweischneidige Klinge. Scharf wie ein Rasiermesser. Wenn nicht sogar schärfer. Man stemmt das stumpfe Ende gegen eine Wand. Oder jede andere senkrechte Fläche. Stellt sich davor. Und dann …« Er ließ ein Schnalzen hören. »Es ist nicht wirklich schwer, links am Brustbein vorbei zwischen die dritte und vierte Rippe zu treffen. Und so scharf und spitz, wie das Ding ist, muss man bei – sagen wir irgendwas zwischen neunzig und hundert Kilo – nicht viel mehr tun, als sich einfach nach vorne fallen zu lassen. Das reicht für vorne rein und hinten wieder raus. Es ist ganz leicht. Und wenn man nicht versehentlich eines der großen Blutgefäße in Herznähe trifft, noch nicht mal eine besonders große Sauerei.«

Der Boden unter mir schien sich zu bewegen. »Du meinst …«

»Ja, ich meine.« *Oh mein Gott.* Jetzt machte dieses *›Was auch immer passiert: Mich wirst Du nach heute nicht mehr erreichen.‹* aus seinem Brief auch deutlich mehr Sinn. »Was auch immer ihr zwei in den letzten Tagen getrieben habt: Joaquín hatte niemals vor, danach wieder nach Santa Reyada zurückzukommen.«

»Er hat das alles geplant«, flüsterte ich fassungslos. Er hatte mir ein neues Leben geschenkt und gleichzeitig geplant, seines zu beenden. Und bei den Ruinen hatte er mir noch erzählt, dass sein Urahn sich auf die gleiche Weise umgebracht hatte, als er Nosferatu geworden war.

»Und das offenbar von langer Hand. – Warum er auf diesem Parkplatz war, weiß ich nicht. Warum er es durchziehen wollte, obwohl wir dich ja noch halbwegs rechtzeitig gefunden hatten, verstehe ich noch viel weniger.« Ich glaubte zu hören, wie eine Autotür zuschlug. »Aber offenbar hat ihn irgendjemand daran gehindert, seinen Plan in die Tat umzusetzen. Allerdings bin ich gerade nicht sicher, ob ich deswegen tatsächlich erleichtert sein soll.«

Es dauerte eine Sekunde, bis es in meinem Gehirn endgültig ›klick‹ machte. Vielleicht hatte es das aber auch schon vor einer ganzen Weile, ich war nur nicht bereit gewesen, es wahrhaben zu wollen. »Irgendjemand hat ihn entführt.«

»So sieht es zumindest aus.«

»Wer?« Ich presste die Hand auf mein Bein.

»Wenn ich das schon herausgefunden hätte, würde ich schon lange nicht mehr mit dir telefonieren.«

Vermutlich hatte Joaquín einfach *zu viele* Feinde. »Und jetzt?«

»Ich komme nach Los Angeles und sehe mir seinen Wagen selbst noch einmal an. Vielleicht finde ich noch einen Hinweis, der Jorge entgangen ist. Ansonsten können wir nichts anderes tun als warten. Und hoffen, dass wir es mit irgendeinem Vollidioten zu tun haben, der nur hinter einem Lösegeld für einen millionenschweren Geschäftsmann her ist und keine Ahnung hat, mit wem er sich tatsächlich eingelassen hat.« Er klang nicht, als würde er auch nur im Entferntesten davon ausgehen, dass das der Fall sein könnte. Ein Motor grollte auf.

Ich schloss die Augen. »Wenn du irgendetwas weißt, ihr ihn findet oder sich … die Entführer melden, rufst du mich an?«, fragte ich leise. So wütend, wie er auf mich war, glaubte ich nicht daran, dass er Ja sagen würde. Aber ich musste es versuchen. Eine Sekunde herrschte am anderen Ende Stille. »Rafael? Rufst du mich an? Bitte!«

Ein tiefer Atemzug, dann: »In Ordnung. Sobald sich irgendetwas ergibt, hörst du von mir.« Diesmal legte er einfach auf.

Ich ließ das Handy in meinen Schoß sinken und starrte blind ins Leere. *Oh mein Gott.*

36

De Alvaro?« Die Stimme des Bengels klang unsicher. »Kannst du reden?«

Zögern, dann: »Ja, Rafael ist auf der Suche nach Joaquín.«

Unwillig runzelte er die Stirn. Dieser Rafael war ein Faktor, den er nicht unterschätzen durfte. »Ich hoffe, er hat keinen Verdacht geschöpft? Das wäre unseren Plänen alles andere als zuträglich.«

Es schien, als würde der Bursche den Kopf schütteln. »Ich denke nicht.«

»Gut. – Du musst das Mädchen zu mir bringen. Umgehend. Dein Bruder beginnt, den Verstand zu verlieren.«

Wieder ein Zögern. »Aber außer Joaquín weiß niemand, wo sie ist.«

Ja. Und auch ihm gegenüber weigerte er sich, zu verraten, wo die Kleine sich aufhielt. Er gab seinen Worten einen besorgten Klang. »Uns läuft die Zeit davon, Cristóbal. Seine Schwingen sind durchgebrochen. Er hat schon zwei meiner Diener getötet. Nein, regelrecht massakriert. Ich weiß nicht, wie lange …« Anstatt den Satz zu beenden, stieß er ein Seufzen aus. »Du musst herausfinden, wo sie ist.«

»Wie denn, verdammt noch mal?«

Er zischte. Einen solchen Ton war er von dem Bengel nicht

gewohnt. Oder dass irgendjemand sonst so mit ihm zu reden wagte. »Das ist mir gleichgültig. Tue es einfach und bring sie mir. Bis Sonnenuntergang. Es sei denn, du willst deinen Bruder nicht mehr lebend oder zumindest noch halbwegs bei Verstand wiedersehen.«

Er hörte, wie der Bengel schluckte. »Ich … tue, was ich kann.« Ach, Bruderliebe war ein Geschenk des Teufels. Sie machte Männer manipulierbar, die es eigentlich nicht waren.

»Sehr gut, mein Junge. Joaquín wird dir dankbar sein. Melde dich wieder, sobald du sie gefunden hast, dann sage ich dir, wo wir uns treffen. Und vergiss nicht: Bis Sonnenuntergang muss sie bei mir sein, damit unsere ganzen Bemühungen nicht umsonst waren. – Ach ja. Und vielleicht wäre es besser, wenn du dem Mädchen nicht gleich unsere Pläne verrätst. Wir wissen nicht, inwieweit sie bereit ist, deinem Bruder tatsächlich zu helfen.«

»Ich weiß nicht, ob …«

»Aber ich. Vertrau mir. Bis dann.«

Ohne dem Bengel die Möglichkeit zu geben, noch etwas zu sagen, legte er auf. Einen Moment sah er das Handy angewidert an. Er war mit Enkelsöhnen geschlagen, die eine reine Enttäuschung waren: der eine eine schwache Memme ohne Rückgrat; der andere mächtig, arrogant und skrupellos. Und gefährlich bösartig. Eigentlich ideale Eigenschaften für einen Nosferatu, um seine rechte Hand zu werden. Dumm, dass der Bengel komplett fehlgeleitet war. Damit taugte er nur zum Sklaven.

Bedächtig strich er mit den Fingerspitzen über die feine, schwarze Membran der Schwingen, die vor ihm lagen. Mächtige Schwingen. Stark. Kraftvoll. Einfach prächtig. Die Krallen an den oberen und unteren Spitzen waren glänzend schwarz. Spitz. Rasiermesserscharf. Mörderische Waffen. Zu gefährlich, um sie seinem Enkel zu lassen. An den Ansatzstümpfen war das Blut noch nicht getrocknet.

37

Ich hatte es geschafft, die Nudeln zu Pampe verkochen zu lassen.

Und hatte im Anschluss daran den Versuch aufgegeben, mir etwas zu essen machen zu wollen. Nicht, dass ich tatsächlich Hunger gehabt hätte. Ich hatte nur gehofft, dass es das Zittern in meinem Innern mildern würde, wenn ich meine Hände mit etwas Simplem wie Kochen beschäftigte. Wahrscheinlich hatte man den frustrierten Schrei, mit dem ich Topf und Nudeln in den Spülstein befördert hatte, noch drei Häuser weiter gehört. Seitdem wanderte ich zwischen Wohnzimmer und Küche hin und her. Inzwischen hatte ich das Nagelbett meines Daumens blutig gebissen.

Das Handy lag auf dem Sofa.

Im Fernsehen hatte ich CNN laufen, weil ein Teil von mir der Meinung war, dass das Verschwinden von Joaquín de Alvaro ›bedeutend‹ genug war, um irgendwann auch in den Medien aufzutauchen. Nicht, dass Rafael es tatsächlich zugelassen hätte, dass etwas nach außen dringt. Dafür waren die sogenannten ›Vampirmassaker‹ immer wieder *das* Thema. Ich wagte es schon gar nicht mehr, auf den Bildschirm zu schauen, aus Angst, noch einmal versehentlich irgendwelche entsetzlich zugerichteten Leichen zu sehen.

Ich hockte neben Joaquíns Bildern auf dem Fußboden meiner kleinen ›Halle‹ und umklammerte den Armreif, den er mir geschenkt hatte, als das Handy wieder klingelte. Im ersten Moment hätte ich es über dem Geräuschpegel von CNN kaum gehört und selbst dann brauchte ich eine weitere Sekunde, bis ich den Ton zuordnen konnte. Ich stolperte auf die Füße, rannte ins Wohnzimmer und warf mich quer über die Rückenlehne des Sofas, während ich zugleich beinah panisch nach ihm angelte. Vollkommen atemlos ging ich ran. »Rafael? Habt ihr …?«

»Ich bin es, Cris.«

»Cris?« Woher hatte *er* diese Nummer? Von Rafael? »Was ist los?« Mit einem irgendwie mulmigen Gefühl rutschte ich endgültig über die Sofalehne nach vorne auf die Kissen.

Schweigen.

»Cris, was ist? Wisst ihr irgendetwas von Joaquín?«

Cris' Schweigen dauerte an, eine schiere Ewigkeit, bis er schließlich doch antwortete. »Ja und nein. – Wo bist du, Lucinda?«

Was? Ich biss die Zähne zusammen. Ich hatte den Deal mit Rafael und nicht mit Cris. Aber auch wenn das hier Cris war: Diese Frage würde ich selbst ihm nicht beantworten.

»Was soll das heißen, *ja und nein*? Was ist los, Cris?«

Abermals ein sehr langes Zögern, als überlegte er, was er mir sagen sollte. Schließlich hörte ich ein Seufzen. »Die Entführer haben sich gemeldet.«

Schlagartig verstärkte sich das Zittern in meinem Inneren. »Das heißt, er lebt? Geht es ihm gut?«

»Anscheinend. Es gibt eine Lösegeldforderung. – Aber sie wollen, dass du die eigentliche Übergabe machst.«

Mein Herz verpasste einen Schlag. »Ich? Aber wieso …?

»Ich weiß es nicht. Vielleicht wissen sie etwas über die Hermandad oder gehören selbst dazu und haben Angst, dass ich ihnen mit meiner Magie«, er stieß einen bitteren Laut aus, »irgendwie eine Falle stellen könnte, und sehen dich nicht als Gefahr, weil du ja keine magischen Kräfte hast.«

»Was sagt Rafael dazu?«

»Rafael vertritt den Standpunkt, wenn wir zahlen, sehen wir Joaquín nicht wieder. Zumindest nicht lebend. Er weiß nicht, dass ich dich anrufe. – Lucinda, er ist bereit, das Risiko einzugehen, und weigert sich zu bezahlen.« Stille, dann: »Ich werde das ohne sein Wissen durchziehen. Das Geld habe ich. Aber du musst die Übergabe machen. – Bitte hilf mir, Lucinda!«

Ich ließ das Handy in meinen Schoß sinken. Ich sollte …? Oh mein Gott. ›*Aber du musst die Übergabe machen. – Bitte hilf mir, Lucinda!*‹ Es sagte sich so einfach. Wie ›*Es tut mir leid*‹. – Aber war ich es ihm nicht in gewisser Weise schuldig? Nicht Cris, Joaquín.

»Lucinda …?«

Er hatte mir *das hier* gegeben … Okay. Ich würde es nicht behalten können. Schon nach Rafaels Anruf war mir das irgendwie klar gewesen. Ich würde das Geld und die Papiere nehmen und noch einmal weiterziehen. Mit ein bisschen Glück zum letzten Mal. – Ich war es Joaquín schuldig.

»Lucinda …?«

Ich schloss die Augen, hob das Handy wieder ans Ohr, nickte. »In Ordnung. Ich mach's. – Wann soll die Übergabe sein?«

»In drei Stunden. – Danke, Lucinda.« Cris' Aufatmen war durch die Verbindung deutlich zu hören. »Ich bin schon in Los Angeles, ich hole dich ab …«

»Nein.« Wenn ich sowieso fortgehen würde, warum zum

Teufel, war ich dann nicht bereit, ihn hierherkommen zu lassen? Mal abgesehen davon, dass ich gar nicht wusste, wo ›hier‹ war? Außer irgendwo in San Francisco. »Nein, wir … treffen uns am Santa Monica Pier. In …« Wie lange dauerte ein Flug von San Fransisco nach Los Angeles? Wie viel Zeit brauchte ich von hier zum Flughafen? Und vom Flughafen in L.A. zum Santa Monica Pier? Konnte ich überhaupt so kurzfristig noch einen Platz auf einer der nächsten Maschinen bekommen?

»Lucinda? Alles in Ord…«

»Ich weiß nicht, wie lange ich brauche.«

Schweigen. Als würde er abzuschätzen versuchen, was das für die Forderung der Entführer bedeutete. »Okay. Verstehe.« Seine Stimme klang, als hätte er die Zähne zusammengebissen. »Dann komm her, so schnell du kannst.«

»Und wenn … werden die Entführer …«

»Das lass meine Sorge sein. Komm einfach, so schnell du kannst.«

»Okay.« Ich rieb mir die Stirn. »Warte am Tor vom Pier auf mich. Wenn etwas ist, hast du ja diese Nummer.« Nicht, dass ich irgendetwas tun könnte, wenn ich irgendwo in der Luft zwischen San Francisco und Los Angeles war. »Ich beeile mich.«

»In Ordnung. Bis dann.«

Wir legten gleichzeitig auf. Eine Sekunde saß ich regungslos, umklammerte das Handy. Mein Leben lang war ich vor *ihm* davongelaufen. Und jetzt war ich bereit, *seinetwegen* in *seine* Welt zurückzukehren. Wenn auch nur für kurze Zeit. Warum? Weil ich glaubte, es ihm schuldig zu sein? Nein, das war es nicht. Nicht ganz. Zumindest fühlte es sich nicht so an. Aber warum dann? – Ich hatte keine Antwort darauf.

Oder doch?

Entschieden verdrängte ich die Frage. Ich brauchte einen Flug nach L.A. Über alles andere konnte ich mir später Gedanken machen.. Eine Sekunde starrte ich auf das Display des Handys, versuchte herauszufinden, ob und wie ich damit ins Internet kam … Es war einfacher, als ich erwartet hatte.

Die Website des Flughafens von San Francisco zu finden und dort die Flüge nach Los Angeles, ging noch schneller. Anscheinend flogen United- und Delta-Airlines L.A. in den kürzesten Abständen an. Auf gut Glück rief ich zuerst bei United an und hatte eine knappe Minute später eine freundliche Frauenstimme in der Leitung, die mich auf mein »Ich brauche einen Platz auf dem nächsten Flug nach Los Angeles« fragte, wie schnell ich denn am Flughafen sein könnte. Dass ich im Gegenzug wissen wollte, wie lange man etwa von der Golden Gate Bridge aus zum Flughafen brauchte, irritierte sie für eine Sekunde anscheinend ziemlich, bevor sie mir »Eine gute halbe Stunde.« mitteilte. Dann war das Klappern von Tasten zu hören und gleich darauf erklärte sie mir, dass sie erst in zwei Stunden wieder einen Platz auf einer Maschine hatte. Ich unterdrückte ein Stöhnen. Das war zu lang! Mein Blick fiel auf das Bündel Geldscheine. »Und was ist erster Klasse?« Sie ließ ein Schnalzen hören, als wollte sie sagen: ›Warum haben Sie das nicht gleich gesagt.‹ Wieder klackten Tasten. »Da habe ich noch etwas auf dem nächsten … Nein, das schaffen Sie nicht. – Aber auf dem übernächsten Flug. In einer Dreiviertelstunde.« Abermals Tastenklappern. »Soll ich Sie darauf einbuchen, Mrs …«

»Luc…« Ich biss mir auf die Zunge, kaschierte meinen Patzer mit einem Husten. »Luca Marini.« Bei dem Rest der Daten, die sie abfragte, spickte ich sicherheitshalber bei meinen neuen Papieren. Der Umstand, dass ich bar und nicht mit Kreditkarte bezahlen wollte, irritierte sie ein weiteres Mal. Ich hörte, wie sie alles in ihren Computer eingab. »Gut, Mrs Marini. Das Ticket liegt am Check-in-Schalter von United Airlines in Terminal 3 für sie bereit. Sie können es dort dann auch bezahlen.« Sie nannte mir noch einmal die Flugnummer und die Abflugzeit – in jetzt 39 Minuten – und wünschte mir einen guten Flug. Ich hatte sie weggedrückt, ehe sie aufgelegt hatte, stand auf, schob das Handy in die Hosentasche und lief die Treppe hinauf, um mir zumindest Schuhe anzuziehen.

Erst in meinem Schlafzimmer wurde mir klar, dass ich meine Sachen schon seit drei Tagen trug. Doch den Gedanken, mich umzuziehen, verwarf ich direkt wieder, schlüpfte stattdessen hastig in meine Docs. Ich konnte es mir nicht leisten, unnötig Zeit zu verlieren. Immerhin wusste ich ja noch immer nicht, wo ich hier ganz genau war – geschweige denn, wie lange es dauern würde, bis ich ein Taxi zum Flughafen auftreiben konnte.

Im Wohnzimmer schnappte ich mir den Schlüsselbund, schob mir das Bündel Geldscheine und meine neuen Papiere in die Hosentasche und stürmte aus dem Haus.

Wie durch ein Wunder fand ich ziemlich schnell ein Taxi. Dass der Fahrer mir vollkommen entspannt versicherte, dass wir es rechtzeitig zum Flughafen schaffen würden, beruhigte meine Nerven trotzdem nicht wirklich. Entsprechend beugte ich mich bei jedem Stopp auf meinem Sitz vor, um den Grund für die Verzögerung herauszufinden.

Meine Anspannung ließ erst etwas nach, als wir auf die Flughafen-Zufahrt einbogen und das riesige Terminalgebäude aus Glas und weißem Stein vor uns auftauchte.

Ich hetzte durch die automatischen Glastüren in die hohe,

helle Halle, in der die Inlandsflüge abgefertigt wurden, kam schlitternd auf dem glänzenden Steinboden zum Stehen, sah mich hastig um, um mich zu orientieren, und stürmte dann zum Check-in von United Airlines. Der junge Mann an dem Schalter, auf den ich zuhielt, sah mir im ersten Moment entgegen, als rechnete er damit, dass ich gleich eine Waffe hervorzerren würde.

Das Ticket wartete tatsächlich auf mich. Mein Herz klopfte wie verrückt, als ich ihm meine falschen Papiere hinschob. Er warf einfach nur höflich lächelnd einen Blick darauf, verglich die Daten und gab sie mir zurück. Dass ich bar und nicht mit Kreditkarte bezahlte, sorgte offenbar erneut für gewisse Irritationen. Aber da er anscheinend doch zu dem Schluss gekommen war, dass er keine gemeingefährliche Terroristin vor sich hatte, sondern nur jemanden, der sehr verzweifelt seinen Flug noch erreichen wollte, siegte die Professionalität. Er erklärte mir rasch, aber nett den Weg zum Gate und versprach obendrein, dort anzurufen und Bescheid zu sagen, dass noch jemand auf dem Weg zu ihnen war. Ich hätte nicht gedacht, dass mein Herzschlag sich noch einmal beschleunigen könnte, aber am Sicherheitscheck bewies mein Körper mir das Gegenteil. Doch meine neuen Papiere hielten auch dieser Überprüfung stand.

Meine Nerven lagen blank, als ich mich auf meinen Sitz im Flugzeug fallen ließ. Dass ich in der ersten Klasse war und obendrein sogar einen Fensterplatz hatte, war mir dabei vollkommen egal. Die Blicke, die mir zugeworfen wurden, wurden mir erst bewusst, als ich wieder halbwegs zu Atem gekommen war.

Offenbar hatte ich es tatsächlich gerade noch geschafft, denn kaum war ich an Bord, erwachten die Triebwerke zum Leben und gleich darauf setzte sich die Maschine in Bewegung. Ich sah nach draußen, als wir endgültig abgehoben hatten. Die Startbahn war bereits nur noch eine von mehreren grauen Streifen in der Tiefe. San Francisco blieb mit jeder Sekunde weiter hinter uns. Ich holte zittrig Luft, presste die Hände auf die Armlehnen. Damit war ich unwiderruflich auf dem Weg zurück nach Los Angeles. Zurück in *seine* Welt. Zurück zu *ihm.* Es fühlte sich irgendwie surreal an. Die Frage: *Was tue ich eigentlich hier? Bin ich eigentlich noch ganz dicht?*, geisterte immer wieder durch meine Gedanken. Mein ganzes Leben war ich vor Joaquín davongelaufen. Und jetzt … krampfte sich bei der Vorstellung, er könnte verletzt oder getötet werden, etwas in meiner Brust zusammen. So sehr, dass es beinah wehtat. – Was absolut irrational war; ein riesiger Widerspruch in sich. Denn allein bei dem Gedanken, dass er seine Zähne in meinen Hals schlagen, mein Blut trinken könnte, wurde jeder Atemzug noch immer sofort zur Kraftanstrengung. Und zugleich … wünschte ich, es wäre anders. Ich verurteilte ihn zu einem Dasein als Nosferatu. Nein. Schlimmer. *Man erwartet von ihm, dass er einer rituellen Hinrichtung zustimmt,* hatte er mir am Pool gesagt. Ich verurteilte ihn dazu, sich freiwillig umbringen zu lassen. Oder den Rest seines Lebens auf der Flucht zu verbringen. So wie ich die ganze Zeit.

Konnte ich das? Ich wusste, wie sich ein solches Leben anfühlte. Konnte ich das wirklich?

Beinah war es erstaunlich, wie sehr dieser Gedanke meine Kehle eng werden ließ. Denn: War einem Teil von mir das nicht schon seit jener Nacht am Pool klar gewesen? Die Antwort war klar: ja. Nur hatte vermutlich ein weitaus größerer Teil diese Tatsache bisher einfach äußerst erfolgreich verdrängt.

Ich ließ den Kopf gegen die Rückenlehne fallen, starrte die

Decke an. Die Sonne malte grelle Flecken darauf. Aber Joaquín hatte anscheinend niemals vorgehabt, sich von den anderen Hexer der Hermandad umbringen zu lassen. Nein. Ebenso wenig, wie er vorgehabt hatte, endgültig Nosferatu zu werden. Den Beweis dafür hatte Rafael ja im Kofferraum des Lamborghini gefunden.

Ich schloss die Augen.

Ich wünschte, ich könnte es über mich bringen. Ich wünschte, ich könnte es ertragen. Ich wünschte es wirklich. Aber ich konnte es nicht. Etwas in mir krümmte sich allein bei der Vorstellung nach wie vor zusammen, schrie und flehte. Ich konnte es nicht zum Schweigen bringen. Sosehr ich es versuchte.

Für eine Sekunde presste ich die Lider fester aufeinander, dann öffnete ich sie wieder, sah aus dem Fenster, versuchte, die Gedanken und das seltsam dumpfe Gefühl in meinem Inneren zu verdrängen. Versuchte, nicht weiter zu denken als zu dem Treffen mit Cris und der Lösegeldübergabe. Und dass die Entführer Joaquín gehen ließen. – Danach …

Ich wusste nicht, was danach sein würde. Und ich war nicht sicher, ob ich es überhaupt wissen wollte. Ich wusste nur eins: Ich wollte nicht, dass Joaquín starb. Egal aus welchem Grund.

Der Taxifahrer ließ mich kurz vor dem Tor zum Pier raus. Im Abendlicht hatte sich das Meer in eine samtig dunkelgoldene Ebene verwandelt. Junge Leute tummelten sich ebenso auf der Brücke zum Pier wie ältere Pärchen oder Familien mit Kindern. Überall brannten schon die Lichter. Cris wartete direkt neben dem großen, blau-weißen Bogen, der sich über die Fahrbahn spannte. Sichtlich nervös. Und er sah in dic andere Richtung.

Ich hatte erwartet, dass er sich zu mir umdrehen oder mich zumindest bemerken würde, bevor ich ihn erreichte … Trotz der Menschen um uns herum. Stattdessen zuckte er regelrecht zusammen, als ich ihn ansprach.

»Lucinda?« Fassungslos starrte er mich an. Hatte ich wirklich daran gezweifelt, jetzt eine ›Verborgene‹ zu sein? Eigentlich nicht. Aber es theoretisch zu wissen und hier sozusagen den direkten Beweis zu bekommen … der Unterschied war verdammt groß.

»Ja. – Lass es uns hinter uns bringen.«

Was auch immer Cris eben noch hatte sagen wollen, er ließ es, nickte nur und wies zur Ocean Avenue. »Mein Wagen ist da drüben.« Er nahm meine Hand in seine und ging vor mir her, bahnte uns einen Weg durch die Leute, die uns entgegenkamen.

»Hast du das Geld?« Der Gedanke, ihm meine Hand zu entziehen, mich umzudrehen und davonzulaufen, wurde mit jedem Schritt verlockender.

Ohne mich anzusehen, nickte er. »Im Kofferraum. Es ist alles vorbereitet.«

Der Porsche stand nur wenige Meter weiter schräg gegenüber dem Eingang zum Pier an einer Parkuhr. Die abgelaufen war. Vielleicht hatte er aber auch niemals Geld eingeworfen. Das blassrosafarbene Gebäude dahinter beherbergte offenbar ein ziemlich nobles Restaurant. Unruhig sah ich mich um, während wir die Straße überquerten. Auf dem Parkplatz hinter dem Gebäude links vom Eingang zum Pier parkte ein staubiger, weißer Lamborghini, der genauso aussah wie Joaquíns. Etwas in meinem Inneren ballte sich zu einem schmerzhaft harten Knoten. Cris ging zur Beifahrerseite und öffnete mir die Tür. Er schloss sie auch wieder hinter mir, nachdem ich eingestiegen war, wechselte auf seine Seite, glitt auf den Fahrersitz und hatte sich gleich darauf in den Verkehr eingereiht. Alles absolut wortlos.

Ein paar Meilen ging es am Meer entlang, raus aus L.A. Dann bog er nach rechts ab, anscheinend in die Berge hinein. Bis zu diesem Zeitpunkt hatte ich schweigend neben ihm gesessen. Während sich der Knoten in meinem Inneren immer weiter zusammengezogen hatte. Jetzt hielt ich die Stille nicht mehr aus.

»Wie wird das Ganze ablaufen?«

Er zuckte zusammen. »Was?«

›*Was?*‹ – *Wie bitte?* »Die Geldübergabe.«

»Du …« Er warf mir einen kurzen, hastigen Blick zu. »Du stellst das Geld unter einem bestimmten Baum ab und kommst zum Auto zurück. Danach fahren wir weiter.«

»Und dann lassen sie Joaquín gehen?«

»Ja.«

»Sagen sie uns wenigstens direkt, wo er ist?«

»Wenn sie …« Seine Hände strichen unruhig über das Lenkrad. »Wenn sie das Geld haben, dann … bekomme ich weitere Instruktionen.«

Das klang wie aus einem schlechten Film. Ich biss mir auf die Lippe. »Und du bist sicher, dass sie ihn gehen lassen, wenn sie das Geld haben?«

Zögern, dann ein Nicken. Abermals sah er zu mir herüber. »Dir wird nichts passieren. Ich verspreche es!«

Er schaute rasch auf die Straße zurück, als ich mich ihm irritiert weiter zuwandte. Irgendwie machte er sich gerade um die falsche Person Sorgen. *Ich* war hier bei ihm im Auto. Und ich würde es auch wieder sein, sobald ich das Geld dort abgestellt hatte, wo ich sollte. Ich verbiss mir die entsprechende Bemerkung, schob die Fäuste zwischen meine Knie. Er war nervös genug. Wir *beide* waren nervös genug. Stattdessen wandte ich mich wieder der Straße zu. Mit jeder Minute fiel es mir schwerer, still zu sitzen. »Wie viel Zeit haben wir noch?« Er umklammerte das Lenkrad fester. »Cris?« Keine Antwort. »Cris?« Wieder nur Schweigen. Erneut ging sein Blick für eine Sekunde zu mir, dann bog er von der Straße ab und fuhr auf einen unbefestigten Parkplatz. »Cris, rede mit mir.« Die Sonne war nur noch ein dünner, blutroter Streifen. Der Himmel ein Spiel aus unzähligen Nuancen von dunklem Orange. Beinah erinnerte er mich an eines von Joaquíns Bildern. *Bevor* er keine Farben mehr sehen konnte.

»Wir sind da.« Langsam hielt er auf die gegenüberliegende Seite der Schotterfläche zu. Um sie herum wucherten Büsche und Kakteen unter Palmen und Bäumen. Erst als der Porsche von der Straße aus nicht mehr zu sehen war, brachte er ihn zum Stehen.

Und machte den Motor aus.

Abermals sah er zu mir her. »Dir wird nichts passieren. Ich schwöre es dir.«

Unwillkürlich stahl meine Hand sich zum Türriegel. Das hier war eigentlich der ideale Ort für eine Lösegeldübergabe. Abgelegen. Verlassen. Und trotzdem … Auf einmal war da eine Stimme in meinem Kopf, die ›Lauf!‹ schrie. Sehr laut!

Sie wurde noch lauter, als Cris abrupt seine Tür aufstieß und ausstieg.

Und statt nach hinten zum Kofferraum zu gehen, um die Schnauze des Porsche herumkam.

Auf meine Seite.

Bei meiner Tür stehen blieb.

Sie öffnete.

»Steig aus.« Er hielt mir die Hand hin, um mir dabei zu helfen, warf dabei einen flüchtigen Blick auf seine Uhr. »Er müsste eigentlich schon da sein.« Er sagte es so leise, dass ich mir nicht sicher war, ob ich es überhaupt hatte hören sollen.

›*Er müsste eigentlich schon da sein.*‹ Schlagartig war mir schlecht. Das konnte nur eins bedeuten: Es würde keine Lösegeldübergabe geben. Ich würde nichts unter irgendeinen bestimmten Baum stellen und wir würden nicht weiterfahren, um dann irgendwelche weiteren Instruktionen zu bekommen. Ich schluckte den üblen Geschmack hinunter, der plötzlich in meinem Mund war. Cris wollte sich mit jemandem hier treffen. Die Sache mit dem Lösegeld war eine Lüge gewesen. Um mich dazu zu bringen, ihn hierher zu begleiten. Oder? ›*Er müsste eigentlich schon da sein*‹, hatte er gesagt. Welche Erklärung sollte es sonst dafür geben? Für eine Sekunde schloss ich die Augen. In meinem Inneren hing ein nur zu vertrautes Zittern. Er hatte es wieder getan. Er hatte mich wieder getäuscht; mich wieder …

»Verräter!« Ich hatte erwartet, meine Stimme würde schwach und hilflos klingen; sie war ein scharfes, wütendes Zischen. Es ließ Cris zusammenzucken, als hätte ich ihn geschlagen. Also hatte ich tatsächlich recht.

»Es ist nicht, wie du denkst …«

Mein hartes Lachen schnitt ihm den Satz ab. »Ach ja? Dann hast du mich nicht angelogen? Dann hast du hinten wirklich das Lösegeld für deinen Bruder? Dann werde ich wirklich einen Koffer unter einen Baum stellen und wir fahren weiter?« Angewidert schüttelte ich den Kopf. »Halt mich nicht für blöd, Cris. Möglich, dass es sogar stimmt, dass irgendjemand Joaquín entführt hat. Aber eine Lösegeldforderung hat es nie gegeben. Deshalb sollte Rafael auch nichts davon wissen.« Die Hände zu Fäusten geballt, stieg ich aus. Hatte ich eine andere Wahl? Seine ausgestreckte Hand ignorierte ich. »Das alles war gelogen. Von vorne bis hinten. Und jetzt sag mir noch mal, dass es nicht so ist, wie ich denke. – Und sieh mir dabei in die Augen, wenn du kannst.«

Er tat es. Geradezu trotzig. »In Ordnung, ja, es gab keine Lösegeldforderung.« Seine Knöchel wurden weiß, so fest umklammerte er den Türholm. »Aber das alles geschieht trotzdem, um Joaquín zu retten.«

Ich wurde still. Er log. Es konnte gar nicht anders sein. Er hatte die ganze Zeit gelogen. Warum sollte er ausgerechnet jetzt die Wahrheit sagen?

Er streckte die Hand nach mir aus. Ich machte einen hastigen Schritt zur Seite. Er ließ sie wieder fallen. »Bitte, Lucinda, glaub mir. Es ist wirklich nicht so, wie du denkst.« Sein Ton hatte beinah etwas … Hilfloses. »Er will uns nur helfen.«

»Uns? Wobei will ›er‹ ›uns‹ denn ›nur‹ helfen?«

»Joaquín. Er will Joaquín helfen. Er kennt einen Weg, um zu verhindern, dass Joaquín endgültig Nosferatu wird.« Cris schloss meine Tür.

Etwas an dem Zittern in meinem Inneren veränderte sich. Wenn das wahr wäre … Aber warum hatte Joaquín dann nicht auch etwas von diesem Weg gewusst? Oder zumindest in Erfahrung bringen können?

»Und wer ist ›er‹?«

Zentralverriegelung und Alarmanlage des Porsche blinkten auf. »Mein … unser Großvater. Er will sich hier mit uns treffen.«

»Großvater?« Bis eben hatte keiner der beiden auch nur ein Mal einen ›Großvater‹ erwähnt. Natürlich mussten sie irgendwann mal einen gehabt haben. Dass ich mich nicht an ihn erinnerte, musste nichts bedeuten. Aber da ihr Vater, Estéban, tot war, war ich wohl irgendwie davon ausgegangen, dass es außer Joaquín und Cris niemanden mehr aus der Familie de Alvaro gab. Und jetzt war da ein ›Großvater‹.

Er nickte, sein Blick ging über mich hinweg. »Er kann dir das alles viel besser erklären.« Das Geräusch eines Automotors. Der näher kam. Ziemlich schnell. Plötzlich wurde sein Ton drängend. »Bitte, vertrau mir. Dir wird nichts geschehen. Ich schwöre es dir!«

Wie oft hatte er mir das schon versprochen? Reifen knirschten auf dem Kies. Ich drehte mich um. Ein dunkler Van mit schwarz getönten Scheiben hielt auf uns zu. Die Seitentür wurde schon zurückgerissen, noch ehe er endgültig stand. Keinen halben Meter von mir. Ein Mann beugte sich heraus, packte mich am Arm und zerrte mich ins Innere, während ein zweiter Cris hinter mir herstieß. Ich taumelte unsanft auf eine Gummimatte, prallte mit der Stirn gegen irgendeine Kante, keuchte vor Schmerz auf und stürzte endgültig auf den Boden des Vans. Benommen blieb ich liegen. Cris landete neben mir auf Händen und Knien.

»Was zum Teufel …« Sein wütender Protest endete in einem Ächzen, als der Kerl ihm einen Schlag gegen den Hinterkopf verpasste. Die Tür krachte zu. Abrupt war es dunkel.

»Schnauze. Hast du kleiner Vollidiot nicht gemerkt, dass du von einem aus der Hermandad verfolgt worden bist?«

Mit durchdrehenden Reifen setzte der Wagen sich wieder in Bewegung. Kies spritzte. Ich wurde halb in die Höhe gerissen und endgültig ins Heck des Vans geschubst. »Hinsetzen!« Noch immer halb benommen fiel ich auf irgendwelche Teppiche. Cris ging es ebenso. Nur dass er wütend zu dem Kerl herumfuhr, der ihm den Stoß versetzt hatte.

»So könnt ihr nicht ...«

Ein Schlag wie von einer Bodenwelle. Das Geräusch von Reifen auf Kies endete. Offenbar waren wir wieder auf der Straße. Jemand von der Hermandad hatte Cris und mich verfolgt? Nein, nicht mich. Nur Cris. Von mir hatten sie nichts wissen können, bis ich mich mit ihm am Pier getroffen hatte. Meine Augen gewöhnten sich nur quälend langsam an die Dunkelheit. Weshalb? Meine Stirn brannte, dort, wo ich sie mir angeschlagen hatte.

»Maul halten, hab ich gesagt.«

»Ihr kennt den Befehl: Verbindet ihnen die Augen.« In der Ecke hinter dem Fahrer, dort, wo die Schatten am schwärzesten waren, bewegte sich ein dritter Mann auf seinem Sitz.

»Nein ...« Dass ich zurückzuweichen versuchte, quittierte der Kerl, der sich über mich beugte, mit einem Grunzen. Gleich darauf hatte er mir unsanft eine Art Sack über den Kopf gestülpt. Wie von selbst kamen meine Hände hoch. Und wurden grob fest gehalten und wieder heruntergedrückt.

»Lass das! Sonst binde ich sie dir zusammen.«

»Ihr könnt nicht ...« Cris. In seiner Stimme war der Ärger überdeutlich.

»Maul halten! Hörst du schlecht.«

Sein wütendes Zischen klang gedämpft. Ebenso wie sein »Dir wird nichts geschehen, Lucinda. Ich verspreche es«. War das seine Hand, die mein Bein entlangtastete, sich gerade um meine schloss? Ich entzog sie seinem Griff. Glaubte er wirklich noch immer, dass er in der Lage war, irgendetwas von dem zu verhindern, was diese Kerle mit uns vorhatten? Arbeiteten sie überhaupt tatsächlich für seinen Großvater?

Ich wurde gegen die Seitenwand gedrückt, als der Van nach links abbog. Wie hatte ich nur so dumm sein und Cris vertrauen können. Die nächste Kehre. Ich zog die Beine unter mich, versuchte, mich irgendwie festzuhalten, damit ich nicht wie eine Puppe hin und her geschüttelt wurde. Ich hätte in San Francisco bleiben sollen. Joaquín hatte dafür gesorgt, dass sie mich nicht finden konnten. – Aber wenn ich nicht zurückgekommen wäre, hätte ich mich dann nicht den Rest meines Lebens gefragt, ob ich es ihm nicht vielleicht doch schuldig gewesen wäre?

Ich kannte die Antwort nur zu gut.

38

Der Wagen kam zu einem abrupten Halt. Jemand packte mich am Arm und schleifte mich ebenso unsanft aus dem Van, wie ich zuvor hineingezerrt worden war. Es war kühl. Zu Anfang hatte ich noch versucht, mir auffällige Geräusche zu merken oder in welche Richtung wir abbogen, hatte es aber irgendwann aufgegeben. Außer dem Motorengeräusch des Vans und dem Laut, mit dem anscheinend ab und an ein anderes Auto an uns vorbeifuhr, gab es nichts. Und falls doch, wurden sie von dem hämmernden Rap übertönt, der aus irgendwelchen Lautsprechern im vorderen Teil des Wagens drang. Schon nach dem vierten Abbiegen war ich mir nicht mehr sicher gewesen, ob es beim ersten Mal nach rechts oder links gegangen war. Ich konnte noch nicht einmal auch nur ungefähr sagen, wie lange wir unterwegs gewesen waren. Theoretisch hätten wir überall sein können.

Mein Fuß stieß gegen etwas Hartes. Ich stolperte, streckte mit einem erschrockenen Keuchen Halt suchend die Hände vor mich, wurde einfach weitergezerrt. Eine Treppe hinauf. Neun Stufen. Anscheinend aus Stein. Ins Innere eines Hauses hinein. Durch einen Raum, der sich irgendwie groß ›anfühlte‹. Der Boden war seltsam … uneben. Immer wieder trat ich gegen … Steinbrocken? Das Geräusch einer schweren Tür. Offenbar wurde ich hindurchgeschoben. Plötzlich war dicker Teppich unter meinen Füßen. Jemand hinter mir sagte etwas in schnellem Spanisch. Die Hand an meinem Arm verschwand, wurde durch eine andere ersetzt.

»Escondera«, murmelte eine Stimme direkt neben mir scheinbar überrascht. Ich prallte zurück. Leises Gelächter. Höhnisch. Die Hand schloss sich nur fester um meinen Arm. Wer auch immer mich festhielt, zog mich erneut vorwärts. Ich stolperte voran, bis ich abermals zum Stehen gebracht wurde. Ein Klopfen. Wie gegen eine hölzerne Tür. Eine Sekunde herrschte Stille, zwei, dann: »¡Adelante!«

Ich bekam einen Stoß, der mich vorwärts und in den Raum beförderte, während mir gleichzeitig der Sack vom Kopf gerissen wurde. Cris schien es genauso zu ergehen. Zumindest kam er ebenso taumelnd wie ich neben mir zum Stehen.

Ein Mann erhob sich aus einem Ledersessel auf der anderen Seite eines edlen Schreibtischs. Jemand, der nicht wusste, womit er es zu tun hatte, hätte ihn auf Ende dreißig, allerhöchstens Anfang vierzig geschätzt. Von irgendwoher kam gedämpftes Licht. Die Ähnlichkeit zu Cris war nicht zu übersehen. Sein Haar war ebenso schwarz wie Joaquíns. Und seine Augen … Nosferatu! Schlagartig krampften meine Lungen sich zu einem harten Knoten zusammen; wurde jeder Atemzug zu einer Kraftanstrengung. Sein Großvater war Nosferatu! Und Cris hatte mich zu ihm gebracht

»¡Esperen fuera!«

Ich fuhr herum. Zwei Männer standen hinter uns. Diamantfahle Augen. Entsetzlich schön. Der eine dunkel-, der andere rothaarig.

Ich prallte gegen Cris, als ich rückwärtsstolperte. Nosferatu!

Verzweifelt versuchte ich, Luft zu bekommen. Cris' Hand schloss sich um meinen Arm. »Dir wird nichts geschehen, Lucinda. Vertrau mir.« Ich konnte nur hilflos den Kopf schütteln. Zum Sprechen fehlte mir der Atem. Das konnte er doch selbst nicht glauben. Sie waren Nosferatu. Wenn ich gekonnt hätte, wäre ich um mein Leben gerannt.

Die beiden Nosferatu gehorchten schweigend und schlossen nahezu lautlos die Tür aus dunklem Holz hinter sich. Wie gut dressierte Hunde. Brauchte ich noch mehr Hinweise, *wie* mächtig *er* war?

Er sah Cris an. Seine Augen waren fahl glitzernde, makellose Diamanten. »Mir wurde berichtet, dass du von einem jungen Hexer aus Tomás de Silvas Familie bis zu unserem Treffpunkt verfolgt worden bist.« Unwillig verzog er den Mund. »Santos hat sich der Sache angenommen und ihn beseitigt.« Jedes Wort war ärgerlich. »So etwas darf nicht noch einmal vorkommen.«

»Es tut mir leid, Großvater!« Wie ein gescholtener, kleiner Junge senkte Cris den Kopf.

»Das sollte es auch. Glücklicherweise waren meine Männer auf der Hut. Sorge einfach dafür, dass so etwas nie wieder nötig ist.«

Cris nickte.

Sein ›Großvater‹ wandte sich mir zu, lächelte. Wäre Cris' Hand nicht an meinem Arm gewesen, hätte ich einen Schritt rückwärts gemacht. »Willkommen in meinem Heim, Señorita Moreira. Ich bin Jesús Ignacio de Alvaro. Über unser genaues Verwandtschaftsverhältnis hat dich mein Enkel sicher schon aufgeklärt, nicht wahr?« Mit einer nachlässigen Bewegung wies er zur Tür hin. »Ich bedauere diese Unannehmlichkeiten, aber ich kann es nicht riskieren, zu vertrauensselig zu sein, was mein

Zuhause angeht. Ich habe viele Feinde, von denen jeder einzelne über Leichen gehen würde, um zu erfahren, wo es sich genau befindet.« Gemächlich bewegte er sich um den Schreibtisch herum, auf uns zu. Ich hätte nicht geglaubt, dass meine Lungen sich noch weiter zusammenziehen könnten. Sie konnten. Von einer Sekunde zur nächsten kamen meine Atemzüge schnell und hoch. Er musterte mich, als wäre ich irgendein … Studienobjekt; lehnte sich schließlich rücklings an den Rand der Schreibtischplatte. Verschränkte lässig die Arme vor der Brust. Hinter ihm konnte ich Joaquíns Kreuz mit den schwarzen Steinen auf der ledernen Schreibunterlage sehen. Und einen seiner ›Nachtkristalle‹. Er war hier! Hier irgendwo! Verrückterweise half der Gedanke mir beim Atmen.

»Exzellent!« Noch immer ohne die farblos glitzernden Augen von mir zu nehmen, neigte er den Kopf. »Ich sehe, dass du vor mir stehst, aber ich kann dich nicht spüren. Als wärst du ein ganz einfacher Mensch.« Seine Stimme war weniger rau und knurrend als Joaquíns bei Nacht. Dafür schienen seine Fänge länger zu sein. »Ausgezeichnete Arbeit. Da hat mein Enkel sich selbst übertroffen. Es war doch Joaquín, der dich zu einer Escondera gemacht hat?« Er gab mir nicht die Chance, zu antworten, sprach einfach weiter. »Mit dem Armreif?« Sein Lächeln hatte etwas von einem trägen Raubtier. Und das nicht nur wegen der Reißzähne. »Ja, die Familie de Alvaro hat schon immer begnadete Schmuckschmiede hervorgebracht.« Er schnalzte mit der Zunge. »In den ersten Zeiten waren wir für die Welt genau das, Schmuckschmiede. Zu uns kamen die anderen Hexer des Ordre, wenn sie irgendein magisches Amulett oder ähnlichen Firlefanz benötigten. Für unsere Ritualdolche hat so mancher seine Kinder verkauft.« Mit einer kleinen Bewegung wies er auf meinen Armreif. Seine schwarzen Fingernägel schimmerten in der Geste. Spitz und wahrscheinlich messerscharf. »Er sieht nicht danach aus.«

»Das gehört Joaquín.« Ich hatte keine Ahnung, woher ich die Luft nahm, um das zu sagen. Oder wie ich es schaffte, überhaupt den Mund aufzumachen; oder an ihm vorbei auf den Schreibtisch zu zeigen, auf das Kreuz und den Kristall.

Jesús de Alvaro hob eine Braue, sah hinter sich, griff nach beidem, ließ es an den Ketten vor sich in der Luft baumeln. Die des Kristalls war zerrissen, bei der anderen hatte sich anscheinend nur der Verschluss geöffnet, aber trotzdem: Joaquín hatte auch sie ganz bestimmt nicht freiwillig abgenommen.

»Ich fürchte, du irrst dich, meine Liebe. Das hier …«, er schnippte gegen das Kreuz, dass es hin- und herschwang, »… gehört eigentlich dir.«

»Mir?« Ich drückte verstohlen die Hand auf die Brust, hoffte meine Lungen so dazu zu bringen, zumindest wieder halbwegs normal zu funktionieren.

Er lächelte. Der Anblick seiner Fänge machte meine Bemühungen gründlich zunichte. »Ja. Das ›*schwarze Kreuz der de Alvaros*.‹ – In der Vergangenheit wurde es stets von der Sanguaíera des mächtigsten Hexers der de Alvaros nach deren Tod an die seines Erben weitergegeben. Damit gehört es nach den Gesetzen der Familie dir. Warum Joaquín es dir bisher nicht gegeben hat, ist mir unverständlich. – Und der Kristall … meisterhafte Arbeit. Dir ist aber schon bewusst, dass es sich dabei um schwarze Magie handelt, oder?« Abermals ein Lächeln. Ich glaubte, den Hohn in seiner Stimme zu hören. Dass ausgerechnet er mich darauf hinwies … Ich presste die Hand fester gegen meine Brust. Es war wie damals: Ich wollte um mein Leben rennen; und wenn ich das nicht konnte, mich in eine Ecke verkriechen und nur noch schreien. »Wie auch immer …« Lässig elegant lehnte er sich ein kleines Stück nach vorne, hielt mir beides hin. »Hier! Nimm!«

Mein erster Impuls war, vor ihm zurückzuweichen, doch dann riss ich ihm Kristall und Kreuz aus der Hand, schloss die Finger darum zur Faust, drückte sie erneut gegen meine Brust. »Wo ist Joaquín? Cris sagte, Sie könnten es mir besser erklären.« Die Worte platzten einfach aus mir heraus. Vollkommen atemlos. Im gleichen Moment wurde mir klar, dass sie zusammen eigentlich keinen Sinn ergaben.

Er hatte sich wieder bequem zurückgelehnt, die Arme erneut vor sich verschränkt. »Joaquín ist gut untergebracht. Keine Sorge, meine Liebe.« Eine dünne Falte erschien auf seiner Stirn. »Aber was soll ich ›besser erklären‹ können«, fragend sah er von mir zu Cris und zurück.

»Wie Sie verhindern können, dass Joaquín endgültig Nosferatu wird. Warum wir hier sind.« Es konnte ihm gar nicht entgehen, dass ich noch immer nicht richtig Luft bekam.

»Aah.« Er nickte verstehend. »Was hat Cristóbal dir denn diesbezüglich gesagt?« Sein Blick wanderte zu Cris' Hand an meinem Arm. »Willst du das Mädchen nicht vielleicht loslassen, Junge? Wir möchten doch nicht, dass sie sich wie eine Gefangene fühlt.«

Beinah übertrieben hastig löste Cris seinen Griff.

Um ein Haar hätte ich sofort die Arme um mich selbst geschlungen. Ich ballte die Fäuste ein wenig fester, um mich daran zu hindern. Nicht, dass es geholfen hätte, die Enge in meiner Brust zu mindern. Die Balken des Kreuzes bissen in meine Handfläche. Ich zwang mich, die Finger zu lösen, es zusammen mit dem Kristall möglichst unauffällig in meine Hosentasche zu schieben. Als ich die Hand wieder hervorzog, fühlte sie sich entsetzlich leer an. »Nur das. Dass Sie einen Weg kennen, um zu verhindern, dass Joaquín endgültig Nosferatu wird.«

»Ich verstehe.« Cris' Großvater rieb sich über den Mund. Bevor er sich unvermittelt von seinem Schreibtisch abstieß und einen Schritt auf mich zumachte. Viel zu hastig stolperte ich rückwärts. Er blieb wieder stehen. Ein Lächeln glitt für einen Sekundenbruchteil über seine Lippen. Hart. Eiskalt. Es jagte mir eine Gänsehaut den Rücken hinab.

Cris' Hand berührte meine. »Entspann dich, Lucinda. Dir wird nichts geschehen!«

Ich riss den Kopf herum, starrte ihn an. Hatte er dieses Lächeln nicht gesehen? Eine Geste seines Großvaters lenkte meine Aufmerksamkeit abrupt wieder zu ihm zurück.

»Möchtest du dich nicht vielleicht setzen, meine Liebe …«

Mein Blick zuckte in die Richtung, in die er wies. Mehrere Sessel und ein Sofa. Aus dunklem Leder. Irgendwie erinnerte es mich an Santa Reyada. In Düster; ohne Licht. Über dem niedrigen Tisch dazwischen lag etwas; seltsam … ledrig und zugleich seidig schimmernd. Eine zarte … Membran, gehalten von feinen … Knochen. Mein Herz verpasste einen Schlag. Schwingen! Quer über dem Tisch lagen riesige, schwarze Schwingen. Wunderschön. Mörderische schwarze Krallen glänzten an den Spitzen. Die Schwingen eines Nosferatu. César … die alte Kirche … überall Blut … Meine Lungen verkrampften sich noch ein Stück weiter. Atmen!

Ich riss die Augen davon los, schüttelte den Kopf, schlang die Arme um mich, sah ihn wieder an.

»Wie du meinst.« Er hob nur die Schultern. Vollkommen

gleichgültig. »Dann will ich mich in meiner ›Erklärung‹ kurzfassen: Es gibt einen … Zauber, mit dem es möglich ist, Joaquín seine Macht zu nehmen. – Und wenn er damit kaum mehr als ein Mensch ist, kann er auch nicht weiter Nosferatu werden.«

»Ihr wollt ihm …« Es klang so unfassbar, dass ich es kaum aussprechen konnte. »Er wäre tatsächlich nur noch ein Mensch?« War das derselbe Zauber, in den Cris seinem Bruder damals hineingeraten war?

»Ja. Ob seine bisherigen … ›Veränderungen‹ allerdings wieder verschwinden werden, kann niemand vorhersagen.«

»Warum hat Joaquín diese Möglichkeit nicht selbst gefunden?« Atmen!

Abermals hob er die Schultern. Kalt. Verächtlich. »Vielleicht hat er an den falschen Stellen gesucht?«

»Und Joaquín ist damit einverstanden?« Ich musste atmen!

»Kein Hexer der Hermandad wäre damit einverstanden. Aber wenn wir sein Leben retten wollen, so wie es jetzt ist, haben wir keine andere Wahl, als uns über seine eigenen Wünsche hinwegzusetzen. Wenn alles vorbei ist, wird er uns dankbar sein.« Aber Cris hatte mir erzählt, Joaquín hätte jederzeit sofort und mit Freuden mit ihm getauscht? Warum hätte er lügen sollen? Warum hätte *Joaquín* lügen sollen? Und warum sollte Jesús de Alvaro die Wahrheit sagen? Es machte keinen Sinn.

»Was geschieht mit Joaquíns Macht?«

»Nun, so viel Macht lässt sich nur auf jemanden übertragen, der dem Hexer in der Blutlinie sehr nahe steht.«

»Cris?!«

»Ja.« Wieder dieses Lächeln. Ich presste die Arme enger gegen meinen Bauch.

»Und was ist mit Cris? Was … was wird aus ihm? Gibt es für ihn auch …« Atmen! »… eine Blutbraut?«

»Ich hatte gehofft, du würdest diese Stelle einnehmen.« Cris sagte das hinter mir sehr leise.

Ich warf ihm einen schnellen Blick über die Schulter zu. »Aber ich … ich passe doch nicht für dich.« Atmen, Lucinda! Atmen!

»Vielleicht ja doch … nachdem es Joaquíns Macht ist, über die ich dann verfüge. Und ich sein Bruder bin …. Würdest du denn … Wärst du denn damit einverstanden?«

Sie wollten mich einfach weiterreichen. Von einem Bruder an den anderen. Hatte Rosa sich damals so gefühlt? »Ich … ich …« Atmen, Lucinda! – Mit jeder Sekunde schien es mir schwerer zu fallen. Das alles machte überhaupt keinen Sinn. Warum sollte ihr Großvater – ein NOSFERATU! – Joaquín – und Cris – helfen wollen? Was hatte er davon? Außer …

›*Ein paar von ihnen können es vermutlich kaum erwarten, bis es mit mir vorbei ist. Jemand mit meiner Macht in ihren Reihen … die Hermandad hätte ein massives Problem*‹, hatte Joaquín in dem alten Dorf gesagt, ›*aber es gibt auch genug unter ihnen, denen ich tot deutlich lieber bin. Auch unter den Nosferatu hätten die wenigsten die Macht, sich mir entgegenzustellen.*

… Macht. – Cris wollte seine Macht zurück. Sein Großvater half ihm dabei. Er wäre ihm sicher dankbar dafür … Oder wollte Jesús de Alvaro einfach nur seinen Enkel ausschalten, bevor der am Ende doch Nosferatu wurde? War Joaquín einfach nur ein Rivale für ihn, den er beseitigen wollte? Aber was hatte Cris dann damit zu tun? Er konnte Joaquín doch unmöglich so sehr hassen, dass er zuließ, dass sein Großvater ihm irgendetwas antat. Wie lange gab es diesen Plan eigentlich schon? Warum hatten sie so lange damit gewartet? So lange, bis Joaquín nur noch einen Schritt vom Abgrund entfernt war? Weil er nicht damit einverstanden gewesen wäre? Aber hatte es nicht schon zuvor mehr als genug Gelegenheiten gegeben? – Gelegenheiten wie in der Nacht in der alten Kirche?

›Wer steckt hinter dem hier, César?‹

›Komm mit und du wirst es sehen. Er hat befohlen, euch zu ihm zu bringen. Beide. Er erwartet euch sehnsüchtig. – Und ich habe nicht vor, ihn zu enttäuschen.‹

Jesús de Alvaro war jemand, den man sicherlich nicht enttäuschen wollte …

Hatte ich geglaubt, ich hätte zuvor schon keine Luft mehr bekommen?

›Aber wenn es ein Nosferatu ist, und er bei Tag nicht herauskann, dann …‹ – ›… dann hat er jemanden in seinen Diensten, der das kann und die Drecksarbeit für ihn erledigt.‹

Nein! Nein, das konnte nicht … »Das warst du!« Ich sah Cris an. »Du hast den Wagen lahmgelegt, während wir unterwegs waren.« Von einer Sekunde zur anderen war er leichenblass. *Oh mein Gott, Cris. Nein!* Irgendwie hatte ein kleiner Teil von mir bis eben noch gehofft, dass es doch nicht so war. »Du hast dafür gesorgt, dass wir nicht aus dem alten Dorf weggekommen sind, ehe die Sonne untergegangen ist. Sie sollten uns schon in der Nacht damals hierherbringen. Die Nosferatu haben zu deinem Großvater gehört.« Fassungslos und zugleich wie benommen schüttelte ich den Kopf. »Sie hätten uns beinah umgebracht. Joaquín. Und mich.« Fühlte sich so ein Schlag über den Schädel an? War denn alles, was er getan hatte, was er gesagt hatte, eine Täuschung gewesen? Und ich war tatsächlich in ihn verliebt gewesen. »Cris …«

»Euch sollte nichts passieren. Dass Joaquín sich so gewehrt hat …«

»Du dachtest, er geht freiwillig mit?« Abermals schüttelte ich den Kopf. Das hatte er doch nicht wirklich glauben können? »Du wusstest doch … Du hättest dir doch denken können … dass er das niemals getan hätte.«

Hatte Cris eben noch schuldbewusst geklungen, änderte sich sein Ton jetzt, wurde seine Stimme hart. »Es hätte nie so weit kommen sollen. Aber dass Joaquín sich so gewehrt hat … Das hat er sich alles selbst zuzuschreiben. Wenn er mir einmal zuhören würde. Wenn er es nur einmal …«

»Das glaubst du nicht ernsthaft?« Ich starrte ihn an. »Das … Nein! Und du glaubst doch nicht ernsthaft, dass dein Großvater das alles nur tut, um zu verhindern, dass Joaquín noch mehr Nosferatu wird und du deine Macht zurückbekommst. Er ist Nosferatu, Cris! NOSFERATU!«

»Er ist mein Großvater! Familie bedeutet ihm etwas.« Er ballte die Fäuste. »Aber wie sollte Joaquín das verstehen können. Mein unfehlbarer, selbstherrlicher Bruder Joaquín. Oder du.« Die Worte waren ein Zischen. Entsetzlich wütend.

Oh mein Gott, Cris. »Ich weiß nicht, was das soll, aber ich glaube ihm nicht. Er will euch nicht helfen.« Ich wich einen Schritt zurück, schüttelte erneut den Kopf. »Er will Joaquíns Macht für sich. Nicht für dich!«

»Lucinda …« Wütend. Warnend.

Es war mir egal. »Er steht Joaquín in der Blutlinie vielleicht nicht so nah wie du, aber fast.« Ich sah zu seinem Großvater hinüber. »Ich glaube ihm nicht!« Der Ausdruck in den diamantfahlen Augen sagte mir, dass ich recht hatte. Auch wenn ich noch immer nicht begriff, was er wirklich wollte. Hatte ich gerade mein eigenes Todesurteil ausgesprochen? Ich machte einen weiteren Schritt zurück – an Entkommen war nicht zu denken, die beiden Nosferatu warteten vor der Tür –, schaute zu Cris. »Bitte, denk doch nach! Warum sollte er …«

»Wir beenden diese Unterhaltung an dieser Stelle«, schnitt mir sein Großvater den Satz ab. Die Tatsache, dass er dabei auf mich zukam, war dabei fast noch effektiver als seine Worte. »Señorita Moreira steigert sich da gerade in etwas hinein, das unserem Vorhaben alles andere als dienlich ist.« Sein Lächeln war keines. Seine Fänge … Er griff nach mir, packte mich am Arm. Ich war zu langsam, um ihm auszuweichen, prallte obendrein auch noch gegen Cris, der unvermittelt hinter mir stand. Meine Lungen verkrampften sich endgültig. Ich wollte schreien. Alles, was ich hervorbrachte, war ein hoher, dünner Ton. Schwach, kaum hörbar. »Ganz nebenbei läuft uns die Zeit davon. Bald habe ich keine andere Wahl, als Joaquín zu töten.« Er hielt auf die Tür zu, zog mich mit. Hilflos taumelte ich hinter ihm her. Sosehr ich mich auch bemühte: Ich konnte nicht atmen. »Komm, meine Liebe. Mein Enkel erwartet dich bereits.« Verzweifelt sah ich mich nach Cris um. *Hilf mir! Bitte!*

Mit zwei Schritten war er neben mir, fasste seinerseits nach meinem Arm. »Großvater, Lucinda hat Angst. Vielleicht sollte ich sie zu …«, setzte er an, doch eine knappe Geste verhinderte, dass er weitersprach.

»Nein, du wartest hier. – Es ist nicht nötig, dass dein Bruder dich jetzt schon sieht und deshalb später noch schlechter auf dich zu sprechen ist.«

Zwischen Cris' Brauen erschien eine steile Falte. »Soll er. Wann wäre Joaquín schon mal gut auf mich zu sprechen gewesen. Aber ich will nicht, dass Lucinda …« Er verstummte, als die Tür aufschwang und die beiden Nosferatu hereinkamen. Als hätte sein Großvater sie hereingerufen.

»Mein Enkel wird in meinem privaten Salon auf mich warten.« Schweigend schoben sie sich zwischen uns. Der Rothaarige nickte, als wären die Worte direkt an ihn gerichtet gewesen. Cris blickte zwischen mir und seinem Großvater hin und her. Etwas in mir schrie auf, doch alles, was über meine Lippen kam, war ein Schluchzen. Und für eine Sekunde schien es, als wollte er uns doch folgen. Die Hand des Rothaarigen an seiner Schulter stoppte ihn. Der Ausdruck in Cris' Gesicht, seinen Augen hatte sich verändert. Ich sah, wie er die Fäuste ballte. »Dir wird nichts geschehen, Lucinda. Ich verspreche es!«

Wie oft hatte ich das von ihm in der letzten Stunde schon gehört? Wie konnte Cris das auch nur eine Sekunde selbst glauben? Dann hatte sein Großvater mich schon endgültig aus dem Raum gezerrt. Der Dunkle der beiden Nosferatu schloss die Tür hinter uns, ehe er uns folgte. Jesús de Alvaro beachtete ihn ebenso wenig wie meine Versuche, mich gegen seinen Griff zu stemmen, meine Finger unter seine an meinem Handgelenk zu zwingen und gleichzeitig irgendwie Luft zu bekommen. Erfolglos. In allen Fällen. Abgesehen davon, dass ich spürte, wie seine Fingernägel sich in meine Haut bohrten. Und Blut darunter hervorquoll. Außer einem hohen Stöhnen brachte ich keinen Ton heraus; auch wenn ich ihn fragen wollte, welches Spiel er tatsächlich mit uns spielte; was meine Rolle darin war, was Cris' und was Joaquíns. Ich stolperte einfach nur neben ihm her; wie betäubt vor Grauen, suchte knapp vor der Panik nach einem Fluchtweg. Eine Treppe führte nach oben. Ansonsten verschlossene Türen überall, hinter denen sich der Himmel was verbergen mochte. Keine Fenster. Licht kam von Kronleuchtern unter der Decke.

Er zerrte mich einen Korridor entlang, noch einen, vorbei an unzähligen Türen, eine steile Treppe hinunter; einen Gang entlang, unter kahlen Glühbirnen in Drahtkäfigen hindurch ... ich bemühte mich, zu atmen. Irgendwie.

Als er endlich vor einer schweren Eisentür irgendwo im Keller anhielt, war mir schwindlig. Ein blonder Nosferatu stand davor Wache. Er gab ihm ein Zeichen, zog mich zu sich herum. Hinter mir schabten die Riegel der Tür, rasselte eine Kette. »Lass mich dich noch ein bisschen begehrenswerter für deinen Liebsten machen, querida.« Eine Bewegung nach meiner Kehle. Krallen auf meiner Haut. Schmerz. Ich schrie auf. Drückte die Hand gegen meinen Hals. Spürte das Blut darunter. Wie es abwärtsrann. Einer der Nosferatu hinter mir knurrte. Meine Lungen verweigerten endgültig den Dienst. Wie eine Puppe drehte er mich um, schrieb an mir vorbei irgendwelche Siegel auf die Tür, löschte andere aus. Der dunkelhaarige Nosferatu öffnete sie. Schatten klafften vor mir. Er versetzte mir einen Stoß, der mich tief in sie hineinbeförderte, mich auf Hände und Knie fallen ließ. Die Tür wurde geschlossen.

»Schau, wen ich dir hier bringe, Joaquín.« Jesús de Alvaros Stimme klang höhnisch sanft.

Stille! Ich versuchte zu atmen; irgendwie. Und schrie erschrocken, als unvermittelt Flammen um mich herum aufflackerten. Entlang einer Rinne im Boden. Einen fünfzackigen Stern bildeten, der mich einschloss.

Gemauerte Pfeiler an seinen Spitzen trugen die Decke.

Die Wände waren mit rotem Graffiti bedeckt.

Im ersten Moment war ich zurückgezuckt, doch jetzt lag

ich wieder wie erstarrt halb auf den Knien, blinzelte gegen die plötzliche Helligkeit an, versuchte, mehr als nur Schatten in der Dunkelheit jenseits der Feuerlinie zu erkennen. »Der Hunger brennt in dir, mein Junge. Du hast viel zu lange nicht getrunken. Ihr Blut ist süß. Hol sie dir!« Ich konnte Jesús de Alvaro und seine Handlanger hinter mir spüren. Nur ein paar Schritte. »Lass die Kleine nicht so lange warten, Joaquín. Das ist grausam.« Gelächter um mich herum. Jeder meiner Atemzüge war ein hilfloses Schluchzen.

Er war so unvermittelt über mir, dass ich mich zusammengekrümmt und die Arme über den Kopf gerissen hatte, bevor ich wirklich wusste, was ich tat. Ich wusste nur, dass ich schrie. Sein Atem schlug in meinen Nacken; sein Knurren war direkt neben meinem Ohr. *Oh mein Gott. Nein! NeinNeinNein.* Meine Hände wurden gepackt, herabgedrückt. Ich wimmerte. Ein scharfes Luftholen unmittelbar an meinem Hals. In der nächsten Sekunde war er wieder fort. Ein Klirren, Scharren. Diesmal glaubte ich, seine Atemzüge zu hören. Schwer. Abgehackt. Jeder von einem rauen Grollen begleitet. Als ich es endlich wagte, den Kopf zu heben, konnte ich ihn sehen, wie er sich auf der anderen Seite der Flammen bewegte. Unruhig. Zornig. Ein Schatten zwischen all den anderen. All den anderen, die sich immer mehr um mich zusammenzuziehen schienen. Mit jeder Sekunde, jedem Herzschlag. Die mir immer mehr die Luft nahmen, mich erstickten …

»Du warst in Sicherheit!« Die Worte drangen dumpf und verwirrend leise zu mir. Ich klammerte mich daran, auch wenn die Anklage in ihnen unüberhörbar war: ein Rettungsanker gegen die Hysterie. »Du warst in Sicherheit, Luz!« Ich ahnte sein Kopfschütteln mehr, als ich es sah. »Wie kommst du hierher?« Klirren.

»Die Kleine ist freiwill…«

»Du bist tot, alter Mann. So tot, wie alle schon die ganze Zeit dachten, dass du es wärst.« Heiser. Voller Hass. »Du lässt sie gehen! Sofort!«

Sein Großvater lachte verächtlich. »Wer will mich dazu zwingen? Du? Die Siegel an deinem Handgelenk blockieren deine Macht! – Mach dich nicht lächerlich.«

»Sie geht! Jetzt!« Wieder das Scharren, während er sich hin und her bewegte.

»Du bist nicht in der Position, Forderungen zu stellen.« Diesmal war der Ärger in den Worten von Jesús de Alvaro nicht zu überhören.

Knurren. Joaquín blieb direkt neben den Flammen stehen. Sagte etwas auf Spanisch, das offenbar seinem Großvater galt. Nur wenige lächerliche Meter von mir entfernt. Seine Augen endgültig wie reinste Diamanten. Entsetzlich wunderschön. Meine Hand stahl sich wie von selbst zu dem tiefen Kratzer an meinem Hals. Sein Blick zuckte zu meiner Kehle. Er entblößte seine Fänge – und vergrub die Hände in seinen Haaren. Wieder das Klirren. Etwas Dunkles war an seinem Handgelenk; hing daran herab; auf den Boden. »Wieso, Luz? Wieso? Du warst in Sicherheit!«

Ich zwang mich, aufzustehen. Langsam. Trotz des Zitterns, das in meinem ganzen Körper saß. Des Gefühls, dass meine Glieder mir nicht gehorchen wollten. Seine Augen hingen weiter auf mir, folgten jeder Bewegung, ließen mich keine Sekunde los. Ein Raubtier, das jederzeit unvermittelt auf mich losgehen konnte. Wie er es gerade eben schon getan hatte. Bis er sie abrupt von mir losriss. Als könnte er meinen Anblick plötzlich nicht mehr ertragen.

»Rafael sagte, du wärst entführt worden.« Ich versuchte, das Zittern aus meiner Stimme herauszuhalten. Einem Raubtier durfte man seine Angst nicht zeigen, oder? Was verdammt schwer war, wenn man kaum Luft bekam. Vor Angst. Und drei Monster hinter einem standen.

Sehr langsam kehrten seine Augen zu mir zurück. Farblos glitzernd. »Entführt. Ja. So kann man das nennen. Zu fünft sind sie am Strand aufgetaucht. Der Elektroschocker war … unfein.«

Wieder Gelächter hinter mir. Diesmal war sein Zähnefletschen ein Ausdruck hilfloser Wut. Doch dann kam er noch näher an die Flammen heran, neigte den Kopf zur Seite. Sein Oberkörper war nackt, die Haut mit Blut verschmiert; von Schnitten überzogen. Bartstoppeln bedeckten seine Wangen. Die Jeans waren an einer Seite beinah der ganzen Länge nach aufgeschlitzt. »Was hattest du mit Rafael zu schaffen? Auch er hätte dich nicht finden können.« In seiner Stimme war ein lauernder Ton, den ich noch nie von ihm gehört hatte.

Ich zog die Schultern hoch. »Ich wollte dir sagen, was ich davon gehalten habe, dass du …« Ich biss mir auf die Zunge. Hinter mir waren sein Großvater und zwei weitere Nosferatu. »Was ich von deiner letzten Aktion gehalten habe. Ohne mich zu fragen.«

Ein Zischen. »Du hast auf Santa Reyada angerufen.«

»Ja.« Nicht ganz, aber das war im Augenblick Nebensache.

»Dumm! Du warst in Sicherheit.« Wieder grub er die Hände in die Haare, zog sich von der Feuerlinie zurück, begann, sich unruhig jenseits des Pfeilers – nein, der Pfeiler – hin und her zu bewegen. In den Schatten. Hin und her. Abermals das Klirren und Scharren. »Das erklärt aber nicht, warum du hier bist.«

»Cris sagte, es gäbe eine Lösegeldforderung für dich.« Eine

Kette. Was da von seinem Handgelenk hing, war eine Kette. Die ihn aber nicht daran gehindert hatte, mich hier zu erreichen. Unter dem Eisen war sein Handgelenk blutig. Er hatte versucht, sich zu befreien. Und es nicht geschafft. Wieder ein Knurren. Dunkler, zorniger diesmal. War es mir in den letzten Minuten gelungen, ein klein wenig besser Luft zu bekommen, zogen sich meine Lungen bei ihm noch einmal weiter zusammen. Ich musste ein paarmal schlucken, bevor ich wieder genug Spucke zum Reden hatte. »Die Entführer hätten verlangt, dass ich das Lösegeld übergebe.«

Er blieb stehen. Abrupt. Der fahle Schein der Flammen spielte ihm über Brust und Arme. Und plötzlich wurde mir klar, dass man ihm die Schnitte gar nicht wahllos in die Haut gesetzt hatte. Es waren Siegel. »Und du hast Ja gesagt?«

Blöde Frage. »Sonst wäre ich nicht hier.« Stille. Er sah mich nur unverwandt an. Sein Blick schnürte meine Kehle zu.

»Das reicht.« Es war sein Großvater, der die Stille schließlich mit einem Zischen brach. »Du hast es gehört: Das Mädchen ist freiwillig hier.« Seine Stimme war schlagartig wieder zu einem Schmeicheln geworden. »Nimm dir, was dir zusteht, mein Junge.«

Ein Lachen von Joaquín. Böse und hart. »Mir nehmen, was mir zusteht? Hier?« Seine beinah spöttische Geste wies auf das, was ich die ganze Zeit für Graffiti gehalten hatte, ehe er seinen Großvater wieder ansah. »Inmitten eines Bannsiegels, das du mit meinem Blut geschrieben hast? Mit diesen Siegeln in der Haut?« Mit einem entsetzlichen Kratzen schabten seine Nägel über den Stein des Pfeilers neben ihm. Schwarze Krallen. Schimmernd. Scharf. »Und zu deinem Diener werden? Nein, nicht Diener: Sklaven. Oder soll ich lieber ›Quelle‹ sagen?«

Wieder dieses Lachen. »¡Olvídalo, viejo!« Er fletschte die Fänge. Der hilflos hohe Laut war über meinen Lippen, ehe es mir richtig bewusst war. Abrupt zuckte Joaquíns Blick zu mir. Mit einem qualvollen Stöhnen wandte er sich ab, wich von dem Pfeiler zurück, wieder in die Schatten hinein.

»Nein? Du denkst tatsächlich, du kannst dich mir widersetzen?« Hinter mir trat Jesús de Alvaro über die Flammen hinweg, packte mich bei den Haaren und zerrte mich dicht an sich heran, bevor ich wirklich begriffen hatte, was er vorhatte. Ich schrie. Jedes Schmeicheln war aus seinem Ton gewichen. Da war nur noch böser Spott und Drohung. »Niemand widersetzt sich mir. Auch du nicht. Du tust, was man dir sagt.« Ein Ruck und mein Shirt klaffte ein Stück auf. Mein Keuchen klang viel zu hoch und schrill. Es ging in dem Brüllen unter, mit dem Joaquín über die Feuerlinie auf uns zustürzte. Die Hände zu Klauen gekrümmt. Die Fänge gefletscht. Und jäh stehen blieb, als sein Großvater mir die Krallen über die Haut zog; erneut Blut floss. Mehr als zuvor. Stehen blieb, als wäre er unvermittelt gegen eine Wand gelaufen; daraufstarrte. Schluckte. Hart. Krampfhaft. Immer wieder. Ich glaubte, ihn stöhnen zu hören. Er war wieder ein Stück zurückgewichen; schien zu zittern. Ein Junkie auf Entzug. Nach meinem Blut. Er starrte mich an, die Kratzer an meinem Hals, ein Stück tiefer, das Blut auf meiner Haut. Die Zähne in einem lautlosen Knurren gebleckt. Hatte ich eben noch wieder halbwegs atmen können? Damit war es von einer Sekunde zur anderen erneut vorbei.

»Schau sie dir an.« Die Krallen seines Großvaters glitten über meine Wange, meinen Hals. »Diese Haut. Blass. Zart.« Ich stand wie gelähmt. Auch wenn er diesmal kein Blut fließen ließ. »Entzückend verletzlich.«

Joaquín fuhr sich mit dem Handrücken über den Mund. »Lass sie gehen.« Heiser. Zwischen zusammengebissenen Zähnen. »Ich tue, was du willst, aber lass. Sie. Gehen.«

»Ts. Hältst du mich für so dumm? Selbst wenn du mir einen Bluteid leisten würdest, könnte ich dir nie mit absoluter Sicherheit vertrauen. Wir de Alvaros sind gut darin, die Bedingungen für einen Pakt zu formulieren. Zu unseren Gunsten.« Mit einem Ruck riss er mein Shirt zur Seite, entblößte meine Schulter. Ich keuchte hell auf. Genießerisch sog er dicht über meiner Haut die Luft ein. »Delikat.« Um ein Haar hätten meine Beine unter mir nachgegeben. Er hielt mich fest, drückte mich an sich. Ich musste atmen! Atmen! »Und außerdem. Ich habe ein paar … Freunde, die nur bereit sind, mich als ihren … Patron anzuerkennen, wenn ich ihnen innerhalb einer gewissen Frist … beweise, dass meine Macht die von jedem Einzelnen von ihnen bei Weitem übersteigt. Was nur mit deiner … ah … uneingeschränkten Kooperation möglich ist.« Scheinbar bedauernd schüttelte er den Kopf. »Du siehst: Ich habe gar keine andere Wahl.«

»Lass. Sie. Gehen.« Genauso zwischen zusammengebissenen Zähnen wie zuvor. Sein Zittern schien mit jeder Sekunde schlimmer zu werden. Seine Hände waren zu Fäusten geballt.

»Das willst du nicht wirklich, mein Junge.« Jesús de Alvaros Hand legte sich auf meinen Hals. »Ihr Herz klopft wie das eines gefangenen Vögelchens. Angst macht das Blut noch süßer. Wusstest du das?« Ich spürte seine Wange an meinem Haar, wimmerte hilflos. »Komm her und fühl selbst. Nimm sie dir, Joaquín. Ihre Mutter hat sie deinem Vater verkauft. Für dich. – Ja, ich weiß auch das. – Sie gehört dir. Du kannst mit ihr machen, was du willst.« Seine Lippen streiften mein Ohr. Meine

Lungen zogen sich noch mehr zusammen. Ich wollte die Augen schließen, das Grauen aussperren. Ich konnte nicht. Joaquín war noch weiter zurückgewichen. Bis zu den Säulen. »Oder möchtest du, dass ich zuvor Santos und Domenico ein bisschen mit ihr spielen lasse?« Ich keuchte auf. *Nein! Bitte nicht!* »Was meinst du, wie lange du dich beherrschen kannst, wenn du dabei zusiehst, wie sie ihren Spaß mit ihr haben? Nicht lange, oder? Nein.« Er lachte. »Du erträgst es ja kaum, zu sehen, wie ich sie im Arm halte.« Ein leises Schnalzen. »Ach ja, die Liebe. Der große Fluch der Männer unserer Familie. Nur dass manche von uns sich dabei die Falsche aussuchen.« Wieder sank sein Ton zu einem Schmeicheln herab. »Sie gehört dir. Ganz allein. Du musst nur kommen und sie dir holen.« Seine Kralle schnitt in meine Schulter. Ich schluchzte auf, fühlte mein Blut abwärtsrinnen. Noch ein Schnitt. Ein Stück tiefer. Diesmal schrie ich. Auch beim nächsten.

Joaquíns Blick war für den Bruchteil einer Sekunde an mir vorbei zu den beiden Nosferatu hinter uns gezuckt, zu seinem Großvater, kehrte jetzt zu mir zurück. Er leckte sich die Lippen. Sagte nichts.

»Schau sie dir an. Riechst du, wie süß ihr Blut ist? Willst du nicht davon kosten?« Wieder ein Schnitt. Ich wimmerte. »Nimm sie dir.« Joaquín rührte sich nicht. Senkte den Kopf ein winziges Stück. »Nein?« Jesús de Alvaro stieß ein Seufzen aus. »Wie du meinst. Domenico …!«

»No!« Abrupt schob Joaquín sich an dem Pfeiler vorbei, kam auf mich zu. Seltsam … steif. Sein Blick hing wieder an meiner Kehle. Seine Oberlippe war gehoben. Atmen, Lucinda! Er schluckte. »Sie gehört mir.« Sah mir in die Augen. Farblos glitzernd. Diamanten. Kalt. Wunderschön. »Gib sie mir, alter

Mann.« Seine Stimme war rau. Dunkel. »¡Dámela!« Er hielt meinen Blick mit seinem fest. Unverwandt. Wie zuvor fuhr er sich mit der Zunge über die Lippen. *Nein! Bitte! Nein!* Ich wollte schreien und brachte keinen Ton heraus. Sein Großvater lachte leise. Ich stemmte mich gegen seinen Griff, dagegen, dass er mich vorwärtsschob, auf Joaquín zu. Der war stehen geblieben, den Arm mit der Kette fast waagrecht hinter sich. Offenbar am Ende ihrer Reichweite. Die andere Hand nach mir ausgestreckt. »¡Dámela!« Seine Stimme war zu einem Flüstern herabgesunken. *Nein! Bitte nicht!* Nur ein Keuchen kam aus meiner Kehle. Sein Großvater hielt mich unerbittlich fest, zwang mich weiter vorwärts.

»Ich wusste, dass du ihr nicht widerstehen kannst.«

Joaquín verzog den Mund. »¡Acércate, viejo!« Drängend. Heiser. Seine Augen nach wie vor in meinen. Keine Armlänge trennte uns mehr. Lächelte, plötzlich träge und grausam. »¡Acércate, con ella!« ZU nah! Ich stemmte mich gegen seine Brust. Er beugte sich ein kleines Stück vor. Ohne den Blick aus meinem zu nehmen. Seine Hand legte sich gegen meine Wange, strich abwärts zu meiner Kehle. *Nein! Nein! Bitte!* Ich bekam keine Luft. Etwas in Joaquíns Lächeln veränderte sich.

»Haut wie Seide und Sahne«, gurrte Jesús de Alvaro hinter mir. »So zart und zerbrechlich. Und doch mit Feuer im Blut.« Ich spürte seine Hand in meinem Nacken. »Deine Mutter war genauso …«

Joaquíns Augen zuckten zu seinem Großvater. Seine Berührung erstarrte. »¿Qué?«

»Sie war viel zu gut für deinen Vater. Aber sie wollte ihn um keinen Preis verlassen …«

»¿Qué dices, viejo?« Plötzlich war Eis in Joaquíns Stimme.

»Sie gehörte mir. Ich konnte nicht zulassen, dass sie bei ihm blieb. Wie eine Hure.«

Joaquíns Oberlippe zuckte, hob sich, entblößte mörderische Fänge. Von einer Sekunde zur nächsten schien er mich komplett vergessen zu haben. »Mi madre …«

Jesús de Alvaro zischte: »Sie war Mein. Ich konnte ihr nicht erlauben, bei ihm zu bleiben …«

Joaquíns Aufschrei schnitt ihm das Wort ab. Ein Ruck zerrte mich aus seinem Griff. Dann hatte Joaquín mich schon zur Seite und zu Boden gestoßen. Jesús de Alvaro brüllte. Joaquín hatte sich auf ihn gestürzt, sein Heulen übertönte ihn noch.

Ich kroch von ihnen fort, ohne es im ersten Moment zu merken. Beobachtete fassungslos, wie Joaquín seinem Großvater die Zähne in den Hals grub, immer wieder; die Krallen in sein Fleisch trieb, blanken Hass im Gesicht. Die Kette um die Kehle seines Großvaters geschlungen. Dessen Brüllen nur noch ein Gurgeln. Seine Krallen schabten über die Glieder, schlugen nach Joaquín. Stoff riss, als er plötzlich riesige schwarze Fledermausschwingen spreizte. Die beiden Nosferatu bewegten sich beinah gleichzeitig, warfen sich auf Joaquín, versuchten, ihn von ihrem Herrn wegzuzerren. Auf seinem Rücken, unter den Siegeln … Zwei lange Wunden bildeten ein V; beinah genau an den Stellen, wo seine tätowierten Schwingen aus der Haut brachen … Joaquín brüllte. Hieb dem Blonden die Klauen in die Seite. Schrie im nächsten Moment auf, als der andere ihm die Hand zwischen die Schulterblätter rammte, sich darunter Schwärze unter seine Haut zu schieben schien, sich wie dunkle Adern weiterfraß. Er krümmte sich. Taumelnd kam ich auf die Füße. Stolperte von ihnen weg. Wieder ein Aufbrüllen von Joaquín. Für eine Sekunde begegnete ich seinem Blick …

Ich dachte nicht mehr nach. Floh einfach. Riss die Tür auf, dass sie gegen die Wand krachte. Hetzte den Gang entlang zur Treppe, die Stufen hinauf, verpasste einen Tritt, fing mich wieder, rannte weiter. Blieb am Ende unsicher stehen, plötzlich orientierungslos. Schwingen ... Die Schwingen auf dem Tisch ... Ein Aufkreischen aus der Tiefe trieb mich weiter. Seine. In einen Korridor hinein, der mir zumindest vertraut erschien. Schritte hinter mir. Eine Stimme, die etwas brüllte, das ich nicht verstand. Ich musste hier raus! Türen zu beiden Seiten. Joaquín war immer noch da unten. Schluchzend rüttelte ich an einer, der nächsten, stürmte weiter. Wenn ich nicht hier rauskam, würde niemand uns helfen. Mein Handy. Hektisch zerrte ich es aus meiner Hosentasche. Meine Hand zitterte. Ein Stück vor mir öffnete sich eine Tür. Cris! »Lucinda?« Ich wollte ihm ausweichen, irgendwie an ihm vorbei. Nur seinetwegen war ich hier; wir. Er erwischte mich am Arm, zog mich zu sich herum. Das Handy rutschte mir aus den Fingern, schlitterte über den Fußboden, knallte gegen die Wand. Knackte. Cris starrte mich an, die Schnitte, das Blut. Ungläubig. Und ... entsetzt. »Was zum ...«

›*Hilf mir! Hilf* uns!‹ Ich brachte keinen Ton heraus. Ich konnte nur ohnmächtig den Kopf schütteln. Doch ich schrie, als der blonde Nosferatu plötzlich hinter mir war, mich packte, den Weg zurückschleifte, den ich eben gerade in blinder Panik entlanggekommen war, schlug um mich, kratzte, biss. Ein Schlag ins Gesicht schickte mich gegen die Wand, beendete mein Wehren jäh. Halb benommen hörte ich Cris' Stimme. Verzerrt und undeutlich. Ohne ihn zu verstehen. Er schleppte mich wieder hinunter. Ich schluchzte, heulte, stemmte mich gegen seinen Griff. Erfolglos. Die Treppe abwärts. Wieder den

Gang entlang. Zurück in den Raum. Ein Stoß. Ich taumelte, fiel, blieb liegen, kroch von dem Nosferatu fort. Fauchend spreizte er seine Schwingen. Die Tür krachte zu. Das Feuer war aus. Eine nackte Glühbirne schaukelte von der Decke.

Ein Stück weiter wand Joaquín sich am Boden, krümmte sich wie in Krämpfen. Keuchte. Fletschte die Fänge. Hilflos. Den Arm mit der Kette grotesk nach hinten oben verdreht. Scheinbar unfähig vor Schmerz, sich zu wehren.

Und trotzdem stieß er Worte auf Spanisch hervor.

Atemlos.

Scharf.

Böse.

Höhnisch.

Eben richtete sich der dunkelhaarige Nosferatu neben ihm auf. Sein Großvater stand über ihm. Presste eine Hand auf eine Wunde am Hals. Blut drang zwischen seinen Fingern hindurch, tränkte seinen Hemdkragen. Was von seinem Hemd übrig war; dem Anzug. Krallen hatten den Stoff zerfetzt. Die Haut darunter. Er starrte auf Joaquín hinab. Das Gesicht verzerrt. Nackte Wut im Blick. Sagte etwas auf Spanisch.

»NO!« Joaquín brüllte auf, versuchte mühsam auf die Füße zu kommen, schaffte es gerade mal auf die Knie, weil die Kette ihm kaum mehr als eine Handbreit Raum ließ, wankend, fletschte die Fänge, schlug nach seinem Großvater. Der wich ihm aus, zischte abermals etwas auf Spanisch. Und dann sah er zu mir her. Ich erstarrte, konnte wieder nicht mehr atmen.

Gemächlich kam er auf mich zu, beugte sich zu mir herab. Eine seiner Schwingen hing ... schief, war ... aufgeschlitzt. Erst als meine Schulter gegen einen der Pfeiler stieß, wurde mir bewusst, dass ich von ihm weggekrochen war. Joaquín zerrte wild an seiner Fessel. »Ich hätte dich am Leben gelassen. Als … Spielzeug für ihn. Aber unter diesen Umständen …« Er machte eine vage Geste. »Du kannst dich bei meinem Enkel dafür bedanken, dass du heute Nacht sterben wirst, Mädchen.« Ich riss den Kopf zurück, als er die Hand nach mir ausstreckte, mir die Wange tätschelte, spürte den Schmerz kaum, als mein Kopf gegen den Pfeiler hinter mir schlug. »Wenn es dich tröstet: Niemand widersetzt sich mir und kommt mit dem Leben davon. Auch nicht mein Enkel.« Er richtete sich auf, wandte sich zur Tür. »Domenico, Santos: Die Kleine gehört euch.« Sein Lächeln war das eines gütigen, alten Mannes. Und zugleich unendlich grausam und spöttisch. »Lasst euch Zeit mit ihr.« Die Tür schloss sich beinah lautlos. Der Laut dröhnte in meinen Ohren.

Ich hörte Joaquíns Aufheulen nicht mehr wirklich. Es ging in meinem viel zu schnellen, viel zu hohen Keuchen unter. Einer der beiden Nosferatu hatte sich mir zugewandt. Ich schob mich an dem Pfeiler in meinem Rücken in die Höhe. Alles an mir zitterte. Es fühlte sich an wie damals. Sie kamen näher. *Nein! Bitte! Nein!* Beide lächelten. Der Blonde leckte sich die Lippen. Meine Lungen weigerten sich, zu arbeiten, Luft einzuziehen. Ich tastete mich rückwärts an dem Pfeiler vorbei. Atmen! Ich musste atmen! Joaquín riss wie besessen an seiner Kette, wand die Hand in dem Eisen, brüllte Unverständliches auf Spanisch. Sie beachteten ihn nicht. Der Vordere griff nach mir. Ich stolperte zur Seite, duckte mich unter seinem Arm hindurch, wich gerade noch seiner Schwinge aus. Die Tür! Blindlings warf ich mich darauf zu. Der Zweite erwischte mich um die Mitte, riss mich zurück und herum, schubste mich gegen seinen Kameraden. Ich schrie, prallte gegen seine Brust, taumelte hastig von ihm weg, stieß von Neuem gegen den Pfeiler. Sie lachten. Wie zuvor presste ich mich gegen den Stein. Ich konnte nicht atmen. Nicht denken. Der Blonde winkte mich zu sich.

»Komm schon, chiquilla. Sei nicht so schüchtern.«

Abermals schob ich mich rücklings an dem Pfeiler vorbei, weg von ihnen. Diesmal auf der anderen Seite, näher zu Joaquín hin. Schüttelte mehr aus Reflex den Kopf. Atmen. Geradezu gemächlich folgte der Dunkelhaarige meiner Bewegung, schnitt mir den Weg ab, spreizte die Schwingen, trieb mich rückwärts vor sich her. »Die Kleine will noch ein bisschen spielen, Santos.«

Atmen! Ich brachte keinen Ton hervor. Hinter ihm zerrte Joaquín noch härter an der Kette, fletschte die Fänge, heulte etwas, das ich nicht verstand. Diesmal reagierte der Blonde darauf. Es klang höhnisch. Ich stieß gegen die Wand. Der dunkelhaarige Nosferatu lächelte, kam unaufhaltsam näher, streckte die Hand nach mir aus. Mein Herz raste. Das Blut donnerte in meinen Ohren. Ich versuchte, ihm auszuweichen, an ihm vorbeizukommen … Wie beim ersten Mal schlang er mir den Arm um die Mitte. Ich schrie. Er lachte. Ließ mich diesmal nicht wieder los.

Ich spürte seine Fänge in meiner Schulter.

Joaquín brüllte.

Mein Verstand setzte aus. Ich schrie, schrie, schrie, während die Welt sich verzerrte.

39

Die Zähne des dunkelhaarigen Nosferatu waren in meinem Handgelenk. Die des anderen … ich wusste es nicht. Ich wehrte mich, wand mich, bäumte mich auf, versuchte, freizukommen. Mit allen Mitteln. Schlug um mich, kratzte, biss. Joaquín zerrte wie ein Wahnsinniger an der Kette. Die Fänge gefletscht. Seine Hand war blutig. Blut lief seine Finger hinab. Ich hörte ihn meinen Namen schreien. Unverständliches auf Spanisch brüllen. Der blonde Nosferatu lachte, beugte sich über mich. Schmerz an meiner Schulter; und ich schrie. Joaquín heulte, hieb die Krallen unter das Eisen. Alles war so weit entfernt. Es würde vorbei sein. Der dunkelhaarige Nosferatu drehte meinen Kopf zu sich. Ließ die Finger von meinem Kiefer abwärts zu meiner Kehle wandern, wieder zurück, drückte mein Kinn in die Höhe und zur Seite. Entblößte die Kuhle zwischen Hals und Schulter ein bisschen mehr. Dort, wo knapp darüber die Schlagader pochte. Wann hatte er die Zähne aus meinem Handgelenk genommen? Es war wie damals. Ein hohes Wimmern kam aus meiner Kehle. *NeinNeinNein.* Verzweifelt stemmte ich mich gegen seine Schulter. Blut rann über meinen Arm. Er beugte sich vor. Ich konnte es nicht verhindern. Sosehr ich es versuchte. Ich konnte es nicht verhinder…

Knurren.

Dunkel. Rau. Böse. Zornig.

Von einer Sekunde zur nächsten war etwas in der Luft ... gefährlich. Roh. Strich über mich wie Eis und Feuer zugleich. Die Nosferatu bleckten die Zähne, ließen von mir ab. Kamen hastig auf die Füße. Fauchend. Spreizten ihre Schwingen.

Wieder das Knurren. Dunkler. Zorniger. Joaquín. Geduckt. Die Fänge gefletscht. Augen wie Diamanten. Fahl. Glitzernd. Kalt. Ein Raubtier kurz vor dem Sprung. Frei. Die Schatten waberten hinter ihm, um ihn. Nosferatu. Seine Hand war blutig. Die Handfläche nach innen gekrümmt. Der kleine und der Ringfinger absurd in sie hineingebogen. Genauso wie der Daumen. An der Seite war die Haut zerfetzt; weggerissen. Die Kette lag nutzlos auf dem Boden. Er musste wie verrückt gekämpft haben, um freizukommen. Mit einem Zischen wich der Blonde zurück. Sah zu mir hin, sah zu Joaquín. Ich drückte mich gegen den Pfeiler.

Die Schatten erwachten.

Und dann lächelte Joaquín. Träge. Hob die Hand ein winziges Stück, drehte sie, schnippte Daumen und Mittelfinger leicht gegeneinander.

In der nächsten Sekunde waren da, wo eben noch die beiden Nosferatu gestanden hatten, nur noch nackte, graue Knochen.

Die mit einem leisen Rascheln in sich zusammenfielen.

Asche kräuselte sich wie Rauch über ihnen.

Kein Laut. Noch nicht einmal ein Schrei.

Ich starrte Joaquín an. Und presste mich unwillkürlich fester an den Pfeiler. *Oh mein Gott.*

Er kam auf mich zu, lächelte noch immer auf diese entsetzlich träge Art. Der Ausdruck in seinen Augen ...

»Joaquín ...« Er schien mich gar nicht zu hören, kam nur

weiter näher; immer näher. »Joaquín, bitte …« Wie zuvor schob ich mich rücklings an dem Pfeiler vorbei, wich zurück. Immer weiter. Er folgte mir. »Joaquín –« Ich prallte gegen die Wand. »Joaquín, bitte …« Hilflos schüttelte ich den Kopf. »Bitte …« Er blieb erst stehen, als ich an der Mauer gefangen war. Irgendwie brachte ich die Hände zwischen ihn und mich, versuchte, ihn von mir wegzudrücken, schaffte es nicht. Meine Atemzüge hatten sich wieder in ein panisches Keuchen verwandelt. *Nein! Bitte, nein!* Er starrte mich an, das Blut auf meiner Haut. Die Fänge unübersehbar. Lehnte sich weiter zu mir, stemmte sich rechts und links von mir gegen die Wand – rotes Feuer flammte über das Graffiti; leckte über seine bloßen Arme, die Schultern; ein Zischen, er riss die Hände zurück. Unwillkürlich kniff ich die Augen zusammen, wandte den Kopf ab. Und wimmerte auf, als ich seinen Atem an meinem Hals spürte. »Joaquín, bitte …« Seine Hand strich über meine Schulter, schob sich in meinen Nacken. Seine Lippen berührten meinen Hals. Warm. Zart.

Verzweifelt drückte ich die Hände fester gegen seine Brust. »Joaquín …« Mehr Schluchzen als irgendetwas anderes.

Er stöhnte. »Sprich mit mir.«

»W-was?«

Wieder ein Stöhnen. »Sprich mit mir. Egal worüber. Gib mir etwas, woran mein Verstand sich festhalten kann.« Ein Atemzug. Rau. Abgehackt. »Oder das, was davon noch übrig ist.« Seine Lippen wanderten meinen Hals aufwärts, verharrten unter meinem Ohr. »Bitte. Rede mit mir, Luz. Wenn ich dich inmitten dieses Bannkreises beiße, mit diesen Siegeln auf mir …« Etwas drückte direkt unter meinem Kiefer hart gegen meine Haut. Seine Fänge? *Oh mein Gott.* Ich schnappte nach Luft.

Erfolglos. »Ich will nicht zur Quelle für ihn werden. Aber ich kann nicht … ich kann mich nicht mehr … Wenn ich dich hier beiße ….« Er sprach immer hastiger, stockender. Jeder seiner Atemzüge beinah ebenso ein Keuchen wie meine. Seine Hand in meinem Nacken zog mich näher an ihn heran. »Ich will ihm nicht geben, was er will, aber ich kann nicht … kann nicht mehr … Du musst gehen, Luz. Du musst gehen, bevor ich die Kontrolle verliere.«

»U-und du?« Sollte mir das nicht egal sein?

Er schüttelte den Kopf an meinem Hals. »Seine Bannkreise halten mich; er hat die großen Siegel mit … meinem Blut geschrieben. Es gibt keinen Weg für mich … hier heraus. Ich kann sie nicht brechen. Nicht von innen. Vielleicht gar nicht; noch nicht einmal von außen. Aber du …« Abermals ein Kopfschütteln. Seine Hand in meinem Nacken bog meinen Kopf zurück. Entblößte meine Kehle ein bisschen mehr. Wie im Fieber wanderten seine Lippen an ihr entlang. Hastig. Flüchtig und hart zugleich. »Du musst gehen, solange ich dich noch gehen lassen kann … ich mich noch beherrschen kann. Mit jeder Minute … Es frisst an mir. Der Geruch deines Blutes … Als würde es nach mir rufen. Süß. So süß. Unendlich süß …« Seine Zunge strich über meine Haut. Atmen! Ich musste atmen! »¡Dios mío, Lucinda …« Wieder ein Stöhnen. Dumpfer diesmal. Er zog mich noch fester an sich. »Sag etwas! Egal was. Rede mit mir. Bitte … Luz, hilf mir …«

Abermals stemmte ich mich gegen seine Brust. Versuchte, einen halbwegs klaren Gedanken zu fassen. ›*Rede mit mir … Bitte … Luz, hilf mir …*‹ Großer Gott, wie denn, wenn man vor Angst keine Luft bekam.

»Luz …« Seine Fänge drückten gegen meinen Hals.

»Jasper.« Etwas anderes gab mein Gehirn einfach nicht her, sosehr ich mich auch abmühte.

Joaquín schien zu erstarren. Ich hätte nicht geglaubt, dass das möglich war. »Jasper? Du hattest einen … Freund?«

Das hysterische Kichern war schlagartig in meiner Kehle. »Nein, kein Freund. In Boston hab ich im Tierheim geholfen. Da gab es einen Hund, der hieß Jasper. Ich hätte ihn gerne adoptiert. Aber das wäre nicht fair gewesen. Er braucht eine richtige Familie, ein Zuhause. Niemanden wie mich, der nie lange an einem Ort ist.« Joaquín verlagerte das Gewicht ein wenig. Sein Dreitagebart kratzte an meiner Wange.

»Du magst Hunde noch … immer so gern.«

»Ja. Noch immer.« Vorsichtig versuchte ich, ihn erneut von mir wegzuschieben. Mit dem gleichen Erfolg wie zuvor.

»Du hast Quichotte immer mit … irgendwelchen Keksen gefüttert.« Seine Lippen wanderten zu meinem Kiefer, weiter zu meiner Schläfe. Verwirrend sanft.

Ich schluckte, wagte nicht, mich zu rühren. »Und du … warst jedes Mal total wütend auf mich, wenn du mich dabei erwischt hast.«

»Kekse sind nun mal nicht gut für Hunde.« Er lehnte die Stirn gegen meine. Seine Atemzüge kamen nicht mehr ganz so abgehackt. Im Gegenteil. Beinah übertrieben ruhig. Als würde er sich dazu zwingen, gleichmäßig zu atmen; sich nur darauf konzentrieren. Und auf meine Stimme. Die Augen geschlossen. Nach wie vor gefährlich angespannt.

»Das hast du damals auch immer gesagt.« Sein Griff wurde weicher. Als ich ihn diesmal leicht von mir wegdrückte, gab er ein winziges Stück nach.

»Du warst eine elende kleine Pest, Lucinda Moreira.«

»Nur manchmal.« Es rutschte mir einfach heraus.

Er nahm die Hand aus meinem Nacken, strich mir das Haar über die Schulter zurück, glitt mit Zeige- und Mittelfinger von meiner Stirn abwärts zu meinem Kiefer. Sie waren voller Blut.

»Meiste…« Ein Geräusch von der Tür. Er fuhr so unvermittelt herum und zerrte mich hinter sich, dass ich erschrocken keuchte, zischte, als meine Hände dabei für eine Sekunde auf den tiefen Wunden in seinem Rücken landeten, bevor ich sie hastig zurückriss. Trotzdem hielt er mich weiter eisern hinter sich. Dann schwang die Tür langsam auf. Und im nächsten Moment hatte Joaquín Cris gegen die Wand daneben gerammt, den Unterarm an der Kehle seines Bruders. Die Zähne gebleckt.

Mein erschrockenes »Nicht!« ging in seinem hasserfüllten »Judas!« unter. »Was willst du hier? Hat der Alte dich geschickt?« Er verstärkte den Druck gegen Cris' Kehle noch. »Was ist das für ein Spiel, das ihr spielt, der Alte und du?«

»Kein Spiel. Bitte, Joaquín.« Cris umklammerte seinen Arm mit beiden Händen, keuchte. »Ich weiß, ich habe … Mist gebaut. Du kannst mir nachher den Kopf abreißen, aber jetzt … wir müssen hier weg. Du … du musst mir vertrauen.«

»Vertrauen?« Joaquín fletschte die Fänge. »Von hier bis an die Wand. Judas! Der Alte hatte einen Deal mit dir. Du hast ihm Luz ans Messer geliefert. Mein eigener *Bruder.*« »Und da soll ich dir *vertrauen?*«

»Ich wollte das nicht, Joaquín.« Cris schüttelte den Kopf. »Er hat gesagt, er wollte uns helfen. Er …«

»Was wolltest du dann? Was? Mir eins auswischen?« Joaquín bleckte knurrend abermals die Fänge. »Du hast Luz da mit hineingezogen, du elender Mistkerl.« Cris zerrte verzweifelter an seinem Arm. Joaquín lehnte sich nur noch härter gegen ihn. »Warum?«

»Joaquín, nicht.«

»Warum?«

»Nicht!« Es war, als würde er mich gar nicht hören.

»Es tut mir leid! – Ich … Zuerst wollte ich sie … sie zu dir bringen. Ich konnte sie plötzlich spüren … Ganz schwach. Aber du hast kein Wort … gesagt, dass du sie auch spüren kannst.« Cris rang nach Luft, hustete, sprach hastig weiter. »Und da … Ich dachte, vielleicht kannst du sie ja … nicht spüren. Nur ich. Ich wollte sie für dich finden und zu dir bringen. … Ich dachte … dachte, dann nimmst du mich vielleicht endlich ernst, behandelst mich … nicht mehr länger wie … einen kleinen Jungen, einen Versager. Ich wollte endlich … mal was richtig machen.« Er versuchte erneut, Joaquíns Arm von seiner Kehle wegzudrücken. Erfolglos. »Aber dann … dann habe ich sie gesehen, sie kennen…gelernt. Und konnte es nicht mehr. Ich habe mich in sie verliebt. Und dann tauchte Großvater … auf. Einfach so. Sagte, er wolle uns helfen. … Dir. Er wusste, dass Lucinda in dieser Klinik … war –«

Ich schlug die Hand vor den Mund.

»– und warum. Auch wenn er sie nicht mehr hatte finden können, nachdem … sie da weggelaufen war. Ich weiß nicht, woher er es … wusste. Er sagte, sie könnte es nicht ertragen, wenn du versuchen würdest … ihr Blut zu trinken. Deshalb sei sie ja die ganze Zeit weggelaufen … Und dass du deshalb auf jeden Fall Nosferatu werden würdest. Und dass er … eine Möglichkeit wüsste, das zu verhindern. – Joaquín, bitte! Wir … ich erkläre dir …«

»Wie?« Für eine Sekunde verstärkte Joaquín den Druck auf Cris' Kehle noch mehr, fletschte erneut die Fänge, die Finger knapp neben Cri' Gesicht zur Klaue gekrümmt.

»Nicht!« Wie zuvor schien er mich nicht zu hören.

»Indem er dir deine Macht nimmt, so wie du es bei … mir getan hast. Und sie auf mich überträgt. Das ginge. Weil wir doch Brüder … sind. Er meinte, wir würden schon eine Blutbraut für mich finden, wenn es so weit wäre. … Aber weil es ja deine Macht gewesen wäre, dachte ich, vielleicht passt Lucinda ja dann doch für … mich. Und wenn sie mich kennen würde und mich mögen würde, könnte sie es ja vielleicht … auch irgendwann ertragen, wenn *ich* ihr Blut trinken würde.« Wieder ein Husten. »Aber jetzt … Er sagte, niemandem würde etwas passieren. Vor allem nicht Lucinda. Aber dann habe ich sie oben im Korridor gesehen … voller Blut … und da … da wurde mir … mir klar, was für einen Fehler ich gemacht habe. Was für ein Idiot ich war, ihm … ihm zu glauben; ihm zu vertrauen. Ich … ich habe Rafael angerufen. Er wartet am Ausgang des alten Fluchttunnels … Zusammen mit Jorge und seinen Männern. – Bitte! Du musst mir glauben.«

Joaquín maß seinen Bruder mit schmalem Blick, forschte in seinen Augen. Sekunde um Sekunde. Bis er abrupt den Arm von Cris' Hals nahm.

Cris taumelte gegen die Wand, krümmte sich vornüber, rieb sich die Kehle, holte ein paar Mal rau und zittrig Atem. »Ich wollte das nicht. Du musst mir glauben, Joaquín, bitte«, wiederholte er schwach.

»Wir reden später darüber; zu Hause.« Mit der Andeutung eines Kopfschüttelns trat Joaquín einen Schritt zurück, gab seinem Bruder ein wenig mehr Raum. »Wenn du Rafael zum Ausgang des alten Fluchttunnels bestellt hast, heißt das, wir sind im alten Stadthaus?«

Cris schluckte, nickte, richtete sich noch immer schwer atmend auf. »Ja. Ich wusste zuerst auch nicht, wo wir sind. Aber dann habe ich das Treppengeländer im hinteren Teil erkannt.« Er sah zur Tür, sah Joaquín wieder an. »Wir müssen von hier weg, bevor Gr… er merkt, dass ich nicht mehr oben bin, und nach mir suchen lässt.«

Ein Schatten huschte über Joaquíns Züge. »Geht allein. Ich kann nicht. Seine Bannkreise …« Er wies auf die Tür, die Wände; bleckte die Fänge. »Bring Lucinda in Sicherheit, Cris.«

Hastig schüttelte der den Kopf. »Er hat sie nicht wieder geschlossen. Die Siegel draußen zumindest sind verwischt.«

Für eine Sekunde stand Joaquín vollkommen reglos, dann ging er zur Tür. Schnell, steif. Zögerte. Legte die Hand darauf. Ließ sie nach einer weiteren Sekunde wieder sinken; langsam wie … ungläubig. Machte einen Schritt zurück. »Geh vor!« Er nickte seinem Bruder zu.

Cris zögerte, doch dann schob er sich an ihm vorbei, spähte in den kaum erhellten Gang hinaus, lauschte, sah mit einem Nicken seinerseits zu mir und seinem Bruder zurück.

Mein Herz klopfte wie verrückt. Plötzlich konnte ich mich nicht mehr rühren. Schon draußen im Gang hatte Cris bemerkt, dass ich ihm nicht folgte. »Komm schon, Lucinda!«, drängte er angespannt und schaute dabei immer wieder in die Richtung, in der die Treppe nach oben liegen musste.

»Geh, mi luz«, sagte Joaquín hinter mir. Ich zuckte beim Klang seiner Stimme zusammen. Und schaffte es mit einem Mal wieder, mich zu bewegen.

Joaquín folgte mir langsam, zögerte vor der Tür erneut, als

würde er erwarten, dass die Bannkreise, die ihn die ganze Zeit zusätzlich zu der Kette in diesem Raum festgehalten hatten, es doch weiter taten. Nichts geschah.

Im Gang draußen war es fast vollkommen dunkel. Trotzdem zog ich die Arme dicht an mich, als Cris mich bei der Hand nehmen wollte. Er sagte nichts dazu. Aber ich glaubte, seinen Blick immer wieder zu spüren, während er vor mir herging. Schnell, gerade noch, ohne zu rennen. Sich immer wieder nach mir umschaute. Ein kleines Stück den Gang zurück, Richtung Treppe und dann nach links. Joaquín war hinter mir. Und stieß ein Knurren aus, kaum dass wir die Abzweigung hinter uns gelassen hatten.

»Jemand kommt.« Die Worte waren nur ein scharfes Flüstern.

Um ein Haar hätte ich aufgeschrien, als Cris mich jetzt doch bei der Hand packte, mich vorwärtszerrte. Hastiger als zuvor. Zu einem Mauerstück, das auf den ersten Blick ganz normal aussah. Bis ich die Kreidelinien in der oberen Ecke eines Steines entdeckte. Kaum zu erkennen. Die Cris jetzt eilig wegwischte.

Lautlos schwang eine Tür auf. In die Dunkelheit dahinter.

»Zieh dein Shirt aus, mi luz.«

Erschrocken drehte ich mich zu Joaquín um. »W…?«

»Sie werden dem Geruch deines Blutes folgen.« Nur kurz sah er zu mir her, dann galt seine Aufmerksamkeit wieder dem Gang hinter uns. »An dem Shirt hängt genug davon, dass ich Cris vielleicht ein bisschen mehr Zeit verschaffen kann, um dich in Sicherheit zu bringen. Und wenn die Tür wieder mit einem Siegel verschlossen ist, hilft euch das möglicherweise auch.« Er sprach so leise, dass ich ihn kaum verstehen konnte.

Ich starrte ihn an. Etwas in mir schrie ›*Nein*‹. Dennoch ließ ich es geschehen, dass Cris mir das Shirt behutsam von den Schultern zog. Und mich in die Dunkelheit hinter der Tür schob. Allerdings reichte er es nicht an Joaquín weiter.

»Das übernehme ich. Du bringst sie hier weg.« Cris' Stimme war nicht lauter als die seines Bruders. Ein Zischen, wenn überhaupt. Ich konnte das Luftholen hören, mit dem Joaquín zum Widerspruch ansetzte, das Knurren tief in seiner Kehle, doch Cris schüttelte den Kopf. »Über kurz oder lang werden sie ihre Witterung hier aufnehmen. Und du hast ihnen deutlich mehr entgegenzusetzen als ich, wenn sie euch tatsächlich einholen.« Er sprach ebenso hastig wie zuvor; hob die Schultern. Ich glaubte, ihn lächeln zu sehen. »Und abgesehen davon: Ich kann vielleicht sogar noch zur Vordertür hier rausspazieren. Du auf gar keinen Fall.« Mit einer knappen Kopfbewegung wies er zu mir in die Dunkelheit. »Geh schon!«

Stille. Dann: »Du verschwindest hier, so schnell du kannst. Spiel nicht den Helden. Nach oben und raus!« Sichtlich widerwillig trat Joaquín an seinem Bruder vorbei, zu mir in den Gang.

»Du vergeudest Zeit.« Etwas in Cris' Ton war plötzlich … ärgerlich.

Joaquín packte ihn am Arm, fletschte die Fänge. »Versprich es!«

Cris zögerte, nickte, machte sich aus dem Griff seines Bruders los. »Versprochen.« Das Wort klang beinah … erstickt. Er trat zurück und schloss die Tür. Ein Riegel rastete von der anderen Seite ein.

Sekundenlang starrte Joaquín sie an, reglos. Dann drehte er sich plötzlich abrupt um und wies in die Dunkelheit vor uns. »Geh, Lucinda!« Grollend. Heiser. Unwillkürlich machte ich einen Schritt zurück. Nosferatu. Ich keuchte auf, als er mich am Arm packte, vorwärtszerrte. Grob. Beinah schon … brutal – um im nächsten Moment aufzustöhnen und mir einen Stoß zu versetzen, der mich gegen die Wand des Tunnels stolpern ließ. »Geh, Luz!«, hörte ich ihn wie gequält flüstern. »Geh einfach!«

Die Hand an der Wand gehorchte ich, tastete mich voran. So schnell ich in der Finsternis konnte. Und war mir nicht sicher, vor wem ich in diesem Moment davonlief.

Es ging abwärts. Nicht wirklich sacht. Ich wusste nicht, ob der Boden unter mir aus Stein oder Beton bestand. Die Wand fühlte sich rau an. Und schien mit jedem Meter feuchter zu werden. Ich konnte einen erschrockenen Laut nicht ganz unterdrücken, als ich unvermittelt in etwas Kalt-Glitschiges hineinfasste. Beim nächsten Schritt war da kein Boden mehr. Ich schrie, wurde am Arm gepackt, rutschte von einer Kante ab, stolperte drei Stufen hinunter und stand unvermittelt bis über die Knöchel in Nässe. Zitternd und keuchend. Mein Herz raste. In meinen Ohren donnerte das Blut. Joaquíns Hand umklammerte noch immer meinen Arm knapp über dem Ellbogen. Sein Atem schlug gegen meine nackte Schulter. Schlagartig zogen meine Lungen sich zusammen. Das Wimmern, das aus meiner Kehle kam, wurde von einem Knurren direkt neben meinem Ohr beantwortet. Ich zerrte an seinem Griff, seine Fingernägel gruben sich in meine Haut … Ich stolperte zur Seite, als ich unvermittelt losgelassen wurde, fiel, kroch blindlings davon, bis ich an eine Mauer stieß, kauerte mich zusammen, hörte, wie er sich im Wasser bewegte, auf mich zukam. *OhmeinGottOhmeinGottOhmeinGottOhmeinGott.*

Ich glaubte zu spüren, wie er sich über mich beugte, sich an der Wand in meinem Rücken abstützte, krümmte mich ein Stück mehr zusammen, rang nach Luft. Sein Atem strich über meinen Hals, seine Bartstoppeln kratzten über meine Haut. Ich saß wie erstarrt, konnte noch nicht einmal mehr zittern, wartete auf den Schmerz. Presste die Lider in der Dunkelheit zusammen, als könnte ich so das Unvermeidliche aussperren. Ein Stöhnen, eine Berührung in meinem Haar. Seine Lippen legten sich auf meine Kehle. Federleicht. Kaum mehr als ein Hauch. Kein Biss, ein ... Kuss. Quälend sanft.

»¡Jamás, mi luz!«, rau, knurrend. Ein Flüstern, kaum zu verstehen. »¡Jamás! Niemals!« Sein Mund streifte meine Schulter, entsetzlich zärtlich. Dann war er fort. Erneut konnte ich hören, wie er sich im Wasser bewegte; von mir weg; stehen blieb. Mein Atemzug klang wie ein Schluchzen. Sekundenlang war da nichts anderes. Aber er hatte mir nichts getan. Er hatte die Lippen an meiner Kehle gehabt und nicht zugebissen. Wieder. Obwohl es nicht mehr als eine winzige Bewegung gewesen wäre. Er würde mir nichts tun! *›¡Jamás! Niemals!‹*

»Wir müssen weiter, Lucinda.«

Langsam drückte ich mich an der Wand entlang in die Höhe. Das Wasser plätscherte, als er einen Schritt in meine Richtung machte. Sofort krampften meine Lungen sich wieder zusammen. *›¡Jamás! Niemals!‹* Dass mein Kopf das begriffen hatte, bedeutete noch lange nicht, dass dieser andere Teil von mir das Grauen abschalten konnte.

»Licht. Bitte.« Meine Stimme klang dünn. Ich hatte die Finsternis um uns herum bis zu diesem Moment ertragen, aber jetzt ... konnte ich es nicht mehr. Ich musste *ihn* sehen können.

»Es wird sie auf unsere Spur setzen.«

»Bitte!« Es war mir egal.

Stille. Ich spürte sein Zögern. Doch dann hörte ich, wie er wieder zu mir zurückkam.

»Streck deine Hand aus.« Er konnte nicht mehr als eine Armlänge von mir entfernt stehen. Ich biss die Zähne zusammen, hob die Hand, zwang mich weiterzuatmen. Ein. Aus. *›¡Jamás! Niemals!‹* Er würde mir nichts tun! Er würde es nicht! Trotzdem zitterte ich.

Er drehte sie mir um; Handfläche nach oben. Das Zittern wurde schlimmer. Sosehr ich es auch unterdrücken wollte. Eine Berührung an meinem Handrücken, als er seine darunterhielt, um meine zu stützen. Rasiermesserscharfe schwarze Krallen-Fingernägel, die … ich verdrängte den Gedanken. Er würde mir nichts tun! Trotzdem fuhr ich zurück, als blasses, blaues Licht über meiner Handfläche aufflackerte und mir zeigte, *wie* dicht er vor mir stand. Für eine Sekunde blitzte etwas in seinen diamantfahlen Augen auf, das ich nicht deuten konnte. Er zog seine Hand unter meiner heraus, trat zurück, wies den Tunnel hinab, angespannt.

»Geh! Beeil dich! Leise!«

Ich stieß mich von der Wand ab, wandte mich in die angegebene Richtung. Das Licht blieb vor mir. Selbst als ich die Hand sinken ließ, schwebte es weiter knapp auf Schulterhöhe. Gerade hell genug, dass ich erkennen konnte, was um mich war. Gemauerte Wände. Umrisse. Schatten. Nicht mehr. Das Wasser schwappte bei jedem Schritt um meine Knöchel. Joaquín war direkt hinter mir. Sich zu beeilen und gleichzeitig leise zu sein, war so gut wie unmöglich. Immer wieder musste ich mich an der Wand abstützen. Ein Knick nach rechts. Unvermittelt versperrte ein massives Gitter uns den Weg. Von einer Seite des Tunnels zur anderen. Um ein Haar hätte ich aufgeschluchzt.

Sackgasse. Bis Joaquín an mir vorbeigriff und die flache Hand gegen einen Stein legte, dagegendrückte. Ein Klacken, das Gitter bewegte sich, rutschte zur Seite, gerade weit genug, dass ich mich daran vorbeischieben konnte. Joaquín folgte mir. Beton löste Steinmauern ab. Ich zögerte. Wieder wies Joaquín nach rechts, weiter abwärts. Das Wasser strudelte schneller um meine Beine. Etwas huschte am Rand des Lichtscheins davon. Mit einem Schrei wich ich zurück. Um ein Haar wäre ich gegen Joaquín gestoßen. Eine Ratte.

»Wo … sind wir hier?« Ich ahnte die Antwort.

»In der Kanalisation von L.A.« Er hob den Kopf, lauschte hinter uns, fluchte, bleckte die Fänge. »Sie kommen. Weiter! Schnell!« Ohne sich um mein erschrockenes Keuchen zu kümmern, packte er meine Hand, zog mich vorwärts. Atemlos stolperte ich halb neben, halb hinter ihm her. Bis das Wasser sich um meine Beine zusammenzuziehen schien, sich um meine Knöchel legte, Schwärze über die Dunkelheit der Wände kroch. Und Joaquín mich losließ, zischend herumfuhr und die Hand mit gespreizten Fingern auf die Wasseroberfläche schlug. Das Wasser schrie. Oder das, was darin war. Ohne Vorwarnung leckten Flammen über die Wände der Röhre, griffen nach uns. Joaquín riss mit einer abrupten Bewegung die Hände auseinander und grelles Weiß legte sich über die Flammen, drängte sie zurück. Das Wasser zog sich zurück. Ich keuchte. Das Licht flackerte.

Joaquín drehte mich um, gab mir einen Schubs. »Wenn der Tunnel sich teilt, geh nach rechts. Halt dich an der rechten Wand. Dahinter zweigen Tunnel ab. Du nimmst den vierten auf der rechten Seite. An seinem Ausgang wartet Rafael. Dreh dich nicht um! Warte nicht auf mich! Lauf einfach!« Noch ein Schubs. »Geh! Schnell!« Ich rührte mich nicht, starrte ihn an.

Abermals bleckte er die Fänge. »Geh endlich!« Diesmal hätte mich sein Stoß um ein Haar das Gleichgewicht gekostet. Ich wankte ein paar Schritte vorwärts. Stolperte, fing mich, taumelte weiter, drehte mich immer wieder um. Joaquín war fort. Zurück in den Tunnel. Schatten bewegten sich hinter mir.

Ein Brüllen.

Fauchen.

Gelächter.

Das Licht erlosch schlagartig. Ich schrie. Unvermittelt war das Wasser wieder da. Und mit ihm das, was darin gewesen war. Legte sich wie zuvor um meine Beine. Ich rutschte aus, konnte mich gerade noch an der Wand halten, hastete weiter. Und kam nicht voran. Wie in einem Albtraum, in dem man rannte und rannte, ohne einen Schritt vorwärtszukommen. Mein Atem flog, wurde immer mehr zu einem Schluchzen. Eine Bewegung vor mir. Ein Schatten. Hörner. Klauen. Fänge. Ich schrie wieder. Warf mich herum, floh zurück. Konnte nicht atmen. Von irgendwoher drang Helligkeit. Er war plötzlich da. Ein Mann. Nicht Joaquín. Nosferatu! Diesmal hatte ich keine Luft zum Schreien. Seine Hand in meinem Haar riss meinen Kopf in den Nacken. Blindlings zog ich ihm die Fingernägel durchs Gesicht. Sein Hieb schmetterte mich gegen die Wand, beförderte mich ins Wasser. Der Schatten war hinter ihm. In der nächsten Sekunde war er über mir. Und wieder verschwunden.

»Lauf!« Joaquín. An seinem Mund hing Blut. Ich sah die Männer hinter ihm. Nosferatu! Der Schatten war wieder da. Mehr als einer. Kam auf uns zu. Er fuhr herum, legte die Hände zu beiden Seiten gegen die Röhre, spreizte die Finger, stemmte sich dagegen, fletschte die Fänge. Der Beton stöhnte. Plötzlich waren da Risse, wurden größer, fraßen sich den Nosferatu entgegen. Krachen. Splittern.

Ein Fluch über mir. Ich wurde gepackt, auf die Füße gezerrt, vorwärtsgestoßen.

»Lauf!« Wieder Joaquín. Kaum zu hören unter dem Schreien und Bersten.

Ich lief, rannte um mein Leben; glitschte aus, wieder und wieder; landete der Länge nach in der schmierigen Brühe, tauchte manchmal nur bis zu den Handgelenken ein, konnte ein anderes Mal gerade noch den Kopf darüberhalten; manchmal schaffte ich es allein wieder auf die Füße, beim nächsten Mal war es dann Joaquíns Arm um meine Mitte, der mich wieder in die Höhe zog, weiterdirigierte, ohne dass ich wusste, wohin. Risse fraßen sich über und neben uns durch die Röhre, Betonstücke lösten sich, prasselten auf uns herab, Wasser spritzte. Ich schrie, hetzte immer weiter, während hinter uns alles zusammenstürzte, Staub um mich herumstob, mir die Luft nahm, die Arme über dem Kopf, mit nur einem Gedanken: raus!

Ich merkte kaum, dass es hinter der nächsten Biegung plötzlich aufwärts ging; kein Wasser mehr um meine Beine schwappte; die Dunkelheit vor mir sich veränderte. Meine Lungen brannten. Bei jedem Atemzug bohrte sich ein Messer zwischen meine Rippen. Vor meinen Augen tanzten grelle Punkte. Wurden größer. Blendeten mich. Ich begriff nicht, was die Schatten vor uns bedeuteten, bis ich mit voller Wucht in einen hineinlief. Selbst als Arme sich um mich legten und verhinderten, dass ich – mit ihm zusammen – zu Boden ging, brauchte ich noch Sekunden, bis mir bewusst wurde, dass ich plötzlich im Freien war. Und mich an Rafael klammerte. Den ich gerade um ein Haar umgerissen hätte.

Keinen Meter hinter mir fiel die Röhre in sich zusammen.

Ich wurde herumgezerrt und halb zu Boden gedrückt, schrie erneut, als Betonstücke um uns herumspritzten, und musste husten, weil Staub mir in Mund und Nase drang.

Joaquín! Ich versuchte den Kopf zu heben, herauszufinden, wo er war. Er war direkt hinter mir gewesen, aber ich wusste nicht, ob … ob … Rafael ließ es erst zu, als der Betonhagel aufgehört hatte.

Im ersten Moment blinzelte ich gegen den Staub, der immer noch in der Nachtluft hing. Um uns herum standen acht oder neun Männer, darunter Lope und Felipe. Taschenlampen brannten. Einige waren anscheinend einfach nur vor der Stein- und Staubwolke zurückgewichen, andere hatten sich weggeduckt. Nur die, die der Röhre am nächsten gewesen waren, rappelten sich gerade vom Boden auf. Joaquín war einer von ihnen. Jorge half ihm auf die Füße. Schockiertes Murmeln von den Männern hinter ihm. Einer bekreuzigte sich. Die anderen starrten.

»Alles klar?« Rafael half mir ebenfalls auf. »Bist du verletzt?«

Ich schüttelte den Kopf. Zu mehr hatte ich zwischen Husten und Nachatemringen noch keine Luft. Blicke gingen in meine Richtung. Und wurden hastig wieder abgewandt. Füßescharren. Räuspern. Wortlos knöpfte Rafael sein Hemd auf, zog es aus und legte es mir um.

»Hier, tigresa.«

Meine Wangen brannten. Hastig schlüpfte ich in die Ärmel, zog den Stoff um mich zusammen, schob die Knöpfe durch die Löcher.

Rafael blickte an mir vorbei zu der eingestürzten Röhre. »Lieber Himmel. Als Cris mich angerufen hat und sagte, dass

Nosferatu etwas mit deinem Verschwinden zu tun hätten und wir sollten ihn und euch hier draußen am alten Fluchttunnel treffen, dachte ich eigentlich, dass ihr möglicherweise ein paar davon ziemlich dicht hinter euch habt.« Er hob eine Braue. »Aber nicht, dass ihr mal kurz halb L.A. in Schutt und Asche legt.« Erst jetzt sah er Joaquín an. »Ich nehme an, um sie ein bisschen … aufzuhalten?«

Der nickte nur. Anscheinend war er wie ich noch damit beschäftigt, vernünftig Luft zu bekommen. Trotzdem brachte er zumindest ein »¡Gracias!« zustande, als ihm einer der Männer ein dunkles Poloshirt reichte, dessen Farbe ich bei diesem Licht nicht genau erkennen konnte.

»Erfolgreich, würde ich sagen. Da hat vermutlich sogar 'ne Ratte Mühe durchzukommen.« Rafael ließ ein Schnalzen hören. »Zum Glück kann man so etwas ja neuerdings mit einem Terroranschlag erklären.« Sein Mundwinkel zuckte zu einem spöttischen Lächeln. Das keine Sekunde später wieder verschwunden war. »Das bedeutet, Cris hat einen anderen Weg genommen?«

»Sí. – Wie seid ihr so schnell hierhergekommen?« Umständlich schob Joaquín die verletzte Hand durch die Ärmelöffnung.

Mit einem Stirnrunzeln hielt Rafael ihm den Ärmel auseinander. »Nach deinem Verschwinden war Cris irgendwie sehr … nervös. Also habe ich seinem Wagen einen Peilsender verpasst. Seit er sich mit Lucinda am Santa Monica Pier getroffen hat, war ich mehr oder weniger direkt hinter ihm. Ohne dass er oder seine ›Freunde‹ etwas davon gemerkt hätten. – Was Tomás' Großcousin nicht von sich behaupten konnte. – Genau genommen standen wir schon eine ganze Zeit vor dem alten Stadthaus. Ich hielt nur das ›Hineingehen‹ für keine so gute Idee, bei dem, was sich da herumgetrieben hat. Wir wären euch hier entgegengekommen, aber diese elenden Wardings …« Er stieß ein Zischen aus, als Joaquín den Arm endgültig durch den Stoff geschoben hatte. »Was in Gottes Namen hast du mit deiner Hand gemacht? Und …« Er hinderte ihn daran, das Poloshirt über den Kopf zu streifen, betrachtete die Schnitte auf seiner Brust und den Armen genauer. »Das sind ja …« Seine Augen weiteten sich. »Fuck. Auf die Geschichte bin ich gespannt …« Das Klingeln seines Handys unterbrach ihn. Er ließ den Stoff los, trat zurück, während er es aus der Tasche zog, ging ran, hörte schweigend zu, hob eine Braue, ließ es sinken, räusperte sich. »Ich glaube, das nennt man Dominoeffekt. Das alte Stadthaus ist gerade eingestürzt.«

»Cris!« Erschrocken blickte ich Joaquín an. Der war zu der zusammengebrochenen Betonröhre herumgefahren, als erwarte er, über sie hinweg das alte Haus seiner Familie sehen zu können. Oder seinen Bruder. Schlagartig unter der Staubschicht leichenblass. Jorge fasste ihn am Arm, als er einen Schritt auf die Röhre zumachte, sagte etwas auf Spanisch zu ihm. Joaquín drehte sich zu ihm um, langsam wie … benommen.

»Vielleicht war er ja schon raus.« Ich klang so zittrig, wie ich mich plötzlich fühlte. Joaquíns Augen irrten zu mir.

»Heißt das …« Rafaels Blick ging zwischen Joaquín und mir hin und her. »… Cris war doch noch im Haus?«

Beklommen nickte ich. Nur um gleich darauf den Kopf zu schütteln. »Er wollte direkt nach oben gehen und dann sofort das Haus verlassen. Vielleicht … hat er es ja geschafft?«

Rafael sah ein weiteres Mal von mir zu Joaquín, dann hob er das Handy erneut ans Ohr. Abermals sprach er spanisch.

Schnell, scharf. Lauschte immer wieder – und legte schließlich irgendwie zögernd auf. »In der letzten halben Stunde hat niemand das Haus oder das Gelände verlassen. Zumindest nicht auf offiziellem Weg.« Er schob das Handy in die Hosentasche. »Das muss aber nichts heißen. Hermes …«

»Ich brauche einen Wagen.« Joaquín streckte Jorge fordernd die Hand hin.

Der zuckte regelrecht zusammen. »Patron …«

»Vergiss es.« Entschieden schüttelte Rafael den Kopf. »Polizei und Feuerwehr sind offenbar schon im Anmarsch. Vermutlich ist da in spätestens fünf Minuten die Hölle los. Hermes und seine Leute bleiben vor Ort und behalten alles im Auge. Wenn Cris noch dort ist, erfahren wir es sofort. Wir bringen dich und Lucinda erst mal zurück nach Santa Reyada.«

Für eine Sekunde presste Joaquín die Lippen zu einem harten Strich zusammen. »Die Schlüssel, Jorge!«, verlangte er dann von Neuem, sah dabei weiter Rafael an. »Ich kann nicht …«

»Was? – Was kannst du nicht? Mal nicht der große Macher sein, der alles kontrolliert? Mal nicht der sein, der den Kopf für andere hinhält? Mal nicht der sein, der für alles und jeden die Verantwortung übernimmt?« Mit einer ärgerlichen Bewegung schnitt Rafael mit der Hand durch die Luft. »Verdammt, Joaquín, wem willst du etwas beweisen? Wir alle wissen, wozu du fähig bist; *wer* du bist. – Schau dich an, in Gottes Namen! Ich weiß nicht genau, was du getan hast, geschweige denn, was in diesem verdammten Haus passiert ist, aber nach dem, was ich hier sehe, bist du hart an die Grenze gegangen. Und ehrlich gesagt warte ich gerade nur noch darauf, dass dich der Rückschlag erwischt. Was willst du dann …«

Joaquín bleckte die Zähne. »Cris ist nur in diesem elenden

Haus geblieben, um uns einen Vorsprung zu verschaffen. Ich kann ihn nicht einfach da …«

»Und deshalb willst du zurückgehen, ohne zu wissen, wo du hineinrennst? *So?* – Cris hat euch diesen Vorsprung nicht verschafft, damit du kehrtmachst, sobald ihr in Sicherheit seid, und das, was er getan hat, doch umsonst war.« Rafael stieß ein hartes Schnauben aus. »Du kannst dort jetzt nichts tun. Vor allem nicht in diesem Zustand.« Er zögerte einen Moment, ehe er weitersprach. »Wenn Cris nicht bis Sonnenaufgang aufgetaucht ist, suchen Jorge und seine Leute noch einmal alles ab. Mit *unseren* Mitteln.« Erneut schüttelte er den Kopf. »¡Madre de Dios! Lass einmal in deinem Leben zu, dass andere etwas für dich erledigen, zum Teufel noch mal.«

Schlagartig herrschte Totenstille. An Joaquíns Wange zuckte ein Muskel. – Und dann schloss er unvermittelt die Augen, nickte. Es erstaunte mich selbst, aber plötzlich wollte ich ihn in den Arm nehmen und festhalten. Ich rührte mich nicht.

Rafael räusperte sich abermals. »Gut. Wir sollten sowieso zusehen, dass wir hier verschwinden. Bei dem Flurschaden, den ihr«, er schaute mich an, als sei ich ebenso daran beteiligt wie Joaquín, »angerichtet habt, kann es nicht mehr allzu lange dauern, bis die Polizei und der ganze Rest auch *hier* auftauchen. Und ich glaube, die Fragen, die sie stellen, wenn wir dann noch hier sind, will keiner von uns beantworten.«

Joaquín sagte nichts. Blickte wie zuvor zu den Trümmern des Betonrohres. Regungslos. Sekundenlang … Bis er sich schließlich wieder Rafael zuwandte. »Bring Lucinda zu Fernán. Ihre Verletzungen müssen versorgt werden. Du lässt sie nicht aus den Augen.« Er sah zu mir. »Abgesehen von denen beim alten Stadthaus will ich jeden deiner Männer in San Isandro haben.

Außerdem kannst du Paco und Hectore schöne Grüße von mir bestellen: Bis sie etwas anderes von mir hören, stehen sie unter deinem Kommando.« Erst jetzt blickte er zu Jorge. »Die Bannkreise und Wardings sollten das Schlimmste abfangen können, wenn der Alte heute Nacht noch seine Wut an San Isandro auslassen will, aber ich werde kein Risiko eingehen.«

Jorge nickte, schaute dann Lope an, der ebenfalls nickte.

»Der Alte?« Rafael schien ebenso wenige Probleme mit Joaquíns plötzlichem Kommandoton zu haben wie Jorge und der Rest.

Joaquín schüttelte den Kopf. »Später. Wichtig ist nur: Mein Großvater ist noch am Leben und hat die Seiten gewechselt.«

Bestürztes Murmeln um mich herum. Offenbar brauchte es nicht mehr, damit den Männern klar war, was das bedeutete.

Rafael stieß einen leisen Pfiff aus. »Mann, werden wir *›später‹* beschäftigt sein. – Und du?«

Ich konnte sehen, wie Joaquín für einen Moment die Kiefer aufeinanderpresste. Seine Oberlippe zuckte, als würde er jede Sekunde ein weiteres Mal die Zähne fletschen. »Ich habe nicht vor, den Alten einfach so davonkommen zu lassen. Aber ich bin nicht sicher, ob ich allein mit ihm und seiner Brut fertigwerde.«

»Du berufst das Konsortium ein?«

»Sí. So schnell ich kann.« Seinem Tonfall nach tat er es alles andere als gern. »Je eher wir reagieren, umso weniger Zeit hat er, seine Spuren endgültig zu verwischen.«

Rafael schnaubte. »Das ist der erste vernünftige Satz, den ich seit Ewigkeiten von dir höre, Bruder. Hier.« Er langte in die Hosentasche, zog ein Handy heraus und warf es Joaquín zu. »Das kannst du wahrscheinlich gebrauchen. Gehört sowieso dir. –

Jorge fährt dich.« Bei den letzten Worten hatte Rafael ebenso bestimmt geklungen wie Joaquín kurz zuvor.

»Das ist nicht nötig.«

»Ich denke doch.«

»Rafael hat recht, Patron«, mischte sich auch Jorge ein.

Der Blick, mit dem Joaquín sowohl Rafael als auch ihn bedachte, war nicht misszuverstehen. Keiner von beiden zeigte sich beeindruckt.

Es war Joaquín, der schließlich ein leises Knurren ausstieß. »Also gut. – Zufrieden?«

»Ja. – Während du nicht da warst, ist Tomás übrigens auf Santa Reyada aufgetaucht und wollte irgendetwas von dir.«

Schlagartig war Joaquíns Miene wie versteinert. »Hat er gesagt, was?«

Rafael hob die Schultern. »Das wollte er weder mir noch Cris verraten. Aber er hat sich aufgeführt wie … na ja, Tomás eben. – Ich dachte, das solltest du wissen.«

»¡Gracias!« Warum klang Joaquíns Stimme mit einem Mal so gepresst?

Offenbar war das auch Rafael nicht entgangen, denn er hob fragend eine Braue. »¡De nada! – Oder gibt es etwas, das *ich* wissen sollte?«

Wieder schüttelte Joaquín den Kopf, wie zuvor hing sein Blick in meinem, als er zu dem schmalen Trampelpfad hinter Rafael nickte, der sich nur ein paar Meter weiter in der Dunkelheit zwischen irgendwelchen Kakteenbüschen verlor. »¡Vamos!«

Einen Moment musterte Rafael ihn, streckte mir dann die Hand hin. »Kommen, tigresa. Fernán wird begeistert sein, wenn er dich sieht.«

Ich machte einen Schritt zurück. »Nein, ich …« Ich verstummte, schaute zu Rafael, sah abermals zu Joaquín. Er war mit Jorge auf mich zugekommen, auf dem Weg zu dem Trampelpfad hinter mir und Rafael, blieb jetzt wieder stehen, musterte mich fragend. »Luz …?«

»Wir …« Ich schluckte. »Wir müssen reden.« Mein Herz schlug viel zu schnell.

Joaquín runzelte die Stirn. »Luz …«

»Nein.« Ich presste die Handflächen gegeneinander. »Jetzt. Ich … Wir müssen reden.« Meine Kehle war wie zugeschnürt. Einen Moment forschten Joaquíns Augen in meinen. Etwas in seinem Blick schien sich zu verändern.

»Nicht jetzt.« War da Bedauern in seinem Ton?

»Aber …«

Seine Hand an meiner Wange brachte mich zum Schweigen. »Wir reden, wenn das hier vorbei ist, mi vida. In Ruhe. Nur wir zwei. Aber jetzt muss ich sehen, dass ich den Alten erwische, bevor er verschwinden und noch mehr Schaden anrichten kann.« Federleicht strich er mit dem Daumen über meine Haut.

»Versprochen?« Das Wort war so leise, dass ich eine Sekunde glaubte, er hätte mich nicht verstanden.

Doch dann nickte er. »Versprochen. – Und jetzt geh mit Rafael.« Ich rührte mich nicht. Er sah mir weiter in die Augen. Seine Hand lag noch immer an meiner Wange.

Jemand räusperte sich direkt neben mir. »Ja, wunderbar, ihr zwei. Geniales Timing. Könnt ihr das bitte auf später verschieben? Hier ist weder die Zeit noch der Ort für so etwas. Wir müssen hier weg.« Rafael ergriff mein Handgelenk, zog sacht daran. »Komm schon, tigresa.«

Es dauerte einen Augenblick, ehe ich es schaffte, mich in Bewegung zu setzen, steif wie eine Puppe. Erst jetzt sickerte die

Bedeutung von dem, was er gesagt hatte, in meinen Verstand. Oh ja, Fernán würde begeistert sein.

Rafael ging neben mir her oder wechselte vor mich, um mir zu helfen, wenn ein Abschnitt zu steil und unwegsam wurde. Auch ohne mich umzudrehen, wusste ich, dass Joaquín dicht hinter mir war.

Der Pfad endete direkt neben der Straße. Vor uns schlugen Autotüren. Natürlich. Ein paar von Jorges Männern waren schon zu den Wagen zurückgegangen. Rafael wies nach rechts. Der Lamborghini war nicht zu übersehen. Seine Beifahrertür stand offen. Jemand hatte eine Decke über den Sitz gelegt. Ich stieg ein und Rafael schloss die Tür hinter mir. Joaquín und Jorge gingen hinter ihm vorbei, auf den Escalade zu, der ein Stück weiter die Straße entlang stand. Jorge wechselte ein paar Worte mit Rafael, als der hinters Lenkrad glitt. Der nickte, schlug seine Tür zu, ließ den Motor an, setzte ein kleines Stück zurück, gab Gas und fuhr langsam an dem Escalade vorbei. Jorge stieg gerade ebenfalls ein. Joaquín stand neben der Beifahrertür. Ich begegnete seinem Blick. Diamanten. Farblos glitzernd. Nosferatu. Er nickte mir zu, lächelte. Müde. Dann waren wir vorbei. Ich lehnte mich vor, schaute in den Seitenspiegel. Joaquín sah uns nach. Reglos.

40

Fernán hatte mich zumindest den Rest der Nacht in seiner Klinik behalten wollen. Ich hatte mich geweigert und Rafael regelrecht gezwungen, mich nach Santa Reyada zu fahren. Auch wenn meine Drohung, notfalls zu *laufen,* ziemlich lahm gewesen war. Ich wollte zu Joaquín. Mit ihm reden. Je eher, je lieber. Und jetzt … wusste ich mit jeder Meile, die wir uns Santa Reyada weiter näherten, weniger, was ich ihm sagen wollte. Geschweige denn wie.

»Heißt das, ihr zwei seid endlich klar miteinander und du wirst jetzt Joaquíns Sanguaíera?«, erkundigte Rafael sich irgendwann in das Schweigen hinein und wies mit einer kurzen Bewegung auf meine Hände. Und damit auf das Kreuz, das ich mit ihnen umklammerte. Die ganze Fahrt von L. A. bis zu Fernán hatte er mich in Ruhe gelassen. Vermutlich weil ihm nicht entgangen war, dass mich eine Welle aus Erschöpfung und Müdigkeit regelrecht unter sich begraben hatte, kaum dass ich zu ihm in den Lamborghini gestiegen war. Ich hatte mir eine Position gesucht, in der mein Körper nicht ganz so übel schmerzte, hatte die Decke über mich gezogen und die Augen geschlossen. Offensichtlich stimmte es: War der Adrenalinspiegel nur hoch genug, konnte man ziemlich viel, ziemlich lange durchhalten. Begann er allerdings irgendwann zu sinken … war es ganz schnell vorbei.

Es hatte deutlich länger gedauert, bis meine Gedanken sich wenigstens ein bisschen beruhigt hatten. Und die ganze Zeit hatte ich darauf gehofft, dass Rafaels Handy klingeln und ihm jemand mitteilen würde, dass Cris aufgetaucht war. Lebendig. Oder zumindest nicht zu schwer verletzt. Denn auch wenn das alles mit auf sein Konto ging: Er hatte letztlich versucht, Joaquín und mir zu helfen. Und im Grunde war auch er getäuscht worden. Nicht, dass das entschuldigte, was er getan hatte.

Rafael hatte während der Fahrt immer wieder zu mir herübergesehen und zwei oder drei Mal auch nach meinem Handgelenk gegriffen, als wollte er sich davon überzeugen, dass mit mir noch alles in Ordnung war. Als wir bei Fernáns Klinik angekommen waren, hatte er mich sogar ins Innere tragen wollen. Zu sagen: ›Fernán fiel die Kinnlade herunter, als er mich sah‹, traf es nicht annähernd. Er hatte vermutlich eine geschlagene Minute in der Tür seiner Klinik gestanden und mich angestarrt. Und das, obwohl Rafael ihn während der Fahrt angerufen und mich angekündigt hatte. Aber *damit* hatte er dann offenbar doch nicht gerechnet. Soledad war mindestens ebenso erschrocken wie ihr Mann. Rafaels Bemerkung: »Wir sind nur die Vorhut. Du solltest mal Joaquín sehen. *Er* hat ganze Arbeit geleistet. Du wirst deine helle Freude haben«, hatte ihn den Kopf schütteln und etwas von »Haben die beiden einen Krieg angezettelt?« brummen lassen.

Ich wurde unter die Dusche geschickt und anschließend in ein Badetuch gewickelt, auf den Behandlungstisch gesetzt, wo Fernán sich meine unzähligen Kratzer und Krallenschnitte mit einer Kombination aus normaler Schulmedizin und seiner Heiler-Magie vorgenommen hatte. Als krönenden Abschluss hatte er mir eine Tetanusspritze verpasst. Rafael hatte vor der Tür warten müssen …

Und nun waren wir wieder auf dem Weg nach Santa Reyada.

Einen Moment riss ich meinen Blick von der dunklen Ebene dort draußen los, schaute auf das Kreuz und den Kristall in meinen Händen. Ich hatte beides gerade noch aus meiner Jeans retten können, bevor Soledad sie in den Müll geworfen hatte. Warum hatte ich sie nicht in die Tasche des Leinenkleides gesteckt, das sie mir geliehen hatte? Ich wusste es nicht. Ebenso wenig, wie ich wusste, ob Joaquín und ich endlich ›klar miteinander‹ waren. Oder ob ich es schaffte, seine Blutbraut zu werden. »Ich weiß es nicht.« Ich sah wieder zum Fenster hinaus. Die Scheinwerfer schnitten wie bleiche Finger in die Dunkelheit. Zuweilen blitzte der Boden unter ihnen fahl auf.

»Du weißt es nicht?« Unter hochgezogenen Brauen sah Rafael kurz zu mir her, schaute wieder auf die Straße. »Das muss ich jetzt nicht … Fuck!« Mit einem scharfen Laut riss er den Arm gegen die Seite. Krümmte sich darüber. Seine Finger krallten sich zusammen. Erschrocken schrie ich auf, klammerte mich an den Türgriff, als er mit voller Wucht auf die Bremse trat.

Der Lamborghini schlingerte.

Drehte sich.

Reifen quietschten …

Dann standen wir endlich.

Die Schnauze gefährlich Richtung Felsen.

Zum Glück war kein anderer Wagen hinter uns gewesen. Oder uns entgegengekommen. Meine Finger weigerten sich immer noch, den Türgriff loszulassen.

Neben mir riss Rafael die Schnallen seines Tribal-Armbandes auf, zerrte es von seinem Handgelenk. Das Gesicht vor Schmerz verzogen. Presste die freie Hand über das halbe Tattoo knapp über seinem Handgelenk. Die Finger immer noch zu Klauen gekrümmt.

»Was … was ist?«

Rafael schüttelte den Kopf, scheinbar unfähig, einen anderen Laut außer einem Keuchen hervorzubringen. Es schien Minuten zu dauern, bis seine Atemzüge sich zumindest halbwegs beruhigt hatten. Doch selbst dann bekam ich noch immer keine Antwort. Stattdessen zerrte er sein Handy aus der Hosentasche, tippte ein paarmal hastig auf das Display, hielt es mit einer Hand ans Ohr. Den anderen Arm nach wie vor gegen die Seite gedrückt. Ich glaubte, das Freizeichen bis hier herüber zu hören. Wieder und wieder.

»¡Contesta!«, murmelte er beschwörend. »¡Contesta, pues! Wo steckst du, Joaquín? Geh endlich ran, verdammt noch mal!«

Er ließ es scheinbar endlos lange klingeln, bis er mit einem Fluch auflegte. Nur um gleich darauf erneut eine Nummer zu wählen. Als mein Blick auf seinen Arm fiel, holte ich scharf Atem. Quer über das Tattoo lief etwas wie ein Schnitt. Der die Linien des Siegels zerstörte. Feuerrot. Geschwollen Frisch.

Abermals schien es endlos zu klingeln. Rafael fluchte erneut.

Plötzlich waren meine Handflächen feucht.

Nichts. Sekunde um Sekunde.

Mit einer brüsken Bewegung legte er abermals auf, rammte den Rückwärtsgang rein, setzte zurück und fuhr los. Zurück in die Richtung, aus der wir eben gekommen waren.

»Was soll das?« Entgeistert sah ich ihn an.

»Ich fahre dich zu Fernán zurück.«

Heftig schüttelte ich den Kopf. »Was? Warum?«

»Joaquín hat seine Hälfte des Siegels zerstört, das uns verbindet. Oder jemand anderes. Und ich kann weder ihn noch Jorge erreichen.« Seine Stimme klang gepresst. Und scharf.

»Was?« Erschrocken starrte ich ihn an, doch dann wich mein Schrecken Ärger. »Nein! – Ich will …«

»Es ist mir egal, was du willst.« Er gab noch mehr Gas. »Er hätte das Siegel nicht ohne Grund zerschnitten. Irgendetwas stimmt da nicht. Und ich werde den Teufel tun und dich in Gefahr bringen. Bei Fernán bist du auf jeden Fall sicher!«

»Ich pfeif auf ›in Gefahr bringen‹ und ›sicher‹. Ich komme mit.«

»Lucinda …«

»Vergiss es! Ich komme mit! Außerdem hast du Joaquín versprochen, mich nicht aus den Augen zu lassen.«

Eine Sekunde funkelte er mich wütend an. Nur um dann abrupt auf die Bremse zu treten. »Also gut. Aber nur bis nach Santa Reyada. Und da bleibst du dann.« Er warf mir das Handy in den Schoß, legte erneut den Rückwärtsgang ein und setzte abermals zurück, um zu wenden. »Dann mach dich nützlich! Ruf Lope an.«

Hastig schob ich Kreuz und Kristall in die Tasche des Kleides. »Sag mir die Nummer!« Das mit dem ›Da bleibst du dann‹ würden wir noch sehen.

Rafael diktierte sie mir so schnell, dass ich mit dem Tippen kaum nachkam.

»Geh auf Lautsprecher!« Der Lamborghini röhrte, als er das Gaspedal bis zum Anschlag durchtrat, machte einen Satz.

Es hatte noch keine drei Mal geklingelt, als Lope sich meldete. »Was gibt es, Rafael?«

»Was zum Teufel ist bei euch los? Warum gehen weder Joaquín noch dein Boss ans Telefon?«, herrschte er den Mann an.

Verblüfftes Schweigen, dann: »Woher soll ich das wissen? Ich bin in San Isandro. Den Patron und Jorge habe ich zum letzten Mal gesprochen, als wir losgefahren sind.«

»Weißt du, wohin die beiden wollten?«

»Nein. Wenn ich raten müsste, würde ich sagen, nach Santa Reyada. Oder zu Tomás. Als wir los sind, hat der Patron mit de Silva telefoniert. Sicher bin ich mir allerdings nicht.« Es raschelte. »Was geht da vor sich, Rafael?«

Der öffnete den Mund, schloss ihn wieder, schüttelte den Kopf. Mit einem Mal zuckte ein Muskel an seinem Kiefer.

»Ich habe keine Ahnung. Aber ich fürchte, eine ganz große Sauerei. – Lass ein paar deiner Leute die Strecke zwischen L.A. und San Isandro checken. Außerdem die nach Santa Reyada und die zu Tomás. Ich bin auf der zwischen Fernáns Klinik und Santa Reyada. Komm du nach Santa Reyada. So schnell wie möglich. Es kann sein, dass ich einen Piloten für die Bell brauche, damit ich die Hände frei habe. Verstanden?«

»Verstanden. – Ich bringe Enrique und Sal mit. Wir sind so schnell wie möglich da.« Ohne ein weiteres Wort legte er auf. Hilflos sah ich Rafael an.

Er zögerte, starrte für einen Moment auf die Straße vor uns. »Versuch es noch mal bei Joaquín und Jorge«, wies er mich dann an. Die Scheinwerfer schnitten durch die Dunkelheit über der Fahrbahn.

Ich tippte die Nummern in der Anrufliste an, ging auf Wahlwiederholung.

Wieder nur das Freizeichen.

Endlos.

Bis irgendwann die Mailbox ranging.

Bei beiden.

»Nichts.« Meine Kehle war eng. »Was geht da vor, Rafael?«

Er warf mir einen schnellen Blick zu. »Ich weiß es nicht.«

Es fühlte sich an, als hätte er mir gesagt, ich solle mich um meine eigenen Angelegenheiten kümmern. Der Ärger war übergangslos da. Ich konnte ihn nicht aus meiner Stimme heraushalten. Allerdings gab ich mir auch keine allzu große Mühe. »Und warum hast du dann zu Lope gesagt, dass da möglicherweise eine ›*Riesensauerei*‹ im Gange ist? Du hast einen Verdacht. Sonst würdest du auch nicht Lope und den Rest von Joaquíns Leuten so …«

Rafael hieb die Hand so hart gegen das Lenkrad, dass es klatschte. »Verdammt noch mal, Lucinda. Und selbst wenn ich einen Verdacht habe … Es gibt x Möglichkeiten, was passiert sein könnte. Von einem geplatzten Reifen in einem Funkloch bis … keine Ahnung«, fuhr er mich an. »Aber spekulieren bringt uns nichts, zum Teufel. Und du kannst mir glauben: Ich wünschte, es wäre anders.«

Ich war zurückgezuckt, holte tief Luft. So tief, als müsste ich damit uns beide beruhigen. »Und jetzt?«

Rafael umklammerte das Lenkrad fester. »Wir fahren nach Santa Reyada. Und dann sehen wir weiter.«

Das Klingeln von Rafaels Handy schreckte mich auf, als wir auf die Zufahrtsstraße von Santa Reyada abbogen. Dass ich es ihm fragend hinhielt, quittierte er mit einem brüsken Kopfschütteln und einem ungeduldigen »Geh einfach auf Lautsprecher«. Ich gehorchte. »Was gibt es?«, fragte er dann scharf, kaum, dass ich getan hatte, was er wollte.

»Rafael? Julio hier. Lope sagte, ich soll dich anrufen.« Der Mann sprach hastig und seltsam gepresst. »Wir haben Jorges Escalade kurz hinter der Abfahrt nach …«

Ein Fluch, dann gedämpfte Stimmen.

Rafael hatte die Brauen zusammengezogen. »Julio, was …?«

»Rafael?« Eine andere Stimme.

»Jorge?« Er starrte das Handy an, bevor er hastig wieder nach vorne schaute. »Jorge? Was zum Teufel …«

»Es war Tomás. Dieser elende Bastard …« Es schien, als würde Jorge das Handy von einem Ohr ans andere wechseln. Vor uns zeichnete Santa Reyada sich als dunkler Schatten vor dem Nachthimmel ab. »Tomás und seine Leute haben uns mit zwei Wagen angehalten. Ferrado war bei ihm. – Der Patron ist ausgestiegen, um mit den beiden zu reden. Mir hat er befohlen, im Wagen zu bleiben. Ich bin nicht sicher, aber er schien genau zu wissen, was sie von ihm wollten.«

Abermals ging Rafaels Blick für eine Sekunde zu dem Handy in meiner Hand. »Weiter!«, verlangte er scharf. Im Seitenspiegel blitzten hinter uns Scheinwerfer auf.

»Sie sind ein paar Meter weg von der Straße. Ich hatte den Eindruck, dass Tomás den Patron kaum hat zu Wort kommen lassen. Sie haben gestritten. Ich habe nicht gesehen, was genau passiert ist, aber plötzlich krümmt der Patron sich und bricht zusammen. Und als ich aussteige, rammt mir einer von Tomás' Männern den Griff seiner Maschinenpistole in den Nacken, bevor ich richtig aus dem Wagen bin. Als ich wieder zu mir komme, ist mein Handy weg, ich bin ans Lenkrad gefesselt und sie sind verschwunden. Und ganz nebenbei haben sie mir die Reifen zerstochen.«

Rafael fluchte. »Wann war das?« Kies spritzte, als er den Lamborghini direkt vor der Eingangstreppe zum Stehen brachte.

»Vor nicht ganz drei Stunden.«

Eine Sekunde presste Rafael die Lippen zu einem dünnen

Strich zusammen, schien zu überlegen. Dann nickte er abrupt. »In Ordnung. Danke, Jorge.« Direkt hinter uns hielt der Wagen, dessen Scheinwerfer ich schon im Seitenspiegel gesehen hatte. Drei Männer stiegen aus.

»Wo bist du, Rafael?«

»Auf Santa Reyada. Aber auch das vermutlich nicht mehr lang.«

»Ich komme hin.«

Rafael nahm mir das Handy ab, stieß seine Tür auf und glitt aus dem Wagen. »Ich werde nicht auf dich warten. Du kannst dich genauso gut zu Fernán bringen lassen«, hörte ich ihn noch sagen, dann hatte er sie schon wieder zugeschlagen. Bis er um die Schnauze des Lamborghini herum war, hatte er aufgelegt. »Lope, mach die Bell startklar und hol sie nach vorne.« Ohne langsamer zu werden, hielt er auf die Treppe zu. »Beeil dich.« Er hatte die Haustür schon erreicht, als ich gerade erst ausstieg.

»In Ordnung. Enrique, hilf mir!«, Lope winkte einem seiner Begleiter zu, stieg wieder in den Wagen und raste mit ihm davon.

Der dritte Mann, Sal, folgte mir, als ich Rafael ins Haus hinterherrannte. Ich erinnerte mich an ihn. Auf meiner Fiesta hatte er den Arm um die Schulter einer jungen Frau gehabt und dabei gleichzeitig ein kleines Mädchen auf den Knien gehalten, das ständig an einem seiner Zöpfe genuckelt hatte. Jetzt lag seine Hand unübersehbar auf dem Pistolengriff, der unter dem Bund seine Hose hervorragte.

Schon in der Haustür peitschte mir Rosa entgegen. Im Wohnzimmer brannte Licht.

Rafael saß bereits über irgendwelches Hightech-Equipment gebeugt am Tisch, zerrte eben ungeduldig ein Kabel auseinander und stöpselte dann das eine Ende in seinem Handy ein. Neben ihm fuhr gerade ein Laptop hoch, an dem das andere Kabelende schon eingesteckt war. Zögernd kam ich näher. Was hatte er vor? Sal blieb in der Tür stehen. Unruhig strich Rosa durch die Vorhänge.

Rafaels Finger huschten über die Tastatur, das Touchpad, verharrten, huschten wieder. Keine seiner Bewegungen wirkte hastig oder hektisch, sondern viel mehr kühl und routiniert. So als hätte er so etwas schon Hunderte von Malen gemacht.

Schließlich griff er nach dem Handy, sah mich an, während er sich zugleich durch die Kontakte tippte. »Du sagst kein Wort. Egal, was passiert.«

Mit einem beklommenen Nicken ließ ich mich ihm gegenüber auf die Kante des Sessels sinken und schob die Fäuste zwischen die Knie.

Es klingelte. Rafael legte es neben den Laptop auf den Tisch und seine Hände kehrten zur Tastatur zurück, schwebten abwartend darüber.

»De Silva.«

Ich hielt den Atem an. Mein Blick zuckte zu Rafael.

»Joaquín ist bei dir. Ich will ihn sprechen.« Seine Fingerspitze glitt über das Touchpad, tippte darauf.

»Montoya? Was verschafft mir die Ehre?« Tomás klang spöttisch.

»Dir? Gar nichts. – Wie schon gesagt: Joaquín ist bei dir. Ich will ihn sprechen. Gib ihn mir.«

»Tsts. Absolut keine Kinderstube.«

»Nicht jeder kann so ein Arschloch sein wie du, Tomás. Beklag dich bei Estéban, wenn du ihn in der Hölle triffst. Und jetzt gib mir Joaquín.« Er tippte vollkommen lautlos.

»Joaquín ist nicht zu sprechen.«

»Sagt wer? Du?« Rafael schnaubte. »Noch mal langsam zum Mitschreiben für dich: Ich weiß, was du dir geleistet hast, und ich weiß, dass Joaquín bei dir ist.« Seine Augen waren unverwandt auf den Laptop-Bildschirm gerichtet. Abermals glitten seine Finger über die Tasten. »Ich will ihn sprechen, Tomás, und zwar jetzt.«

»Du hast gar nichts zu wollen, Montoya. Das hier ist eine Angelegenheit der Hermandad. Du gehörst nicht zur Hermandad. Also geht dich das alles rein gar nichts an.«

»Du hast die Hand gegen deinen Patron erhoben, Tomás. Und einer deiner Leute hat sich auf deinen Befehl an Jorge vergriffen. Dir ist klar, was das für Konsequenzen haben wir …«

»Gar keine, Montoya. Wir vollstrecken nur die Gerechtigkeit der Hermandad …«

Rafaels Stimme wurde noch schärfer. An seinem Kiefer zuckte es. »Dazu hast du kein Recht. Nicht ohne Joaquíns Zustimmung. Oder es braucht den Befehl des Patrons oder die Aussage einer Blutbraut und ein einstimmiges Urteil des Konsortiums.«

Leises Gelächter. »Es tut mir leid, dir deine Illusionen zu nehmen, Montoya, aber Joaquín *hat* zugestimmt. Schon vor Wochen. Wir hatten ihm noch eine letzte Frist gegeben, aber auch die ist seit Tagen abgelaufen.« Ich starrte auf das Handy. Rafael war blass geworden. »Ach ja: Du hast Zeit bis morgen Abend, dann bist du von Santa Reyada verschwunden. Ansonsten jagen meine Männer dich davon. Die Zeiten, in denen die de Alvaros die Hand über dich gehalten haben, sind vorbei, Montoya.«

Dann wurde die Verbindung unterbrochen.

»Du mich auch, Arschloch. – Und danke für dieses Gespräch.« Er sah auf, während er schon begann, alle möglichen Kabel vom Laptop abzustöpseln. »Ich hab ihn. Er ist ungefähr 40 Meilen nordöstlich von …«

»Was hat er damit gemeint, sie ›vollstrecken nur die Gerechtigkeit der Hermandad‹ und dass Joaquín ›zugestimmt hat‹?« In meiner Stimme saß ein Zittern.

Rafaels Bewegungen endeten. »Genau das, was Tomás gesagt hat.« Quer über den Tisch hinweg schaute er mich an. »Offenbar hat Joaquín tatsächlich seiner eigenen Hinrichtung zugestimmt. Und offenbar ist die Party schon am Steigen.« Die Vorhänge peitschten wie in einem stummen Schrei auf.

Für etwas, das sich anfühlte wie eine Ewigkeit, saß ich einfach nur reglos da. – Er hatte es mir selbst gesagt. Joaquín hatte mir selbst gesagt, was ihn erwartete, wenn ich nicht seine Blutbraut wurde. Ich hatte es gewusst. Warum hatte ich dann das Gefühl, als hätte Rafael mir von einer Sekunde zur nächsten den Boden unter den Füßen weggezogen? Weil ich nicht hatte wahrhaben wollen, dass sie es tatsächlich tun würden. Dass sie Joaquín tatsächlich … hinrichteten.

»Aber das … das ist Mord. Wir leben nicht mehr im Mittelalter. Wir sind in Amerika. Sie können doch nicht so einfach … sie können ihn doch nicht einfach …umbringen.« Die Worte klangen erschreckend wütend. Bis eben war mir nicht klar gewesen, dass ich mich genau so fühlte.

»Du hast es noch immer nicht kapiert, was?« Rafael stieß einen harten, bitteren Laut aus. »Die Hermandad schert sich einen Dreck um die Gesetze dieses Landes. Joaquín ist ein verdammt junger und obendrein ein verdammt mächtiger Hexer, der Nosferatu wird. Nach den Gesetzen der Hermandad reicht das. Damit haben sie das Recht, von ihm zu verlangen, einer Hinrichtung zuzustimmen.« Unvermittelt hieb er mit der flachen Hand auf die Tischplatte. »Und mir hat er erzählt, sie haben ihm vier Wochen gegeben, um die Sache mit dir zu regeln. Von wegen ›vier Wochen‹.« Abrupt stand erauf, riss seine Pistole aus dem Holster an seinem Gürtel und kontrollierte sie wie selbstverständlich, ehe er sie an ihren Platz zurückstieß. dieser elende Mistkerl hat mich angelogen!«

Das konnte nicht wahr sein. »Er wusste schon vorher davon?«

»Zumindest hat es ihn anscheinend nicht wirklich überrascht, zu hören, dass Tomás auf Santa Reyada aufgetaucht ist, als er nicht da war; oder dass sie ihn und Jorge gestoppt haben, oder?« In einem Halfter am Bein steckte eine zweite. Wie bei der ersten zerrte er den Schlitten zurück, überprüfte den Lauf, bevor er sie wieder an ihren Platz gleiten ließ und das Hosenbein mit einer wütenden Bewegung darüberzog.

Und Rafael hatte es auch gewusst. »Seit wann?«

»Was?« Er griff in die hinteren Taschen seiner Jeans, förderte sechs – nein, sieben – Magazine daraus hervor, checkte auch sie und ließ sie ebenfalls wieder verschwinden. Es sah aus, als bereite er sich auf einen Amoklauf vor. Nur dass er nicht vorhatte, auf irgendwelche Unschuldige zu schießen, sondern sich mit Hexern der Hermandad anzulegen.

»Seit wann hat Joaquín es gewusst?«

»Soweit ich weiß, seit gut zwei Wochen.«

Schlagartig war mir schlecht. Nicht ganz zwei Wochen hatte er sich von mir erbeten; zwei Wochen, in denen ich keinen Fluchtversuch unternahm, während er mir beibrachte, wie die Hexerei der Hermandad funktionierte. Nein, nur zehn Tage waren es gewesen. *›Zehn Tage: Danach bist du mich los. Für immer.‹* Hatte er damals schon gewusst, wann sie ihn zu seiner Hinrichtung holen würden? Musste ich das wirklich fragen? Natürlich. Er hatte das alles geplant. – Nur das mit seinem Selbstmord passte nicht. Oder hatte er ihnen damit eigentlich zuvorkommen wollen? Ich schloss die Augen. War das nicht egal? Es lief alles auf dasselbe hinaus: Er hatte nie damit gerechnet, dass ich meine Panik in den Griff bekommen könnte und seine Sanguaíera werden würde. Und es stillschweigend akzeptiert, dass seine Zeit abgelaufen war. Auf die eine oder andere Weise. Ohne irgendjemandem etwas davon zu sagen. Noch nicht einmal Rafael. Weil der wahrscheinlich alles darangesetzt hätte, es zu verhindern.

Aber er hatte mir versprochen, dass wir miteinander reden würden, wenn das alles vorbei war. Das konnte alles nicht wahr sein. »Wir müssen etwas tun.«

Voll bitterem Hohn hob Rafael eine Braue. »Ach? Und was? Den Gouverneur anrufen, damit er Joaquín wie in einem schlechten Film im letzten Moment begnadigt? So funktioniert das in der Hermandad nicht. Das Todesurteil wurde, wie es scheint, angekündigt, ausgesprochen und Joaquín hat ihm zugestimmt. Den Gesetzen wurde Genüge getan und damit war's das.«

Nein! Nein, ich weigerte mich, das so hinzunehmen. »Aber er muss es sich anders überlegt haben. Jorge hat gesagt, sie hätten gestritten …« Ich ballte die Fäuste. Und dann war Joaquín zusammengebrochen. »Er ist nicht freiwillig mit ihnen gegangen.« Ich hatte mit ihm reden wollen. Er hatte mir versprochen, dass wir reden würden, wenn das alles vorbei war. Draußen kündigte das Geräusch der Rotorblätter Lope mit dem Helikopter an.

»Das interessiert sie nicht. Vor allem wird Tomás keine weiteren Verzögerungen zulassen. Er kann es doch kaum erwarten, Joaquíns Domäne als neuer Patron dieser Familie zu übernehmen. Nichts und niemand wird ihn daran hindern, die Sache heute Nacht durchzuziehen.«

Seine Worte waren wie ein Schlag ins Gesicht. »Das ist nicht dein Ernst?« Fassungslos schüttelte ich den Kopf. »Wir können doch nicht einfach …«

»Wonach sieht das hier denn aus?« Rafael legte die Hand auf den Griff der Pistole an seinem Gürtel, nickte gleichzeitig zum Fenster, vor dem gerade die Scheinwerfer des Helikopters grell zu Boden schwebten. »Du glaubst doch nicht, dass ich tatenlos dabei zusehe, wie diese Geier meinen besten Freund zerfleischen? Selbst wenn er sich aus welchen bescheuerten Gründen auch immer irgendwann mal damit einverstanden erklärt hat. – Den Teufel werde ich.« Er beugte sich über den Laptop, ließ den Finger noch einmal über das Touchpad gleiten, schloss ihn fast ganz, zog den Stecker raus und nahm ihn vom Tisch.

»Wenn Jorge und die anderen auftauchen, sag ihnen, dass ich Tomás' Handy geortet habe«, befahl er mir, während er zur Tür ging. »Das Signal bewegt sich nicht. Laut der Karte sind sie draußen in den Ruinen. Der ideale Ort, um einen Hexer der Hermandad hinzurichten. So abgelegen, dass sie garantiert keiner stört. Ganz nebenbei passt es ausgezeichnet zu Tomás' Vorliebe für große Auftritte.«

Ich war hastig aufgestanden und folgte ihm. Mein »Ich komme mit« brachte ihn dazu, sich abrupt umzudrehen.

»Das wirst du nicht.«

»Vergiss es!« Ich wollte an ihm vorbei.

Seine Hand an meinem Arm verhinderte es. »Joaquín wollte dich nicht …«

»Das soll er mir selber sagen.« Mit einem Ruck machte ich mich los. »Ich bleibe nicht hier.«

Rafaels Blick war mörderisch.

Ich schob das Kinn vor. »Sie werden schon nicht auf mich schießen. Ich bin eine Blutbraut. Eine Moreira. Ich bin wertvoll. Sie werden mir nichts tun.« Wenn ich mir dessen nur halb so sicher gewesen wäre, wie ich klang, wäre mir deutlich wohler gewesen.

Eine Sekunde, zwei musterte Rafael mich mit demselben Blick wie zuvor, dann sah er zu Sal, der immer noch bei der Tür stand. »Sal.«

Der nickte. »Ich richte es Jorge aus. Wir folgen euch so schnell wie möglich.« Noch einmal schaute Rafael mich wütend an, dann sagte er: »Komm«, wandte sich brüsk um, marschierte aus dem Haus und die Treppe hinunter. Ich folgte ihm. Und taumelte, kaum dass ich einen Schritt von den Stufen heruntergemacht hatte.

Der Boden unter meinen Füßen schien zu zittern. Als würde er sich im Takt eines Herzschlages immer mehr verkrampfen. Etwas wie ein Klagen hing in der Luft, das wie ein dünner, ziehender Schmerz durch das Innere meiner Knochen drang.

Ich stolperte, hielt mich an dem Erstbesten fest, das mir in die Hände kam: Rafael.

»Was zum …?«

»Santa Reyada. Es … es weint.« Ich wusste selbst, wie blödsinnig sich die Worte anhörten, aber … anders konnte ich es nicht beschreiben.

Für eine Sekunde waren Rafaels Gesichtszüge regelrecht entgleist, doch er hatte sich verblüffend schnell wieder gefangen.

»Wie lange … spürst du es schon?« Er klang, als sei es das Normalste der Welt, dass jemand von dem Boden unter seinen Füßen wie von einem lebenden Wesen sprach – und auch noch behauptete, seine ›Gefühle‹ spüren zu können. Sah man einmal davon ab, dass in seiner Stimme der pure Schock mitschwang.

Ich antwortete mehr aus Reflex. »Seit … seit eben. Aber ich glaube … es wird schlimmer.«

Er stieß ein Zischen aus. »Sie müssen tatsächlich im alten Dorf sein. Und sie haben schon angefangen.« Er befreite sich aus meinem Griff, packte mich stattdessen am Arm und zerrte mich neben sich her auf den Helikopter zu.

»Du … du glaubst mir«, stammelte ich fassungslos.

Rafael zwang mich, mich zu ducken. Über uns kreisten die Rotorblätter. Er musste gegen ihren Lärm und den Sturm, den sie verursachten, anbrüllen. »Ich kenne Joaquín verdammt lange. Auf genau diese Weise spricht *er* immer von Santa Reyada.« Er riss die hintere Tür auf, schob mich ins Innere, beugte sich beinah drohend zu mir, nachdem er hinter mir hereingeklettert war und sie wieder zugeschlagen hatte. »Und *DU* kannst mir nicht mehr länger erzählen, dass du nicht seine Sanguaíera bist.« Damit knallte er mir ein Headset vor die Brust, zerrte den Sicherheitsgurt um mich, griff sich selbst ein Headset und brüllte »O.k.« hinein, während er sich neben mich auf den Sitz fallen ließ und seinerseits nach den Gurten griff. Beinah in derselben Sekunde zog Lope den Helikopter vom Boden hoch. Als ich keine Minute später hinaussah, huschten die Scheinwerfer bereits über Geröll und Gras. Ich klammerte mich an meinem Gurt fest und versuchte gleichzeitig zu verstehen, was mit mir geschah.

Neben mir hatte Rafael den Laptop auf seinen Knien geöffnet. Angespannt rieb er sich das Handgelenk mit dem zerstörten Tattoo. Auf dem Bildschirm blinkte ein kleiner grüner Punkt.

41

Die Ruinen von Santa Reyada ähnelten der Kulisse eines Mafiafilms, als wir sie erreichten. Sechs elegante Limousinen parkten mit aufgeblendeten Scheinwerfern großzügig verteilt auf dem Platz vor der Kirche. Ich zählte mindestens fünf mit Maschinenpistolen bewaffnete Männer unter uns, die ihre Waffen in den Anschlag gerissen hatten und zu uns emporsahen. Wie auch immer Rafaels Plan aussah: ›Leise‹ und ›heimlich‹ gehörten nicht zur Beschreibung. Dafür ließ er Lope eindeutig zu lange über den Männern in der Luft stehen, bevor er ihn anwies, zu landen. Und den Motor laufen zu lassen.

Kaum stand die Bell, hatte er schon die Tür geöffnet, sprang heraus und half mir ebenfalls beim Aussteigen. Der Boden schien sich unter mir zu schütteln, noch lauter zu klagen und zu stöhnen als schon zuvor. Schmerz grub sich immer tiefer in meine Knochen.

Wie schon vorher legte Rafael mir die Hand in den Nacken, damit ich mich weit genug unter den Rotorblättern duckte. Doch er stoppte mich, als ich auf die Kirche zuhasten wollte.

»Langsam. Die Typen werden nervös genug sein. Wenn du jetzt auf sie zurennst, wird das Ganze hier unberechenbar.« Er musste noch immer beinah brüllen, damit ich ihn über dem Donnern der Rotoren verstehen konnte. Dabei hatte er sich so dicht zu mir gelehnt, dass er mir fast direkt ins Ohr schrie. »Geh schnell und entschlossen auf die Kirche zu. Das Reden überlässt du mir. Nicht stehen bleiben, egal was sie sagen. Wenn du stehen bleiben sollst, sag ich dir das. Und du rennst, wenn ich dir sage, du sollst rennen. Dein Ziel ist es, in die Kirche zu kommen. Den Rest erledige ich.«

Ich schluckte beklommen. Meine Hände waren schweißnass. Welchen ›Rest‹? Und wie konnte er nur so sicher sein, dass die Sache so lief, wie er sich das vorstellte? Was war, wenn einer der Kerle doch die Nerven verlor?

»Keine Angst, tigresa.« Sein plötzliches Grinsen überraschte mich völlig. »Wie du vorhin so schön gesagt hast: Du bist eine Moreira-Blutbraut. Viel zu wertvoll, als dass sie dich einfach erschießen könnten.«

Eine Sekunde starrte ich ihn an. Na, danke auch. Warum fand ich den Gedanken gerade alles andere als beruhigend? Und vor allem: Hoffentlich hatte das auch jemand den Typen mit den Maschinenpistolen vor der Kirche gesagt.

Er nickte Enrique zu, der ebenfalls ausgestiegen war. »Du bleibst bei dem ersten Wagen da vorne stehen. Sodass er dir möglichst viel Deckung bietet, aber du gleichzeitig freies Schussfeld hast, um uns Feuerschutz zu geben.« Sein Ton hatte mehr und mehr etwas von Militär. Dass Enrique nicht die Hacken zusammenschlug und salutierte, war auch schon alles. Ich warf ihm zwar einen unsicheren Blick zu, als er mir mit einer Geste zu verstehen gab, dass ich vor ihm gehen sollte, aber ich setzte mich trotzdem in Bewegung. Zwischen den Ruinen der Häuser hindurch auf den Platz vor der Kirche zu. Schnell und entschlossen. Ohne zu rennen. Mein Herz schlug wie verrückt. Seit dem ›Feuerschutzgeben‹ dachte mein Magen darüber nach, in Richtung meiner Kehle zu kriechen. Rafael und Enrique waren dicht hinter mir. Ich wagte es nicht, mich zu ihnen umzudrehen.

Sobald wir in Sichtweite waren, richteten die Männer ihre Waffen abermals auf uns.

»Wer zum Teufel seid ihr? Bleibt, wo ihr seid!« Die Stimme gehörte einem schlanken, dunkelblonden Mann links von der weißen Limousine, die den Stufen am nächsten stand.

»Mitten zwischen dem zweiten und dritten von rechts hindurch; direkt auf die Treppe zu«, wies Rafael mich von hinten leise an. Wie kam er auf die Idee, ich würde einen anderen als den kürzesten Weg nehmen, während fünf Bodyguards ihre Waffen auf mich gerichtet hatten? »Halt die Hände so, dass sie sie sehen können.« Der Himmel verlor allmählich seine Schwärze. Im Osten zeigte sich ein Streifen fahles Orange am Horizont.

Langsam streckte ich die Arme ein Stück zur Seite. Jetzt konnte eigentlich endgültig niemandem mehr entgehen, dass ich zitterte. Mindestens ebenso sehr wie der Boden unter mir. Ich ging weiter. Fixierte dabei stur die Kirchentür.

»Die junge Dame hier will zu ihrem Hexer«, erklärte Rafael dem Typen liebenswürdig. Die junge Dame, die er noch vor Kurzem auf Santa Reyada zurücklassen wollte.

Wir passierten den ersten Wagen; das Licht seiner Scheinwerfer. Enriques Schritte verstummten.

»Das kann sie nicht. Nicht jetzt.«

Nur dass es für Joaquín wahrscheinlich kein ›später‹ gab. Im letzten Moment biss ich mir auf die Zunge.

»Ihr könnt einer Sanguaíera nicht den Zugang zu ihrem Hexer verwehren.«

Ich marschierte zwischen dem ausgetrockneten Brunnen und

einer weiteren Limousine hindurch. Rafael nach wie vor direkt hinter mir. Der Boden unter mir schrie und schüttelte sich. Um ein Haar wäre ich stehen geblieben. Bitte, lieber Gott, lass Joaquín noch am Leben sein. Die Worte schossen mir einfach durch den Kopf; schnürten meine Kehle noch ein Stück mehr zu. Rafael zischte: »Weiter!«

»Unsere Befehle sind eindeutig: Niemand betritt die Kirche. Bleibt, wo ihr seid!«

»Sonst was? Schießt ihr dann? – Fein.« Fein? War Rafael übergeschnappt? Ich konnte mich gerade noch davon abhalten, mich zu ihm umzudrehen. »Und wer von euch erklärt den Herren in der Kirche, dass ihr eine Moreira-Blutbraut erschossen habt?«

Schockiertes Schweigen. Blicke wurden getauscht. Zwei der Typen senkten die Läufe ihrer Waffen kaum merklich. Nicht, dass es meinen Herzschlag dramatisch verlangsamt hätte. Der nächste Wagen. Nur ein paar Meter trennten mich noch von den beiden Männern, zwischen denen ich hindurchgehen sollte. War Rafael gerade noch ein Stück näher gekommen? Warum fühlte es sich an, als würde er mich als Schutzschild benutzen?

»Zum letzten Mal: stehen bleiben!« Das schnalzende Geräusch einer Pistole, die durchgeladen wurde. Ich konnte nur hoffen, dass Rafael tatsächlich wusste, was er da tat.

Jetzt waren wir auf gleicher Höhe mit den beiden Männern.

Ich spürte Rafaels abrupte Bewegung hinter mir.

Zwei Schüsse peitschten auf, die wie einer klangen.

Rafael brüllte: »Lauf, Lucinda!«, und: »Enrique!«

Die beiden Typen rechts und links von mir stürzten zu Boden.

Ich schrie auf, duckte mich, schlang die Arme um den Kopf und rannte auf die Kirche zu. Eine Kugel ließ ein gutes Stück neben mir den Boden aufspritzen.

BlamBlamBlamBlam. Die Schüsse wollten kein Ende mehr nehmen. Panisch warf ich einen Blick zurück. Rafael kam hinter mir her. Rückwärts. In jeder Hand eine Pistole. Die Arme vor sich ausgestreckt. *Blam. Blam.* Ein weiterer der Kerle lag auf dem Boden, die Hände auf den Bauch gepresst, krümmte sich. Die zwei übrigen waren hinter den Wagen, die ihnen am nächsten waren, in Deckung gegangen. Feuerten über Motorhauben und Autodächer hinweg. Ebenso wie Enrique. Auf beiden Seiten der Kirche erklangen Rufe und Schreie in der Dunkelheit. Die näher kamen. *BlamBlamBlamBlam. Blam. Blam. BlamBlam. Blam.*

»Lauf!« Rafael sah sich noch nicht einmal nach mir um, schoss einfach weiter. Im letzten Moment dachte ich an die zerfallene Treppenstufe, stürzte in die Kirche, stolperte hinter der Tür gegen die nächste Wand, drückte mich dagegen, duckte mich unwillkürlich, weil draußen immer noch Kugeln in die Mauer schlugen. Rafael war direkt hinter ihr in Deckung gegangen, wechselte gerade eiskalt Magazine. Beängstigend routiniert.

›*Bist du übergeschnappt?*‹, wollte ich ihn anschreien. ›*Hättest du mich nicht ein klitzekleines bisschen in diesen Wahnsinnsplan einweihen können?*‹, ›*Wann hast du ihn überhaupt gefasst?*‹ – und – ›*Gab's bei diesem Irrsinn eigentlich auch einen Plan B?*‹, doch ich brachte von einem Atemzug zum anderen keinen Ton mehr heraus. Sechs Männer hatten sich nahezu gleichzeitig zu mir umgedreht und starrten mich an. Meine Lungen zogen sich schlagartig zusammen: Hexer der Hermandad. Vampire. Jeder einzelne. Und zwischen ihnen … Joaquín.

»Nein!« Ich merkte noch, dass Rafael nach mir griff, als ich vorwärtsstürmte, doch es war Tomás' Arm um meine Mitte, der mich letztlich aufhielt. Kreischend und um mich schlagend.

Er lag auf den Knien, die Arme schlaff an der Seite, den Kopf halb auf die Schulter und in den Nacken gesunken. Die Augen vollkommen leer. Wie eine Marionette, die nur noch von ihren Fäden in dieser Position gehalten wurde. Fast genau dort, wo ich damals die Nacht in dieser Kirche zugebracht hatte. Irgendwann musste Blut von seiner verletzten Hand auf die Steinplatten darunter getropft sein. Der Bannkreis um ihn herum waberte und flackerte, das einzige Licht in der dunklen Kirche, warf unruhige Schatten auf alles. Die Schüsse draußen hatten geendet.

»Nein! Nein, das dürft ihr nicht!« Mit aller Kraft stemmte ich die Hände gegen Tomás' Unterarm, versuchte, ihn von mir wegzudrücken, wand mich, grub ihm die Fingernägel in die Haut.

Er zischte, drückte mich nur noch fester an sich, fluchte: »Kleines Biest.«

»Aufhören! Hört auf damit! Macht, dass es aufhört!« Mit jedem Wort wurde meine Stimme mehr zu einem Heulen.

Ich bekam kaum mit, wie Rafael hinter mir aufkeuchte, weil ihn einer der Hexer nur mit einer Bewegung gegen die Wand nagelte, wie gleich darauf irgendjemand hinter mir »Du Mistkerl« fauchte und es zwei Mal klapperte, als wäre etwas Metallisches zu Boden gefallen. Dann ein Klatschen.

Rafael stöhnte etwas, das wie »Feigling« klang, und dann, lauter: »Ihr macht einen Fehler. Joaquín ...« Wieder ein Klatschen.

»Schluss damit!«, befahl einer der Hexer links von mir, während ein Teil der anderen mich weiter anstarrte und einer »Escondera« ächzte. Außer Tomás kannte ich keinen von ihnen. Ich wollte auch keinen kennen, selbst wenn sie genau zu wissen schienen, wer ich war. Ich hatte nur Augen für Joaquín. Der sich gerade mit einem Röcheln aufbäumte, nur um gleich darauf ein Stück weiter vornüberzusacken.

»Nein!« Meine Stimme kippte. »Es soll aufhören! Ihr dürft das nicht.« Ich zerrte heftiger an Tomás' Arm. »Er hat doch nichts getan.«

»Nichts getan?« Tomás stieß erneut ein Zischen aus. »Schau ihn dir an, er ist ein elender Nosferatu!«

»Nein, das stimmt nicht. Er ... seine ... Augen sind noch gar nicht vollständig farblos ... Ihr irrt euch.«

»Lügnerin.«

Ich schrie auf, als Tomás mich noch härter an sich zog. »Nein!«

Im Kreis hob Joaquín den Kopf ein winziges Stück.

»De Silva!«, sagte einer der beiden Hexer auf meiner rechten Seite warnend.

Der ignorierte ihn. »Die Wunden auf seinem Rücken sprechen aber eine ganz andere Sprache.«

»Ich weiß doch, was ich sehe. Er ist noch nicht Nosferatu!« Ich trat um mich, erwischte Tomás mit der Ferse, entlockte ihm ein Grunzen.

»Lassen Sie sie los, de Silva!«

»Señorita Moreira, glauben Sie mir, keiner von uns tut das hier gern.« Ein anderer Hexer. Grauhaarig. Ich meinte, Rafael ein bitteres Schnauben ausstoßen zu hören. »Aber wir haben keine andere Wahl. Joaquín ... Er kannte unsere Gesetze. Er hat zugestimmt.«

»Er hatte es sich anders überlegt.« Meine Stimme verwandelte sich mehr und mehr in ein Schluchzen.

»Das ist nicht wahr!« Tomás' Arm schloss sich noch härter um mich.

»Doch! Sonst hätte Jorge ihn doch nicht mit Tomás und ... und Ferrado streiten gesehen. Und dass Joaquín zusammengebrochen ist, bevor Tomás' Leute Jorge bewusstlos geschlagen haben.« Mehrstimmiges Luftholen. »Er ist nicht freiwillig mitgegangen. – Bitte! Bitte ... geben Sie uns eine Chance ...« Abermals grub ich meine Fingernägel in Tomás' Haut.

»Stimmt das, de Silva?«

»Ferrado?«

»Lassen Sie das Mädchen endlich los, Tomás.« Der Grauhaarige.

»Sie kennen die Gesetze in solchen Fällen, de Silva.«

Mit einem Zischen gab er mich frei. Mehr als widerstrebend. »Joaquín hatte zugestimmt! Dafür gibt es Zeugen, Salgada.«

Ich taumelte, stolperte auf den Bannkreis, auf Joaquín zu, fiel davor auf die Knie. »Joaquín.« Diesmal schluchzte ich wirklich. Er war ein Stück weiter vornübergesunken, stützte sich mit der unverletzten Hand auf dem Boden ab.

»Auch ein Einverständnis kann unter bestimmten Umständen widerrufen werden.«

Seine Haare hingen ihm ins Gesicht, berührten fast die Steinfliesen. Er zitterte wie im Fieber. »Joaquín. Joaquín, sag was ...« Ich glaubte, ihn leise stöhnen zu hören. »Bitte, es muss aufhören ...«

»Das ist nicht möglich.« Tomás.

»Und selbst wenn es möglich wäre, würdest du es nicht zulassen, du Bastard!« Rafael klang atemlos. Erst jetzt warf ich einen schnellen Blick hinter mich. Er lag bäuchlings am Boden. Die Hände anscheinend auf dem Rücken gefesselt. Einer der Kerle von draußen kniete über ihm, den Lauf seiner Pistole in Rafaels Nacken.

Einer der Hexer warf ihm einen unwilligen Blick zu, sah dann mich beinah mitleidig an. »Grämen Sie sich nicht, Señorita Moreira, für Joaquín ist es bereits vorbei«, sagte er bedauernd.

Ich starrte ihn an. »W-was? Aber … aber er lebt doch noch.«

Er schüttelte den Kopf. »›Zuerst stirbt der Mann, dann der Nosferatu.‹ Das da ist nur noch eine bösartige Kreatur, die nichts mehr mit Joaquín de Alvaro gemein hat.«

NeinNeinNein. Das konnte nicht wahr sein. »Joaquín. Joaquín, bitte«, flehte ich. »Sag was. Bitte. Sag doch was!« War er tatsächlich noch weiter vornübergesunken? »Du hast es versprochen. Du hast versprochen, dass wir reden, wenn das vorbei ist.« Sein Arm zitterte, als würde er jede Sekunde unter ihm einknicken. »Joaquín, nein. Bitte.« Wieder ein Aufbäumen, wieder ein Röcheln, das zu einem Stöhnen wurde. Er kippte vornüber, fing sich im letzten Moment. »Nein!« Das Wort war ein Aufschrei. Ich streckte die Hand nach ihm aus, ohne nachzudenken. Der Bannkreis flammte auf, waberte unter meiner Handfläche. Ein dünner Schmerz fuhr meinen Arm hinauf, wie ein Stromschlag. Der Boden kreischte, schüttelte sich. Bestürztes Murmeln um mich herum.

Ganz langsam sah er auf, sah meine Hand an, sah mich an.

Hob die Hand wie in Zeitlupe, die verletzte.

Fuhr mit den Fingerspitzen von Zeige- und Mittelfinger über die ganze Länge meiner Hand. Von oben nach unten. Und zurück.

Der Bannkreis brannte und loderte bei seiner Berührung.

»Chimo. Chimo, bitte nicht.« Tränen liefen mir übers Gesicht. Er sah mich weiter an. Unverwandt. Bis er sich erneut aufbäumte, mit einem lautlosen Schrei; sich abermals vornüberkrümmte, keuchte, nur noch den Ellbogen auf den Boden gestützt, die eine Hand auf den Steinplatten noch immer wie nach mir ausgestreckt. Quer über die Siegel des Schutzkreises, den er damals um mich herum geschrieben hatte, um mich vor den Nosferatu zu schützen. Den er mit meinem Blut geschlossen hatte, um mich vor ihm selbst zu schützen. Ich starrte darauf, auf die Siegel darunter.

Mit Blut geschlossen.

Mit *meinem* Blut.

Hastig kroch ich näher an den Bannkreis heran, dort, wo sich der neue und der alte überschnitten. Nur ein paar Siegel überschnitten. Suchte die Stelle, wo er durchbrochen war. Da!

Mit einem Mal waren die Hexer um mich herum vergessen; ihr Streit, ob das, was hier geschah, nach ihren Gesetzen überhaupt noch legal war. Es war bedeutungslos. Der Boden hob und senkte sich. Ihre Stimmen wurden lauter. Schreie irgendwo draußen.

Ich zerrte Fernáns Verband von meinem Handgelenk, schlug die Fingernägel in die Löcher, die einer der beiden Nosferatu in meinem Arm hinterlassen hatte, brachte sie erneut zum Bluten. Tauchte meine Fingerspitze hinein. Setzte dort an, wo der alte Kreis verwischt war. Schrieb das erste Siegel neu. Putz fiel von der Wand. Die Dachsparren knarrten, regneten Staub. *›Dein Blut. Dein Kreis. Auch wenn du so magisch bist wie ein Stück Brot‹*, hatte Joaquín mir erklärt. Das zweite. Ein Riss fraß sich die Mauer entlang. *›Ohne die Macht eines Hexers kannst du keinen neuen schreiben, aber wenn er mit deinem Blut geschlossen* *wurde, kannst du den Kreis auf der alten Macht auf die gleiche Weise neu schließen. Egal, was es eigentlich für ein Kreis ist. Solange du nur die Siegel kennst.‹* Das dritte. Direkt neben mir zersplitterte ein Steinbrocken auf den Platten.

»Was zum …«

Ich wurde im selben Moment gepackt und auf die Beine gezerrt, als sich der Kreis wieder schloss. Tomás. Er fluchte. Ich stemmte mich gegen ihn, streckte mich. Meine Fußspitze wischte über die frischen Siegel aus meinem Blut. Der alte Kreis brach. Und mit ihm der, der Joaquín umbrachte. Die große Schwäche jeden Kreises. Wenn zwei sich überschneiden und der ältere bricht, bricht auch der andere …

Den Bruchteil einer Sekunde: Totenstille. Dann: Mehrstimmiges Aufkeuchen. Fassungslos. Entsetzt.

Tomás riss mich zu sich herum. »Du elendes Miststück …« Er schlug zu. Ich schrie. Ohne seine Hand an meinem Arm wäre ich zu Boden gestürzt, zog ihm die Fingernägel blindlings durchs Gesicht. Diesmal heulte er. Es ging in Joaquíns Brüllen unter. Er war halb auf die Beine gekommen. Wankend. Die Fänge gefletscht. Geduckt. Bereit, sich auf Tomás zu stürzen. Nichts als Mordgier in den Diamantaugen.

Der Hexer links von mir war zurückgeprallt, hatte die Hand gehoben. Der neben ihm ebenfalls … »Nein!« Ich kam irgendwie von Tomás los, stürzte auf Joaquín zu, spürte die Magie auf ihn zurasen, auf mich … In der nächsten Sekunde war alles schwarz. Hinter mir, über mir, um mich herum. Eine Mauer aus Schwärze. Wie zu Glas geronnene Finsternis. Gegen die schlug, was immer die beiden losgelassen hatten. Und trotzdem stolperte ich unter der Wucht vorwärts, taumelte gegen Joaquín. Der mich auffing, nur um mich hastig von sich fortzustoßen, zurücktaumelte, auf die Knie fiel, während ich unsanft auf dem Hintern landete.

»No! Bleib weg!«

Ich hörte ihre Stimmen, ihre Schreie auf der anderen Seite der Schwärze. Erkannte Tomás. Gedämpft. Weit weg. Sollten sie zur Hölle gehen.

Irgendwie umständlich kam ich wieder auf die Beine. Auch Joaquín war wieder aufgestanden, bis hinter das steinerne Geländer, das den Altarraum von dem Rest der Kirche trennte, zurückgewichen. Er wich noch weiter zurück, als ich einen Schritt auf ihn zumachte, bewegte sich unruhig in den Schatten dahinter.

»Du hättest sie zu Ende bringen lassen sollen, weswegen sie hergekommen sind.« Ärger schwang in seinem Ton mit. Und etwas, das sich wie … Verzweiflung anhörte. Auch wenn er ganz offenbar versuchte, sie vor mir zu verbergen.

Ungläubig schüttelte ich den Kopf, machte einen weiteren Schritt auf ihn zu. Langsam. Vorsichtig. Fast so, wie ich mich im Boston Animal Shelter den Neuzugängen genähert hatte, von denen ich nicht wusste, wie sie auf mich reagieren würden. Mein Mund war ausgedörrt. »Das kann nicht dein Ernst sein.« Andererseits: Hatte Rafael nicht diesen elenden Spieß im Kofferraum seines Wagens gefunden? Noch ein Schritt.

Er stieß ein Zischen aus, fuhr sich mit der Hand durchs Haar, die verletzte eng am Körper. »Du hast keine Ahnung, was du freigelassen hast, Luz.« Seine Atemzüge kamen immer hastiger. »›Erst stirbt der Mann, dann der Nosferatu.‹ Ich war nicht sicher, ob er etwas wiederholte, was man ihm irgendwann einmal eingehämmert hatte, oder ob er diesen anderen Hexer zuvor gehört hatte. »Dein Blut … Es ist noch schlimmer als vor ein paar Stunden. Viel schlimmer. Und dieses Andere … Du hast keine Ahnung …« Er fletschte die Fänge, die Finger zur Klaue gekrümmt. »No! Komm nicht näher!«

Diesmal blieb ich stehen. Mein Herz klopfte, als wollte es jede Sekunde zerspringen. Nosferatu. Monster. *Tante María hatte gebettelt …* Nein! Das war der *andere* gewesen. Nicht er.

»Joaquín …«

Bis eben hatte er mir noch ins Gesicht gesehen, in meine Augen, jetzt zuckte sein Blick zu meiner Kehle. »Ich will die Zähne in deinen Hals schlagen. Dein Blut trinken.« Bei jedem Wort waren seine Fänge zu sehen. »Gleichgültig, ob du willst oder nicht.« Seine Brust hob und senkte sich in viel zu schnellen Atemzügen. Hart. Hastig. Beinah … keuchend. Jetzt machte er einen Schritt auf mich zu. »Verstehst du denn nicht, ich … ich …« Mit einem Knurren wandte er sich von mir ab. Am ganzen Körper zitternd. »Geh weg, Luz, bevor ich dir wehtue. Wie der andere. In New York. Malakai.« *Tante María hatte geschrien, gebettelt. Blut. Überall Blut.* »Geh weg.«

Ich schluckte, holte bebend Luft – wobei ich mich selbst wunderte, dass meine Lungen überhaupt noch funktionierten –, kam ihm meinerseits einen weiteren Schritt entgegen. »Es ist okay.«

Wieder ein Kopfschütteln. Er rieb sich mit der Hand über den Mund. »Geh weg.«

»Nein.« Ich blieb stehen. Streckte die Hand nach ihm aus. »Es ist okay. – Hörst du mich, Joaquín? Es ist okay. Ich will, dass du mein Blut trinkst. Ich will, dass du mich zu deiner Blutbraut machst.« Schlagartig schien er wie erstarrt. Die einzige Bewegung waren seine viel zu hastigen, harten Atemzüge. Langsam machte ich einen weiteren Schritt auf ihn zu. Die Hand noch immer nach ihm ausgestreckt. »Hörst du mich? Es ist okay. Ich will es.« Keine Armlänge trennte mich mehr von ihm. Er zog die Schultern hoch. »Hörst du mich? Es ist okay. – Es ist okay … Chimo …«

Er drehte sich zu mir um, sah mich an. Der Ausdruck in seinen Diamantaugen …

Ich neigte den Kopf zur Seite. Entblößte meine Kehle. Spürte wie meine Lungen sich jetzt doch zusammenzogen. *Blut. Überall. Tante María …* Atmen, Lucinda! Ich hob die Hand ein bisschen höher. »Es ist okay.«

»Du kannst das nicht.« Wie in Trance kam er auf mich zu. Bis er ganz dicht vor mir stand. »Du kannst es nicht ertragen …«, flüsterte er. Wie zuvor hing sein Blick an meinem Hals. Mit den Fingerspitzen strich er meine Wange abwärts. Nur aus dem Augenwinkel glaubte ich seine Krallen zu sehen. Atme!

Ich zwang mich zu einem Lächeln, neigte den Kopf ein klein wenig mehr. »Vielleicht.« Irgendwie war ich dankbar dafür, dass die beiden Nosferatu in L.A. meine Kehle verschont hatten. »Aber ich will es.«

»Warum, mi luz? Warum?« Etwas schlug dumpf von der anderen Seite gegen die Mauer aus Schwärze. Joaquín biss für den Bruchteil einer Sekunde die Zähne zusammen.

Der Boden rumorte erneut.

»Weil ich es leid bin, davonzulaufen.«

Weil ich es leid bin, allein zu sein.

»Weil …« … ich erkannt habe, dass ohne dich etwas in meinem Leben fehlen würde. Ich schluckte nur. Konnte es nicht aussprechen. Weil ich mich selbst gerade fragte, wann das geschehen war.

»… weil ich es will.« Ich bemühte mich, fest und entschlossen zu klingen. Du wirst für den Rest deines Lebens abhängig von seinem Blut sein. Ein elender kleiner Junkie.

Seine Finger erreichten meine Kehle, verharrten über meinem Puls. »Ich kann dein Blut spüren.« Er zögerte erneut. »Dein Herz klopft viel zu schnell.«

Ich wollte mich umdrehen, davonlaufen, schreien. Ich trat noch dichter an ihn heran. So dicht, dass keine Hand mehr zwischen uns passte. »Es ist okay. Ich will es.«

Wie in Zeitlupe senkte er den Kopf, vergrub das Gesicht an meinem Hals, in meinem Haar. Sein Atem war warm auf meiner Haut und verursachte mir zugleich eine Gänsehaut. Wie von selbst schoben meine Hände sich zwischen uns, auf seine Brust, war da eine Stimme, die mich anflehte, ihn wegzudrücken; davonzulaufen, solange ich es noch konnte. Irgendwie schaffte ich es, sie einfach nur auf seiner Haut liegen zu lassen. Wenn er dich beißt, wirst du nie wieder die Sonne ertragen können. Nein! Jenseits der geronnenen Schwärze erklangen Schüsse. Dumpf. Hallend. Weit entfernt.

Er machte einen Schritt zurück, schob sich von mir fort.

Ohne mich loszulassen. Das Gesicht nach wie vor an meinem Hals vergraben. »Ich will das nicht.« Es klang wie ein Stöhnen. »Sie werden mich töten, mi luz.« Seine Lippen berührten meine Kehle. »Sie können gar nicht anders. Jetzt nicht mehr.« Wanderten abwärts zu meinem Schlüsselbein, verharrten knapp über dem dicken Pflaster dort. »›Zuerst stirbt der Mann, dann der Nosferatu.‹« Kehrten zu der Kuhle direkt unter meinem Kiefer zurück. Atme! »Und dann …« Ich spürte sein Zittern. »Ich will dich nicht mit in die Dunkelheit reißen. Ich will nicht, dass du so endest wie Anna. Ich will das nicht für dich, mi luz.«

Anna. Ich unterdrückte das Schaudern. Nein, ich wollte nicht enden wie Anna. Verrückt und verwirrt. Gefangen in einer anderen Welt, in der ich am Ende wie sie auf einen Mann wartete, der niemals zu mir zurückkommen würde. Aber: Was war die Alternative? *Sie* würden mich garantiert nicht wieder gehen lassen. Falls sie Joaquín tatsächlich töteten, war ich eine Gefangene. So oder so. Und so war es meine Entscheidung. Atme!

»Mir wird nichts geschehen. Ich verspreche es.«

Seine Lippen liebkosten nur weiter meine Kehle.

Wieder schlug etwas gegen die Wand aus Schwärze. Die sich inzwischen in ein fahles Grau verwandelt hatte. Lange würde sie nicht mehr halten. Beinah konnte man schon ihre Schatten erkennen. Und wenn sie erst einmal hindurch waren … Wieder schienen auf der anderen Seite Schüsse zu fallen. Joaquín stieß ein Knurren aus, wollte den Kopf heben …

Hastig schob ich meine Hand in seinen Nacken. »Mir wird nichts geschehen, Chimo. Glaub mir.« Zog ihn behutsam näher zu mir. »Mir wird nichts geschehen. Es ist okay.« Erst nach einem langen Zögern ließ er es endgültig zu. Ich legte den Kopf noch mehr zurück. Zombie. Du wirst dahinvegetieren wie ein hirnloser Zombie, wenn er dich zu seiner Blutbraut macht. NeinNeinNein! Lüge! Alles! Atme! »Sie werden dich nicht töten und mir wird nichts geschehen. Ich lasse es nicht zu. Es ist okay.«

Etwas an der Berührung an meinem Hals veränderte sich. »Te amo, mi vida.« Ich spürte seine Fänge gegen meine Haut drücken.

In meinem Inneren saß mit einem Mal ein mörderisches Zittern. Ich wollte ihn von mir stoßen, musste ihn von mir stoßen … Nein! Atme! »Tu mir nur nicht weh.« Ich grub mir zu spät die Zähne in die Lippe. Fast erwartete ich, dass er sich wieder zurückziehen würde.

Sein Mund streifte erneut meine Kehle, ich spürte seine Zunge warm an genau der Stelle, unter der mein Puls wie verrückt pochte. Ein langer Atemzug wie ein Seufzen. »¡Jamás, mi luz, jamás!« Dann drangen seine Fänge durch meine Haut. Ich zuckte zusammen, keuchte auf, wankte, fand Halt an seinen Schultern, klammerte mich daran. *Wenn einer von ihnen dich zur Blutbraut macht …* Da war nur ein seltsam vager Schmerz. Sein Mund bewegte sich auf meiner Kehle. Mit jedem Schluck. Ich schloss die Augen. Joaquíns Hand war an meinem Hinterkopf, in meinem Haar, hielt mich, stützte mich. Behutsam. Sanft. Verwirrend zärtlich. Sein anderer Arm lag um meine Taille. Schmiegte mich gegen ihn. Ich spürte mein Blut auf meiner Haut, zwischen seinen Lippen, wie er trank. Schluck um Schluck. Immer weiter. Wie mein Herz allmählich immer langsamer schlug. Mir schwindlig wurde, als mein Kreislauf protestierte. Klammerte mich an ihn. Wir sanken gemeinsam zu Boden. Er hielt mich weiter in den Armen. Selbst als er die Zähne aus meinem Hals nahm. Irgendwann. Ein seltsames Seufzen schien in der Luft zu hängen.

Wie selbstverständlich sank mein Kopf gegen seine Schulter. Ich spürte seine Wange an meinem Haar. Seine Hand an meiner Kehle, dort, wo er mich eben noch gebissen hatte. Es fühlte sich gut an. Geborgen. Obwohl mein Herz jetzt wieder viel zu schnell schlug und ich irgendwie leicht benommen war. Und dann stieg da etwas anderes auf: Schuldbewusstsein. Sorge. Angst. … Hoffnung. Und … Ich schluckte beklommen. *Großer Gott.* Es tat schon beinah weh, wie sehr Joaquín mich liebte.

War das das ›Band‹ zwischen Blutbraut und Hexer, von dem er gesprochen hatte? Aber da war noch etwas … Dunkles. Eine seltsame … Gier. Nach Blut. Danach, anderen … Schmerz zuzufügen. Sie … schreien zu hören. Nosferatu. Ich schauderte. Und konnte regelrecht spüren, wie er es niederkämpfte, sich von mir zurückzog. Nein.

»Es ist okay«, flüsterte ich und legte die Hand auf seine Brust. Seine Haut war kalt.

Behutsam legte er die Arme fester um mich, sagte etwas auf Spanisch in mein Haar. So leise, dass ich ihn nicht verstand. Ich schloss die Augen. Und öffnete sie wieder, als ein mehrstimmiges Keuchen erklang.

Die Mauer aus Dunkelheit war zusammengebrochen. Seine Henker standen um uns herum und gafften. Ein paar wirkten fast peinlich berührt, als seien sie gerade Zeuge von etwas wahnsinnig Intimem geworden. Die anderen starrten uns einfach nur fassungslos an. So als könnten sie es nicht glauben, dass Joaquín tatsächlich seine Fänge in meinem Hals gehabt hatte und ich immer noch am Leben war. Tomás sah aus, als würde er jede Sekunde an seiner Wut ersticken.

Eine seltsame Anspannung hing in der Luft. Geradezu greifbar.

Unter meiner Hand spürte ich Joaquíns Knurren. Dunkel. Kehlig. Drohend. Jeder, der mir zu nah kam, war tot. Auch wenn ich noch eine Ewigkeit so hätte zubringen können, befreite ich mich behutsam aus seinen Armen und stand auf. Stellte mich vor ihn. Schob das Kinn vor. Sah sie an. Einen nach dem anderen. Mir war schwindlig.

Ich brauchte ein paar Sekunden, bis ich den Fehler in dem fand, was ich sah: zwischen und hinter ihnen Jorge mit vielleicht zehn oder mehr von Joaquíns Leuten. Alle bewaffnet wie zu einem Bandenkrieg. Irgendwer musste Rafael die Fesseln abgenommen haben. Also waren das, was ich gehört hatte, tatsächlich Schüsse gewesen. Es dauerte noch länger, bis mir ein weiterer Punkt bewusst wurde: *Sie* waren keine Vampire mehr. Das bedeutete, die Sonne war aufgegangen. Jetzt verstand ich auch diese seltsame Anspannung: Sie hatten Angst. Vor Joaquín. Denn er war noch immer, was er in der Nacht gewesen war.

Joaquín war hinter mir ebenfalls aufgestanden. Ich streckte die Arme nach hinten, um ihn genau da zu halten. Und um etwas zu haben, an dem ich mich festhalten konnte, nachdem mein Kreislauf verrücktspielte. Gleichzeitig dankte ich dem Himmel dafür, dass wir in dem Teil der Kirchenruine waren, in den die Sonne noch nicht hereinschien.

Keiner sprach. Selbst der Boden rührte sich nicht mehr. Das Schweigen hatte etwas Gefährliches.

»Ich habe mein Einverständnis widerrufen und ich widerrufe es noch einmal vor euch als Zeugen.« Joaquíns Stimme klang eiskalt und hart in die Stille hinein. »Meine Sanguaíera und ich werden jetzt gehen.« Niemand sagte etwas. Zwei der Hexer tauschten Blicke. Einer bedachte mich mit einem Lächeln.

Tomás ballte die Fäuste. »Die Sache ist noch nicht geklärt.«

Wie zur Antwort erklang ein mehrstimmiges Ratschen, als einige von Joaquíns Leuten ihre Waffen durchluden. Manche hoben sie auch einfach nur ein klein wenig weiter. Einer der Hexer sah sich unruhig nach ihnen um. Ein anderer räusperte sich.

»Nein, das ist sie nicht.« Nichts an Joaquíns Ton hatte sich geändert. »Auch wenn dank dir mein Großvater inzwischen vermutlich sämtliche Spuren verwischen konnte.« Ich hatte das Gefühl, dass er einen nach dem anderen über meinen Kopf hinweg ansah. Tomás hatte abfällig den Mund verzogen. »Wir treffen uns heute Abend, nach Sonnenuntergang. Wo, erfahrt ihr noch.« Der Hauch einer Pause. »Und jetzt geht uns aus dem Weg!« Seine Hand strich über meinen Rücken. »¡Vamos, Lucinda!«

Ich machte einen Schritt und plötzlich waren meine Beine fort. Blitzschnell griff Joaquín zu, hielt mich fest, nahm mich auf die Arme. Eine Sekunde lang blinzelte ich gegen die Schlieren, die mit einem Mal um mich herumwaberten, hielt mich irgendwie zittrig an seinem Nacken fest.

Bestürztes Murmeln. Dazwischen ein Zischen. »Monster.« Tomás.

Diesmal war Joaquíns Knurren für alle zu hören.

Etwas wie ein Raunen und Knistern war plötzlich in der Luft, Magie ... und mehr. Wie durch Nebel nahm ich wahr, dass sie ihm wortlos Platz machten, als er auf die Tür der Kirche zuging. Seine Leute sich unmissverständlich zwischen uns und Tomás schoben.

Doch ich sah Joaquín verwirrt an, als seine Schritte ein paar Meter vor der Tür seltsam ... zögernd wurden, er schließlich ganz stehen blieb. Ich spürte, wie er tief Atem holte, wie jemand, der sich darauf einstellte, dass das, was er gleich tun würde ... wehtat, und begriff,warum, als ich seinem Blick hinaus ins Freie folgte: die Sonne.

Tomás trat an uns vorbei, blickte wie Joaquín in die allmählich immer mehr aufziehende Helligkeit jenseits der Kirchenmauern, die Brauen höhnisch hochgezogen. Ein bösartiges Grinsen erschien auf seinem Gesicht. »Brauchen wir einen weiteren Beweis dafür, wie sehr Joaquín doch schon Nosferatu ist? Moreira-Blutbraut hin oder her«, höhnte er in Richtung der Männer hinter uns

Joaquín sah zu ihm hin, die Kiefer so fest zusammengebissen, dass es an seiner Wange zuckte.

Auf einmal war mir nicht mehr nur schwindlig, sondern auch übel. Keiner von uns hatte daran gedacht. Weil Joaquín sich dank seiner ›Nachtkristalle‹ bisher mit einer Selbstverständlichkeit in der Sonne bewegt hatte ... Meine Hand zuckte zu der Tasche meines geborgten Kleides. Da war das Kreuz und daneben ... Möglichst unauffällig zog ich den Kristall heraus. Presste ihn, unter meiner Handfläche verborgen, flach gegen Joaquíns Brust, lächelte Tomás giftig-süß an. Dann schaute ich zu Joaquín auf. Er starrte mich an. Natürlich war ihm klar, was da zwischen meiner Hand und seiner bloßen Brust war. In geheuchelter Unschuld hob ich die Brauen. Einen Sekundenbruchteil war da ein Zucken in seinem Mundwinkel, bevor er Tomás brüsk zunickte und die Kirche verließ. Mich nach wie vor in den Armen. Schockiertes Murmeln erklang hinter uns.

Vor der Treppe wartete die perlgraue Limousine, die ich bereits kannte. Hernan öffnete uns die hintere Tür und schloss sie auch wieder, kaum dass wir eingestiegen waren. Joaquín sank auf den Sitz, anscheinend nicht bereit, mich loszulassen. Hielt mich auf seinem Schoß. Wie in der Kirche sah er auf meine Hand. »Will ich wissen, woher du ihn hast?« Er zog mich noch näher an sich heran. Sein Atem streifte mein Haar.

Gespielt lässig zuckte ich die Schultern, spreizte die Finger ein wenig, ohne die Hand wegzunehmen. »Dein Großvater war so nett, ihn mir zu überlassen. Zusammen mit dem Kreuz.«

»Nach Hause, Patron?« Hernan glitt gerade hinters Steuer und schlug seine Tür zu.

Joaquín nickte. »Sí, Hernan.« Draußen knallten weitere Autotüren. Ein wenig umständlich zog er seine Hand unter meinen Beinen hervor. Die verletzte.

Mit einem scharfen Laut holte ich Luft. »Nein, Hernan. Zu Fernán in die Klinik.« Joaquín bedachte mich mit einem Blick unter einer hochgezogenen Braue, sagte aber nichts. Ich schaute nach vorne, begegnete Hernans Augen im Spiegel, sah, wie sie sich weiteten. Der nett-höfliche Ausdruck in seinem Gesicht wurde grimmig. »Zu Fernán. Sí, Sanguaíera.« Nahezu lautlos setzte der Wagen sich in Bewegung.

Ich wandte mich wieder Joaquín zu, legte seine Hand behutsam auf meine Beine. Diamant-glitzernde Augen beobachteten mich. Nosferatu. Fast. *›Sí, Sanguaíera.‹* Verrückterweise begriff mein Gehirn es erst jetzt. Plötzlich hatte ich Herzklopfen.

Mein ganzes Leben hatte ich Todesangst davor gehabt, und jetzt … jetzt war ich Joaquín de Alvaros Blutbraut.

42

Warten war die Hölle. Und ich saß derzeit in meiner persönlichen Version davon fest. Seit heute Morgen. Inzwischen über sechzehn Stunden.

Ich hatte Joaquín zum letzten Mal in Fernáns kleinem OP gesehen, als die Wirkung des Narkosemittels eingesetzt hatte und seine Hand in meiner schlaff geworden war. ›Seis‹. Sechs. Weiter war er beim Rückwärtszählen nicht gekommen. Anschließend hatte Rafael mich nach Santa Reyada gebracht. Den einzigen Ort, an dem Joaquín sicher war, dass mir nichts geschehen konnte, auch wenn er nicht in der Lage war, mich zu beschützen. Ich hatte ihm versprechen müssen, hierzubleiben. Und nichts ›Unvorsichtiges‹ zu tun. Erst dann hatte er Fernán erlaubt, ihn zu betäuben.

Santa Reyada hatte sich in eine Festung verwandelt. Auch wenn sie sich jedes Mal mit einem Nicken zurückgezogen hatten, um mich nicht zu stören: Joaquíns Leute patrouillierten um das Haus und auf dem Gelände in der direkten Umgebung, als müssten sie niemanden Geringeren als den Präsidenten vor einem angekündigten Terroranschlag beschützen.

Zusammen mit Rosa war ich Stunde um Stunde ruhelos durchs Haus gestreift. Von einem Raum in den nächsten und wieder zurück; hatte mir ein Sandwich gemacht, weil ich irgendetwas tun wollte, und hatte es unberührt in den Kühlschrank gestellt; hatte mich vor dem riesigen Flachbildfernseher durch sämtliche Kanäle geklickt und ihn wieder ausgemacht; hatte mich zuerst auf meinem, dann auf Joaquíns Bett zusammengerollt und war schon nach kürzester Zeit wieder aufgestanden, um weiterzuwandern. Hatte ich es tatsächlich einmal geschafft, länger als einen Moment ruhig an einem Ort zu sitzen, war Rosa durch die Vorhänge gestrichen, als würde sie an meiner Stelle weiter hin und her wandern müssen.

Inzwischen war die Sonne bereits eine ganze Weile untergegangen. Das hieß, Joaquín war schon bei dem Treffen mit den Hyänen seines Konsortiums und den drei anderen Hexern, die in der ›Familien‹-Hierarchie direkt unter ihnen rangierten; den Männern, die auch bei seiner ›Hinrichtung‹ anwesend gewesen waren. Ich wusste noch nicht einmal, wo es stattfand. Er hatte sich geweigert, mich mitzunehmen. Weil sie es ihm als Zeichen von Schwäche auslegen würden, wenn er mit seiner Blutbraut dort auftauchte. Und das war das, was er sich im Augenblick am allerwenigsten leisten konnte.

Vor einer knappen Stunde hatte ich es nicht mehr im Haus ausgehalten und war nach draußen an den Pool gegangen. Seitdem hockte ich auf dem Rand einer der Liegen, starrte auf die schwarz glänzende Wasseroberfläche und spielte nervös mit meinem Armreif. Die Luft war angenehm mild, beinah kühl. So wie ich es mochte. Nur die beiden Lampen rechts und links der Terrassentür sorgten für ein wenig Licht. Schon das andere Ende des Pools lag in Dunkelheit. Der Boden unter meinen Füßen war wieder still. Auch wenn ich das ein oder andere Mal das Gefühl gehabt hatte, etwas wie ein … Schnurren unter meinen nackten Sohlen zu spüren. Wie eine riesige zufriedene Katze. Santa Reyada.

Schritte und Stimmen vom Haus her schreckten mich auf. Ich war aufgestanden, noch bevor ich Joaquín »Lucinda?« rufen hörte.

»Ich bin hier.« Er war zurück. In Sicherheit. Zumindest für den Moment. Und er hatte nicht geklungen, als würde er mich gleich auffordern, alles stehen und liegen zu lassen, weil wir Santa Reyada sofort verlassen mussten. Trotzdem schaffte ich es gerade mal, ihm zwei Schritte entgegenzugehen, bevor meine Beine den Dienst verweigerten. Ich stand wie angefroren. Mein Herz hing in meiner Kehle.

Joaquín kam die Stufen herunter auf mich zu. In seinem dunkelgrauen Maßanzug ganz der gefürchtete Patron einer der mächtigsten Hexer-Familien der Hermandad. Allerdings waren Sakko und Krawatte irgendwo auf dem Weg von seinem Treffen mit den anderen zurück nach Santa Reyada auf der Strecke geblieben. Zumindest trug Joaquín nur noch ein schwarzes Seidenhemd, dessen Kragen offen stand und dessen Ärmel er halb aufgekrempelt hatte

Er sagte nichts. Kam einfach nur auf mich zu und nahm mich in die Arme. Für nicht mehr als einen Sekundenbruchteil. Ich spürte den Augenblick, als ihm bewusst wurde, was er tat, und er sich zurückziehen wollte – und kam ihm zuvor, schlang ihm meinerseits die Arme um die Mitte, legte wie in der alten Kirche den Kopf gegen seine Brust. Es fühlte sich noch genauso gut an. Einen Moment zögerte er, dann begann auch er sich wieder zu entspannen. Als er die Wange an mein Haar lehnte, schmiegte ich mich stärker an ihn. Dass ich all die Jahre vor ihm davongelaufen war, erschien mir immer mehr wie ein schlechter Witz.

Minutenlang standen wir einfach da. Seine Hand strich über meinen Rücken, meinen Nacken, meine Schulter. Nur aus dem Augenwinkel erhaschte ich einen kurzen Blick auf einen Verband. Ich wandte den Kopf. Seine Hand war bandagiert und bis übers Handgelenk geschient.

»Was hat Fernán gesagt?« Unsicher nickte ich zu dem Schaden hin.

»Außer, dass ich seiner Meinung nach ein absoluter Vollidiot bin?« Er hob die Hand ein klein wenig, drehte sie, betrachtete sie seinerseits. »Ich habe es wohl geschafft, mir ein paar Knochen zu brechen, Gelenke auszurenken und diverse Muskeln und Sehnen gnadenlos zu überdehnen. Von dem, was an Haut und Fleisch gefehlt hat, reden wir jetzt nicht, aber laut Fernán kommt alles wieder in Ordnung. Allerdings nur, wenn ich die Hand nicht benutze. Deshalb hat er sie mir ruhig gestellt.«

Gebrochene Knochen? Ausgerenkt? Haut und Fleisch gefehlt? … Ich mochte mir gar nicht vorstellen, wie groß die Schmerzen gewesen sein mussten. Über Stunden. Ohne dass er auch nur ein einziges Wort gesagt hatte. »Er kennt dich gut, was?« Vorsichtig legte ich die Spitzen von Zeige- und Mittelfinger gegen die von seinen.

»Sí-í. Fast schon zu gut, für meinen Geschmack.«

»Und dein Rücken?«

»Kommt auch wieder in Ordnung. Vielleicht muss ich von Zeit zu Zeit mit einer Art ›Phantomschmerz‹ rechnen, aber ansonsten wird alles so sein, als hätte ich nie Schwingen gehabt.« Er verlagerte sein Gewicht ein wenig. »Fernán sagt, mit ein bisschen Glück werden die Narben kaum zu sehen sein.«

Erleichtert ließ ich den Kopf wieder gegen seine Schulter sinken. Der Gedanke, dass Joaquín seine Hand nicht mehr hätte benutzen können … meinetwegen … Oder dass sein Großvater ihn irgendwie zum Krüppel gemacht hätte … Er war unerträglich gewesen.

Um die nächste Frage zu stellen, musste ich deutlich mehr von meinem Mut zusammennehmen.

»Und … Tomás und die anderen?«

Schweigen.

»Joaquín?« Alarmiert lehnte ich mich in seinem Arm zurück. Warteten sie am Ende draußen vor der Tür? Hatten sie ihn nur zu mir zurückkommen lassen, dass er sich von mir verabschieden konnte? »Joaquín, was …«

»Sch, mi vida.« Er schüttelte den Kopf. Offenbar war ihm meine plötzliche Panik nicht entgangen. »Es ist alles in Ordnung.«

Ich sah ihn an, forschte in seinem Gesicht, seinen Augen. Für ›alles in Ordnung‹ klang er zu … kalt. »Was haben sie gesagt?«

Eine Sekunde gab er meinen Blick zurück, dann zog er mich wieder fester in seine Arme. »Ich bin sozusagen ›auf Bewährung‹. Solange ich mir nichts zuschulden kommen lasse, das sie zu dem Schluss bringt, ich sei trotz dir *noch* weiter Nosferatu geworden, werden sie die Sache ruhen lassen. Alles bleibt beim Alten.«

Ungläubig schaute ich zu ihm auf. »Das heißt, du bleibst sogar Patron?« Das klang so gar nicht nach dem Bild, das ich von der Hermandad hatte. Es klang vor allem nicht nach etwas, das *Tomás* zulassen würde.

Zu meinem Erstaunen nickte Joaquín. »Sie haben nur die Wahl zwischen ganz oder gar nicht. – Mich zu verlieren, würde die Position der Familie den anderen Familien gegenüber massiv schwächen. Sie können aber auch keinen anderen an meine Stelle als Patron setzen. Zumindest nicht, solange ich am Leben bin und offiziell Mitglied der Hermandad. Das würde zu viele Fragen aufwerfen. Und wenn infolgedessen die anderen Familien dahinterkämen, wie es um mich steht, müssten sie mich doch zum Teufel jagen, um wenigstens das Gesicht zu wahren. – Oder mich töten.«

Nein! Ich wurde in seinen Armen starr.

Beruhigend strich seine Hand über meinen Rücken. »Aber das werden sie nicht tun. Denn das würde bedeuten, meine Blutbraut in Gefahr zu bringen. Eine Moreira. Und wenn das im Ordre bekannt würde … Die Familie Moreira hat im Ordre genug Macht, um ihnen die Hölle heißzumachen.« Seine Bewegung verharrte, stahl sich in meinen Nacken. »No, mi luz, das Einzige, was sie tun könnten, wäre, mich für vogelfrei zu erklären und mich von hier fortzujagen.«

»Du würdest Santa Reyada verlieren?« Das konnten sie ihm nicht antun.

»Sí. Und es würde sicherlich mehr als genug … ›aufstrebende‹ Hexer in der Hermandad geben, die sich nur zu gerne damit brüsten würden, Joaquín de Alvaro zur Strecke gebracht zu haben.« Ich schloss die Augen. Er würde ein Leben auf der Flucht führen müssen. So wie ich die ganze Zeit. »Aber wie gesagt: Das wird nicht geschehen.« Behutsam schob er mir die Fingerspitzen unters Kinn, hob mein Gesicht, damit ich ihn wieder ansah. »Denn vor allen Dingen können sie nicht auf meine Macht verzichten, jetzt, da bekannt ist, dass kein Geringerer als mein reizender Großvater hinter den Nosferatu-Massakern steckt. Und offensichtlich äußerst ehrgeizige Pläne verfolgt.«

»Sie haben dir geglaubt?«

»Sí. Wenn auch erst im zweiten Anlauf.« Ein dünnes, beinah

unwilliges Lächeln glitt über seine Lippen. »Ruiz ist alt genug, um sich noch an ihn zu erinnern und eine ziemlich konkrete Vorstellung davon zu haben, wozu der Alte zu ›Lebzeiten‹ fähig war. Und jetzt, als Nosferatu …« Seine Hand glitt von meinem Kinn abwärts zu meiner Schulter. »Außerdem habe ich unter seinen … Handlangern mit absoluter Sicherheit drei Nosferatu erkannt, von denen die ganze Hermandad bis heute dachte, sie seien ebenso tot wie er. Der Alte muss regelrecht ›rekrutiert‹ haben.« In der Andeutung einer Bewegung schüttelte er den Kopf. »Sich auf die Gesetze zu berufen und zu erwarten, dass jeder, der Nosferatu wird, auch freiwillig den Kopf auf den Block legt, ist eins. Davon auszugehen, dass es auch wirklich jeder tut, bodenlose Arroganz. Wir hätten es besser wissen müssen.« Wieder war da für eine Sekunde dieses harte Lächeln. »Ob es ihnen gefällt oder nicht: Ohne mich haben sie ihm und seiner Brut nichts entgegenzusetzen. Und nachdem er aufgeflogen ist, muss er umso mehr Erfolge vorweisen, um von den anderen ›großen‹ Nosferatu als ›Patron‹ anerkannt zu werden.« Der Laut, den er ausstieß, klang beinah wie ein leises Auflachen. »Vielleicht sollte ich dem Alten dankbar dafür sein, dass er ausgerechnet jetzt aus der Versenkung aufgetaucht ist. Was meinst du?«

Ich schauderte. Joaquín zog mich fester an die Wärme seines Körpers. »Ist dir kalt? Willst du hineingehen?«

Ich schüttelte den Kopf. »Und was sagt Tomás dazu?«

Behutsam hob er mir eine Haarsträhne hinters Ohr. »Tomás hat Gift und Galle gespuckt. Aber nach dem, was er sich bezüglich Jorge erlaubt hat, muss er sehr vorsichtig sein.«

Verwirrt runzelte ich die Stirn. »Weshalb?«

»Solange die entsprechende Person kein Gesetz der Hermandad gebrochen hat, ist es jedem Hexer verboten, die Hand gegen einen von denen zu heben, die sich uns anvertraut haben. Und er darf auch keinem seiner eigenen Leute befehlen, es zu tun. – Im besten Fall hätten sie Tomás aus dem Konsortium ausgeschlossen. Im schlimmsten aus der Hermandad ausgestoßen. – Jorge hat sich bereit erklärt, keine offizielle Anklage gegen Tomás zu erheben, wenn der sich dafür auch … sagen wir: ›zurückhält‹.«

Aber bedeutete das nicht etwa … »Dann machen sie dich für die Männer verantwortlich, die Rafael erschossen hat?«

»Nein. Denn selbst wenn ich gewollt hätte, hätte ich Rafael niemals den Befehl dazu erteilen können. Außerdem ist Rafael ›nur‹ mein Freund. Er steht nicht unter meinem Schutz wie Jorge oder die Menschen in San Isandro. Was Rafael tut, dafür bin ich nicht verantwortlich. ¡Gracias a Dios!«

»Das heißt, sie werden Rafael …«

Seine Hand strich abermals sanft über meinen Rücken. »Du musst dir um Rafael keine Gedanken machen. Ich habe mich bereit erklärt, den Blutpreis für die drei Männer zu bezahlen. Deshalb wird er ungeschoren davonkommen.« Er ließ die Hand auf meiner Hüfte liegen. »Nein, Tomás hatte gar keine andere Wahl, letztlich musste auch er klein beigeben.« Ich spürte, wie er mich fast unmerklich näher zog. »Das ändert nichts daran, dass sie mich dafür bezahlen lassen werden, dass ich meinen Status behalte.«

»Bezahlen?« Meine Stimme klang dünn.

»Sie erwarten von mir, dass ich weiter Nosferatu jage. Und dass ich alles daransetze, den Alten zur Strecke zu bringen. Also letztlich genau das, was ich die ganze Zeit schon getan habe, und genau das, was ich sowieso vorhatte.« Er schob mich ein kleines Stück von sich weg. »Ich bin derzeit das kleinere Übel.

Und sie wissen, wie ich bezüglich der Nosferatu denke. Und dass sich daran nichts geändert hat.« Sacht strich er mir erneut eine Strähne hinters Ohr. »Also hoffen sie, dass eine Moreira-Blutbraut die Bestie in mir in Schach hält.« Seine Fingerspitzen verharrten auf meiner Wange. »Das Eis ist dünn, mi luz. Aber es trägt mich noch. Und ich setze darauf, dass es mit der Zeit wieder dicker wird. Du musst dir also keine Sorgen machen.« Er sah mir in die Augen. »Aber das alles ist unwichtig. Mich interessiert nur eines: Wie geht es weiter? Mit uns.«

Ich starrte ihn an, machte unwillkürlich einen Schritt zurück. Sofort gab er mich frei. Seine Arme sanken herab.

Er würde mich gehen lassen. Selbst jetzt noch. Er würde mich nicht zwingen, bei ihm zu bleiben …

Ich erwachte wie aus einer Trance. »Nein!« Heftig schüttelte ich den Kopf. »Nein, ich will nicht weg. Ich will hierbleiben. Deshalb wollte ich doch mit dir reden. Ich wollte dir sagen, dass ich zurück nach Santa Reyada komme. Ich wollte … ich wollte dir sagen, dass ich deine Blutbraut werde … irgendwie, aber … aber …« Plötzlich konnte ich nur noch stammeln. Ich klappte den Mund zu.

Jetzt war es Joaquín, der mich anstarrte. Eine Sekunde. Zwei. Drei. Vier. »Du … bleibst?«, fragte er dann vorsichtig.

Seltsam verlegen nickte ich. Und fand mich im nächsten Moment auf seinen Armen wieder und wurde unter wildem Gelächter herumgewirbelt. Ich kreischte, klammerte mich an seinen Schultern fest. »Joaquín! Dein Rücken! Nicht! Nicht! Lass mich runter! Aufhören.« Es schien eine Ewigkeit zu dauern, bis er endlich auf mich hörte. Irgendwie landeten wir auf einer der Liegen. Völlig außer Atem. Beide. Meine Haare hingen in meinem Mund. Prustend zupfte ich sie mir wieder heraus.

Joaquín rappelte sich als Erster wieder auf und stand auf. Er legte den Kopf in den Nacken. »Sie bleibt!«, schrie er zum Himmel hinauf. Hastig sah ich mich um, meine Wangen brannten. Zwei seiner Leute zogen sich gerade wieder vom Rand der Terrasse zurück. Ich glaubte, zumindest einen lächeln zu sehen. Beim Haus verschwand Rafael eben wieder im Innern.

Joaquín war vor mir auf die Knie gesunken. »Ist das dein Ernst? Du bleibst wirklich bei mir?«

Ich nickte. In meiner Kehle saß ein riesiger Kloß. Ich hätte kein vernünftiges Wort hervorgebracht.

Er schloss die Augen, murmelte etwas auf Spanisch, das wie ein Gebet klang, und sah mich wieder an. »Ich weiß nicht, was ich sagen soll, mi luz. Erst rettest du mein Leben und dann das.« Seine Stimme war nur ein Flüstern. Behutsam lehnte er die Stirn gegen meine. »Te quiero.«

Ich brauchte zwei Anläufe, bis ich den Kloß weit genug hinuntergewürgt hatte, um zumindest einen halbwegs vernünftigen Laut hervorzubringen. »Versprich mir, dass du nie wieder einen solchen … Todesspieß basteln wirst. Und dass du beim nächsten Mal vorher wenigstens mit mir sprichst, ehe du mir so was«, ich wies auf das Tattoo an meinem Knöchel, »verpasst. Im ersten Moment hätte ich dir nämlich den Hals umdrehen können deswegen.«

Er räusperte sich leise, lehnte sich ein kleines Stück zurück. »Woher weißt du von dem Rejón?«

»Von Rafael. Und ich wollte ihm zuerst nicht glauben, als er mir erklärt hat, wofür dieses Ding gut ist.« Ich schüttelte den Kopf. »Wie lange hattest du das geplant?«

Eine Sekunde zögerte er, hob dann wie … gleichgültig die Schultern. Und zuckte zusammen, als es offenbar wehtat. »Sehr lange. Eigentlich seit klar war, dass du nicht meine Blutbraut werden könntest – ich wollte es beenden, bevor ich endgültig Nosferatu sein würde.«

Mein Herz krampfte sich zusammen.

»Und all das andere? Man kauft kein Haus innerhalb von einer Woche oder beschafft falsche Papiere in so kurzer Zeit. Und diese Farben von deinem … Freund in New Orleans …«

»Als ich begonnen habe, mich zu … verändern, habe ich angefangen, alles … nun ja, in die Wege zu leiten. Leider haben Cris und Rafael meine Pläne sauber zunichtegemacht, als sie mit dir hier auftauchten.«

»›Sie hätten dich niemals finden sollen.‹«

Joaquín nickte. »Sí. Und dann stehen sie mit dir vor mir. Ich hätte sie in dem Moment lynchen können. Alle beide.« Er schob seine Hand unter meine, strich mit dem Daumen federleicht über meine Knöchel. »Ich hatte nicht damit gerechnet, dass Cris dich auch spüren könnte, sobald meine Macht zu schwanken begonnen hat.«

Ich riss meinen Blick von unseren Händen los und sah ihn an. »Du wolltest mir ein neues Leben geben und dich anschließend umbringen.«

»Das war der Plan.« Seine Stimme war nicht lauter als meine. »Mein Großvater und Tomás gehörten allerdings nicht dazu.«

»Aber … warum? Du hättest das alles getan … dabei …«, hilflos verstummte ich für eine Sekunde. Da war das gleiche Gefühl wie in der Kirche. Und wie in der Kirche tat es beinah weh. »Dabei hast du mich doch gar nicht gekannt …«

»Ich habe dich aus der Zeit gekannt, als du bei uns gelebt hast. Und ich habe dich im Spiegel gesehen.« Mit den Spitzen von Zeige- und Mittelfinger strich er meine Schläfe abwärts. »Eine wunderschöne junge Frau. Zart. Sanft. Manchmal wild. Manchmal verängstigt. – Und trotzdem stark. Eine Frau, die das Recht hatte, ein Leben zu führen, wie sie es wollte. Den Mann zu lieben, den sie sich aussucht.« Seine Fingerspitzen verharrten an meiner Wange. »Ich wollte das für dich und ich konnte es dir geben. Also habe ich es getan.«

»Das ist verrückt.«

»Als du damals bei uns gelebt hast, habe ich dir irgendwann einmal versprochen, dich immer zu beschützen. Dich vor meinesgleichen zu beschützen, war das Mindeste, was ich tun konnte.« Für eine Sekunde forschten seine Augen in meinen. Diamantfahl glitzernd. Atemberaubend. Tödlich schön. Nosferatu. »Hast du Cris geliebt, Lucinda?«, fragte er dann leise. »Liebst du ihn vielleicht immer noch? Sei ehrlich. Ich werde mit allem leben, solange es die Wahrheit ist.«

Da war etwas in seiner Stimme … Schnell schüttelte ich den Kopf. »Ich liebe Cris nicht. Aber ich mag ihn, ja.« Ich verzog das Gesicht. »Wobei ich mir im Moment nicht wirklich sicher bin, ob das tatsächlich noch so ist. Er hat einiges wiedergutzumachen. – In Boston dachte ich, ich würde ihn lieben. Aber letztlich war das nicht der echte Cris. Oder zumindest nur ein Stück weit. Beantwortet das deine Frage?«

»Sí. Gracias.« Joaquín nickte.

»Du hast nichts von ihm gehört, oder? Sie haben in der Ruine … nicht … seine …« Ich biss mir auf die Lippe.

»No. Er ist genauso spurlos verschwunden wie unser Großvater.« Seine Hand glitt tiefer, blieb auf meiner Kehle liegen.

Ich spürte seinen Daumen genau über meinem Puls. Unwillkürlich fragte ich mich, wann er wieder mein Blut trinken würde. »Ist das ein gutes oder ein schlechtes Zeichen?« Übertrieben tief holte ich Luft.

»Ich wünschte, ich wüsste es, mi luz.« Als hätte er meine Gedanken gespürt, nahm er seine Hand fort, ließ sie auf seinen Oberschenkel sinken. »Und ich wünschte, du hättest keine Angst mehr vor mir.«

Mein Lächeln war zittrig. »Ich arbeite dran, versprochen.«

Joaquín nickte. Plötzlich war da ein seltsames Schweigen zwischen uns. Unbeholfen. Hilflos. Und darunter etwas, das sich in meinem Inneren anfühlte wie ... eine ... Frage? Von einer Sekunde zur nächsten hatte ich Herzklopfen.

»Ja.«

Überrascht hob Joaquín eine Braue.

»Du überlegst, ob du mich fragen kannst, ob ich *dich* liebe. Und wie.« Wie zuvor holte ich einmal tief Luft. »Ich habe dir gerade die Antwort gegeben.«

Eine Sekunde sagte er nichts, rührte sich nicht. Dann lachte er leise, lehnte sich ganz dicht zu mir. »Te quiero, mi luz.« Ein Flüstern. Nicht mehr. Seine Hand kehrte zu meiner Wange zurück, grub sich in mein Haar. Er sah mir in die Augen. Auf die kurze Distanz wirkten seine noch fürchterlich schöner. Kam noch näher. Seine Lippen nur noch einen Hauch von meinen entfernt. Es war wie damals in seinem Laboratorium. So nah, dass sein Atem sich mit meinem vermischte.

»Ich würde dich gerne küssen, Lucinda, darf ich?«, murmelte er kaum hörbar.

Irgendwie schaffte ich es, zu nicken.

Santa Reyada, Kalifornien, USA – 3 Monate später

Das Bett bewegte sich unter mir. Zu sehr für einen 25-Kilo-Hund. Selbst wenn er aus vollem Lauf mit allen vieren voran daraufgesprungen wäre. Er hätte auch deutlich weniger Platz benötigt, um sich neben mir auszustrecken. Warmer Atem kitzelte die Haut direkt unter meinem Ohr. Gleich darauf strichen Lippen sanft über die Seite meines Halses. Joaquín. Ich spürte seine nassen Haare neben dem Träger meines Nachthemds. Er hatte sich ein kleines Stück über mich gebeugt, um mich küssen zu können. Wie er es immer tat, wenn er kurz nach Sonnenaufgang von der Jagd zurück, und nach einer Dusche in mein Bett kam. »Wo ist Jasper?« Joaquín hatte ihn in Boston aus dem Tierheim holen und nach Santa Reyada bringen lassen. Ohne mir etwas davon zu sagen. Lope hatte einfach irgendwann mit einer Transportbox im Auto vor der Tür gestanden. Als Überraschung für mich. Rafael war seitdem der Meinung, dass er jetzt wusste, wie es aussah, ›wenn der Schwanz mit dem Hund wedelt‹. Ich regte mich träge – ohne die Augen zu öffnen –, während er sich endgültig neben mich legte, seine Brust an meinem Rücken und einen Arm locker über mir, schmiegte mich an ihn. Zu Anfang war es mir trotz allem schwergefallen, ihn so dicht bei mir zu ertragen. Inzwischen war ich weit entfernt vom bloßen ›ertragen‹. Im Gegenteil.

»Joggen.«

»Joggen?« Ich drehte mich ein bisschen, blinzelte ihn verschlafen über die Schulter an. »Du willst mir jetzt aber nicht erzählen, dass mein Hund alleine seine Runden irgendwo auf dem Gelände von Santa Reyada dreht. Joggend.« Er hatte einen Kratzer im Gesicht, knapp an der Braue vorbei. Die Augen diamantfahl glitzernd. Die Eckzähne beängstigende Fänge. Die Stimme ein raues Knurren, das nur noch sehr selten zu seinem eigentlichen weichen Bariton zurückkehrte. Entsetzlich schön. Nosferatu. So nah.

»Als ich zurückkam, war er in der Halle.« Jasper hatte gelernt, Türen zu öffnen. Sehr zum allgemeinen Leidwesen. Vielleicht hatte er es aber auch schon vorher gekonnt. Oder hatte in Rosa eine willige Helferin gefunden. »Und wollte raus. Er hat Rafael eingesammelt. Oder Rafael ihn, ganz wie man es drehen möchte. Ich habe die beiden vom Bad aus gesehen.«

Rafael war also zurück. Inzwischen hatte ich einen vagen Verdacht, was er tat, wenn er immer wieder für Tage oder die ein oder andere Woche verschwand. Ich hatte auch schon darüber nachgedacht, ihn zu fragen, was er dafür nehmen würde, wenn er Tomás de Silva für mich ins Jenseits schickte. Und ob ich in Raten zahlen konnte, falls Sieben Komma Vier Millionen Dollar nicht reichen würden. Notfalls würde ich mir irgendwo einen Job suchen. Vielleicht würde Joaquín mir aber auch einfach den Rest leihen? »Seit wann geht Rafael joggen? Und um *diese* Uhrzeit.«

»Seit er der Meinung ist, Fett anzusetzen und langsam zu werden. Und um *diese* Uhrzeit, damit niemand etwas davon mitbekommt. – Aber du weißt von nichts.«

»Pfft. Rafael. Fett und langsam. Klar.« Eine zubeißende Klapperschlange bewegte sich in Zeitlupe im Vergleich zu Rafael. Ich drehte mich wieder zurück.

Joaquín vergrub das Gesicht in meinem Haar, rückte sich ein bisschen bequemer zurecht. Dass er dabei ein paarmal für einen Sekundenbruchteil stockte oder ein Atemzug gepresster klang als der vorherige, verriet mir mehr, als ich wissen wollte. Ich verschränkte meine Finger mit seinen. Vorsichtig. Weil quer über seinen Handrücken und das Handgelenk hinauf ein weiterer Kratzer verlief. Deutlich tiefer als der in seinem Gesicht. Drei dieser Schmetterlingspflaster klebten darüber und hielten ihn zusammen. Seine schwarzen Fingernägel hoben sich scharf von meiner Haut ab.

Es war, wie er damals am Pool gesagt hatte: Sie ließen ihn dafür bezahlen, dass sie ihn nicht zum Geächteten machten und für rechtlos erklärten, ihm Santa Reyada nicht wegnahmen, ihm sogar nach außen seine Macht als Patron der de-Alvaro-Familie vor den anderen Hexern der Hermandad und des Ordre ließen. Doch im Inneren hatte ihn sein eigenes Konsortium kaltgestellt. Zumindest versuchten sie es. Allen voran Tomás. Hinter verschlossenen Türen fanden gnadenlose Machtkämpfe statt. Jede Entscheidung von Joaquín wurde abgeblockt oder in ihrer Ausführung möglichst boykottiert. Sie forderten nur noch und gaben nicht mehr. Und ich hasste sie mit jedem Treffen, von dem Joaquín frustriert und wütend zurückkam, mehr.

»Alles in Ordnung?«, fragte ich in das dämmrige Morgenlicht vor mir.

Normalerweise bekam ich auf diese Frage ein halb scherzhaftes ›Keine besonderen Vorkommnisse‹, doch diesmal: Stille. Ich rutschte ein kleines Stück von Joaquín weg und rollte mich gänzlich herum. Er hatte den Kopf auf seinen angewinkelten Arm gebettet. An der Schulter prangte ein dickes, weißes Pflaster. Die Spitze der tätowierten Schwingenkralle verschwand noch darunter. Da war etwas in seinem Blick … »Was ist passiert?« Der Gedanke war schlagartig da. Und zog mir die Kehle zusammen. »Irgendetwas von Cris?« Von dem es nach wie vor keine Spur gab. Oder gab es die inzwischen doch?

Ein Kopfschütteln.

»Was dann?«

»Der Alte hat mir eine Nachricht zukommen lassen.«

›*Der Alte*‹ – sein Großvater. Der noch immer ebenso verschwunden war wie Cris, allerdings weiterhin die Fäden in diesem Nosferatu-Krieg zu ziehen schien. Ich holte tief Luft. »Und welche?«

Er zögerte, sah mir in die Augen. »Ob ich sicher bin, dass sein Bannfluch nicht doch ›gegriffen‹ hat.«

»Du meinst …«

»Sí. Ob ich sicher bin, dass er mich nicht vielleicht doch kontrollieren kann.«

Mein Herz schlug plötzlich in meiner Kehle. Die unzähligen Schnitte auf seiner Haut waren verheilt. Die meisten, ohne eine Spur zu hinterlassen. Die meisten. Aber nicht alle. Auch wenn keine der Narben ein vollständiges Siegel ergab. Soweit ich das beurteilen konnte. »Und? Was meinst du?«

»Es fühlt sich nicht so an.«

»›Aber‹ …?« Ich kannte ihn inzwischen gut genug, um die Dinge zu hören, die er so manches Mal nicht aussprach.

»Ich frage mich immer wieder, ob er nicht vielleicht doch Erfolg hatte. Und sei es auch nur teilweise. Und ich es nur nicht spüren kann. Noch nicht, möglicherweise. Immerhin *habe* ich dir damals etwas von deinem Blut von der Haut geleckt.« Er nahm meine Hand in seine, zog sie an seine Lippen. »Ich weiß theoretisch, wie dieser Bannfluch funktioniert, aber ich kann ihn weder reproduzieren, noch finde ich irgendwo etwas über ihn. Selbst in den ältesten Kodizes nicht.« Mit dem Daumen streichelte er meine Fingerknöchel. »Ich habe Angst, dass er mir befiehlt, dir wehzutun, wenn er tatsächlich Erfolg gehabt hat.«

Ich schüttelte den Kopf, drückte meine Handfläche gegen seine. Versuchte, ihn nicht merken zu lassen, dass sich etwas in meinem Magen zu einem harten Knoten zusammengezogen hatte. »Das hast du nie und das wirst du nicht. Egal was er dir befehlen würde. Ganz nebenbei sind die Karten inzwischen ja neu gemischt. Immerhin hast du jetzt eine Moreira zur Blutbraut. Wenn du grübelst und dir Sorgen machst, hat er genau das erreicht, was er will: dich verunsichert.«

Sekundenlang sagte er nichts, sah mir nur in die Augen … Bis er sich aufrichtete, sich zu mir lehnte. Seine Lippen glitten über meine, legten sich darauf. Er küsste mich. Langsam. Zart. Sanft. Und in den Tiefen irgendwie hungrig zugleich. Wie er es immer tat.

»Te quiero, mi Sanguaíera, mi luz«, flüsterte er an meinem Mund, ehe er sich schließlich wieder von mir löste, sich zurückgleiten ließ, mich in der Bewegung mitzog.

Ich sträubte mich nicht. Doch anstatt den Kopf auf seine Schulter zu legen, setzte ich mich ein kleines Stück auf, stützte mich neben ihm in den Kissen ab – und lehnte mich meinerseits über ihn. Sah einen Moment auf ihn hinab. Zwei. Drei. Dann beugte ich mich zu ihm und erwiderte seinen Kuss. Zärtlich. Entschieden. Ließ mir alle Zeit der Welt, bevor ich meine Lippen wieder von seinen nahm, mich neben ihn legte, näher an ihn heranrutschte, mich an ihn schmiegte und den Kopf auf seine Brust bettete, vorsichtig darauf bedacht, dem Pflaster an seiner Schulter nicht zu nahe zu kommen. Ich schloss die Augen, spürte seine Hand federleicht auf meinem Rücken und all das andere, das es nur zwischen uns gab, lauschte auf seine und meine Atemzüge.

Noch war ich dabei zu begreifen, was es bedeutete, eine Blutbraut zu sein. Eine *echte* Blutbraut. Nicht nur die Frau im Schatten, die einem Hexer der Hermandad von Zeit zu Zeit ihr Blut gab, um zu verhindern, dass er Nosferatu wurde. Und eines war klar: Ich hatte mich zu lange in den Schatten versteckt, um freiwillig dort zu bleiben. Nein. Ich war Lucinda Moreira. Die Blutbraut von Joaquín de Alvaro. Dem wahrscheinlich mächtigsten Hexer, den die Hermandad jemals hervorgebracht hatte. Und dem Einzigen unter ihnen, den nur noch ein Hauch davon trennte, endgültig zum Nosferatu zu werden, und der dennoch eine Blutbraut an seiner Seite hatte.

Santa Reyada war mein Zuhause geworden. Joaquín gehört zu Santa Reyada. Ganz egal, ob er Tomás de Silva oder Jesús Ignacio de Alvaro hieß: Wer es wagte, mir auch nur eines von beiden wegnehmen zu wollen, hatte ein ernsthaftes Problem.

Ich versteh' nur Spanisch?

Gut möglich, dass das der ein oder andere beim Lesen gedacht hat. Und vielleicht sucht er hier gerade nach den Übersetzungen. – Keine Sorge: Man muss kein Spanisch sprechen, um in den jeweiligen Szenen verstehen zu können, worum es geht.

Wer trotzdem wissen möchte, was die Jungs da an den entsprechenden Stellen sagen, kann das im Internet auf www.cbt-lynnraven.de oder www.lynn-raven.com nachlesen.

Eure Lynn